每个人都在往前走、这世界瞬息万变、而你是我可以反复爱上、永无休止的人、

春晊

北途川 著

江苏凤凰文艺出版社
JIANGSU PHOENIX LITERATURE AND ART PUBLISHING

图书在版编目（CIP）数据

春日至 / 北途川著 . -- 南京 : 江苏凤凰文艺出版社 , 2023.11
ISBN 978-7-5594-7724-8

Ⅰ . ①春… Ⅱ . ①北… Ⅲ . ①言情小说 - 中国 - 当代
Ⅳ . ① I247.5

中国国家版本馆 CIP 数据核字 (2023) 第 084044 号

春日至

北途川 著

责任编辑　周颖若
特约编辑　贝　冢
封面设计　白砚川
出版发行　江苏凤凰文艺出版社
　　　　　南京市中央路 165 号，邮编：210009
网　　址　http://www.jswenyi.com
印　　刷　三河市冀华印务有限公司
开　　本　700mm × 980mm　1/16
印　　张　23.5
字　　数　461 千字
版　　次　2023 年 11 月第 1 版
印　　次　2023 年 11 月第 1 次印刷
书　　号　ISBN 978-7-5594-7724-8
定　　价　49.80 元

大城市很多车，楼很高，惊蛰很不适应，

但一心记着要帮林骁。

林骁打架她递扫把。

林骁记过她写检讨。

林骁饿了她煮饭。

林骁……

目录

contents

“我想把这儿的玫瑰拔了，给你种花生。”

“你是春天，我是你的信徒。”

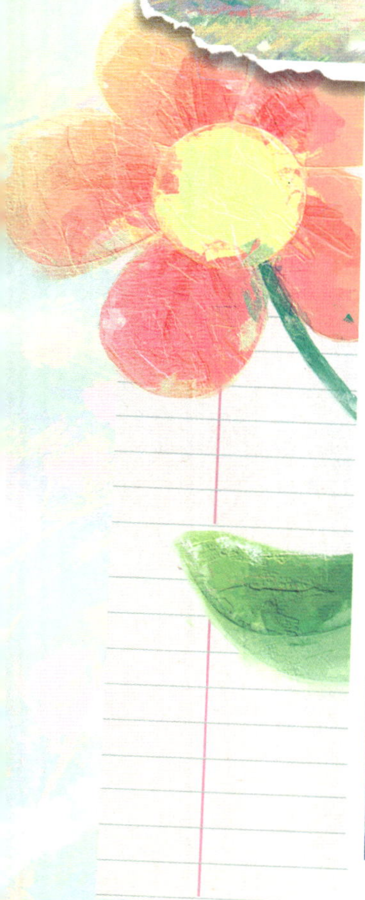

风穿过胸膛，那里有着年轻而炽热的心。

他们相信，哪怕一刹那的相爱，也是永恒。

「第一卷」

清秋

第一次见林骁，我知道他不喜欢我，有一点难过。

他穿衣服好怪，脖子上戴了三条链子，长长短短地缠在一起，上衣图案张牙舞爪的，短袖还穿在长袖外头。还有他裤子大腿处有个老大的洞，露出没有穿秋裤的腿，外面刮着妖风，这么冷的天，我很想给他捂上。

奶奶说指手画脚别人的穿衣就像是不小心偷窥到人洗澡一样无礼，哪怕只是想想也不太好，于是我只能偏过头不看他。

但没多会儿他却说我像个采蘑菇的小姑娘，我知道他在嘲笑我的穿着。

我也不喜欢他了。

——《惊蛰日记》

某天正下着雨，惊蛰披着蓑衣从后山回来，看到家里来了陌生人。

一个男人，约莫四十岁。

她提着一个篮子，篮子里捡了几个蘑菇，边走边说："奶奶，中午炖个蘑菇汤吧！"然后脱了蓑衣抖了抖雨水，挂在墙上，一脚踏进屋，看见有客人便顿住了脚步，拘谨地看着来客。

家里一向没什么访客，而且……有些人，你一看就知道不会轻易出现在某个地方。

或许是直觉作祟，她突然有些没来由的紧张。

总觉得有什么事要发生了一样。

奶奶扯着惊蛰跟他介绍："小七的孩子，惊蛰。"

然后奶奶对惊蛰说："你妈妈的朋友，林叔叔。"

母亲已经去世很多年了。

那男人低头打量了惊蛰片刻，露出几分可以称得上是怀念的神情，伸手比画了下："长这么大了。"

奶奶笑了笑："你忘啦，就比尧尧小半岁。"

男人也笑起来："那怎么会忘，小时候沈老师还说要把她送给尧尧做媳妇，吓唬他说以后要吃他的喝他的，还要花他的零花钱，把他吓得嗷嗷哭，从那以后再不敢来了。”

也没机会来了，没几年沈寒栖就去世了，老太太收拾东西带孙女从县城住进了深山的老宅里，连个具体的位置都没有。林正泽试着来找过，好多年才打听到具体方位，知道老太太不想被打扰，只寄过几次信件和吃的，一直到今年才寻到机会上门。

母亲去世这么久，奶奶每次提起都会沉默很长时间，这一次却和男人一起哈哈笑起来，或许是想起了有趣的往事，也或许是真的释怀了。

惊蛰那时候还小，并没有太清晰的记忆，这会儿像是在听别人的故事。从他们的对话里猜出来，他们说的“尧尧”，是林叔叔儿子林骁——小名叫尧尧。林骁小时候爸妈工作都忙，他在外婆家长大，被宠坏了，吃喝玩乐是一把好手，学习却一塌糊涂，每门功课都挂过红灯，成绩忽上忽下，比心电图还刺激，幸好中考发挥好一点，擦着线进了附中的高中部，不然他们做父母的，心脏病都要犯了。

林叔叔说，林阿姨还一度想给林骁找个陪读，他没同意，觉得妻子是资本家的做派。

“我小时候，求着上学都没学上，他就是被惯的。”

奶奶附和：“养个孩子不容易。”

本以为只是一次普通探访，漫天枯燥乏味的寒暄。惊蛰昏昏欲睡坐在那里，强撑着精神，男人却旁敲侧击地问起惊蛰上学的情况来，得知奶奶正在发愁，话锋一转：“上高中可不能糊弄，妹妹成绩不错，要不我带她去城里住两年，别给耽搁了。说不定还能替我督促一下林骁，那就更好了。也省得他妈妈心心念念想给他找个陪读，我头都要大了。”

他言辞恳切，极尽真诚。

母亲刚去世那几年，也有人想带惊蛰走，男的女的都有，也有些是好心，更有些是暗藏私心，可奶奶一概撵出去。不胜其扰的时候，她就把行李一收，扯着惊蛰的手一步一趔趄地进了山。

那时候山里还没修路，盘山路都是人踩出来的，最窄的地方，两个人并排都站不下，一侧头就是看不见底的陡崖。奶奶扯着她，轻声问了句：“妹妹怕不怕？”

惊蛰摇摇头，搂紧奶奶的腰。

奶奶用手抚了下她的头：“不怕，奶奶吊着一口气，也会看着你长大的。”

门外淅淅沥沥下着雨，树叶被打得噼啪乱颤，惊蛰屏息了片刻。

惊蛰以为这次奶奶也会拒绝，但奶奶沉默了会儿，转头进了里屋，从老式的黄花梨矮脚柜里，找出来一个铁盒。铁盒里还有个小木盒，小木盒里放着一块卷起来的手帕，手帕里裹着的，是一张有些年头的银行卡和一卷钱。她递给林正泽，意思是，孩子托付给你了。

她双手抓着男人的手，翕动着干瘪的嘴唇，却久久无言，只是拍了拍他的手，把手帕塞进他掌心："阿泽啊，姨呢知道你意思，就不跟你客套了。我老咯，你看在小七的分上，啊，照看照看。这孩子学习不错，脑瓜子也灵。她什么都会，你尽管使唤。"

要说的话很多，最后却有些语无伦次。

林正泽神色动容，忙扶住老太太："沈姨你说哪里话，你快别折杀我了。家里有地儿住，也就一双筷子的事儿，妹妹要是愿意去，我高兴还来不及。家里有个稳重的孩子，林骁多少能受到些好的影响，我求之不得。"

两个人又寒暄几句，架势仿佛在托孤一般郑重，惊蛰眼眶慢慢红了，一言不发。

她听得出来，奶奶和林叔叔，各自都在试探。

一个害怕给对方添麻烦，一个害怕对方不麻烦自己。

直到奶奶把她扯到里屋，一遍一遍抚她的发顶，颤着喉咙说："接个人去家里哪是那么容易的事，你林叔叔也不是要给儿子找陪读，大老远特意跑一趟，其实是为了你能接受更好的教育，你不要辜负他，要好好学习，也要好好帮助林骁，知道吗？"

其实最重要的，是她年纪真的大了。

许多事，都有些力不从心了。

惊蛰心里发酸，想说"我不去"，可奶奶一遍一遍抚摸着她的脑袋，她忽然就想明白了一些事。

于是她点点头："嗯。"

奶奶微微叹了口气："好孩子。"

林叔叔在家里待了一天，等雨停就走了，说开学前来接她。那段时间奶奶经常跟她提起林叔叔，兴许是怕她全然不了解的话到那边太局促。

林叔叔和母亲本来应该是素不相识的。他是学植物学的，有一年进山采集标本，迷失了方向，他的同伴找到了当地的老乡。那时候是夜里，天黑得看不见一点星子，老乡说，得等天亮。母亲拿手电筒照了照外头，说要下雨了，隔一晚上，得出事。然后她换上胶鞋和雨衣，夹着手电筒进了深山，在崖洞里找到了他，然后把发烧得快昏了头的他背了出来。

山路不好走，更何况是要下雨的夜里，他们当地人太知道凶险，夜里是不大会走山的，母亲摔了两跤，腿上、胳膊上全是擦伤。

他自认是救命之恩，逢年过节都要来拜访母亲。

一来二去就熟了，两人偶然发现原来少时就认识。小时候林叔叔家里出了事故，他被送到乡下来，乡下的亲戚不乐意管他，经常把他锁在门外头。他自尊心强，最后心一横，打算离家出走，走的时候下着暴雨，亲戚又把他锁在了外头，他隔着门缝看到里头的灯光，听到欢声笑语，愣了一会儿，转身走了。

他在镇上徘徊了两天，遇见了赶着去上学的母亲，他没钱，在车站附近晃悠。

母亲看他一身狼狈，眉眼却正直傲气，十里八乡哪里有秘密，猜到他是谁家的了。母亲也了解过他的境况，猜出来他可能想独自离开但没钱，于是起了恻隐之心，在帮忙联系他亲戚和帮助他之间摇摆了会儿，选择给他点钱，让他自己做决定。

母亲的生活费也不多，但给他塞了一百块钱，那时候的一百块可是个极大数目。母亲知道他，他却不太认识母亲，追问母亲名字和地址，大约想以后报答。母亲防备心重，便没回答，只半开玩笑说："等你以后发达了，回来把山里的路修修就行，小孩们天天上学都踩着泥。"

林叔叔郑重地点了头。

他后来似乎有了其他际遇，还真的发达了，如今进山有两条盘山路，那条大的，是政府修的，有条辅路，就是林叔叔捐的。惊蛰上学走的，就是那条路。

惊蛰觉得不可思议。

所以这大约也是奶奶放心把她托付给林叔叔的原因。

他为人十分真诚，这些年奶奶和惊蛰住在深山里，其他亲戚渐渐不联系了，也就林叔叔还会时不时关照一下。

除了聊起往事，其余时间，奶奶一边收拾惊蛰的东西，一边收拾自己的东西。

惊蛰要去找林叔叔了，奶奶怕她担心，说要搬去跟万奶奶住一段时间。

万奶奶也是寡居，有个孙子叫万堃，爸妈在镇上住，暑假了才送他回来。山里网不好，路也不好，他每天爬很高的坡，坐在一块大石头上打游戏。

惊蛰送奶奶的东西去万奶奶那里的时候，万堃正准备出门，看到她，忽然顿住了脚步，凑过来问："你要去南临啊？"

惊蛰点点头。

万堃撇撇嘴："大城市哦。"

惊蛰对南临没什么概念，便没吭声。

万堃故意吓她："大城市的人很冷漠的，你小心去了后都嘲笑你是个乡下人。"

惊蛰抬头看了他一眼，思考片刻，轻声问："你是不想我走吗？"

万堃像是被踩到尾巴的猫，陡然跳着后退了一步："我干吗……干吗不想你走，你走不走跟我有什么关系。"

惊蛰歪头想了想，好像也是。她从口袋里摸出一个小布包，布包里是小半袋饴糖，然后递给他："我也舍不得你和万奶奶，但是我一定要走。这糖是我自己做的，用糯米纸包着，没舍得吃。"

万堃有些结巴："送……送我的？"

惊蛰点点头："以后你要是有空，帮我照看一下我奶奶。"

万堃把糖塞进自己兜里，拍了下自己的胸口："那不是举手之劳？包在我身上。"

惊蛰便抬头冲他笑了笑，她眼瞳是纯粹的黑，亮晶晶的，像藏了星星。万堃也忍不住咧了下嘴，但想到她很快要去很远的地方了，唇角又忍不住耷拉下来。

他说："你寒暑假记得回来。"

惊蛰点点头，眼神却涣散着，对未来有一点迷茫和不安。

林叔叔一直到八月底才来，惊蛰的东西都收拾好了，林叔叔看着她大大小小的箱子，跟奶奶说："家里什么都有，都带过去，以后回来了也不方便。"

奶奶问了句："是不是不好带？"

林正泽："那倒不是。"他指了指车，"多少都放得下。"

奶奶便挥挥手："那都带着吧！"然后冲惊蛰说："寒暑假也好好学习，别总跑回来了，山里路不好走，我一个老太婆也没什么可看的，等考上大学，接奶奶去你学校附近住，奶奶也瞅瞅大学长什么样。"

惊蛰一个暑假都没哭，这会儿陡然落了泪，抬起手背擦眼泪，擦得眼皮通红刺痛。

奶奶拍着她的肩膀："哭什么咯，这么大的娃娃了。"

惊蛰上了车，秋天的落阴山冷得刺骨，她趴在车窗往后看，老人家怕冷，奶奶已经穿了薄薄的棉衣，风灌满了她的衣襟，她佝偻着腰站在那里一下一下冲她挥着手，身形单薄得仿佛支撑不住衣服。

惊蛰鼻子发酸。

她想起母亲还活着的时候，那时候母亲一直说要带奶奶去她的大学看看。奶奶那时候在小学教书，一群吱哇乱叫的小孩每天都有新状况，今天这个没去上学，明天那个说要回家放牛放羊，她不耐烦地说："我哪有那个时间，大学小学，左右不都是学校，我就在学校里，犯得着跑那么远去看个房子哦？"

母亲便撇撇嘴："不去拉倒。"

后来母亲去了，奶奶经常无意识地对惊蛰呢喃："大学也不知道长什么样子，你长大考上大学了，带奶奶去看看，奶奶一辈子没出过县城。"

惊蛰知道，奶奶只是想妈妈了。

她也有点想妈妈了。

她想去妈妈的大学看看，带着奶奶。

"等把你安顿好，我找机会把你奶奶也接去。"林正泽看惊蛰难过的表情，不忍心道。

惊蛰说了声"谢谢"，知道奶奶不会去，但也抱有一丝微小的期望。

盘山路极不好走，今日风又大，司机忍不住唉声叹气，林正泽原本膝盖上放着笔记本电脑，打算处理一点工作，也没了心情，侧头看了一路风景。

他突然侧头问了惊蛰一句："能跟叔叔合个影吗？阿姨还没见过你，叫她瞧瞧。"

惊蛰点点头，林正泽拿出手机来，镜头对着两个人，没怎么对准自己，直接对焦在惊蛰脸上。惊蛰抬眼，有些不自在地扯了下唇角，伸手比了个“V”。

咔嚓。

林正泽随手发给了妻子和儿子，想让他们提前认认脸。

网不太好，图片上传了好一会儿也没能发出去，他便合上了手机，又过了很久才收到回复的语音消息。他困顿着随手点开，就听见他那倒霉儿子一声满嘴跑火车式的吐槽：“干吗，我还没成年就要相亲？不合适吧！”

林正泽脸色僵了几下，扭头对惊蛰说：“不好意思，见笑了。”

然后他对着手机，咬牙切齿说了句：“你也配！”

惊蛰来南临，一路上并不太顺利。

林正泽之所以拖到马上就要开学才来接人，是因为公司的事让人正忙得焦头烂额，他又不愿意将接惊蛰的事假手于人，拖到不能再拖，终于才赶过来。

他太知道老太太的性格，能说服她把孙女托付出来，已经是极大的不容易了，他如果不亲自去，无论理由说得再恳切，对方都可能当即反悔。

他太太邢曼不满地说：“我真是后悔，当年没有跟着你多去见见你那个沈老师。”

林正泽侧头：“嗯？”

邢曼撇撇嘴：“她到底有什么魅力，让你这么上心。明明是做好事，却搞得仿佛是欠人家的。”

林正泽无奈道：“我跟你解释过的，况且我确实欠。”

邢曼挥挥手：“我也没说什么，从一开始我不就同意了？我是真的很想认识她一下。”

林正泽也露出几分怀念：“她应该会很喜欢你。”说完停顿很久，才说了句，“可惜了。”

没有机会了。

邢曼真的觉得遗憾，从认识林正泽开始就知道这么个人，这年头，提起“恩人”这样的字眼，仿佛带着几分滑稽：人与人之间，哪里有这么大的恩情。

甚至她偶尔还会疑神疑鬼，怀疑他们之间有什么不可说的关系。林正泽这个人憨直，透着几分傻气，被质疑这个，整个人都焦躁得不行，事无巨细地交代一言一行，将每一个细节和心事都摊开来。那时他们的恋爱关系其实并没有多牢固，她的家庭相对于林正泽来说，可以称得上底蕴深厚了，她父亲一直带着几分偏见，觉得他铁定是个想少奋斗几十年的心机男人，严厉禁止她深入发展。她也曾有过犹豫，林正泽也并非毫无察觉，于是两个人之间总是隔着一点东西。

没想到却因为那件事，她似乎才真正了解了他一些，那时候她甚至觉得自己这辈子都不会遇见这么一个人了。

在所有追求者中，他不是最好的，却是让她最移不开眼的。

有时人与人的缘分就是没有一点道理可讲的，偶尔她会怀疑，这辈子会爱上什么人是不是早就注定的，避不开，逃不掉。

这么说起来，沈寒栖也算是她的媒人了。刚结婚的时候他们约定得空去拜访，但南临离落阴山实在太远了，那时候年轻，也贪玩，每次都有各种各样觉得更重要的事，一直没能成行。

没过几年，沈寒栖去世，邢曼只来得及去参加葬礼，那是她第一次去落阴山，比想象中条件更差，葬礼办得简陋，墓碑立在山坡向阳的地方。她对墓碑上的字记忆深刻，上面写着：请别打扰我看星星。

墓碑上的照片是黑白的，沈寒栖没有她想象中的土气，长卷发散着，眼神带着点孤傲，唇角扯起的弧度很微妙，多一分显得有点喜气，少一分显得有点不近人情，恰好是一种对周围一切都不屑一顾的清冷淡漠。

邢曼多嘴问了句："她老公……"

林正泽摇摇头，比了个"嘘"的手势："别在她面前说。"

一桩伤心事。

邢曼对沈寒栖的记忆，仅有那么点儿，对她的女儿自然谈不上关切，提了句代替他去接，可林正泽拒绝了，亲自去了，虽然公司那边实在忙得焦头烂额。

两相难下，林正泽接到惊蛰便带着她绕道 A 市去办事了，结果惊蛰到那边严重水土不服，落地就高烧不退，就地住了近一周的院。

回来的时候赶早班飞机，林正泽想着尽快回去，结果却遇上紧急事件，迫降在姜州配合调查，前后又耽搁三四天。于是到南临的时候，都开学一周了。

惊蛰因为手续问题以及水土不服卷土重来，没能及时入学，终于能去学校的这天，林骁都军训完，上一周的课了。

惊蛰还是没能适应大城市的生活，楼太高了，路上车太多了，哪里都很陌生。

南临今年的秋天来得格外早，学校没等国庆，就提前允许换上秋装校服了。

邢曼本来答应林正泽要带惊蛰去学校，一大早却接了个电话说有急事。她踱了两步，有些头疼地掐了掐眉心，扭头跟餐桌前的儿子说："待会儿你帮我送妹妹去学校，跟你们胡老师打个招呼，然后顺便带她熟悉一下环境。"

已经办好了手续，学籍也挂上了，直接去找班主任一趟看有没有其他安排就可以了，于是餐桌前还有些拘谨，只能埋头苦吃的惊蛰轻轻举了下手："阿姨，我……自己就行。"

清脆的声音中夹杂着几分绵软，她普通话说得不利索，说话的时候会刻意放缓，略略咬着字，显得很呆，也很乖。

前两天林骁把校服给她领回来了，这会儿她穿着校服，倒是比前几天顺眼很多。

林骁每次看沈惊蛰都像在看珍稀动物，因为感觉她脑回路有点异于常人。

简言之就是……不太聪明。

那天他调侃她像采蘑菇的小姑娘，她嘴抿了又抿，最后说："你要是去落阴山，我可以给你采蘑菇，新鲜的蘑菇可以炖汤，很鲜。"

他顿时哽了一下："哦，是吗？"

惊蛰点点头。

转过头，母亲结结实实给了他一巴掌："嘴怎么那么欠。"

那天他委婉地表达了一下"这妹妹不太聪明"的看法，老林又给了他一巴掌："你数学考四十分好意思说？"

自此他觉得他的家庭地位受到了彻底的冲击，看见她总觉得浑身不得劲。

家里司机阿龙原本是为接送林骁上学请的，现在会连惊蛰一起送，惊蛰不用担心自己走丢。

惊蛰觉得自己长了一张嘴，到了学校，也不需要林骁特意带她。

因为他看起来也并不情愿，她一向不太喜欢强人所难。

餐桌对面的林骁确实瘫着一张脸，没说"好"，也没说"不好"。

邢曼看着乖巧的小姑娘，立马露出一副温柔得能掐出水的神情，坚决道："让他带你，好不容易废物利用一下，不能浪费，他天天闲着也没事。"

惊蛰微微张了张嘴，虽然骂的是林骁，但她竟觉得有点不好意思。大约是因为奶奶一直叮嘱她要帮助林骁，她总觉得自己需要承担相应责任，批评他就像批评她自己一样。

邢曼急匆匆拎起包，临走前摸着惊蛰的头，和善地笑了笑："别怕啊，他就这德行，他要是欺负你，回来我收拾他。有事尽管麻烦他，你拿他当亲哥哥，别客气。"

惊蛰知道对方只是客套，也觉得林骁不喜欢她是正常的，但她还是点了点头。

餐桌前的男生抬着眼皮一言难尽地看了母亲一眼，轻嗤："你前脚走，我后脚就把她卖了。"

说完才觉得有些没滋味，他又抿了抿唇。

好在沈惊蛰倒是没觉得被冒犯，表情如常。

邢曼毫不留情拆他的台："就你那不及格的数学，连价都算不清，妹妹不卖你就不错了。"

林骁："……"

邢曼没空跟他贫，再次叮嘱他一定要带惊蛰去学校，然后踩着高跟鞋"噔噔噔"地走了，餐桌前只剩下惊蛰和林骁。他低着头一直在吃饭，惊蛰也一句话没说，两个人一个比一个沉默安静。

过了很久，惊蛰突然说了句："你数学作业……没写完。"

其实她说得很委婉了，他书包丢在二楼的露台上，一整晚都没动。

昨晚班级群里，数学课代表一直苦口婆心告诫所有人明天不交数学作业的一定死定了，第一节就是数学课。

林正泽带惊蛰回来的时候，可能是为了缓和两个人之间尴尬的沉默，言辞恳切地说："以后你们就是同学了，要互帮互助，相互照应。"

于是惊蛰虽然觉得与他还不熟悉，不太适合多嘴，但依旧非常有责任感。

林骁一脸便秘般的表情，下意识就想回：少管闲事。

但看着她那张脸，却说不出口。

他长这么大，没有见过比她更无辜的长相，像那种刚出生的小动物，柔弱、懵懂、楚楚可怜，极具欺骗性，他第一眼看见她的时候，蹙着的眉毛都忍不住舒展了，生怕皱皱眉就把她吓哭了。

她是有点懵懂，但和柔弱、楚楚可怜并不搭边。

毕竟见第一面的时候她就让他印象深刻。她见面时先喊了声"哥"，乖乖巧巧的，让他一肚子为了圈领地而生出的坏心眼憋了回去，心想再不情愿也不能欺负人吧，她是大老远背井离乡来的。

下车的时候林正泽正好接了个电话去远处了，司机帮忙给她提了最大的箱子。她站在车后座旁，要提一个藤编的行李箱，没有轮子那种，那箱子立起来到她腰那么高，看起来不小，和她纤弱的身形有着巨大的反差。林骁虽然不太情愿，但还是走了过去："我帮你提上去。"

她看了他一眼，摇摇头："我来吧，很重。"

她那表情仿佛在说：你提不动。

生平第一次被一个比他矮一头的小姑娘看不起，他有点逆反地轻嗤了一声，挥挥手示意她让开，一副要在她面前装一装的架势。然后他提了一下，险些闪到腰，满脑子都是：你在里面放石头还是放炸弹了啊？

他胳膊青筋暴起，差点儿就原地表演一个自打脸，硬着头皮绷住了脸色，自认为很帅地把箱子提上了楼，回头就看见她提了个更大的箱子跟在后面，面不改色，呼吸都没乱。他一口喘息硬生生憋了回去，鬼使神差地伸手试了试她的那个箱子的重量，扯着唇角夸了句："劲儿不小。"

她眨了眨眼，点头："在家要干活儿。"

怎么，内涵谁不干活呢？

他没再说什么，第二天就去跑步了。

她简直在三百六十度地提醒他，他是个废物，以至于最近爸妈看他更不顺眼了。

就像现在，他难道不知道他没写数学作业吗？他不写数学作业难道是因为忘了吗？林骁斟酌了一下，回了一句攻击性不那么强的话："闭嘴，吃你的饭。"

惊蛰面露难色，咀嚼的速度都变慢了，像是在挣扎。

林骁："不许打小报告。"

这次惊蛰很快点了下头。

"你数学真的不太好。"她的眼神里带着几分委婉的怜悯，"林叔叔说你月考再倒数就扣你零花钱。"

她想提醒他，不写作业成绩会更差。他的数学真的基础薄弱。

开学就是摸底考，历年都没有，所以谁也没准备。中考完大家一个比一个放纵，摸底考自然都是抓瞎，除了零星几个"变态"，其他人全考得一塌糊涂。很不幸，林骁就是那个比一塌糊涂还一塌糊涂的。

他中考时本就有点超常发挥的意思，暑假时别的同学已经开始抓紧时间为高中打基础了，他别说打基础，初中内容都快因为玩得太开心忘完了。

林正泽接沈惊蛰回来后好不容易在家待了几天，净数落他了。

他平时没那么差，但也不怎么好就是了。

林骁沉默片刻，终于忍无可忍地抬头看了她一眼："你这样去学校容易挨打你知道吗？"

她因为是跨省转过来的，又错过了摸底考，排班跟他一样在最后一个班。虽然附中的学生再差也不至于素质太低，但刺儿头聚集地除了前三个特优班，就是倒数三个班。

惊蛰睁了下眼："嗯？"

林骁懒得解释，只丢下一句："没零花钱，我就抓你去采蘑菇。"

他满嘴跑火车是常态，惊蛰是个好脾气，他便有些口无遮拦。但没想到片刻后，惊蛰低着头一边吃饭一边回了句："给你采个毒蘑菇。"

林骁沉默着看她。

惊蛰抬头扯了下唇角："你也不认识。"

林骁瘫着一张脸怀疑人生，仿佛能看到对面长着一张纯洁无害脸的脑袋上，有一对隐形的恶魔犄角。

他隐约觉得对方是在嘲讽他，但她表情太真诚了，他一瞬间也分不清，最后轻嗤了声表达不满。

惊蛰也不知道是没接收到还是不在意，低着头，认认真真吃饭，一点表情也没给他。

过了会儿，他忍不住"哎"了声，问她："你长这么大挨过打吗？"

惊蛰认真想了会儿，摇摇头，目光一直盯着他手边吃剩下的半个包子，轻声说："从我家到邻居家，需要蹚过一条小溪，再爬一个坡。"

山里适合居住的地方并不多，落阴山的地势其实并不太适合居住，甚至再往里去，是大片几乎无人涉足的原始密林。

这两年山里路况好了些，早些年一到冬天大雪封山，家里粮食储备不足，还得靠打猎维系。奶奶说再早一些，天气恶劣的时候，饿死人都是会的。

依山而居，自然要选适宜居住的地方，而适宜的地方，又不一定能容纳很多人，一个村子前后绵延十几二十里地是常事。

林骁没听懂，惊蛰又解释了句："我每天见的人很少，去学校都要步行一个半小时，所以不太有机会挨打。"

林骁想起那天那句"采蘑菇的小姑娘"，饭也不吃了，搁了筷子，身子略往后靠在深背餐椅上，睨着眼看她："那个，沈妹妹，你听得懂嘲讽吗？"

他叫了她小名，以此来缓和语气里的尖锐，他是真的很好奇。

惊蛰吃完油条，没有拿餐巾纸，而是从口袋里拿出来一块小手帕轻轻擦了擦手指，又叠整齐放进了口袋里，然后才点点头："但我又不能骂你。"

林骁愣了下，旋即好笑地"啧"了声，连着点了好几下头。

惊蛰看他已经吃好了，指了指他的包子："不吃了吗？"

林骁依旧不懂她想干吗，但给面子地回答了："难吃。"

惊蛰轻轻蹙眉："浪费粮食会下十二层舂臼地狱，下辈子会饿死。"

林骁木着一张脸，觉得她真是太有意思了："吓唬谁呢？少宣扬封建迷信。我吃不下了，谁爱吃谁吃。"吃不掉的东西阿姨会做处理，又不缺吃的，难不成吃不掉还要捏着鼻子吃？

惊蛰抬头看了他一眼，然后轻轻叹了口气，伸手拿过那半个包子，塞进了嘴里。

"哎——"林骁声音拔高了好几个度，也没能阻止她，一脸吞了苍蝇的表情，"我……你……"

"我……你……"了半天也没能说出一句完整的话，最后他有点烦地抓了下头发："你不知道脏的吗？"

惊蛰包子还没咽干净，黝黑发亮的眼睛盯着他："你不愿意吃，我不愿意看见浪费，那就只能我吃了。以前经常挨饿，不怕脏。"况且对于她来说，这个也谈不上脏。

林骁眉头彻底蹙起来："你少道德绑架我。"

惊蛰摇摇头："下次可以少拿点儿，不是绑架，是请求，可以吗，哥？"

林骁表情变幻了好几次，最后咬了下指尖，烦躁地瞪了她一眼："你很烦。"

惊蛰撇撇嘴，觉得林骁比她想象中还难搞，她低着头继续吃饭，闷声说："反正你也不讨人喜欢。"

林骁气得深呼吸，最后直接拎着书包出门了，并没有等她。

惊蛰也没不开心，从小到大，她心态都很好，奶奶说她像一颗生命力顽强的种子，只要一点点阳光和土壤，就可以在任何地方生长。

这得益于她对很多事都不太计较。

如果林骁很喜欢她，那固然很好，但不被喜欢也是人生常事，没什么值得难过的。

他也没有欺负她。

惊蛰加紧吃了两口，想着怎么也跟不上了，于是又放慢了速度。阿龙师傅应该会回来重新接她的，或者安排另一个值班司机。林叔叔家里有很多家政人员，惊蛰第一次进这个别墅时都吓到了。

所以她觉得，大概林骁认为食物唾手可得、取之不尽也是正常的，只是她忍饥挨饿的时候太多了，即便食物充足的时候奶奶都会很严厉地告诉她不能浪费，看不得剩饭。

她也不知道自己有没有做错，但奶奶说，人和人之间对与错的分界并不是那么明确，表达自己比隐藏自我更利于交流。她以后要在这里住很久的，也会和林骁在一起待很久，讨好并不是明智的。

惊蛰默默告诉自己，下次吃得快一点儿，他不等她，但她可以追上去，这样司机就可以不用跑两趟了。

今天不行了，她还有很多没吃完。

林骁拿着手机坐在车后座等了足足十分钟，等得都有些不耐烦了。家里突然多个人，他确实还不能适应，那种隐隐的憋闷和烦躁让他对沈惊蛰和善不起来，时不时就想撑她一句。有时候他害怕把她气哭向爸妈告状，可偶尔也会想着气哭才好。

凭什么他要惯着她。

没想到，最后她一脸无辜地把他气成个智障。

他觉得匪夷所思。

陈沐阳在微信上问他：班长，你怎么还没来，你疯了吗？第一节数学课。你作业写完了？不打算抄？

经历过军训和一周的课程了，各个老师的脾性已经被大致摸熟了。26班一向是学渣聚集地，各科老师都很认命，只有数学老师非常较真，对26班的摸底考成绩非常不满意，第一节课就是掷地有声的一句：“你们这一年在我手里，算你们倒霉。”

他要求每个学生必须准备至少两个本子，一个笔记本，一个错题本。

这其实对于前面几个班级来说都是基础中的基础，都不需要老师提，但对于26班，简直比要了他们的命还恐怖，尤其还要每隔一天收上来检查一遍。

日常作业也会挨个儿检查。抄作业的，抄对了还看不太出来；抄错了，抄的和被抄的，一起遭殃，所以大家抄作业都非常谨慎。

林骁抬头看了眼门口，终于看到采毒蘑菇的小姑娘姗姗来迟，走到院子里似乎有些意外地看了一眼还停在那里的车，然后加快了步伐。

她拉开车门，有些笨拙地爬上来，贴着车门坐着，沉默片刻，偏头说了句：“抱歉。”

抱歉久等。

可他也没说他会等她，所以她这道歉倒显得他很不是东西似的。

司机阿龙看气氛不太对，扭头热情地问了惊蛰一句：“妹妹，吃好了没？”

惊蛰的小名叫妹妹，奶奶取的，没什么含义，就是觉得叫着顺耳亲切。

林叔叔也喜欢叫她“妹妹”。

在乡下没觉得怎么，大家都叫她“妹妹”，到了城里，可能都是陌生的脸、陌生的口音，叫“妹妹”就显得有些别扭了。惊蛰手指互相搓了下：“吃好了。”

阿龙笑了笑，他有个女儿，才三四岁，也是乖巧可爱得很，所以他见了惊蛰便觉得亲切，于是忍不住想多跟她说句话。

林骁终于想起来回陈沐阳，却是一句不相干的话：今天那谁来学校。

耳东陈：你那个异父异母的亲妹妹？

林正泽去接沈惊蛰之前交代过这件事，那天陈沐阳正好在，于是就听见林正泽义正词严地说要林骁把沈惊蛰当异父异母的亲妹妹看待。

林正泽前脚走，林骁后脚就嗤之以鼻地说了句：“凭什么？”

于是这会儿陈沐阳忍不住调侃他：你吩咐，堵厕所还是堵操场？保证以后见了你绕着走。

双木林：……

双木林：……

双木林：？

陈沐阳一串问号还没发出来，就见林骁又说：我跟她又没仇。

耳东陈：？

真是太阳打西边出来了。

双木林：弄哭了倒霉的是我，我爸宝贝得跟是他亲生闺女似的，就连我妈都倒戈了。

明明林正泽出发前邢曼还在跟他打预防针：“毕竟不熟悉，我能维持基本的礼貌就不错了，别妄想我会拿她当自己孩子一样关切。”

结果见了面，惊蛰一句“阿姨好漂亮”就把她收买了。

陈沐阳不怕死地在林骁雷区上疯狂蹦迪：你爸真让她监督你学习啊？咋想的？她要是能管得住你，她真是牛上天了。

陈沐阳和林骁认识十几年了，太了解他了，看起来随和好脾气，骨子里却跩得不得了。

双木林：……

耳东陈：我的意思是，现在就你座位边儿上位子空着，你要是不乐意，我现在就给你找个同桌。

林骁是班长，班主任又不太管事，班上的事林骁几乎能决定大半，换个座位是没什么问题的。

林骁又发了个省略号，觉得自己最近无语的次数越来越多了，然后又想起自己待会儿要去见老胡，数学作业是铁定要开天窗了，一时没顾得上回。

陈沐阳自个儿回了句：好的，了解了，我给你物色新同桌去。

惊蛰背着一个粉白的书包，书包上挂着一个毛线织的小兔子，他盯着那个小兔子看了会儿，又看了看表，盘算着时间，眉毛越蹙越深，最终还是没忍住主动说了句："数学作业写了吗？"

惊蛰迟疑地点头："写了。"

林骁面不改色地胡扯："拿来我检查检查。"

惊蛰表情僵了僵。

阿龙发动了车子，黑色的奥迪从院子里驶出去，今天天气很冷，淡淡的雾气像是烟雾。

林骁因为被迫向作业低头而感觉到耻辱，非常不能理解地嘟囔了句："我就想不通了，人为什么要学习，我就想当个咸鱼不行吗？"

惊蛰歪头思考了片刻，最后意味深长地说了句："人生想不通的事有很多，想不通呢，就去多看书。"

林骁轻嗤一声，觉得她比语文老师还离谱，随口嘲了句："然后就想通了？"

惊蛰抿了抿唇："嗯……然后你就会发现你想不通的更多了。"

林骁："……"

惊蛰真诚看他："不差这一件两件。"

前排的阿龙扑哧一声笑出来，从后视镜里看到林骁的表情，憋着笑说了句："抱歉。"

林骁瘫着一张脸，觉得现在听她说什么都像嘲讽。

惊蛰最终还是拉开了书包，书包里整整齐齐，像是有强迫症一样，书都按大小依次放着。她从里面把卷子找出来，没有翻乱其他任何东西，然后把卷子递给了他。

是学校老师的自印卷，林骁把她的书带回来的时候一起带回来的。

刚开学，作业并不复杂，大多是课后习题，然后就是练习册或者这些自印卷。

但26班愿意写课后作业的屈指可数。

因为他们不会，或者似懂非懂，做起作业来仿佛人类返祖现场，抓耳挠腮痛不欲生，有损形象。

林骁低头瞥了一眼她的卷子，不知道写得对不对，但至少写满了。

说是陪读，其实林正泽压根儿没这么打算，只是那么一说。但沈惊蛰有点一根筋，似乎对这件事非常在意。

她有那种寄人篱下，急切想要付出点什么的执拗。

林骁始终没说太难听的拒绝话，对于她的成绩，也实在不抱任何期望，因为她长得都是一副不太聪明的样子。而且不是他歧视山区小孩，据他所知，早几年，落阴山那边教学条件非常艰苦，她因为母亲病故家里只有奶奶一个人，状况不断，上学经常三天打鱼两天晒网，虽然据说中考成绩不错，但他总觉得来临大附中，她会受挫折。

——具体情况他也不了解，只听林正泽提过几句。

临大附中在大学城附近，挨着临医大，在非常僻静的郊外犄角旮旯，附中的学生亲切地称它为“十里湾编外分湾”。

——十里湾是南临最大的监狱所在地，关的都是重刑犯。

附中每年升学率在几个重点高中里算是打头阵的，导致不少人会想方设法往这边考。

林骁是初中部直升的，录取线会低一点儿，但也是擦边了，差点儿就被分配去分校。附中有个备受诟病以及争议不断的传统，就是其他学校都开始走人文路线了，它依旧在按照名次排班，林骁很不巧就在最后一个班——26 班。

沈惊蛰因为没在南临中考，而且两省考试有差别，她算是没有成绩，也排在最后一个班。

不过好在附中虽然成绩“等级森严”，但老师并非唯成绩论，教学上也没区别对待，只是希望根据学生的程度不同，协调教学进度。

惊蛰目瞪口呆地看着林骁拿着笔唰唰地抄卷子，非常不能理解他脸皮怎么这么厚。

惊蛰揪着小兔子捏来捏去好久，憋得都快内伤了，车子终于到了南门，南门离高一教学楼只有五分钟的路程。林骁还没抄完，在车上又奋笔疾书了三分钟，然后把卷子递给她，大摇大摆跨步下了车。

附中大多是走读生，校门口摆着不少早餐摊位，今天来得晚，车子停在稍远处，前面人山人海。

他单肩挎着包，单手插在口袋里，跟路过的同学抬了下手致意，避着人群往前走。因为抄完了作业，他心情好了那么点儿，打算带沈惊蛰去办公室找老胡。

他走了两步，回头看，就看到她拧着眉毛，谈不上委屈，也谈不上生气，表情甚至也淡淡的，但莫名就让他看出来几分居高临下的包容：这孩子真不争气。

林骁干脆转身，站在那里光明正大地凝视她，带着点审视味道：“沈惊蛰。”

惊蛰边走边抬头。

林骁：“走快点儿，你是老太太啊！”

惊蛰还以为他要骂人，闻言愣了下：“哦。”

然后她急走两步，跟上他，小兔子一晃一晃的。

走近了，他抬手拨了下她的小兔子：“自己买的？”

惊蛰摇摇头。

白色的粗毛线钩织的兔子，两只耳朵耷拉着，抱着一根胡萝卜，表情跟她一样，有一种超越年龄的慈祥。

小老太太一样。

林骁以为是谁送的，怪不得这么宝贝。

下一秒就听她又说：“自己做的。”

林骁沉默地看了她一眼，点点头：“厉害啊！”然后随口说了句，“给我也做一个？”

惊蛰一时没回答。

从小到大没什么买不到的林骁自尊心升起来，轻哼了声：“开个玩笑。”

惊蛰跟着他走，怕他又吐槽她慢，几乎要跑起来。她走得越快，他就走得更快，仿佛故意气她似的。

真幼稚。

惊蛰觉得不少人在看他们，她突然伸手扯他书包带子，林骁扭头：“干吗？”

惊蛰小声说：“我给你做，你要戴上。”

林骁：“嗯？”

惊蛰：“因为看你不是真诚想要，所以我没立马回答你。”

她解释。

林骁点头：“你还挺有原则。”

惊蛰“嗯”了声。

林骁怎么可能挂那种小玩意儿，所以他没再吭声。

惊蛰也没再追问。

人声鼎沸，穿着校服的少男少女来来往往，热闹非凡。学校的大门颇壮观，上面的题字还是某位书法大家的赠字，气势恢宏。惊蛰抬头，很轻地“哇”了声。

她以前没见过这么大的学校，她上小学的时候，学校是栋废弃的屋子，因为学生太少，甚至几个年级在一块儿上课，惊蛰每天听完这个课去听那个课，刮风下雨，教室里各种状况。

再后来上中学，她终于去了镇上，小镇荒芜，学校也破，小小的，墙壁斑驳，红色的油漆漆上各种标语，她记得最清楚的一句是：天行健，君子以自强不息。

林骁头都没回，送了她一句："没出息。"

惊蛰也不恼，看着身旁有人开跑车来送学生，跑车底盘低得几乎要趴在地上，人从上面下来，像是从地下冒出来的。惊蛰再次很轻地"哇"了声。

林骁甚至不用回头就知道她在"哇"什么。

没出息，改天让阿龙把他爸那辆法拉利开出来跑跑。

他们的教室在南楼 B 栋，A 栋里的学生成绩好一点儿，前十二个班在 A 栋，B 栋是后十四个班，排班按照顺序从楼上往楼下排，越往下的班级成绩越差。

好学生们都很不乐意，凭什么成绩不好的反而占据更有优势的楼层，去食堂吃饭都比别人快。

楼底下的更不乐意，楼层越低离老师越近。

尤其 26 班，在一楼最靠近办公室的地方，绝佳的"宝地"，右边就是政教处，而政教处旁边就是大办公室，基本每班的班主任都会在这边办公。

林骁领着她过去找老胡的时候，26 班已经有人看到了，赵磊问陈沐阳："骁哥领着的那个是他妹啊？乡下来的那个？"

班上一直知道有个转校生，开学时老胡提了句——因为大家都是考进来的，有名次，只有沈惊蛰是跨省来的。本来之前说让她按摸底考选班的，结果她也没赶上参加，最后结果就是分在了 26 班，是个倒霉蛋，大家都称她"转校生"。

林骁帮忙领过校服和书，学校里哪里有秘密，他也没刻意瞒着，所以已经有一些人知道了那转校生跟林骁有点关系，都还挺好奇的。

不过也有不少人早忘了，甚至忘了转校生一直没入学。毕竟 26 班一向号称"养老院"，一群人混吃等死，吃喝玩乐是好手，对其他事一概不太关心。

但因为听到林骁的名字，不少人抬了抬头，竖起八卦的耳朵。

班上的人学习不好，但在娱乐方面，简直技能树点满，人均交际花，才艺满点，还是高颜值聚集地。林骁是个中翘楚，还是班长。

陶晶晶问了句："什么转校生？"

陈沐阳："咱们班那个至今没入学的。"

赵磊"哟"了声，调侃："你不是号称骁哥迷妹？怎么这么不关心他。"

陶晶晶撇撇嘴："上回在校外看见他，我跟他打招呼，他连我名字都不记得，亏我还帮他值日过，我打算移情别恋了。"

陈沐阳嘿嘿笑着说林骁这个人脸盲，然后忽然揶揄了句："对了，他不想跟新同学做同桌，给你个机会，要不要挪去他那里？"

陶晶晶刚刚还在说移情别恋，听到这个还是忍不住红了脸，连连摆手："不，不，我可不敢。"

林骁靠颜值可以稳坐校草之位，三届中连个对他有竞争之力的都没有。人长得一般好看容易让人有好感，太好看只有距离感。

陶晶晶其实心动了，但她真不敢，不过她好奇地问了句：“为什么不想跟新同学做同桌？”

因为赵磊一口一个“妹”的，导致班上其他同学下意识就以为他们是什么亲戚了。

陈沐阳耸耸肩：“不熟呗！”

陶晶晶想，可能林骁不喜欢那个妹妹，他看起来随和好说话，其实很不好接近，不然学校里这么多喜欢他的，这么久也不会一个也没接触到他。一个八竿子打不着的远房亲戚，他怎么会乐意。

陈沐阳什么也没说，陶晶晶已经自己脑补完了理由，然后建议他：“你干脆挪过去算了，我觉得他不喜欢跟女生做同桌。”

陈沐阳摇头：“我不去，我们班长是个豌豆公主，我会被他折磨疯的。”

龟毛挑剔，一身毛病。

这句话不知道戳到了大家哪里的笑点，一群人笑出鹅叫。

笑着笑着，一个男生突然从外面蹿进来，一进门迫不及待地幸灾乐祸了句：“班长好惨，进办公室被周扒皮逮到。”

“周扒皮”就是数学老师，他不姓周，只是因为每周严苛的数学周考制度，外号“周扒皮”，是从上一届传下来的称呼。

一周扒一次皮。

陈沐阳捂住嘴：“完了，他肯定没写作业。”

那人深沉地摇头：“不，他写了。”

男生“啧啧”说：“他不仅写了，还全对了，然后周扒皮审问他抄了谁的。”

陈沐阳脑子里闪过一个念头：不会……

其余人也竖着耳朵听着，数学作业也不着急抄了。

男生赚了一身目光，优哉游哉地卖着关子：“然后周扒皮问他妹，‘你写作业了吗？’他妹点点头。周扒皮拿过去一看……好家伙，破案了。”

不知道谁问了句：“然后呢？”

男生咧嘴一笑：“然后俩人都被罚去连廊写卷子了，写不完不让回来。”

A、B两栋楼面对面，两端有连廊连接着，一楼的连廊是主入口，师生人来人往。

林骁面无表情地站在那里，身边沈惊蛰把卷子铺在墙上，认真写着，大有一种跌倒了先躺下睡一会儿的淡然。

大概林骁的表情实在太臭了，惊蛰忍不住抬头看了他一眼。

林骁长这么大没多少优点，就是格外要脸，人来人往的目光都快钉在他身上了。

惊蛰都没觉得自己倒霉，非常不能理解他为什么这么生气，于是歪头问了句：

“他们怎么都用那种目光看着你？”

林骁觉得自己也无法解释，只能指指自己的脸：“怪我帅气逼人。”

惊蛰表情痛苦地“嗯……”了声，脸皮真厚。

没多会儿，26班的人都趴在窗户上看他们班长英俊而狼狈的风姿，觉得分外有趣。

慢慢地，其他班的人也时不时趴在栏杆上往一楼连廊上看。

26班大帅哥果真养眼，他旁边那个女生站在柱子后头写卷子，倒是看不清脸。

林骁脸色更臭了，挪了一步，挪到她旁边的柱子后面。

陈沐阳甚至特意绕道过来嘲笑他，拍拍他的肩膀，小声丢下一句：“看开点儿，冬天总会过去的，太阳会照常升起，一辈子很快就过去了。”

如果不是他跑得快，林骁铁定抽他。

惊蛰做了一面卷子，他还臭着脸一动不动，“周扒皮”特意给了两个人不一样的卷子，她也没法提点他，于是轻声安慰他：“冬天总会过去的，可冬天还会再来。所以不要太伤心了，万一下一个冬天更冷呢？要给自己留点余地。”

林骁瘫着一张脸看她。

可真会安慰人。

惊蛰探身扯着他的手臂往卷子上放了放：“哥，快写吧！不然下个冬天很快就来了。”

林骁躲在柱子后头面无表情地给陈沐阳发消息：把我旁边的座位留着。

林骁：我不信我治不了她。

消息刚发送过去，教导主任韩亮从旁边走过来：“来来，林骁，把手机拿过来。”

林骁表情呆滞了一瞬，大意了。

亮亮直接顺着他的裤兜两指熟练地把手机夹走了，然后指头点在他脑袋上戳了几下，着急去开会，都没顾得上数落他。

人走了，惊蛰偏头看他一眼，轻轻摇头，满脸写着：你看，冬天来得这么快。

九月过了大半，南临今年冷得异常早，走廊上穿堂风吹得人直打哆嗦。惊蛰看了林骁好一会儿，提醒他：“你要不要，把拉链拉上？”

大冷天的敞着个怀，惊蛰很不想多嘴，但真的很冷。

林骁终于老老实实写卷子了，虽然是和数学题大眼瞪小眼，但“周扒皮”也知道他的水平，做对了是奇迹，做错了才是现实。

他正烦躁，闻言斜了她一眼：“你闭嘴。”

惊蛰：“哦。”

她嘀咕：“反正冷的也不是我，你感冒了，难受的也不是我。”

林骁本来是要拉上拉链的，但一听她这话就不拉了。

要你管？

惊蛰把卷子写好的那一刻，还是没忍住：“哎，哥……”

他真是被猪油蒙了心了，竟然一直以为她会是腼腆内向的性格。

没等她说话，林骁已经比了个“嘘”的手势，冷着脸说：“闭嘴！”

惊蛰再次：“哦。”

大约是她作业写得不错，数学老师给她的这份新卷子难度有点大，她前两天在家自学了些，但并不能算很熟练，这会儿做题速度并不快。

忽然，林骁：“阿嚏——”

气氛有那么几秒沉默，他有一瞬间想杀人灭口。

惊蛰沉默地看着他，默默递了个手帕，说：“干净的。”

林骁脸都黑了，拒绝了她的手帕，但从口袋里摸了半天也没摸出纸来，于是嫌弃地问了句：“没纸吗？”

惊蛰摇摇头，阿姨给过她手帕纸，纸太好了，她觉得浪费，不舍得用。

她习惯用手帕。

林骁又打了个喷嚏，在惊蛰准备收手的时候，他不情不愿地捏过了她的手帕。手帕小小的，布料绵软，上面有淡淡的桂花香味儿，是她自己做的香粉。那天她把香粉拿给邢曼的时候，林骁就凑过去闻过，她身上也有点那味儿。

“啧。”

林骁把用过的手帕揣进口袋里，恹着一张脸说：“咱俩绝交吧！我觉得我跟你八字不合，犯冲。”

惊蛰认真地看了他会儿：“要科学，不要迷信。”

林骁气得转身就走，捏着卷子去找“周扒皮”了。

邢曼打林骁电话打不通，打到了老胡那里，然后老胡转交给他。他站在办公室的窗户前接电话，沈惊蛰就趴在桌子上跟数学老师交流卷子。她穿着校服，校服里头是一件染花的衬衣，衣领板板正正，扣子系到最上面。她的书包还背着，那个兔子在一边晃晃悠悠的。她半屈着腿，脚上踩着一双邢曼新给她买的鞋子，是一双板鞋，她在鞋带上坠了一颗小草莓和小星星吊坠。她很喜欢那种小小的装饰品，都是自己做的，她极擅长废物利用。

她在家生病等开学的那几天一点也没闲着，给家里阿姨做了个护膝，给家里的萨摩耶朵朵做了一个玩具布偶，给邢曼做了香粉和甜点，还给林正泽的花花草草做了护理，甚至把修剪下来的花做成花束放在了林骁门口。

林骁人生第一次收花，觉得有点别扭，但又怕拒绝了她会哭，勉勉强强收了。

那会儿他真心实意觉得她是个小可怜。

邢曼问他妹妹来学校顺利吗，有没有什么变故，还适应不适应。

林骁面无表情地扯了下唇角，说：“挺好。”

她看起来非常适应，不适应的是他，有事的是他，不顺的也是他！

真是见了鬼了。

因为新来了位同学，教室里小小热闹了一下，新同学长着一张很惹人怜爱的脸，五官精致，眼神纯净，气质温暾，人畜无害。

甚至本来对他异父异母的亲妹妹没多在意的陈沐阳也忍不住多看了两眼，偷偷戳了下林骁："你妹妹好可爱。"

林骁冷哼了一声，骂了句："屁。"

林骁自持身份，很少骂脏话，可见多不喜欢这个妹妹。

惊蛰坐在了林骁旁边，最后一排。

一个班级里，惊蛰是第五十二个人，班上人两两同桌，原来林骁自己坐，这下没有一个空位了。

前排和女生做同桌的男学习委员推了推眼镜，很想让新同学换到前面来坐，但是他并不想和林骁做同桌。

他推了下自己的同桌李悦涵："要不你牺牲一下，跟班长一起坐吧！"

李悦涵也推了推眼镜，目光呆滞地看了他一眼："我给你掰着指头算一算，咱们班对班长崇拜加有好感的女生明面上就有六个，隔壁的文艺委员还有隔壁的隔壁的班花，都恨不得一天往咱们班绕八百回路，我消受不起。"

两个人对视一眼："那就让新同学自求多福吧！"

陈沐阳跟林骁那么要好，都不愿意和他一起坐。

陶晶晶扭头瞅了沈惊蛰好几眼，不是很能理解："长得挺好看啊，为什么林骁不喜欢她？"

她的同桌秦雪在偷偷拿着化妆镜给自己补妆，闻言撇撇嘴："不喜欢就是不喜欢呗，哪有为什么？"

陶晶晶戳戳她："昨天刚发了公告，13 班那几个人的化妆品就被没收了，你还弄。"

秦雪拍了她一下："化个素颜妆，看不出来的。"

陶晶晶唉声叹气："你不化也很好看了。"

秦雪也扭头看了一眼沈惊蛰，对方那张天然纯净的脸很让人嫉妒："乡下果然养人，你说我去乡下住段时间怎么样？"

老家在乡下的陶晶晶翻了个大白眼："那你去试试吧！那样的，是另类。"

秦雪突然拿手肘撞了一下陶晶晶："说好了我去跟班长坐，怎么又不让了？"

陶晶晶摇摇头："不知道，陈沐阳说林骁发疯了，可能要报复。"

秦雪："啊？"

陶晶晶凑近了，神秘兮兮地说："你没发现吗？从进来教室，班长就冷着一张脸，一句话都没跟他妹说过。”

林骁在初中的时候就很有名气，因为长得好看，人又高调。附中在郊外，旁边就是大学城，隔一条马路就是职业高中，职高附近的小吃街非常出名。因为学校离市区远，虽然有校车，可大家中午基本都在食堂吃，食堂吃腻了，就去职高附近的小吃街。职高的学生年纪也都不大，有时候会有交集。

有个女生特别野，吃着饭看了林骁好几眼，当街要联系方式就算了，还拉了一群人，一副“逼良为娼”的架势。

林骁一向算有礼貌，但很反感别人拿他当战利品，于是拒绝的语气并不太温和。结果对方越挫越勇，每天中午都去堵人。

最后林骁不耐烦了，陈沐阳再也不能忽悠他去小吃街吃饭了。

家里司机按时来给他送餐。

附中有个叫秦妍的，也喜欢林骁，得知林骁被职高的人骚扰，带着人过去堵人了，两拨人差点儿打起来，最后各自学校的老师把人领回去教训。林骁知道的时候，正歪着头趴在桌子上睡觉，闻言蹙眉片刻，旋即又舒展开，换个方向继续睡：“不认识，关我屁事。”

旋即他又直起头，百思不得其解：“她们闲得没事干不能多做几套题？”

要不是他自己也是个学渣，那听起来简直正气凛然、感天动地。

他在学校里女生缘好得不得了，男生缘更好，于是职高那女生恼羞成怒，带着社会上的哥哥来找事的时候，陈沐阳打了个电话叫来几十个人，乌泱泱地堵在巷子里。最后路过的行人差点儿报警，犹豫了下先给学校通了风。

风纪主任骑着小电驴吭哧吭哧赶过去的时候，林骁甚至毫无察觉，正因为睡过头错过饭点坐在便利店丧着一张脸嫌弃地吃套餐。

有人在巷子口望风，可惜主任斗争经验丰富，以及走位十分风骚，导致一群人压根儿跑不及，被抓住了大半。由于陈沐阳太显眼，跑了之后还是被风纪主任抓回去了。主任站在巷子口一个一个数人头，然后一群人排着队回学校去挨批评。

陈沐阳这些人被训得蔫头巴脑，林骁被人从便利店拽去了办公室。他从人群里艰难地钻进去，看到了风纪主任被气成河豚的一张脸，疑惑地问了句：“怎么回事？”

那天整个初中部听到风声的都趴在那里看，不知道谁调侃了句：“我的妈，林骁在古代，得是蓝颜祸水级别的吧！”

秦雪愣了愣：“然后呢？”

林骁不喜欢他妹妹，有什么值得大惊小怪的，她也不喜欢秦妍。哦，就是那个为了林骁去堵职高那女生的姐们儿。

秦妍是秦雪堂妹，比她小了半岁，但仿佛大脑没有发育完全一样，在大傻子的道路上越走越远。

所以秦雪被分到26班的时候，秦妍嫉妒得都要冒酸水了，秦雪则高兴得不得了，恨不得买挂鞭庆祝一下。得知陶晶晶对林骁有意思，秦雪颠颠地坐过来了，励志给秦妍培养个情敌。

可惜陶某人不争气，她甚至想坐到林骁旁边去，让秦妍过来求着她说好话，然后再狠狠拒绝秦妍。

陶晶晶不争气也情有可原，毕竟看上林骁的人不少，可真正敢上前的根本没几个。在林骁身边玩的，都是陈沐阳这类家境良好的。虽然在这年纪没什么门当户对的概念，但家境悬殊也不太能玩到一起去。

但就像商场里挂着的昂贵物品一样，买不起也不影响人惦记，路过得瞅两眼。

但要说谁特别惹林骁讨厌，那倒也没有。他大约被骚扰习惯了，都懒得给眼神，碰上个别不讨厌的，还会说声“谢谢”，以及“对不起”。

这导致想“买”的人更多了，毕竟梦想还是要有的，万一走狗屎运了呢！万一买彩票中头彩了呢！

万一王子就喜欢灰姑娘呢！

万一他眼瞎呢！

陶晶晶摊手：“你见班长跟哪个人这么明面地甩脸色的？我估计不出半天，一层楼都得知道咱们班长跟他妹妹有过节，然后不出半天，都要过来打听。新同学的高中生涯将波澜起伏。”

陶晶晶怕秦雪听不懂，特意举了个通俗易懂的例子：“蓝颜祸水的背后，都是腥风血雨。”

秦雪笑得脸上的粉抖了三抖，然后看热闹不嫌事大地拍了两下手：“打起来，打起来。”

第一天其实挺平静，就是林骁真的感冒了，鼻音重嗓子哑，恹恹的，一副昏昏欲睡的样子。

事实上他也的确趴着睡了半天。

他还做了个梦，梦到在吃饭，食不下咽。沈惊蛰就坐在对面看着他，脸上没什么表情，但似乎每个毛孔都写着：不许浪费。

他心说：管得着吗你？毒蘑菇。

但他竟然可耻地吃完了。

奇耻大辱。

他又梦到跟陈沐阳出去玩，几个人打台球，他靠在球桌前睨着惊蛰：“会吗？”

惊蛰摇摇头。

他挑了下眉，得意片刻，纡尊降贵：“哥教你。”

她抱着书包坐下来，睁着一双乌黑清亮的眼睛真诚地看着他："你作业没写完。"

简直往他心口下刀子。

他被气得喘不过来气，终于醒了，发现鼻子已经塞得快不能呼吸了。

他半趴在那里，手臂微弯放在后脑勺，蜷着指尖拨弄了下自己头发，沉沉呼出一口气。

惊蛰见他醒了，戳了他好几下，问要不要去医务室。

她对林骁，有一种本能的责任感。

也或许是爱屋及乌，她很感激林叔叔和邢曼阿姨，于是即便林骁很幼稚，她对他也有一种莫名的好感。

林骁声音闷在臂弯里："不用，你别搭理我，我就哪里都好。"

他身体本来挺好的，他觉得自己可能是被她气的。

怎么会有人可以做到这么气人，一言一行，没有一处不气人的。

惊蛰想起他说他俩犯冲，轻轻摇头：小小年纪，还挺迷信。

周一的课排得很满，而且都是正课，惊蛰第一次坐在这么宽敞明亮的教室里。虽然别人都说26班会有些乱，但其实比起落阴山，这边其实哪里都挺好的。

甚至好到有点不真实，偶尔她侧头看林骁，都觉得像是误入了什么幻境。

她总是忍不住想起母亲来，记忆里母亲的面容已经不是很清晰了，偶尔还需要看一看照片才能想起来。母亲去世的时候，她才六七岁，那时候家里经常会有很多客人，小小的惊蛰已经学会端茶倒水了。那时候没有自来水，家附近有一口深井，惊蛰每次都会用桶提上来一点水。那会儿力气小，她每次只打三分之一桶水，奶奶会心疼地说："妹妹别弄了，压坏了肩膀，会长不高的。"

妈妈眯着眼笑："她开心就好，你管她那么多做什么。"

奶奶就会横母亲一眼："你这妈当的。"

母亲还会带她去野炊，两个人坐在山坡上看星星，被冻得直打喷嚏，被蚊子咬出大包。母亲抱着她取暖，说："我给你讲个故事吧！"

讲了什么故事呢？

讲的是"二战"时德国突袭波兰。

她说："妈妈，我听不懂。"

母亲唉声叹气："你什么时候才能长大啊！"

惊蛰搓搓妈妈的胳膊："给惊蛰浇点水，明天就长大啦！"

妈妈哈哈地笑，亲她的脸。

她很想妈妈。

别人都会在委屈的时候想爸妈，但她每次都会在感觉到幸福、快乐、安心的时候想到他们。

如果他们还活着，就好了。

前排坐着两个男生，偷偷拿手机玩单机小游戏，然后被亮亮的魔鬼之手把手机薅走了。亮亮在教室转了三圈，收走了四部手机，一个化妆镜，一块粉饼，一只尖叫鸡，六本课外书，还有四只小跳蛙。

亮亮的中年啤酒肚气得像是动了胎气，站在讲桌上摁着小跳蛙的屁股，让小跳蛙在讲桌上蹦跶，一群人憋笑憋得很辛苦。亮亮嘴角抽搐地拿手指指了一圈："你们是幼儿园大班生吗？啊？你瞅瞅你们，瞅瞅！不像话。"

惊蛰有些闷闷的，山里生活很无聊，她也没什么小伙伴，所以学了很多奇奇怪怪的小技能。

她心情不好的时候就喜欢做点东西，于是裁了半张纸，随手叠了一只小青蛙。

她用水笔给小青蛙画上眼睛和脚趾。

小青蛙眼睛大大的、呆呆的，林骁"啧"了声："幼稚。"

惊蛰又叠了一只，把两只小青蛙摆在书桌上。

一阵妖风从后门吹过来，把青蛙吹到了前排俩男生的桌子上，男生捏起来看了一眼，被大眼青蛙戳中笑点。

因为亮亮正在讲台上玩小跳蛙，这简直是对亮亮的挑衅。

两个人齐齐扭头看林骁，林骁脸色阴沉地皱了下眉。

关我屁事。

亮亮在讲桌上一声大喝："干吗呢？江子遇还有徐玮，就你们俩脸皮厚，手里拿的什么，给我拿上来。"

江子遇没能销毁罪证，亮亮就挺着啤酒肚大步下来了，看到小青蛙气坏了。

惊蛰站起来："老师，是我的。"

亮亮却直接看了林骁一眼，拿指头虚空戳了他一下："别以为我不知道，少拿你妹妹当挡箭牌。刚害人家在走廊罚站，你怎么脸皮这么厚呢！"

惊蛰试图举手。

林骁却踢了她一下，意思是，你可闭嘴吧！

他霍然起了身，三十度鞠躬："对不起老师我错了下次不敢了，您大人有大量，我一定深刻检讨自己，熟读校规校纪，争做新时代好青年。"

江子遇和徐玮也立马效仿："老师我们错了。"

快上课了，韩亮早就被这群学生折磨得没了脾气，暂时放过了他们："一人一份八百字检讨，晚上放学放到我办公室，你们班我以后一定重点关照，我看看谁皮痒。"

人走了，惊蛰才对林骁说了句："抱歉。"

林骁两手食指比了个叉："绝交中，别跟我说话。"

然后他就又趴着睡觉了，睡了会儿又抬起头，歪着脑袋说："帮我写检讨？"

他没想到，惊蛰竟然点了点头。

中午的时候，他状态更差了。林骁最不喜欢吃药，陈沐阳劝说半天他都不去医务室，最后陈沐阳只能说：“那总得去吃饭吧！”

于是一行五六个人去食堂。

陈沐阳突然问了句：“哎，你妹怎么办？不用带她去食堂？”

林骁被头疼折磨着，沉着脸说：“我又不是她保姆。”

陈沐阳撇撇嘴：“你看你一点当哥哥的样子都没有。”

林骁轻嗤一声。哪门子的哥哥，他们之前连认识都不认识，见都没见过。

学校只有一个食堂，上下四层楼，一楼都是些普普通通的饭菜，越往上越贵越精致。林骁每次来吃饭，肯定是要上去的，但这次他懒得动，指了指一楼就进去了。

陈沐阳打了一份小炒肉和一盅玉米排骨汤给病号，然后就看到惊蛰在窗口有些笨拙地刷卡。她不会用，慢吞吞的，后面有同学在抱怨，阿姨也在催她，她侧头，轻声说了句：“抱歉哦，我今天刚来，这个还不会。”

她刚刚看了眼别人怎么弄，但她第一次用，不太熟练。

或许她声音太温柔，身后的女生也不抱怨了，抬手给她示范：“这样，放在这里，你抬头看一眼镜头就好了，刚开始用要刷脸。”

惊蛰点点头：“谢谢。”

陈沐阳回去的时候带点乐地跟林骁说：“你家妹妹真是长了一副惹人怜爱的脸，9班那个辣椒姐姐，刚对她温柔备至，还给她做示范，简直了。”

林骁不知道想起了什么，冷笑了声。

都是假象。

林骁食不下咽，吃到一半本来已搁了筷子，但又拿起筷子吃完了。

“不想吃别勉强自己。”陈沐阳说。

林骁言简意赅：“浪费。”

陈沐阳看了一下外面的天，用一种非常夸张的语气说：“哟，我还以为太阳打西边出来了。”

林骁侧头看了一眼坐在他侧前方安安静静吃饭的沈惊蛰，总觉得对方能看见自己，有点郁闷。

我管她？

惊蛰吃完饭，不知道去哪里了，快上课了才回去，然后在林骁桌子上放了药，还有水：“吃点药。”

林骁皱眉：“不吃。”

惊蛰把药倒出来，放在瓶盖里，然后把水杯拧开试好了温度，再次递给他，轻声说：“你吃完药我告诉你个秘密。”

林骁犹豫了片刻，狐疑看了她一眼，最终接过去吃了。

他灌了一口水，仰头看她："说来听听？"

他从小好奇心就重。

惊蛰帮他拧好瓶盖，轻轻冲他笑了下："秘密就是，轻易相信别人容易上当受骗。"

林骁翻了个白眼，咬着后槽牙："我谢谢你啊！"

隔着两排的陈沐阳正好看到，忍不住发出了震惊的声音。

能让林骁主动吃药的，还真没几个，这妹妹有两把刷子。

但是吧，林骁脸色很差，极其差。

——所有人都看出来的差。

他同桌甚至小声问了句："新同学和班长关系怎么这么奇怪？"

陈沐阳耸耸肩："我怎么知道。"

他虽然跟林骁是发小，可从小到大也没听说过沈惊蛰这号人。据他所知，林叔叔很小就是孤儿了，跟家里亲戚疏远到互相不联系很多年，突然接回来个女孩子放家里，确实挺奇怪的。

毕竟这年头，养个孩子可不是那么简单，再亲近，也不会轻易让人在家里住三年。

甚至陈沐阳他婶婶还猜惊蛰是不是林叔叔的私生女。

陈沐阳他妈蒋洁女士作为邢阿姨的好闺密，坚决替邢阿姨否定了："不可能的，邢曼那人可不是什么能忍气吞声的，别说私生女，就是对方敢有一丁点念头，她都能让林正泽倾家荡产滚出南临，你也太小看她了。"

蒋洁和邢曼现在合开了一家咖啡店，买了一栋老别墅，从选址到装潢，可着劲儿地往里砸钱，俨然一副赔本赚吆喝的架势，每根头发丝都透着不靠谱。

但这俩人能不靠谱到一起去，因为实在是太相似，以及太了解对方了。

陈沐阳摊手，说："可能林骁就是发少爷脾气呢！"

他从小养尊处优惯了，没遇到过什么不顺心的事，家里突然多了个人，跟他同住一个屋檐下就算了，还要他负责照看，他能开心就奇了怪了。

不过他好像确实特别讨厌沈惊蛰。

陈沐阳认识他这么久，很少看到他这么直白地对谁表达不满。

惊蛰却似乎没感受到林骁的低气压，拧好了瓶盖，又给他收拾了桌面，说："你再睡会儿。"

午休时间不长，大家都是趴在桌子上睡的。林骁很挑剔，往常中午很少睡，累了就趴一会儿，睡不太着，但今天大约生着病，也没顾得上跟惊蛰对着干，背对着她趴在桌子上睡了。

班上安静下来，直着脑袋的没几个，世界像是一下子沉寂了。

26 班一直闹哄哄的，上课时也很难完全静下来，偶尔还需要老师敲两下桌子，提醒一下："安静，谁再说话就出去。"

只有午休时候才会彻底静下来。

像是一部热热闹闹的贺岁片到了中场休息的时刻。

惊蛰没有睡，她没有午睡的习惯，翻开一本书看着，笔尖摩擦着纸面，沉默地算着一道物理题，然后一个小纸团落在了她桌子上。

惊蛰顺着纸团过来的方向望去，看到一个手托着脑袋的女生，坐在她右侧前方三排的位置，长直发，马尾扎得高高的，眉眼深浓，显得气势十足。她挑了下眉，示意惊蛰看字条。

惊蛰打开来，她的字却意外地很娟秀：放学记得跟林骁他们一起走。

惊蛰抬头看了她一眼，对方却已经转过了头。

下午课间的时候秦雪来了一趟，坐在她前面，护手霜涂了厚厚一层，仔仔细细给自己的手做按摩护理，歪着头看惊蛰："哎，沈惊蛰，你为什么叫惊蛰？惊蛰那天出生的？"

林骁不在，跟着陈沐阳出去了。他下午好了一点儿，只是鼻音还是重，神色倦息。

惊蛰看了秦雪一眼，对方很漂亮，是每根头发都打理得很精致的那种漂亮。

她摇摇头："不是，是很特别的日子。"

秦雪"啊？"了声，还想再问，但看她没有继续说的意思，也就换了个话题："林骁是不是对你有意见啊？"

惊蛰思考片刻："可能是。"

秦雪"啧"了声："你为什么说得这么坦荡，不伤心吗？"

被人讨厌无论什么时候都不怎么愉快吧！

惊蛰默默拿笔给自己的书写上名字，惊蛰，一笔一画，字迹工整秀气。她摇头："明显他更伤心一点儿。"

她能接受更好的教育，能借住在林叔叔家，她所侵占的，是林骁本该独有的，他讨厌她是正常的，不接受也是正常的，她心存感激，并无怨恨，也没有什么伤心的，只是有点愧疚，以及有想要弥补的心态。

秦雪愣了愣，看着沈惊蛰那张人畜无害的脸，陡然笑了下："我喜欢你。"

惊蛰抬头，对方表情真诚，不像是在开玩笑，于是她也轻轻笑了下。在陌生的地方，没有一点点害怕和孤独是不可能的，得到笑脸和欢迎也是真的会开心。

秦雪冲她伸出手："我叫秦雪，三秦大地的'秦'，下雪的'雪'。因为我出生那天是个大雪天，跟白雪公主差不多吧，我上户口的时候，差点儿就叫秦白雪了。"

惊蛰读过《白雪公主》，闻言不由自主地扯起唇角，握住她的手："沈惊蛰，惊蛰在乡下是个很重要的节气，预示着万物开始生长，我妈妈很喜欢春天，所以给我起名叫惊蛰。"

秦雪恍然大悟："好听。第三节课下课一块儿去吃东西吧，我请你。"

年少的时候交朋友总是很容易。

惊蛰迟疑了下，点点头。第三节到第四节课的课间有二十分钟，这是附中很久以前就有的传统，课间长，大家都会出去放松一下。

秦雪性格大大咧咧的，对美有一种强烈的执着，立志当个女明星，所以从头发丝到脚指头都养护得一丝不苟，甚至为了杜绝黑历史，拒绝一切脏话和不良习惯，出门见人三分笑，非常有偶像包袱。

她给惊蛰大致介绍了一下学校，附中建校六十年了，早些年还是启明中学，后来附中老校区拆建，合并到这里之后，就是临大附中高中部了，和初中部只有一条马路之隔，两个校区不互通，占地面积各百余亩，硬件设施和软件设施都不错。

学校以走读为主，也可以寄宿，寄宿公寓楼是前几年才新建的，每学期只有两次申请机会，这学期第一轮申请已经过了，第二轮申请需要等到期中考试之后了。

"珍惜还可以走读的时光吧！附中高三强制住宿，高一、高二可以随意。班长家里不是有司机吗，住校挺不自由的，走读就挺好。"秦雪说。

然后秦雪想到林骁不待见惊蛰，忍不住又叮嘱了句："班长其实人挺好的，你看他人缘多好就知道了，要不你多和他沟通沟通？"

惊蛰若有所思片刻，没有吭声。

她记性很好，秦雪说一遍，她差不多就都记住了，脑海里对学校的大致情况便了解得差不多了。

秦雪最后又提了一句："对了，你别介意啊，我今天听25班的人说你是班长爸爸的……私生女。你注意点儿，要不跟班长提一下。"

她怀疑是25班那个舒莺在搞事，舒莺的妈妈跟林骁妈妈认识，两个人也算是有点交集，私下里两家吃过饭什么的。舒莺没少跟班上人暗示自己跟林骁关系好，但林骁一向佛系，有天却特意说了句"不熟"，导致舒莺好没面子。舒莺今天上午就来班里转了好几回，看惊蛰的目光挺不屑的。

也不知道她是为了讨好林骁，还是又想借此暗示自己跟林骁关系好。

但不管怎么说，第一天就传这个，挺恶毒的。

惊蛰微微蹙眉，解释了句："不是。"

她有爸爸。

秦雪侧头看了她一眼，其实她有点信谣言的，因为那边传得有鼻子有眼，但她并不在意。不管是不是，这件事只有人家自己家里人有资格说。都是正直灿烂的青少年，何苦做嚼舌根的长舌妇？

她跟沈惊蛰提，其实也犹豫了好一会儿，本来觉得当作不知道就好，但又觉得，做朋友要坦诚，提醒她一下，也可以看看她的态度和反应。

但惊蛰现在说“不是”，她莫名相信惊蛰。

秦雪点点头：“下次谁再这么说，我替你骂她。”

惊蛰摇摇头，旋即又笑了下：“谢谢你，不过不用啦。”

秦雪以为惊蛰觉得自己怕事，怕牵连自己，拍着胸脯说：“我虽然发誓不骂人不打架，但维护朋友的事，我还是不会退缩的。”

惊蛰笑了笑，再次摇头：“没关系，你不用骂，我自己骂。”

秦雪愣了下，旋即哈哈大笑起来，勾着惊蛰的肩膀说：“我怎么这么喜欢你呢！”

对她脾气。

惊蛰也笑了笑。

两个人走走逛逛，回教室的时候，已经快要上课了，一群人一窝蜂挤着回教室。教室里乱糟糟的，林骁和沈惊蛰的位子空着，前排倒是聚了不少人，一个女生坐在江子遇的位子上，看见惊蛰从后门进来，瞥了她一眼，然后说：“我看着她也烦，长得就很讨厌。”

秦雪翻了个白眼，刚想说什么，林骁从前门回来了，敲了敲门框：“没听见上课了？”

那几个女生一哄而散，窃窃私语，不知道谁在起哄：“哇，班长好帅啊！”

往常她们闹，林骁多半说句“闭嘴”也就算了，但今天他路过讲台时皱着眉敲了下桌子，虽什么也没说，但眼神里的不悦非常明显。

是真的生气了。

周围瞬间鸦雀无声，有几个人对视一眼，各自都用眼神在说：都怪新同学。

最后一节是自习，下周有个板报评比，文艺委员拉了几个人去写板报，班里往常这时候嗡嗡闹着，今天却静得很诡异，只有粉笔摩擦黑板和偶尔翻书的声音。

一直到了下课都静悄悄的，甚至于下课铃都响了，大家起身说话都小声着。

陈沐阳随手抓了几本书塞进书包里，然后扯着嗓子喊：“林骁，走，打球去！”

刚说完，他自己先想起来了：“哦，我忘了你感冒了。我妈让我转告你，你妈今晚不回家，你爸今晚也不回家。”

林骁想起自己没了的手机，一阵郁闷：“走，打球去。”

陈沐阳听他这样说，“嗷呜”了一声，自言自语了句“感冒算个屁，林骁身残志坚”，几个人吵吵闹闹就走了。

惊蛰收拾完自己的书包，莫名想起来那个长发女生的字条，皱了皱眉。她看着林骁的背影，却没叫他，就算林骁不回去，阿龙师傅会来接她的。

她慢吞吞收拾好东西，然后背着书包起了身。

侧头，她看见林骁的作业摊在桌面上，压根儿没带。

她犹豫了下，把他的作业收起来装进了自己的书包。

一路上并没有遇到什么，她安然回了家，自己吃了饭。晚上八点邢曼阿姨回来，问了她在学校的情况，她一一回答了，没有告状林骁抄作业被罚站的事。

林骁是晚上八点半回来的，一进门就要去洗澡，然后陈沐阳连环夺命通话，让他去看班群。

学习委员在收集标语，每个人发一句名人名言，她要收集起来写在小黑板上。

然后齐婷婷和沈惊蛰先后发了一句。

齐婷婷发了一句牢骚，说天天这些有的没的，看着就讨人厌。

然后沈惊蛰就发了一句：你不讨厌，可是全无用处。

齐婷婷就是坐在江子遇位子上阴阳怪气那女生。

沈惊蛰发完，很长时间没有人在群里说话，气氛一度非常尴尬，他们没想到新同学看着柔柔弱弱的，却这么猛。

过了很久齐婷婷似乎才看到，群里末尾这两句话实在非常嘲讽人，她发了一大串问号。

过了很久，沈惊蛰才又补了句：

——钱锺书。

班里有两个班群，一个有老师，一个没老师。

这个群里是没老师的，齐婷婷已经准备开骂了，结果林骁直接将全员禁言了。

只剩班委能说话。

林骁像是没看出来这俩人一触即发的战况，只是说了句：大家配合一下班委工作。

然后他提及了一下学习委员：这样工作效率不高，我已经看到有好几个重复的了。

学习委员发了三个“祈祷”的表情：对不住了兄弟们，但你们跟我抱怨也没有用。而且这是因为你们摸底考时语文太差了。快月考了，大家好好考，争取考过25班。

后来学习委员又聊了几句安排，那句像是嘲讽的话竟然被带过去了。

惊蛰收到了秦雪的私聊。

暴风雪：齐婷婷没过来骂你吧？

随便：没有。

暴风雪：那就好。

齐婷婷看林骁一向都是仰着脸的，崇拜到了谄媚的地步，这会儿林骁禁言这操作让她也摸不准是不想群里吵架还是对她那句抱怨有意见，正心虚着，哪里顾得上沈惊蛰。

倒是其他围观人在小群里聊得飞起，说新同学也太会气人了，但又觉得看她也不像故意的那种性格。

一群人怂恿秦雪去问一手消息，秦雪想起惊蛰那句“我自己骂”，心想这肯定是故意的，不然精准地正好接上齐婷婷的话未免也太巧了。不过她觉得沈惊蛰就这一点有趣，哪怕理智告诉她，惊蛰百分之百是故意的，但还是有一种觉得不太可能的感觉，于是她真去问了。

惊蛰回：嗯。

秦雪发了个“竖大拇指”的表情：你那个破折号真是绝了。

齐婷婷那一串问号十分具有挑衅意味，那会儿不少人私下里就在讨论怎么火药味儿这么浓。下午课间的时候，也有人听见齐婷婷在那儿阴阳怪气，于是就传开了，所以陈沐阳才打电话给林骁，想着怎么着都得掐起来了。

谁能想到沈惊蛰在那儿补了一个破折号，局势瞬间变成了：我交个作业而已。

一种所有人都看出来我在骂你，但我又没明说我骂你，你回骂我就落了下风，不骂憋死你的感觉。

随便：那个不是故意的。

暴风雪：……

秦雪又冲她竖了下大拇指，真行，真是个无形撩架高手。

秦雪又问她：你不怕打起来啊？

这么嚣张的新生，还真不多，在陌生环境，什么都不了解就敢这么挑衅人。秦雪自认自己是绝对不会的，她也看不出来惊蛰是太聪明还是太笨了。

惊蛰沉默了会儿，然后说：不怕，但不想，怎么办？

暴风雪：……我去。

暴风雪：你真是个人才。

过了会儿，惊蛰把自己的个性签名换成了：“吃得多，力气很大。”

换上了眯眯眼、笑脸的动漫头像，显得气质呆呆的。

那个昵称是之前林骁给她申请的时候设置的，问她想叫什么，她说随便，林骁就直接给她填了个“随便”，然后她自己改成了“随便呀”。

秦雪快要笑死了。

个性签名暗示自己力气大、能打，昵称和头像又表达自己是个软妹，但莫名就透着一股子阴阳怪气的味道。

林骁洗完澡就看到陈沐阳在小群里分享沈惊蛰的操作。陈沐阳说齐婷婷现在在疯狂怀疑人生，因为怀疑沈惊蛰在阴阳怪气，但又没有证据，她自己也改了无数遍昵称、头像和个性签名，但无论怎么改都改不出沈惊蛰那效果。

林骁挑眉，点开沈惊蛰头像看了眼。她没有用过智能手机和电脑，中学时候只上过几节计算机课，用的还是老式的大头电脑和 XP 系统。

林正泽给她房间里安了一台电脑学习用，手机用的是他不要的，可她依旧很不习惯接受馈赠，低着头说了好几句“谢谢”。

送手机那天，林正泽让林骁教教她怎么用，他那天破天荒没抗拒，老老实实坐在那里给她普及了俩小时的互联网知识，她记性很好，一点就透。

他见过她坐在那里摸索使用电脑，一指禅，不知道从哪里下手似的，每一次都戳得很小心。

智能手机一开始她也不太会用，接电话都手忙脚乱的。

她倒是学得挺快，现在都知道换头像和昵称气人了，这可真是她能干出来的事。

他已经被她气得半死不活了，决定以后也要离她远远的。

真是一朵毒蘑菇。

陈沐阳突然说了句：哎，班长，25 班可有人在传那妹妹是你爸私生女。可不是我说的，你留意点儿。

林骁皱了皱眉。

房门响了，林骁说了声：“进。”

孙阿姨推门进来，拿了个托盘，托盘里放了药和水：“太太叫你吃了药再睡。”

林骁侧头浑不在意地说：“谢谢，搁那儿吧，我一会儿吃。”

阿姨太了解他了，从小吃药就跟要杀他似的，可这孩子又很自我，软硬不吃，哄也没用，逼他也没用。她只是再次叮嘱了句：“一定记得吃啊！”

林骁胡乱点了点头。

陈沐阳在外面跟他妈逛街，提了满手的战利品，像行走的拎包小弟，还不忘戴上蓝牙耳机跟好兄弟侃大山：“班长，待会儿你妈也要来，我真的服了，女人为什么这么喜欢买东西。”

林骁看了看表，晚上九点钟去逛街，真行：“商场不关门啊？”

陈沐阳：“这不十点关门吗？我妈说忙一天了，要犒劳一下自己。一天都坐在那里喝咖啡聊天，可真是忙死她们了。”

林骁意味不明地笑了声：“让我妈给我挑几套秋装。”

陈沐阳骂了声：“别了吧，都得我提。商场情愿给她们送家去她们都不要，说这样没有成就感。我去，我真是命苦。”

林骁开了电脑，决定玩会儿游戏，头昏昏沉沉的，但不太想睡。陈沐阳是个没心没肺的，只当两人抽风。可林骁觉得应该不是，他估计是两人的创业遇到了“瓶颈”。这两人有点人来疯，一遇到挫折也疯，三四十岁的人了，还跟个小青年似的，没一个稳重的。

林正泽前段时间因为沈惊蛰的事耽搁了不少工作，短暂地又休息了几天，最近忙得都很少回家。

林骁以往在家里很随便，但现在多了个人，洗完澡都忍不住换上齐整的衣服。

烦得要死。

惊蛰做着作业，接到了奶奶的电话。家里是没有电话的，并且已经开学了，万堃应该不在老家，奶奶给她打电话，需要到静婶家里去，或者去镇上。

“妹妹……”奶奶耳朵不背，但年纪大了听力总会迟钝些，讲电话会很用力。

惊蛰鼻子莫名一酸。她其实是个到哪里都能活得很好的人，唯独放不下的就是奶奶。

她很想劝奶奶来南临跟林叔叔一起住，但又觉得没有立场，更知道奶奶不愿意离开落阴山是为了什么。

一瞬间脑海里闪过很多，出口却只有一句：“奶奶。”

奶奶“哎”了声，问她在那边吃得好不好，睡得好不好，冷不冷，热不热，学校怎么样，同学们好不好相处，有没有受委屈……

惊蛰一一回答了。奶奶似乎因为看不到，也怕她报喜不报忧，明明上一秒还很高兴，下一秒突然停顿了一下，叹了口气：“妹妹，要好好的。”

惊蛰点点头：“会的，奶奶，说好的，等我考上大学，你陪我一起上学。”

奶奶连声说着“好”，然后突然提了句：“也别忘了多帮帮尧尧。”

奶奶是要告诉她，要念着叔叔阿姨的好。

惊蛰说：“好。”

挂了电话，她坐着发了会儿呆，然后继续翻开书学习。

作业做完了，她起身去敲林骁的门。

两个人的卧室门对门，林骁起初很抗拒，说离得太近好别扭，但邢曼阿姨执意如此。惊蛰想，可能是怕她住不习惯，好让林骁照顾她点儿。

其实惊蛰很想说自己不需要照顾，但这样的话说出来倒像是一种委曲求全。她接受一切的好意，至于报答，总有机会的。

惊蛰敲了好儿下门，没有人开，她不知道林骁是不想理她，还是生病了，还是在干别的。她皱了皱眉，给他发了消息：开一下门，我给你送东西。

她没提作业，怕他因为作业更不愿意理她了。

林骁正在打游戏，消息页面一闪而过，他摘了耳机，说了声：“进来。”

惊蛰打开了门，还是第一次进他房间，很男孩子的风格，科技运动风。他坐在电竞椅里，只能看到一个后脑勺，电脑桌面上闪着枪击游戏的界面，他躲在掩体后面，探头，瞄准，一枪爆头。

他似乎是笑了下，对着耳机说：“学着点儿！”

然后他才回过头看了一眼惊蛰。她穿着一条扎染的棉质睡裙，发带随意绑着头发，抱着习题册，仍是那副温暾好脾气的表情。

但他知道这些都是假象，挑了下眉：“有事？”

惊蛰把习题册放在他桌子上：“你作业忘带了。”

林骁蹙眉：“你成心的吧？”

惊蛰抿了抿唇，完全忽略他的不满，温声说：“记得写。”

说完，她看到桌子上的药，指了指：“也记得吃药。”

林骁枪枪爆头，扫射一通，在最后一个人死掉的同时，摘了耳机，扭过身认真看她：“这次准备告诉我什么秘密？”

惊蛰偏头思考了片刻，摇摇头：“没有秘密了。”

同样的招数用第二次就不灵了。

“我吃不吃不关你事，你不用操心我，睡去吧！”林骁面无表情地说，语气并无刻薄。

惊蛰出去了，没多会儿端了一杯热水又来敲门，听到“进”的时候，她把热水放到了桌子上，然后什么也没说，出去了。

林骁还准备听她老太太念经呢，结果她就走了。他既觉得纳闷，又觉得不爽，烦躁地看了水杯一会儿，把药拿起来吃了。

他吃完觉得没面子，又觉得自己爱吃就吃，关她什么事。

最后他躺到床上准备睡觉了。

睡觉前他例行刷了会儿手机，翻朋友圈看到陈沐阳不知道从哪里弄了一条成年德牧犬，在问：这狗属实难驯，早上打了它一巴掌，到现在都不理我，不吃也不喝，跟我怄气呢，怎么搞？

沈惊蛰不知道什么时候加上了陈沐阳，她在下面回复：盯它太严它会逆反的，把吃的放旁边，别理它，一会儿自己就吃了。

林骁吞咽了口唾沫，莫名品出来一股药苦味儿。

他仰面躺在床上，盯着天花板，半晌皱了下眉：“嗯？”

“你会驯狗啊？”陈沐阳趴在江子遇的桌子上看沈惊蛰。

他发现她说的还挺有用的。

惊蛰刚进教室，书本还没有掏出来。林骁今天没来。

——他早上起来感冒加重，请了一天假。

惊蛰点点头，又摇摇头：“家里以前养过。”

谈不上会驯，而且动物也是各有性格，她只是觉得陈沐阳嘴太碎了，可能那只狗嫌他烦。

陈沐阳好奇她养过什么犬，惊蛰没听懂，陈沐阳说：“品种啊！我帮我表哥养的那条是德牧，林骁家里那条是萨摩耶，邢阿姨还有一条约克夏是她的心头宝，现在在林骁姥姥家。”

惊蛰摇摇头：“山里不养宠物，看家狩猎用的都是大犬，没有品种。”

她说得坦然，陈沐阳倒有点不好意思了，不确定自己该不该问。

惊蛰其实挺……朴素的。林骁的文具都是进口的。惊蛰的笔是商店里最便宜的圆珠笔，还有一支黑色水性笔，笔杆也挺旧的，甚至缠了一层胶带在开裂处，没有任何多余的东西。文具袋是麻布袋子，像是手工制品，针脚倒是比小卖铺卖的好一些。她穿着校服。南临今年的秋天冷得格外早，这几天都是阴天，外面妖风阵阵，她校服外套里是一件质地看起来颇硬的白衬衫，有些旧了，泛着微微的灰色，领口暗处绣了一只小兔子，仍旧是肉眼可见的手工痕迹。

她头发很长，用一根绿色发带很随意地绑在脑后，那发带上绣着密密匝匝的花纹，因为过于繁复而显得有些土气。刚刚还有人在嘲笑她的发带，说不知道是从哪里淘来的“奇葩”东西。

不过陈沐阳觉得还挺好看的，虽然确实有些怪异。

她身上有一种很原始的，又粗糙又精致的气质。

陈沐阳是个自来熟，好奇心也重，趴在那里跟她闲扯篇，惊蛰有问必答，也并不扭捏，没觉得有什么不好说的。倒是陈沐阳总怕她会因为自己是乡下来的，比较敏感，问得小心翼翼，到最后忍不住自己唾骂自己一句“比人家当事人还敏感”。

惊蛰说落阴山的路才刚修通，狭窄的盘山路，走起来很困难。山里冷，她住的地方海拔也高，夏天都不需要穿短袖；空气很好，只是林木葱郁，夏天也很少看得到太阳。她家的房子在一处向阳的山坡上，篱笆院，木头桩子，还有石头墙。她没什么娱乐活动，不学习的时候就干活，院子旁边开垦了成片的土地，随着季节种蔬菜和水果。

翻土、播种、浇水、除草、除虫、收割、留种子……

单是这些琐碎的事情，都能消磨掉一年大半的时间。

种出来的蔬菜和水果大部分都是自己吃，吃不掉的晒干做成干囤着冬天吃。落阴山冬天很冷也很漫长，有时候大雪封山，冬天出不去人，也进不去人，所以囤粮食是很必要的。

但囤的粮都是干的粮，干菜、风干的肉。在冬天想吃点新鲜的几乎不可能。鲜肉要靠打猎，山里猎民很多，爷爷那辈还有猎枪，但后来依据政策都上交了。不过再后来落阴山被划到了猎区，有狩猎证，还是可以申请配枪的。

惊蛰六岁前居住并不稳定，只记得母亲去世前几年是在镇上住的，母亲去世后，奶奶就带着她回了山里，一住就是十年。她和奶奶一块儿生活，日子不是很好过，多亏附近邻居时不时照看。早些年奶奶身子还很硬朗，提着锄头去开荒，恨不得一天都待在地里，多种点庄稼，可以多一点收成，可以自给自足，多了还可以拿去卖钱。

但收成并不是每年都好，有时候甚至都不够自己吃。

其实家里并不穷，还有父亲的抚恤金，但奶奶日子过得很紧巴，大头的钱都会存起来，且她宁愿吃点苦头都不会把存进去的钱提前取出来用。惊蛰从小就生活在随时都可能朝不保夕的日子里，每天看着奶奶日出而作，日落而息。

她常常坐在家门前的大石头上，一边看书，一边等奶奶。

奶奶说，人不可以不学习，眼睛看到的有限，耳朵听到的有限，触摸到的有限，只有思维是广袤的，是没有限制的。

惊蛰八岁才开始上学，走很远的山路，每天跋山涉水很辛苦。很多次她都想不上了，奶奶就很难过，但奶奶没有责备她，只是每天陪着她去上学，送她到学校，再徒步回来，刮风下雨都如此。

从那以后惊蛰便不再闹着不上学了，也不要奶奶陪了，她每天早起去学校，狂风暴雨天也没停过。

不上学的时候她就跟着奶奶干活。她手脑都灵活，干什么学个一两遍就会。

“那为什么不回镇上去？”陈沐阳疑惑发问。

惊蛰愣了下，抬头看了他一眼，眼神里有一瞬间觉得他好笑，轻轻摇头：“回镇上，连块儿地都没有了。”

陈沐阳恍然大悟，然后觉得脸有些发烫，第一次体会到什么叫“何不食肉糜”。

“你妹妹说她家里最多的时候养过六条犬，全是大狼狗，她牵出去巡山，我狠狠地羡慕了。”陈沐阳眉飞色舞跟林骁讲。

他特别喜欢狗狗。

林骁虽请了一天假，但下午就来了，因为在家里属实很无聊，而且朵朵那只傻狗一直叼着沈惊蛰送它的玩偶试图让他跟它一起玩，他敷衍地陪它玩了会儿，它还不情愿起来了，把玩偶甩他腿上闹脾气，他就把它撵走了。

邢曼一大早就走了，说要跟蒋洁阿姨去外地出差两天，让他在家“长蘑菇”。

林骁没好气道：“再见慢走不送，我不仅要长蘑菇，还要长青苔。”

邢曼过来揉他的脸：“儿啊，这偌大的家产，留给你是不行了。你以后努努力，找个人给你招赘了吧！不然妈怕你迟早把家底败光，流落街头去要饭。”

林骁推着她赶紧走：“你就不能盼我点好？”

邢曼冷笑一声：“我只是在未雨绸缪。不是妈埋汰你，你除了一张脸，其他简直一无是处。”

一无是处的林骁觉得这个家是待不下去了，然后就来上学了。

上学还听到“狗”，他觉得自己最近听不得“狗”这个字。

正吃着饭，林骁抬了一下头：“养六条狗很了不起？”

陈沐阳认真点点头：“挺了不起的，我觉得我牵着六条狗出去，都不一定能让它们朝着一个方向走。你不知道我表哥那只德牧多过分，我带它出去遛弯，它差点儿把我绊倒，还歪着头挑衅我，我感觉它在嘲讽我。”

林骁嘴角抽搐了下："你脑子多少得有点问题。"

陈沐阳戳了他一下："你行？你忘了你妈的约克夏是为什么被送去你姥姥家的吗？"

约克夏叫二毛。二毛就喜欢咬林骁的拖鞋，抓住任何可能的机会挤进他的房间去叼他的拖鞋，且只叼他的拖鞋，换新的也不行，导致有一天他崩溃地赤着脚站在客厅对二毛进行了长达半个小时的批评教育。邢阿姨呆若木鸡地看完了全程，然后怕儿子被气傻了，默默把二毛送去他姥姥家，过了好几个月还没接回来。

不提这个还好，提完林骁的脸更黑了。

他白了陈沐阳一眼："吃你的饭吧！"

陈沐阳是个究极话痨，忍不住又说了这半天沈惊蛰遭遇的点点滴滴。她早上来的时候，陈沐阳还想着可能她和齐婷婷俩人要起冲突，或者其他人对沈惊蛰会更敬而远之，没想到经过昨晚，秦雪倒是更喜欢沈惊蛰了，还介绍了陶晶晶跟她认识。陶晶晶在班级里人缘挺好，她一主动，不少人也开始主动跟沈惊蛰说话。倒是没人好奇她跟林骁什么关系，更好奇她那些奇奇怪怪的小玩意儿。

沈惊蛰今天来，带了一小罐陈皮糖和一小罐西瓜皮软糖，自己做的，拿来给大家分了。大家觉得糖不稀奇，倒是对是她自己做的很稀奇，追着问她真的是自己做的吗，怎么做的，听完过程，真情实感地"哇"！

大家都是一群衣来伸手饭来张口的，顶多做做学校里的手工作业，这种拿来吃的用的，花很少的钱就能买到，从没想过自己做。

乍闻还挺稀奇的。

所以一个上午，沈惊蛰收买了小半个班的女生。

26 班都是交际高手，但凡一个人想亲近，都能让她不孤单。现在已经算是形势一片大好了，沈惊蛰中午已经跟着秦雪她们一块儿吃饭了。

林骁听完"哦"了声，挺好，省得母亲怕她被孤立，过来烦他。

他进教室的时候，沈惊蛰已经坐在位子上了。她倒是没像他想象中那样跟着新朋友到处疯闹，似乎从她来南临，就一直很安静，几乎没闹出过什么大的动静，在家里都静悄悄的，很少说话，却很擅长观察。

林骁坐了下来，陈沐阳拖着一个凳子坐过来，跟他讨论国庆出去玩的事。

"好无聊，都没什么玩的，要不咱们去阿夏家里新开的那个酒店吧！五星级，环境还行。"

林骁不太感兴趣："酒店有什么好玩的。"

陈沐阳掰着指头算了算："没什么，有个虚拟科幻基地，泳池也不错，还有个法餐厅，没了。"

林骁对法餐毫无兴趣，对游泳也没兴趣，觉得科幻基地倒是有点意思，但问了两句也兴致索然。

最后陈沐阳忍不住问了惊蛰一句："哎，沈惊蛰，你国庆跟谁约了？"

惊蛰摇摇头。在她眼里，节假日并没有什么特别的，大多数时间，只意味着自己有时间帮奶奶多干点活儿了。

陈沐阳同情心泛滥："要不跟我们一块儿去玩吧！"

惊蛰还没来得及摇头，林骁先说了句："别了吧，不方便。"

陈沐阳撇撇嘴，对着惊蛰说："你别理他，他就是挑剔，不是针对你。"

惊蛰"嗯"了声，也没太在意。

她跟他们也不熟，他不想带她也正常。

她倒是挺喜欢他有什么说什么的性格，这让她不会那么局促。

过了会儿，林骁还在跟陈沐阳闲扯，惊蛰突然扯了他一下："阿姨问你国庆安排，要不你跟她说？"

林骁懒得跟母亲说，俩人一聊天跟说相声一样，话题不一定偏到哪里去："随便扯，她不管我。"

于是惊蛰就低着头回答了。

在学校可以带手机，但不能用，约等于不能带，但大家还是都会带。惊蛰本来不想带，但她人生地不熟的，怕联系不上，所以一直带着。

快上课的时候，林骁才想起来，扭头问沈惊蛰："我妈跟你说了什么？"

惊蛰便把手机给他让他自己看。

她手机里几乎没什么软件，他直接点开企鹅图标，最顶上就是俩人的聊天记录。

邢曼：妹妹，国庆想去哪儿玩？让我家小废物带你。

随便呀：不用了，阿姨，我想在家做功课。

邢曼：真乖，帮阿姨问问小废物去哪儿。

随便呀：他们说去酒店。

邢曼：酒店？跟陈沐阳那小崽子？他都没想过带你一起玩？

随便呀：嗯。提了要带我的，阿姨，只是哥说不方便。

邢曼：不方便……他要干吗？

随便呀：不知道。

邢曼：回来再收拾他。

林骁扶额，有些无力地看着沈惊蛰："你成心的吧？"

惊蛰愣了下，不是很明白地摇摇头："我说错话了吗？"

林骁咬了咬后槽牙。

惊蛰又说了句："对不起。"

林骁吐出一口气："国庆带你去游乐场，你饶了我吧！"

惊蛰觉得莫名其妙，但看他没再说别的，就低头继续写作业去了。

下午有体育课，每周两节体育课，一节大课一节小课，大课是 25 班和 26 班一起上。天气太冷了，外面风很大，所以在室内体育馆上。惊蛰第一次见室内体育馆，以前的学校很小，操场也小小的，草皮斑驳得都不能完全覆盖，一下雨都能踩出泥水来；跑道一圈是三百米，草地一半是足球场，一半是篮球场，篮球场的架子都生锈了，蓝色的漆皮都快看不见了。

一周也是两节体育课，每次体育课的时候，大家都祈祷不要下雨，不然就要上自习课。

原来还可以在室内上？

惊蛰有些新奇地跟着同学大潮往里走，秦雪拽着她胳膊，恨不得把身子挂在她身上。秦雪是个运动白痴，提倡温和派运动，比如散散步啊什么的，但附中的体育老师全是野兽派，她每次来上体育课都像是奔赴刑场。

“军训已经要了我半条命了，我真是一辈子都不想见到任何速度超过每小时二十公里的运动。”秦雪搓着护手霜，恨不得搓的是体育老师的脑袋。

秦雪抬头却看见惊蛰饶有兴致地打量着体育馆，忍不住戳了她一下：“哎，班长怎么看起来对你越来越恶劣了？”

惊蛰转了下眼珠，然后摇摇头：“不知道，不过……也没有吧！”

他虽然凶巴巴的，但好像也没恶意。

体育老师提着保温杯在跟体育馆管理员侃大山，体育委员找人抬了一个筐子进来，里头有篮球还有跳绳。

有人在抱怨怎么不多拿点儿，体育委员一伸手：“老师说用不上，先来蛙跳一百下带大家热身。”

一群人痛苦哀号：“不是吧？”

“救命！”

几个运动细胞好的在幸灾乐祸，笑声和哀号声此起彼伏，好不热闹。

原本几个女生拿了跳绳去玩，闻言都没心情玩了，把跳绳拿起来卷一卷，又放了回去，垂头丧气地说：“第一节课就蛙跳啊？行行好吧，我还想要点脸。”

体育委员问：“那商量商量俯卧撑？”

“我去，我不行，你只能看到我挺翘的屁股，太不雅观了，还不如直接杀了我呢！”一个男生说。

体委踹了他屁股一下：“你看你那出息。”

秦雪花容失色，一把抓住惊蛰：“我想请假，我大姨妈来了，我肚子疼，我头脑发昏，我神情恍惚，我站不住了。”

惊蛰笑了笑：“坚强一点儿。”

陶晶晶也来了，眼看着秦雪在抱怨，像是看到了难姐难妹，两个人抱成一团，抱头痛哭。

惊蛰偏头，看到林骁投了个三分球，陈沐阳作为他的专业捧哏，异常夸张地吹了个口哨：“厉害啊少爷！”

林骁贼烦他一口一个“少爷”，但听久了大约也习惯了，平常甚至可以做到自动过滤，只是所有人都在场的时候会异常警觉，扭过头去，比了个抹脖子的动作：“闭嘴吧你！”

陈沐阳和江扬哈哈大笑。

江扬是25班的，跟林骁和陈沐阳都是从小一起玩的，只是江扬不小心考得超常发挥了点儿。开学得知分班信息的时候，陈沐阳还扯着硬要他请客，为此蒋洁和邢曼女士给出了统一评价：“真是没皮没脸啊！”

矮子里面拔将军。

不过这三个人长得都很不错，女生们戏称他们为“养眼三人组”。

这三个人的一举一动都牵动着同学们的目光，陈沐阳和江扬一笑，其他人也笑起来。

女生更是直直盯着林骁看，胆小的跟同伴互相扯着小声感叹：“班长真养眼啊！”

胆大的直接手圈成喇叭状喊：“班长，你好帅！”

林骁奉送一个白眼。

又是一阵笑声，体育老师闻声而来，腋下夹着考勤本，撇撇嘴扫视两个班级的人：“都收敛点儿吧！一个个的，也不害臊。”

一群人已经自觉排起了队。都是资深上学人了，目测一下身高，各自找到了自己的位置，觉得不对劲再换一换。惊蛰站着都没动，她已经换到了女生最后一排的中间位置，女生在前头，男生在后头。惊蛰身后就是陈沐阳。

陈沐阳从这个角度看，正好能看到惊蛰正对着他的背影。她把发带解了，秦雪借给了她一根皮筋，皮筋上缀着两个金属小星星。她头发很多，乌黑浓密，细细碎碎的绒毛蓬松着，显得她整个人气质很温和。

她脖子修长，后颈处有颗小痣，皮肤白得近乎发光。

显然不只陈沐阳在看，边上的赵磊也在看，看完感叹一句：“一看就是没有经受过军训摧残的妹子。”

陈沐阳笑了声，不用问都知道说的是谁。他抬手，往前半步戳了惊蛰一下。

惊蛰回头看他。

从侧面看，能看到她浓密卷翘的睫毛，长度有点反人类。

陈沐阳问她：“你跟林骁达成了什么不可告人的秘密？他竟然要带你去游乐场。”

惊蛰“啊”了声：“也……没有，他自己说的……嗯，你们去哪里都可以，不用管我，我想补一下功课，落了很多。”

她说话缓慢，咬字略微有些不清晰，似乎还不习惯说普通话，但这缓慢的音调听起来却很悦耳。陈沐阳觉得自己有点被她收买了，多听话的妹妹，林骁至于这么大气性吗？

陈沐阳顿时对她格外怜爱，轻声说：“别啊，你刚来，多出去玩一玩。林骁其实人挺好的，主要是大方，你知道吧！让他请客。反正你不花他的钱，钱也是被他浪费在各种莫名其妙的地方。”

惊蛰有些不知道怎么回答。

陈沐阳自来熟地跟她讲林骁的“铺张浪费”，比如买衣服时看中的款式要买全色，他的衣帽间比他妈的都大都满都丰富。每年过年的时候，邢阿姨会一边给他处理衣服，一边痛骂他，扬言要断了他的生活费。

他什么都不爱将就，喜欢的东西费尽心思也要弄到手，不惜高价收购。

能花钱办的事绝不动手动口。

一身富贵病。

但林骁的一张脸长得蛊惑人心，示弱的时候极其惹人怜爱，邢曼每次骂完都狠不下心来收拾他。他要是再装装可怜，简直是必杀技。

林叔叔呢，拿他就更没办法了。作为一个正气凛然的长辈，林正泽自身是个极其努力且很有原则的人，林骁小时候他也曾一板一眼地教训过他，可他到底工作忙，不太能抽出时间。于是每次陪林骁，林正泽都格外顺从他，渐渐地，林骁养了一身坏毛病，想纠正的时候，也已经晚了。

总之不知不觉，就到了这一步。

惊蛰脑子里浮现了很多的场景，比如林骁赖在沙发上看电视，又如他靠在露台靠椅上打游戏，再如他跟邢阿姨贫嘴……

其实惊蛰觉得邢曼阿姨未必是不管他，只是方式没有那么激烈，她和林骁的相处方式更像是朋友。

陈沐阳做总结陈词：“所以一块儿出去玩吧！你刚来南临，多出去走走看看挺好的。”

惊蛰没再拒绝，点点头。

她要转回头，陈沐阳忽然觉得不舍，总觉得特别想和她多说两句：“哎……”

惊蛰又回头，疑惑地看他：“嗯？”

陈沐阳想了半天，想不起来说什么，最后挠了下头：“没事，周末去我家玩吧！我家跟他家就隔了一排，五分钟就到了。”

惊蛰愕然片刻：“方……方便吗？”

她从小到大认识的朋友不多，男生更少，上学的时候，很多女同学邀请她去家里，但并没有男同学会邀请她去家里。奶奶说，不要单独去男生家里。

陈沐阳也想到了，耳朵尖都忍不住红了，故作淡定地说：“方便啊，邢阿姨和林骁也经常来我家，你可以跟他们一块儿，我家游戏厅很大……嗯，你可能不喜欢，我爸的书房也很大，有很多藏书都是绝版的，你可以去看。”

惊蛰眉梢微动，有些心动，于是点点头。惊蛰被邀请去别人家里的机会很少，也很少邀请别人去自己家，因为她家很偏僻，需要走很远很远的路。每次有人愿意去她家做客，奶奶都会拿出最好的东西招待；她每次去别人家里做客，也会捧上吃的做礼物。

大约因为陈沐阳是林骁的好朋友，惊蛰对他本身就比对别人感觉亲近些，这会儿已经把他列入朋友范畴了，冲他笑了笑。

林骁个子高，站在男生第一排第一个，从这个角度看，只能看到沈惊蛰的后脑勺，看到她偏着头在跟陈沐阳叽里呱啦，不知道在说什么。

她对谁都很温和，温暾好脾气，毫无攻击性，秦雪和陶晶晶这半天恨不得黏在她身边，下课都要凑过去摸摸她的手、捏捏她的脸，跟她说话都会轻声细语的。

她对陈沐阳都比对他亲切。

林骁有时候甚至觉得她是针对自己，可大多时候又觉得她不是故意的。

昨晚上他被她的一句驯狗语录气得翻白眼，睡不着起来把习题册翻开看了一眼，然后就看到里面夹了一张草稿纸，纸上工工整整把所有题目的解题思路都写了一遍，甚至贴心地用红笔在上面标注了题目所涉及的公式和内容在课本的哪一页。

他沉默片刻，然后决定原谅她了。

这会儿他又觉得不爽起来了。

她就是故意的。

体育老师拍了拍手，扫视了一下队伍，发现大家排队挺靠谱，只是微微调整了一下就确定下来：“记住自己的位置，以后都这么站了啊！”

然后老师带大家跑了两圈热身，热身完之后带大家做游戏。

这游戏呢，并没有人想玩。

好在游戏还不是特别变态，就是男男女女混着，挑战赛，一个人先蛙跳，无论跳多少，对方都要比先跳的至少多一个，挑战成功就可以去玩了。看似简单，其实并不容易，老师对动作有要求，跳不规范的不算，中途可以休息，但不能休息超过一分钟，每三十个才允许休息一次。

体育老师鼓励自由竞争，先跳先得，因为越往后会越难，于是男生为了展现风度让女生先，挑战成功的也只会比对方多一个就停止。

场面一度非常混乱，到处洋溢着青春而欢乐的气息。

惊蛰一向不爱冒头，没人理她她就一直站着。

林骁则很有自知之明，自己一向是被围观和起哄的重点对象，他要脸，还有偶像包袱，一直没上前，想装一装，最后一个上。

体育课是两节连上，随着时间的流逝，场地上就只剩下惊蛰和林骁两个人了。

大家一回头，都愣了，秦雪对林骁说："班长，这得让惊蛰先吧？"

这时候挑战数已经到五十了，得益于第一个同学不负众望，没几下就歇菜了。

林骁一抬手，意思是，请。

惊蛰蹲下身绑了绑鞋带，这时候体育老师说："快点啊，跳不完不能下课，我知道你们下节课自习。"

陈沐阳笑说："没事，别着急，我们班长巴不得不回教室呢！"

林骁笑了声，指了下陈沐阳，意思是，你懂我。

他歪头："最好跳到放学。"

一群人起哄："惊蛰，加油，给班长一节课的时间。"

惊蛰绑完鞋带看了他一眼，思索片刻，点点头。

然后……

惊蛰背着手，不疾不徐地往前跳着："五十,五十一……"

下课铃响了，一群人张着嘴看着惊蛰："这下肢力量绝了。"

"我感觉她还能再跳五十个。"

"那班长……"

林骁脸都黑了，陈沐阳憋笑憋得很辛苦，然后冲惊蛰喊道："手下留情啊妹子！班长要是废了，我可不想背他回去。"

惊蛰终于停了下来，脸上起了一层薄汗，侧头看了林骁一眼："哦。"

体育老师"啧"了两声，夸惊蛰身体素质不错，然后指着她对两班人说："都学着点儿。"接着抬手让大家散了，"林骁留下来。来来来，你个爷们儿，可别丢脸，把这五十多个跳了。"

林骁嘴角抽搐了下："别了吧老师，我得回去写作业呢！"

体育老师翻了个白眼："得了吧！少装蒜，过来。"

林骁提了下裤腿，不情不愿地蹲了下来。

惊蛰拿着水杯喝了一口水，要走的时候，体育老师叫住她，把计数器给她："来，同学，你过来监督他跳完，我得去开个会。"他指了指监控，"别偷懒，一会儿我回来检查。"

惊蛰往林骁面前一站。她呼吸不稳，还喘着气："那……开始？"

林骁面无表情地看着她："从今往后，你就是我亲妹妹，别搞我了行不行？"

惊蛰也蹲下来，抬头看他，目光带着几分运动后的迟滞："……你自己要求的。"

最好跳到放学。

林骁："……"

那天体育课后的自习课，惊蛰和林骁快下课时才回教室。沁凉的天，林骁只穿了件T恤，微湿的头发被他抓到了脑后。进门的时候，推开后门的动静并不大，但还是有一群人回头去看。林骁顶着一张没什么表情的脸，T恤的袖子都翻到肩膀上了，露出来的胳膊带着隐约可见的肌肉线条。

运动过后的少年带着干净明朗的气息，有人在窃窃私语，女生看他，男生也在看他。陈沐阳仗着跟他关系好，小声喊了句："林骁，你收敛点儿……"

什么也没干的林骁皱了皱眉："你在说什么屁话？"

陈沐阳语文不好，抓着头发："那个……那个，就那个……那什么来着？"

"那个"了半天，他也没想起一个形容词。

教室里笑声渐大，林骁敲了下桌子，示意他们安静点儿。无济于事，班上一向因为屁大点事都能热闹起来。

林骁进来了两分钟，惊蛰才姗姗来迟，她走路也静悄悄的，安静得像是不存在。但她进来的时候抱着林骁的外套还有两个人的水杯，惹来一群人好奇的目光。

她走进来，把水杯分别放到两个人的桌子上，最后才把外套递给他。

林骁接过来随手丢在桌子上，惊蛰固执地拿起来："你感冒还没好。"

意思是，穿上。

一向不喜欢被别人管教的林骁，眉头拧着，一脸不悦，但最后还是接过外套套了上去，一副不情不愿的样子。

他都没这么听过邢曼和林正泽的话，他也不知道自己为什么会听沈惊蛰的话，大约是每次跟她对着干都没好事发生吧！

真是见了鬼了。

陈沐阳趴在桌子上笑得浑身发抖，下课铃声响了的第一秒就冲了过来，拍着他胳膊上的肌肉说："我说你少散发点荷尔蒙，我们班女生未来找不到对象你负责啊？"

林骁早就免疫了，闻言还颇自恋地挑了下眉毛："那我就一个，总不能劈成几十份，一人分一个吧！"

陈沐阳冲林骁伸了伸大拇指："您还真不害臊。"说完又想起来自己未想到的形容词，"你知道你有点那个……你知道吗，就那个……"

他拍了拍林骁的肩膀，企图能与林骁有心电感应，林骁能心领神会。

但林骁也没读过几本书，烦躁地看了他一眼："'那个'个头啊！"

惊蛰听不下去了，侧头说了句："他说你招蜂引蝶。"

气氛有一瞬间安静。惊蛰的声音不大但是清晰温和，有一种一本正经说笑话的喜剧效果，于是后两排听到的人全笑了起来，前桌的江子遇甚至都拍起了桌子。

陈沐阳激动地指着惊蛰："亲爱的，你懂我。"

林骁突然蹙眉，反手捶了陈沐阳一拳："乱喊什么。"

陈沐阳撇撇嘴："这你也管？"

林骁耸肩："我只是提醒你一下，我妈现在是她的临时监护人，你不怕挨削尽管叫。"

陈沐阳"啧"了声，看向惊蛰："那我叫你什么啊？连名带姓叫也太生分了，是吧？"

惊蛰张了张嘴："都行。"

"哎，你有小名吗？"陈沐阳好奇，"我跟你说，我们班长小名叫尧尧，但小时候吧，大家都觉得是王字旁那个'瑶'，因为我们班长长得皮薄鲜嫩的，大家都喊他'瑶妹'，他就再也不让别人叫他'尧尧'了，谁叫跟谁急。"

说完，林骁扯了下唇角，冷漠地看他："想死吗你？"

陈沐阳自己乐得不行："我小名可酷炫了，我小名叫狗狗，因为牧羊犬。"

沐阳 VS 牧羊。

惊蛰愣了下，然后才反应过来，忍不住莞尔一笑。

陈沐阳似乎还挺得意："我最喜欢狗了，我下辈子就要当一只狗，最好是只杜宾，太帅了。"

陈沐阳的话痨属性满点，只要开个头，话题能偏到喜马拉雅山去。他搂着林骁的脖子："我们班长肯定是只帅狗，德牧吧，又傻又帅气。"

惊蛰想象了一下，还真挺像。

但德牧不傻，林骁比较傻。

林骁终于忍无可忍，朝着他肚子来了一拳："滚。"

陈沐阳在离开之前又问了惊蛰一句："你有小名吗？"

惊蛰沉默了片刻，秦雪正好路过，侧耳："叫我也听听？"

惊蛰突然不好意思起来，不太说得出口，摇摇头："叫我惊蛰就行。"

陈沐阳和秦雪也没有再追问，毕竟小名是件挺私人的事，不说也没什么。

只是秦雪偷偷传字条给惊蛰：你为什么抱着班长的衣服啊？

惊蛰：他懒。

秦雪：那你就替他抱？

惊蛰：嗯。

她答应过奶奶，会尽量帮他的。

她也不知道帮什么，但能帮的，都会帮。

而林骁似乎终于看懂了这一点，体育课的时候，被惊蛰噎住了，他半是嘲讽地问了句："你可真听话。"

惊蛰没吭声。

他支使她退出去五米远，认命地去蛙跳，跳完了体育老师也没回来。他不想回教室，就从墙边储物筐里捞出来一个篮球，站在篮球场上投三分。

他投着，惊蛰就坐在看台上看着，乖乖巧巧不吭声。这么一看，她又不那么气人了。

快下课的时候，他才招了下手，惊蛰便慢吞吞地跟了上去，走到一半，她又折回去，把落下的衣服和水杯抱上，落后他两步，问："衣服要穿吗？"

林骁故意不吭声，惊蛰便又说了一句："感冒会加重的。"

林骁终于偏头看了她一眼："你比我妈还啰唆。"

惊蛰便抿了抿唇。

他走得很快，惊蛰就一直沉默地跟在后面，看着他一步跨三个台阶上了楼，把她远远落在后面，像个小尾巴。

之后的几天都很枯燥，每天按时上学下学，去食堂吃饭，然后听课写作业。

只是天气又忽然暖了一些，像是夏日回光返照。

周末这天出个大太阳，林骁睡到九点才起，他从小就有赖床的毛病，而且起床气浓重。邢曼在家的时候会把他从床上揪起来，才不怕他的起床气，因为她能比他先发作，专治矫情。但他爸妈都不在家时，家里阿姨是不敢过来叫他的。

他起来先接到陈沐阳的电话，这人仿佛多动症一样，一刻也闲不下来，一大早就叫他出去看电影。林骁是做了噩梦惊醒的，这会儿满肚子起床气，对着手机极其困惑地问了句："俩大男人去看电影，这不有病吗？"

陈沐阳："您老还计较这个呢？我不介意充当你女朋友，我穿裙子去！来嘛来嘛，我自己一个人看怪没劲的。"

林骁想象了一下那画面，被恶心到了，骂了声"有病"。

"算了吧，我嫌辣眼睛。"

陈沐阳："那你帮我问问惊蛰去不去。"

林骁嗤笑一声："你拐弯抹角在这儿等着呢？"

陈沐阳"嘿嘿"笑了两声，并没有反驳："培养一下感情，说不定能亲上加亲。"

他疯狂暗示。

林骁眉头骤然皱起来，冷笑一声泼他冷水："我爸能让你伤上加伤。"

陈沐阳突然唱了句："他说，风雨中，这点痛，算什么……"

林骁再次骂了声："滚。"然后撂了电话。

惊蛰穿着罩衣还有胶鞋，站在花园里浇水。晨日温和的阳光渐渐变得浓烈，她的脸被晒得有些发红。她戴着一顶草帽，眉眼隐没在帽檐的阴影下，但林骁莫名觉得她眼睛里有笑意。

他起床洗了个澡，下来找吃的，阿姨给他准备了西餐。他咬了一口三明治，偏头就透过落地玻璃看见了院子里的人。

他指了指对方，问孙姨："她在干吗？"

孙姨笑了笑："浇花啊。"

林骁扯了扯唇角："真有活力。"

他浑身上下都透着没睡好的懒散劲儿，孙姨忍不住絮叨："人家六点就起了，陪先生出去散了会儿步，带朵朵去湖边玩了会儿，跟我一块儿去买了菜，然后回来吃了饭又去收拾花园了。"

意思是，你竟然睡到现在还好意思说人家。

院子里的花园纯属是摆设，邢曼不乐意翻弄，林正泽也忙，隔三岔五找个园艺师来打理一下，平时都没人修剪，长得很是野蛮。

惊蛰对土地有一种天然的热爱，她没少去花园，得到林正泽的允许后，更是每天负责侍弄花草。

林骁不能理解，这些人，精力怎么都这么旺盛?

林骁把三明治放下，端起牛奶喝了一口，然后孙姨突然提醒了句："太太说，你再剩饭就饿你十天。"

这是明晃晃的威胁语气，林骁痛苦地按了一下额角：肯定又是因为沈惊蛰。

沈惊蛰应该不会去告状，估摸着是孙姨去说了。其实林正泽也一直这样要求他，只是他一直不以为意。母亲也是支持父亲的，只是懒得一遍一遍纠正他，如今倒是旧事重提起来了。

他在吃干净最后一口三明治的时候，惊蛰进了客厅，脱掉了工作服。她穿着一条碎花裙子，头发散着，被帽子压得有些乱，抬眸看见他，怔了三秒，然后说："哥，早上好。"

林骁莫名被呛到了，偏过头，俯身剧烈地咳嗽了几声。

他强压下喉咙的难受，回头看她，上下打量了一瞬："你身上涂什么了？"

惊蛰低头看了自己一眼，摇头："什么也没有。"

林骁扯了扯唇角："你们山里没太阳啊？"

惊蛰"啊"了声，摇头。夏天的时候太阳会烈一点儿，但夏天树木茂盛、遮天蔽日，每天只有下午三点钟太阳能正好照射在院子里。

怪不得，她都快白得发光了。不知道她是出了汗，还是身上被淋了水，这会儿半边身子沐浴在阳光下，被阳光反射出细碎的光点，像是披了一身流光，有点刺眼。

或许是今天天气太好，又或者是她今天穿了裙子，他之前都没注意过她这么白。

林骁撇撇嘴："把你放在家里，晚上都不用电灯泡了。"

惊蛰困惑地看了他一眼：什么东西……

惊蛰去洗了个澡，她的房间是有独立卫浴的，这也是邢曼一直要她住在林骁对面房间的原因之一：楼上其他房间没单独卫生间，怕她一个女孩子不方便。

林骁不乐意，邢曼就跟林骁说："要么你忍一忍，要么你自己搬到旁边。"

矜贵的林骁不愿意离开自己精心改造无数次的房间，最后妥协了。

惊蛰洗完澡拉开了窗帘，外面阳光正好，她忍不住抬头看了一眼，鼻尖里似乎还残留着泥土的芬芳。这是她来南临后，最放松的一天。

城市对她来说，大得有点过分了，天空似乎都更高阔一些，她有时候抬头看天，会有一种眩晕的不安感。

惊蛰在书桌前坐了下来，摊开作业前，先从书桌的抽屉里拿出来手机看了一眼。手机是蓝色的，屏幕有些大，原本是林骁的，他换手机很勤快，这是闲置下来的，然后林叔叔就送给了她。送给她的时候，邢曼阿姨说："女孩子用这个多丑啊，阿姨带你去买个新的，你自己挑。"

惊蛰惊惶地摇了摇头："不……不用了。"

林叔叔也说："这手机还是新的，扔了怪可惜的，先用着。"

邢曼阿姨还是不太高兴，絮絮叨叨地吐槽林叔叔抠门。

其实林叔叔应该是在照顾她的自尊心，她来这里本来就已经很麻烦他们了，说是闲置的，她会更好接受一些。不过她看得出来，邢曼阿姨对她很照顾，她还是很感激的。

只是林骁……她不太知道该怎么对待他。

那天林骁教她用手机和电脑，惊蛰看他指尖像是在键盘上跳舞一样，就觉得两个人不在一个世界。不能互相接受，也是很正常的。

他表情严肃，说话很快，像是着急结束这个苦差事，惊蛰就沉默听着，争取一遍听清楚。就像小时候上课，有段时间学校老师很多都辞职了，找不到新的老师，留下的老师一个人要担任很多科目，渐渐地，也有些支撑不住，惊蛰就会听得特别认真，不想私下里再烦老师，也害怕第二天仅有的老师也没有了。

各自在自己立场上都很不容易，就不必互相苛责了。

手机上，班级群里在闲扯，抱怨周末很无聊，然后有人提起新开了一家密室逃脱，问要不要组队去，可回应寥寥。

只有秦雪回了句：不去。烧脑的，我没脑，恐怖的，我更不行。我每天勤勤恳恳打扮，不想去表演花容失色。就没有美一点的活动吗？

陶晶晶冒出来说了句：你可以去拼个下午茶，但以你爸的实力应该不用拼。你缺一个拍照的，所以你可以请我喝下午茶。

然后陶晶晶发了个"接受还是立即接受？"的表情包。

秦雪觉得自己被忽悠了，但她在家里无聊透顶，于是爽快地挨宰，跟陶晶晶俩人一拍即合。

秦雪切出来私聊了惊蛰一句。

暴风雪：惊蛰，请你喝下午茶，来不来？

随便呀：你们去吧！我就不去了，我作业还没写。

暴风雪：行吧，你可真是咱们班的稀缺分子。周一借我看看卷子。

随便呀：好。

惊蛰丢下手机的时候顺便关了网络，只能接听电话，这样就不会被干扰了。

再抬头，已经是中午了。

她看了一下表，下楼去找孙姨。孙姨刚从外面回来，手上提着篮子。她习惯每次做饭前去买新鲜的食材。

惊蛰洗了手，说："阿姨，我帮你吧！"

孙姨摆摆手："你学你的习，不用你忙活这些。"说完半开玩笑着又说，"太太说下个月给我涨工资的，你这样，我都不好意思要了。"

惊蛰笑了笑："我给你打下手，也能学一些手艺。"

孙姨想说"你个小姑娘学这个干吗"，想了想又觉得，她将来怕是要独自生活的，于是便默许了。

孙姨还挺喜欢这孩子的，温和有礼貌，谦卑但又不讨好，即便是每天早起干活，也能感受到她是真心想做些什么，而不是为了讨好谁而表现。她看起来也确实是干过活儿的，手脚麻利，做事很周到细心。

"在家里谁做饭啊？你奶奶吗？"孙姨利落地把青菜掐掉尾巴，侧头问惊蛰。

惊蛰系上围裙，蹲在那里把菜品分门别类收拾出来，回答："大多时候是我，奶奶忙着做别的。"

奶奶很辛苦的，能把她一个人带到这么大，别人都觉得不可思议。惊蛰还小的时候，并不能替奶奶分担什么，后来稍微大一点儿，便觉得至少自己可以学做饭。她最开始也是打下手，在厨房里走走挪挪，看着奶奶处理食材。奶奶有时候着急，就拿手敲她脑袋，说她是个小碍事精，她也不走。她第一次自己做饭就有模有样了。

孙姨"啧啧"一声："林骁长这么大，连个苹果都没自己削过。"

连个苹果都没自己削过的林骁恰巧路过，来找水喝，闻言隔着开放的操作台说："够得到台板吗？"

他侧头，目光落在惊蛰身上，将她从上到下打量一番。这眼神很欠打，但大约是他那张脸冲淡了欠揍劲儿，只是带着几分质疑：你这小身板？

孙姨看了林骁一眼："你这孩子，怎么说话呢！"

惊蛰却面色平淡地回了句："可以踩凳子。"

或许林骁不能理解，她七八岁都会自己简单弄点吃的了，虽然那时候，她还没灶台高。

林骁挑了一下眉，没再吭声。

想象不出来，不危险吗？但他觉得问出来显得有点傻。

午饭一半是阿姨做的，一半是惊蛰做的，爸妈没在家，家里只有他们两个和孙姨。陈沐阳半天没得到回应，凑过来“现场勘查”，一进门就闻到饭香，自顾自地洗了手，要蹭饭。

孙姨笑说：“今天是妹妹做的饭。”

林骁扯开凳子坐下来，闻言抬头看了惊蛰一眼，惊蛰小声解释说：“只有两个菜是我做的。”她不太确定地说，“应该……能吃。”

陈沐阳“哇”了声：“你好牛啊惊蛰，这以后可不能便宜了哪个小子。以后谈恋爱的时候要懒一点儿，像我姐姐，天天什么也不干，支使我姐夫干这干那的，还温柔地安抚我姐夫‘不会可以学’，然后我姐夫就勤勤恳恳地学。这是智慧啊！”

林骁忍无可忍，拿手肘戳了他一下：“你话这么多是找不到女朋友的。”

陈沐阳撇撇嘴。

惊蛰有些摸不着头脑地笑了笑，扯得也太远了。

一顿饭就听陈沐阳在叽里呱啦了，林骁好几次想打包把他扔出去。在快吃完饭的时候，陈沐阳才装模作样问了句：“你到底跟不跟我去看电影，你不去……”

林骁瞳孔缩了缩：“行。”

陈沐阳卡了一下壳：“啊？”

林骁扯着唇角看了他一眼，满眼都写着：少在我面前耍把戏。

陈沐阳含恨在餐桌下踩了林骁一脚，然后才问了句：“惊蛰你去吗？我包了个VIP厅，可以进六个人，不去也是浪费。”

惊蛰最听不得浪费，犹豫了下，目光却看向林骁，似乎在问：我应该去吗？

她虽然和林骁关系一般，但遇到事，最依赖的还是他。

林骁被她看得心头一跳，敛眉道：“看我干什么，想去就去。”

于是惊蛰点点头。

陈沐阳拍手：“太好了。”

只是某人非常碍眼，等惊蛰去换衣服的时候，陈沐阳揪着林骁的衣领：“咱俩是不是铁子？”

林骁拂开他的手：“我不去，你看她会不会跟你出去。”

陈沐阳张了张嘴：“好像也是。”

林骁掐了下眉心，早知道就不答应了。

惊蛰出门的时候提了一个包包，是她自己缝的，纯天然无公害，就是有一种粗糙的美感，说不上来是丑还是怪，总之非常吸引眼球。

林骁已经忍她很久了，上车的时候忍不住问了她一句：“你是严格的环保主义者吗？”

惊蛰没听懂，但还是摇了摇头：“应该不是。”

他碰了碰她的包：“你自己做的？”

惊蛰点点头。废物利用，旧衣服改造的。

林骁想说什么，最后也没憋出来，一边觉得自己审美受到了冲击，一边又觉得她有自己的生活节奏，他管个屁啊！

他自己就讨厌指手画脚的人，即使指手画脚别人，他也会提出解决方案。但要是让他说“我给你买个包吧”，这听起来不是很怪异？

于是他非常不爽。

惊蛰看他欲言又止好几次，想起上次他问她要小兔子，忍不住试探着问了句：“你……想要？”

林骁瞬间抬手制止，摇头：“谢谢，我不想。”

他怕自己的嫌弃太明显，又补了一句：“我更喜欢你那个兔子。”

陈沐阳正在低头联系私人电影院的管家助理，闻言抬头：“兔子，什么兔子？”

惊蛰说：“那我改天送你们。”

你们……

林骁不爽：“他不要。”

陈沐阳险些跳起来：“凭什么？”

林骁把他按下去：“我不喜欢跟别人撞配饰。”说完他看着惊蛰：“我要一个独一无二的，给了我就不能再给别人了。”

惊蛰没见过毛病这么多的，但还是点了点头。

陈沐阳撸起袖子准备跟林骁唇枪舌剑三百回合，林骁只抬起一根手指：“等高手办。”

陈沐阳老实坐回去，被金钱收买。

惊蛰虽然不知道手办是什么，但大约能猜到很贵。用一个很贵的东西，换一个不要钱、动动手就可以做的小兔子。她忍不住戳了下林骁：“你从小就……不会算数吗？”

她那表情庄重得仿佛在问：你脑子从小就被门夹过吗？

似乎她还怕刺激他，声音小得陈沐阳都快听不见了。

林骁大约已经习惯了，甚至能自动屏蔽她语气里似有若无的嘲讽，于是理直气壮地凑近她，用气声小声回她：“犯法啊？”

他还挺自豪……

惊蛰摇摇头，但还是忍不住说：“乱花钱不好。”

长这么大，还没人跟林骁说过这话，就算是抠门的老爸，也因为小时候不太有时间陪他，见了他也只是说："钱不够跟爸说。"

邢曼就更不用说，她可比他能花多了，顶多让他悠着点儿。

沉默片刻，林骁坐直了身子，扯了一下唇角。他倒也不是讨厌，就是觉得挺有意思。她那表情很认真，不带指责，只是裹着几分可惜，像个小守财奴。

惊蛰说完才意识到自己越界，于是又说了句："抱歉，我只是觉得有点可惜。"

林骁"啧"了声。

看了一部外国片，全程只能听到陈沐阳咔嚓咔嚓吃爆米花的声音。林骁对悬疑片敬谢不敏，中途睡着好几次，梦里都是一个老太太在问："你为什么要来受这个罪？"

他表示也很困惑，要走的时候，惊蛰把他扯了起来，说："结束了。"

她声音依旧很轻，叫他起来，又好像怕吵到他。

林骁觉得她真挺有意思，于是也放轻了声音问她："你怕鬼来捉你啊？"

惊蛰不怕鬼，她摇头。

林骁："那你声音这么小是怕吓着谁啊？"

惊蛰被噎了一下，眉毛都拧了起来。

林骁心情愉悦，看了看表："吃饭去吧！"

陈沐阳一边吐槽林骁"你要不要这么过分"，一边积极响应，还热情点菜，一会儿说要吃烤鱼，一会儿又要吃火锅，还没走出电影院，又说要吃聚新斋。

这种时候，通常都是林骁买单，因为陈沐阳的零花钱非常有限。他家里条件虽然比不上林骁家，但绝对也是吃喝不愁了，至于他爸妈为什么对他犹如葛朗台般抠门，全因为他遗传了他老爹，有着非常多烧钱的爱好。

他爸对他抠门是因为自己也没财政大权。蒋洁女士抠门，纯粹是看他就烦，甚至丧心病狂地羡慕起隔壁臭毛病一大堆的林骁来，简单总结就是，林骁好歹长得好看。

陈沐阳生性比林骁还自恋，觉得自己怎么着和林骁也是半斤八两，怎么待遇差这么多？于是他没少在林骁身上找补。

比如敲竹杠。

林骁早就习惯了，反正逢年过节蒋洁阿姨会给他包大红包，再不济，邢曼女士也会将竹杠敲回蒋阿姨那里去。

万物负阴而抱阳。

能量是守恒的。

此处得必有他处失啊！

他自觉过滤掉某人无比善变的要求，歪着头看沈惊蛰。她低着头跟在旁边，包包虽然丑得很有特色，但是配上她那条拼色拼得很有"艺术性"的裙子，显得意外和谐。

他鼻腔里发出一声无意义的声响，在惊蛰抬头看他的时候，问了句：“想吃什么？”

陈沐阳似乎这时候才想起来还有个妹子，于是也迫不及待地表达自己的绅士风度：“别客气，随便点，林骁虽然挑食，但是他只挑好不好吃，不挑食材。”

确切来说林骁没有什么明确不吃的东西，只要味道合适，他都吃，但能达到他的标准就比较难了。所以每次出去吃饭，陈沐阳负责选吃什么，林骁负责选餐厅。

惊蛰摇了摇头：“我都可以。”

她不太能理解这种选饭吃的乐趣，在家里都是有什么吃什么，也没机会去饭店吃。

林骁也没强求，选了家火锅店，是个不容易出错的选择。总之无论喜欢什么口味，都能在火锅店吃得还不错。他觉得自己对这个“亲妹妹”真的还是不错的。

而且为了照顾唯一的女生，林骁还示意陈沐阳把他姐叫来一块儿吃。

俩女生在一块儿，总归能少点拘束。

两家关系不错，说不定以后还要频繁见面，提前认识一下也没坏处。

陈沐阳的姐姐陈沐晴今年新婚，学的是珠宝设计，毕业后开了一家工作室，目前在做自己的品牌。她最近灵感匮乏，到处攒饭局，恨不得把幼儿园同学都拉出来吃顿饭聊聊人生和梦想。

陈沐阳提前给惊蛰打预防针：“我姐这个人呢，非常非常吵，非常非常烦人，非常非常欠揍。不过没关系，我会保护你的。”

三个人落座在包厢里，服务生进来添水，陈沐阳倾身到惊蛰那边，说得眉飞色舞。林骁点了锅底，然后直接把菜单塞给他：“点菜。”

陈沐阳一边拿着平板电脑勾选菜单，一边还不忘跟惊蛰吐槽自己姐姐：“都怪我姐夫天天惯着她，她结完婚，是越发嚣张跋扈目中无人了。”

惊蛰对这种地方很陌生，所以很拘谨地坐着，陈沐阳跟她说话，她就侧头安静地看着他。

陈沐阳看到她的目光，说得更来劲了：“我姐夫真是倒了八辈子霉才跟我姐做邻居，投胎真的是门学问，我姐夫从出生就运气不太好。”

惊蛰疑惑地问了句：“邻居？”

陈沐阳“嗯”了声：“他俩从小就认识，我姐从小就欺负人家，我姐夫那个人老实，就被我姐给染指了，简直丧尽天良。”

他一副痛心疾首的样子，仿佛陈沐晴长着獠牙对他姐夫霸王硬上弓似的。

陈沐晴没有獠牙，反而长相明艳，穿着一条小黑裙，头发随意绾着，手里拿着一个口金小方包，进门先扬声说了句：“陈小狗你是不是又没带钱喊我来给你买单的？”

她目光直射到陈沐阳那里，一脸“我早就看透你了”的傲娇表情。

陈沐阳差点儿从座位上跳起来：“在外面呢！陈小红你能不能不要毁坏我的形象！”

陈沐晴先跟林骁打了声招呼：“哈喽小帅哥。”

林骁点头，老实叫了声："晴晴姐。"叫完抬手指了下惊蛰，"沈惊蛰，我异父异母的亲妹妹。"

陈沐阳天天在家里调侃，陈沐晴之前还特意打听过，这会儿看见了，倒是觉得和想象中的一点儿都不一样。她凑过去，伸手："你好小美女。"

惊蛰因为局促，直接站了起来："姐姐好。"

陈沐晴笑得像个狼外婆："真乖，今年几岁了？"

陈沐阳一口水差点儿喷出来："陈小红你别跟要拐卖小孩似的，多吓人。"

陈沐晴一旦听到陈沐阳说话就会怒目而视，声音都会高八度，在破音与不破音之间游走："要你管！"

惊蛰直接吓得一哆嗦。

陈沐晴拍拍她的胳膊，继续狼外婆般道："别怕，姐姐不吃人，主要是陈沐阳太烦人了你知道吗，我看见他就来气。"

一顿饭吃得惊心动魄。

陈沐晴坐在惊蛰边儿上一直照顾她吃东西，温柔地告诉她漏勺和汤勺都是怎么用的，告诉她每种菜要烫多久，告诉她怎么调料更好吃。

惊蛰几乎是快吃完饭才反应过来，这个姐姐是看到了她的局促，特意过来照顾她的。

回去的时候，四个人挤在一辆车上，陈沐晴仍旧抓着惊蛰在闲聊，问包包和衣服是在哪里买的，很有个性。

惊蛰也听不出来是夸还是调侃，但还是老实回答是自己做的。

山里路不好走，小时候没多少机会去镇上买东西，每次去都尽量买些吃的用的必需品，因为要一路背着回去。

家里会囤些布料，每年惊蛰节气之后，奶奶就开始给她量体裁衣。

有时候奶奶也会自己纺线织布，家里有个织布机，惊蛰都会用了。

这次要来城里，奶奶熬了几个夜，把家里所有的布料都用上了，给她做了好几件衣服，叮嘱她不要委屈自己，但去城里也不要乱花叔叔家的钱。

惊蛰一直记着。

她对穿衣服也并不苛求，干净得体就好。

陈沐晴觉得不可思议，真的是自己织布吗？惊蛰点点头。织布机是木质的，大概是奶奶的上一辈传下来的，很有些年头了。不过那架织布机功能单一，只能织出来平纹和斜纹的布，也很慢。

不过从小到大，惊蛰一直生活在很慢的节奏里，自给自足，和城里比起来，落阴山确实像个原始村落。

陈沐晴想去山里看看，便说："带我去你家看看吧！我只去过景区的山。"

惊蛰只当她好奇，便笑了笑："路不是很方便，姐姐你要去的话，可能会后悔。"

陈沐晴仍旧压不住好奇，跃跃欲试，惊蛰便说放假时可以。

可能到时候对方已经冷静了。

陈沐晴和惊蛰说完，又忍不住和她分享趣事，说她和林骁原本是有娃娃亲的，还指了指自己和林骁："是吧，容貌还是很匹配的。不过他没福气，他长得太慢了，姐姐等不及了。"她表情遗憾，甚至分不清是真是假。

惊蛰有些惊讶地看了眼陈沐晴和林骁。

林骁苦笑片刻："姐……"

她这不着调的，比陈沐阳还离谱。

陈沐阳在副驾驶位上翻了个巨大的白眼："陈小红你要不要脸了啊！还不是你仗着人家小，忽悠人家。"

陈沐晴似乎终于忍无可忍，抬手朝着陈沐阳后脑勺就是一巴掌，打得结结实实："没大没小，不会叫'姐'了是不是？造反是不是？是不是？"

她问一下，打他一下。

司机是陈家的，似乎早就习以为常了似的，摇头轻叹了一声："你俩别闹。"

多大的人了。

俩人像是真打架似的，惊蛰一时拿不准这是什么状况、要不要劝，忍不住侧头隔着陈沐晴去看另一边的林骁。

林骁躲着陈沐晴，整个人贴在车门上，一扭头就看见惊蛰满眼迷茫地看着他，像某种小动物。

他恶趣味上身，冲她招了招手。

惊蛰便倾身靠近他。

中间的陈沐晴扒着前座靠背跟陈沐阳在打闹，后面露出一大片空隙，惊蛰和林骁在那片空隙里几乎要头挨着头了。

林骁抬手弹了她一个脑瓜崩，惊蛰陡然瞪着眼看他，似乎是带着一点悲愤，意思是，为什么啊？

林骁便很恶劣地笑了起来："爱就像他姐打他，不讲道理；就像你哥打你，也不讲道理。"

惊蛰额头有点疼，敛着眉毛沉默了好一会儿，然后在下车的时候特意绕到他那边跟他说："你的爱，很扭曲。"

林骁还没说话，惊蛰又严肃地补充了句："幼稚。"

林骁无声道："哟！"

第二卷

春芽

小时候觉得落阴山很大，大到看不到尽头，山那边还是山，上学需要徒步一个多小时，去镇上要步行小半日。长大后发现落阴山很小，小到在地图上只有指甲盖那么大。山外是山，连绵的山外，就是平原了。原来世界真的很大，且千奇百态，山川河流纵横交错，宛如在土地上弹奏了一曲盛大的乐章，每个人都是一个小小的音符，在各自的音域里努力发出声响。

现在，一个小小的音符挪到了一个陌生的位置，它以为自己的声音会变得突兀，但是周围的音符友好地和它碰了碰，发出了奇妙的撞音。

我认识了好多朋友，他们对我都很好，就连林骁……好像也不是很难相处了。

但他真的，很幼稚。

而且……快考试了，他可能要遭殃了。

——《惊蛰日记》

林叔叔和邢曼阿姨吵架了，一进门难得看到两个人都在，却是互相蓄势待发。

邢家堂亲去找林叔叔办事，要走他的关系谈生意，林叔叔顺手给办了，帮人家签了个小百万元的合同。

邢曼阿姨非常恼怒："你是闲的吗？当初他对你冷嘲热讽的时候，他怎么没想到有一天得求到你头上办事啊！"

林正泽上了一天班，累到不想说话，抬手试图让她安静下来："多大点事，犯不上计较。再说过去多少年了，好歹是你堂弟。"

邢曼气到深呼吸："你别扯我，我看见你就烦，你真是老好人当得上瘾。"

林正泽也没心情哄她，起身去卧室了："我不想跟你吵架。"

邢曼扭头看他一眼，更生气了，霍然起身去找他非吵一架不可。

门咣当一下关了，卧室虽然隔音很好，但还是能隐约听到吵架声。

客厅里只剩下惊蛰和林骁，孙姨从厨房出来，切了水果好一会儿了。本来是给先生和太太的，这会儿只好放在客厅的桌子上，示意林骁和惊蛰吃点儿。

惊蛰没敢动，林骁兀自坐在沙发上捞起电视遥控器点开了电影频道，里面正在播放一部战争片，炮火声连天，伴随着嘶吼。

倒是有些应景，于是林骁饶有兴味地看起来，侧头看了一眼惊蛰，抬了一下下巴示意："坐啊，不用管他们，老毛病了。"

惊蛰飘浮不安的灵魂稍稍回落，在另一侧的沙发上坐了下来。但她有些坐立难安，时不时就要往那边看一眼，没有遇到过这种状况，也不知道自己该不该劝、怎么劝。

以及那句"老好人当得上瘾"，似乎也把她囊括进去了？

或许邢曼阿姨因为她的到来，心里还是不舒服的。

林骁却丝毫不着急的样子。

哈密瓜放久了，味道不太好，林骁吃了两口不想吃了，手停下来又显得很呆，于是继续有一搭没一搭地吃着。

沈惊蛰很紧张，尽管他告诉她不用管，但她依旧还是紧张。

于是她没有像往常一样起身上楼回卧室。

天色已经暗下来，最后一缕夕阳余晖挂在天边，淡淡的一抹，正在慢慢变灰。这栋房子采光很好，朝阳的方向是整面的玻璃墙，正对着院子以及院子里的花园。

设计的初衷就是邢曼想坐在客厅里看夕阳坠入地平线，想看花园里玫瑰盛放。

但夕阳并不是每天都有，玫瑰也只在特定的季节开放，其余的时候，仍旧要面对生活的琐碎和无常。

就好像邢曼用十几年证明了自己热烈的爱情，哪怕如今已经取得了世俗意义上的成功，也不能避免和父母的关系越来越差。

邢曼不是很明白，当初父母因为觉得林正泽不靠谱而对她有怨言，为何这么多年过去了，林正泽越来越好，可父母仍旧对她没有丝毫改观。

她太过于理想化了，总希望世界按照她的想法运转，她希望玫瑰永远盛开，希望窗外的夕阳按时坠落，希望身边的人全部热烈而灿烂，但怎么可能呢。

林骁觉得自己早就习惯了这场景，俩人也并非水火不容，事实上可以称之为非常恩爱，大多时候他们被称作神仙眷侣。

但他这会儿看到沈惊蛰身上的不安，似乎能深切地感受到她寄人篱下的那种无措感的时候，忽然觉得，自己还是不太习惯的。

他从小跟着姥姥住，姥姥是一个非常古板严谨的老太太，希望一切规规矩矩，没有任何出格的地方。所以她对邢曼非常不满并非因为不够疼爱，反而是因为从小溺爱，所以看不得她有丝毫失控的可能。

只是林骁是个例外，姥姥意外地对他很纵容，所以他小时候很喜欢去姥姥家。那时候邢曼跟家里关系还没有那么僵硬，林骁就像一根纤弱的纽带，他在姥姥家听姥姥痛骂母亲，在家里听母亲痛斥姥姥，然后闭目塞听，各处装听不见。

他偶尔也会难过，夹在中间感觉像是个多余的，但并不知道责怪谁，看起来谁都错了，也谁都没错。

所有人都说，“你还是小孩子，跟你没有关系，不需要想那么多”。但他夹在中间，怎么可能没有关系。

就像眼前这个人，明明跟她什么关系也没有，她依旧紧张得像是自己做错了事，手指无意识地互相搓着，眼睛眨动的频率都比平常快。

“陈沐阳说想让你去他家里看书，我陪你去挑挑吧！”林骁抽了一张纸，擦着手指站了起来，俯视着她。

电影还在播放，炮火声和嘶喊声持续不断，安静的空当又夹杂着邢阿姨和林叔叔的吵架声，朵朵不安地在玻璃墙前的空地上来回踱步，孙阿姨进了厨房再没有出来过。其实很吵闹，可惊蛰觉得周围死寂得能听到自己的心跳声。

她原以为自己适应了，刚刚还跟林骁和邻居一块儿去看了电影吃了饭，可转头所有的不安和不适应都冒出了头。

惊蛰恍惚了一下，有片刻的呆滞，然后才机械地说了个“好”。

干点什么都好，总之不能再这样待着了。

或许林骁也是这样想的。

去陈沐阳家只有短短五分钟路程，可林骁仍是不想走一步似的，他看了看滑板和自平衡车，又看了看园艺师用的敞篷观光四座小车，最后鉴于前两者还得教会沈惊蛰用，所以选择了最后一个。他坐上去，冲着沈惊蛰抬手示意，让她上来。

一辆迷你玩具车似的观光车开着两个大灯冲进陈沐阳院子里的时候，陈沐阳在二楼探出脑袋，无比震惊地骂了句。林骁熄灭下车，站在那里看着沈惊蛰。她乖乖下来，忽然问了句：“是因为我吗？”

林骁陡然嗤笑一声：“你倒是挺自恋，他俩从我……”他掰着指头算了算，“从我三岁记事起就开始了，你就当……是夫妻情趣吧！你爸妈难道不吵架？”他不相信，“邢曼女士的名言，哪一天她跟我爸不吵架了，他们就离离婚不远了。”

惊蛰迷茫地摇了摇头：“我不记得了。”

她并没有因为他语气里的嘲讽而难过，反而因此觉得有一点安心。他要是客客气气的，反而让她不安。

林骁：“嗯？”

惊蛰：“我记事的时候，爸爸就已经不在了。”

他好像的确没听说过她父亲，但刨根问底似乎不太合适，而且她不知道想起了什么，看起来很伤心。

“抱歉，我不知道。”

惊蛰摇摇头："没关系。"

林骁还是问了句："你爸爸是干什么的？"他还是有点好奇。

陈沐阳一个箭步冲了过来，打断了问话。他叉着腰站在两个人面前："来也不打个招呼，刚分开就这么舍不得我啊？"

林骁指了指沈惊蛰："你不是要给她找书看？"

陈沐阳："哦哦，那进去呗。"

陈沐晴也在家，她老公来接她回家，这会儿刚在客厅落座。陈沐晴正在拉着蒋洁女士念经，罗列了一大堆理由，想要回来住。

秦深戴着一个金丝框的眼镜，一派斯文，气质看起来沉稳许多。他冲着岳母轻轻摇头，意思是，不要。

蒋洁骂了陈沐晴一句"烦人精"，然后躲开了，起身正好看到林骁："尧尧来了？"

林骁叫了声"伯母好"，然后看了晴晴姐和秦深哥一眼，调侃了句："姐你少装了，真要给你留在家里，大半夜你得哭着找我秦深哥。"

陈沐阳非常赞同地点了点头："我姐夫真惨。"

如果不是隔得远，陈沐晴绝对揍他："就你屁话多。"她看向林骁："不是你小时候哭着找我陪你睡的时候了？"

林骁瞬间双手举过头顶，看向秦深："哥，别误会，三岁时候的事，我都不记得。"

陈沐晴挑拨离间失败："好歹定过娃娃亲，你要这么拆你姐的台？"

林骁无奈："你快别说了，我可不想挨揍。你看我哥，眼神都变了。"

陈沐晴："管他呢。"

惊蛰一直安静地站在一旁，搞不清状况。蒋洁是第一次见惊蛰，她其实一直对邢曼同意林正泽把惊蛰带回来不能理解，所以一直也没兴趣去看这小姑娘。这会儿看到了，她倒是忍不住打量了两眼。惊蛰长得白白净净的，挺讨人喜欢。

比她母亲看起来面善多了。

蒋洁抓了一个靠枕砸在陈沐晴身上："结了婚了都不着调，说的是什么话，定娃娃亲也轮不到你。"

陈沐晴陡然想起来，睁大眼说："啊，对，他跟这妹妹是不是定过娃娃亲？"

蒋洁又给了她一下："闭嘴吧你。"

陈沐晴撇撇嘴："小时候的玩笑，又不当真，我记得林骁还被吓得够呛呢！听说小媳妇儿要吃他的、喝他的，花光他的零花钱，他吓得都睡不好觉，大半夜醒了都得摸摸自己的存钱罐。"

一群人忍不住笑起来，林骁推着陈沐阳上楼，额角神经突突直跳："快走，我受不了了。"

惊蛰跟在林骁身后，眉头拧得死死的，快到二楼的时候，她忽然扯了一下林骁。

林骁回头看她纠结的表情，以为她不好意思了，刚想安慰一句“陈家的不靠谱是遗传的”，就听她开口说：“你别在意。我妈给我定了十几门娃娃亲。”

林骁：“……”

惊蛰尴尬地咬了下嘴唇，解释道：“她说只要数量多，总有上当的。”

林骁沉默很久，最后冲沈惊蛰伸了个大拇指。

阿姨真是个人才。

惊蛰去挑书的时候，两个对文字毫无兴趣的文盲窝在沙发上互相吐槽自己的父母亲，陈沐阳说：“我那废物姐姐，四体不勤，五谷不分，脑子还不太正常，可怜我的姐夫了。”

林骁：“你有本事当她面说。”

陈沐阳：“没本事，我又不傻，她也说我是废物弟弟。”

林骁笑了声，忍不住摇了下头。他是个独生子，不太能理解这种要命的姐弟情。

陈沐阳看了一眼惊蛰，她有些心不在焉，从进来脸色一直都不好。其实林骁脸色也不太好。他终于情商上线问了句：“你俩吵架了？”

他似有似无的情商不足以支撑他有一个合乎逻辑的猜测。

林骁半是讽刺地瞥了他一眼：“吵架我还带她来，我有病？”

陈沐阳侧头打量一眼林骁：“你没有吗？”

林骁用胳膊勒住他脖子：“我看你欠抽。”

陈沐阳笑得贱兮兮的，努力挣脱了一下没挣脱掉，干脆躺在了林骁怀里：“那你表情这么不对劲。”

林骁扯了下唇角：“邢女士跟她老公在激情开展家庭辩论赛。哦……不，是她单方面输出。”

陈沐阳张了张嘴，看了惊蛰一眼：“你妈可真行，人家刚来几天就吵架。惊蛰不会以为是因为她才吵的吧？”

看那表情多半是，毕竟不是自己家，平常无论多和谐，一旦局势紧张，难免会怀疑自己是导火索。

“嗯。”林骁轻嗤一声，“女生就是脸皮儿薄，想当年我妈和我姥在客厅里几乎都要打起来，我都能趴在沙发上睡觉。关我屁事，爱吵吵去。”

母亲是个喜怒哀乐都挂在脸上的人，高兴了就要笑，不高兴了就要表达出来，这使她显得极度不成熟。但林正泽显然很吃她这一套，他是个略有些木讷的人，并不太会琢磨别人的心思，反而像邢女士那样的，他觉得相处得很舒服。

这大概就是天定的缘分吧！

陈沐阳看着沈惊蛰：“小可怜。”

林骁嫌弃地把人推开：“你不觉得我可怜，你觉得她可怜？”真是世风日下，人心不古，“谁是你好兄弟？”

陈沐阳指了指惊蛰，忽然俯身趴在林骁耳朵边悄悄说了一句话。

林骁瞳孔缩了缩，忽然摇头严肃地说了句：“不可能。”

陈沐阳差点儿吼出来，压着声音问：“为什么？”

为什么？总之不可能。

林骁思考片刻，继续勾住他的脖子：“人家是来学习的，你少骚扰人家。好歹我是她异父异母的‘亲哥哥’，你冲她下毒手，我怎么跟我爸妈交代，我爸妈怎么跟人家奶奶交代？”

陈沐阳表情变幻无数次，脑子里天人交战了好一会儿，最后泄气地瘫倒下去。

好像也是。

林骁踢了他一脚：“她以后也是你‘亲妹妹’，少打歪主意。”

陈沐阳：“哦。”

林骁觉得不够，又威胁一句：“不然不用我爸，我都抽你。”

林骁一脸正直得让陈沐阳觉得自惭形秽。

过了会儿，陈沐阳才消化完，忍不住又问：“我‘亲妹妹’的爸妈是干什么的啊？阿姨很牛啊，给孩子定了十几个娃娃亲！”

刚刚惊蛰说的话陈沐阳也听到了。

林骁哼笑一声，撇撇嘴，眼神飘到沈惊蛰那里去。

十几个娃娃亲……

数量多，总有上当的？

“不清楚，没怎么了解过。”林骁从小就被丢在姥姥家，或许是出于少年人的自尊，无论是邢曼的事还是林正泽的事，他都很少过问，就是再好奇也几乎不开口问，装作一副漠不关心的样子，也不知道是为了惩罚谁。

新的一周只有三天，然后就放国庆节假了，月考定在了国庆后，不用担心考不好回家挨揍，也不用因为成绩一般必须回家装乖，所以26班人心浮动，周一就开始商量着国庆要去哪儿玩。

但这几天林骁和惊蛰都没什么心情，林正泽和邢曼这次吵架竟然意外较真，都冷战起来了。邢阿姨这几天都不住在家里，林叔叔也早出晚归，家里低气压浓重。

林骁虽然看起来对父母吵架这件事并不在意，但这几天意外地沉默了很多，虽然大多时候他很正常，但惊蛰敏感地觉察到林骁好像不高兴，于是她本来就不太愉悦的心情变得更加沉重。

她的生活很简单，闲了替孙姨干点活，帮林叔叔收拾一下花园，然后在学校和家两点一线。

“生活就是这么枯燥且无趣。”母亲曾经说过。彼时她仰着头，眼神涣散地看着夜空里并不明亮的星子，不知道想起了什么，说：“但那又怎么样呢？”

母亲揉了揉她的脑袋：“开心点儿。”

惊蛰还没有说什么，母亲又笑着说：“当然，你不开心我也没有意见，你有不开心的权利。”

她总喜欢自说自话。

惊蛰有些想妈妈和奶奶了。

思念是个很神奇的东西，一旦被勾起，就像星火燎原一样势不可当。她低着头不停地做习题，好像这样就能让脑袋放空一些似的。

可大约因脑子里被塞了太多的东西，她开始感到困倦，脑袋变得很重。

她睡着了。

她还做了个梦，梦到母亲去世的时候。那是镇上唯一一家卫生院，母亲住在一楼的拐角处，窗外是一些杂乱的灌木丛，夹杂着一些伶仃的小花。春天刚刚到来，到处生机勃勃得让人难过。

母亲病情恶化得很快，连转去省城继续救治的必要都没有了，奶奶说想让母亲回家待一段时间，她说不想挪动了，一周后就去世了。

梦里惊蛰坐在病床前剥橘子，她低着头很认真地剥。她没有看母亲，但能听到母亲的呼吸声很重，她应该很疼，在努力克制着，极力地压着呼吸，但惊蛰都听得出来。

医生刚刚给她打了一剂止痛针，大约是还没有见效，她有些忍不住溢出几丝轻哼。许是为了转移注意力，她开口问惊蛰：“我死了你会想我吗？”

她在惊蛰面前从来都不避讳谈生死。

惊蛰听着有些难过，但她没有哭，也没有表现出来，只是点了点头：“嗯。”

母亲轻笑了声：“你一点都不幽默，跟你爸一样。”

惊蛰没说话，她对爸爸的印象很浅薄，只有一个模糊的轮廓。她只记得他的声音，低沉浑厚，显得很严肃。

母亲又说了什么，她听不清，或许没有在听，鼻子里像是塞了什么东西一样，透不过气来。她把剥好的橘子掰下来一片塞到母亲嘴里，轻声说：“我不想你死。”

“人都是会死的。”她直白地说。

惊蛰的眼泪蓄在眼眶，仿佛眨一眨都要掉下来了，母亲还是不放过她：“奶奶也会死，你也会死，人都会死的。”

惊蛰终于克制不住，放声痛哭。

她在悲痛的哭声中，听到了母亲的笑声。母亲吃力地抬起手，揉弄了一下她的发顶：“但妈妈爱你，奶奶也爱你，以后也有人会很爱你，死不可怕。”

惊蛰抽噎着看母亲，她还是在笑。她原本很漂亮，现在却被病痛折磨得消瘦，眼窝深深凹进去，面色灰败，但笑起来仍旧是那副满不在乎的样子，好像这个世界上没有任何事能让她不快乐，贫穷不能，死亡也不能。

母亲歪着头："再不济还有妈妈给你找的小男朋友呢，小孟哥哥温柔，谭哥哥聪明，敬一哥哥体贴，岚哥哥帅气……哦，还有林骁哥哥，他傻傻的，好骗。"

"哎……"

惊蛰被晃醒，病房昏暗的灯光退了下去，她缓了一会儿才意识到自己在教室。林骁拿手在她面前晃了下："发什么呆，回家了。"他忍不住逗她，"这么伤心呢？都掉眼泪了。"

教室里闹哄哄的，吵闹声比以往都要强烈。

要放假了。

惊蛰没回答他，他也没追问，扬声叫着："羊，走了。"

陈沐阳敬了个礼："遵命！"

林骁嗤笑了声："傻样儿。"

惊蛰塞了几本书在书包里，小跑着跟上林骁，他搂着陈沐阳正在往25班去，等江扬一块儿走。

林骁扭头想跟沈惊蛰说他们要去打球，要不她自己先回去，但扭头就看见她湿漉漉的一双眼，还带着刚哭过的红劲儿。

林骁忍不住问了句："做噩梦了？"

惊蛰摇摇头。

林骁难得有耐心："生病了？不舒服？"

惊蛰还是摇头。

林骁耐心告罄："哑巴了啊！"

惊蛰听出了他的不愉快，可也确实没什么好说的，于是翻了翻书包，把一个挂坠递给他。

是他要的兔子。这只兔子耳朵是竖起来的，还戴着领花，唇角一侧上挑，显得有些跩。

"做好了。"

林骁都忘了这件事，愣了一下才想起来，捏过去，夸了句："挺好，像我。"他又递回去，然后侧身，"给我挂上。"

惊蛰把兔子挂在他书包拉链上，觉得他戴这个怪里怪气的。

江扬从教室里出来，一眼就看到了他的兔子，拨弄了一下："你童心未泯呢！"

林骁生怕他说出一句"丑"来把刚哭过的小蘑菇又气哭了，抬手指了指她："我妹送的，别羡慕。"

江扬“啧啧啧”了一声：“有妹妹了不起啊？我也有。”

林骁：“你妹妹只会在你被窝里嗑瓜子，嗑完还得把瓜子皮藏进去。”

江扬扯了一下惊蛰，义愤填膺道：“今晚你就去他被窝里嗑瓜子，让他也感受一下妹妹的爱！”

惊蛰张了张嘴：“呃……”

林骁一脚踹上去：“你缺心眼吧！”

林骁、陈沐阳、江扬三个人要去打球，去隔壁医学院。大学校园平时是不开放的，到了周末或者节假日才允许校外人进出。

陈沐阳问惊蛰去不去，惊蛰看向林骁，有点不知道怎么回答。她不知道自己可以去干什么，但又不想一个人回家，觉得最近林叔叔家里气氛很怪。

她也没有受委屈，甚至那天回去，邢曼阿姨还特意去她房间给她道歉，说这是夫妻之间难免的磕碰，让她不要在意，当作不知道就好。“我还是很爱你叔叔的。”阿姨笑着，狡黠地眨了下眼，仿佛在说：爱也不能避免分歧，但分歧并不会影响爱。

惊蛰放松了一下，但之后的几天，依旧有些紧绷，是一种无所适从的感觉。如果是奶奶和妈妈吵架，她有一百种方法让她们和好，就算什么也不做，也知道她们吵完架一会儿就和好了。

但她对林叔叔和邢曼阿姨并不算了解，仅仅从奶奶口中知道一点过往的旧事，并不足以支撑她在他们面前处理这种情况。

就像站在一个陌生的地方，哪怕手持地图，都无法安心地迈出脚步。

江扬说：“走，看哥打球去。”

林骁拍了江扬一巴掌：“少占便宜，哥什么哥。”

江扬躲了一下：“你最近脾气很大嘛！”

林骁偶尔是觉得挺不爽的，但具体不爽什么，也说不上来。

他看了一眼惊蛰：“让阿龙接你回去吧！我们几个大男人去打球，你去了也无聊。”

而且带个女生不方便。

惊蛰听他这么说，于是点了点头，顿了一下，又说：“注意安全。”她又想了想，“晚上降温，别感冒了。”

林骁笑了声，偏头跟江扬说：“有个妹妹就是好，我妈都没这么关心过我。”

江扬被酸出一身鸡皮疙瘩，表情痛苦地躲了一下。

惊蛰因为有点不好意思，磕磕绊绊地说了句：“那我去门口，在门口等着。”

大约是奶奶太喜欢絮叨她了，吃饭怕烫了又怕凉了，下雨怕淋了又怕冻了，干点活怕累了又怕伤了……她有时候也无奈，反反复复说：“知道啦，我又不是小孩子。”

离开了奶奶，她反倒成了絮絮叨叨的那个。

她就是觉得……林骁太不会照顾自己了，或许奶奶看她也是这样吧。

她给阿龙师傅打了电话，然后往校门口走去。

惊蛰走南门，林骁他们走西门。

惊蛰走了几分钟，远得背影都快淹没在人群里了，林骁才冲陈沐阳两个人招了招手："走吧！"

陈沐阳和江扬勾肩搭背，小声嘀咕着："当初说烦躁、不能接受的，也不知道是谁。"

江扬点点头："就是，才几天就妹妹长妹妹短。"

两个人齐声道："不要脸。"

林骁走在后面，手插在裤兜里，给了一人一脚："我不聋，谢谢。"

陈沐阳和江扬哈哈笑着往前跑了两步，风把衣服鼓起来，勾勒出少年略显单薄的身形。

25 班拖了两分钟堂临时布置作业，很多人抄作业速度慢，又怕课代表不能及时发在班群，坐在那里抄完了作业才出来。

25 班和 26 班作为难兄难弟班，成绩一个赛一个地瞎，学风很稀薄，但舒莺仍旧会认认真真写作业听课。她是中考考砸了才进的 25 班，所以几乎从来没把自己当作过 25 班的人。

她抄到一半，有人拿胳膊戳她，挤眉弄眼让她看窗外，她扭头，心跳就漏了一拍。

身边人感叹："这仨人站在一起，是真养眼啊！"

不知道谁又接了句："没人觉得那女生也很漂亮吗？"

舒莺忍不住抿了下嘴唇。

原本两分钟能抄完的作业，她硬生生抄了五分钟还是心不在焉的，最后索性胡乱把书塞进书包里，背着就出去了。

舒莺出去的时候，沈惊蛰正好离开，林骁一直目送她，直到她走出很远。

舒莺忍不住也多看了惊蛰一眼，觉得她也就一般，还很土，林骁对吃穿都很挑剔，不是他喜欢的那一类。

陈沐阳和江扬在调侃林骁，舒莺觉得有些烦，好半天才鼓起勇气叫道："林骁！"

男生扭过头，扬了一下眉毛，意思是，有事？

舒莺强自压住心跳，笑着问了句："你们去打球啊？"

林骁"嗯"了声。

舒莺又说："我昨天见你妈妈了。"

林骁"哦"了一声，并不想听这个。

舒莺见他神情冷淡，便没再继续："那你们好好玩，我回家啦！"

林骁抬了一下手指，兴致索然地回应了一下。

陈沐阳说："你妈最近去哪儿了？她为什么会见你妈？"

林骁乐了声："谁知道。"

邢曼女士最近搞冷战，跟蒋洁女士天天白天上班，晚上出去开房打麻将，两个人俨然一副醉生梦死、忘却痛苦、潇洒人世间的状态。

但就是可怜老陈同志了。陈沐阳忍不住感慨一句："你爸惹你妈生气，结果我爸也跟着遭殃。真是，我们家的男人都是倒霉蛋。"

林骁最近都没怎么见他妈，也跟舒莺不熟，仅仅是认识而已。早些年邢曼女士投资时认识了舒莺母亲，走得近的时候一起吃过饭，后来没合作关系了也就断了，私下都不怎么联系。

倒是舒莺这个人挺自来熟的，他有点烦。

江扬虽然跟舒莺一个班，但也不熟，更没太多好感，于是搂住林骁："走走走，管她干什么。"

九月月末，前几天回温后下了一场雨，天气又转凉了，地面还没干，秋风瑟瑟地吹着，满地的枯叶来不及打扫。

林骁他们走西门必然又要从26班教室前面过，还没走的男生女生隔着玻璃冲他打招呼："班长，你今天帅得过分啊！"

秦雪仗着最近跟惊蛰关系好，陈沐阳也经常跟她说话，都敢打趣他了："班长的眼里三分凉薄，三分讥诮，还有四分漫不经心。"这是她为数不多的"文学素养"了。

陈沐阳被戳中笑点，拍着大腿笑起来。

林骁隔空指了指秦雪，教室里也一派欢乐。

秦雪自己咧嘴笑了半天，忽然想起来："你把我们惊蛰弄哪儿去了？"

陈沐阳说："我们去打球，她去干什么？当然是回家了。"

秦雪撇撇嘴："班长，国庆能让惊蛰出来玩吗？"

林骁侧了一下头："你问她啊，我又不是她的腿，我还能管住她？"

秦雪愣了一下，不知道想到了什么，示意林骁等一下，然后小跑着出来，一副"跟你们这些直男说话真费劲"的表情。她压低着声音说："班长，不是我说你，我每次约惊蛰，她都没有出来过。她不是说自己要写作业就是说不方便。你有没有想过，是因为借住，不好意思提出门？我没叫你干什么的意思啊，我就说至少你可以口头鼓励一下惊蛰。"

林骁家里配司机，是因为住的别墅区很僻静，出门步行至少二十分钟才有公交车站，步行三十分钟才有地铁站。以惊蛰的抠门程度，肯定是不会打车的，但要她开口说想出去玩，必然要麻烦到司机。

秦雪家离很远，如果去接惊蛰，要费老大劲，她可能更不愿意出来了。

林骁皱了皱眉头，说了句："知道了。"

秦雪还想说什么，想了想又觉得算了。其实她也拿不准林骁对惊蛰什么态度，惊蛰和林骁虽然是同桌，但在学校交流不多，林骁作为不积极分子，不是在翻课外书，就是在睡觉，要么就是发呆，一下课就跟陈沐阳两个人没影了，而惊蛰几乎无时无刻不在学习。

林骁跟她说的话，还没陈沐阳跟她说得多。

但因为陈沐阳对惊蛰很好，所以秦雪才隐约觉得林骁肯定不会讨厌惊蛰，不然陈沐阳也不会跟惊蛰走得很近。

哎，算了算了，不想了。本来惊蛰就是寄人篱下，她多说，说不定还会给人家添麻烦。

她摆了摆手说再见。

都打半个小时球了，林骁休息的时候，才看到阿龙打了好几通电话。他拨回去，就听见阿龙有些着急地说："见到妹妹了吗？说在门口等我，我到了有一会儿了也没找到她，电话也打不通。"

林骁突然起身："她去南门等你了，没看见她？"

这会儿她应该早在那里等着才对。

她很胆小，如果阿龙不在，几乎他上学时把她放在哪儿，她放学就在哪儿等着，不会乱跑。而且她带着手机，不至于去哪里也不吭声。

阿龙找得有些着急："没。"

虽然理智告诉他不会出什么事，可能就是突然有什么事绊住了她，但又免不了担心。惊蛰来南临没多久，除了学校认识的人，她几乎没有任何朋友和亲人，所以从不乱跑乱动。

最近先生和太太闹别扭，怕林骁不着调，还特意跟他交代留意一下，要是出事，他回去怎么交代。

而且他还是很喜欢惊蛰这个小姑娘的，真心担心她。

陈沐阳投了个球过来砸林骁："班长，刚打一会儿你就下场，能不能玩了？"

林骁把球拨开，沉着声音说了句："别闹，沈惊蛰丢了。"

他一边起身往球场外走，一边简单复述了一遍。然后骂了一句："你说她是小学生吗？我就今天没跟她一起回去。"

陈沐阳跑着跟上去："啊？那么大个人能丢了？"

林骁不怕她丢，但想起她上课睡觉还睡哭了，不知道为什么，有种不好的预感。他眉毛不自觉拧起来，低骂了声。

江扬也跟过来了。林骁忍不住跟陈沐阳这呆头鹅说了句："不是丢的事。她挺胆小的，有急事也不至于不交代一声，更不会不接电话。"

再说，她能有什么急事。

陈沐阳抱了一下胳膊："你别吓我。"

林骁越走越快，一手把新手机从口袋里捞出来，然后低着头发消息，手指跳动得飞快。

手机响了一下，陈沐阳拿起手机看，班群里发了消息。

双木林：谁见沈惊蛰了，联系我一下。

双木林：麻烦了。

双木林：不知道也帮我问问，现在，我着急。

……

他紧接着连发了二十个红包，陈沐阳忍不住骂了声："这真不会害她反被绑架吗？"

说着，他伸手抢了一个。肉疼。

托那二十个红包的福，放假前各班群还有校园群里都飘荡着寻找沈惊蛰的消息。

26 班的人都摸不着头脑，更别说其他班了，甚至高二、高三的都在问：沈惊蛰是谁？干什么了？为什么找她？

不过奇怪的是，重赏之下，最初十几分钟也没人知道。

只有一两个人说走的时候看见她就在南门。

她一向不怎么显眼，安安静静的，不和林骁在一起的时候很少有人会特意注意她。

阿龙去找学校要了监控，可惜惊蛰站的地方有一个巨大的遮阳棚挡住了视线，最开始能看到一双脚，后来她挪了一下，就看不见了，也看不到她是什么时候走的。

他给林正泽和邢曼打了电话，到这个时候，已经犹豫要不要报警了。

国庆节前的傍晚热闹非凡，街上到处都是人，放假了的大学生们中混着中学生，入目的都是年轻的面孔。

林骁表情严肃，陈沐阳叉着腰跟在身后："这到底怎么找？报警吧？"

林骁喉结滚动了一下。

江扬问了句："不超过二十四小时，能报失踪吗？"

陈沐阳摇了摇头："她算未成年吧？"

江扬又说："可是满十六岁了。"

……

两个人你一句我一句，林骁都没听，只觉得脑子嗡嗡作响。

不知道怎么，他忽然想起沈惊蛰第一次来家里的场景。那天天很晚了，他们飞机也晚点了一会儿，孙姨老早就说："林先生要回来了，林骁你收拾收拾下来吧！"

收拾什么呢？为什么要下去等着？

手机嘀嘀嘀响了好几下，都是父亲在给他打预防针，一条一条都是大道理。

他瞥了一眼，全当看不见，烦躁得很。

车子驶进来的时候，他才慢吞吞晃悠着下了楼，林正泽老远就警告似的看了他一眼，意思是，你不要乱来。

说着，手机响了，他匆匆说了句：“这是我儿子，林骁。”然后指着他：“过来帮忙。”

他走到一边去接电话了，阿龙从车上下来去开后备厢，冲惊蛰鼓励地笑了一下：“太太不在家，她说让你把这里当家，不要客气。”

或许是阿龙的声音显得亲切，惊蛰笑了一下。

她眼睛被院子里的灯映得很亮。

那时她站在车旁，在林骁去之前，没有挪动一下，眼神一直往林正泽那里飘，就好像后来每次遇到拿不定主意的事都会看他一样，是一种没有安全感的下意识反应。

他其实并不讨厌她，只是讨厌家里突然多个人，也不太喜欢林正泽独断专行的行事风格。

于是他看她时总横挑鼻子竖挑眼。但即便是这样，也挑不出来什么毛病。

于是这一刻的林骁，含着百分之二百的愧疚和自责。

他就应该多问一句她哭什么。

又或者……跟她一块儿回去。

惊蛰觉得自己可能梦还没有醒，看到有人拿了一本书，书脊上印着“沈 × 栖”三个字。中间那个字她没看清，但她觉得应该就是“沈寒栖”。

她母亲就叫沈寒栖。

母亲在户口本上的名字原本叫沈小七。“沈寒栖”是考上大学的时候，奶奶带她去改的名字，也是她自己取的。

所以户口本上她的名字是“沈寒栖”，曾用名：沈小七。

奶奶叫沈九，并非行九，只是出生那天是正月初九。母亲出生那天，是五月初七。

惊蛰小时候问，为什么她没有叫“沈初一”，她是大年初一出生的。

母亲就笑着说：“哪来那么多为什么，你怎么这么多为什么？小问号精？”

很多事是没有答案的。

惊蛰像是被蛊惑到了，抬腿走了两步，想叫住那个人借来那本书看一看。

她小跑着跟了上去，可是校门口车况复杂，她跑得虽然很快，可还是跟丢了。

她站在拐角处愣怔了好一会儿，终于才觉得自己梦醒了。她揉了揉脸，仰头看了看天空，秋日的南临，天空高远寥廓，风从皮肤上擦过，带着沁冷的寒意。

这里不是落阴山，不是那个小山村，也不会有一个叫沈寒栖的人。

而且沈寒栖，已经去世十年了。

惊蛰叹了口气，回身往回走去。

想打个电话给阿龙师傅，但是一摸口袋，手机没了。

她茫然无措地浑身上下找了一遍，可是毫无发现，于是开始漫无目的地顺着街道走。尽管心里明白手机被偷的可能性很大，但她仍旧抱着几分“万一只是掉地上了”的希望。

她心中更多的是一种无法言说的惶恐，弄丢贵重东西，对她来说是件很大的事。

她走得稍微远了些，回去要逆着人流，但她记得路。她的方向感和空间感都很好，在密林里都不会迷路，来南临的各种不适应也只是心理上的不适应而已。离开了固定的路线，她才发觉自己对这片已经非常熟悉了。

只是她没有想到会有人过来搂住她的脖子。是一个同龄或者年纪稍大她一点的女生，穿着普通的牛仔裤和长T恤，T恤扎在腰里，露出略显宽大的胯部，披肩发染成了金黄色，五官精致小巧。她比惊蛰略高一点儿，搂住惊蛰脖子的时候，低着头跟她说话：“林骁叫我来找你。”

惊蛰本来在挣扎，听到林骁的名字才安静下来，抬头“嗯？”了声。

女生身边还跟着两个女生，都在低着头看手机。

女生的笑容还算温和，略略松开惊蛰一点儿：“不好意思啊，看你挺可爱的。”

惊蛰还是看着她，不说话。

她心里很乱，乱得分不清头绪。

街上人来人往，惊蛰没觉得害怕，只是觉得有一些怪异，直勾勾盯着对方。刚刚她才跟林骁告别，他接了她的兔子，看起来挺喜欢，然后他去打球了。

或许是丢了手机，她脑子很乱，一时理不清头绪。

但她隐约觉得哪里不对劲。

“去那边吧！我请你喝柠檬水。”她指了指路边一家奶茶店。

惊蛰摇了摇头。

她们僵持了至少十分钟。

女生大概有些头疼她的防备心，按了一下脑袋：“这样吧，我口渴，还很累，你陪我去喝杯饮料，我跟你说几句话行不行？”她看向惊蛰，“我就不自我介绍了，就帮林骁传几句话而已，毕竟你是个女生，有些话他不方便直说。”

惊蛰最终点了头。

她不知道在想什么，只是看了看马路，觉得这条街道还是很陌生。

“帮我打个电话。”她跟对方说，女生点点头，冲隔壁女生要手机。那女生抬头看了惊蛰一眼：“等会儿，在打排位，五分钟就好。”

女生看向她，抱歉地说了声：“没事，我就跟你说两句话而已，一会儿就结束了。”

惊蛰有些着急，犹豫了，但女生扯住她：“光天化日，我能怎么着你啊？”

女生说了什么，她没有仔细听，大意是说林骁其实很讨厌她，但出于父母的原因不得不迁就她，他其实很烦。

“你以后还是少麻烦他吧！他家里肯收留你已经是很难得了，你不要消耗他的耐心让他更讨厌你。懂点分寸，知道吧？”

惊蛰脑子嗡嗡作响，看了眼依旧在打排位的女生，最后问了说话的女生一句：“可以借用一下你的手机吗？”她着重强调了“你”字。

女生愣了一下，然后从包里找出来手机，解锁，递给她。

惊蛰打开电话页面，输入了一串数字，然后沉默两秒，把手机页面冲向她，目光看着对方：“你没有存林骁的电话号。”

所以你们真的是朋友吗？

女生抿了一下唇：“现在谁还打电话啊，土不土。”她试图夺回手机。

惊蛰移动了一下手：“那我打给他，我想听他亲口说。”

“他还不是顾及会伤到你，你何必呢！”

惊蛰摇摇头，缓慢而平静地说：“我没有那么强的自尊心，我想跟他面对面沟通这件事。”

她很不喜欢有人在中间传话的感觉，有什么事，她都希望对方能直接面对面谈。

女生突然扭头跟身边两个女生对视了一眼，边上一个女生突然站起身，扯了之前说话的女生一下：“走啦，都跟你说不要管这种事了。出力不讨好，你看她什么态度，怪不得林骁不待见她。”

被扯的女生拿回手机，说了声：“好吧，我也懒得管了，你想听他自己说就去呗！”

三个人起身走了。

惊蛰眼珠缓慢地转动了一下，然后才深呼吸了一下。

大约是那个梦做得太难过，她到现在都有些意识不清，她不明白自己为什么要跟过来，狠狠地搓了一下脸，低着头再次翻了下书包。

明明刚刚，手机还在书包侧袋里的。

玻璃门被突然推开，风铃急促地响了一声，服务员说了句：“欢迎光临。”

“抱歉，我只是来找人。”

惊蛰听到声音霍然抬头，就看到林骁阴沉着一张脸走了进来。

五分钟前林骁接到消息说有人在怀明街好像看到她了，有人跟她一块儿，一个女生，穿着牛仔裤和粉紫色长T恤，染了金黄色的头发。

附中不允许染发，有些同学天生发色浅都要打电话给家长确认。

惊蛰来南临这么久，没亲戚，认识的人极其有限，林骁一瞬间脑补了很多，比如诈骗、拐卖……

她在山里长大，从小到大都没有太复杂的人际关系，甚至都没见过多少人，所以极其单纯，说不定很容易上当受骗。

他几乎是跑着过来的，进来却见她好好地坐着，只是脸色很差。

他很恼火，说不上是在恼火什么，只是觉得胸口像是烧了一把火似的，很想逮着她狠狠骂一顿。可看见那张脸，又骂不出来，于是他脸色也越发差了。

惊蛰表情有些愕然地看了他很久，说的第一句话是："哥，手机丢了。"

她眨了一下眼，眼泪倏忽掉下来。来南临这么久，哪怕是生病发烧到近四十摄氏度那天，她都没有哭，这是他第一次见她哭。

因为丢了个破手机。

他想骂她一句"缺心眼儿"，转念又觉得她可能是觉得丢失贵重的东西太自责。她一向是个很勤俭节约的人，又或者……是贫穷。于是他出口就成了："丢了就丢了，一个不要的手机而已，我妈早就想给你换新的了。"

陈沐阳和江扬跑得慢，两个人第一次见林骁跑这么快，体育课跑八百米他都没这么卖力。

陈沐阳这会儿才进来，说："就是，丢了就丢了，你躲在这里干什么，司机和……找你都找疯了，都要报警了。"

惊蛰听到"报警"突然站了起来："我没事……只是刚刚一个女生叫我，她说是你朋友，要带话给我，我就……"

林骁皱了皱眉："你认识她吗？她说什么你就听啊！你是小学生？我有什么话不当面给你说，需要找个人给你传话？"

惊蛰想解释，又觉得这件事的确很傻，她可能只是脑子不清醒。她张了张嘴，最后只是说了句："对不起……"

她头昏脑涨的，又或者有那么一瞬间，她的确觉得林骁可能……很讨厌她，所以才想听一听。

陈沐阳拍了拍林骁："够了够了，她也不是故意的，人没事就好。倒是那女的是谁啊？搞什么！"

——能在学校旁边，堂而皇之的。

江扬没进来，他在外面联系了阿龙和林叔叔，这会儿推门进来说："你爸妈本来要来，听说没事就改道回家了。阿龙的车还在南门停着，我让他去西门了，东西还落在医大操场，这边近，我们一会儿绕过去一下。"

林骁"嗯"了声，冲惊蛰抬了一下下巴："下不为例，回家吧。"

四个人一起出门，路上的人已经开始稀少了。

好像只是一瞬间，天就暗了下来，风吹在脸上更冷了。

林骁走在前面，低头看着手机，听陈沐阳盘问惊蛰到底怎么回事。

惊蛰略去看到有人拿印着母亲名字的书的情节，只是说自己要来这边买文具，然后想跟阿龙交代的时候发现手机丢了，紧接着又碰到一个金头发女生。

陈沐阳陡然骂了句："这人脑子有病吧？"他不用问都知道，不可能是林骁的朋友。林骁臭毛病是有一大堆，但也不至于没品到交这种朋友，更不可能让人传这种话。

江扬也戳了一下林骁："你最近跟人结仇了啊？"

林骁扯了扯唇角，没什么情绪地说了句："不用结仇，光我这张脸就挺招人恨的。"

这时候了他还不忘自恋，陈沐阳撇撇嘴："但是倒霉的是惊蛰，这件事你得负全责。"

林骁发出一声无意义的哼声，低着头看手机。

陈沐阳的手机又响了，打开就看到林骁的英姿。

他又一连发了十几个红包。

双木林：找到了。

双木林：谢了，各位。

双木林：但我奉劝个别人小心思别太多，不然别怪我打击报复。是谁自己心里清楚，自己对号入座。

邢曼接到阿龙电话的时候正在店里坐着，跟蒋洁两个人分喝一壶咖啡，煮咖啡的店员问她们新的豆子怎么样，她撇撇嘴："咸酸。"

蒋洁喝了一口，也摇摇头。

店员有些沮丧地摊了下手，意思是，老板真难搞。

不过她没有说什么，只是笑着说："我再去挑一批。"

经理拿来了书目。她列了两个方案，其中一个是做一个主展示柜，放上一些精挑细选的书，书目上的书邢曼扫了一眼，大多都没听过，给不出建议，于是递给蒋洁。蒋洁也扫了一眼："那就这样吧！加一个杂志架。"

经理欠身："好的，老板。"

两个人面对面坐着。店里的生意看着还可以，但是收入几乎要与投入持平，照这个情形，回不了本。她们虽然对未来的规划还没有头绪，但两个人并不着急，烦恼了一会儿，就开始商量晚上去哪里消遣。

邢曼抱怨了一句："生活里没有那些糟心事就好了。"

然后她接到阿龙电话，听说惊蛰不见了的时候，有一瞬间觉得荒谬，那么大一小孩，能丢了不成？转瞬心又一惊，那么大一个小孩，真丢了怎么办？

她对养孩子没有多少心得，林骁小时候她都不怎么管，反而是林正泽照看得多一点儿，大了一点直接丢给他姥姥。她母亲对她意见很多，对外孙倒是宽容和善很多。

林骁在姥姥家里待了很长时间，邢曼和林正泽都是周末才去看他。

带惊蛰回来那天，晚上在房间里，林正泽给了邢曼一块蓝色的方格手帕，手帕里包着不少东西，一张银行卡，一个存折，都很旧了，还有一点现金。

她有些不解地说："这是什么？"

银行卡里不知道有多少钱，存折上是五万元。叠得整齐的现金，目测只有两千多块钱。

林正泽感叹道："老太太给的。"

她拖长音"啊"了一声："你也好意思拿。"

对于她来说，这点钱实在不够看的，她虽然起初对林正泽带小姑娘来家里有些微词，但对她来说，养个小孩还真不至于要从一个乡下老太太那里拿钱，做好事就做个彻底。

林正泽忽然严肃地看了她一眼："别这么想，老太太的诚意。她是真的走投无路了，才会把孩子托付出来。"

倾其所有相赠，希望你能感受到我对她的珍爱，也请代我好好待她。

邢曼那时只是撇撇嘴，以为只是穷苦人莫名其妙的自尊心。

她这会儿愣然看了会儿蒋洁："要不要报警？"

蒋洁也有些蒙，好半天才定了下心神："你先过去一趟吧。"说完喟叹一句，"万一出事，你怎么跟人家长辈交代。"

是啊，怎么交代？

照顾一个孩子，哪里是给她吃穿那么简单。

林正泽更是一身冷汗，他比邢曼的责任心更重，是他主动上门的，是他亲自去接的惊蛰，也是他亲口对老太太说"你放心"的。

他正在开会，一个很重要的会议，他想也没想就中断了。

路上他一直在扯领带，觉得透不过气，不停地在打电话，脑子里构想着无数的解决方案。

听到电话里说"人没事，只是意外"的时候，他才长舒一口气，没觉得是劫后余生，反而有一种后怕。

因为想起阿龙支支吾吾说的那句"会不会是因为您和太太最近闹别扭？她最近情绪挺不好的"。

尽管做好了一切心理准备，他还是把代别人照看孩子看得太过简单了。

他甚至再一次体会到自己作为一个父亲的失职。他一直不知道林骁在反感什么，只是这时才想起来之前林骁无意说的一句"什么都往自己身上揽，你有空带？别到时候谁也顾不上，还要丢给我"。

现在想来，这话倒像是一种埋怨，埋怨他作为父亲的失职，以至于不相信他能照顾好另外的小孩。

林正泽到家的时候，邢曼已经在家了。他看了一眼她略显沉重的脸色，怕两个人又吵架，也不希望惊蛰刚来就因为两个人闹别扭对这个家感到害怕，便说："这些年我也知道你不好受，也想替你出口气，但我不是那个性格，做不出来太过激的事。我只是想着，怎么着都是你堂弟，你每次嘴上说不在意他们，可每次他们受冷脸，你还是难过。这些年你没能跟家里处好关系，有我一半的责任，我也一直很自责。”

她怎么会不懂，她一向知道他是个心很软的人，只是……

她说：“我不该冲你发脾气。”

她比他更自责，一直以为她的家庭带给他的偏见和伤害太多了，她其实不是在生他的气，只是在气自己罢了。

惊蛰回家的时候很害怕，怕挨骂，更怕看到邢曼阿姨和林叔叔失望的神情。

但到了家换了鞋，林叔叔只是问了句：“没吓到吧？”

惊蛰摇了摇头，邢曼阿姨过来抱了抱她：“小可怜。”

她闻到阿姨身上淡淡的玫瑰香水的味道。

邢曼揍了林骁一下：“听说是因为你啊。”

林正泽也皱了一下眉：“你天天在学校都干些什么？”

林骁歪了一下头，心想两个人大概是和好了。

他摊了一下手：“我以后寸步不离地跟着她行吗？我也不知道是谁，让我知道，我非打得她满地找牙。”

惊蛰忍不住替林骁辩解了一句：“不关林骁哥的事，是我大意了。他在学校挺好的，不惹事。”

这是实话。林骁学习一般，但真的很少违纪。

林正泽看向惊蛰的时候，神色变得和缓：“等明天让阿姨带你去买个新手机。手机丢了就丢了，人没事就好，假期过后我再跟你们学校沟通一下这件事，看看要不要报警。快去洗洗手，准备吃饭了。”

惊蛰点点头。

邢曼踹了林骁一下：“你也去洗手。”

林骁撇嘴：“所以我是捡来的吧？”

邢曼又拍了他两下。

两个人一起上了楼。

惊蛰回头，有些迟疑地问了句：“叔叔阿姨是和好了吗？”他们看起来好像不闹别扭了。

林骁歪了一下头：“都跟你说了他俩就那样。”他刻意说得轻松，好让她少些心理负担。

惊蛰“哦”了声，又说：“谢谢。”

林骁“啧”了声，小姑娘们就是多愁善感。

假期第一天，林叔叔和邢曼阿姨都在家，惊蛰没有去浇花。昨天她还难过得要死，今天就又开心了。她有些抱歉，或许是新的环境让她敏感，她不该多疑多虑的，不能给叔叔和阿姨添麻烦。

林叔叔今天在浇花，今年天气冷，很多花提前败了，只有茉莉开得很好。茉莉喜湿润，隔天就要浇一次水。

一些蔷薇科的爬藤月季也还零星开着花。

邢曼阿姨喜欢黏着林叔叔，她拿了把剪刀，把月季修剪了一下。她没干过活儿，被月季的刺扎到手，又差点儿被剪刀戳到脸，哀号了好几句。林叔叔在一边时不时摇头叹气，说看她干活糟心，让她别干了，还说把她丢在乡下，要饿死。

邢曼阿姨就辩驳："我为什么要去乡下？我不会是因为我不需要好吗？就你会，就你聪明。"

林叔叔嘴笨，吵不过就开始躲："我不跟你说了。"

两个人用口水话互相辩了好一会儿，朵朵在花园里跳来跳去，踩了一脚泥，然后往林叔叔身上跳，林叔叔被踩了一身泥，邢曼阿姨哈哈笑起来。

惊蛰在帮孙姨洗水果，一边洗一边看向院子，忍不住也笑了一下。

清晨的风和缓，今天的太阳也温和，是个好天气。

林骁顶着一张没睡够的脸下楼的时候，露台的门没关，朵朵看到他后太兴奋，一下子冲了进来，泥脚印踩了一地。没反应过来的林骁和浑身是泥便扑过来的朵朵抱在一起，他表情迟钝地低头，然后怒骂它："林朵朵，我要杀了你！"

邢曼进来逮狗，看到儿子被坑，笑得前俯后仰。

林正泽也忍不住笑了："反正你也脏了，顺便给它洗洗澡吧！"

朵朵有个小浴室，林骁嫌弃地拎着狗把它丢进去，指着它鼻子说："你安生点儿。"

林骁没什么耐心，朵朵又贪玩，他在浴室吼它，它在浴室仰着头嚎叫，一人一狗特别热闹。

惊蛰看不下去，擦了手推开浴室门，说："我帮你吧！"

林骁受够这只傻狗了，挪开一步，让她过来。

惊蛰戴了橡胶手套，然后摸摸朵朵的头，趴在它耳朵上说："我给你洗澡，你要乖哦。"显得很傻。

林骁嗤笑了声："说得好像它能听懂似的。"

惊蛰扭头，冲林骁笑了一下，认真地说："能的。"

然后它竟然真的乖乖趴在那儿让惊蛰洗。惊蛰看它乖顺，就把手套摘了直接用手，搓了满手的泡泡，然后在它头上堆懒羊羊头顶的造型。

林骁忍不住抬手要揪它耳朵："你还看人下菜碟。"想到惊蛰驯狗向来有一套，他忍不住又扯了一下嘴角。

呵。

惊蛰怕他把朵朵揪恼了又闹，“哎”了一声，伸手挡了一下，于是林骁一下捏住了她的手。

湿湿滑滑的，捏了一手泡沫，还有温热的触感。她的手背细软，掌心却有些粗糙。她蜷了一下手，林骁移开，顺势揪了下朵朵头上的呆毛，骂了声：“傻狗。”

他好像没在意，于是惊蛰也装作什么也没发生，觉得有一点点怪异，以至于她到吃饭都没怎么说话。

林正泽和邢曼吃过饭就都走了，临走前说下午回来带她去买手机，昨天阿龙师傅已经帮她把手机卡挂失了，今天要去拿新的卡。

林骁在旁边顺便说了句：“我带她去吧。沐晴姐说要去游乐场，我们一块儿去。”他说完似乎才想起来跟惊蛰商量：“想不想去？”

惊蛰点点头。

邢曼说了声：“那也行。”

林骁便抬手：“给钱。”

惊蛰忍不住搓了一下手。

邢曼阿姨揪了一下林骁的耳朵：“真是吞金兽。”但她还是翻包找出了一张黑卡出来，“带妹妹好好玩，别欺负人，听到没？”

林骁无语：“我又不是恶霸，我对她不好吗？打着灯笼都难找我这种好哥哥。”

邢曼一言难尽地瞪了他一眼：“少往自己脸上贴金了，你害不害臊。”儿子随爹多好，聪明稳重，偏偏随她，造孽啊！

邢曼走的时候揉了揉惊蛰脑袋，冲她笑了下：“阿姨去上班了哦。”

她还是很喜欢这个小姑娘的。

“比她妈可讨喜多了。”蒋洁也说。

彼时两个人已经坐在了店里。为了感受一下客人视角，她们坐在了靠窗的一个位子上。

邢曼看了蒋洁一眼：“不是就见了一面？对她意见这么大？”

蒋洁愣了愣，旋即笑了：“也没有，就是印象一直不怎么好。”

两个人从小就是闺密，年轻的时候更是有一腔为了对方两肋插刀的激情。邢曼这个人骄傲，但也单纯，蒋洁对于林正泽一直有个“恩人”耿耿于怀，没少撺掇邢曼去见一见。

可邢曼总是不上心，结婚的时候终于下定决心要跟着林正泽一块儿去，结果她怀孕了，于是那次蒋洁找了各种借口跟着去了。

那是一个很偏远的小镇，她们租住在学校旁边的一个老院子里，大门敞着，进门就是个石屏风。入了秋的季节，女人坐在躺椅上听戏，一个小女孩坐在小马扎上陪着她，大约是累了，趴在她腿上睡觉，收音机咿咿呀呀地响着。女人抬起头看到林正泽，认出他旁边的人不是他太太，忍不住皱眉："阿泽……"

林正泽忙解释："我太太的发小，来采风，顺便陪我过来拜访，她老公也来了，留在市里了。"

女人这才点了下头致意。她把小女孩摇醒，说："去打点水来。"

山泉水沏了茶，没多会儿，要上课了，女人起身告辞，石桌上落了一本《三年级语文讲义》，蒋洁叫了声："哎，书落下了。"

女人头也没回："用不上。"

倨傲、散漫、热情若有似无，整个人都有一种若即若离的疏冷感。

仔细想想她也没什么具体让人讨厌的，但蒋洁就是觉得她不讨喜。

邢曼只记得她墓碑上的那张照片，忍不住捧着脸说了句："早知道她那么早过世，我怎么也得去看一眼。"

就是好奇。

蒋洁忍不住问了句："她到底是干什么的啊？不是上过大学吗？"为什么窝在小镇上……做老师？应该是个老师。

她之前就问过，但邢曼说林正泽也不知道。

邢曼依旧摊手："不清楚，就听说她感情经历很虐。"

蒋洁八卦了一下："怎么个虐法？"

邢曼："我怎么知道，我老公你又不是不知道，正直得很，人家不说，他又不会去打听别人的隐私。"

陈沐阳哈欠连天，陈沐晴这个巨大的已婚拖油瓶非缠着跟他们几个中学生一起玩的时候，他就知道今天准没好事。

他们一行人先去了商场，惊蛰挑手机很快，因为林骁晃着自己的手机扭头跟沈惊蛰说了句："我看你也不会挑，我用的这款你挑个喜欢的颜色，行不行？"

惊蛰犹豫了一下，林骁差不多已经猜到她在想什么了，忽悠道："这个可以用很久，便宜的要不了两天就得换。"

在价格和质量的较量上，惊蛰还是偏重耐用，于是她点了头，买手机前后不过用了十几分钟。

然后陈沐晴非要拉着她去逛街，说要挑个礼物给小美女。

惊蛰连连摇头。

陈沐晴歪着头说："不要拒绝，以后你要带我去落阴山玩，就当我提前给你谢礼了。"

陈沐阳嗤笑一声，跟惊蛰说："她就是想买东西而已，购物狂，整天买一堆破烂儿在家里。”

陈沐晴将虎口卡在他的后颈，压着声音在他耳边威胁：“我看你三天不挨打就皮痒。美女的事你少管，你姐夫都不敢管我。”

说完她拉着惊蛰去逛商场，从一楼到七楼，横扫式购物。陈沐阳本来想跟林骁和江扬吐槽一下女人购物真可怕，结果发现这俩跟陈沐晴不相上下，尤其林骁，仗着拿了新卡，肆无忌惮。

惊蛰被吓出呆滞面容，好几次都想扯住林骁的手，俨然一副比花钱的人还肉疼的样子。

两家的司机把战利品带走的时候，惊蛰只挑了一个包，还是林骁帮她挑的，毛茸茸的兔子包，很幼稚，但也很可爱，纯天然、带着粗糙的美感，很顺眼。

惊蛰今天出门没背包，这会儿把兔子包斜挎着，手机放在包里，手放在包上。她刚丢过手机，大有一副杯弓蛇影的架势。林骁头疼地掐了好几下眉心，然后跟她说：“不用那么紧张，人多的时候你注意一下就行了，哪来那么多小偷。”

惊蛰点点头，依旧杯弓蛇影。

他们去了主题游乐园，很大，项目很多，大约今天是假期，天气也好，人满为患。

陈沐晴想玩点刺激的，第一站就去了云霄飞车。

陈沐阳是个资深恐高人士，看都不想看一眼，举手说自己站边儿上看包。

惊蛰也把包递过去，但是她担心自己的手机，一步三回头。

于是林骁看着散漫的陈沐阳回身说了句：“看好小兔子，丢了揍你。”

林骁哪是个体贴的人，于是陈沐阳压根儿没想到是惊蛰的兔子，扯了扯林骁包上的兔子挂坠：“我待会儿就监守自盗。”

林骁也没解释，只是说了句：“你看我揍不揍你就完事了。”

惊蛰也眼巴巴地看着他，满脸都是“也看好我的兔子”。

林骁便拍了惊蛰一下：“来，小翻译，放个狠话。”

“小翻译”是陈沐阳给惊蛰起的外号，因为每次林骁这个文盲描述什么卡壳时，她都能准确地帮他翻译出来。所以陈沐阳说她是林骁御用翻译。

陈沐阳已经开始乐了，心想让她放狠话，可能吗？

惊蛰还真认真想了想，然后指了指兔子，说：“兔死。”

又指了指陈沐阳：“狗烹。”

陈小狗反应了几秒钟，才狠狠骂了声，冲惊蛰竖了一下大拇指：“可以，你厉害。”

林骁笑得浑身发抖，抬手想拍一下惊蛰的脑袋，结果惊蛰因为不好意思猛然转了一下身，往后急走了一步，于是他往前走了一步。

惊蛰撞在他胸口时，他的手正顺势落下去，那架势就像是单手拥抱一下。

江扬买票回来，隔着老远骂了声：“我去，林骁，你禽兽啊！”

林骁僵硬地收回手，惊蛰也后退一步，两个人尴尬地面面相觑。惊蛰脸涨得通红，林骁吞咽了口唾沫。这怎么搞?

然后就听惊蛰偏头："阿嚏！"

她扭过头，眼泪汪汪地看着他："你身上……身上……太香了。"

"阿嚏——"

陈沐阳和江扬两眼怪异地看着他，林骁满头黑线："我没喷香水。"

江扬凑过去："我也想闻闻。"

然后陈沐阳也闻声而动，两个人显得极其变态。

林骁骂了声："滚。"

三个人在闹，谁也没发现，惊蛰悄悄靠近林骁身后，想神不知鬼不觉地再闻一下，因为她也怀疑自己的嗅觉了。但林骁异常敏感，骤然扭头。

两个人再次尴尬地四目相对。

惊蛰眼看着还要打喷嚏，林骁忽然抬起胳膊放在她鼻尖让她闻："少碰瓷啊！"

他真没喷香水。

惊蛰嗅了一下，确实没有，但……

"阿嚏——"

惊蛰好半天才缓过来，抿着唇跟在他身后去检票处，小声辩解："可能……我对你……过敏。"

林骁点点头，手伸过去："来，咬一口，看能不能毒死你。"

惊蛰盯着看了会儿，然后抽出一张湿巾给他擦了擦手，观摩了半天，摇了下头："算了吧，不太雅观。"然后她把自己的银手镯摘下来戴到他手腕上，"银的，给你试试毒。"

林骁觉得胸闷，是被气的。

身后陈沐阳和江扬抱着笑："别说，你戴这个还挺骚气。"

素银的镯子，什么花纹也没有，但大约年代久远了，银有些氧化显旧，跟林骁时尚新潮的外形十分有反差。

林骁撇撇嘴，收回手："没收了。"

惊蛰从来没去过游乐场，对一切都很陌生，晕头转向地跟着大家玩了一天。

但是也挺开心的。

她今天一直在笑，笑得脸都酸了。

到了晚上她才有空去鼓捣手机，把常用的软件都下载下来，然后登上自己的账号。她用得到的软件很少，目前只有一个词典，一个听力软件，还有一个接收班群消息的社交软件。

秦雪看她上线，过来"敲"她。

暴风雪：宝，你昨天没事吧？吓死我了。

随便呀：没事，别担心。

暴风雪：班长也吓死我了，那红包密密麻麻的，我点得手都酸了。

随便呀：什么红包？

惊蛰不知道。

秦雪震惊于她竟然消息这么滞后，昨天大家都疯了好吗？

她都差点儿仰天长吼，谁说林骁不待见惊蛰？

这简直是年度十佳哥哥。

陶晶晶昨天又哭又笑的，一会儿说“班长好帅啊”，一会儿说她也好想当班长的妹妹，一会儿又哀号班长冷酷、班长无情、班长连她的名字都记不住，但班长对妹妹这么好。

秦雪坐在秦妍面前，眉飞色舞地转播，恨不得五秒钟汇报一下动态，气得秦妍拿手捂她的嘴，然后捂住耳朵：“我不听我不听我不听。”

秦雪学她矫揉造作地捂耳朵，顺便扭着腰跺着脚：“我不听我不听我不听！”

两个人差点儿打起来。

秦雪到今天还心潮澎湃，没别的意思，就是八卦。

她把昨天林骁的发言都截图了一遍给惊蛰看。

惊蛰把截图来来回回看了一遍又一遍，然后骤然捂住自己的心口。

这得……多少钱啊！

她丢了手机，他还发了这么多红包。

惊蛰觉得好亏好亏好亏，仿佛谁割走了她一块肉似的。

晚上有个家庭会议，其实就是邢曼想和儿子培养一下感情，以及让惊蛰能融入家里。

三年的时间说短很短，说长也很长，如果不能处理好彼此之间的关系，对大家来说都是一种煎熬。

她一生都贪玩，或许最近年纪大了才开始意识到，很多时候她都惯性逃避矛盾，以为这样是洒脱。林正泽替她解决了很多事，就连林骁也默默承受了很多因她的不成熟带来的负面影响。

惊蛰下楼的时候脸色有些古怪，一直拧着眉毛，她不高兴的时候也不怎么明显，但林骁可能跟她待久了，一眼就看了出来。

下楼的时候他歪着头看了她好几眼。

邢曼要办一个家庭小宴会，请了隔壁陈明烨一家，前两天她霸占着蒋洁总归是不太好。

她给惊蛰和林骁都分派了任务，林骁负责招待，惊蛰负责跟她去挑选菜品，以及摆盘，甚至连林正泽都有事情干。

惊蛰点点头。倒是林骁撇了撇嘴说：“陈沐阳来我们家如入无人之境，还用招待啊？”

邢曼阿姨倾身过去拍了他一巴掌：“就你废话多。”

林骁笑着躲了一下，过去拍惊蛰：“你不是要复习吗？”

说着冲她挤眉弄眼疯狂暗示。

惊蛰瞪着眼看他，好半天反应不过来怎么回事，最后迟疑地说了句：“没关系，我已经复习得差不多了。”

不差一天两天的。

她很希望自己能有事做，这样她会很开心。

林骁恨铁不成钢地叹了口气：“笨蛋。”

邢曼“哧”的一声笑了，故作严肃地说：“谁也不许偷懒。”

惊蛰这会儿才反应过来林骁在教她躲懒，不由得也笑了一声。她有些抱歉地看着他，似乎有些无奈地摇了摇头。

她不太会撒谎。

林骁不情不愿地说：“哦。”

会议开完了，邢曼挥了挥手让两人上楼去睡觉，惊蛰跟在林骁身后，表情又恢复了惆怅。

她又想起来那密密麻麻的红包了。

到了卧室门口，林骁忍不住回头问了她一句：“想说什么快说，你就差把‘我有话说’写在脸上了。怎么着？我能吃了你啊？有事你不说，还指望我猜？”

他可没那个心情。

惊蛰有些不好意思地低下了头，她没有那个意思，她其实是不知道怎么说。她想了想，最后把手机打开给他看了一眼截图，带着几分痛心疾首地说：“你花了好多钱。”

林骁莫名松了口气，还以为她想说什么。

就这？

他看到这个忍不住嗤笑了声：“我花钱你也管啊？”

惊蛰疯狂摇头：“我会自己保护自己的，下次你不要再这样破费了。”

林骁刚想说一句“这点钱算什么”。

他也不是人傻钱多，紧急时候想拜托别人做事，发红包是最高效的。如果她出事，家里没有一个人能跟她奶奶交代。花点钱算什么，就算是母亲和父亲知道也没说什么。

至于结束后又发，是他想威慑一下暗地里的某些人。惊蛰刚来，能跟谁结仇？

那人提的又是他的名字，百分之八十是他惹出来的。但在自己班群里放狠话威慑人，不出点血，完全就是得罪人。人没威慑到，说不定另外给她树点敌，他又不是傻。

不过解释起来太复杂，他懒得跟她多嘴，甚至看她一副小守财奴的样子挺有趣。

她不是抠门，就是骨子里怕浪费，谁浪费她都难受。

惊蛰突然抬头看了他一眼，说："你省着点花。快考试了，万一你考不好，就没有零花钱了。"

——之前林叔叔说的。

林骁沉默半晌才假笑着说了句："你真是哪壶不开提哪壶。"

惊蛰从口袋里掏出一张纸，叠得皱皱巴巴的，俨然已经放好几天了。

前几天林骁心情不好，惊蛰也不敢给他。

林骁好奇地拆开看了一下，是复习提纲。

她用归纳法给他画了复习纲要图，可能是怕他觉得枯燥，还用了不同颜色的笔，画了精致的小符号和小动物图案，一副哄幼儿园小朋友的样子。

林骁又是好久没吭声。

惊蛰扯了一下他的袖子，语重心长道："好好复习，哥。"

明明是一句鼓励的话，林骁却做了一宿的噩梦，一晚上惊蛰都跟在他后面扯着他袖子："好好复习！

"好好复习！

"好好复习……"

于是一整个国庆假期林骁都在家里没再出门，陈沐阳和江扬找了他好几次，他都说没心情。

陈沐阳都忍不住说："见鬼了。"

林骁才是真的要见鬼了，可能是老天爷看他前十几年过得太舒坦，才派个人过来治他。

他到底造了什么孽？

学习真的太痛苦了，世界上为什么会有学习这种东西？他好几次做题做到睡着，醒过来时卷子上都是鬼画符。

他觉得他跟学习没有缘分，当然跟学习没有缘分的不仅仅是他，24 班、25 班、26 班跟学习有缘分的人也不多，假期前两天就有不少人在班级群里哀号。

群里互相问候彼此作业都做得怎么样。一个没写，两个也没写，甚至还有人问："作业是什么？"

这萎靡的学习气氛，眼看着是整个班级又要垫底的架势。

开学是周三，各科老师把作业收上来，顺便把错题和难点给大家讲了一下，剩下来的时间都是自习，留给大家复习用。

周四、周五就月考了。

这次月考除了后面几个班，气氛还是挺浓烈的，摸底考时大多数人考得一塌糊涂，都想一雪前耻。

惊蛰被叫去了办公室一次，政教主任问了她那天放学的事情，她把情况又一五一十地复述了一遍。

过了一周，惊蛰已经没有什么感觉了，并没有觉得多害怕，只是有些费解那个人到底要干什么。

中午吃饭的时候，秦雪说："多简单，班长的仰慕者呗！看你软唧唧的，想着过去恐吓你一下，万一你真的被吓到了呢，不就跟班长生罅隙了吗。"

她依旧觉得挺恶毒的，比开学就传人家是私生女还恶毒。

惊蛰没听懂，抬头看了她一眼。

秦雪忽然贼兮兮地凑近惊蛰："你多漂亮啊，跟班长又抬头不见低头见的。"她又轻声说，"大家都知道你跟班长没有血缘关系。"

惊蛰咀嚼食物的动作都停滞了：这都什么跟什么啊！

秦雪忽然笑了笑："哎，你喜欢班长吗？"

惊蛰点点头。

秦雪还没来得及八卦，惊蛰又说："我从小就想要一个哥哥。"

虽然林骁有很多毛病，也不爱学习，但他其实……挺好的。

秦雪拖长音调失望地"啊"了声，嘟囔道："算了，可爱的妹妹还是不要去懂了。"

惊蛰："嗯？"

秦雪咧嘴一笑，摆手："没什么没什么。"

惊蛰到了教室的时候，林骁在睡觉。他吃过饭就困，不仅仅是食困，还有点儿对考试过敏。复习对他来说不亚于盘古开天辟地。他的书本崭新得比他的脸还新，翻开只有他画的涂鸦，他把历史书上的人物都画成怪兽版了。他还在语文书上的集中营大门上画了个辟邪符。

惊蛰趴在他耳朵上，轻声说了句："哥，起来复习了。"

林骁从梦里挣醒，抬眼就看到她那张人畜无害，其实是个毒蘑菇的脸。他抬手比了个抹脖子的动作："你欠揍啊！"

惊蛰坐下来，把他的历史书摊开，翻到画有"怪兽"的一页，然后把《成语词典》也打开，翻开"色厉内荏"那一页，用铅笔给他画出来。

林骁直起身转了一下脖子，低头看了一眼："嗯？"

惊蛰说："每天学一个成语，一年就可以学三百六十五个了。"

林骁嗤笑了声。

惊蛰又说："知识就是积少成多。"

林骁打了个哈欠。

然后惊蛰用橡皮把铅笔印擦了："其实是我想形容你，但怕你听不懂。"

林骁瘫着一张脸看她，逐渐起了杀心。

惊蛰掰着指头给他数："你摸底考时语文考了八十六分，全班最低分。"

摸底考只有语文最简单了。

林骁："……"

惊蛰怕伤害他，没敢多说，最后总结道："哥，陈沐阳语文考了九十三分。"

惊蛰以为他没听懂，重复了句："八十六，九十三。"

林骁骤然捂住她的嘴。他很少上手，对同性都很少，更别说异性，但他真的听不下去了。

他觉得自己如果是孙悟空，沈惊蛰就是唐僧，念起经来，他头都要大了。

他倾身看她眼睛，皱眉警告："我复习还不行嘛，不许再说话。"

他掌心很烫，惊蛰愣了好一会儿，点点头。

林骁把手松开，恶狠狠地翻开书，一边哈欠连天，一边"盘古开天"。

过了会儿，惊蛰忍了又忍——

"阿嚏！"

林骁哈欠打到一半，吓得被迫停止，难受得直皱眉。他侧头看她，哼笑一声："你这过敏还挺持久。"

惊蛰揉了下鼻子，小声说："看来我的银镯子不管用，你可以还给我了吗？"

林骁伸手给她看了看，他竟然还戴着，藏在校服袖子里。

"自己摘。"

惊蛰把他手按回去："算了。"

看在他这么喜欢的分上。

于是懒得摘的林骁，又懒懒地缩回了手。

掌心有点痒，他搓了好几下。

附中无论大小考试，考场都是按考试成绩排的，就好像班级按成绩高低分配一样，无时无刻不在告诉你学习的重要性，竭尽所能地刺激你的自尊心和胜负欲。

把紧迫感刻在学生的骨子里。

老师们把考试形容为一场没有硝烟的战争，在这场战争中，所有人都是你的盟友，所有人都是你的敌手，大家相互扶持，也相互斗争。

如果一个班级是一个小队，那么1班就是综合素质强悍的特种兵小队，26班就是一个草台班子。

但草台班子偶尔也是有激情的，考试的前一天晚上，老胡给大家开了个班会，语重心长地告诉大家高考是一件多么重要的事，以及暂时落后不代表永远落后，一步一步积累也能实现大的跨越。

他的话听得不少人两眼放光、热血澎湃，仿佛下一秒就能从学渣逆袭成黑马了。

赵磊甚至拍了一下桌子，嚷着叫了声："我要冲进1班，朝着清北进发。"

班上的人愣了一下，旋即爆笑起来。有人拿纸团丢他："磊磊，今晚早点睡，好做梦。"

老胡拍了一下桌子示意大家安静，挺着个啤酒肚，笑眯眯地说："很好，精神可嘉，但还是要脚踏实地。"

又是一阵笑声。

"只要开始，什么时候都不晚，梦想有多远，奇迹就有多大。"他仿佛在演讲，声情并茂的。

老胡把鼻梁上的眼镜推了又推，抬头扫视座位上的同学。有人的桌子上摆了满满的书籍，看不出来是为了遮挡老师的视线，还是为了学习方便。有人偷偷化了妆，尽管学校明令禁止，以及年级主任时不时下来巡查，但依旧不能阻止大家爱美的热情。她们以为他看不出来，其实他都能看出来。

他也觉得很漂亮，一张张逐渐退去稚嫩的面庞收拾得干净妥帖，她们自信洋溢，充满朝气。

但他每次都只能板着脸教育她们："不要把心思花到无关的事情上。"

有时他也纠结是对是错。

有些男生天天调皮捣蛋，偷偷溜出去打球，课间游荡在校园的各处，不到上课时间绝不回教室，要么就是躲在课桌下面偷偷看课外书，要么就是偷摸拿着手机玩游戏。

他无时无刻不在面对着这些头疼的问题，但他始终认为，没有任何一个孩子是笨的，他们和前面班级的孩子在智力上没有任何的不同，有时候或许只需要一个契机，他们就能改变。

当然，如果他们不那么气人的话，其实都是很好的孩子。

教室里闹哄哄的，老胡脾气一向好，大家也不怕他，一群人扬着声音跟他闲扯，想听听他连续带了三年垫底班的心态。

老胡清了清嗓子，说起自己带的上一届的一个男生，也就是现在高二的学生。上一届已经开始扩招，但比这一届人要少，只有二十四个班，分科后，文科七个班，理科十七个，那男生现在在高二理科3班。

还有上上届，现在高三的一个学生，高二分科后一个月才发现自己并不适合理科，于是抛弃成绩优异的理科成绩，转而去学文科。当时老师家长都劝，可她现在在高三文科1班，拿了作文竞赛国家级奖项，准备参加复旦的自主招生考试。

黑马总是少之又少，但也有其他一些振奋人心的案例，比如被家长动辄打骂、指责“没出息”的孩子，在老师的建议下走了艺考的路线，靠着不错的绘画天分和从小的积累，集训的时候表现也很突出，最终考上了央美。

……

诸如此类，励志故事总是大同小异。

惊蛰忽然侧头问了一句：“哥，你以后想做什么？”

她没有问他想考哪个学校，仿佛只是闲聊问他长大想做什么。

林骁捏着一支笔在转，闻言停顿了一下，歪着头说：“不知道，没想过。”

惊蛰点点头，没有做评价。

倒是林骁憋不住问了句：“问这个干吗？”

惊蛰看了一眼老胡，肩膀微微垮着，抿唇道：“班主任很像……我奶奶，她以前经常问小朋友们，你将来想做什么？”

从来南临，惊蛰几乎从没表现过自己想家，甚至没有主动提过奶奶。只是她每周周末会给一个男生打电话，那个男生听起来年纪不大，跟惊蛰说话一口一个“妹妹”的，叫得亲热，跟她汇报她奶奶的近况，然后把手机给她奶奶，祖孙两个可以说会儿话。

有时候那个男孩没回老家，惊蛰就联系不到奶奶了。

林骁莫名觉得，惊蛰可能想家了。

他手支着脑袋，侧着头看她：“你奶奶是老师？”

“嗯。”惊蛰双臂放在桌子上，仰着脸看讲台，眼神却没有焦点，“以前是，我妈妈去世后就不是了。”

“为什么？”当个老师养活她会更轻松些吧？如果他没记错的话，她奶奶是带着她从镇上回了山村的。

惊蛰皱了下眉：“说来话长。”

“哦。”

“有空再告诉你。”惊蛰并非不想说，只是觉得说起来很复杂。

“我也不是特别想知道。”他扯了下唇角。

惊蛰笑了笑，歪头：“哥，你这个人有点口是心非。”

附中老师的效率还是很高的，像这种月考，当天就能出分，周六补了一天课，正好用来讲卷子。

一早进教室的时候，班级里就闹哄哄的，惊蛰和林骁来晚了，踏进教室的时候，班上人已经差不多到齐了。

秦雪隔着老远都开始喊叫：“啊啊啊，惊蛰你也太牛了吧！”

陶晶晶也跟着起哄：“啊啊啊！”

惊蛰收拾书包的动作顿了一下，仰头困惑地看秦雪：“啊？”

秦雪从学委那里把成绩表一下子拽过来，端端正正地双手捧着，一副三好学生上台演讲的郑重架势：“沈惊蛰，语文一百四十一分，数学一百四十五分，英语一百二十八分……总分九百六十八。”

一共考了九门，总分一千零五十，考试范围小，题目相对简单，但对于26班来说，这成绩仿佛是机器故障印错了的。

这是26班能考出的成绩吗？

但仔细想想，她的确不能算26班的人，只是因为跨省来的，而且摸底考缺考，所以被暂时分在了26班。而且大家能隐约感觉到她成绩不错，她永远在安安静静地看书，会认真写作业，不少人都借鉴她的作业，大家已经默契地把她的作业当标准答案看。

尽管如此，大家也没想到她能考得这么好。

班级第二名这次考了七百多分，但跟惊蛰比还差了足足二百多分。

25班的舒莺也是一匹黑马，考了很高的分数，本来也该是足够让人惊讶的，但跟惊蛰对比，也就不那么明显了，于是连25班都在讨论这件事。

林骁夸了一声：“厉害啊，妹妹。”

惊蛰看了他一眼，抬手问秦雪要了成绩表。秦雪乐颠颠地跑过去给她看，但惊蛰压根儿没兴趣看自己的，从下往上数了数，在中间三十多名接近四十名的位置看到了林骁。

惊蛰从左到右扫了一遍，然后看着林骁，欲言又止。

林骁不太愉快地蹙眉道：“干吗？你眼睛是智商扫描仪啊！”

考不好犯法啊？

预备铃声响了，大家各自回了自己座位，惊蛰才伸出一个手掌，五根手指头张开，小声说：“叔叔说，你考多少分，给你多少零花钱，一门不及格，扣一百。”

林骁：“所以呢？”

“算了，你数学也不好。”惊蛰掰着指头给他数了数，“总分四百多，你五门不及格。”

林骁：“……”

他数学有不好成这样吗？她是觉得他连加减法都算不明白？

惊蛰语重心长地说：“不过幸运的是……”她停顿了一下。

林骁：“什么？”

惊蛰：“幸运的是你不用倒找钱，只需要挨一顿打。”

林骁瘫着一张脸看她，试图让她看到自己的无语。但惊蛰只是非常真诚地拿手指在两个人之间各自指了一下："对比太强烈了。"

所以你这顿打是跑不了的。

她只是在陈述事实，语气里甚至带着淡淡的担忧，但听起来太像讽刺了。

林骁嘴角抽搐了一下，确实他考得不好的时候太多了。这次其实应该比上次好很多了，但身边有一个参照物，参照物还是第一次参加考试。他已经能预料到邢曼女士暴脾气上来的样子了。邢女士一向不太能接受自己生了个"智商亏欠"的儿子。

林正泽无论是学业还是创业，都非常优秀，邢曼一直引以为傲。就连邢曼这一个养尊处优、看起来什么都不行的大小姐，在国外读语言时也是正儿八经考去的，还拿了全额奖学金。

邢曼不明白，两个人的基因何至于此？

林骁扯了惊蛰一下："是不是好兄妹，能不能同患难？"

惊蛰摇头，表情诚恳："不能。"

林骁把一根巧克力一掰两半，一半自己吃，一半递给她："咱俩就如这根巧克力，一刀两断。"

惊蛰把巧克力的锡纸剥了，塞进嘴里，眯着眼冲他笑："哥，你有点可爱。"

林骁表情很臭："可爱个屁。"

回家的时候，林骁竭力伪装出一副云淡风轻的样子，试图糊弄过去，但林正泽进家门第一件事就是说："尧尧，把成绩条拿过来我看看。"

惊蛰不忍地回了房间，她听到了骂声，听到了林骁辩驳的声音，最后归于沉寂。

过了会儿阿姨来叫吃晚饭，林骁没下去，林叔叔皱了皱眉，坐下来说："不管他，爱吃不吃。"

邢曼心软，示意孙姨再叫一次，林正泽瞪了她一眼："都是你给惯的。"

邢曼撇撇嘴，最后舀了一勺虾仁给惊蛰，说："妹妹要是我女儿多好，我们把林骁卖了吧。"

惊蛰看她表情还好，这才笑了下："哥他挺好的。"

林正泽一张脸仍旧严肃，语气却温和下来："你不用替他说话。"

惊蛰没敢多说，只是吃完的时候，试探地问了句："我可以给他拿点吃的吗？"

林正泽本来还恶狠狠地说"不吃就饿他三天"，这会儿倒是没吭声。邢曼冲孙姨招了招手，孙姨意会，拿托盘装了些东西，递给惊蛰："辛苦你了，我去的话，他肯定不开门。"

惊蛰也并不确定自己去他就会开门，敲开他门的时候还有些意外，迟疑地说："哥，吃点东西吧。"

"我妈叫你来的？"林骁低垂着眉眼。

惊蛰摇头："我自己要来的。"

"陪我吃点儿。"他沉默片刻，指了指二楼的露台。

他也没打算怄气，就是怕接着挨骂，多没面子。

他端着餐盘过去，惊蛰跟在他身后，两个人面对面坐着。

外面夜色浓郁，星光暗淡，冷风丝丝缕缕。

他用筷子，把叉子给她。

两个人隔着一张狭窄的桌子吃东西，惊蛰吃过了，只能有一搭没一搭地吃两口，然后凝视他。

林骁问："我脸上有花？"

惊蛰说："你比花好看。"

林骁差点儿被呛到，蹙眉："我就不能用点'高大''英俊''帅气'之类的形容？"

惊蛰沉默很久。

林骁："算了。"

过了会儿，惊蛰扯了他一下，想起自己要跟他讲奶奶的事。但这件事说起来是真的很复杂，于是她起了个突兀的开头："我妈妈是我奶奶亲生的。"

林骁顿了一下，他这个人脑容量小，很容易转移注意力："那你不应该叫'外婆'吗？"

惊蛰摇了摇头："我妈妈想让我叫'奶奶'，我爸爸是我奶奶捡来的，跟我妈妈从小一块儿长大，她可能是希望我爸爸明白，她的母亲也是我爸爸的母亲。"

林骁抬头："嗯？"

没懂。

惊蛰："我妈妈也管他叫'哥哥'，他们错过了很多次，好不容易才在一起。"

甚至再往前数，奶奶也不是落阴山的人。

她是跟着祖父祖母一块儿逃难过去的，那时候还没有解放。父母罹难，她尚且年幼，自记事起就在落阴山了，祖父祖母教她识字。祖父在她七岁的时候离世了，祖母在十岁的时候也过世了。

她在村民的帮助下葬了祖母，一个阿婆抚养她长大。

阿婆寡居没有子女，她把阿婆当母亲。

扫盲的时候，她被聘去给乡亲们讲课，后来看孩子们没有学上，她四处跑动帮忙筹建了学校，然后留在那里教书，给阿婆养老送了终。

新的老师来来去去，她一直留在那里。

认识了来支教的男老师，他们登记结了婚，生了个女儿，女儿刚满月的时候，一个暴雨天，她高烧不退，爷爷冒着雨去请村医，路滑，失足坠了崖。

那一年奶奶本想跟爷爷一块儿离开落阴山，但因为爷爷也没有亲人，于是葬在那里。而新的老师迟迟不来，她的心被困在那儿，走不动了。

她决定留下。

第二年学校支撑不住停办了，她只能告诉孩子们回家等消息。她还有个女儿要养，无暇他顾，只能一边揪心，一边去镇上找工作。工作没找到，她却在荒无人烟的路上遇到个小男孩。小男孩比女儿要大一些，有两三岁了。

那时候穷，日子都不好过，孩子应该是被遗弃的。

男孩蜷缩在一个土坑里，安安静静的，也不哭闹，也或者是哭过了。

她观察了一会儿，小男孩大约因发育不良，头大、四肢纤弱，两岁多了还不会走路，话也不会说几句，眼神呆滞，思维看起来迟缓很多。

奶奶以为他是得了什么绝症，又或者先天不足。她从那里路过，驻足很久后，并不想多管闲事，也没有多余的精力去管。

家里，女儿还在等着她。

可她回了家，半夜里都是噩梦，惊醒后便拿着手电筒跑出去一趟，想着，如果人没了，她帮忙葬了；还活着，她带回去给口吃的，然后报警。她能做的，也仅仅如此了。

那小孩看起来孱弱，生命却很顽强。奶奶把他带回了家，跑了几趟派出所，没有任何有用的信息。那时候也没有福利院，派出所说联系一下看能不能领养，她只好先带回家养着。

养着养着他身子慢慢好了，会走路了，开口说的第一句话是“妈妈”，领养的消息也迟迟不来。

奶奶不忍心再丢，就咬咬牙一直将他养在身边。

他自小就知道，自己是捡来的，干活很勤勉，每天做饭给妹妹吃，帮奶奶做很多很多事。

他五官颇俊秀，就像母亲一样天生模样好，旁人见了，也都会说一句“像兄妹俩”。

母亲虽然叫着“哥哥”，可心里听他们这样说，却不高兴。

哥哥小时候孱弱，长大了却很高大，皮肤被晒成小麦色，剪着短寸，看起来很精神。

他学习不好，没有妹妹那么聪明，只是力气很大，什么活儿都干。

他十六岁上完高中就不上了，跟着镇上的木匠做学徒。

师父家里管吃住，月钱他如数交给家里。

有时候师娘给了零花钱，一毛两毛他都攒着，回来的时候塞给妹妹。

他不爱说话，笨拙，但赤诚，毫无保留。

沈寒栖上了大学，他跟着同村报名去当了兵。他每个月给母亲还有妹妹写信，信寄到学校，沈寒栖反反复复读，仿佛隔着一张纸就能看到他的影子。

过年回家，她跟着他去拜访他师父，老爷子拍着他日益健壮宽厚的肩膀，笑眯眯地说："该找个媳妇儿了。"

他沉默笑着，摇头："不急。"

"怎么不急？别人像你这么大的，孩子都有了。"

小地方，谈婚论嫁都早。

沈寒栖不高兴，席间饭都吃得兴致索然。

师娘凑在他旁边，拿烤栗子剥给他吃，笑吟吟地问他喜欢什么样的，要给他介绍介绍。

他拧着眉头，半晌说不出一句话来，师娘丢下一句："还害羞了。"然后自顾自地拍板替他决定，改天去见见她娘家的外甥女，说小姑娘在卫生院当护士，模样俊着呢！

他嘴笨，又重情义，推托不掉，也觉得不能驳了师娘的面子。要去见师娘外甥女的那天，是个阴天，寒风呼啸，天阴沉得像晚上。他点了一盏油灯，坐在窗户前刮胡子。

沈寒栖推开门的时候，他赤着上半身，屋里火盆已经灭了，冷意漫上来。她裹了裹衣服，问他："不冷吗？"

他摇摇头，过去打算把火盆再燃上。点火盆要去院子里，等烧起来再往屋里放，不然会有烟。

他赤着上身就要出去，沈寒栖叫住他，让他穿件衣服。

他过来拿衣服，她突然抓住他的手臂。她第一次捅破窗户纸，说我不想你去，我喜欢你。

他僵立在那里，最后只是摇了摇头。

但他最后还是没有去。

他不再给妹妹写信，沈寒栖也不理他了。

她成绩优异，保送了研究生。

她回来跟母亲说，以后可以留校，甚至可以落户，到时候接母亲一起过去。

她故意说给沈濯听，他沉默着一声不吭。

那天夜里沈寒栖去散步，坐在后山的大石头上看星星，拿着一个单筒望远镜，迟迟不愿意回家。

他怕她出事，找过来，他们坐在寒风里。她说冷，他把外套脱了给她，她说还冷，他便把毛衣也脱了。她看着他："冻死你算了。"

他依旧沉默着。

她抱住了他，他僵直着身子不动。时隔一年她才问他为什么，他只是说了句："不好。"

会有风言风语，对她不好。

后来她去他所在的部队看过他，驻地也在乡镇，平原地区。她住在普通的招待所，他带她进去，就听到隔壁喝醉了在破口大骂。

她瑟缩了一下，他站在那里久久没动。

她说：“今晚能不能不走？”

他不吭声，似乎在挣扎。

他最后还是留了下来，目光流转，对视的时候，爱意无处隐藏。

他不想跨过那一步，她却偏要引诱他。

他们在没开灯的房间里接吻，他拼命克制着，压抑着，说：“小七，你值得更好的。”

她说：“你胡说。”

他规规矩矩坐着，眉眼深沉，不看她。

她说：“更好的我不要。你要是再拒绝我，我一辈子都不理你了。”

他依旧没松口，她就真的不理他了。

他一直留在部队，每年能回来的时间寥寥无几。

她毕业留在了学校做学术，每年能回来的时间也寥寥无几。

有一年她学术受挫，打算放逐自己一段时间，回了镇上跟着母亲教书。他问她怎么了的时候，她也不理他。

他请假回来见她，他们在院子里互相望着彼此，谁也没说话。

他们赌了几年气，她从小就固执，一点没变心，反而看他的目光越来越炽烈，所以他溃败了。

他们在一个春天相恋，热拥，缠绵，在很短的时间里领证结婚。

他们生了个女儿。

他们爱得很用力，用力到失去的时候像是鱼被剥夺了水，飞鸟折断了翅膀。

惊蛰快四岁那年，沈寒栖打算回去找自己的导师，沈濯提交了转业申请，说他回来带惊蛰。

但那一年，他殉职了。

沈寒栖抱着他的骨灰徒步几十公里，把他葬在了最高的山峰上。他喜欢太阳，喜欢星星，喜欢一切自然的东西。他喜欢妹妹，远胜过喜欢自己。

沈寒栖再也没离开过落阴山。

她总觉得自己走了，他会孤单。

每次起风的时候，她都会站在门口，惊蛰问她干什么，她会笑着说：“听听你爸有没有说想我。”

只是没两年，她就得了癌症，她觉得这可能冥冥之中是天意。

可是为什么奶奶不愿意留在镇上呢？

可能是她太伤心了，她一生都在送别，这片土地承载了她所有的悲伤和眼泪。

惊蛰父亲的死对她打击已经够大了，惊蛰母亲的死几乎摧毁了她。

她已经心力交瘁，无法教书育人了。

但还有一个小惊蛰，所以她要坚强。

惊蛰说话慢吞吞的，说完了，林骁的饭都冷了，他吃不下去了，有点难过。他看起来比她都难过。

惊蛰突然冲他笑了笑："哥，世事无常。"

她反倒安慰起他来了。

这天夜里林骁陪她坐了好久，有一搭没一搭地闲聊着。

第二天是星期天，林骁当然起晚了，他起床的时候太阳光透过窗子，金色的光束映照着浮尘，他觉得是个好日子。

于是他打算带某个小可怜去开心一下。

但他下楼的时候，正好听见她在跟邢女士说话："阿姨，我不要奖励，不如你给哥都买成练习册吧。他不会，我可以帮他。"

"阿姨不知道买什么。"

"要不……一样来一套？"

"好主意。"

林骁转身上楼。拜拜。

"不要同情女人，会变得不幸。"林骁把一颗娃娃菜咬得嘎吱响。

陈沐阳没听懂，但还是深有同感地点了点头："对，没错，如果上天再给我一次机会，陈小红在视频里哭哭唧唧的时候，我一定不会上门送爱心。我偷偷给她买了一大盒马卡龙和齁贵的蘑菇灯，她转头就把我卖了。我妈昨晚把我仅有的零花钱还砍半了。"说着，他抬头目光灼灼，"班长……"

林骁抬手打断他："别打我主意，我现在穷得想骗沈惊蛰的零花钱。"

沈惊蛰朴素得已经有点小可怜了，陈沐阳说："这不好吧，你这想法很危险啊！你怎么能这么缺德。"

林骁在昨晚收到了那一箱书，全科，《5 年中考 3 年模拟》《黄冈密卷》《小题狂练》……

邢曼女士满怀爱意地交给他："好好做，不够，妈再给你买。"

林骁嘴角抽搐了一下，又一口咬掉半个狮子头："我缺德？她连奖励都不要，非得给我买箱习题，她不缺德。"

陈沐阳愣了一下，继而狂笑不止。

江扬因为拖堂，来晚了，端着餐盘过来的时候侧头看了一眼林骁，问：“陈沐阳疯了？”

林骁冷笑一声：“他有病。”

陈沐阳天天被她姐欺压，还有脸笑话他。

陈沐阳几乎笑得背过气去，跟江扬讲沈惊蛰的丰功伟绩。这世界上能制裁林骁的，估计也就沈惊蛰了。

说起来第一次见沈惊蛰的时候，林骁完全没想到事情会发展到这一步，她看起来就是个软唧唧的小姑娘，不惹都能哭的那种，是他会敬而远之的那一类。其实呢，就像林骁说的，是个长得漂亮、看起来没有攻击性的毒蘑菇。

林骁这个人脾气不算好，但有一点，心软。

沈惊蛰偏偏是那种真诚到看起来毫无坏心眼的人，哪怕她揍你一顿，你都会觉得她肯定不是故意的。

所以林骁对她完全没辙，打不得骂不得，智商还被碾压。

江扬听完也笑得肩膀耸动，和陈沐阳两个人像傻瓜一样互相攀着肩膀傻乐起来，问林骁：“那你做不做？”

林骁撇嘴，骨头非常硬，嘴巴也很硬，毅然决然道：“做个屁。”

下午老师调换座位，老胡特意把沈惊蛰叫起来：“来，沈惊蛰，你坐第二排。”

老胡指了指第二排中间的黄金位置，笑眯眯地看着惊蛰，宛如一个看着孩子出息了的老父亲。

带了这么多年垫底班，他第一次见到大榜前一百的选手。

他宝贝得甚至有些手足无措，生怕给耽搁了。

附中的课桌是分离式的，单人单桌，只是因为空间有限，以及为了整齐美观，会两两合并成同桌。

前排江子遇立马站起来：“我帮你搬桌子吧！”都是一群十几岁的少男少女，大家很容易对漂亮、性格好，还学习好的同学产生好感，这几天 26 班对沈惊蛰的态度都扭转了。

调座位的话，直接搬桌子比换座位要快。

林骁踢了一下江子遇的凳子，冲他挥了一下手，意思是，少管闲事。

没事献什么殷勤，就你长了手啊！当我死了吗？

只是他还没站起来，惊蛰冲对方感激地笑了笑，接着摇了摇头：“我自己能行。”

然后惊蛰把书塞进桌洞里锁上，把塞不进去的多余的书先放在了林骁的桌面上，然后两手抱起桌子，径直往前走去。沿途的障碍物被各位麻利地收走了。

还没开始调座位，所有人都在自己座位上没动。大家原本在互相商量谁和谁做同桌。

据说以前老胡一学期都是不换座位的，估摸着这次是因为班上考得不错，总成绩超过了 19 班，所以想给大家增添点新鲜感。

午后的太阳晒得人发昏，窗外日光斜照进来，鸟儿叽叽喳喳，隔壁班不知道在干什么，也吵吵闹闹的。

教室里突然安静下来，全都目送沈惊蛰从最后一排搬着书桌去了第二排。

第二排的男生愕然看了一眼沈惊蛰，把自己的桌子挪出去，又帮她把重得要命的桌子推了进去。他疑心她在里面放了石头，更疑心她偷偷修炼了什么诡异功法，然后突然竖了一下拇指："少侠好武功。"

班级里刚刚莫名沉寂，这会儿又哄然大笑。

不知道谁起来搬了一下自己的桌子，然后骂了声："她是不是大力水手，偷偷吃了菠菜？这也太牛了。"

又是哄笑声。老胡截了根粉笔头砸过去："叫你们好好学语文，你们不学，夸人就只会——这也太牛了。"他捏着嗓子学着说了句。

在一片哄笑声里，惊蛰抬头冲着后方笑了笑，抬起手臂拍了拍自己的肱二头肌。

看起来不像在秀力量，倒像在卖萌。

她这个人长得属实很有欺骗性。

秦雪用夸张的声音喊着："惊蛰，让我看看你的后脑勺有没有开关，你是不是外星人伪装的？"

陶晶晶本来扭头打算问秦雪要不要坐同桌，结果一扭头看到班长，于是八卦兮兮地戳了下秦雪："哎，你有没有觉得班长看起来不太高兴？"

秦雪扭头看了一眼："妹妹没有了能高兴吗？"

她要是林骁，她也不高兴，惊蛰又安静又乖巧，学习又好又能抄作业。

林骁把凳子往后拖，倚靠在后墙上，兴致索然的，觉得吵得慌。

他听见不知道谁说了句："怪不得蛙跳那么厉害。"

都是一群不爱运动的小屁孩，下肢力量没有特意训练过的话普遍弱一点，惊蛰那天蛙跳完全不费力就有人讨论过了。

有人说，沈惊蛰以前住在山里。

现在又有人说，山里好，纯天然氧吧，空气好，环境好……哪里都好，养人。

好个头，她这种蘑菇，长在哪里都能汲取到养分。

陈沐阳偷偷溜过来，蹲在林骁脚边："你说我跟老胡说，我去跟惊蛰坐，他会不会同意？"

林骁侧头看着他："你又想干吗？"

"培养一下感情。你是不知道她边儿上那个女生吗？跟 25 班舒莺是好朋友，舒莺把惊蛰当假想敌了，这俩坐一起肯定不行。”陈沐阳贼兮兮地笑着，“而且我突然想明白了，你说我高中不骚扰她，不代表我考上大学也不能啊！我决定了……”

林骁踹了他一脚：“你决定个屁！”

陈沐阳学着惊蛰叫他：“哥，以后都是一家人。”

林骁追着踢他：“你考几分啊，要点脸？”

陈沐阳笑着躲回了自己座位，觉得林骁挺逗的。但林骁这严防死守的，他可没办法。

毕竟人在林骁家，他那两把刷子，完全越不过林骁这道防线。

他挠了挠头，考几分确实是个问题。

惊蛰坐下来的时候，身边的女生扭过头来看了她一眼。是那个高马尾的女生，原本坐在惊蛰斜前方，后来因为近视调换了座位。这会儿她看了一眼惊蛰，点了下头算是打招呼了。

她叫高晗，成绩仅次于惊蛰的那个。

惊蛰想起那天那个字条，她一直想问，但是没有机会。于是她沉默片刻，写了张字条递过去。

高晗心烦意乱，看到字条的时候皱了一下眉，心里有一种不好的预感。

但是她打开字条的时候，里面只是一句——谢谢你的提醒。

虽然已经隔很久了，但她还是看懂了。她停顿了一会儿，才在纸条上写了一句：不客气。

惊蛰没再追问。

老胡调了半个小时座位，想换座位的自己申请，他同意了就可以换。

其余的交给班长，他实在不耐烦做这种事。

而这种事一向交给林骁就是陈沐阳这个马前卒去干。他就喜欢干这种事，还自封副班长。

但这次老胡走后，林骁按住蠢蠢欲动的陈沐阳，自己往讲台上一站，手撑在讲桌上，问了句：“谁还要动？”

老胡调过的就不能动了。

也没几个人想动了，陈沐阳举了几次手林骁都忽视了他。

等所有人都调完了，林骁才点了下陈沐阳，指了指沈惊蛰后面位子上的女生：“你跟陈沐阳换一下？”

被点到的女生愣了一下，然后扭头看了一眼陈沐阳。陈沐阳心想，行吧，后面也行。于是他双手举过头顶，用手臂谄媚地冲人家姑娘比了个大大的心。

那女生脸皮薄，脸红了一下，直接站起身收拾东西。

陈沐阳叫了声：“同志，你是个好人，我代表组织感谢你。”

林骁在讲台上冲陈沐阳比小拇指，然后对那个女生说："你可以拒绝的，不要被这种垃圾美色诱惑。"

女生整个脸红到耳朵尖，冲班长比了个讨饶的手势："班长，对不起，别说了，我是个肤浅的女人。"

边儿上的人拍桌狂笑。

这俩也换完了，林骁从讲台上下来，跟高晗说："你跟赵磊换一下可以吗？"

赵磊刚刚频频举手要坐在后排，林骁让他等一会儿，这会儿听见要给他弄到第二排，顿时崩溃："班长，你杀了我吧！我不要坐第二排，也不要跟学霸坐同桌。"

高晗点了点头。

林骁冲赵磊压了下手："没让你坐这儿。"

陈沐阳趴在桌子上冲林骁瞪了一眼，问了句："那谁坐？"

林骁对赵磊说："你坐我那儿。"然后他看着陈沐阳，笑了一下："我。"

陈沐阳沉默很久，恶狠狠假笑道："你个心机鬼。"说完又补充一句，"不要脸。"

林骁最后坐在沈惊蛰边儿上的时候，惊蛰捧着脸困惑地看他："哥，你干吗呢？"

林骁凑近她，冷笑了声，低声在她耳边阴阳怪气道："你给我弄一箱练习册，不管了啊？你有没有点责任心？"

惊蛰："哦。"

过了会儿，她扭头："所以你写几页了？"

林骁收拾桌子的手顿了一下，岔开话题道："对了，晚上我去打球，跟我去球场等我。"

他现在不允许她自己回家。

虽然惊蛰觉得那是极偶然的事件，但还是觉得听他的就好。

惊蛰点点头。

过了会儿，她又扭头："所以你到底写几页了？"

林骁把一本看起来相对没有那么难的习题册拿出来摊开，深呼吸了一下，认命道："我现在就写，沈老师。"

惊蛰坐在球场边的看台台阶上，书包堆在脚边，书摊开放在膝盖上。太阳还没落山，天边赤红混着橘色的云彩，像一幅油画。

球场的灯亮了，被霞光掩住了。

惊蛰微微弓着腰，低着头在安静地做题。

像从前蹲在门前的大石头上读书一样，流云从眼前飘过，风穿过发梢，潮湿的水汽沾湿眉毛，她都不在意。

她做什么事都很专注。

傍晚的球场很热闹，有锻炼的，也有结伴来看人打球的。

有人会突然高声喊一句："林骁好帅啊！"

林骁很少会回应，顶多比个"嘘"的手势，示意她们不要闹。他烦别人在球场边叫他名字，男生女生都不喜欢。

林骁下场喝了一口水，高二一个男生朝着惊蛰努了努嘴："谁把女朋友带来了？"

江扬拍了对方一巴掌："别瞎说啊！是林骁妹妹。"

"哦，你家基因真好啊！"

男生忽然拍了拍林骁的肩，笑得贱兮兮的，暗示意味十足。

林骁抬着眼皮看了对方一眼，皮笑肉不笑道："少打歪主意。"

男生笑了笑："开个玩笑。"

林骁挑了挑眉，再上场的时候，打得超级凶，就差拿球往人脸上招呼了。

一场结束得很快，林骁把球一扔："不玩了。"

没劲。

然后招呼陈沐阳："走了。"

江扬跟他们不同路，留着没走，歪着头跟那男生说："林骁可记仇了。"

男生还喘着，撩着上衣擦汗，点点头："看出来了。"

旁边人笑起来，试探着问林骁的妹妹到底是不是亲的。

江扬翻了个巨大的白眼："这谣言怎么还在传？"

当然不是。

"那是亲戚？"

江扬摇头，也不是。

那男生突然挑了一下眉："不会真是他……"

江扬侧头看了一眼："别瞎说啊！"过了会儿又笑了，"是娃娃亲呢！"

一群人笑起来："真的假的？"

林骁走到惊蛰身边，一只脚踩在她坐着的台阶上，另一只脚在地面，微微倾身笼罩在她头顶，歪着脑袋看她的习题册："这么认真呢？"

惊蛰听到他的声音抬了一下头，脑袋差点儿撞到他的下巴。他往后退了点，惊蛰却拽住他坐下来，自然得仿佛俩人真是亲兄妹。

两个人肩并肩坐着，林骁甚至能闻到她身上淡淡的橙子味儿，小声问她："干吗？"

惊蛰指了指那本他下午刚刚做过的习题册，他觉得挺简单的那本。

但是现在上面一连串叉。

惊蛰满含同情地看着他："哥，不会做空着，别蒙。"

林骁把一句"谁蒙了"硬生生憋了回去。那岂不是显得更弱智了。

"沈老师"很认真地给林骁讲解了一遍思路，他没听懂，歪着头看到她耳后有个圆圆的小疤。

“下次还是我帮你圈题写吧。”惊蛰说。她翻了翻这本习题册，觉得对他来说还是有点困难了。

林骁撇撇嘴：“我嘛，差不多就行了，你操心那么多干什么，我可不想耽误你上清华。”

惊蛰刚刚在草稿纸上写了思路，怕他看不懂，又用不同颜色的笔做了标注，摇摇头：“不影响。”

反正她也是要复习和梳理的。

惊蛰低声跟林骁说：“其实学习不难的，读书也没有那么无趣。”

林骁耳朵里像是塞了棉花，对心灵鸡汤自动屏蔽，如果不是她声音好听，他可能连她声音都屏蔽了。

他只是侧头看着她耳后那块儿疤，百无聊赖地捧着脸。

惊蛰察觉到他不专心，拿笔敲了一下他的手，有些埋怨地说：“你要我负责，你还不听我说话。”

林骁回神，笑了一下：“听着呢！”

惊蛰把草稿纸夹在习题册那一页，说：“你记得看。”

林骁：“哦。那回家？”

“好。”惊蛰起身，跟在他们身后。陈沐阳试图找惊蛰说话，却被林骁搂着脖子往前走了。两个男生在讨论游戏攻略，惊蛰听不懂，低着头踩着两个人的脚印走在后面。

上了车，林骁靠在车后座的椅背上，歪着头又看见那个疤，很小，圆圆的，泛着细微的白印，看不出是怎么留下来的。

“你耳朵的疤哪来的？”林骁终于还是问了。

然后他觉得自己可真无聊，于是忍不住轻声“啧”了下。

惊蛰“嗯？”了声，捏了捏自己的耳垂，满脸困惑。

“耳朵后。”

她还是没摸到，甚至于林骁都怀疑自己是不是看错了。

他上手摸了一下，指尖点着那一块：“这儿。”

不知道是不是错觉，他总觉得女生的皮肤要细腻很多。

惊蛰似乎这才想起来，长长“哦”了声：“打架被指甲抠掉了一块肉。”

林骁挑眉：“哟，还会打架呢？”他无意识地搓了一下指尖。

“毒蘑菇”不仅会魔法攻击，还会物理攻击。

惊蛰也摸了摸耳后，印记很浅，不仔细看根本看不出来，她自己都快忘记了，这会儿被他提起来才想起来。她说：“万奶奶的孙子，小时候很坏，我就揍他。他打不过我，就抓我。”

说完似乎怕他听不明白，又说：“万奶奶是我奶奶的好朋友，现在我奶奶在她家住。”

哦，那个每周末跟她打电话的男生。

电话响的时候，惊蛰在楼下喂朵朵吃东西，林骁坐在露台的椅子上，两腿敞着，身子瘫在椅背上，表情生无可恋。

为什么他要做这个破题，事情究竟是怎么发展到这一步的，他全然想不起来了。

他只知道他快疯了。

惊蛰刚刚还在这儿。明天是星期天，今天爸妈都不回来，孙姨有事回家了，说会晚一点回。

朵朵在楼下闹，惊蛰就下楼了。

她的手机被丢在桌子上，响的时候，林骁隔着露台叫她：“你手机响了。”他瞥了一眼，“那个孙子。”

万奶奶的孙子。

惊蛰站在楼下露台上，探头仔细分辨了一下，愣了会儿，还是听懂了。山里信号不好，万堃有时候要出门找信号，他的每个电话惊蛰都不想错过，于是她着急地说了句：“哥，帮我接一下。”

是视频电话，林骁滑了下绿键，入耳就是一句热情洋溢的“妹妹”。

男生头发很短，眉眼深浓，皮肤是健康得过分的小麦色，显得牙齿格外白。

林骁让自己的帅脸完完整整映照在屏幕正中央，抬手抓了下自己的头发，为了让自己显得不那么刻意，以拳掩唇，轻咳了声，显得异常做作。

惊蛰上楼的时候，就听见林骁对着镜头无比深沉地说了句：“你好。”

惊蛰跟万堃说了会儿话，又跟奶奶聊了会儿，挂了电话后，林骁才撇撇嘴：“你的哥哥可真多。”

惊蛰刚刚管万堃也叫“哥”。

惊蛰说：“礼貌。奶奶说，出门要叫人。”

“他不会也是你的娃娃亲对象吧？”他状似无意地问。

惊蛰迟疑了一下，点点头：“嗯。”

说完她才不太好意思地补充了句：“就……闹着玩的。”

林骁意味不明地“啧”了声。

惊蛰不是很高兴，万堃说，奶奶前几天生病了，万奶奶煮了草药，这两天已经好多了。

奶奶看起来瘦了些，人似乎也没有那么精神了。

小孩和老人都是那种隔几天不见，就能察觉到巨大变化的人。

惊蛰无比深刻地意识到，奶奶年纪大了。

孙姨还没有回来，邢曼阿姨打电话说要餐厅送餐过来。

惊蛰没让。晚上，两个人也吃不了多少。她说："我去做饭吧。"

林骁没拒绝，只是站在厨房里试图打下手，但他站在那儿只会添乱，惊蛰就把他推了出去。

她其实还是不高兴，想一个人待着。

他摸了一下鼻子，坐在客厅里百无聊赖地刷手机。班群里在欢闹，新出了一部电影，大概是够烂，一群人骂得真情实感。

秦雪出来叫惊蛰，想和惊蛰一块儿去看另一部电影，陈沐阳让她省省：我们看过了。

暴风雪：你们？

耳东陈：我、惊蛰，还有你们班长。

提起来林骁，不少人出来冒泡，说"班长还看电影啊"，陈沐阳哈哈大笑，说"班长看电影怎么了，班长还拉屎呢"。

一群人朝陈沐阳丢"炸弹"表情包，说他恶心人。

林骁一言难尽地看了会儿，扬着声音问惊蛰："你想不想看电影？"

惊蛰没心情，摇摇头。

真是不好哄。林骁想了会儿，在群里说："她不出去，但你可以来我家，有几张绝版碟能看。"

群里突然消息刷得飞快，全是问号和感叹号，似乎大家这会儿才意识到惊蛰就在班长家里住。顿时一群人起哄，说也要去，说也想看碟。

林骁只发了一个表情，一个"OK"的手势。

群里沉默了片刻，突然有人问：真的假的？

然后林骁发了一个位置。

第一个敲门的是陈沐阳，他从家里跑过来花了五分钟，然后一边问林骁是不是疯了，一边好奇地去厨房看，哭诉他也没饭吃，邢曼女士和蒋洁女士一块儿加班，家里阿姨被陈小红支使走了。

蒋洁只给他发了二十块钱红包，叫他出门随便吃点。

真是人比人气死人，为什么他就没有一个乖巧能干的妹妹。

惊蛰看了一眼林骁，意思是，管不管啊？

林骁过去把陈沐阳薅走了，然后侧头说了句："我俩吃剩下的叫他喝口汤就行。"

陈沐阳掐他脖子，惊蛰忍不住笑了一下，又默默添了些食材。

林骁顺手在群里发：吃完饭再来啊！不管饭。

一群人嘻嘻哈哈，有人说已经上车了。

惊蛰和林骁吃饭的时候，就已经陆陆续续有人到了。林骁叫他们先上楼去影音室自己玩一会儿，一群人谁也不去，就坐在客厅里看他们吃饭，觉得这场面有些诡异。

惊蛰有点消化不良，侧着身子，悄声问林骁：“哥，他们怎么了？”

林骁也轻声说：“可能是觉得我们家雇用童工吧。”

惊蛰：“我吗？”

林骁：“不然呢？”他冲她歪了下头，“你去招呼他们，我去洗碗。”

惊蛰点点头：“哦。”

林骁把陈沐阳也拽去洗碗了，两个十指不沾阳春水的人对着水池沉默了会儿，陈沐阳问了句：“你今天抽什么风？”

林骁试探着挤了点洗洁精，回答：“你没看到她今天不高兴吗？”

陈沐阳：“惊蛰啊？”

林骁一脸“你这不废话吗”的表情，陈沐阳困惑地问：“所以你叫这么多人来哄她高兴啊？”

林骁挑了一下眉，不置可否。

陈沐阳撇撇嘴，总觉得不对劲。

真是太阳打西边出来了，林骁还会哄人呢，还会主动洗碗呢——虽然他傻到洗碗机都想不起来用。他平日里摸一下油腻的东西都能要他命，这会儿倒是洗得很认真。

惊蛰偷摸进来，让陈沐阳出去招呼，自己趴在林骁耳朵上说：“哥……”

她站的位置够不着他，于是他侧头往这边凑了一下，惊蛰没站稳，扶住他的肩膀，手指轻轻扣在那里，小声在他耳边说：“哥，秦序塞了一根手链给我，太贵重了，我没有能回礼的，能不能直接还给他……”

“他说什么了？”

惊蛰摇头：“什么也没说，就说送给我。”很多人，她不知道直接说“我不要”会不会很伤人，她并不太会处理这种事，也不知道问谁。当着好多人，她总觉得问这种事很奇怪。

林骁洗了洗手，擦干净，扯着唇角冷笑了声，伸了伸手：“给我。”

他走出去，冲秦序招了招手，搂住对方的脖子，把盒子往对方口袋里一塞，拍了拍，皮笑肉不笑地说：“兄弟，东西收好。”

平时不吭不响的，还挺会搞事，林骁几乎都没听过秦序这名字。

惊蛰对他也没印象，她平时就是写作业看书，只是勉强认全了人而已。

所以对方递个手链过来直接塞她手上，她才愣了一下，一时不确定自己是不是漏掉了什么信息。

很突然。

她来找林骁，是觉得他能处理好。但没想到，林骁处理得这么简单粗暴。

秦序讨饶似的冲林骁抱拳：“班长，送个礼物而已，没别的意思。”

林骁斜了他一眼，秦序笑了一下，不吭声了，拇指和食指交错，转头冲着惊蛰比了个心。

旁边人被逗乐，扯着秦序小声说：“哎，序序，你是真不怕自己坟头长草啊！”

秦序这人就喜欢漂亮妹妹，送出去的礼物两只手都数不过来。

就是没想到班长跟他妹妹关系还挺好，都替她出面了。

惊蛰张了张嘴巴，觉得城里的孩子太直白了。不过她也松了口气，秦序看起来还好，没有生气也没伤心。

林骁朝秦序后脑勺来了一巴掌，警告他：“别逼我揍你啊！你在我家里还这么猖狂。”

秦序歪了一下头：“那下次在外面？”

林骁把人摔在沙发上，“嘿”了声，一群人嘻嘻哈哈跑过去一起叠叠乐，把秦序压在最下面。

惊蛰摇了摇头，有时候觉得他们很成熟，有时候又觉得幼稚得很。

今天来了很多人，惊蛰没有数，估计有一二十个，他们挤在一起看电影。没那么多地方坐，一些人坐在沙发上，一些人坐在凳子上，还有一些人干脆拿着靠枕坐在地毯上。

他们在碟片里挑来挑去，这个不行，那个也不行，最后好不容易挑了一个，都没仔细看，全在叽叽喳喳地说话、吃东西。

平常在学校里很少有机会这样待着。

孙姨回来的时候给他们切了水果，添了些饮料，烤了些小饼干和纸杯小蛋糕。

吵吵闹闹，时间过得飞快，不知不觉就晚上九点了，有人的父母已经打电话催了，他们才依依不舍地告别。走之前他们还礼貌地把屋子收拾干净了，生怕自己第一次来班长家里闹得太过分，以后再也没有机会来了。

惊蛰和林骁去送人，秦雪在门口抱着她不走，跟她讲刚刚没讲完的动画片。惊蛰听得认真，到最后轻轻“哇”了一声。

看她听得认真，其他人也凑过来补充，几个女生站在那里激动得手舞足蹈。

林骁抱着胳膊站在那里和陈沐阳各自锁着眉头。

林骁非常不解：“她们在激动什么？”

陈沐阳看到秦雪揪着惊蛰的袖子已经快揪出褶子了，也摇头道：“不知道，但你的目的不是达到了？你看惊蛰多高兴。”

林骁撇撇嘴：“我后悔了，人太多，我脑子都快炸了。”

那破电影他也不爱看。

陈沐阳笑了声："你妈刚回来的时候，问我你受什么刺激了。"

林叔叔没回来，邢曼阿姨回来了，她还是第一次看到林骁带除了陈沐阳和江扬的其他同学来家里，非常惊讶。

林骁从小就有点独，人缘好是好，但跟谁都不是特别亲近，从小到大，除了陈沐阳和江扬，几乎没有一个人来过他家。

因为小时候长期住在外婆那儿，外婆对他不错，但外公外婆都是很挑剔的人，不喜欢家里太多人，不喜欢吵闹，不喜欢有人把家里弄得乱糟糟的，他们不会说不允许带人到家里来，但如果真带回去了，彼此都不会太愉快。

后来林骁回了自己家，邢曼和林正泽倒是非常鼓励他和同学多来往，但他性格已经养成了，也很难再改。

所以惊蛰刚来的时候，他很不爽。

或许这也是林骁今天会主动让人来家里玩的原因吧。寄人篱下的拘谨，是很难放下的，他大概是想让沈惊蛰在这个家能放松一点。

他对沈惊蛰，是真的挺不错了。

几个女生终于聊完了，惊蛰一回头就看到他和陈沐阳站在后面，她小声地问："你们在干吗？"

林骁仍旧抱着臂，靠在门框上，懒懒地说："看月亮。"

陈沐阳点点头："你看今天的月亮多大，多圆。"

惊蛰抬头看了看夜空，星星点点，月亮隐在云层里。她一副看傻子的样子看了两个人一眼，进屋了。

人走了，陈沐阳说了句自己要回家了，然后拍拍林骁的胸口："你这哥哥当得越来越顺手了。"

林骁懒得理会他的调侃，抬了抬下巴："快滚蛋。"

陈沐阳回去的时候江扬问他是怎么回事，请全班人来家里看电影的事，全校都知道了。他好歹也是风云人物，班上几个没有及时看群消息的人还在痛心疾首，让去了的同学实时播报。

陈沐阳也拍了几张照片，随手发过去，然后两指飞速在键盘上敲打，用自己为数不多的文采，夸张地渲染了来龙去脉。

说完他补充一句：*看看人家哥当的，看看你那哥当的。你天天惹你妹生气，前两天她见了我都不理我了，明显是迁怒。*

江扬的妹妹江萌今年十二岁，刚上初中。

江扬直接发了一段语音过来："我妹要是跟沈惊蛰一样学习好、脾气好，还乖巧懂事，我给她供起来都行。她天天跟个斗鸡似的，见我都想啄两口。她要不是我妹，我一天揍她八百遍。"

陈沐阳嘎嘎傻乐。江萌的确是个活宝，仿佛有多动症一样，每天不干点什么吸引一下她哥的注意力都觉得今天过得不充实，江扬都快被她烦死了。

江扬直接拨了电话过来，哼了声："再笑，把我妹许配给你，去你家祸害你。"

陈沐阳连声说"不"："要不起要不起。你少装蒜了。你们这些当哥哥的，别以为我不知道，嘴上说嫌弃死了，可别人谁要是惦记妹妹，头一个抡拳头。"

江萌去年收到过一次情书，江扬差点儿把人家小男孩揍一顿，气得吹胡子瞪眼的。

说起来，陈沐阳就忍不住说林骁刚才在球场上差点儿揍学长，晚上碰到秦序示好又是满脸不爽，还挺护短。甚至连他都防，一点兄弟情义都没有。

江扬听完沉默了好一会儿，然后忍不住说了句："江萌是我亲妹，我不管能行吗？沈惊蛰又不是他亲妹，他什么时候责任心这么强了？"

陈沐阳张了张嘴，半晌才发出一点声音："我去……"

他终于知道为什么觉得怪怪的了。

然后两个人一起："我去？"

林骁进去的时候，孙姨正在给惊蛰尝新烤的蛋糕。惊蛰用手托着，咬了一大口，然后眯着眼笑了一下，点着头说："好吃。"

孙姨便又塞了一块儿在她嘴里，高兴得不得了："晚上不能吃太多，好吃，我明天再给你做。"

她是借着刚刚给同学们烤纸杯蛋糕的时候试做的，只烤了很小的一个。

刚刚太太尝了点儿，她自己也尝了一口，又给惊蛰尝了尝，看到林骁，问："尧尧，你要不要也尝尝？"她心里知道，林骁是不大爱吃甜食的。

但惊蛰已经把盘子接了过去，朝他走过去，然后拿起一把干净的勺子挖了一口，抬手递到他嘴边："不是很甜，你尝尝。"

林骁低头，吃了一口，"嗯"了声。

但他其实并没尝出味道。

惊蛰又挖了一勺，他又吃了一口。

她忍不住问了句："还吃吗？"

林骁这才摇了一下头："不吃了。"

上楼的时候，惊蛰似乎很高兴，背着手，脚步欢快。

林骁跟在她身后，手插在口袋里，抬头看着她的后脑勺，迁就着她的步子，走得很慢。

惊蛰站在卧室门口跟他说晚安。

他挥了一下手，一副"好了好了，赶紧睡吧"的不耐烦表情。

进自己房间的时候，他才"啧"了声。

他舔了一下牙齿，甜死了，她是味觉有问题吗？

他去刷牙，一边腻得齁嗓子，一边对着镜子哈欠连天，深觉自己有毛病。

“你图谋不轨。”江扬说。

“你监守自盗。”陈沐阳接腔。

两个人在逼视林骁的时候，林骁哼笑一声：“我疯了吗？我活得不耐烦了吗？我跟你说，我把我家拆了我爸都不会揍我，但我敢对沈惊蛰图谋不轨，我爸能让我看不到明天的太阳。”

这话一点都不掺水分。

陈沐阳犹豫了，他认真地思考了一下，觉得林叔叔真的能干出来。

他母亲蒋洁女士当年去见过惊蛰的妈妈，就是为了怕好闺密的老公借报恩之名行不轨之实，但就见了一面，她回来就说“这俩人不可能”。

蒋洁生平就讨厌那种傲气冲天的人，恰恰沈寒栖就是那种人，还是那种表面和气，傲在骨子里的。她并不太喜欢那人，但一边讨厌一边也忍不住夸了句：“普通男人不会靠近她，也不敢，她也看不上。”

她那种人，拿揣度的眼光把自己和任何男人联系上，都像是一种亵渎。

她有爱人，她提起爱人的时候眉目会柔和一些，而且似乎眼里容不下除此之外的任何人。

这是蒋洁对她所有的印象，时隔多年，她提起沈寒栖仍是不喜欢，但不喜欢也会赞赏一句：“她是一个很特别的女人。”

林正泽对她一直是尊敬有加，所以他对惊蛰非常上心。带惊蛰来南临，也是为了她能接受更好的教育，有更好的前途，将来奶奶不在了，也能过得更好一点。

江扬和陈沐阳对视一眼，半信半疑。

三个人在操场的草地上坐着，25 班和 26 班又是联合体育课，解散了，自由活动时间。

惊蛰时不时回头看他一眼，像是有什么话要说。

林骁余光看到好几次，最后忍不住冲她招了招手。

惊蛰跟身边人说了句什么，然后就跑着过来了。她蹲在林骁脚边，吞咽了口唾沫，最后终于忍不住拿手捂了一下他衣服上的破洞，问出了今天一直想问的问题：“哥，你衣服是破了，还是就这样啊？”

她刚刚能理解破洞裤，又发现他上衣有巴掌大的地方也是破的，破成一条一条的。这也太破了，而且她都能看到他的……胸了。

林骁低头看了看自己的衣服，又看看她满脸真诚的困惑表情，乐出了声：“不好看吗？”

惊蛰点点头。

陈沐阳和江扬笑得瘫倒在地，她的审美很保守。

惊蛰小声凑过去说："看起来不是很正经。"

她认真地把他校服外套往前拉了拉，挡住了。

林骁愣了一下，旋即又扯下来，扯到肩膀以下，两手往后撑住自己的身子，歪着头看她，挑了一下眉，意思是，就不正经了，怎么着？

惊蛰挠了一下下巴，碎碎念道："算了，我不看你就是了，但她们也都在看你，还说想上手摸一下。你要……嗯，小心。"

她起身，说："我走了。"

她去找秦雪她们了。

林骁愣了一会儿，然后直起身把自己的校服拉链一下子拉到了顶，黑沉着一张脸："我有一种自己脏了的错觉。"

陈沐阳笑得躺在草地上打滚。

周围人都忍不住嘻嘻哈哈笑起来，说"班长遮得这么严实，显得更帅了"，陈沐阳笑完忍不住又骂了声："你们好变态啊！"

林骁把领子也拉起来："沈惊蛰有毒吧！"

江扬若有所思地戳了他一下："那你中毒不轻。"

学校每学期有一次体测，为了不影响期末考，通常至少会在期末考前一个月举行。

高一每周两节体育课，一节大课两个班合上，一节小课每个班独立上。

第三次月考后，这学期的体测就开始了。

体测通常不会太严格，附中的体育老师平时凶神恶煞的，体测的时候却一向心慈手软，但这个过程总是不好过的。

这周是大课，又是25班和26班一起。已经是十二月中旬，雪已经下了好几场，今天是个难得的晴天。上周是室内体育课，把该测的都测完了，这周只剩下女生的八百米长跑和男生的一千二百米长跑。在操场，两班的体育委员掐表记录，体育老师在旁边背着手监督，时不时吐槽两句："叫你们平时偷懒。"

惊蛰的学号在最后一个，要等到最后，她索性坐在看台上等着，抱着一个单词本。班上的人快轮到谁了，谁就把贴身东西堆在她身边。天冷了，大家都穿得多，身上带的东西也多。

女生们摸摸她的头："宝，帮我看一会儿。"

男生们在她耳边打响指："学霸，帮个忙。"

惊蛰都点头，脾气很好。

只有林骁过来的时候，直接把外套塞到她怀里："别放地上，也别跟别人的放一起，脏。"

惊蛰抬头看了他一眼："哦。"表情却是：你可真娇气。

陈沐阳刚测完，坐在旁边喘气，闻言“哎”了声：“你惯的他。”林骁依旧一身少爷病，不过倒是毫不介意惊蛰弄脏他的东西。

林骁嗤笑一声：“要你管？”

陈沐阳做了个空中投石的动作，恨不得砸死他。

嘚瑟。

惊蛰笑了笑，没吭声，让两个人自己斗嘴去。

两个小学生。

林骁顺势在她旁边坐了会儿，看她认真背单词，连个眼神都没给他，不由得想找存在感。他手肘支在膝盖上，掌心托着脸，有些无聊地看了她会儿。她好像吃胖了点儿，脸颊都有肉了，看起来他们家伙食不错。她的脸感觉很好捏，他竟然手有点痒。

距离她来南临，已经三个月了。

期中考试她考了九百六十八分，刚刚结束的第三次月考，她考了九百七十分，成绩已经很稳定了。附中的实验班是被单独摘出去的，门槛非常高，其余二十六个班都是普通班，其中也包括自费生。

附中扩招前的重本率可以达到百分之五十，扩招后也依旧很可观，在附中能考九百多分，已经非常厉害了。

只是她并不满意，在所有对于26班来说已经高得离谱的成绩里，她硬生生分析出了英语是弱势科目，最近在补英语。

他第一次看到，有人这么喜欢学习。

她并不算十分刻苦，永远一副不急不缓的样子，学习就好像是吃饭喝水一样自然。

被人盯着，实在很难专心，惊蛰终于忍不住抬头看了他一眼，微微睁了一下眼：“干吗？”

林骁歪了一下头：“没事。”

惊蛰抬手挡了一下：“那你别看我。”

林骁乐了声：“行，不看。”

陈沐阳刚刚跑完觉得胸口跟冒火了一样，呼吸急促得发疼，这会儿才稍微缓过来一点，没好气地说：“你别打扰人家学习啊，考不上清华北大你负责啊？”

林骁屈着一条腿，微微晃着，问惊蛰：“你想上清华还是想上北大？”

惊蛰再次被打断，索性合了书，微微张了张嘴，最后笑了一声：“又不是买白菜，我想买哪个就能买哪个。”

不知道为什么，林骁觉得不是很高兴，没来由地有一种怅然若失的感觉。

他眼神没什么焦点地看着虚空。附中的操场并没有什么特别的，塑胶跑道。主席台上常年摆着一张桌子，办活动的时候，那张桌子上会铺上大红色的绒布，每年的颁奖典礼都在这儿。领奖的同学们从两侧的楼梯依次上去，接过奖状和奖品，和老师、校长合影，最后挂在公告栏里。

明年开春的例行颁奖，沈惊蛰应该也在那儿。

长这么大，她大概是他唯一一个可以站在领奖台上的朋友。

他对成绩没什么执念，但突然有些羡慕。

林骁扯了一下唇角，似乎在笑，又像没有："你可以的。但我听我爸说，你想考临大。"

陈沐阳一副皇上不急太监急的样子，突然起身："考什么临大啊，清北多好。"

沈惊蛰从没说过自己想考什么，每天就是按部就班地学习，没有苛求自己必须考多少名。每次邢曼和林正泽问她会不会吃力，她都摇摇头，说"挺好的"。

但她会自己跟自己暗暗较劲，写不出来题的时候喜欢趴在桌子上；周考不理想的科目，在周末会恶补；布置的作业会争分夺秒完成，今天的事情不喜欢拖到第二天。

她应该是已经有目标了。

但才刚刚第一学期，科目都远远没有学完，高中这场马拉松才刚刚开始，距离终点还有很多变故。

林骁便看了陈沐阳一眼："清北那么好，你怎么不考？"

陈沐阳像是听到了笑话："别逗。"

他要是能考上清北，猪都能上树了。

林骁嗤笑一声，示意他考及格都费劲，还操心人家考什么学校。

陈沐阳太了解林骁了，他从一个表情、一个语气词，都能听明白林骁的潜台词，于是不由得辩解一句："虽然现在还是有一点点差距，但不是还早吗？我觉得惊蛰在咱们班都屈才，等下学期重新分班，她期末考试只要不考崩……呸呸，肯定不会考崩。她下学期肯定在1班啊！说不定成绩突飞猛进呢！"

像是被什么狠狠砸了一下，林骁脑袋嗡了一下，最后看了一眼沈惊蛰，那股不高兴似乎一瞬间达到了顶峰。

有人在叫他："班长，到你了，快点儿。"

他抬了一下手，示意自己知道了，然后把手机从口袋里掏出来，塞到她手里："拿着。"

两个人的手机一模一样，惊蛰就连颜色也选了他的颜色。

惊蛰感觉到他好像不太开心，忍不住多看了他一眼，但他已经跳下台阶走了。

陈沐阳去跑道边儿上了。

轮到林骁的时候，很多人都站了起来，他无论干什么都经常被围观。

陶晶晶拉着秦雪去看林骁，秦雪不去："跑步有什么好看的。"

尤其跑到最后，一个个都面目狰狞的，帅哥也不行啊！

陶晶晶竟然被她问住了。有什么好看的？好像是没什么好看的。

但就是想看。

陶晶晶见拉不走她，试图去找惊蛰，但远远看见惊蛰抱着林骁的外套，脚边也堆了一堆东西，深觉惊蛰任务艰巨，而且她好像对“围观帅哥”这件事更没兴趣，最后索性去 25 班找同盟了。

秦雪跑完了，差点儿及格，央求了体育老师好一会儿，对方数落了她一顿，才勉勉强强给她擦边过了。

不用重新测了。

秦雪现在只想躺尸，像丧尸一样挪到惊蛰身边，坐下来抱着她的胳膊蹭了蹭，靠在她身上：“哎，惊蛰，再有一个月，这学期就结束了。”

结束后就要重新分班了。

高中三年六次分班，听起来好像没什么，但相处一学期的同伴骤然分开，即便是惊蛰这种平日里很少和同学来往的人，都有些怅然。

惊蛰也靠在秦雪身上，两个人像冬天里被霜打了的白菜，透着淡淡的忧伤和凄冷。

班上所有人，就算是成绩在最后一个月超常发挥、突飞猛进，都很难进 1 班和 2 班。

那就意味着，26 班的同学，她不可能再遇到任何一个。

包括秦雪和陶晶晶，包括陈沐阳和……林骁。

林骁进步了很多，常年数学不及格的人，期中考试数学考了一百零一分，数学老师上课时着重夸了他很多次。之后的一个月里，老师几乎每周都要提一次，用来佐证“只要你们用心，没有什么是不可能的”。

第三次月考的时候，林骁成绩进步了很多，虽然是因为基数太小，上升容易些，但依旧是个励志故事了。

他很偷懒，不催他他都不乐意写题，惊蛰每天都催他，回家也会跟他一起写作业。他没定性，时不时就会走神，或者去干别的，然后惊蛰再抓他回来。

他其实并不抗拒她敦促他，虽然会偷懒，但被催促了也会老实去做一会儿，所以进步很明显。

邢曼阿姨和林叔叔高兴坏了，觉得都是惊蛰的功劳。

她也很高兴，她寄住在这里，能付出的并不多。

如果林骁愿意，她可以一直帮助他，他其实是很聪明的，也不抗拒学习，好像只是不知道为什么要学习。

不知道下学期分班了，没有人监督他，他会不会又偷懒。

或许会，或许不会，反正看不到。

惊蛰突然有些失落。

秦雪是个没心没肺的，刚刚还在伤春悲秋，下一秒就去隔壁班找乐子了。

25班和26班是兄弟班，遇到什么活动或者大课，都是两个班一起，慢慢地，互相都熟识了，甚至惊蛰都能叫出来25班大半人的名字。

舒莺坐在惊蛰边儿上的时候，惊蛰已经收了单词本，在写化学册子。

舒莺递过来一个信封，说："帮我交给林骁。"

信封是浅浅的粉色，用火漆印封着，十字状捆了一根麻绳，很用心。

但写信这么复古的方式，并不多见。

惊蛰没有拿，摇了一下头："你亲自给他吧。"

她觉得并不合适。

舒莺仿佛没听到，又说了一句："放在他口袋里就行。"

惊蛰还是没动，侧头看了她一眼，再次摇头："他不让我收。"因为在林骁家里住，不少人偷偷过来找惊蛰给林骁转交礼物或者信件，惊蛰只转交过一次，被林骁骂了一顿，并且他严厉告诫她，以后谁的东西也不许收。她答应了。

而且，她真的不想收。

舒莺愣了一下，继而扯着唇角说："他不让，还是你不想？"

惊蛰没有吭声，因为对方的逼问显得有些莫名其妙。

舒莺没来由地觉得烦躁，大概是那句"他不让"勾起了她的火气，最后没头没尾地说了句："我上初中时就喜欢林骁，我妈和他妈因为生意认识。"

惊蛰点点头："陈沐阳说，喜欢林骁的人挺多的。"

舒莺觉得跟沈惊蛰沟通很困难，忍不住深呼吸了一下。她很不想承认，她很忌妒沈惊蛰，那种忌妒不是因为林骁，是因为她自己本身的存在。

她第一次跟母亲去和林骁还有他母亲一起吃饭的时候，她和林骁中间只隔着一个空位，他是被硬拽来的，吃得很不情愿，但依旧保持了基本的礼貌。他最后还是忍不住提前离了席，坐在餐厅公共区域的沙发上打游戏。她跟过去，坐在他对面，没话找话说了一句："跟大人一块儿吃饭好烦啊。"

林骁挑了一下眉，倒是应和似的"嗯"了一声。

她很高兴，像是找到了共同语言，但后来又跟他聊了几句大人和小孩的矛盾，他却又没什么兴致地"嗯"着。那十几分钟，她如坐针毡，迫不及待想讨好一个人，想引起一个人的注意。可越努力，越适得其反。

再后来他们又见过几次，甚至都没搭上话，但因为这浅薄的联系，每次在校园见了，她都可以光明正大冲他招一下手："林骁！"

他会回应她，有时候是点点头，有时候是"嗯"一声。虽然不咸不淡，但她乐此不疲。

她觉得她对他的感情悲壮而隽永。

但有一天她发现，原来有女生不用绞尽脑汁也能和他聊得很愉快，原来他也不是高高在上的，他也会迁就别人。

她见林骁的时候不多，大多时候是他来25班找江扬，他有时候会直接进他们教室，靠在江扬桌子上说话，男生女生都会关注他。他学习并不好，但人缘极好，所有能出风头的项目都会有他的影子。

初中的时候，每逢大的晚会或者活动，都会有人千方百计拉他上去表演。

他跳过两年街舞，会弹钢琴，会弹吉他。

有时候会抓他上去主持，但他不喜欢，他喜欢耍帅扮酷类的节目，明晃晃带着股“我就是来热场子”的态度，不喜欢规规矩矩的。

所以他虽然平日里并不违规乱纪，但存在感依旧很强。

体育课对附中来说并不是值得高兴的课，附中很注重学生们的身体素质，非常坚定地认为，学习非常重要，但前提是必须有一个健康的体魄。

所以体育课从来不会被占课，也不会缩水，每节课都让人痛苦。

对于25班来说，体育课却是痛并快乐着的。

两个班里有林骁、陈沐阳和江扬，“养眼三人组”是大家的精神食粮。

舒莺也很喜欢看他，初中的时候喜欢看他打球。他满满都是少年人的意气风发，投个三分球会自己给自己吹口哨，碰到好球会振臂欢呼。他跟陈沐阳和江扬是铁发小，三个人性格迥异，一说话就互损，但看起来非常和谐。她有些羡慕，她从小没什么朋友，总想着有一天和他成为朋友……或者她也可以共享他的朋友。

但陈沐阳不太搭理她，江扬甚至有点讨厌她，不知道为什么。

那些求之不得，都成了沈惊蛰的唾手可得。

而沈惊蛰只是个借住在林骁家里的乡下人，只是因为长得乖巧木讷。

她不知道自己差在哪里，想来想去也只能说差一点缘分。

沈惊蛰赢在可以和他朝夕相处，但舒莺不能理解，为什么她轻而易举就获得所有人的喜欢，可自己很努力却只换来讨厌。甚至最初林骁对沈惊蛰态度很一般的时候，陈沐阳和江扬都很喜欢她。

至于林骁什么时候对沈惊蛰跟对自己亲妹妹一样，她不知道，只知道林骁如今和沈惊蛰几乎形影不离。

沈惊蛰在的地方，几乎都能看到林骁的影子，即便他人不在，他的东西也会在。

就好像她现在怀里抱着的他的上衣。

舒莺在林骁过来的时候，把信直接递给了他，当着很多人的面，直视他的眼睛。说不上是赌气更多，还是喜欢更多：“林骁，想说的话我都写在信里了，下周我来找你要回复。”她声音放低又说了句，“求你收下，拒绝或者接受我都可以，至少现在不要让我太难堪。”

林骁从小到大得到的示好很多，所以这情形不用猜都知道因为什么。

其实他觉得有些费解，他跟舒莺并不熟，话都没说过几句。

两班都有人在吹口哨，夹杂着几道起哄声。

舒莺喜欢林骁不是秘密，但当着这么多人的面递信，还是让人有些意外的。

舒莺长得不错，家世也很好——家世不好也不会跟林骁的母亲有生意上的往来——成绩也不错，只是对比沈惊蛰，显得逊色了点儿。如果今年没有沈惊蛰转过来，舒莺绝对是唯一的黑马。

喜欢林骁的人很多，喜欢舒莺的也不少。

林骁只停顿了两秒钟，便直接说了句："抱歉。"

他没有伸手接，当众给人难堪的事他不会做，但当众被胁迫收情书的事他更不会做。

两个人僵持了足足十几秒，最后是舒莺收回了手，捋了一下头发，甚至冲他笑了一下："为什么，因为沈惊蛰吗？"她的目光咄咄逼人。

林骁本来没什么表情，这会儿却有些愠怒，冷着声音说："我没有必要告诉你。"

天黑得太早，说是停电了。惊蛰没有回家，踩着路灯的投影。

林叔叔家那一片是别墅区，整个区都是双线供电，几乎从没停过电，今天似乎是出了大故障，正在抢修。

备用电不足以支撑太久。

邢曼阿姨和林叔叔都没有回来，让孙姨去了新桥的公寓买菜做饭，阿龙最近请假，放学后林骁给惊蛰叫了一辆车，直接送她去新桥。

他说："我有点事。"

出租车司机是个阿姨，自惊蛰上车她就一直神情不安，接了几个电话，似乎是家里小孩在发烧。车开到一半她就停在了路边，言辞诚恳地请求惊蛰去重新打一辆车，这一段的费用她给免掉。

惊蛰没有说什么，直接下了车。

下车之后想拿出手机约个网约车，她才发现林骁把她的手机拿走了，她现在握着的，是他的手机，她不知道解锁密码。口袋里一毛零钱都没有带，连公交都坐不了。

她跟路人打听了一下，一个姐姐告诉她，往前走一千米左右右拐到春申路，再沿着春申路走到尽头，经过一个五条路口，就能看到新桥商城了，新桥公寓就在商城后面。

于是惊蛰就踩着路灯的投影，打算走过去。

可她走了没几步，就觉得很不高兴，不知道是这条路太陌生，还是今天太倒霉，还是因为……林骁不在。

她觉得自己可能有些依赖他，这很不好。

但她这会儿又忍不住想他去干什么了。往常他干什么，都会跟她说一声，或者去打球了，或者去江扬家了，或者他们一起去吃饭玩游戏了……但今天他什么也没有说，陈沐阳和江扬的表情也怪怪的。

或许他去见舒莺了。

那个卷发女生，长得有点像洋娃娃，很漂亮。

说不定他后悔拒绝人家了。

惊蛰走了会儿，又觉得，他应该不喜欢舒莺，因为他对她很冷淡，还说了重话。就算他后悔了，人家也不见得会愿意接受。

惊蛰走了很久，可一抬头，还没到春申路。她觉得很不高兴。

她又走了两步，最后在一家便利店门口停了下来，她问便利店的叔叔借了一部手机。

她按了一串数字，在对方接起来的时候低着头看自己的脚尖，闷声说："哥，我被困在路上了。你是打算告诉我你的手机密码和支付密码，还是来接我？"

对方沉默了一会儿，似乎朝着什么方向喊了一句："林骁，你妹叫你去接她。"

林骁似乎愣了一下："我不是给她叫了车吗？"

男生说："她说被困路上了。"

林骁骂了一声，又问："她人在哪儿？"

男生对着听筒："你在哪儿？"

惊蛰说："五一路，中国银行对面。"说完又强调一句，"他把手机密码告诉我也行，他的手机落在我这里了。"

男生又扬声说："五一路银行对面。另外你顺人家手机干什么？"

林骁似乎也才意识到了："我去，拿错了。"

惊蛰说："要不让他把手机密码告诉我吧。"

男生喊了句："快点，你妹说快冻死了。"

惊蛰："……"

是一个男生骑着摩托车送林骁过来的，他遥遥地冲惊蛰鸣了一下笛，叫了声："妹妹。"

惊蛰抬头，就看到林骁的长腿跨下车，他摘了头盔，然后歪着头无语地看路边的沈惊蛰。最后他认命地走过去，手里拿着一个外套，绑架小孩似的胡乱裹在她身上："我一会儿不跟着你，你就出状况。"

惊蛰更不高兴了，她低着头，踩了一下地砖凸起的一小块。

这边不能停车，骑摩托车的男生挥了一下手就走了。

过了会儿，她又抬起头："你来都来了，还凶，你以后会找不到女朋友的。"而且还是他拿走了她的手机。

林骁“哼”了声：“将来要是找个你这样的，我一天得气死八百遍。”

惊蛰气呼呼地走了两步，似乎在酝酿反击的话，酝酿了半天，恶狠狠地说：“气死你。”

林骁本来正烦躁，这会儿被她一气竟然乐了，点点头：“行。”

这“蘑菇”连架都不会吵。

两个人打了一辆车回去，一路上林骁都低着头在打字。

新桥的公寓是邢曼阿姨刚买的，是个面积挺大的复式，装修完还没住过。本来也不是用来住的，装修得很艺术，没有书房和书桌。两个人吃了饭坐在二楼开放区域写作业，隔着一张形状不规则的桌子。那桌子有些像月亮，高低两块板子，惊蛰坐在低的那一边的尖尖，林骁坐在另一个尖尖。

他电话响了，他调成静音，然后低着头，一直在看着手机打字。

惊蛰看他好几眼，最后不知道想到了什么，敲了一下桌子：“哥……”

林骁没抬头，有些心不在焉地应了声：“嗯？”

惊蛰又没话说了。

沉默了一会儿，惊蛰又叫了声：“哥。”

林骁终于抬起头：“说。”他的目光看过去，从她的目光里看到点被冷落的失落。

惊蛰问他：“你是不是有事？”

林骁正烦着，身子往椅背上一靠，“嗯”了声：“朋友出了点事。”

他本来不想跟她说，但看不得她那副表情，简单解释了一句：“刚刚骑摩托那个，蒋越，我们以前是邻居，这两年他家里生意做崩了，决定举家搬迁了。”

他们也算是从小一起长大的，只是蒋越比他们大几岁，这几年来往没那么勤了。但突然知道对方要走，还真挺不是滋味的。

蒋越大概是不想闹得太伤感，刚刚一直在赶几个人走，说改天再聚。

他上个月跟谈了两年的女朋友分手了，那女生今天突然又去找他，说她后悔了，但蒋越没同意。他们去的时候，那女的刚从蒋越家走，拒绝的人是他，但他看起来心情并不太好。

林骁他们也无从安慰，陈沐阳说了句“天涯何处无芳草”，蒋越被逗乐了，说：“你懂个屁。”

陈沐阳仰着脖子反驳：“没吃过猪肉还没见过猪跑啊！陈小红和我姐夫从小到大那可是相爱相杀，一轮接一轮的。感情嘛，就那么回事。”

蒋越沉默了会儿：“等你遇到了，就不是那么回事了。”

陈沐阳和江扬这会儿也已经走了，蒋越已经回家了，似乎人都走了，他才能隔着屏幕说几句心里话。他跟林骁说：她心里有别人，我以为我不在意，高估自己了。

林骁确实没什么经验，闻言只是说了句：那你考虑清楚了就行。

蒋越突然问了句：如果是你，你会怎么做？

林骁沉默了会儿，重复了陈沐阳的话：天涯何处无芳草。

何必在一个人身上吊着，这世界谁离了谁不能活？

未免显得不酷。

蒋越意味不明地笑了声。

惊蛰"哦"了声，其实听不太明白，因为不认识也不了解，三言两语间，对他也没什么深刻的印象。她就记得刚刚打电话的时候，他故意传错话。

惊蛰跟林骁说了这事，林骁没说什么，只是挥了挥手："写你的作业吧！"

她本来很不高兴，但不知道为什么，那点不高兴突然又散了。

他丢下手机，翻开了练习册，笔尖悬空，却很久没有落下去。

他走神了。

他想起陈沐阳在蒋越那儿的时候，为了活跃气氛，说起今天舒莺跟林骁表白的事，十分费解地说了句："也不知道那妹子是怎么想的，我发誓林骁真没做过任何可能让她误会的事，甚至上次都委婉拒绝过她了，她这次怎么还敢当众递信，也不知道是为难林骁，还是跟她自己过不去。"

蒋越认识舒莺，闻言皱了一下眉："这孩子有点要强，感觉有点缺爱，喜欢被关注。但可惜她在家里一直没什么存在感。"

她有个姐姐，非常优秀，是她父亲和前妻生的，她的母亲对她姐姐比对她都好，她父亲也对姐姐更上心。

她其实算是不错了，会的东西很多，学习也不差，但都不拔尖，跟她姐姐比差远了，以至于她父母每天说得最多的就是"连你姐姐的半分也没学到"。

江扬作为一个有妹妹的资深"受害者"，了然道："哦，我懂了，她不会享受那种众目睽睽下被关注的感觉吧？"

她也不见得是喜欢林骁，只不过林骁在学校名气更大，与他接触更容易被人议论和关注。

这也太离谱了。

蒋越耸了耸肩："谁知道，可能吧！喜欢一个人是不想在他面前难堪的。"

骄傲和自尊不允许。

所以再喜欢，都要绷住。

陈沐阳傻乐半天，说林骁竟然还有当工具人的一天，然后又说："不过我觉得她越来越把惊蛰当假想敌了，我原先觉得她可能是因为喜欢你，现在觉得她可能是怪惊蛰抢了她的风头。"

江扬摇头叹息："两个女人的斗争，林骁只是个过客。"

陈沐阳乐了半天，然后问林骁："你有没有觉得惊蛰对你……"

林骁斜了他一眼："少扯。"

陈沐阳举手发誓："真的，我用我项上人头担保，我观察过很久，她对你偏心得是个人都能看出来。"

她脾气很好，性格也很好，但也不是谁让她干什么她就会干什么的，只有林骁的事，她从没说过一个"不"字。

她不喜欢浪费，也不仅是因为家里穷，她对食物和物品有一种敬畏感。小时候和奶奶相依为命，一个老太太和一个小姑娘，又是在山村，生活处处不便，冬天恶劣的环境下，热水和食物是最要紧的，而钱并不能解决问题。

因为知道物资的重要性，所以在她眼里，浪费就像是在慢性自杀。

但她并不会要求任何人都按照她的价值观去办事，她看到浪费顶多会惋惜，只是看到林骁浪费会说："我帮你吃掉吧。"

班上很多人会问她题目，抄她作业，她都会给。但林骁抄作业她会不高兴，会问他可不可以不抄作业，会主动帮他看作业，督促他写作业。

……

种种细节，陈沐阳掰着手指头数了一圈，又觉得没什么大不了的，但就是觉得惊蛰对他不一样。

林骁忽然拖着凳子挪了过去，坐在她旁边，两个人腿挨着腿。惊蛰躲了一下，小声问他："怎么了？"

他指了指她的卷子："不干什么，写你的，我沾点学霸气息，看自己能不能升华一下。"

惊蛰撇撇嘴："你好好做题就够了。"

林骁抬头："好好做题能和你一样吗？"

惊蛰点点头："能。"

林骁："还挺会忽悠。"

惊蛰："我没有。"

林骁沉默了会儿："好，明年我就去你们班找你。"

期末越来越近了，学校却突然组织了一次社会实践活动，还要办元旦晚会，高二、高三只作为观众参加，节目全部由高一出。

活动是四个班一起去参观博物馆。

晚会也要求每四个班必须出一个集体节目，每个班至少报两个个人节目，报上去筛选，晚会要控制在三个小时内。

26班这种娱乐技能树点满的，两个节目根本就不够，随便拉一个出去都能挑大梁。

他们平日里不显山不露水，可报节目的时候，甚至还要内部筛选。

但文艺委员还是坚持游说林骁上台。

下课的时候，她趴在林骁的桌子上："班长，跳个舞吧，或者弹个琴、唱个歌，都行。你报一个，求求你了，晚会没有你就没有灵魂啊！"

这次她是整个晚会的主负责人。

她心里没有一点底，办得不好全校都会埋怨她，但她总觉得林骁要是上去，就能稳住一半。

林骁一脸抗拒。以前就算了，这次允许家长来观看，他一点也不想出这个风头。

说得林骁急了，他指了指旁边的惊蛰："我妹去，我就去。"

没人劝得动惊蛰，她肯定不会去。

文艺委员愣了一下，旋即拍了拍惊蛰的桌子："学霸，会跳舞不？"

惊蛰摇头。

"唱歌呢？"

惊蛰摇头。

她已经绝望了，总不能拉学霸上去诗朗诵吧？她问："乐器会吗？"

惊蛰迟疑地点了一下头。

文艺委员一下子来了精神："什么乐器？跟班长来个合奏也行。"

惊蛰后悔承认了，但她实在不擅长撒谎，于是沉默片刻，应了声："二胡。"

文艺委员好半天才拍了一下手，生无可恋道："漂亮！"

说完看向林骁："班长？"

林骁琢磨了一下自己会的乐器，努力微笑："那还不如我俩上去演小品。"

文艺委员思考了会儿："也不是不行。"

林骁和惊蛰两个人坐在活动室桌子上的时候，她忍不住问了一句："真要演小品吗？"

林骁歪着头看她："跳舞也行，我教你。"

惊蛰惊恐地摇头："我四肢不协调。"

林骁乐了声："你想得美，男女双人舞，跳完，全校都得议论。"

"议论什么？"惊蛰侧头看他。

林骁抿了一下唇："议论你怎么这么矮，站在那儿就到我腰，长不高的小蘑菇。"他伸手，从她头顶比画到自己的腰。

他的确很高，但惊蛰也没那么矮，他就是故意气她。

惊蛰拿手拍他头，结果他躲了一下，桌子不稳，晃了一下，他差点儿从桌子上掉下去。惊蛰去捞他，结果两个人一起掉下去了，他在下面，惊蛰胳膊肘压在他肋骨上。

惊蛰磕到膝盖了，疼到一时爬不起来，满脸痛苦地盯着他。

林骁也疼得倒抽气，深呼吸了两下看她："这儿可就咱俩，你再不起来可说不清了啊！"

说着，唯一一盏灯泡刺啦一声断电了。

活动室里一下子乌漆麻黑的，伸手不见五指。惊蛰眨了眨眼，沉默了会儿，轻声说："这下没人看得到了。"

林骁声音也很轻："你听听你说的是什么话。"

他们来商量节目的事，约定是晚上八点，两个人来早了。活动室大约年久失修，连灯泡都罢工了。

活动室里堆放了不少杂物，学校闲置的乐器和其他器材都在这里。惊蛰看不清，轻手轻脚爬起来，想拉他起来，结果又被绊了一脚，一膝盖砸在他腿上。

林骁闷哼一声："你是铁了心要谋杀我啊！"

惊蛰还在试图拉他，他只好主动抓住她的胳膊，借了个力，站了起来，顺便把她也拉起来。

两个人站得很近，惊蛰几乎贴在他身上，很轻声地问他："怎么办啊？我们先出去？"

呼吸落在他脖子处，他往后稍微躲了下："不然呢，站在这里扮鬼吓人啊？"

惊蛰轻哼了声，然后说："哦。"

他把手机的照明打开，然后抬手推着她后颈那一块儿，两个人一前一后走了出去。

活动室闷得很，出了门，林骁才抓着衣领呼扇了一下，透了一口气。

这里是行政大楼六楼，走廊的声控灯时灵时不灵，惊蛰合掌拍了好几下，灯才亮起来。

不是停电，应该只是活动室的灯泡故障。

林骁打了后勤的电话，简单报备了一下，然后两个人站在走廊上等着。林骁反身靠在栏杆上，惊蛰站在他面前。

两个人傻站着，林骁低头在看她，她就抬着眼一直回看。

看着看着，林骁别开头："你看我干吗？"

惊蛰老老实实回："是你先看的。"

林骁意味不明地"啧"了声。

他忽然觉得外面也有些闷。

过了七八分钟，后勤老师才过来，文艺委员和两个男生也到了。

文艺委员谭雅雅笑着看了一眼俩人："住在一块儿就是方便，可以同进同出，让你俩表演一个节目真的太正确了。"

附中走读的学生居多，只有高三生住校的多些，每次大型活动办晚会，学生们只能挤自习课还有休息时间排练。学校领导年纪都大了，就喜欢“合家欢”风格的节目，恨不得全都是大合唱、多人小品、群舞、集体诗朗诵，跳舞都得凑三个人以上。个人节目报上去，报十个能刷下来九个，能留下一个都是为了节目多样性。

但多人节目，很难把人们聚在一起排练，每天自习课不多，碰上作业多，老师不放人，就只能挤课间还有放学时间练。

放学后，就更难聚在一起了，像林骁和沈惊蛰这种一块儿住的，排练不要太方便。

另外一个男生看了两个人一眼，也笑了：“班长，你俩不会真的要演小品吧？”

小品是老师们最喜闻乐见的节目，热闹，但一向是同学们表演的下下选——排练难度大，为了内容积极向上，一向都是以搞笑诙谐为主，不够帅气。

而且小品向来是班级谐星发挥的项目。

班长嘛……长得这么帅气，一看就不好笑；学霸也长得太乖巧好看了。这俩人上台演小品，多可惜啊！

林骁笑了一声：“不演小品我就只能陪她拉二胡了。”

几个人都笑了起来，看着惊蛰，想象不出来她拉二胡是什么样子。

反正今天就是商量着把节目定下来的。

等人齐了，谭雅雅让大家围了一个圈，先询问了各自的拿手才艺还有意愿，看看有没有类型冲突的，冲突了看能不能换，或者能不能合并。

商量到晚上九点多，还是没有彻底定下来，林骁和惊蛰的小品半点头绪都没有，跟另外几个男生的意愿又冲突了，也合并不起来。班长会得多，谭雅雅竭力在挖掘惊蛰的才艺，看能不能换一换，惊蛰被问得都有些抱歉了，小声跟林骁说：“要不你自己上去吧？”

她刚刚都被绕进去了，明明谭雅雅的目的是让林骁能上台，那他自己上去不就好了？她本来就是买一送一搭配的。

林骁侧头，跟她咬耳朵：“不，你不去我也不去。”

惊蛰微微蹙着眉毛：“你是小学生吗？”

林骁一副死猪不怕开水烫的淡然模样：“嗯。”

太晚了，节目没有定下来。谭雅雅说：“我回去再想想，我们明天再讨论吧。”她指了指林骁和惊蛰，有些头疼，“班长还有学霸，你俩回去也商量一下。”她拱手，“求求了。”

惊蛰本想说自己不参加了，但谭雅雅看起来非常想办好这次晚会，而且非常希望林骁上场。

有林骁，无论如何都不会冷场的。

但他太难和别人搭配了，独舞、独唱、独奏他都可以，不过被刷的概率也很大。保险起见，至少搭个人会好一些。

初中的时候他弹钢琴都配了一个合唱的。

惊蛰只好点点头。

回家的时候是阿龙去接的，惊蛰爬到车后座就有点困，歪着头靠在车窗玻璃上眯着眼睡觉。

路上有一段在施工，来往车辆堵着，阿龙转着方向盘，车子蛇行前进。惊蛰做梦梦到自己在湖面上拉二胡，小船漂漂荡荡，起了浪，坐不稳，她忍不住抬手去抓船舷，却抓到了林骁的腿。她霍然睁开眼，林骁抬着手，正拿三根手指头撑着她的脑袋。

惊蛰一下子坐直了："对不起……"

她蜷了一下手指，对上他审视的目光，解释："我梦到自己在坐船，船快翻了，我就去抓东西扶。"

林骁挑了一下眉，也不知道是觉得她在扯，还是觉得她的梦太傻。

惊蛰把手放在膝盖上，坐得端端正正的。

林骁忽然说了句："流口水了。"

惊蛰抬手擦了擦，没有，有些呆地看了他一眼，似乎不太确定似的。

林骁耸着肩膀笑起来："你也太好骗了。"

惊蛰推了他一下，然后扭过头去把自己贴在车门上，透过车窗玻璃看外面来来往往的车辆。

她喘了一口气，带着些微叹息说："你出门很容易挨打。"

两个人中间夹着她的书包，他揪住她书包上的小兔子，揪住兔子耳朵拽了好几下，百无聊赖地说："那你说对了，不过想打我的人多了，得排队。"

他轻声说着，竟有些不敢抬头看她，半边腿像是被火烧过一样。

惊蛰扭头沉默地看了他一眼，第一次见有人把欠揍说得这么骄傲，她拍了一下他的手，把自己的小兔子从他手中解救出来。

林骁收回手，揉了一下，终于看了她一眼，却说："手这么凉，你冷啊？"

惊蛰摇了摇头，她只是容易手冷。

林骁还是跟阿龙说了句："暖气调高点。"

有时候还是不要乱说话，容易一语成谶。

被人堵在巷子里，林骁还是第一次。

林骁中午已经很少去学生街吃饭了，他觉得那一块儿对他来说风水不好，容易出事。大约太久没去了，今天陈沐阳叫他出去吃牛肉烩饭，言辞恳切得仿佛这顿牛肉烩饭他吃不到嘴里，今天这日子就过不下去了。

为了陈沐阳的身体健康，他就勉为其难答应了。

陈沐阳问了一句："惊蛰，你去不去？"

惊蛰还没摇头，陈沐阳就补充了一句："你还没去过学生街吧！走，带你去看看，那边挺热闹的，你想买什么也可以去那边。"

惊蛰看了林骁一眼，林骁侧了一下头，意思是，走啊！

惊蛰便跟着去了。秦雪和陶晶晶本来约她中午一起吃饭的，她扭头去找，问两个人要不要一起去，秦雪和陶晶晶连连摆手，示意她自己去吧！

惊蛰下了楼，秦雪才在手机上给惊蛰发消息：宝，不是姐姐不陪你，实在是跟班长他们坐在一块儿，容易消化不良。

惊蛰笑了一下。她也不爱跟林骁一块儿吃饭，他吃不完很喜欢塞给她，她又不愿意浪费，每次都吃完了。

然后她都吃胖了，前两天秦雪捏着她的脸说她脸上都有肉了。

不过她确实没去过那边，想去看看。

从后门出去，穿过一条马路，就是职高附近的学生街。从牌楼进去，街道两侧是各色的店铺，走到后半段才是各式各样的餐厅，还有好几个巷道。惊蛰跟在林骁右手边，目光好奇地从两侧来回掠过。

时不时有人看林骁，有人走过去很远，还在扭头看。

惊蛰好奇地问："他们认识你吗？"

江扬笑了声："我们林骁自带吸引目光效果，今天没人上来要联系方式已经是很低调了。"

惊蛰惊讶地睁了睁眼，林骁瞥了一眼，笑了声："怎么，我长得入不了你的眼？"

惊蛰深觉他很自恋，摇头："我就是有点惊讶。"

陈沐阳勾着林骁的脖子探头看惊蛰："也就那样吧，照样得吃饭拉屎，那些男生女生都是被他这张脸欺骗了，靠得近也得气死，是不是，妹妹？"

他已经知道惊蛰的小名了。

惊蛰笑了笑，余光看了一眼林骁，确实挺好看的，也确实很气人。

林骁用胳膊肘捅了陈沐阳一下："闭嘴吧你。"

几个人进了巷子里一家小店，店铺开张没多久，门口的红灯笼还崭新崭新的。林骁找了个凳子坐下来，然后拍了拍身边的凳子，惊蛰走过去坐下来。

陈沐阳去点餐，江扬去拿饮料，回头的时候刚好看到林骁拍身边的凳子让惊蛰坐过去，他走过去的时候坐在了林骁的对面，忍不住看了眼俩人，笑道："你俩跟连体婴似的，吃个饭还要挨着坐。"

林骁从惊蛰手里拿了瓶养乐多，插了吸管递给她，冲着江扬冷笑了声："你就是忌妒我有个比你妹乖巧的妹妹吧。"

江扬意味深长地笑了声，摇头，没吭声。

陈沐阳点餐回来，坐在惊蛰对面。他在收银台顺了两颗奶糖，递给惊蛰。

惊蛰还没吃，林骁已经拿了过去，吃进自己嘴里。他看了一眼陈沐阳，咬着糖含混不清地说："献什么殷勤。"

陈沐阳隔空拍了林骁一巴掌，想说什么又闭嘴了，指了指林骁。

然后他发消息给林骁：占有欲不要太强。

林骁挑了一下眉，没回他。

惊蛰什么都不知道，只是看林骁跟她抢一颗糖吃，有些郁闷地看着他。林骁似乎终于良心发现，摊开手，把剩下的一颗给她。

惊蛰推回去："你吃吧！"

她也不是很爱吃。

林骁却直接剥了塞进她嘴里。

惊蛰把糖鼓在腮旁，皱着眉看他："你很烦人。"

林骁学她，战术性沉默，然后恶狠狠地说："烦死你。"

惊蛰本来正皱眉，突然被戳中笑点，咧着嘴笑起来，然后捂住耳朵："我不想跟你说话了。"

江扬和陈沐阳齐齐无语。江扬说："你俩加起来都不到五岁。"

陈沐阳笑了一声："我突然想起来，以前还有人说我们班长高冷深沉呢！"

江扬"哈"了声，仿佛听到了莫大的笑话。

两个人非常浮夸地对视了一眼。

惊蛰也笑，侧头看林骁。可能是因为他长了双丹凤眼，眉骨压得低，不笑的时候，看起来带着几分冷感。

林骁拆了双一次性筷子给她："看什么看，再看收费了。"

惊蛰撇撇嘴，觉得他连三岁都没有。

今天天气不太好，外面刮着风，天灰蒙蒙的。职高和附近的大学也都到了期末，学生街都显得有些冷清。

惊蛰吃东西很慢，几个人吃完了都在玩手机，等她一个人，她只好埋头苦吃。隔壁桌来人的时候，她都没察觉。

六个人分坐在两张桌子上，一个黄毛拖把头扭头看了一眼林骁，发出一声挑衅似的"呵"。

陈沐阳和江扬正好对着那群人，没动，只抬了一下目光，然后陈沐阳挑了一下眉毛，目光移回来和林骁对视了一下，手机里打字：哟，你老朋友。

太久没见，他都快把那人忘了。

林骁偶像包袱重，不屑于给不相干的人正眼，尤其是被挑衅的时候，给个眼神都算他闲。

于是他没回头去看，从那个口气里大概能猜到，是某个看他不顺眼的人。前两天他还跟惊蛰说想打他得排队，没想到没几天就遇上一个，真晦气。但陈沐阳说这话，他一时还真没想起来是哪个老朋友。

林骁这人长得不错，人缘好，家里还有钱，所以自然招人喜欢也招人恨。

单是被找碴儿的理由都千奇百怪的，什么“我喜欢的女生喜欢你，所以我看你不顺眼”“我朋友那么喜欢你你都不给个回应，我看你不顺眼”“你跩什么跩，我看你就来气”……

这么久了，他早练就了一颗四平八稳的心脏，全当赞美收下了。

“拖把头”故意提高了几分音调：“老猫，叫几个人过来，我请客吃饭。”

老猫看了林骁这几个人一眼，声音欢快：“好嘞。”说完又不怀好意地问了句，“要不要再叫几个女的？”

一群社会二流子，却信奉好男不跟女斗，打架不对女的动手。一般撩架，对方有女生，他们都会刻意地叫几个女生过来。

陈沐阳原本还在乐，那“拖把头”原先跟林骁是前后桌，当时他很高调地在和隔壁班一个妹子交朋友，那妹子跟他的关系看起来也不错似的，时不时来找他，给他送零食饮料什么的。

那女生很喜欢坐林骁的位子，可林骁毛病很多，其中一个就是非常不喜欢别人碰他的东西，坐他凳子他都不爽。一两次他忍了，后来多了，他就忍不住说了，拍了拍那妹子的肩膀，挥手问“可以不坐这儿吗”。

他同桌帮忙解释了一句：“林骁不喜欢别人占他位子。”

那妹子愣了愣，连声说了好几句“对不起”：“不好意思啊，我不知道。”

林骁对她也没什么意见，只是提醒一句，闻言说了句：“没事。”

但他语气挺淡的。“拖把头”为了展现自己的男子汉气概，突然站起来，拍了一下桌子：“林骁你什么意思？”

林骁好笑地瞥了他一眼：“没跟你说话。”

“拖把头”一下子就拽住了林骁的衣领，陈沐阳过来一脚就踹了过去，班上几个男生站起来一副劝架的架势，实则把“拖把头”牢牢困住。

那妹子倒是人不错，又连连道歉好几次，跟“拖把头”说：“林骁也没说什么，每个人都有自己的习惯，说开挺好的，别吵架别吵架。”

“拖把头”牛头梗似的梗着脖子，一派“你不用忍气吞声，哥给你撑腰”的大义凛然感，说：“你不用管，先回去吧。有些人家里有点臭钱就跩上天了，真当自己是太子爷啊！”

等妹子走了，他说了句经典台词：“放学别走。”

放学谁要等他，林骁压根儿当他放屁。

而且后来听说，那妹子其实对林骁很有好感，来找“拖把头”也是因为可以近距离跟林骁说两句话，没想到闹出来这种事，觉得丢人死了。因为愧疚自责，她再也没来过林骁他们班，也再也没跟“拖把头”说过话。

这件事后来硬生生成了一个笑料，每每提起，大家都会调侃两句：“别得罪林骁，容易交不到朋友。”

大家还笑“拖把头”自作多情，小题大做，马屁拍到铁蹄上。

从那以后，“拖把头”可能自尊心受创，见了林骁就阴阳怪气、吹胡子瞪眼，不过也不敢明着来。后来中考，林骁擦线进了高中部，拿到了自费生名额，“拖把头”去隔壁上技校了。本来这事应该就没后续了，但大概离得近，技校都知道他那个丢人事，他去了没多久就因为被嘲笑，跟别人干了一架，还有人跟陈沐阳说这事，陈沐阳当笑话跟林骁讲过。

陈沐阳都没把他放在眼里过，不过听这话，看着他像是要来真的，而且他们还瞄住了惊蛰。

——要不要再叫几个女的？

林骁也听见了，顿时冷笑一声。

江扬看出来林骁是真生气了，于是出声嘲讽了一句：“扫黑除恶漏网之鱼，上什么学，当个正义之士多好。”

他们几个从小玩到大，各自怎么想的不用说都知道。陈沐阳闻言夹着声音学对方说话：“叫几个人过来。”他嘴角下撇，做出一副迷惑的表情，“干啥啥不行，抡拳头第一名。原始人都比某些人文明得体像个人。”

江扬问林骁：“人家叫人呢！咱不叫？”

林骁往后一靠，姿态散漫地说：“叫什么叫，我可没钱请客吃饭。没钱咱不充那个大头。”

“拖把头”家里条件挺一般的，但又喜欢充大，可能也是因为这个，看林骁更不顺眼了。

林骁和陈沐阳耸着肩膀笑起来。

惊蛰从他们说话才开始觉得不对劲，但听了半天也没听明白，有些迷惑地扭头去看，但被林骁按住脑袋扭了回去：“吃饭，专心点。”

惊蛰便没有再抬头看。

她吃完的时候，擦了擦嘴，有些迟疑地说了句：“我吃好了……”

林骁先起了身，等惊蛰也起来的时候，拽住惊蛰的帽子把她拉在自己眼前。陈沐阳和江扬随后起来，三个人姿态散漫，仿佛压根儿就没把对面几个人放在眼里。

只有惊蛰因为好奇扭过头看了一眼，然后小声跟林骁说：“你们城里人管拖把一样的头发也叫时尚吗？”

城里的时尚她都看不懂。

陈沐阳没憋住笑起来，说了句：“妹妹你这嘴可真损啊！”

虽然惊蛰是真的非常真诚地在询问。

她声音很小，“拖把头”并没有听见，但他们听见陈沐阳在笑；目光里，江扬和林骁也在笑。

然后林骁拍了一下惊蛰的头：“好看的叫时尚，比如我；不好看的叫奇装异服，比如‘拖把头’。”

惊蛰说：“你好自恋。”

林骁“嗯”了声：“实力摆在这儿。”

这几句，“拖把头”是听见了的，那边饭都不吃了，“拖把头”一下子站了起来，其他人也跟着站了起来。

出门往左是死胡同，往右是主街，“拖把头”带着人率先堵住了右边的路，然后歪着头，手插在口袋里，一副街溜子的样子：“您家里的米其林三星大厨没上班啊？劳驾您纡尊降贵来吃街边摊？”

林骁的手也插在口袋里，他站着没动，思考怎么跑显得优雅一点儿。

江扬和陈沐阳也同样，他们又不会傻到跟人打群架，准备嘲讽几句就脚底抹油开溜。

只是几个人表情一个比一个欠揍，俨然一副要干架的趋势。

惊蛰觉得局势有点不妙，对面有一、二、三、四、五，六个人，他们只有四个人。

对面似乎还叫了其他人，他们没叫人。

惊蛰没打过架，但打过猎，一挑多的时候，要么跑得快，要么需要武器压制。

惊蛰余光里看到旁边垃圾堆里丢的旧扫把，扫把毛已经没有了，只剩下小孩胳膊粗的木头棍子，打人应该挺疼。

于是惊蛰沉默地将它捡了起来，然后往旁边的墙壁上甩了一下，想试试硬不硬。但木棍挺硬，墙好像不硬。墙是青砖墙，被惊蛰一棍子打掉一层皮。

惊蛰微微张了张嘴：“这得赔偿吧？”

林骁目瞪口呆地看着她，想问她“你干吗”，但这局势好像不适合问，于是只回答了一句：“没事，赔得起。”

惊蛰点点头，然后把棍子递给他，交代了一句：“别打头。”

这棍子挺硬的，打头容易出事。

陈沐阳、江扬和林骁，三个人都盯着惊蛰看。陈沐阳在心里咆哮：妹妹欸，你可真是看热闹不嫌事大。

江扬甚至都想给惊蛰颁发一个最佳挑事奖，对方看起来脸都绿了。

惊蛰以为木棍不好用，于是目光巡视着四周，然后说了句：“要不凑合凑合，没有别的了。”

但一根好像确实有点少。

惊蛰小时候最擅长劈柴了，在山上徒手“劈”木头的事没少干过，干的木头只要找到合适的力度就能折断。

于是惊蛰拿过来试了试力度，依旧借用那堵墙的棱角，两手尽力往两端拿，把棱角对准木棍正中间，用力去磕。

磕了大约五六下才有断的迹象，她双手用力将木棍折成了两截，断了的木头带着尖锐的木头碴儿。惊蛰忍不住皱了一下眉，小声说：“这个容易见血。”

她以前被这种木头碴儿扎过，很疼的。

她把一根给林骁，另一根给江扬，对陈沐阳说：“不能断三截，太短会用不上力。”

江扬终于忍不住，拿着木棍笑起来，然后对沈惊蛰恭恭敬敬鞠了一躬：“沈姐，法治社会，咱们还是低调点吧！”

林骁也忍不住笑起来，揪住惊蛰的帽子：“走了，快过年了，进医院多不吉利。”

其实陈沐阳叫了人的。赵磊在附近，他让赵磊过来一趟，看不对劲就喊老师来。

赵磊在路口站了好一会儿，这会儿听见林骁说走，才趁机说了一声：“班长，走了，教导主任在隔壁吃拉面，别搞事啊！”

三个人装作一副扫兴的样子，然后半围住惊蛰，表情淡然地走了。拐过了巷子，林骁突然扯住惊蛰走快了，彻底过了牌楼才慢下来，抬手狠狠掐了一下她的脸：“你可真是我的好妹妹。”

差点儿把他坑沟里。

江扬和陈沐阳已经笑出鹅叫了。

江扬说：“那群傻子还没反应过来呢！”

惊蛰更没有反应过来，她只是揉了一下自己的脸，然后有些郁闷地摊开掌心——磨出红印了。

她大概是看对方气势汹汹，以为这场架是非打不可了，才很认真地在给他寻武器。

但林骁几个人知道那“拖把头”没多少胆子，不过是仗着自己这会儿人多，过来耍威风。他倒是还没开始，就先被惊蛰给整蒙了。

这会儿几个人笑得不行，只有惊蛰看起来像个懵懂的小可怜。

林骁下意识抬手给她揉了一下：“好了好了，你最棒了。”

他揉完才觉得不合适，故作淡定地收回了手。

惊蛰也蜷起手，有些不自在地搓了一下掌心，别过了头。

这微妙的尴尬谁也没发现。

陈沐阳低头跟惊蛰讲了“拖把头”和林骁的恩怨情仇，江扬补充了一句：“我们林骁可真是蓝颜祸水啊。”

虽然惊蛰觉得他用词很诡异，但还是认同地点点头。

林骁推了惊蛰一下，不满道：“你胳膊肘朝哪儿拐呢！”

江扬一言难尽地撇撇嘴，搂住陈沐阳，和那俩人拉开距离：“行行行，你俩是一家人，我们都是外人。”

林骁的手攥在口袋里已经好一会儿了，他心不在焉地说了句：“知道就好。”

惊蛰眨了眨眼，告诉自己：嗯，兄妹一家亲。

南临今年是个寒冬，落阴山也是。

万堃已经有两周没回万奶奶那儿了。

他在电话里说可能寒假才能回去，路不好走，爸妈不让他折腾。万堃的父母在镇上开超市，小本生意，赚了些钱，但远远不够买房，这些年都攒着，想着以后万堃能到县里去。

万奶奶一直不愿意跟着他到镇上一起住，她虽然年纪大了，但还没有到不能动弹的地步，就不愿意去给孩子添麻烦。他们在镇上住的房子小，每次万奶奶去，万堃都要睡在客厅，老太太不想给孩子添麻烦，也不想委屈孙子。

老太太固执，万堃的父母每次回去都要念叨一次，每次万奶奶都说：“再等等。”

这一等，好多年，如今沈老太太去跟她一块儿住，倒是还能互相照应些。

万堃说，村支书隔两天就去一趟，叫她放心。

惊蛰放不下心，很多次夜里做梦，都会梦见奶奶从铁盒里拿钱给林叔叔的场景。

她握着林叔叔的手，指尖都在发颤，嘴角动了几下，却说不出更多的话。

那是奶奶这些年所有的积蓄，包括当年父亲牺牲后发的一次性补助和后来所有的定期抚恤金。奶奶都给惊蛰攒着。

她大约是想说，帮我好好照顾惊蛰。可这些话，似乎并不适合说出口，仿佛是不信任。

托付是件太难的事，早些年很多人想要领养惊蛰。奶奶一辈子奉献给那片土地很多，得到的善意也很多，很多人愿意帮助她，但孙女，她交不出去。有些人是好意，但也有不怀好意的人。惊蛰每个月是国家养的，若是接走了，一应的待遇都要交接过去。那时候都穷，那点微薄的抚恤金都有人惦记。

奶奶也担心惊蛰融入不了别的家庭，担心她不能被善待，担心她以为自己被抛弃……

奶奶刚刚失去了儿子和女儿，而惊蛰也刚刚失去父亲和母亲。

那时她已经并不算年轻了，在可预见的未来里，很可能惊蛰还没长大，她就已经衰老。

惊蛰那时已经六岁了，很多事当时不明白，后来也清楚了。奶奶挣扎过，可最后还是选择独自抚养她。

人一生要面临很多选择，而很多选择，是无法判定对与错的。

奶奶后悔过很多次。

头一年大雪封山的时候，路都堵住了，那一年的冬季太寒冷又太漫长，囤的粮食足够，但是饮用水不足，家里没有井，打水要去到很远的地方。整个村子共用一口井，经常被冻住，大家应对这个有很多经验，但可惜那一年冻得太严实。

大家都在能力范围内尽可能地往家里囤水，但依旧捉襟见肘。

且取暖需求太大，煤炭也不足。

有一天早上醒来，雪堆得有她半人厚，惊蛰觉得，那雪几乎要没过她的腰。好多人都生不了火，做不了饭，奶奶一趟一趟往外跑，各自都在想办法。惊蛰还生了病，烧得迷迷糊糊的，梦里都想喝一口热粥。

那一年是镇上的派出所民警冒着大雪和危险送来了救援物资。

惊蛰在那个冬天生了好几次病，挨了很多饿，病了饿了也不哭不闹，但奶奶都知道。

奶奶是个坚定的唯物主义者，但那一年惊蛰经常看到她在山坡上拜了又拜。

第二年开春奶奶去了寺庙还愿，从山脚到山顶，一步三跪拜过去的。

惊蛰还认了寺庙门口一棵大槐树当干妈，希望能保佑她无病无灾，后来惊蛰每年过年都去拜拜。

……

再后来家家户户都有了井，路越修越好，政策一年比一年好，生活也一年比一年好了。

但奶奶，已经越来越力不从心了。

风力发电站建在高高的山峰上，信号塔已经快要实现全覆盖了，公路已经从家门口穿过了。

惊蛰记得去年去连云峰祭拜父母，那是落阴山最高的山峰。奶奶站在巨石上眺望整个起伏的山脉，远处“大风车”在转动，公路蜿蜒曲折，若隐若现。上一辈从来没想过有一天公路可以修到这里。奶奶长长地喟叹一声：“好哇，真好哇！”

那一声叹息里，是欣慰，更是遗憾。

她当年独自抚养两个孩子都没有怕过，那时日子更难，如今一切都在变好，她却是心有余而力不足了。

惊蛰不知道奶奶把她交给林叔叔的时候在想些什么，但那一幕仿佛烙印在了脑海里，每每想起来心口就揪着疼。

南临以前很少下雪，一年下个两三次都算多了，今年从秋天开始天气就异常，入了冬更是下了好几场雪。今早竟然下了大雪，一觉醒来，外面白茫茫一片，纸片似的雪花还在飘着。

学校组织他们去博物馆参观，今天轮到最后四个班了。一早上班群里就在疯狂刷消息，打赌参观会不会取消。

可惜一切如约进行，所有人在学校集合，然后上了大巴车。路上很多扫雪车都出动了，市区的街道上，雪已经被清扫干净了。

惊蛰没见过扫雪车，趴在车窗玻璃上盯着外面看，觉得很神奇。

对于旁人来说，这些再寻常不过了，同学们一个个歪在座椅上偷偷玩手机或者补觉。

林骁从早上就觉得惊蛰情绪不对劲，早上招呼26班上车的时候，特意让陈沐阳去占了惊蛰旁边的座，等他上车的时候又换了过去。这会儿他侧着头看她，问了句：“看什么呢？”

车窗玻璃蒙了一层水雾，惊蛰不停地拿手去擦，听到林骁说话，才顿住了手，扭过头去看他，然后摇摇头。

林骁又问：“不高兴？”

奶奶走之前，就反复叮嘱她，要张开嘴，多说话，不要让别人猜。

于是惊蛰点点头：“我想奶奶了。”

早上林正泽和邢曼还在说，落阴山今年又是大风雪，担忧老太太在那边生活能不能有保障。说起这个，他不由得就说起当年那场大风雪。那一年他去落阴山探望，在县里逗留了一周，连镇上都过不去，最后他从邮局寄了挂号信和一些钱，想着等路通了，就能送过去。

第二年四月份，他才收到老太太的回信，一并寄过来的，还有满满一大箱特产。

那时候山里路还不好走，不知道那一箱东西是如何被拿到镇上去寄的。

每每说起沈家，林正泽都感慨万千。

惊蛰那时候便不说话，只是埋头苦吃，林骁才意识到，她可能在担心奶奶。

老太太一生要强，一辈子都在跟命运抗争。林正泽寄去的那些钱，她要么不收，要么就是变着花样送回来了。

那时候惊蛰的父母刚相继离世，身边充斥着各种好意和不怀好意，她无法逐一分辨，只好全都拒之门外。

许多人慢慢就不联系了，只有林正泽这些年坚持去拜访探望。

一是偿还恩情，二是他确实敬重老太太。

林骁其实不太能感同身受，但还是因为她的闷闷不乐而觉得惆怅起来，于是沉默了会儿，说：“寒假我陪你回去看看。”

他掰着指头算了算："最多再有一个月。"

惊蛰抬头看了他一眼。她其实真的很想回去，但路途遥远，她自己回去，叔叔阿姨一定不同意。如果叔叔阿姨执意要送她，那她势必无法久留，她也不好一直麻烦他们。很早她就考虑过这件事，奶奶说寒假也不要她回去的时候，可能就已经考虑到这些了。

她如今不仅是担忧，更是混杂着各种各样复杂的情绪。

听林骁这样说的时候，她甚至有些热泪盈眶。

她热切地看着林骁："哥，会不会很麻烦？"

林骁没想到她会是这个反应，愣了一下说："那有什么麻烦的，我爸妈肯定同意。就算他们没空，还可以让阿龙送我们过去，你想待多久就待多久，到时候再让阿龙来接我们。"

惊蛰闷了一早上的心情突然转了晴，她一下子笑了起来，像只兔子一样蹿起来一截，倾身靠近他："谢谢。"

林骁被她蹿了一下，差点儿往后躲，硬着头皮没动，只是眼神复杂地看了她一眼，抬手弹了她一个脑瓜崩："就因为这事天天郁闷呢？多大点事。"

或许是他语气太随意，她也觉得事情一下子就简单起来了，高兴得近乎要跳起来，在座位上动来动去的。

"哥，你真好。"

一大早被发好人卡，林骁"啧"了声，不满地说了句："好个屁，其实我就是想去玩。我陪你回家，你招待我。"

惊蛰狠狠点头："嗯。"

下车的时候，惊蛰主动帮他背书包，一副急于报答的样子。林骁把书包接过来，挎在肩膀上，不由得笑了一声："不知道的还以为我雇了个童工。"

惊蛰揪住他书包上的小兔子，乖乖地跟在他旁边，随着人群进了博物馆。

引导老师在前面给他们做讲解，惊蛰解决了一个心病，一直黏在林骁身边，两个人不知不觉落到了队伍末尾。

林骁恶趣味上身，一会儿走快，一会儿走慢，最后干脆停下来，等着惊蛰一头撞在他身上，再歪头皱眉看她："撞坏了你负责啊？"

惊蛰刚刚走神了，迟疑地抬手给他揉了揉，慢吞吞地说了句："那你……很脆弱哟。"

林骁逗她没逗成，倒是给自己逗乐了，笑着扭过头，说了句："少卖萌。"

惊蛰不明所以地睁了睁眼。

目睹这一切的陈沐阳特意绕到后面来，意味深长地看了一眼林骁，想起来某人早些时候说过的某些话，恶从胆边生，狠狠掐了林骁一下，然后隔着林骁看惊蛰，学着葫芦娃的经典台词说："我的头，可不是面团捏的。"

惊蛰被逗笑，林骁扭过头，正好和她对上眼。他抬手捏住她的左右脸，威胁她："不许笑。"

远处的老师终于注意到了，隔着人群斥责他："林骁你干什么呢！"

一群人回头看他。

他故作镇定地松开手，老师没好气地说："别天天欺负你同桌。"

一群人哄笑起来。

林骁似笑非笑："谁欺负谁啊！"

回学校的时候，已经中午十一点多了，一群人都没回教室，直接去吃饭。

班上二三十个人一块儿走去食堂，显得气势汹汹的。

不知道什么时候，惊蛰和林骁走在了最前头。林骁手插在口袋里，大约是疲了，姿态显得散漫，自带三分跩。其实26班人都知道，林骁大多数时候脾气挺好的，但每当这个时候，大家还是会忍不住和他保持距离。

班上只有陈沐阳可以无惧他的气场，如果追加一个旁人，那就是隔壁班的江扬。

现在嘛，多了个沈惊蛰。

学霸今天心情不错，眉眼里仿佛藏着笑意，眼睛亮晶晶的。她眼瞳黑得很纯粹，显得人很纯净，但在班长面前，总透着股"无知者无畏"的"英勇"。

惊蛰问他："真的一定要表演吗？"

刚刚谭雅雅兴冲冲过来说，她想到了一个好办法——

让他们上台去合奏，林骁弹钢琴，她拉二胡。

她找到了一首非常合适的歌，原曲就是钢琴和二胡合奏。

惊蛰长长"啊"了声，从身到心都在抗拒。小时候惊蛰跟着一个爷爷学的二胡。村里喜欢唱戏，是冬天为数不多的娱乐活动，一群人围在屋子里，二胡、笛子、单皮鼓……宛如民间乐团。

他们村子在深山区，住户住得很分散，人也少，"乐团"常常组不齐，每次都是乐手去了才能定下曲目，整日都缺人手。

于是学东西又快又好的惊蛰就成了二胡手预备役。

甚至有时会唱的人没有去，惊蛰还要去唱戏。她站在人群中央，起势开嗓，结束后脸红得恨不得把自己整个儿埋在奶奶怀里。

总之唱戏对她来说不是个可以拿出来炫耀的才艺。

她自己演奏就算了，和林骁合奏，总觉得自己会拖后腿，而且她对钢琴完全不熟悉。她总觉得这不是一个靠谱的方案。

林骁侧头看她："现在后悔了？晚了。"

惊蛰眉头一下子就皱了起来。

确实是她自己答应的，出尔反尔的话，谭雅雅肯定会伤心的，她不想伤任何人的心。

每次林骁看她不高兴都很想逗她，这会儿故作严肃地说："没事，搞砸了我们就即兴演奏，反正他们也听不懂。"

惊蛰无语地抬头看了他一眼："你脸皮很厚哦。"

林骁："你今天才知道啊？"

惊蛰懒得跟他贫，低着头看自己的脚尖，心里仍旧是没底。

林骁也没再吭声，太累了，一句话也不想说，瘫着一张脸，面无表情地走着。

他丝毫没意识到周围人已经和他拉开了距离。

一群人在后面看两个人并肩走。

不知道谁小声说了句："以前觉得学霸像班长的小跟班，现在觉得班长才是学霸的贴身保镖。"

一群人低声笑起来。

班长对学霸，那简直是嘴硬心软，一边嫌弃一边无微不至。

他们已经看得透彻。

过了会儿，惊蛰又问："我要是拉得不好，他们会不会笑话你？"

林骁瞥了她一眼，毫不留情地说："不会，他们会笑话你。"

惊蛰的眉毛一下子就耷拉下来了，轻轻哼了声："没关系，我脸皮也厚。"

林骁耸着肩膀笑了起来。

她可太好玩了。

连陈沐阳都觉得自从惊蛰来了之后，林骁整个人都生动了很多。以前林骁不大爱学习，但也不捣乱，每天就无所事事，没什么太热衷的事，像个闲散公子哥儿。

说起来，林骁其实跟大多数人想象中的并不太一样。他看起来不好相处，其实挺随和，但要说他随和，他又事多、挑剔。

陈沐阳和江扬跟他相处久了都习惯了，但他们也是从小到大天天打架磨合出来的。

倒是惊蛰，刚来的时候陈沐阳以为这俩势必要出事，没想到短短几个月，这俩已经亲近得仿佛连体婴了。

吃饭的时候，陈沐阳忍不住喟叹一声："世事无常啊，世事无常。"

惊蛰还不太习惯他灾难式的用词水平，以为他遇到什么挫折了，忍不住低声问了林骁一句："他是出什么事了吗？"

林骁哼笑一声："他？可能最后一份红烧狮子头被人抢了吧。对他来说这就是最大的事了。"

惊蛰"哦"了声。

陈沐阳不满地说："你少嘲笑我，你以为我听不出来吗？"

林骁笑道："那你很棒棒哦。"

陈沐阳被恶心得起了一层鸡皮疙瘩，忍不住看了惊蛰一眼，说："都是你把他带坏了。"

惊蛰茫然地摇摇头："不关我的事。"

陈沐阳侧头跟惊蛰说："其实我真的有事，我还没萌芽的感情，被人扼杀在摇篮里了。"

惊蛰天天跟他在一起，也没发现他有什么心动的迹象，但还是忍不住拍了拍他的肩膀说："节哀。"

就这态度，陈沐阳就知道他和她之间的关系是纯纯的兄弟情。

但要说伤心，也没有。

其实他就是觉得惊蛰挺可爱、挺特别的，倒也没有别的想法。

被林骁扼杀后，他已经心如止水了，只是现在想起来，忍不住对某人咬牙切齿起来。

林骁抬头盯着陈沐阳，陈沐阳觉得他眼里充满了侵略性。

像是猎食的猛兽嗅到了猎物要被抢夺后的警惕。

他忍不住笑了一声，盯着林骁的眼睛，回答惊蛰："倒也没什么节哀的，都还没萌芽，我只是比较痛恨某只掐我芽儿的人。"

惊蛰安慰他："早恋不好，你要好好学习，将来回报社会，建设祖国。"

惊蛰不太会安慰人，这话完全是生拉硬拽出来的，陈沐阳笑得几乎要拍桌子，饭都要吃不下去了，然后看着林骁说："听到没有，早恋不好，好好学习。"

林骁蹙眉："跟我说什么？"

陈沐阳无声做口型："说谁谁心里清楚。"

惊蛰最近每天都是复习、排练，然后倒计时，每天都盼望着放假。她把时间安排得满满的，明明知道很快就放假了，可还是很着急，恨不得时间一下子能跳过去，那样就能见到奶奶了。

思念是件很神奇的事情，当它汹涌起来的时候，仿佛一刻都等不了。

但日子总是要一天天过，惊蛰每天都得抽空去排练节目。林骁用的是学校的钢琴，他挑剔得不得了，左也嫌弃，右也嫌弃，最后让人把自己家的钢琴搬来了。那架施坦威摆在活动室里，谭雅雅都怕谁不小心给刮一下，每次排练完出去都要小心翼翼把门窗锁好。

惊蛰的二胡是从音乐老师家里借来的，她第一次抱着二胡往凳子上一坐，林骁站在那里足足笑了五分钟，笑得惊蛰都恼了，狠狠揍了他一拳。

他们合作的曲目是《风居住的街道》。

曲子很伤感。

演出那天台下很热闹，惊蛰穿了一身白裙子，是林骁给她挑的。她很不自在，肩带细细的，背后硕大的蝴蝶结，裙摆是多层的，她觉得不好看，但林骁说好看，她争不过他。

她总觉得不自在，脖子露太多，为了视觉上好看，戴了一条很显眼的项链，是向邢曼阿姨借的。

她怕踩到裙子，一只手提着裙摆，一只手拿着二胡。

林骁穿燕尾服，两个人从上台，台下就在尖叫，演奏途中安静了会儿，要下台的时候，又全是起哄声。

惊蛰不知道他们在欢呼什么，以为是林骁在学校的人气太高了，结束的时候才知道，是上场的时候惊蛰太紧张了，林骁帮她提了一下裙摆，然后侧头在她耳边宽慰她。

那时候两个人已经在候场，上一场的道具还没撤掉，台上花团锦簇，两个人站在舞台边缘咬耳朵。

惊蛰很漂亮，可平日里只顾埋头读书，并不太显眼，但换了衣服站在聚光灯下，仿佛换了一个人，漂亮得有些不真实。

林骁一直是附中著名的“花瓶”，虽然大家都知道，但每次他上台，大家依旧会被惊艳到。

这次当然也不例外，只是没想到这对“兄妹”凑在一起这么抢眼。

换场的空隙，台下议论纷纷。

“校草依旧帅得很夺目。”

“沈惊蛰这气质也太纯了吧！”

“这俩可真养眼呀！”

……

说着，林骁就低头在惊蛰耳边说了句什么。惊蛰回了一句，林骁似乎没听清，腰弯得更狠了些，甚至带着几分虔诚地把耳朵凑近了一些。惊蛰被他挤得站不稳，于是捏住他耳朵说话。

或许是气氛太微妙，不知道谁喊了句：“我去，请问这是婚礼现场吗？”

周围有短暂的安静，然后哄然大笑，之后大家的思路就再也回不去了，一直起哄到他们下台。

下台的时候林骁和惊蛰坐在 26 班最后面。

后排一群人眉飞色舞给他们比画，描述两个人在台上的境况。

惊蛰窘得恨不得把自己完全藏在林骁后面，躲起来不见人。

林骁倒是兴致勃勃地听着，听完了，勾了勾手：“把我婚礼现场照发过来让我欣赏一下。”

一群人在群里互通照片，全发在班群里，林骁一张一张挑着，然后保存。

存完了，他侧头问惊蛰：“要不要？给你两张做壁纸？”

惊蛰继续努力把自己缩起来，摇头，忍不住提醒他：“叔叔和阿姨在后面。”

林骁早忘了，面色僵硬地回头，正好对上不远处母亲的目光。

邢曼冲他假笑，眉梢动了动，无声说：“别看我，看你爸！”

林正泽正堆着一张严肃的脸，警告地看了他一眼，饱含复杂的情绪。

林骁努力笑了笑，然后回头，心无旁骛地看表演。

他一点都没有世俗的欲望了。

结束的时候，所有人起立，林骁一转身，却正好踩到惊蛰的裙子。

惊蛰怕肩带被踩断了，整个人扑到他身上，他抱住惊蛰抬头的时候，正好和他爸对上目光。他手松开也不是，继续扶着也不是，最后故作镇定地把她扶稳了，声音不大不小地说了句：“妹妹，哥不是故意的。”

惊蛰被他这么郑重的语气说蒙了，摇头：“没……关系。”

林正泽和邢曼跟着家长群出去了，林骁惊觉自己额头都出汗了。

陈沐阳过来给惊蛰提裙子，歪头看林骁，小声说：“你紧张什么？”

林骁比了个抹脖子的动作，无声说：“闭嘴。”

元旦三天假期，晚会后大家就直接原地解散了。

回去的时候，林正泽开车，邢曼坐在副驾驶位上，惊蛰和林骁坐在后座，两个人各自占据一个车门，中间隔着的距离仿佛能塞下两个陈沐阳。

惊蛰是怕他又压她裙子；至于林骁……他余光里看着前排，瘫着一张脸，面无表情。

手机响了几下，被他调成了静音，他低头的时候看到陈沐阳和江扬在小群里像两只鹅一样地大笑。他有些烦躁，摁灭了手机。

邢曼的店生意越发冷清，林正泽问了两句情况，她兴致索然地应着。两个人最近都忙，平时都不大在家，上次一起吃饭，已经是上周下大雪那天了。所以这次趁着元旦，两个人都来了，想着和孩子们趁机多亲近一下。

今天来的家长并不多，两个人坐在观众席上的时候，晚会已经开始一会儿了。惊蛰和林骁的节目在中后期，但他俩很早就去后台准备了。

林正泽和邢曼各自从工作上而来，在校门口短暂地碰了面，坐下来的时候才有机会说话。

邢曼小声问他：“你们公司年会是什么时候？”

年会完，差不多就休息了。

以前她并不关心，但今年家里多了个人，她自己应付不来。

林正泽误以为她想去，随口问了句："你要去，我让秘书提前通知你。"

那就是还没定下来。邢曼懒得解释，"嗯"了声。

邢曼问他："寒假要带惊蛰回去吗？还是把老太太接过来？"

林正泽蹙眉片刻。他没有空闲，而邢曼娇生惯养惯了，去那边可能一天都待不住，要是叫别人带惊蛰，他也不放心。

但要是不让惊蛰回去，恐怕更不行，那孩子心思细腻，一直担心奶奶送她出来是身体不行，不回去探望，恐怕得一直担心。

他还没想好怎么办。

不过……"老太太是不会过来的。"他说。

邢曼不太理解，小声嘀咕一句："怎么这么固执，一个老人家住在山区也太危险了点。"

而且据她所知，老太太在那边没亲人。她虽然跟老太太不熟悉，没什么泛滥的同情心，但大约和惊蛰相处久了，对那个只有过一面之缘的老太太也抱有几分关切。

林正泽摇摇头："人活着是需要尊严的，老太太一辈子要强，如今手脚还麻利，她守着自己的土地，是希望还能创造些价值，把她接过来，未必是为她好。"

邢曼似懂非懂地"哦"了声。

林正泽也很想把老太太接过来，但这件事他反复思考过，对老太太的心思也猜得八九不离十了，直觉老太太是不会离开落阴山的。

那里有她的家，她过世的亲人，她的朋友，她为之倾注的一切。

她把惊蛰托付出去已经是下了莫大的决心。

除非哪天她真的不能动弹了，可能才会接受施舍和救助。她是不愿意让惊蛰过早看到她的衰老和无能为力的，她希望自己好好地生活，能走能动，有事可做。

她年纪已经不小了，那一口气散了，很可能就再也提不起来了。

惊蛰还没长大，她是不会让自己提前泄气的。

林正泽看邢曼没明白，歪头又说了句："假如按你的想法，老太太过来，你会怎么安置？"

邢曼愣了一下，大脑一时卡壳。按她的想法，自然是住在家里当长辈照顾着。

他们家负担一个老太太，还是绰绰有余的吧。

林正泽摇摇头："我们不能这么傲慢。南临是我们的家，不是老太太的家。"

这想法就像是施舍，带着富裕者对穷人俯视的傲慢，尽管他们谁也没有这种想法。

邢曼下意识想反驳，但突然好像明白了一点，于是闭了嘴。

林正泽和沈家，其实并没有太深的羁绊，将孩子托付过来，老太太甚至把毕生的积蓄都塞了过来。

老太太恐怕也是抱着将来有一天她不在了，林正泽能看在交情的分上，替她好好安置孩子的想法。

老太太身体大不如前，但好歹还能自己照顾自己，甚至干点活儿。若是把人接过来，生活起居全在别人的照应下，对她来说才是一种折磨。

这也是林正泽一直犹豫的原因，老太太那个年纪，若是到了南临，几乎不可能再找工作。他养着倒是没问题，但老太太未必情愿。

林正泽叹了一声："老太太也怕，若是她离开落阴山，惊蛰就没有家了。"

邢曼思忖片刻才明白，点了点头。

两个人心里都有些闷，一时不知道该怎么评价。

每个人都有自己的路要走，别人是没办法替代的。

邢曼以前挺不能理解的，这会儿倒是觉得，林正泽是真的尊重老太太。

她总觉得事情很简单，把老太太接过来就行了，但是之后呢？

如果顺利，老太太和惊蛰都只是在这里借住几年。

如果不顺利……

邢曼努力换位思考一下，如果她是老太太，恐怕也不会愿意在身体康健的情况下，一把年纪了寄人篱下。留在熟悉的土地上，至少后半生还掌握在自己手里，即便哪天不在了，自有熟悉的人办丧事，孙女回去了，也是回家奔丧。

她还有家。

过了会儿，邢曼岔开了话题："惊蛰跟尧尧现在关系不错。"

林正泽点点头，这点倒是觉得欣慰，阿龙时不时会跟他汇报，说惊蛰学习很用功，就是天气不好时容易担心奶奶。他之前想着家里有个乖巧孩子，说不定能带动一下林骁，如今倒是真的有些效用，林骁最近读书都用心了很多。

惊蛰刚来的时候，他还担心林骁对她有意见，如今他总算能放心些了。

邢曼对自己儿子还是有信心的，忍不住笑着说："放心，儿子也就是嘴硬心软，他不舍得真的伤妹妹的。他小时候挺恨我们的，好几次瞪着眼我都心虚，但你见他哪次真的说重话了？"

提起这个，林正泽也是心虚，忍不住说了句："一辈子忙忙碌碌，也不知道为了什么。"

早些年觉得工作重要，可如今又满心遗憾，当初若能多腾出点时间陪陪孩子就好了。

两个人沉浸在感伤里，惊蛰和林骁候场的时候，台下一片欢呼尖叫，各种声音断断续续传过来。

那些声音越听越不对味儿。

邢曼也兴冲冲扯着他笑了声："看，多般配。"

她向来没个正行，跟晚辈也口无遮拦的，他都怕她在孩子面前乱扯，于是忍不住拍了她胳膊一下，严肃地说：“别乱说。”

邢曼“哎”了声：“我也就跟你说说，你不觉得般配吗？你看看惊蛰多漂亮啊！”说着，她忍不住感叹一声，“不得不说，老太太把她教得很好。”

惊蛰在林家，所有人都喜欢她，这自然不是因为他们家的人都格外包容，而是她本身就是个很讨喜的小孩，勤劳、善良、温暖。邢曼之前还担心过，想着她从小没有爸妈教，老人家带小孩难免骄纵，万一很多坏毛病，自己都不好开口管教。

养小孩哪里是给吃的穿的那么简单。

但惊蛰实在是很省心，几乎没有任何不好的习惯，做事认真妥帖，即便是从乡下到城里，很多东西都没见过，也始终不卑不亢，极有分寸。

林正泽叹了口气：“沈家一家都很好，可惜……”

邢曼忍不住挑了一下眉：“你不是给他们定过娃娃亲吗？你说把惊蛰娶进我们家多好，我把你公司卖了当聘礼，咱们亲上加亲。”

林正泽哭笑不得：“孩子小的时候开玩笑的话，说出来你也不嫌丢人，孩子都这么大了。”

邢曼撇撇嘴：“丢人什么，现在媳妇儿多难找，就你儿子那样子，能不能找到老婆还说不定，要抓住一切稍纵即逝的机会。”

林正泽听到这里，忍不住冷哼一声：“你也知道你儿子那德行，人家还看不上他呢！”

好歹是自己亲儿子，说这个邢曼可不乐意了，辩驳道：“虽然他没什么用处，可至少脸还是不错的，也没什么害处。万一惊蛰就喜欢他这一款呢。”

林正泽那表情，嫌弃中似乎还带着几分挑剔。

邢曼狠狠拍了他一巴掌，压着声音说：“林骁到底是不是你儿子？”

林正泽好歹把表情收敛了，目光仍旧看着台上。林骁学习不怎么样，各种娱乐项目倒是手到擒来。虽然他欣赏不动他们弹的曲子，但听着台下的躁动声，也猜得到林骁在学校挺受欢迎的。

刚刚不知道谁在喊，说像婚礼现场。

他忍不住也想了一下，要是这俩小孩真的……

老太太当初颤颤巍巍握着他的手看他的画面突然从脑海里蹦出来，他骤然蹙眉，侧头跟邢曼说：“你儿子要是敢祸害人家，我都没脸去见老太太了。”

邢曼撇撇嘴：“我儿子也不差吧！”

她掰着手指头细数林骁的优点：“长得好看……”说完停顿了足足十几秒也没想起来第二个，于是一拊掌，“算了，他不配。”

林正泽忍不住再次提醒她：“不要在孩子面前乱说，尤其林骁。你给我防着点，别打人家歪主意。”

表演结束了，两个人下了台，从侧面过来，弯着腰在后排落了座。

惊蛰对着两个人挥了挥手，邢曼也笑着冲她招手，感叹一句："多乖啊。看看你儿子，跟没看见我们似的。"

林正泽轻哼一声："他怕是早忘了他还有爸妈。"

林骁和惊蛰坐下来后，前排的男生女生都扭头跟他说话，眉飞色舞地告诉他刚刚场面有多激动人心，还说像婚礼现场。

林正泽忍不住捏了邢曼一下。

邢曼小声说："小孩子嘛，嘴上说说，不会想那么多的。"

然后就听见林骁吊儿郎当冲人家勾手："把我婚礼现场照发过来让我欣赏一下。"

惊蛰明显身子一僵，终于忍不住扯了林骁一下。那不争气的儿子，终于看到他的父亲和母亲了，仿佛真的忘了，表情呆滞了好一会儿，然后转身，再也没动过。

林正泽胸口憋着一股气，偏头跟邢曼说："你说，他是不是心虚？"

邢曼偷笑了一会儿，小声安慰林正泽："孩子大了，你可悠着点说话。万一没那心思，你再提醒提醒他。"

林正泽眉毛都快拧成麻花了，痛心疾首说："他要是胡来，我非把他腿打折不可。"

一路上，谁也没说话，气氛诡异到了极点。

甚至林骁都忍不住唾骂自己：你心虚个屁啊！

下了车，邢曼绕到惊蛰那里，牵着她的手跟她说话，问她饿不饿，想吃点什么。

惊蛰跟着邢曼阿姨进了屋，先上楼去换衣服。

身后的林正泽和林骁默契地都没有动。院子里，父子俩面对面站着。林正泽骤然发觉，林骁不仅个子高了，面无表情地站在那儿时，已经是大人样了。

林正泽抬头审视林骁一眼，怕说得太直白反而给了他暗示，冷着声音说了句："别天天带着妹妹胡闹，人家的成绩能进1班，耽误了，你负责得起吗？"

林骁撇撇嘴："我胡闹什么了？"

林正泽朝着他的肩膀拍了一巴掌："别跟我犟，有本事你先把成绩搞一搞，能考进前十班再说。"

说完他才觉得不合适，这语气仿佛在说：你能考进前十班，我就允许你……

他忍不住抿了下唇，心想，反正林骁也考不到。

林骁点头："不就是前十班。"

林正泽哼了声："少吹牛，小心闪了舌头。"

林骁不以为意，看他爸这态度，倒是松了一口气，趁机说了句："寒假我要带妹妹去落阴山。她想她奶奶了，你要是没空，我让阿龙送我们过去。"

他其实自己带惊蛰去也没关系，但母亲一向大惊小怪，恐怕她会不放心。

林正泽刚敲打完，顿时觉得自己白说了，但如果林骁去的话，他倒是能放心些。于是他不情不愿地“嗯”了声：“山里条件可没那么好，你做好心理准备，要去就不要挑三拣四，去妹妹家里表现好一点。”

林骁比了个“OK”的手势。

“放心吧！”

一进门看到邢曼和惊蛰，林正泽忍不住把这件事说了，惊蛰眼里是隐藏不住的笑意。邢曼看了林骁一会儿，然后用力掐了下儿子的脸：“见了奶奶好好表现，听见没有？”

林骁狐疑地看了母亲一眼，总觉得她语气怪怪的，但没说什么，点了点头。

“哦。”

等父母都离开了，惊蛰才小声地问了林骁一句：“叔叔跟你说什么了？”

林骁侧头看她，小声回她：“还不是你突然抱我，我爸以为我怎么着你了。”

惊蛰声音都磕巴起来：“我就是怕……怕你把我肩带踩断了，不是……不是故意的。”

林骁笑了声：“紧张什么，又没让你负责。”

惊蛰：“……”

26班虽然是垫底班，但到了期末考试，学习氛围还是很浓厚的。晚会短暂地欢乐了一下，然后就是紧张的复习生活。

班里就连八卦声都弱了，只见缝插针地拿八卦来调剂一下精神。秦雪跟陶晶晶说班长和惊蛰有猫腻的时候，两个人正被地理折磨得死去活来。

自习课允许出声背书，教室里嗡嗡嗡的，像是聚集了一千只小蜜蜂。

秦雪瞌睡得头直点地，她最近都没时间收拾自己了，拿手搓了一下脸，转了转僵硬的脖子，然后就看到坐在讲台上的班长。

26班自律性差，老胡规定，每节自习课，老师要是不来，都要有一个班干部坐在讲台上控制纪律。

这节课是林骁，他坐在那儿，一手撑着头，一手深沉地转着笔。惊蛰扔小字条给他，让他专心点。

秦雪抬头就看到林骁看了字条，抬眼看第二排的惊蛰。他笑了一下，然后指了指自己的书，意思是，知道了。

那表情，多少带着点纵容和迁就。

秦雪忍不住“啧”了声。

秦雪借着热闹去扯陶晶晶，小声说：“自从元旦晚会后，我就再也无法直视班长和惊蛰的兄妹情了。我拿我项上人头担保，班长绝对有那个意思。”

陶晶晶感冒了，抽了一张纸擤鼻涕，闻言也抬头看了一眼。

班长低着头坐在讲台上，从这个角度看，简直帅得人神共愤。

她酸酸地说："我已经能感受到班长在离我而去了。"

秦雪已经快要忘了陶晶晶喜欢过班长，迟疑地握了一下她的手："那个……旧的不去……"

陶晶晶骤然扭头，咧嘴一笑："但我竟然看班长和惊蛰在一起，比幻想班长喜欢我还带劲。"

秦雪愣了一下，激动地拍了她一巴掌："我就知道，不是我一个人这么觉得。"

两个人握着手，互相挤眉弄眼，俨然一副吃瓜上头的样子。

秦雪原本顾及陶晶晶的心情，不敢跟她说，这下子仿佛泄闸的洪水，下了课还给她发那天晚会的现场照。

"你看这张，班长给惊蛰提裙子，我的妈，看得我脸红。"

"放大我看看，有没有清晰点的？我总觉得班长的表情耐人寻味。"

"还有个后台角度的，更直白。"

"他低头凑耳朵这张……我死了。"

陶晶晶揪住自己的胸口，然后握住秦雪的手腕，无比确定地说："这就是'结婚照'。"

秦雪看她那么激动，反而淡定了，歪着嘴笑："但我觉得惊蛰还没那个意思。"她一副幸灾乐祸的样子。

陶晶晶皱着眉："啊，班长好可怜。"

秦雪警惕地看着她："你不许心疼他，惊蛰要考清华北大的。虽然我承认他们很配，但高考前，不允许他们谈恋爱。"

陶晶晶立马拍了下桌子，但意识到班长不争气时，只能小声辩驳："班长很努力的，而且长得也好看。"

两个"老母亲"梗着脖子吵了半天，达成共识：生死有命富贵在天。

就是……顺其自然。

惊蛰对这些一概不知，只是每天很认真地复习，等放假。

她最近经常能听到分班的话题，一个学期过去了，有些人的成绩上去了，有些成绩下来了，就连 26 班里，成绩也逐渐拉得很开。

有时候秦雪也会说："呜呜呜，宝儿，我就是把书吃了，也跟你考不到一个班了。"

陶晶晶也说："我还能盼望一下有几个熟悉的人在一个班里，但惊蛰怕是一个熟人也碰不到了。"

两个人满脸欣慰："但是以后我就可以说我姐妹在 1 班了。"

期末考试的考场上，还有男生在说："能不能跟我女神一个班，就看今天了。"

附中的考场，是按成绩排位置的，惊蛰在第一个考场。那男生原本是 7 班的，上次月考在前五十名，如果这次能够稳住，就能去1班了。

惊蛰抬头看了一眼，发现第一考场的人，她一个也不认识，顿时有点惆怅。

考完最后一场出来的时候，大家都回了教室，一边收拾桌子，一边等着老师过来布置寒假作业，以及发表临别感言。

高一最幸福，可假期仍旧只有二十天。老胡为了告诫他们不要松懈，特意说："你们已经很幸福了，等到高三假期就少多了。"

一群人骂出了声。

老胡说："回去好好写作业。明年再来，就不是我带你们了。你们到了新班级，老师可不会像我这么好说话。"

整个年级统一的寒假作业，多到令人发指。

不知道谁说了句："老师，我舍不得你。"

气氛一下子就感伤了起来。老胡仍旧笑眯眯的，一副好脾气的模样，掏出手机："来，咱们合张照。能跟你们相处这么久，其实我也很高兴。虽然我天天骂你们学习不认真，但你们都是好孩子，如果能把学习再搞一搞，就更好了。"

一群人又哈哈笑起来，两边的同学都尽量往中间凑。

他们班已经拍了集体照，是上体育课时抽空拍的，那天还下着雪，一群人站得端端正正。照片发下去的时候，大家都在笑——因为天气阴沉光线不好，摄影师审美也不在线，还因为冷，所有人脸上都冻出了高原红，各个鼻头、脸蛋红通通的。班上帅哥美女不少，最后掰着指头数一数，竟然只有班长和学霸扛住了这死亡镜头。

甚至这俩人还该死地站了一前一后，班长没看镜头，低着头在看学霸。

于是照片发下去的时候，大家都在问班长"看什么呢"。

陈沐阳顿时举手："我知道，他在数妹妹的发旋。"

林骁笑骂了声："去你的。"

这导致那天每个人路过惊蛰身边，都要看一下她的发旋。

惊蛰被看得极其不好意思，恨不得把自己隐形了，说林骁："都怪你。"

然后林骁站在讲台上煞有介事地说了句："都不许再看沈惊蛰的发旋了，再看收费。"

陈沐阳吼了声："我出五毛。"

台下哄然大笑，陆陆续续报价，最后炒到一百块的时候，林骁冷笑一声："我买断了，都散了吧！"

陈沐阳非得跟他作对："你出多少啊，班长？你的零花钱还没你妹多。"

林骁沉默片刻，似笑非笑道："我卖身了。"

陈沐阳抱拳："厉害。"

于是这会儿听说又要拍照，一些人喊："老师，把美颜开开。"

另一些人在喊：“班长，别看学霸的发旋了啊！看镜头。”

一群人哄笑起来，倒是冲淡了伤感的气氛。

惊蛰察觉到林骁靠过来，侧头看了他一眼，他恰好也正低头看她。

她说：“你……别看我。”

林骁贴着她站着：“你管我？”

惊蛰沉默。

林骁乐意看她被噎，笑了声。

老胡慢吞吞的，是个玩不转智能手机的中老年人，调了半天都不知道美颜在哪儿调，也不会调大画幅。前排有个男生冲上去帮他。

林骁等得有些不耐烦，侧头问惊蛰：“你想哪天走？”

惊蛰想到很快就可以见到奶奶了，忍不住眯着眼笑了下，抬头看他：“看你方便，我都行。”

林骁知道她着急走，但忍不住逗弄她，拖着声音故作认真地问她：“下周？”

今天恰好是周一，下周最早也得下周一了。

惊蛰又不好意思说“不”，眼神一下子黯淡下来，逞强似的扯了一下嘴角：“……行。”

林骁抬手捏了一下她的脸：“你就差把‘我不高兴’刻在脸上了。”

惊蛰摇头：“没有。”

林骁更靠近了她一点儿：“真的没有吗？我本来想，要不明天动身。你要真没有不高兴，那我们还是下周吧！”

惊蛰这会儿才察觉他在逗她，一下子抓住他的胳膊，有点央求又带着点郁闷地叫了他一声：“哥……”

声音拖得老长。

林骁揉了揉耳朵，小声说：“撒娇对我不管用，说话。”

惊蛰抿了抿唇，凑近他耳朵：“我们明天走，好不好？”

林骁终于满意了，带着一点笑意：“好。”

咔嚓咔嚓咔嚓。“茄子”喊了三遍，林骁和沈惊蛰仿佛游离在众人之外。

那句“好”和“茄子”的“子”重合，等林骁抬头的时候，发现已经拍完了。

他摸了一下鼻子，等人群散开后，重新坐下来收拾东西。

他的东西乱七八糟的，收拾起来毫无章法。惊蛰作为收纳小能手，看到他的行为就头疼，她麻利地收拾完自己的东西，然后嫌弃地拍了一下他的胳膊，示意他让开，然后坐在他的位子上帮他整理东西。

他就靠在那里看她，时不时还得了便宜卖乖：“我妹妹这么能干呢！什么都会。”

劳动委员收拾完就脚底抹油了，走到校门口才想起来忘记检查卫生了，于是在班群里问：打扫完卫生了吧？谁在教室啊？帮我拍张照，我要给后勤老师汇报的，我给忘了。

有人站在门口拍了一张。

人走得七七八八，以往教室里满满当当的，今天书都被收走了，教室里一下子空了起来。前排的班长和学霸也就更显眼了些。

学霸在收拾东西，班长低着头在看。

照片发进班群里，劳动委员发了个“收到”的表情包。

过了会儿，有人冒头：我憋不住了，一定要说。班长这眼睛长在我们学霸身上了吧？

他说这话的时候，有老师的那个班群里，老胡把合照刚刚发进去，学习委员把照片转发到这个群里，两张图中间正好隔着那句话。

老胡的那张照片上，班长也是侧着头在看学霸。

拍前还有人提醒他，“班长，别看学霸的发旋了啊！看镜头”。他竟然还是不知收敛。

于是停顿了三秒钟。

群里照片下面是一连串的——你说得对。

第三卷

盛夏

山的那边可能还是山，跌倒后可能还会继续跌倒，绝境后也未必就是坦途，失望后，或许是更大的失望。

母亲说，人生就是这样，你必须得面对它。

奶奶说，但那也没有关系，你迫切想要翻越大山的时候，并不会因为山的那边还是山而停下脚步。

可我第一次觉得希望破灭，是这样难过。

直到林骁告诉我，我们可以出发了。

我坐上飞机还在问他："会不会中途又出变故？"

他看着我，笑了笑，不太正经地说了句："就算是山崩了，我也背着你走回去。"

我突然就笑了，抿了抿唇，告诉他："要背也是我背你，山路你走不动的。"

他恼羞成怒，好半天没有理我。

我却觉得这样很开心。

——《惊蛰日记》

惊蛰和林骁还没出发，第一天是机票买不到，说是气候原因，等到第二天，还是买不到。惊蛰已经有了不好的预感，林骁安慰她，还可以坐高铁、火车，实在不行也可以开车回去。

她不想给林叔叔他们添无谓的麻烦，就说等两天。

每一秒都心急如焚，但她只能强行压下来。

她知道希望越大失望就越大的道理，只是这次无比期盼命运能眷顾她一点。

只是情况不容乐观，后来阿龙还是送他们去了。同多年前一样，连镇上都到不了。学校很早就放假了，除了运送物资的车辆，私家车都被劝返了。车辆强行通过很可能困在半路，而救援非常艰难，暴雪天，路面冻得结结实实。

天气预报里，连续一周都没有好天气。

林骁看她都快哭了，只好安慰道：“要不等两天，说不定哪天天气就好了。”

最后是惊蛰主动说回去。

尽管很失望，但以她的经验，尽管天气短暂地好了，去往山里的路也很难走，修建的公路由于地势原因很狭窄，林叔叔去接她的时候，雇的是当地熟悉路况的司机。

下雪天会危险百倍。

村里的人都不太可能会在这种天气出门。

她强行回去，奶奶可能会更担心。

回南临之后，惊蛰趴在房间里连续写了一周的寒假作业，肉眼可见地消沉。林骁也没有办法，每天都在关注天气，但也知道，不回去是最好的选择。只是看她失望，林骁整个人也变得低沉起来。

林骁心情不好，不乐意在家待着，没事就去陈沐阳房间里窝着。

陈沐阳已经逮到他第无数次看落阴山的天气预报了，不由得撇撇嘴：“亲哥都没你亲。”

林骁轻哼：“有没有点同情心？你不知道她看起来多可怜。”

陈沐阳挨着他坐，把手搭在他的肩膀上，语重心长道：“是同情心呢，还是其他心呢，你自己清楚。”他拍了拍林骁的胸口，恨不得把他心挖出来叫他看看。

——看呢，司马昭之心。

林骁心口没来由地一凛，皱着眉毛：“别瞎说。”

陈沐阳“哟哟”一声：“看吧，我就说你自己心里清楚。”

清楚什么呢？

不清楚。

林骁期末考试达成目标，并没有想象中那么难。对于他这种进步空间巨大的人，一下子进步两百多分并不算很夸张，努力再加上一点运气，并不稀奇。

但班上仍旧跟过年了似的，那天班群里都在“恭喜班长”，其惊讶程度堪比发现世界第八大奇迹。

毕竟像他们这种学渣，如果很容易就能下定决心努力，就不会有这么多顽固型学渣了。

大家顺便酸了一下：世界欠我一个可以对我耳提面命的好同桌、好妹妹。

就连爸妈都高兴得把银行卡又还给他了，问他想要什么奖励，都可以给他。

他随口说了句：“我想跟惊蛰一个班，你们要不跟学校说一下，没有她我没法学习。”

邢曼愣了一下，然后一巴掌拍在他脑袋上：“你怎么不上天呢？”

林正泽也意识到他儿子到底在说些什么鬼东西：“你自己考不到，跟你爸你妈无理取闹呢？”

林骁开始瞎扯："电视里不是都那么演吗？你去把学校买下来，然后我就是校董的儿子。"前几天还有传言说他爸有望晋升新的南临市首富。

林正泽是个斯文人，从不打孩子，但他此时实在抑制不住手痒，也奉送了林骁一巴掌："多读书，少看点乱七八糟的电视剧。钱确实能买来很多好东西，但买不来脑子。等我老了，我的钱一毛也不给你，给你也是浪费。"

买学校？买个医院给他治治病还差不多。

林骁被"羞辱"一番，心情终于好了点儿。

因为比被羞辱更难过的是——遗憾，以及害怕来不及。

比如惊蛰回不去家。

比如奶奶害怕惊蛰长不大。

比如林骁就算把书吃了，短时间内也考不到1班。

比如有些差距不是一朝一夕可以弥补的。

因为心情不大好，这个年过得都没滋没味的。惊蛰期末考试成绩优异，下学期被分在1班。林骁去了10班。

两个人不在一个班，也不在一个楼层，一天只有上下学的时候见面。然后他们发现，不在一个班之后，坐在一辆车上，有时候连话题都起不了头。

惊蛰还是会给他补习，会给他画重点、查缺补漏。

有一次林骁笑问她："沈老师，我该怎么报答你？"

惊蛰抬头愣了会儿，然后说："你好好学习……就好。"

林骁意兴阑珊："哦。"

惊蛰还是很想回去见奶奶，这小半年，她和奶奶通话的频率更高了。听起来奶奶身体不错，每次都絮絮叨叨说很多。惊蛰似乎都能想到奶奶每天在做什么，但她还是会时不时怀疑一下，会不会都是骗她的。

有些念头一旦起了，只会变本加厉。

上次林骁逗她，后来没去成，他自责很久。虽然是意外，但他总觉得像是自己做错了事似的。这次林骁跟老爸老妈沟通后都没敢跟她说，提前一周预订了机票，考试完确定毫无变故的可能，才拉着她去了机场。

飞机飞了四个小时，在市区落地，阿龙让人从公司的分部开了一辆越野车过来接机，又特意找了个熟悉路的司机。车子从镇上走的时候，已经是下午临近傍晚了，惊蛰看到熟悉的景色，整个人似乎才如梦惊醒，忽然扭头看林骁："哥……"

林骁没出过这么远的门，更没受过这种折腾，他现在头疼、眼疼、胳膊疼、屁股疼，浑身哪儿哪儿都疼，又困又难受，强撑着精神"嗯"了声。

惊蛰开了车窗。八月份，天气热得像蒸笼，出机场的时候还是热浪翻涌，这会儿进了山，风却带着一丝凉意。

她扭头冲他笑，真的回来了。

真的真的真的。

林骁终于挤出一丝笑意，抬手揪了一下她的头发，好奇道：“你都不困吗？”

惊蛰摇摇头，还是笑。

林骁“啧”了声，故作老成地说：“小孩子精力真旺盛。”

惊蛰趴在车窗上看，林骁歪着头睡着了，还做了个梦。他梦到自己坐在惊蛰旁边，她身上带着点淡淡的香味，像是洗衣液的味道，又像是洗发水的味道，又或者，是所有味道混合在一起的她的味道。梦里他没看见她的脸，但凭嗅觉也知道是她。

车子颠簸了一下，林骁醒了，惊蛰正低头看他。

乌黑乌黑的眼珠，睫毛浓密纤长得像假的。她发丝很软，被风吹得飘起来。她一只手轻轻抵着他的脑袋，像是怕他掉下去。

林骁眨了一下眼，然后突然起身，坐直了，吞咽了口唾沫：“你怎么不叫我？”

惊蛰轻声说：“我看你太累了。”

她有些愧疚。孙姨都说，林骁从小养尊处优，没吃过什么苦，床板硬一点他都睡不着。

林骁扭头看了她一眼，眉毛皱了又皱，想说“你怎么这么随随便便让别人躺在腿上睡觉”，又觉得她这个人正直得显得他很龌龊。

憋到最后他也没憋出来什么话，低着头看手机，信号断断续续。陈沐阳和江扬问他到哪儿了，他举起手机随手拍了张照片，发到群里显摆。

双木林：这座山，真大啊！

双木林：快到了，再有十几公里。

陈沐阳停顿了几秒，然后不知道从哪个犄角旮旯找出来一篇作文，是惊蛰某次月考的满分作文，被他们班语文老师印出来当范文给同学们看了。陈沐阳他们班的语文老师也拿过来给他们看了，陈沐阳看到是惊蛰的，就留着了，这会儿突然派上用场，拍照发给他。

并且他给某人画了关键词——山脉起伏连绵……巍峨壮阔……高峰林立……云山雾罩……

耳东陈：看见没有，人家成语连着用，你只会“这座山，真大”，你个文盲。

耳东陈：去了见到奶奶，记得少说话。

大江东去：同意，容易暴露智商。

耳东陈：问你考试怎么样，千万不要说自己考了多少，你要着重强调你一年进步了很多。

大江东去：再次同意。

耳东陈：别当着奶奶的面欺负惊蛰，开玩笑也不行。见了奶奶规矩点，长辈都不喜欢小孩太闹腾。

大江东去：不仅奶奶，见了其他长辈也要礼貌，反正不知道说什么，笑就对了。一定要微笑。

林骁网卡了一下，再低头就看见手机叮咚叮咚，消息疯狂往上刷。

这俩人跟表演相声似的。

双木林：……

双木林：我是去做客，不知道的还以为我去参加鸿门宴呢。

双木林：你俩演什么双簧呢！

耳东陈：某些人没有一点危机意识。

大江东去：某些人一点都不争气。

林骁撇撇嘴，关上手机。

车子路过好几个村落，盘山路难走得很，开了导航，导航里一直在播报“前方急转弯”“陡坡”……

林骁生无可恋地扶额靠在后座上，但每经过一处有住户的地方，他都要心惊一下。或许是被那两人影响了。

到最后他甚至指尖都有些发颤，端端正正坐在那儿，瘫着一张脸，脑子里反复思考见了长辈第一句说什么。

车子下了公路又走了段小路，惊蛰指挥着司机停靠在一处缓冲带上。惊蛰跟奶奶说今天要回来，奶奶不知道他们究竟什么时候到，时不时站在门前张望，看到车，就迎了过来。

林骁第一次近距离见惊蛰的奶奶，看起来精神头很好，约莫七十岁的年纪。头发花白，一丝不苟地梳在脑后，盘成一个圆圆的髻；脸上皱纹遍布，眼角耷拉成三角状，但仍旧可以看出年轻时五官出色。

惊蛰和奶奶，还有几分神似。

惊蛰看到奶奶，眼泪几乎要下来，有那么一会儿大脑是没办法工作的，甚至都忘了跟奶奶介绍林骁。

但林骁已经走了两步，对着奶奶鞠躬，恭恭敬敬说了声：“奶奶好，我带惊蛰回来看您了。”

奶奶愣了好一会儿，才拍了拍林骁的胳膊：“好——好好——这是尧尧吧，长这么高了。”

惊蛰的伤感都被林骁赶跑了。

她没想到他会这么郑重地打招呼，而且觉得他说这话有点怪异。

仔细想想……好像也没说错，但还是觉得有点怪。

惊蛰和奶奶、母亲的感情比较内敛，尽管现在激动得恨不得一下子抱住奶奶，但也只是握住奶奶的手，撒娇似的晃了晃，鼻腔有些堵，闷闷地说：“奶奶我好想你。”

她从没离开过奶奶这么久，一年三百多个日夜，无时无刻不在想。

开心也想，不开心也想。

奶奶“哎哟哎哟”地笑着，轻轻捏着孙女的脸蛋：“这么大了还像小孩儿，奶奶也想你啊，乖。”

奶奶一说话，惊蛰的眼泪就啪嗒啪嗒地掉，原本还笑着，眼泪却怎么也控制不住。

奶奶用粗糙的手指一下一下给她擦眼泪，笑话她：“长不大咯，羞死了。”

奶奶转过身和她平视，嘴角夸张地一耷拉，学她的表情。

惊蛰一下子笑起来，又哭又笑地抱住奶奶的胳膊，恨不得整个人粘在奶奶身上。阿龙和林骁也忍俊不禁，又不忍打扰，默默去把后备厢里给老太太带的东西都搬出来。

是一些保健品，还有吃的用的。林正泽吩咐了分公司的人，那边的经理很会做事，知道是去探望老人家，还是老板很重视的长辈，除了老板吩咐的，自己还添了些其他的东西，后备厢被塞得满满当当。

老太太看到那么多东西，絮絮叨叨说浪费这个钱干吗啊。

“我这儿啊，什么都不缺，下次再来，什么都不用带，人回来就好，缺什么奶奶去买。”

林骁一件一件往屋子里搬，笑说都是爸妈的心意。

奶奶时不时拍一拍林骁，笑眯眯夸着：“真好。

“长这么高了。

“模样俊呢！

“在家里妹妹没有给你添麻烦吧？

“你做哥哥的，她哪里做得不好你就说她。”

林骁乖巧地应着，回奶奶：“妹妹乖着呢！我爸妈都喜欢她，我也……喜欢她，我们全家都喜欢。”

奶奶眼里噙着泪，脸上却堆满笑意，连说了好几声“好”。

林骁拣了些关于惊蛰的趣事说给奶奶听，老人家听得专注。

末了，奶奶看着他，满眼都是喜悦，俨然把他当孙子看：“你想睡哪屋？奶奶给你铺床。”

一旁坐在那里逗猫的惊蛰一下子抬起了头，微微张着嘴，说：“哥……你要是觉得住不习惯，要不跟阿龙师傅一块儿回城里，你想去哪儿玩，白天我陪你。”

家里房子不小，篱笆墙圈出很大的院子。奶奶爱干净，屋里屋外角角落落都收拾得干净整洁，但乡下，条件确实方方面面都普通。

而他吃穿用度一向挑剔。

惊蛰太高兴了，都没考虑到他怎么安置。

奶奶听她说这话，就不高兴了："不住奶奶这儿啊？"

林骁看奶奶眉毛皱起来，立马说："住，我好不容易来一回，还想多跟奶奶说说话呢！奶奶，我住哪儿都行，我不挑，我这个人很好养活的。"

奶奶喜笑颜开，忍不住又拍了拍他胳膊："多好一孩子，你住惊蛰那屋，惊蛰屋子大，床也大，通透。"

惊蛰一瞬间僵直了身子，叫了声："奶奶……"

她知道奶奶是想说她的房间更舒服，惊蛰也不介意把房间让出来，但她知道城里人都很有领地意识，很看重隐私，像卧室这种地方，就算她不介意，人家也会介意的。

但显然，当着林骁的面，她没办法跟奶奶解释。

林骁看起来也真的很不自在，他表情僵了僵："奶奶，这不合适吧。"

奶奶一下子站起来："那有什么不合适的，奶奶这就给你铺床去。"说完，以为他嫌弃，又忙说，"都是干净的，奶奶刚刚洗过晒过，干干净净的。"

林骁解释："不是，我就是觉得还是给妹妹睡，我睡哪儿都行。"

老人家年纪大了，絮絮叨叨还固执，他推拒的片刻，奶奶已经给他铺好床了。

屋子里都是木头家具，木头床、木头柜子，也没什么她生活的痕迹了，她走的时候，自己的东西拿走了很多，其他用不上的，奶奶都给她收起来了。之后奶奶去了万奶奶那里住，最近才又搬回来。

知道惊蛰要回来，奶奶应当是重新收拾过了，窗帘新换了，屋子里熏了香和艾，床单和被罩都洗了又晒，闻起来都是太阳的味道。

夜深了，林骁躺在床上，睡不着。

倒不是因为床。奶奶对他是真好，惊蛰说他睡不惯硬板床，奶奶就把新做的棉被铺了当褥子。山里晚上冷，他整个人像陷进棉花堆里似的。

但他躺在床上的时候，陈沐阳和江扬非跟他连线打视频，两个人调侃他被子粉嫩清新。

他说这是惊蛰的被子、惊蛰的床的时候，两个人恨不得隔着屏幕打他，一个个咬牙切齿地说他不要脸。

他往床上一躺，懒懒散散地说："我说我打地铺都行，但奶奶舍不得啊，我也没有办法。"

对面俩人都快听吐了。

网不好，视频卡成 PPT，他们没说几句就挂了。

虽然阿龙可能已经汇报过了，但林骁还是给父母回了个电话，说一切顺利。父亲问奶奶身体怎么样，他说挺好的。

老太太看起来精神很好，手脚也麻利，晚餐吃的青菜还是从菜园子里现摘的。

惊蛰去摘菜的时候，他就蹲在菜园子边上，被突然蹿出来的猫吓出海豚音。

一只大狸猫，趾高气扬的。傍晚惊蛰逗的那只猫，他原本以为是奶奶家里的，可惊蛰说不是，没想到只隔了会儿，它又蹿了过来。

惊蛰没被猫吓到，却被他吓得摔了一个屁股墩，蹲坐在地上，满脸幽怨地看着他叹气："它跟你玩呢。它不咬人。"

他指着那只猫叫它走远点儿，它倒真走了，没多会儿叼了一只老鼠崽，满院子追着他呜呜叫。

他叫惊蛰都快叫破音了，惊蛰正在帮奶奶做饭，举着擀面杖出来，扶额说："它跟你炫耀呢。你夸夸它就行，你别跑，不然它以为你在跟它玩。"

这该死的猫是成精了吗？

他强压下头皮发麻，冲它竖了竖拇指："你真棒，你最厉害了，你是全天下最英勇敬业的小猫咪。"

小狸猫又"呜"了两声，迈着傲娇的步子走了。

吃完饭去遛食，惊蛰怕他不熟悉路踩空，只带他在门口转了转。

奶奶养了一只犬，有点像德牧，是一只大狼狗，很乖顺。它有自己的小房子，在院子外的一棵大树下。惊蛰把它的绳子解开带它一块儿去转转，但它似乎对林骁极好奇，围着他来回转，一边转一边嗅他的脚和腿。林骁颤着声音说："它不咬人吧？"

惊蛰看了他一会儿，小声说："哥，你也太胆小了。

"相信我好吗？它会咬人，但我不会让它靠近你的。"

林骁看着惊蛰的目光像在看一个英雄，于是拽住她的胳膊："哥这条小命就交给你了。"

惊蛰大约是没见过他这样子，忍不住笑起来。

林骁躺在床上的时候，身心俱疲，甚至觉得自己从来没有睡过这么舒服的床。

结果就在他要入眠的时候，那两个家伙给他发视频邀请。等他跟爸妈也联系完，"吃瓜"二人组接连发了关于他的十几条图片报道还有小视频。

> 山村怪谈之离奇失踪的男大学生。
> 男子第一次去深山竟发生这种事。
> 进深山区你一定不能做的二十件事。
> ……

网时好时坏，十几条消息是一瞬间蹦出来的，蹦出来的那片刻，图片和缩略图自带恐怖效果。

他几乎是用生平最快的手速回了一串“丢炸弹”的表情包，把消息刷上去了。

只怪他记忆力太好，“惊鸿一瞥”下，一个关键词都没落下来。

外面起了一阵风，树叶哗啦作响，似乎惊起了鸟，一阵扑棱翅膀的声音。一只猫头鹰高叫了一声。林骁没防备，手机差点儿砸脸上。

他睁着一双眼，无比精神。

山里真安静啊！安静得甚至可以听到任何微弱的声响。

比如风声、树叶摇动声、虫鸣……

还有不知道是什么在啃木头的声音。

林骁忍了又忍，给惊蛰发消息：门口什么在响？

随便呀：可能是猫。

双木林：但我觉得它在啃木头。

随便呀：那可能是虫子。

双木林：是不是下雨了？

随便呀：没有，只是起风了。

双木林：哦。

过了会儿，惊蛰又主动问他。

随便呀：哥，你是不是睡不习惯？

双木林：不是。

随便呀：你要是觉得哪儿不舒服，跟我说。

双木林：嗯，没事，你睡吧！

林骁切换了聊天框，跑到小群里又丢了一串炸弹，希望那俩人原地爆炸。

那两个家伙已经睡了，没有人理他。

他沉默地数羊数星星，然后玩《俄罗斯方块》《贪吃蛇》。

他累到大脑麻木，双眼仍旧炯炯有神。

那只猫又来了，不知道是又在捕猎还是看到了什么，发出低声嘶吼的警告声。

惊蛰似乎起来了，推开屋门，轻声叫了声：“咪咪？”

猫的声音一下子就正常了，软软地叫了声：“喵！”

“不许叫了哦，回家去吧。”

林骁长长出了一口气，从来没听过这么好听的声音。

脑子里一瞬间都是惊蛰，一个沈惊蛰、两个沈惊蛰……

他坐起来，睡衣从肩头滑落，露出结实的胸腹。

他拍了拍自己身上的肌肉，轻声说了句：“我要你们何用。”

然后他拿起手机给惊蛰发消息。

双木林：妹妹，哥有个不情之请。

随便呀：嗯？

网速不好，惊蛰躺下来，都快要睡着了，消息才叮咚响了一下。

他的头像是一个动漫人物，表情跩得跟他这个人神似。

但是他现在正在说：我能不能去你房间打个地铺？

大约只有两秒钟，消息就撤回了。

双木林：算了，没事。

惊蛰不知道他是睡不习惯还是怎么了，总之脑子里都是他跟奶奶说话时候的样子。他今天跟平时很不一样，很礼貌，也很客气，不知道是为了哄长辈高兴还是为了哄她开心，不停地在奶奶面前夸她。

奶奶一直在笑，她觉得很开心很开心。

惊蛰沉默了几秒钟，然后起身去敲林骁的门。

林骁在骂了陈沐阳和江扬无数遍之后又骂了声自己，然后他赤着上半身起了身，打算去院子里看一看夜晚的山景，来洗涤一下被那两人荼毒的大脑。然后他一拉开门就看到惊蛰站在那儿。

四目相对，林骁被吓得魂儿差点儿飞了。惊蛰第一次看他不穿上衣，一下子反应不过来。

短暂地沉默了两秒钟后，林骁把她拉进了屋，关上了门。

仿佛外面有鬼。

惊蛰有些愣地叫了声："哥？"

林骁如梦初醒，捋了一下后脑勺，露出一副难搞的表情，倒打一耙道："非礼勿视啊，你还盯着我看？"

惊蛰呆呆地转过头："哦。"

她突然觉得热，感觉自己待在这儿不合适，于是转身想走。

林骁"哎"了声，又轻咳了声，声音软下来："……别走。"

惊蛰面露疑惑，扭头也不是，不扭头也不是；走也不是，留也不是。

她僵在原地："嗯？"

林骁走过去把睡衣套上了，破罐子破摔，坦诚说："我害怕，你陪我会儿。"

他声音沙沙的，带着几分困倦和可怜。

惊蛰一声"啊——"，拖了老长老长的音，忍不住扭头上上下下打量了他一会儿。那眼神太过直白，林骁忍不住狡辩道："太安静了，我受不了。"

林骁家里住的小区也很安静，但别墅区那种安静和山里的安静是完全不一样的。

大约还有一点陌生环境的因素，总之他就是睡不着。

惊蛰似乎能明白一点儿，于是轻叹了一声，点点头，走过去坐在墙角的硬榻上，说：“那你睡吧，我在这儿看会儿书，等你睡着了我再走。”

林骁睽违已久的良心终于出现，看了她一眼：“算了，很晚了，你去睡吧。”

他未免也过于依赖她了，一个小姑娘，竟然还要保护他。

但那表情分明写着：你睡好就好，不用管我的死活。

惊蛰摇摇头：“我已经不困了，这会儿应该也睡不着。”

林骁又看了她一眼，终于“嗯”了声，掀开被子躺在了床上，脑子里突然想起高一上学期的社会实践。那天早上她很郁闷，因为想家想奶奶了，所以他说可以陪她回来看看，她的情绪在一瞬间阴转晴，坐在大巴车上扭来扭去，浑身上下每个细胞都写满了高兴，冲着他笑，说：“哥，你真好。”

于是林骁这会儿头撑着脑袋说：“妹，你真好。”

一向好脾气的惊蛰似乎也意识到他在学她，深吸一口气，又缓缓吐出来，告诉自己：算了，不跟傻子计较。

她挥挥手：“快睡吧。”

然后她随手从柜子里抽出来一本书打发时间。

房间里安静得能听到她的呼吸声，他陡然摸了一下衣领，确认自己的衣服穿好了才闭上眼。

不知道是太困了，还是有惊蛰在他果然很安心，躺下不到十分钟他就睡着了。惊蛰听他呼吸平稳了也没有立马走，隔了半个小时才探头看了他一眼。他看起来很不规矩，睡相倒是很好。

惊蛰轻手轻脚拉开了门。

第二天惊蛰顶着两个大黑眼圈，哈欠连天地在菜园子里帮奶奶浇水。林骁蹲在水井边洗脸刷牙，井水刺骨地冷，即便是夏日竟也冷得冻骨头。惊蛰扭头看他满脸愁苦才想起来他可能不习惯，于是起身去给他烧热水。

阿龙已经回去了，说等开学再来接他们。

林叔叔和邢阿姨早上又陆续打电话，叮嘱她，林骁要是捣乱就把他撵走。

惊蛰笑了笑：“哥他很好，奶奶也很喜欢他。”

阿龙临走的时候惊蛰还又问了林骁一句“要不要跟阿龙一起回去”，他不太高兴地说：“这么不欢迎我吗？”

惊蛰忙摇头：“我就是怕你不习惯。”

林骁说：“你在我家都住得习惯，我在你家怎么就住不习惯了？还是说，其实你在我家也住不惯？”

惊蛰摇摇头。其实确实是住不习惯的，只是她觉得自己适应能力强，而且林叔叔家里比山里条件要好太多，所以说自己住不惯未免矫情。

但林骁不一样，他没有吃过苦。

不过他既然这样说了，惊蛰就没有再拒绝的道理。她其实挺欢迎林骁来这里做客的。山里条件已经没有那么艰苦了，像惊蛰他们住的这个地方，以前很少能看到生人来，而现在每逢节假日都会有城里人自驾过来游山玩水，偶尔还会跟乡民买一些土特产。

惊蛰也想带他去见见城里没有的东西。

她有着那种从对方那里得到了很多，也想把自己独有的东西分享给对方的热切心情。

陈沐阳一度觉得林骁在惊蛰奶奶那里会人憎狗嫌，于是时不时就要问惊蛰一句：他没挨打吧？

每次惊蛰都摇头说没有。是真的没有，奶奶很喜欢他，每次和他说话都笑眯眯的，仿佛林骁才是她亲孙子。万奶奶也喜欢他，说这孩子长得俊，说话好听还勤快，哪儿哪儿都好。

惊蛰去了新班级加了新班群，但是新班群里只有布置作业和发通知的时候才会有人说话，每天都活跃的竟然还是原来26班的班群。这次不知道是谁说班长跟着惊蛰去山里玩了，于是每天早上群里的例行问话就是：班长今天挨打了没有？

陈沐阳是个大嘴巴，每天热衷于散播林骁的糗事，以告诉学校的少男少女们：不要被外表所蒙蔽了，林骁就是个中看不中用的花瓶啊！

甚至连林骁都热衷于自黑。林骁来落阴山不到一个月，他将每天的吃、喝、倒霉日常都活跃分享在各大社交平台上，就连学校早就“长毛”的论坛里都充斥着他的好笑事。

他跟着奶奶包饺子，学得特别认真，结果一下锅，饺子皮和馅儿严重分离，煮了一锅疙瘩汤。给狗吃，狗都嫌弃，最后林骁捏着鼻子吃了，吃完抱着惊蛰的胳膊哭诉太难吃，惊蛰给他做了些甜点他才作罢。

他提着锄头去地里除草，结果磨了一手的泡，惊蛰拿针挑破上了药，他裹了两天的纱布。

有次傍晚他躺在院子的秋千上不小心睡着了，不知道被蚊子还是虫子咬了满身包。他脱了上衣让惊蛰给他涂后背的包，惊蛰掌心搓了药，直接在他背上搓，他一下子站了起来，面色挣扎了好久，才重新坐下来。

惊蛰小心翼翼地把手贴上他的背：“你怎么了？”

他摇头，半晌后说了句：“你手太热了。”

他路过邻居家，看人家的大鹅憨态可掬，上去摸了一下头，被追了两里路，从此见了鹅都绕路走。

那鹅大约记仇，后来甚至大老远看见都追着他。

惊蛰带他去河边抓鱼，她一会儿没注意，他把鞋放在河床裸露的石头上，傍晚的时候涨水了，等他们要走的时候才发现鞋子被冲跑了。

惊蛰说要回去给他拿鞋过来，但他不愿意被丢在荒无人烟的地方，于是赤着脚走了半小时才到家，卧床两天没有下地。

惊蛰笑他是娇少爷。

还有一次惊蛰带他去采蘑菇，他一扭头看到一条蛇游过来，吓得抱起惊蛰就跑。

跑到一处草地跑不动了，两个人滚在地上，惊蛰甚至能听到他强烈的心跳。倒下的草地上有虫子，从他背后爬过，他突然惊叫，吓得满地打滚。惊蛰面红耳赤，最后狠狠打了他一巴掌他才消停。

他们还去寺庙里拜了拜，寺庙建在很高的山顶，爬上去用了足足三个小时。林骁完全是靠意志力在撑，很多次他拉着惊蛰的手不让她走，求她再休息一会儿。

有一次他一下子坐在台阶上，拉她坐在自己身边，由于太用力，把惊蛰拉进了怀里。两个人对视一会儿，他又把她托起来抱到了一边，两个人挨着坐在那儿，惊蛰热得直拿手扇风。

他不想走，净捣乱，惊蛰看他脱了袜子脚都肿了，既生气又心疼又无奈。可是爬了太久，现在下去也不合适，她还想去寺庙求一点药给他上药。

上了山，惊蛰指着门口的一棵大槐树："这是我干妈。"

看着他错愕的眼神，惊蛰跟他解释是某年因为身体不好，奶奶给她认的。

林骁朝着大槐树深深地鞠躬："干妈好。"

惊蛰愣了一下，忍不住提醒他："这个你不用喊。"

来的时候林叔叔交代他见了长辈要称呼，不知道称呼什么就跟着妹妹叫。但"干妈"怎么能乱叫呢！

林骁恍然："哦。"

他每晚都有新状况，有次半夜去上厕所，在院子里看见两个绿油油的会发光的玻璃珠似的东西，那绿色荧光球还会飘。然后他疯狂地去拍惊蛰的门，声音都在发抖："妹妹，有鬼。"

惊蛰出去看的时候拿手电筒晃了晃，发现是一只黄鼠狼，但是手电筒一晃它就走了。

惊蛰告诉他，它可能饿了："不用害怕，不咬人的。"

林骁怕死了，他从小就怕虫子、怕黑，她越说不可怕他就越怕。他从来都没见过这么多稀奇古怪的动物，他从没见过黄鼠狼，甚至觉得乡下的小动物们都可怕，狗也可怕，猫也可怕，大鹅也可怕，鸡也可怕。

总之那些动物一个比一个凶。

他睡不着就去骚扰陈沐阳和江扬他们，这俩现在已经完全摸透某人是因为害怕在逞能，一边嘲笑他一边偷偷跟惊蛰打小报告。

后来惊蛰干脆每天晚上去他房间写作业，顺便监督他看会儿书，等他睡着了再走。

有一天万堃回来了，他们家好久没回来人，一回来，一家子全回来了。

结果那天下午就开始下暴雨，他们都回不去了。

都住在他们老家没地方，奶奶就让万堃来自己家住。

万堃的母亲带万堃一块儿来，看见林骁，好奇地看了他两眼："这是小林那孩子？长这么大了。"

她比画了一下，上次见他，才那么大一点。

那是林骁唯一一次来落阴山，才三岁，那时候他们还在镇上。万妈和万爸经常见到林正泽。

林骁去的那次，他们也知道。

奶奶笑说："是呢，这孩子打小就漂亮，还单纯，小七逗他说把惊蛰许给他当媳妇儿，要花光他的零花钱，吓得哟。"

万妈哈哈大笑，拍了拍万堃："这小子更不中用，每次见了惊蛰都躲，倒是大了喜欢妹妹了。妹妹走的这一年，他没少念叨。一放假知道惊蛰回来了，他天天催着我回来，我忙的啊，好不容易才腾出来空，结果一下子就被暴雨留在这儿了。"

奶奶也拍了拍万堃，笑说："也长高了。"

万堃冲着奶奶笑，一扭头，却对上林骁冷淡的目光。后者冲他挑了挑眉，绝谈不上友善。他别过了脸，看他也不爽。

家里已经一个空房间都没有了。

于是奶奶让惊蛰去她屋里睡，万堃住在惊蛰那屋。

奶奶屋子里的床是单人床，只有一米二宽，两个人挤一挤能睡。但奶奶睡觉轻，惊蛰不忍心去挤奶奶，便说："我睡堂屋吧，奶奶。我打个地铺。"

夏天，睡哪儿都不碍事，她没那么娇气。

万堃皱了皱眉，然后提议："奶奶，我跟惊蛰挤一挤吧。"

万妈推了一下他的脑袋："都多大啦，还睡一屋哪，你不害臊，可妹妹是姑娘家。"

万堃撇撇嘴："那有什么。"

奶奶迟疑地说："也不是不……"

林骁突然开了口："妹妹跟我睡。"他看了一眼万堃，笑说，"我那间房……床大。"

这是能挤一挤的事儿吗？

要挤也是跟他挤。

惊蛰愕然地看了他一眼，旋即点点头："要不睡那边好了，反正他一个人住不习惯。"他是个很独的人，平日里陈沐阳跟他睡他都不让，觉得俩人睡一块儿难受，到了这儿，恨不得让惊蛰每天晚上都陪他，可见是真的害怕了。

她确实长大了，跟万堃睡在一起太别扭了，如果要她选，她宁愿去跟林骁睡。

他那间房还有个榻。

商量着，就这么定下来了。

惊蛰去抱自己被子的时候，突然想起来，“哥，要不你跟万堃哥……”

他其实刚刚就想到了，但他就是不说，这会儿更是一下子捂住惊蛰的嘴把她往房间里拉。两个人进了屋，他才说了句：“我不跟他睡。”

惊蛰已经习惯他各种挑剔的毛病，于是“哦”了声。

“我睡榻，你睡床。”她说。

林骁：“我睡榻，你睡床。”

惊蛰眉毛狠狠皱住，林骁突然笑了：“要不一起睡？”

惊蛰看了一眼床。

林骁直接把她的被子抱到床上，放在里侧，然后坐在床沿，拍了拍床：“别害怕，我睡觉不打呼、不磨牙，也不梦游。”

惊蛰沉默片刻，觉得怪怪的。

等晚上睡的时候，两个人各自单独换了睡衣才爬上床。两个人各自占据床的一边，中间空得能塞下两个惊蛰。熄了灯，外面雨声淅沥。惊蛰这才突然想起来，轻声说了句：“你好像狼外婆。”

林骁翻身，借着稀薄的夜色看她。

惊蛰困倦着控诉他：“你就是害怕一个人睡吧？”

他不遗余力地哄骗她一起睡。

林骁敷衍应了句：“是呢。”

你说是就是。

夜里房门开了一夜，床是旧式的大床，原本是两张单床，后来拼成了一张，太高了，奶奶睡着不安全，就一直让惊蛰睡。床的宽度几乎有两米，两人各睡一边，也并不会侵犯安全距离。但惊蛰还是几乎贴到墙上去，半夜里奶奶过来看，摇了摇头。

惊蛰自小就乖巧，随便猫哪儿都能睡。

但叫人瞧着总觉得心疼。

暴雨未歇，接下来至少两三天，万堃都要在这儿住。昨晚林骁只是单纯想和那男生抬杠，好像霸占住惊蛰就是胜利了似的。但他也自觉不合适，过了一晚上，虽然极度不情愿，可还是主动提出来让万堃和他一起睡。

仿佛他昨夜只是没想起来，过了一晚才意识到可以这么安排。

奶奶早先没有提，也不是没想起来，只是觉得他们城里人讲究。万堃的挑剔劲儿不比林骁小，她都没考虑过把这俩人放在一块儿。

打眼一瞧，她就觉得这俩小孩不对脾气。

但瞧着惊蛰那样睡也不舒服，听林骁这样说，她便同意了，安慰他将就两天。

万堃也不大乐意，但没说什么。

万奶奶那儿，是真住不下了。

这么潮湿的下雨天，打地铺也是真受不了。

以前万堃常常来沈奶奶这儿住，因为两家老太太要好，他在沈奶奶这儿，仿佛跟在自己家似的，惊蛰就像他亲妹妹。但突然多了个外人，他极其不痛快，而且惊蛰看起来跟这个外人比跟他都亲近。

倒显得他更像是外人。

连着睡了几天，林骁和万堃几乎要打起来，互相看不惯，好几次惊蛰都想去跟奶奶挤一挤，让他俩分开得了。

最后好不容易天气放晴，万堃可以走了，惊蛰去送。林骁站在惊蛰旁边，心情舒畅得就差拿挂鞭送他走了，别提多欠了。

万堃临走前还瞪了林骁一眼，两个男生目光较量了会儿，最后各自不屑地别过头去。

万堃要上车了，他忽然扭过头来找惊蛰，从口袋里摸出一节竹子来，说："姥爷挖的竹笛，太小了，音不准，只能当个玩意儿，留给你玩。下次回来早点告诉我。"

惊蛰点点头，显得很乖。

万堃附耳说了句话，惊蛰愕然看他，直到他上车走了，都没反应过来。

林骁忍不住问她："那傻大个儿跟你说了什么？"

惊蛰叹口气："你别这么说他。"

林骁撇撇嘴："他还讽刺我是豌豆公主呢！"

惊蛰继续叹气："我也让他不要那么说你了。"

林骁这才妥协："行吧，那我不说了。"

过了会儿，他又问："所以他跟你说什么了？你那副表情。"

一副吃惊到不能回神的样子。

惊蛰犹豫了一下，然后抬眸："没什么。"

她转身回家去了。

林骁问了几次，都没问到答案，不由得不爽。

他没有窥探别人隐私的爱好，只是万堃临走前特意看了他一眼，他总觉得是那个傻大个儿在说他的坏话。

娃娃亲……妹妹……下次回来早点儿告诉我……

呸。

有一天他从万奶奶那儿默记了傻大个儿的电话号，然后加了傻大个儿的微信，他在好友申请里只写了自己的名字：林骁。

然后他就没有说话了。

万堃先是发了个问号。

林骁看到了，没回，到了晚上才回复了一个“微笑”的表情包。

微信里的死亡微笑脸，自带挑衅意味。

万堃顿时发了一长串：我不让妹妹去你房间不对吗？你多大人了，能不能避避嫌？

原来是说这个，林骁撇嘴：哦。

奶奶都没说什么，要你管。

万堃气急败坏地骂他，他没理，只是翻了翻万堃的朋友圈。他的朋友圈透着股傻大个儿式的呆傻，但有几条，是关于惊蛰的。

惊蛰给他糖，给他零食，帮他缝制文具袋。他有一个玩偶，一个脑袋那么大的玩偶，用粗毛线钩织的，他在标题上写：“妹妹送的。”还发了三个“爱心”的表情包。

林骁顿时就觉得不高兴了，就连霸占了惊蛰一晚的胜利感也一下子变成了挫败。

因为他突然觉得她真的拿他当哥哥……

所以可以不避嫌。

他们提前一周回了南临，很快就要开学了。

临走的时候，惊蛰对着奶奶笑，絮絮叨叨让奶奶照顾好自己。她坐上了车频频回头看，等人从视线里消失，她突然捂着脸哭起来，越哭越大声，越哭越委屈。林骁手足无措地拍了拍她的背，竟也觉得鼻子一酸，最后只能一边递纸巾，一边轻声安慰她：“一放假我就陪你再回来，别哭了。”

成绩很早就出来了，已经预选了分科志愿，但大家只知道自己年级成绩，并不知道分科后的名次。

理科十六个班，文科十个班。

惊蛰在理科 1 班。

选文理科的时候，惊蛰几乎没有犹豫，她说想报的专业是理科。她不偏科，文、理成绩很平均，而且附中多少有些重理轻文，所以这选择倒是也皆大欢喜、顺其自然。

而林骁却因为这个起了些争议。

他高一进步巨大，数学相对不错，文科成绩偏好一点。爸妈让他自己决定。老师说他选文科会更有优势，他若选文科，甚至能进前两个班，对于他这种基础相对薄弱，考试发挥全看运气的，文科是更稳妥的选择。

但他最后还是交了理科的志愿表。

老师再三问他考虑好了没有，他都是点头。

林骁期末考试成绩不错，爸妈在电话里还夸了他。惊蛰知道的时候，很为他高兴，他只是笑了笑，兴致索然。

他觉得不够。

他在理科 4 班，踏进班级的时候，几个认识的人朝他起哄，因为他是以最高分进来的。

他没什么高兴不高兴的，表情寡淡地在最后一排坐下来。

有人叫他："班长，你不坐前排啊？"最高分坐后排，多不像话。

大约他初中、高一时一直做班长，导致不管他是不是班长，旁人都叫他一声"班长"。

他摇头，嗤笑了声："我这身高，坐前排合适吗？"

不知道谁笑了声，扬声道："班长高一上学期时，不是坐了三个月的前排吗？"

林骁愣了一下没吭声，想起来那会儿也有人在后面吐槽他："班长，头低点儿，我看不见黑板了。"

他便象征性地让了一下。

陈沐阳戳着他的背："你这身高，坐前排合适吗？不影响人家学习啊？"

他扭头往自己后面一扫，挑眉："你看他们谁像是看过黑板的样子？"

陈沐阳看完沉默，随即点头："对不起，打扰了。"但还是忍不住吐槽他，"你就是黏人。"

那时他侧头看了惊蛰一眼，然后耸肩："是又怎么样？"

他对学习没什么兴趣，对未来也没有什么规划，一辈子活得顺风顺水，虽然童年小有缺憾，但大体是个幸运又富足的人。

事实上他到现在也对学习没有什么兴趣，并不知道学习是为了干什么。他没有特别想爬的"山峰"，也没有崇高的志向。

林正泽和邢曼给他讲过无数的大道理，告诉他不努力，将来生活会过得如何如何艰难。

但大约他们童年都不太幸运，很少言辞激烈地逼迫他。

每个老师都会说："不努力，将来你们只能扫大街。"

他听得耳朵起茧子，甚至隐隐带着一点逆反。

到最后，他却只记得惊蛰说的几句话。

——反正不学习也没有其他事可以做。

——成绩不重要，重要的是你想成为一个什么样的人。

——当你知道你想成为什么人的时候，你就需要成绩了。

——有多迫切，就有多需要。

他现在，就很迫切。

学校举办秋季运动会，去年因为天气异常延后到了春季，那会儿惊蛰没有参加，林骁也没有去。

今年刚开学没多久就宣布举行运动会，惊蛰报了三个项目，接力赛、八百米跑、铅球。

1 班报名的寥寥无几，都是安排上去的。

林骁今年又达成班长成就，体育委员让他做个表率，于是他象征性地报了个一千五百米跑，然后顶了个接力赛的缺。

运动会三天，头一天开幕式结束的时候，林骁把惊蛰从队伍里叫了出去。

惊蛰跟着他走，走到便利店才想起来问："怎么了？"

林骁歪了一下头："没事，带你吃点东西。"

早上惊蛰起晚了，没吃饭。

至于为什么起晚了，是因为熬夜帮他整理笔记。1 班学习任务重，她想把运动会的时间腾出来写一套卷子。

孙姨追着她要她多少吃一点，她便拿了两个包子，在路上吃了。

林骁走进去的时候，陈沐阳和江扬已经在了，显然是提前溜过来的。

陈沐阳冲两个人招了招手："点好了。"

惊蛰走过去，林骁顺手又拿了瓶酸奶去结账，过去的时候放在惊蛰手边。

惊蛰说："谢谢。"

林骁鼻腔里发出一声无意义的声响，大约是不满她的客气。

江扬好久没见她了，笑问："黑眼圈这么重？"

惊蛰摇摇头："没事，昨晚没睡好。"

便利店只有快餐，早饭并不太好吃，陈沐阳只要了一杯豆浆、一个三明治。

惊蛰剥开三明治的纸皮，慢吞吞咬着，听他们闲聊。

陈沐阳在理科 9 班，江扬在 8 班，这俩也都进步不小。爸妈给了奖励，暑假"浪"翻了天，俩人一边在网上嘲笑林骁，一边去度了个假，都晒黑了。

结果因为太放飞，他们暑假作业都来不及写，赶在开学前疯狂赶作业，差点儿翻车。

不过这俩人晒黑了也好看。

一个暑假没见，陈沐阳声音突然变得沙哑低沉起来，以前笑起来嘎嘎嘎的，现在笑起来，显得成熟了很多。

江扬把头发理成很短的寸发，他本来就五官棱角分明，这下更显得锋利。他把手随意地搭在陈沐阳身上，问他有没有发觉林骁眉眼里长了些睿智。

陈沐阳抬头仔仔细细打量林骁，附和道："他的智慧已经透过大脑皮层溢出了。大概是因为回了城，丢掉的智商又发芽了。"

林骁隔着桌子踢了一人一脚："闲的？"

俩人抱起来，又是嘎嘎嘎地笑。

俩人损完林骁又问惊蛰，林骁在山里有没有更多糗事，因为觉得林骁这种有偶像包袱的，肯定有所保留。

惊蛰笑了笑，看了眼林骁，然后摇了摇头。

陈沐阳撇撇嘴："你不乖了，你现在跟他狼狈为奸了。"

惊蛰低着头吃饭，轻笑了声，没回答。

惊蛰同桌来找她，两个人一块儿走了，她扭过头，认真地冲三个人挥了挥手。

林骁看惊蛰走了，然后才手脚一伸，非常懒散地靠在那里，皱着眉问："我觉得她现在在躲我。"

俩人抬头不见低头见的，能怎么躲，刚刚不还跟着他过来吃饭，走的时候还挥手了。陈沐阳忍不住翻了一个白眼："是你太黏人了吧？"

江扬忍不住乐了一声，附和道："就是，人家一个小姑娘，谁跟你似的，不要脸地硬往人身边凑。"

林骁觉得跟他们说不通，扶额蹙眉，觉得异常不顺心。

惊蛰对他也不算冷淡，但他就是有那种感觉。

从什么时候开始的呢？

大概是从万堃跟她说不要去他房间的时候。

林骁犹豫了又犹豫，忍不住跟两个人说了那天没法安排房间，他和惊蛰挤在一张床上的事。

这事儿他一直没说过，大约是因为从一开始就抱着私心。

陈沐阳和江扬自小没经受过需要跟谁挤一张床的事，也无法理解什么样的情况下，非得林骁跟惊蛰挤。

直觉中就带着点阴谋和故意，于是两个人齐齐掐林骁的脸："林骁，你要不要这么不要脸，你不能拒绝吗？作为男人不能自觉点儿？你简直是……随便。"

林骁没好气地说："床那么大，我俩甚至可以说是在两张床上睡的，门也开着，衣服也穿得好好的。"他举手，"我什么也没干。"他没法跟他们解释那种天气和场合，那样的环境，尽管他目的不纯，但真的丝毫邪念都不可能有。

陈沐阳还是觉得他不要脸，耸肩："你就是太得意忘形了，从你进山我就看出来了，你就是仗着惊蛰愿意惯着你，你可着劲儿放飞。"

江扬深有同感："你什么也没干，你还想干什么？你又不是三岁了，你回去跟你爸你妈说说这事，你看你挨不挨揍就完事了。"

林骁抬着眼皮扫了两人一眼："我是来听你们数落我的？"

虽然早有所料，但陈沐阳忍不住还是跟他确认了一遍："我早就想问了，你是不是对惊蛰……"

林骁起了身，抬了一下下巴示意出去。

三个人掀开帘子走出去，并排朝着操场走去。

今天是个大晴天，带着未散的暑热，三个人的校服都没好好穿。林骁的衣服在肩上搭着，一出门就掉了。陈沐阳将他的衣服捞起来的时候看到拉链上扣着一个小星星，这种可爱的小东西，不用猜都知道是惊蛰的。

至于是给的还是要来的，那就不得而知了。

但这不耽误陈沐阳损他："您真是闷骚。"

林骁随手把衣服绑在腰上，然后手插在裤子口袋里，有些懒散地看着操场的方向，嘴角耷拉下来："我是不是表现得太明显了？"

陈沐阳偏头："嗯？"

林骁继续说："表现太明显了。"

江扬一巴掌拍在林骁宽阔的背上，目视他伟岸的身姿，然后摇头轻叹："长这么帅有什么用，一样要吃爱情的苦。"

林骁没心情贫，仿佛和俩人不在一个频道上，蹙眉轻哼了声，近乎自言自语道："可她对我没意思。"

江扬想起自家妹妹，忍不住替惊蛰说："妹妹对你还不够好？你还想要她怎么对你好。"

林骁再次哼道："她对谁都好，她送给别人的玩偶，都比我的大。"

陈沐阳："……"

江扬："……"

两个人相视一眼，表情一言难尽。陈沐阳捂住自己的腮帮子："谁家醋瓶子翻了，酸得倒牙。"

江扬两只手举起来，抬头无语问苍天："来道雷劈死他吧！"

陈沐阳和江扬早就看出来了，但这事，不是林骁亲口说出来，就依旧带着点朦胧的似是而非感。

只是俩人打死也想不到，林骁承认得这么干脆。

陈沐阳逼问："其实一开始你就对人家有好感吧？"

从妹妹来的时候起。

陈沐阳仍记得惊蛰来之前林骁有多烦躁，来之后，林骁就不对劲，嘴上嫌弃得要死，实际上却处处维护。

林骁坦白承认："嗯。"

因为知道自己有多讨厌家里突然来人这件事，所以第一眼的好感让他无所适从，好像自己表现得关爱就是输了似的。

陈沐阳"啧"了声，遥想自己当年青涩的喜欢，顿觉气愤："所以你拼命阻止我，到底是真的怕我挨打，还是居心叵测？”

林骁扭头看了他一眼，突然笑了一声：“都有吧。”

陈沐阳一把搂住他的脖子：“我杀了你。”

“杀我可以，不许有非分之想。”

“你要不要脸？”

“公平竞争也行，但你争不过我。”

“……”

“所以别白费力气。”

陈沐阳对惊蛰并没有非分之想，那时候的喜欢也只是单纯的好感，并没有浓烈到非她不可的地步，后来相处起来更是觉得让她当妹妹更舒服。而且他能清楚地感觉到，惊蛰对他没那个意思。

但依旧不妨碍他觉得某人不要脸。

而且，惊蛰可能也不喜欢某人。

虽然这个他真的看不出来。

“原话奉送给你，小心你爸把你腿给打折。”他说。

林骁冲他笑，一字一句地说：“那、我、也、认、了。”

陈沐阳抱拳：“佩服。”

几个人进了操场，遥遥看见惊蛰站在那儿跟人说话，江扬冲那边挥手：“妹妹。”

惊蛰也冲他挥手，笑容浅浅，阳光下，皮肤白得会发光似的。

她身边站着五六个人，都是她们班的，一个扶着她的腰，一个搭着她的肩膀，还有几个男生站在旁边。

然后秦雪和陶晶晶去了，扶她腰的女生才走开两步，给三个人留了空隙。

江扬声音弱下来，跟林骁耳语：“不怪你喜欢，秦雪和陶晶晶到现在都跟她关系不错，她们班有一半人都喜欢她。羡慕吧，她到哪儿都讨喜。咱们高一班的老师，现在天天把惊蛰挂嘴上，还有他们现在那个班的老师，也喜欢她，她还是学习委员。”

林骁又骄傲又酸，撇撇嘴：“我不知道吗？要你说。”

某人气急败坏。

两个人愣了一下，突然耸肩笑起来。

江扬突然“哎”了声，拿胳膊肘戳林骁：“那边那个好像是高三的，据说是个很厉害的才子。”

惊蛰旁边的人看林骁几个路过，啧啧感叹：“林骁他们几个站在一起，可真养眼啊！”

惊蛰和旁人打了招呼就垂下了头，这会儿只是微微偏了下头，用余光看了几个人一眼。林骁手插在口袋里，衣服随意绑在腰上，他里头穿着黑色短袖，显得整个人有些桀骜不驯。

三个人个子都很高，陈沐阳一米八，江扬一米八三，林骁去年还跟两个人不分伯仲，今年已经明显比另外两个人高了，可能有一米八五了。

青涩感渐退。

她都费解自己那会儿为什么会愿意跟他睡一间房，虽然开着门，两个人各有被子、各占一边床，但此时回忆，仍旧觉得羞耻自责。

可是当时明明什么都没有想。

还是万堃提醒她："以后别去他房间了，不合适。他这个人感觉没有分寸。"

惊蛰转了下眼珠，把那些念头都驱赶走。

可能是她没有分寸。

附中这几年扩招后，运动会格外热闹。

除了比赛，还有各种各样的活动，操场门口摆了很多摊位。学校的社团平时活动很少，只有运动会和各种晚会才有发挥的余地，所以都很卖力。

惊蛰的同桌叫周寻月，她高一下学期就和惊蛰一个班，成绩基本稳定在年级前十。她戴着一副五百度的近视镜，身高一米五，体重不足八十斤，看起来瘦瘦小小的。她学习并不算很努力，至少在所有人眼中如此——上课容易困，常常走神，非常喜欢看课外书，每次老师都会语重心长地告诉她，如果她能全力以赴，会有更好的成绩。

她也经常唉声叹气的，但要她一心扑在学习上，对她来说无异是一种折磨。

她会很多东西，她的母亲是研究语言的，受母亲影响，除了英语，她还会俄语、法语和西班牙语。虽不是很精通，但几乎都是可以完成日常沟通交流的程度。

她的奶奶是个大学音乐教授，她的小提琴是奶奶亲自教的。奶奶有个乐器房，里面收藏了各种乐器，她基本都摸过，她还会一些管弦乐器。

她的父亲是个昆虫学家，她家里有很多标本，她对昆虫也很有兴趣和研究。她有一个画册，很厚，已经画满了，每一页都是一个昆虫，画了各种角度。

她感兴趣的很多，看起来对什么都游刃有余，不过她的志向却是成为一名法医。

事实上1班有很多类似的同学，除了学习，还有很多技能傍身，也并不都是埋头苦读。

学校还有各种竞赛，会有各种人报名，但惊蛰都没有参加过，她所有的精力应付考试都已经很吃力了。

周寻月是编辑部的记者，他们校报有个摊位在门口，所以几个人这会儿聚在这儿。

他们负责搜集运动会的趣事、照片，还准备了去年的季刊分发，封面是周寻月拍摄的附中图书馆——某天的傍晚，天空是妖艳的诡紫色。

惊蛰抱着刊物站在旁边，有人过来她就递一本。

秦雪和陶晶晶过来找她玩，周寻月跟她们打过招呼后便礼貌地走开了一点儿，给三个人聊天的空隙。

秦雪看周寻月走了，小声说了句："你的同桌怎么都是这种神级人物？"

高一上学期是林骁，一学期都没换过同桌，因为班长以权谋私极其过分，谁也插不进去，好几次秦雪都求他，可班长不为所动。

最后她只好跟陶晶晶说："班长要是对惊蛰没意思，我倒立吃屎。"

虽然陶晶晶也这么觉得，但听她对自己如此狠毒，不由得表示敬佩："班长要是不行动，都对不起你发这个毒誓。"

那时候两个人还在感慨，为什么附中就不能一学期一分班呢？为什么就不能不按成绩排班呢？

为什么班长就不能成绩突飞猛进、一路高歌，直通1班？为什么两个人不能一直在一起，为什么要分开？

两个人扼腕长叹，悲壮程度堪比自己要和对象异地恋了。

高一下学期惊蛰的同桌是宋子竞。宋大哥也是个神人，从小跳过好几级，以至于他是他们班里最小的一个。他学习成痴，经常会做出点正常人看不懂的事，脾气非常怪，而且情商堪忧，男生女生都不喜欢跟他坐同桌。虽然宋大佬很强，但嘴巴丝毫情面都不讲，很容易被他中伤。

没想到跟惊蛰坐同桌之后，宋大佬终于转性了，都有人情味了，说话也温柔了。可能是因为惊蛰身上的气质太干净了。

如果不是大佬心里只有学习，且比同班人小三四岁，心态还跟小孩似的，秦雪都怀疑大佬对惊蛰有意思。

因为宋子竞只对惊蛰温柔，所以惊蛰跟他做了一学期的同桌。

高二两个人还在一个班，不过高二的老师不喜欢男女同桌，所以惊蛰换了新同桌。

周寻月在学校也很出名，每年的电视采访，这位几乎是学校的代名词。初中时候她无人不知，知识面非常广，涉猎很广泛，自信心强，不怯场，小小的身体，大大的能量。之前不少人调侃她智慧的大脑压制了身体的增长。

她的新技能层出不穷，经常给人猛不丁来一下，让人惊叹：天哪，她竟然还会这个！

然后人们再次怀疑她是不是穿越来的。

幸好她不是那种什么都玩还照样考第一的人，不然1班人得崩溃一半。

周寻月也是个很难搞的人，她精力过于旺盛，以至于招来很多妒忌和排斥。她有过很多朋友，但都不长久，甚至有一任朋友公开吐槽她精神有问题，让她去挂精神科，看看是不是有什么毛病，说正常人不会像她一样亢奋。

不过她和惊蛰关系不错，惊蛰以前是她前桌，今年开学老师不让男女混坐之后，她主动问惊蛰，要不要一起坐。

秦雪觉得惊蛰也是个很神奇的人，她人缘很好。据说周寻月跟谁玩，大家都会自动远离那个人。不过从刚刚一群人围着惊蛰说笑就能看出来，惊蛰跟周寻月玩，并没有影响她的社交。

而且不知道是惊蛰的原因，还是大家对周寻月改观了，有惊蛰在，其他人对周寻月也没那么疏远了。

惊蛰听她那么问，不由得笑了笑："1 班很多人都很厉害。"

陶晶晶很羡慕这些智商高的人，闻言不由得感叹道："我觉得周寻月家里的基因太牛了，她堂哥也是高三风云人物，号称'行走的大百科'，是图书馆常驻人口。你要是去那边自习，肯定能看到他，经常坐在一楼报架旁，手边堆的都是书。他看书又快又杂，两届语文竞赛都是第一名。"

惊蛰点点头，她知道，也见过。寻月的堂哥，在高三文科 1 班，叫周不言，学习很好，人也很好。

秦雪忍不住说道："他们一家名字都好怪哦。"

说着，好巧不巧，正好看到周不言过来，来给周寻月送书。

周寻月却突然叫惊蛰："惊蛰，你要的书。"

惊蛰忙走过去。那天随口说的一本书，周寻月说她哥有，她没放在心上，没想到对方还特意送过来了。

她走过去，从对方手里接过来，很郑重地说了句："谢谢。"

周不言不是第一次见惊蛰，于是笑道："不客气。"

他看到惊蛰衣服拉链上的小月亮，指了指："这也是你自己做的？"

惊蛰不太好意思地点点头，因为周寻月跟他吹过自己什么都会，她觉得有点心虚。

都是些小玩意儿。

周不言却认真地说："很厉害。"

惊蛰更心虚了。

两个人有一搭没一搭地聊着，周不言没说走，惊蛰也不好意思先离开。但秦雪和陶晶晶还在等她。于是她有些心不在焉，频频抬头看他，希望对方可以接收到自己的暗示。

从林骁的方向看，只看到惊蛰的目光都快粘在对方身上了，耳朵边的"才子"更是让他觉得刺耳。

于是已经走远了的他突然折身回去，朝那边走去。

惊蛰不知第多少次看周不言的时候，林骁突然伸手过去，从身后拉住惊蛰的胳膊，对着周不言和周寻月说：“抱歉，人我带走一会儿。”

他面无表情的时候，还是带着几分冷感的。

对面两个人都有些愣，一时也没顾得上说话。

惊蛰表情愕然地被拉走了，她下意识回头看秦雪和陶晶晶，却只看到两个人表情带着几分慈祥地冲她挥了挥手，仿佛在说：你走，没事，不用管我们。

林骁拉着惊蛰一路到操场另一端，惊蛰才终于忍不住问了句：“哥，你干吗？”

林骁拉着她坐下来，抬着眼皮看了她一眼：“没事，这儿草皮特别软，带你坐坐。”

错后一步跟过来的陈沐阳和江扬相视一眼，都从对方的眼神里看到了大写的“无语”：真佩服林骁这一本正经胡扯八道的本事。

惊蛰一头雾水地坐下来，慢慢挪到他身边，靠近他耳边，露出费解的表情：“你是不是干了什么坏事，想让我帮忙跟叔叔阿姨说好话？”

林骁深深看了她一眼：“这忙，你帮不了。”

陈沐阳扑哧一声笑了，说：“你越帮忙，他可能死得越惨。”

江扬也笑了，从林骁口袋里摸了一把糖递给惊蛰：“他没事，就是刚买了糖，当着那么多人的面不好意思给你。”

陈沐阳想起刚刚出便利店的时候，林骁突然又折回去买了一袋糖，拆了装在口袋里，不由得笑了声：“嗯呢，不多，不够分的。”

惊蛰抬头突然看了林骁一眼，目光带着几分复杂的情感。

林骁偏头：“什么眼神？”

惊蛰摇摇头：“你好像我奶奶。”

林骁陡然蹙眉：“嗯？”

惊蛰剥开一颗糖塞进嘴里，含糊不清地说：“她也很喜欢给我留东西。”

好吃的都会留给她，东西不多的时候也会等没人时再偷偷给她。

这下轮到林骁表情复杂了，他甚至都觉得自己现在浑身带着慈祥的光。

陈沐阳和江扬笑得眼泪都快出来了。

惊蛰又剥了一颗塞给林骁以示感谢，他其实不太爱吃糖，但还是咬进了嘴里。

惊蛰说了声：“很甜。”

林骁低“嗯”了声。

是挺甜。

今年的项目都很温和。往年长跑都是男生三千米、女生一千五百米，但去年相继有男女生晕倒被救护车拉走，今年学校大约是怕再出意外，长跑换成了男生一千五百米和女生八百米。

惊蛰的耐力和爆发力都挺不错，虽然这两年运动量低了很多，但胜在底子好。

体测的时候，她是少数跑完八百后看起来还轻松的。不过体测达标就可以，运动会总归是比赛，要费力些。

各年级是分开比的，男生和女生也是分开的。惊蛰下午跑八百米，男生第二天才跑一千五百米。

惊蛰是 1 班唯一一个跑八百米的，她戴上号牌站在起跑线的时候，原本站在大本营的 1 班人，很多都站在了跑道两侧给她加油。

总共跑两场，半决赛和决赛。

这是半决赛。

跑步前体育委员告诉她，前半圈要拉开距离，然后可以适当放慢速度，保存体力匀速前进，切忌用力过猛，以免到最后冲刺用不上力气。

体育委员又说，有两个劲敌，4 班的和 7 班的，她如果感到吃力，直接放过那俩人，保住第三就稳了。

运动会是计分的，每个班级算总分，排名在前面的班级有奖励。

1 班的老师和学生胜负欲都极强，只要是有名次的活动，都希望拿第一。尽管在运动会拿第一对 1 班来说有点困难。

惊蛰站在内圈第一赛道，因为赛道长度不一，终点要在同一水平线上冲线，所以起点是错开的。第二赛道是舒莺，她就在惊蛰的斜前方，开始跑前她回头看了一眼惊蛰，表情带着点复杂。她身边没有朋友，只有她们班一个男生说在终点安排了人接她，叮嘱她跑完走半圈，不要直接坐下来。

她还未点完头，对方就急匆匆走了。

因为去年的事故，今年各班体育老师都再三强调安全第一，体育委员要对每位同学都交代好注意事项。那男生只是代为传话，并不想多说一个字。

没有人送她，这与惊蛰被前拥后簇的场面对比鲜明。

第三赛道是 4 班一个女生。4 班是林骁所在的那个班，女生叫胡晓晓，身上略微带着点肉，看起来很健康自信，仿佛对第一势在必得。但她们班的人仍旧十分紧张地给她做赛前指导，最后才拍了拍她的肩："加油，班长在终点，冲过了线，你就装作惯性往他身上撞。公平比赛，先撞先得。"

胡晓晓笑骂了声："去你的，撞坏了我可赔不起。我们班长就算是个花瓶，也是个名贵的花瓶。"

边上几个女生都哈哈笑起来，只是开玩笑罢了，谁敢往班长身上撞，平日里谁在他桌子上蹭一蹭他都得擦擦。

胡晓晓笑完了，似乎才想起来："班长在终点干吗？下乡慰问？"他看起来可不像是会给同学加油的。

其他几个人也愣了，似乎这会儿才意识到："不知道啊。可能在等着接你。"

胡晓晓拍拍胸口："别吓我，我可没这么大脸。"

几乎一瞬间，舒莺就明白了，林骁是在等1班的沈惊蛰。

——他的妹妹。

胡晓晓那群人还没想明白，枪声就已经响了，每个人都打起精神，奋力起跑。

第一个半圈，领先的是舒莺和胡晓晓，两个人都铆足了劲儿，想要抢占第一的位置。

舒莺尤其卖力，她没有回头看沈惊蛰，听说过沈惊蛰体力惊人，舒莺不想输给她。

但她很快发现，就算她很努力地跑在了沈惊蛰前面，也跑不过胡晓晓。

胡晓晓像是身体里有使不完的力气。

第一个半圈过弯道的时候，是一个超速抢占内道的好机会。

舒莺跑得很快，但胡晓晓更快。

弯道旁边的加油人群里有4班的学生，他们握紧双拳，嘶吼着："晓晓加油，晓晓最棒，晓晓第一！！"

胡晓晓的马尾辫在空气中甩出的弧度似乎都带着自信。她抢占了第一的位置，余光里，不少人已经开始稳住速度，免得冲刺太快，体力跟不上。

他们班加油的人群里有人抄近道去追胡晓晓，想给她送水都追不到。

那人声嘶力竭地吼着："晓晓，要不要水？你跑得也太快了吧！"

不少人在笑，然后调侃那人："才半圈，要什么水，你等下一圈再问。"

没有人给舒莺加油，2班也有人在附近，可他们只是看热闹的，最多说一句："加油加油。"

舒莺已经拼尽了全力，还是没能超过胡晓晓，而且她有些后悔了，才半圈，她的胸口就像是着了火，腿已经在打摆了，大脑在一瞬间打了退堂鼓。她甚至觉得她坚持不了全程。

前半圈用力过猛。

她慢下来，努力调整呼吸和节奏，握紧了拳头，告诉自己，稳住第二就好，最后半圈还可以冲刺。

然后她就听见另一波声浪："惊蛰！惊蛰！惊蛰！！啊啊啊，保存体力啊！！"

"你这么猛的，都不减速吗？"

那道身影在过弯之后甚至还加了速，朝着胡晓晓一点一点逼近。

胡晓晓原本已经要放慢脚步了，看到有人追上，也骂了一声，继续加速。

两个人的身影胶着在一起，第一圈到终点的时候，舒莺果然看到了林骁。除此之外还有很多人，大多都是1班和4班的，1班的周寻月在跟林骁说些什么，两个人肩并肩站着。

惊蛰也看到了，周寻月在她跑过去的时候，手圈成喇叭状，用力喊了一声：“惊蛰加油！”

广播里陆陆续续播放着热情洋溢的加油稿，每班有通讯员负责写加油稿，交上去之后，播报员会依次去念。有些写得中规中矩，有些写得搞怪。给胡晓晓的稿子是她的好朋友写的，说：“看啊，赛场上那匹脱缰的野马，我的胡晓晓同志，你矫健的身姿是这秋日里的一抹亮色……”

播报员都笑场了，听到的人都在哈哈大笑。

周寻月喊加油的声音刚落下来，就听见广播里念到给惊蛰的加油稿：“1班的沈惊蛰同学，你的哥哥为你送来祝福。他将违逆他的班级，冒着挨打的风险，祝你勇夺第一。顺便，胡晓晓也加油。”

胡晓晓原本正和惊蛰跑得难舍难分，听到广播顿时笑了声，说：“我去。”

惊蛰也失笑，有些无奈地摇了摇头，继续往前跑。

体力在流失，但因为班上人的热切期盼，两个人又铆足了劲儿较劲。

周围都是笑声，有人起哄对胡晓晓说：“晓晓，你们班长叛变了。加油，冲啊！这能忍？冲过终点线去揍他，先揍先得。”

胡晓晓憋笑憋得很困难。

不知道谁说了句：“这俩人甩后面的人快半圈了，全程未减速，厉害啊！”

两个人都没有减速，最后半圈甚至又加速了。

惊蛰已经看到终点了，林骁那么高的个子，站在那里很显眼。她看见周寻月在上蹿下跳，激动得手舞足蹈。

然后惊蛰咬了咬牙，奋力往前冲刺，最后半圈她甚至听不到周围人的声音，只能听到自己剧烈的心跳声，还有耳边呼啸而过的风声。

她早胡晓晓一步冲过终点线，1班的人爆发出惊天的欢呼声。4班人遗憾地“唉”了声：“就差一点点。”然后大家冲上去接胡晓晓，说：“没事没事，依旧很牛，晓晓最棒！”

惊蛰看到周寻月在前头，抬头的时候却是林骁接住了她。

他扶住她的胳膊，把一瓶拧开的水递到她手里，笑道：“走走走，我这身在曹营心在汉的，他们得抽我。”

惊蛰被他一催，仿佛跟他组团做了坏事似的，扶着他胳膊就往前走，走了很远才停下来喝了口水。

刚跑完八百米，胸口像是吞了刀片，这会儿是不能立刻坐下来的。

各班的人都在拉自己班的运动员走两步。

胡晓晓身边围了好几个人，她作为一千五百米王者，在各大比赛蝉联第一已经很多年了，今年却逢劲敌，已经快跑崩溃了。她一步都不想走地往下坠，被几个人架着。抬头的时候看到林骁，她还忍不住一边喘气一边喊了句：“班长，你背叛了组织，我记住你了。我没跑第一，都怪你给我加油没加满。咱们班拿不了第一，你是头号敌人。”

林骁扭过头，冲着胡晓晓笑着歪了一下头：“嘘，拿不了第一我请客。手心手背都是肉，我也没有办法。”

4 班人齐齐发出嘘声，1 班的都在笑。

胡晓晓的闺密笑着控诉林骁：“班长，你是 1 班派来的卧底吧！”

一群人慢慢往前走去，距离越拉越大，声音也越来越大，像在喊话。

因为 1 班人和林骁不熟，看他拉着惊蛰走了，也没人跟上去。倒是胡晓晓身边都是各个班级的人。

不知道哪班的女生突然在人群里冒出来一句：“送你们班长去结盟友吧！多好的机会。”

人群里都是笑声。

舒莺逆着人群往检录台走去，她是唯一一个跑完后自己去还号码牌的人。

惊蛰被调侃着，越走越快，最后拉着林骁在一处草地上坐下来休息。

她很累，累得躺在地上，林骁就盘腿坐在那里俯看她，用不知道从哪里捡来的硬纸皮给她扇风。

惊蛰闭着眼，太阳从高高的天空照射下来，阳光透过闭着的眼皮泛出一片红；热浪裹着身体，又被纸张扇出来的风驱散。

惊蛰睁了一下眼，看到他背光的面容。他低着头在看她，眼睛垂下来，显出几分温和。

她重新闭上眼，轻声说了句：“哥，你来我们班吧。”

林骁含混地“嗯”了声。

惊蛰扯着唇角笑了一下：“我保护你。”

林骁低头，不知道是觉得好笑还是怎么，“哧”了声。

“行。”

运动会为期三天，惊蛰除自己的比赛外，其他时间大多都待在班级大本营，偶尔周寻月会叫她去操场门口帮忙。秦雪和陶晶晶会来陪她坐一会儿，但两人作为学渣，对学霸过敏，在 1 班的地盘待着，屁股仿佛扎了针，待不了二十分钟就得逃。

别的就没什么事了。

这几天都很热，太阳热烈，残暑未消。

因为头一天惊蛰跑八百米时林骁去了，所以第二天她也去等他跑一千五百米。

礼尚往来。

去的时候，惊蛰远远看到 4 班很多人都等候在终点，胡晓晓也看到她了。胡晓晓刚刚还在跟闺密打赌，说今天 1 班的沈惊蛰肯定会来。这会儿看见惊蛰过来，她顿时笑了。

“我就知道。”

闺密感慨：“兄妹情深啊！”

胡晓晓眼神里露出几分诡异地看着她：“兄妹你个头。”

闺密傻傻地“啊”了声，更正道：“对，他俩没有兄妹关系，但胜似兄妹。”

胡晓晓摇摇头，一脸对方没救了的神色。

过了大约半分钟，闺密才反应过来：“不会吧！”

那……那种感情？

胡晓晓意味深长地笑了一下：“班长可是从 26 班上来的。”

每一届都会有那么几个从 1 班陨落到后面的尖子生，还有从尾班爬到前面的黑马。

附中重理轻文，高一二十六个班，前五个班选理科的，不说有百分之九十九，至少也有百分之八十了。

所以即便是分科后，进理科前三个班对基础不好的人来说仍旧难如登天。

这一届最亮眼的莫过于沈惊蛰和舒莺。才高二上学期，沈惊蛰就进了理科 1 班，舒莺进了理科 2 班。

以往黑马要到高二下学期全部课程结束才会明显一点儿。

说起来沈惊蛰本身成绩就不差，只是因为跨省，又没赶上摸底考试，所以才落到了 26 班。反倒是舒莺更励志一点儿，她摸底考试发挥失常，但基本也是后面五个班的水平，一年就从 25 班考到理科 2 班，可以称得上是黑马中的黑马了。

她个性非常强，也非常要强，据说小时候成绩不错，上了中学之后因为生病休学过几个月，再回来就赶不上了，而她似乎也有些放弃。

到了高中，她还是不甘心，所以学习非常刻苦。

好在她底子不错，下决心努力后，进步非常快。

听说她就是因为个性太强才被孤立了。

大概是从跟林骁摊牌之后，她似乎跟惊蛰较上了劲，什么都想跟沈惊蛰比，可每次都比不过。

除了这两个人，仔细算一算，林骁这种出了名不学习的花瓶帅哥——每天吃喝玩乐，家里也不缺钱——没什么人生大志向的人，初中时候老师都已经懒得管他了，高中摸底考试也还是一塌糊涂，突然之间就开窍也是很神奇了。

闺密心有灵犀地“哇”了声：“不会是因为他妹吧？”

胡晓晓“嗯哼”了声：“肯定啊，在 26 班的时候，他只跟沈惊蛰坐，沈惊蛰不让他抄作业，也不让他偷懒，每天把练习册自己做一遍，然后挑出来适合班长做的题再给他。他进步那么快，有沈惊蛰一半的功劳。”

后面有人听她俩在嘀咕，偷听了一会儿也有点感慨，唱了句："如果这都不算爱……"

胡晓晓和闺密吓一跳，扭过头的时候才把人拉上前，小声说："是吧，不爱学习，宁愿被折磨也要跟她坐同桌，这是什么？"

"这是爱啊！"

三个人不知道被戳到什么笑点，扑哧笑了起来。

惊蛰走近了，胡晓晓跟惊蛰打了个招呼。4班人因为昨天的事，这会儿自觉让出一条道，让她站在内道第一赛道的位置。

林骁待会儿大概率会从这里冲线。

他这个人做事，要么不做，要做就要做出风头。

他远远甩开第二名小半圈，冲线的时候对方离他至少有五米远，他甚至减了速，终点处是震天的吼声，在给他加油。

然后大家嘻嘻哈哈地调侃他："虎妹无犬兄啊！班长厉害！！"

惯性让他往前跑了好几步，路过惊蛰的时候，手勾住她的脖子，带着她往前跑了七八步才停下来。

惊蛰没站稳，一下子撞到他身上，从旁边看着，像是两个人抱在一起。

他累得站不住，惊蛰也没跟他计较，只是皱着眉头，把水递给他。

林骁看到她就笑了。刚跑完，他嗓子哑得像是含了沙："你今天是不是没比赛了？"

惊蛰比完了铅球，拿了第二名，接力赛要到明天上午，所以她点点头。

林骁附耳说了句："陪我回教室做套题。"

他最近一直觉得她在躲他，所以今天看她主动来找，心情难得地好。

他想跟她多待会儿，但想要跟她多待，除了学习的时候，基本没可能。

惊蛰迟疑地看了他一眼，小声问："你是不是有不会的？"

林骁跟着她沿着塑胶跑道往前走，随口"嗯"了声。

骄阳当空，操场上热闹非凡，人声鼎沸，男男女女跑着跳着。两个人并肩走，谁也不会特别在意。

只在路过陈沐阳和江扬他们班的时候，陈沐阳和江扬吹了声口哨。

陈沐阳躲在遮阳棚下，跷着二郎腿，跟个村口老大爷似的，扬声问："你俩哪儿快活去？"

江扬本来瘫坐着，顿时直起身抽了一下他的后脑勺："不会用词可以不用，语文老师都得被你气死。"

陈沐阳一把搂住江扬的脖子，江扬反过去制服他，两个人幼稚地打斗着，林骁和惊蛰便走远了。

等两个人反应过来的时候，只能看到林骁和惊蛰的背影了。林骁手里拎着半瓶水，迁就着惊蛰的步子，从背后看，甚至能看到他偏头跟惊蛰说话都会弯下腰，怕她听不清似的。

陈沐阳戳了江扬一下："林骁是不是魔怔了？"

江扬戴上近视镜看了一眼，然后点头："何止，走火入魔了。"

两个人嘎嘎傻乐。

陈沐阳担忧道："林骁不会被他爸打死吧？"

江扬想了想："不会。"

陈沐阳刚想说"那就好"，就听江扬又说："顶多打个半死吧。"

然后两个人继续嘎嘎傻乐。

陈沐阳有点羡慕，但他没有妹妹，也没有女同桌，身边只有江扬，于是忍不住畅想了一下："你说我跟林骁抢惊蛰，会怎么样？"

江扬言简意赅道："会死。"

陈沐阳露出死亡微笑。

江扬掰着指头跟他算："首先你需要认真学习，成绩突飞猛进，最好能进1班。"

陈沐阳后背一冷，顿觉这比死还恐怖。

但转念又一想："我去，林骁他都进4班了。"

江扬订正他："4班最高分。"

陈沐阳唉声叹气道："花瓶开始装墨水了，不得了啊。"

江扬拍了拍他的肩膀："其次，跟林骁当情敌并不算恐怖。你要是真的把惊蛰抢过来，他就成你大舅子了，你将一辈子笼罩在他的阴影之下。"

以林叔叔和邢曼阿姨对惊蛰的喜爱程度——几乎都把惊蛰当亲闺女看待了——林骁可不就是大舅子。

陈沐阳沉默了一会儿，然后转身抱住江扬，非常郑重地拍了拍他的背："谢谢你，兄弟，我现在对惊蛰只有纯纯的兄妹情了。"

江扬憋住笑："同志，历史会证明你的选择是明智的。"

陈沐阳："我现在很想去林叔叔那里告状。"

江扬："嗯？"

陈沐阳："我想看林骁被打断腿。"

江扬："我也想。"

两个人嘿嘿笑起来。

惊蛰跟林骁进了4班，4班教室里有人在打扑克，看到有人进来，以为是老师，鸡飞狗跳了片刻，看清楚是班长后才拍着胸脯说："班长你吓我们一跳。"

林骁嗤笑一声："胆子这么小还打牌。"

几个人笑了一声："娱乐，娱乐。"

然后他们看着惊蛰坐在班长的位子上，随手翻开他的书，于是喊了一句：“学霸，你们有事啊？”

惊蛰意识到他们是在叫自己，于是抬头，然后摇了一下头：“没事，我陪他做会儿题。”

几个人顿时肃然起敬，为首的那个，隔空在头上画了个圈：“果然学霸头上戴着光环。”

说着，几个人从桌子上跳下来：“那你们写，我们去隔壁打。”

惊蛰刚想说“没关系”，林骁却侧头说了句：“把门关上。”

几个人应了声，然后轻手轻脚关了门。

教室里一下子空了下来，两个人坐在最后一排，同学们的书都摆在桌子上，摞得很高，门一关，两个人像是藏在这里似的。

惊蛰声音都忍不住放小了：“哥，你有没有觉得怪怪的？”

林骁每次见她声音弱下来，都会学她，也小声说：“哪里怪怪的？”

惊蛰有些郁闷地控诉他：“我就是不知道才问你的。”

林骁看她皱眉，却笑起来：“哦，那我也不知道。”

惊蛰心想，算了。她随手翻开他抽出来的卷子，他只写了三道选择题。

林骁刚想说什么，惊蛰就抿了抿唇：“我搭眼一看，你这三道题都错了。”

因为她刚做过。

林骁顿时感到扎心，郁闷地把手往脑袋上一撑，开始胡扯：“眼睛大了不起？”

惊蛰刚想给他说解题思路，一下子被他打断，半晌才反应过来他的脑回路，嘴角抽搐了一下，倾身在他耳侧低语：“怪不得你语文阅读理解老是拿不住分。”

她说话声音小小的，仿佛怕谁听到伤他自尊似的。

林骁简直受到了二次伤害，侧头，刚想说什么，不知道谁一脚把门踹开了。

两个打完球的男生浑身大汗地闯进来：“啊啊啊，累死……”

惊蛰被吓了一跳，两个人离得太近，她猛一抬头撞到了他的下巴。他捂着下巴扭头，一脸阴沉地看着闯进来的两人，特别像干坏事被撞破后恼羞成怒的现场。

两个男生一个急刹，然后迅速后退关门，动作一气呵成。

“班长，打扰了。”

人走了，教室里重新安静下来，两个人肩并肩坐着。惊蛰忽然觉得热得受不了，坐在那里不停拿本子扇风。中央空调吐着稀薄的冷风，林骁起身去后墙的储物柜找遥控器，调低了几摄氏度。大约是被她传染了，他也觉得热，抓着衣领呼扇了两下，跨坐在凳子上，有些郁闷。

惊蛰问他：“你下巴没事吧？”

她有些狐疑地看他。刚刚那一下，她脑袋都疼蒙了。

林骁轻嗤了一声，摇头："死不了。"

惊蛰"哦"了声，继续去看卷子。刚刚说到哪里了？

林骁把头发往后抓了一下，大约觉得难受，把凳子也往后拖，还是不好受，抬脚踩在桌子的横杠上。他手肘撑在桌面上，抬手抓了支笔，转了一下，没转好，笔掉在惊蛰面前。

惊蛰被他扰得无法专心，盯着桌面上的笔三秒钟，轻轻叹了口气。

林骁把笔捡起来，还要转，惊蛰干脆夺过来，无奈地看他："你到底是怎么考进4班的？"

语气带着点无奈，林骁撇撇嘴，指了指自己的太阳穴："靠我智慧的大脑。"

惊蛰觉得又好气又好笑，把笔重新塞给他："你好像有多动症。"

林骁身子僵了一下，半晌才说了句："呵。"

两个人做了一个小时的卷子，惊蛰不知道什么时候睡着了。

她昨晚没有睡好，跑了八百米回去，洗完澡想早睡，林骁却忽然敲她的门，抬了一下下巴示意她跟他走。阿龙开车，带着两个人去了附近一家中医理疗店。

……按摩。

怕她第二天起来腿疼。

给惊蛰按摩的是个胖胖的阿姨，林骁在隔壁，两个人中间隔着屏风，时不时说些不痛不痒的话，比如下周全家都要去姥姥家，问她想不想去。

这事还没有定下来，叔叔和阿姨还没问她。她摇摇头，说不想。

林骁的一个表姐结婚，婚礼定在一个惊蛰都没听过名字的国家，似乎在一个岛上，来回要折腾一周左右。

林骁不出国，但家里提前有一个晚宴，他还是要去的，到时候那边肯定很多人。

惊蛰跟谁都不熟，她只跟叔叔阿姨去过两次林骁姥姥家，都是吃饭，人也不多。林骁的姥姥姥爷很严肃，都没怎么说过话。

林骁就说："好。"

每次遇到这种事，惊蛰从未为难过，她很感谢叔叔阿姨一家，也感谢林骁。

他其实很细心地在关照她了。

她趴在那里胡思乱想，睡着了，按摩什么时候结束的都不知道。醒过来的时候，林骁就坐在她旁边玩手机，他飞快地打着字，表情淡淡的，脸被刺白的灯光映照得有些冷。

惊蛰没来由地愣了会儿，翻身爬起来的时候，才发觉胳膊麻了。她胳膊一软，差点儿跌下去。

林骁余光里看到她晃了一下，以为她要摔下去，本能地伸手挡了一下，掌心卡在她肋骨上。惊蛰直起身，摇头："没事，胳膊麻。"

他收回手，“哦”了一声：“回家？”

也许是因为在按摩店睡了会儿，到了家，她怎么也睡不着了，脑子里全是刚刚那一幕，有点怪怪的。

她拿起手机翻了一下，运动会的原因，各个群里都很热闹，高一 26 班的班群里发了不少照片。

许多成绩普通所以平时不显眼的人，运动会却大放异彩。有个小个子男生打破了短跑纪录，有人发了照片，说只抓拍到了一串残影，感叹他是附中刘翔。

还有个女生，跳沙坑跳了两米，有人问：请问她是飞过去的吗？

还有惊蛰，照片是她躺在草地上休息的时候，林骁盘腿坐在旁边，拿着一张硬纸皮，一下一下给她扇着风。

——学霸这种十项全能的人，是不是开了挂啊！

——人家这叫德、智、体、美、劳全面发展。

——那我就是德、智、体、美、劳全没发展。

因为一句话，一群人发“哈哈哈”的表情包，然后有人冒出来说：完了，我的目光在班长身上移不开，好温柔有没有？为什么我哥只会偷吃我的薯片，趁着上厕所关我的灯？

——我哥只会骗我的零花钱。

——我哥只会吃饭拉屎。

——我哥……对不起我没有哥。

——没事，没有哥哥，可以认个假哥哥。

——只有假哥哥才会给你扇风，亲哥只会嘲笑你像条死狗。

又是一大串的表情包，不知道谁说了句：刷上去，快刷上去，我们什么也不知道。

惊蛰摁灭了手机，长长吐出一口气，更睡不着了。

她干脆起身去写作业，再抬头的时候已经是凌晨两点了。孙阿姨拨了内线电话，问她还没睡吗，她应了声：“嗯，下午睡多了。”

“饿不饿？我给你煮点东西吃。”

“阿姨，我想吃碗面。”

“好，等我一会儿。”

约莫过了十分钟，她觉得差不多了，没等阿姨送上来，自己下了楼。林骁起夜听到动静，扒在二楼的栏杆上问楼下的她：“干吗呢？”

他压着声音，怕吵到父母。

惊蛰也用气声回他："饿了。你饿不饿？"

他说："不饿。"

但他还是下了楼，穿着睡衣，睡眼惺忪地坐在她对面。孙姨问他："尧尧你也要吃吗？"

他摇头："不吃，我看她吃。"

孙姨笑了声："你不睡觉，看人家吃饭干吗？"

林骁闷笑了声："我闲。"

孙姨懒得理他，只叮嘱惊蛰说："妹妹，我去睡了，你吃好放那儿就行，明早我来收拾。"

惊蛰含混地"嗯"了声，等孙姨走了，才抬头看他一眼，声音仍旧弱弱的："你不吃的话就去睡吧。"

林骁应了声"哦"，却没动。惊蛰吃两口就抬头看他一眼。

他半垂着眼，有些困顿地坐在那儿发呆。

惊蛰也不知道他要干什么，索性不管他。

吃完了，他便跟着她上楼，到最后也没说一句话。

惊蛰躺下了，还是睡不着，到了三四点，闭上眼眯了会儿，到了点，自己又醒了。

所以这会儿她睡得很沉，沉到打个雷她恐怕都不能立马醒过来。

林骁叫了两声她没应，他挑了一下眉，拿了自己的外套罩在了她身上，对回来的同桌说："借你桌子用一下，你去讲台凑合一下行吗？以后我帮你买午餐。"

同桌受宠若惊，连连摆手："不用不用，我坐哪儿都不耽误睡觉。"他小心翼翼抽了本书就去讲台坐着了。

运动会期间，午休时间可以回家，但要是在教室，依旧不能乱跑。

学校偏僻，除了小部分住在附近的，中午大部分人都不太回去。吃完饭了，大家陆陆续续都回来了，教室里满满当当都是人。大家坐在那里闲扯，等铃声响起来，就趴在桌子上眯一会儿。

今天教室里很安静，时不时就有人目光往后排飘去。后排班长的旁边，趴着一个女生，头埋在臂弯里，身上罩着班长宽大的校服。最开始谁也没认出来，问了句："那谁啊？"

有人努努嘴："你觉得呢？"

也是，班长这种有精神洁癖的人，能让他主动搭衣服的……

"他妹？"

那人打了个响指："答对了，没奖励。"

林骁的同桌叫吕子航，这会儿高高坐在讲台上，跷着二郎腿跟第一排的女学霸说话："班长征用了我的桌子，1 班的大佬昨晚没睡好，喊不醒了。"

女学霸也扭头看了一眼，小声八卦："刚才谈晨和小帅打球回来看到班长和大佬了，俩人刚一起在教室里。"

吕子航脑子不太够用："啊？在教室里干什么？"

女学霸嫌弃地瞪了他一眼："榆木脑袋。"

运动会管得宽松，大家玩手机都大胆了很多，这会儿小群里消息乱飞，围绕班长和 1 班大佬在教室里干了什么辩论了三千字。

平日里大约学习压力太大，一遇上八卦，大家一个个精神抖擞，最后得出结论：呜呜呜，班长对他妹妹也太好了。

铃声响了好几遍，惊蛰都没有醒，她是被梦刺醒的。她梦到自己迷路了，人海如潮，她迷茫地穿行其中，远远地看到林骁，还没来得及松口气，他却又不见了，她抬步往前跑，却一脚踩空了。

惊蛰的脚踩在横杠上，突然掉下来，人也就醒了。

她是猝然抬起身的。午休已经结束了，教室里乱糟糟的，同学们三三两两相约去操场，有些人走了，大多数人还在教室里磨蹭。

惊蛰呆呆地看着虚空，还不太清醒，有一瞬间不知道自己在哪儿，一会儿觉得自己在 26 班，一会儿觉得自己在 1 班。

她甚至忘记自己为什么睡、为什么醒。

过了很久她才反应过来，自己和林骁来了他们班，刚刚在陪他写卷子，然后她睡着了。

这里不是 1 班，是 4 班。

这些也不是她们班的同学，是 4 班的同学。

惊蛰吓得把凳子往后移了一下，林骁适时扶了她一下，笑道："你干吗呢？"

惊蛰把身子放低，满脸愁苦地说："你们班的同学都回来了，你也不叫我。"

林骁把身体降到和她同样的高度，两个人鬼鬼祟祟的样子。林骁说："我叫了，你没醒。而且他们不仅回来了，午休都过去了。"

惊蛰沉默片刻，幽怨地看着他。

林骁很恶劣地笑着。

胡晓晓拎着水杯跟闺密从后门过，路过他们，冲着惊蛰笑了笑，然后对林骁说："嘿，班长就是好啊，还能拐个学霸到 4 班来。"

林骁笑了一声："怎么，拐来能让你多考几分？"

胡晓晓摊手："可以沾沾学霸的仙气。"

惊蛰全程呆着一张脸，等人都走完了，她回到自己班级的大本营待着的时候，周寻月抬手在她脸前挥了挥："哎，惊蛰，你脸怎么这么红，中午你去 4 班了？"

惊蛰点点头，被太阳晒得眯着眼看她：“老师去了？”

周寻月摇头：“没有，不过群里都在说。”

惊蛰表情呆滞：“说……什么？”

周寻月笑了笑，却是摇摇头：“没什么，说你和班长兄妹情深。”

因为闹了这么个小乌龙，惊蛰都不好意思出门了，怕遇见 4 班的人。

但 1 班和 4 班在一层楼，每次去卫生间，惊蛰都要路过 4 班，有时候他在教室，有时候他不在。

他在的时候，一定会有人高喊一句：“班长！”

那声“班长”毫无意义，似乎就是在提醒他：看，你妹妹。

好像他妹妹经过，是件多稀奇的事似的。

惊蛰也不能理解这是因为什么，她只知道每次有人一喊，准会有人看她。她不是脸皮薄的人，可依旧觉得脸上挂不住。

林骁有时候会抬头看一眼，有时候干脆出来跟她说句话。

只偶尔忙的时候，他会笑骂一句：“有完没完。”

惊蛰只想上厕所，并不想接受注目礼，每次都行色匆匆，恨不得从他们班飞过去。

好在国庆过后，月考很快就要到了，大家就没空起哄了。

今年国庆惊蛰什么也没有干，完全在家里学习。进入了新学期，她学习似乎陷入了瓶颈，每天很努力地读书做题，却总觉得不得要领。她隐隐有一种不好的预感。

果然，期中考试名次连降了几十名，她几乎要掉出年级前一百名了。

看到自己考试成绩的时候，她觉得胸口有些闷得喘不过气来。

周寻月在背后拍了拍她的肩膀：“没事，成绩起起伏伏很正常，下次肯定能考回来的。你英语弱了点，我哥英语挺好，改天我把他的笔记借来给你看看。”

惊蛰点了点头。

每次考完试，都是几家欢喜几家愁。

倒是林骁这次考得不错，他的成绩原本在二三百名，分班后在一百五到二百名之间，月考还下滑了几名，考了二百一十名，这次直接考了一百零七名，差一点儿就进年级前一百名了。

每次考试，总有运气好的和不好的，林骁觉得自己就是撞了运，蒙的都对了。数学最后一道大题他也蒙对了，过程乱七八糟，但最后结果是对的，甚至卷子发下来他都不知道自己是怎么做出来的。

他们班这次都考得不错，平均成绩甚至超过 3 班，快和 2 班持平了，导致中规中矩的 3 班被他们班主任开班会骂了一节课，警告他们别以为到高二就可以松懈了。

林骁原本挺高兴，觉得按自己这进步速度，下学期进 1 班指日可待。

但因为惊蛰没考好，导致他都没什么庆贺的心情了。

下课的时候他去她们班找她，站在1班教室门口，还未开口，就有人冲里面喊：“惊蛰，林骁找你。”

两个人扒在走廊的栏杆上，林骁侧头看她：“哭了？”

她眼睛红红的。

惊蛰摇摇头，就是难受。

林骁抬手拍了拍她的脑袋，然后发现自己不太会安慰人。

主要是他这种考得差是应该的，考得好全凭运气的人，觉得考年级前一百名已经是逆天了，实在无从安慰起。

沉默了会儿，惊蛰突然掉了眼泪，说不上是难过还是心酸。其实她一直都是个挺坚强的人，从小到大很少哭，一次两次考得差也并不会让她一蹶不振。大约最近总找不到学习状态，才是她难过的主要原因。她很冷静，也很清醒，理智地分析了自己这段时间的得失之后，却因为林骁特意过来安慰她而泛起了迟来的委屈。

林骁摸了半天口袋，一张纸巾也没带，最后只好抬手替她擦了一下。

指腹带着点温度，他看她的表情也带着点复杂。

惊蛰突然觉得怪怪的，迟疑地后退了小半步，自己抬起手抹干了眼泪，然后推了他一下：“我没事，你快回你们班去吧。”

林骁没摸到纸，却摸到一根棒棒糖，这会儿塞到她手里：“不许哭了啊！”

惊蛰点点头：“嗯。”

进了教室，几个女生笑眯眯地看着她。周寻月笑着说：“没想到林骁还挺体贴的，我一直以为他是校霸那一类的。”

周寻月自小学习就好，永远是班级里、学校里拔尖的那一类，很少和林骁这种人打交道。除了偶尔八卦几句，他们也很少会互相聊到，属于在学校里提起来都认识，但彼此不会太熟悉的两个极端。

大约林骁身边绯闻不断，因为“美貌”引发过无数的战争，导致在她印象里，林骁一直都是那种不好惹的校霸一类的人。但最近她又觉得不是。

惊蛰勉强笑了笑：“他人很好的。”

入了秋，天气慢慢冷下来，接下来一个月，惊蛰都埋头苦读，没什么心情玩乐。

第三次月考，她成绩升了一点，不过还是没有回到原来的水平。她有一瞬间很挫败，觉得可能自己太笨了，没什么天赋，所以很努力也事与愿违。

她每天花在读书上的时间很多，并没有偷懒，一直按部就班，可突然之间的下滑让她有些迷茫。

偶尔晚上她会翻开抽屉看看母亲和奶奶的照片。

她有一个相册，是从家里带来的。母亲生前不爱拍照片，留下来的这些，大多是她生病后去照相馆拍的，一家三口，奶奶、母亲和惊蛰。母亲和奶奶坐着，惊蛰站在后面，她长这么大，也没有正经拍过照，显得很局促。

那天拍完照，母亲单独拍了一张，然后从包里找出一张照片来，问摄影师，能不能把两张照片拼到一起去。

是父亲的照片。父亲也不爱拍照，那张照片还是当兵的时候战友给他拍的。他站在雪地里，因为是傍晚，光线不好，画面显得灰蒙蒙的。

摄像师说，不好弄。

母亲是个很讲求随缘的人，那次却近乎恳求地说："拜托了，想想办法。"

最后摄影师还是帮她弄了，照片洗出来，是黑白的，两张照片拼到一起，显得画面很僵硬怪异，但母亲凝视了很久，说："都没想过拍一张合照。"

年轻时，以为未来还很漫长，一切都来得及。

失去之后才发现，留下的寥寥，只有遗憾最多。

奶奶那时候已经不年轻了，可看到照片，惊蛰发现和现在比，那时的奶奶还是年轻的。

生命无情，时间也无情。

这世界上，事与愿违的事，怎么会那么多？

惊蛰的母亲去世之前躺在卫生院的病房里，有一次，惊蛰躺在陪伴床上睡着了，奶奶从外面进来，给她盖好了被子。她醒了，但没睁眼。

奶奶坐在那里给母亲削苹果。

惊蛰的母亲说："我有点后悔，没有多赚点钱。"

她从城市回来的时候，手里尚且有不少的存款，颇有些恃才傲物的意思。沈濯死了，她的心仿佛也死了，导师几次邀请，她都推拒了，总想着缓几年，等惊蛰再大一点儿，等她心情平缓一点。

等着等着，却等来癌症的噩耗，她很平静地接受了这个现实，平静地做出了保守治疗的决定。

可每次躺在那里，看到母亲和女儿的时候，她总会恍惚，恍惚自己没有生病，然后绵密的悔恨爬上来，遗恨如针刺。

即便保守治疗，花钱仍旧流水一样，她不知道自己走了，母亲和女儿该怎么生活。她带给她们的，又是什么？

或许是性格使然，她从未开口说过，她不希望在仅存的日子里，留给她们的，是自己的软弱和痛苦。

她那时也常笑，神色如常地对母亲说今天想吃点什么，同以前一样逗弄惊蛰。

仿佛一切都照旧。

只有偶尔的只言片语，能窥探一点心迹，她对她的母亲说："有点后悔，没早点儿带你去临大看看。"

惊蛰知道，她只是遗憾很多，可已经再也来不及了。

惊蛰合上照片，趴在桌子上闭了会儿眼，再睁开眼的时候，长长吐了一口气。

她没有工夫难过，只希望自己的考学没有一丁点意外，能顺利进入临大，然后如愿接奶奶过来。

第三次月考林骁考得也很好，甚至可以称得上是突飞猛进，努努力，再差一丁点，就踏入1班的门槛了。

陈沐阳还调侃他："别到时候你进1班了，惊蛰掉出去了，那乌龙可大了。"

林骁没心情开玩笑，脑海里都是惊蛰沉默读书的样子，抿了下唇说："她是不会掉出去的。"

这个冬天下第二场雪的时候，迎来了期末考试，两个人在一个考场，甚至林骁的位置还在惊蛰前面。

开考前，林骁拖个凳子坐在她旁边，两个人挤在一张单人桌上，林骁随意地翻着她的笔记。离开考还有一段时间，来来往往的人路过两个人时都会看一眼，然后意味深长地笑一笑。

惊蛰觉得不自在，推了他一下："你回去吧。"

林骁侧头看她，最后还是"哦"了一声："好好考，等我去你们班找你。"

惊蛰点点头："好。"

考完就放假了，林骁觉得题目很简单，他对下学期的分班信心不小。

这次寒假只有十二天，奶奶在电话里叮嘱惊蛰不要回去了，她不愿意，奶奶只是很严厉地说了句："好好学习，奶奶不要你看。"

林叔叔和邢曼阿姨会定时给奶奶汇报惊蛰的成绩，奶奶这语气，恐怕是已经知道她最近学习状态不好了。

惊蛰突然觉得很难过，不是因为奶奶说的话，是因为她一直都知道奶奶是个把亲情看得比任何外物都重要的人。

可奶奶却很严厉地逼她不要回去，要学习。

奶奶总是害怕将来她走得太快，惊蛰还没有能力照顾自己。

惊蛰点点头："我知道了，奶奶。"

成绩出来那天，惊蛰有些紧张，她不担心从1班掉出去，只是确实不甘心。

她点开发送成绩的邮件时，有一瞬间心蹦到嗓子眼儿，从第一名往下看，越往下心揪得就越紧，在年级第十九名看到自己名字的时候，她才长长出了一口气。

她考完很没有信心，但没想到会考这么好。

这是她有史以来，名次考得最高的一次。

她仿佛卸下了重担，几乎要立马打电话给奶奶，告诉奶奶这个消息。

但她强压着冲动继续往下数，忽然又紧张起来。

林骁想考进1班，不知道有没有进来。

或许能，他考完说题目挺简单的。

也或许不能，他基础其实还是薄弱，很多题目惊蛰都很明显看得出来，他全凭直觉在做，有很大运气成分。

不过如果他能在2班也不错，就在他们班隔壁，两个班级经常能一起上课，沟通也会更容易些。

她往下数，数到五十名，终于确认，他不在1班。

她微微吐了一口气，还是有些可惜的。

再往下数……

数……

数到3班还没有他的时候，惊蛰手心都有些出汗。她没有继续往下数，而是不能相信似的，重新返回去又数了一遍，从头到尾，都没有。

他还在4班，年级第一百六十三名，比当初进4班的时候，名次还低一点儿。

惊蛰那天一直没看到林骁，孙阿姨说他出去了，到了晚上才回来。

邢曼和儿子面对面坐着，两个人在吃火锅，林骁把肥牛一盘一盘地往里倒，然后一盘一盘地吃。

邢曼隔着桌子忍不住嗤笑一声："你颓废给谁看呢？"

林骁把肉放在蘸料里胡乱一蘸，然后就塞进了嘴里，眉眼压得很低，显出几分冷淡来。

他哼笑一声说："这是颓废吗？只是无能狂怒罢了。我发现了，我确实就是个废物呗。"

明明很努力了，不进还退。

或许是努力得不够，可到底要努力到什么程度才够？

再努力一点真的就可以了吗？还是本来就是拼命也追赶不上的差距？

邢曼嫌弃地看了他一眼："那么想去1班？"

林骁停顿了一下，然后沉默地点头。

"嗯。"

林骁从小到大就有些娇惯，不太能吃苦，也没有什么志向，人生信条就是得过且过，是跌倒了就躺下来睡一会儿的那种人。这么迫切地想要达成某种简直可望而不可即的东西，还是头一遭。

但以邢曼对林晓的了解，他努力到这种程度，如果还没有起色，大概率就该放弃了。

于是邢曼说了句："儿子，你那小脑瓜在想什么，别以为我不知道。你没去1班更好，收收你的心思，我不说你什么。你最近学习也挺用功的，但我提前警告你，你爸虽然从小没打过你，可我敢保证，你敢下手，你这次一定死得很惨。”

林骁吃肉的动作僵了好几秒，然后才缓慢地嚼了两下，敛着眉看母亲。

邢曼抬手指他：“莫伸手，伸手必被捉。”

林骁倏忽扯了一下唇角，逆反心理顿起：“你放心吧，我不仅要考到1班去，我还要跟她考同一所大学，我要跟她形影不离，气死我爸得了。”

邢曼拍手：“好志气。”

她拿出手机：“来，当着你爸的面说。”

林骁：“我不说，我又不傻。”

惊蛰看到林骁的时候，已经是晚上了，他从外面回来，带了些甜点。她正坐在客厅里玩手机，顺便等他。

她以为他会难过，想安慰他一下，因为自己难过的时候，也是他来安慰她的。

手机里各种消息乱飞，成绩出来后总是要闹腾一段时间，什么声音都有。

附中的传统一向如此，分班过于频繁，使得成绩的波动显得尤为揪心。

这次期末考试成绩波动也确实非常大。

1班一向是成绩相对稳定的班级，这次却掉出去十几个，被其他各班的补进来。

甚至有一个常年成绩稳定的男生，这次掉到了3班，还有一个成绩在后排且不太稳定的，一下子掉到了6班。

提起来，大家自然是各种可惜，不免吐槽一句，这分班制度太过于残酷和不合理。

林骁在玄关处换鞋的时候，教导主任韩亮正在年级大群里说：现在你们还有抱怨的机会，如果是高考，你们已经收拾收拾东西去复读了。

群里短暂地沉默了一下，有人出来叹气：好难啊！

惊蛰收了手机抬头看他，林骁举了举手里的纸袋：“给你带的。”

他冲她招了招手，示意她去餐桌前。她坐下去的时候，林骁把纸袋拆了，随手捞了个盘子移进去，叉子和勺子也在小纸盒里，他慢吞吞地剥开叉子和勺子搭在盘子边沿。

惊蛰这时才找到声音：“谢谢。”

林骁笑了声：“别跟我客气，烦。”

惊蛰也笑了一下，问他：“一起吃？”

她留了叉子，把勺子递给他。

林骁接了过去，坐在她对面，两个人吃一块蛋糕。邢曼还没回来，去隔壁找蒋洁了。

孙阿姨出来看见他们，给两人各倒了一杯温水。

家里安静得很，或许是各有心事，气氛也显得怪异。

快吃完的时候，林骁才说了句："对不起，不能去找你了。"

惊蛰不知道他为什么要跟她道歉，但能感受到他的失落，于是抿唇安慰他："成绩稳定下来本来就很难，你已经很厉害了。"

惊蛰还记得自己来之前林叔叔对奶奶说尧尧学习愁人时候的样子，那时惊蛰满脑子想的都是不学无术违规乱纪的不良少年。

第一次见面，也觉得他很恶劣，那时的惊蛰还不适应城里人的穿着，总觉得他穿得奇奇怪怪的，脾气也不好，倒是有些意外他会主动帮自己提行李。

那时候她督促他学习，都是出于责任感。

后来是真的希望能帮助他。

仿佛就是昨日的事，几百个日日夜夜里，他们朝夕相处，她眼看着他从作业都不会抄，到现在成绩突飞猛进。他付出的努力她都看得到。

林骁陡然笑了笑："下学期……"一定。

可话到嘴边，他又不自信了，没什么是一定的。他考年级五十九名的时候甚至自负到觉得自己能进年级前十名，觉得学习也不过如此。天上的星星很近，他抬抬手就能够到。

而她也很近，一伸手就触摸得到。

像是做了一场美梦，现在一下子把他拉回现实，那些触手可及的东西，其实遥不可及。

天上的星星也是，她也是。

"下学期尽力。"他说。

惊蛰点点头，冲他笑了笑："你可以的。"

寒假很短，说是让他们提前适应高三。惊蛰的生日在大年初一，去年因为回不去落阴山，惊蛰情绪一直很不好，连生日都没心情过。

今年邢曼阿姨说要给她过生日，笑着说："办个生日派对吧！请你们同学也来，就当给你们放松了，明年继续努力。"

林骁懒懒散散地说："大过年的，谁会来啊。"

邢曼也是很爱折腾的性子，但今年过年一切都简单化了，怕影响他们的学习情绪，给他们营造了充分的学习氛围。

最后生日派对还是没有办，一家人找了个餐厅去吃饭，只带上了隔壁蒋阿姨一家。

陈沐阳因为期末考试考得不错，趾高气扬的，恨不得支使陈小红给他端茶倒水，最后被他姐一巴掌打回了现实："别作。"

陈沐阳郁闷兮兮地过来坐在林骁身边，手搭在他肩膀上："林骁，不要灰心，不要气馁，你就是今年最牛的黑马，明年你肯定一骑绝尘。”

林骁笑骂了句：“闭嘴吧！”

然后陈沐阳又探头去看惊蛰：“小寿星，猜猜我给你带了什么礼物，你肯定猜不到。”

惊蛰歪头思考片刻：“玩偶，很大的那种。”

陈沐阳愣了片刻，然后一巴掌拍在林骁身上：“你怎么知道？”

惊蛰不忍心地提醒他：“你上周发朋友圈了。”

陈沐阳晒照片说：真可爱，我可太会挑礼物了。

陈沐阳：“……”

对面的陈沐晴扑哧一声笑了：“陈小狗，你是不是弱智，怪不得你考个四百名，尾巴都翘上天了。”

陈沐阳抓了抓头发，有些郁闷地说：“四百名怎么了？四百名也是我的血和汗，是我头悬梁，锥刺股换来的。”

说着他忍不住抱了一下林骁：“呜呜呜，学习太难了，你到底是怎么做到的，太变态了。”

怎么做到的？

不知道，可能就是运气好，还有惊蛰一点一点帮他抠。

他记得第三次月考的时候，他排名比惊蛰还高，班上有人调侃他：“教会徒弟，饿死师傅，后生可畏啊！”

他笑笑，心里却知道，他和惊蛰之间的差距仍旧是巨大的。

那种差距体现在方方面面，成绩便没法带给他任何优越感。

那时感觉还并不明显，现在更加清楚明白了。

开学的时候，他仍旧在4班，依旧是4班的班长。

班级名次变动巨大，但还是有一半的老面孔。

班级第一换了人，是原先2班的舒莺。原来的学习委员进了3班，于是舒莺担任了新的学习委员。

她站在讲台上做自我介绍，表情带着十二分的严肃。

有人在台下偷偷地说：“以前给我们班长递过信的那个。”

“2班人挺不喜欢她的，说她很傲。”

“野心都长在脸上了。”

“不过我要是对自己下得去狠手，我也傲。”

去年她一整年成绩都不错，结果期末考试失手了，以至于到现在还有人忍不住说：“她不会是故意考差来4班的吧？为了帮助班长？”

这荒谬的言论竟然得到了广泛认同。

因为开学就是调换座位，她主动坐在了班长前面。

“我还以为舒莺能进 1 班，结果掉进 4 班去了。”周寻月跟惊蛰说。

惊蛰今年还是跟她做同桌。

舒莺作为年级励志代表之一，经常有老师把她挂在嘴边。她是个非常不在意别人眼光的人，几乎黏着老师问问题，经常三天两头跑办公室。

老师们都认得她，每次说到虚心请教、要学会主动学习时，都会拿她举例子。

她成绩也一直不错，老师们说，像这样的学生，不成功都难。

不过没想到她这次期末考试竟然考得这么差。

惊蛰想起她，忍不住愣了一下。

后排女生听见她们聊起这个，忍不住八卦了句：“听 4 班人说，她可能是因为林骁才故意失手的。”

周寻月表情困惑地“啊”了声：“怎么可能，她要是会控分，那未免也太变态了点儿，而且她怎么可能知道林骁期末成绩会成什么样？”

后排女生恍然大悟：“是哦，不过 4 班人都这样说，因为她第一次调座位就坐在了林骁前面。”

惊蛰悬停的笔尖顿了顿，在纸面上画出一点痕迹。

周寻月忍不住看了惊蛰一眼，然后拍了拍她的肩膀：“没事，又不是做同桌。”

惊蛰低头重新写题，跟她也没有关系，如果林骁真的跟舒莺好……那也是他的事。

不过……

中午林骁去吃食堂，陈沐阳和江扬过来找他，想问问他舒莺的事。

江扬作为跟舒莺同班过的人，忍不住说了句：“不许让她近水楼台，不然我跟你不客气。”

陈沐阳附和道：“你敢对不起惊蛰，我肯定也不会放过你。”

林骁翻了翻白眼，都是些什么跟什么。

吃完饭回去的时候，他还没进教室，就有人冲他挤眉弄眼，笑着喊：“班长！”

他狐疑地看了对方一眼，然后一脚踏进了教室。

大家都还没吃完饭，教室里稀稀拉拉的。

他的座位上坐着一个人，低着头，安安静静地在做题。

她好像瘦了，侧脸看起来线条更清晰了，露出来的一节手腕，又白又细。

他有些愣，然后轻手轻脚走过去，俯身看她的卷子，是整个年级统一的自印物理卷。

她察觉到有人靠近，回头看了一眼，瞧见是他，轻声叫了句：“哥……”

林骁喉结微动，轻轻“嗯”了声：“怎么过来了？有事？”

因为4班人爱起哄，她都不爱从4班门口过，更别说进来找他。

他有些意外，还有种说不上来的满足感。

他在隔壁坐下来，惊蛰合上笔帽，把手下按着的一个笔记本给他："笔记。"

他翻开看了一眼，是数学。

期末考试他数学考得最差，明明觉得很简单，可成绩下来的时候，只有九十分。

后来看到卷子才知道，选择填空丢了很多分，明明都会的，可以算出来的，还是错了。

粗心大意是真的，可也确实给了他当头棒喝，他基础不扎实，脑子里并没有完整的知识体系，成绩好才是偶然。

惊蛰是想让他把数学基础补一补。

笔记她重新整理过，是专门为他整理的，她自己很少写得这么细碎，因为怕他看着吃力。

看本子的新旧和内容的复杂程度，他几乎可以断定，是寒假时就开始准备的。

他把笔记本收进桌洞，说了句："好。"

惊蛰看着他，沉默片刻，然后说："下学期见。"

林骁盯着她看了会儿，道："好，我尽量。"

他已经不敢保证什么了。

舒莺吃饭回来了，从后门进来就看到座位上的林骁和沈惊蛰，不由得抿了抿唇。

胡晓晓突然在前排叫了声："学委，麻烦来一下，我们有事想请教你。"

把舒莺支走了。

舒莺被叫走了，惊蛰收回目光，看着他："她……"

林骁顿时举手："跟我没关系，我也不能干涉人家选座位。"

惊蛰点点头，指尖搓了一下手腕："我没别的意思，就是想跟你说……不要早恋，很容易影响心态的。"

林骁好笑地看了她一眼："这么懂？你早恋过？"

惊蛰一下子觉得脸皮有点热，摇头道："没有，但我们班的第四、第五名，因为早恋，成绩下滑到第十几名了。"

林骁无意去探究下滑到第十几名算不算早恋害人，他就是觉得惊蛰这一本正经的样子挺好玩，忍不住逗她："那你去年成绩下滑，不会是因为……"我吧！

太自恋了，他没问出口。

惊蛰忙摇头："我没早恋，而且我妈妈说，早恋没有好结果。"

林骁扯了扯嘴角，凉凉地笑了下："哦。"

惊蛰三天两头来送笔记，帮他梳理基础知识框架。

每次来，班上人都会调侃他："班长，你这不考个清华北大，都对不起组织。"

林骁笑着说：“怎么，忌妒啊？”

“是啊，忌妒啊，要是有个大佬愿意这么手把手教我，我何愁学不好这该死的数理化。”

林骁：“忌妒也没用。”

可其实越是这样，他压力越大，太想得到，就害怕失去。

他对 1 班都不敢有非分之想了，甚至在考前只祈祷不要继续往下跌了。

但月考只考了二百零一名，持续下跌。

这次题目也简单，拉不开差距，而林骁又有几个大的失误。

出成绩后，他一个人坐在操场上，逃课了。其他班在上体育课，他混入其中，坐在那里吹风。

不少人偷偷摸摸用手机上网，吐槽这题目太变态，难倒是不难，但弯弯绕绕特别多，稍微不小心就掉坑了。

他好像已经没有上学期的意气风发了，那时候成绩涨得飞快，觉得年级前五十名唾手可得。

那时候他太自负，以为一切都很简单。

而现在他甚至都怀疑，或许自己连考到二百名都是奢侈。

林骁手机的聊天框里，惊蛰是唯一的置顶，最后一条消息停留在考前那天晚上，她发消息说：我给你整理了数学的重点，你睡了吗？没睡我给你送过去。

他没有回，直接去敲她的门。

他问她：“你不复习，给我整理这个？”

惊蛰“嗯”了声，然后又摇摇头：“重新梳理一遍也是复习了。”

意思是，只是顺便。

但他知道，并不是顺便那么简单。

她对他的成绩，比他自己还上心，如果知道他考成这个鬼样子，估计她很失望。

他确实一直在浪费她的时间和精力。

她这次考得比上次还好，年级第十五名。虽然只是几个名次的进步，但对于进步空间本就不大，且实力都很强的学生来说，这已经是非常厉害的成绩了。

那种肉眼可见的差距，某一刻让林骁觉得，其实自己的追赶很可笑。

舒莺找到他的时候，他正坐在那里发呆，她在他身边坐下来，说：“老师让我找你。”

她仔细研究过林骁的成绩，也亲身经历过这种状况，太知道他现在的心情了。

林骁不咸不淡地“嗯”了声，没有心情理会她。

舒莺抿了抿唇：“你还是很讨厌我。”

林骁微微敛了下眉：“谈不上，毕竟也没交情。”

如果不是她掉到他们班，又坐在他前面，他都快把她忘了。

舒莺自嘲地扯了扯唇角：“你是因为沈惊蛰才努力的吗？”

别人都这么说。

其实刚开学的时候，她挺看不上沈惊蛰的。那时候打量着她，觉得她又土又呆，不是林骁会喜欢的类型，也完全不需要她去注意。

可舒莺很快发现，林骁似乎对她挺友好的，26班的人从议论纷纷到友好亲切，也不过是短短一个月的时间。她觉得不可思议，仍旧记得自己初中休学了一段时间，到班级上课的时候，别人都熟悉很久了，而她像个转校生，跟谁都不熟，很长一段时间融入不进班级。别人对她也都是防备和疏离，那种不被接纳的感觉让她异常难过，她花了很长时间才学会如何去交朋友。

而沈惊蛰很轻易就做到了。

第一次月考，舒莺成绩突出，还没来得及享受别人的惊叹声，班上人便被沈惊蛰吸引了注意力。沈惊蛰成绩竟然那么好。

据说那会儿老师都在私底下商量，要不要申请把她调到前几个班去。

她是因为摸底考试缺考才被分配到26班的，老师们便觉得可能对她不太公平。

舒莺那一点点成绩，便被比下去了。

到了下学期，她成绩也一直在进步，可始终无法追赶上沈惊蛰。

她也并不是非要跟沈惊蛰比，但大约一开始的轻视太过深入骨髓，那种骨子里的优越感作祟，就想要把沈惊蛰比下去。

就像她其实并没有多么喜欢林骁，但一下子知道他可能被别人抢走，就不甘心。

只是她没有拿下林骁，也没有把沈惊蛰比下去。

就连运动会跑八百米，她都跑不过沈惊蛰。

上学期的期末考试，她太想要进1班了，她想证明自己，想一鸣惊人，想傲视一切，想站在高高的云端上，被所有人仰望，想被父母夸奖，被老师喜欢。

她想得到一切。

可大约老天都看不上她的贪心，狠狠把她打落下去，她记得自己看到成绩的时候，近乎两眼一黑。母亲狠狠地数落了她，嘲讽她还是不行，每每关键时候掉链子，说她不聪明就要加倍努力，揣测她是不是因为取得了一点成绩就骄傲自满了。

她过滤掉一切话语，只摘出来一句“不聪明就要加倍努力”。

是的，她不聪明。

舒莺说：“林骁，人总要学会接受自己并不是最聪明的，学会接受努力并不一定有好结果，学会认清自己其实没有那么优秀。”

林骁侧头看了她一眼。

舒莺抿了抿唇：“我们两个其实很像。而沈惊蛰，是另一个世界的人。”

一个天生就讨人喜欢，努力是一种本能的人。

林骁轻嗤了声，听不出来是嘲讽还是觉得好笑，起身往教室走去。

这次考完试，学校要开全体教师会议，下午最后两节课是自习。不少班级都组织了小组讨论，一个小组前后两张桌子，四个人，把各科卷子的重难点自己讨论清楚了，实在讨论不清楚的，再由老师讲解。

卷子本身没什么难度，重难点也很少，小组讨论到最后，就成了商量周末去哪儿消遣。

考完就放松一两天，一向是传统，于是大家便商量着放学一起去吃饭。

胡晓晓大着胆子说："班长，你还欠我们一顿饭呢！"

还是上次运动会，林骁胳膊肘往外拐去帮自己妹妹，最后4班分数确实也不行，只拿到一个优秀奖。那会儿林骁说请客，只是没人当真。

有人撞了一下胡晓晓，意思是，班长心情正不好呢，你还起哄！

胡晓晓没懂，对她来说，林骁已经够厉害了，他们班也不是前三个班，成绩波动大是很正常的，如果能稳定下来，也不会在这里了。

要知道林骁高一刚入学的时候，在年级一千多名开外，这进步已经是逆天了。

偶尔下滑个几十名，并不算很过分吧？不至于一蹶不振吧。

林骁散漫地笑着："行啊，想吃什么？别敲我竹杠啊，我这刚考砸，我妈要是扣我零花钱，你们给我敲完了，我还得去坑我妹妹。"

本来一些人还在担心，但看他好像全不在意，才终于松了口气。

大家纷纷起哄说："班长你好没节操啊，怎么能坑大佬的零花钱。"

林骁笑了笑："因为她善良。"

最后选择去吃烧烤，毕竟人多，烧烤热闹。

胡晓晓非常体贴地说："班长，跟1班联个谊吧！沾沾学霸们的仙气。"

当然主要是把惊蛰叫去。

林骁说："我问问，人家不一定愿意来。"

1班都是好学生，在旁人眼里，总带着点不食烟火的味道。

于是林骁得到惊蛰愿意去的消息后，随口说了句：我们班的人想和你们班一起吃饭，你们班要是有人愿意，可以一起来。

惊蛰说：那我问问。

过了几分钟她才回：好，会去十几个。

林骁跟4班人说的时候，4班都震惊了，纷纷表示："班长联盟就是好。"

他们这些人，平常是不大和1班接触的，因为1班的节奏实在是太快了。

林骁愣了一下，自嘲地笑了笑。

他不配。

下雨了，但大家依旧热情不减，下课铃一响一群人簇拥着往学生街的一家烧烤店去。那家店最大，一整个院子圈起来，人多的时候，去他家最舒服。

林骁和惊蛰不知不觉就落在了最后面。

林骁单手插在口袋里，微微昂着下巴，显得整个下颌线紧绷着，浑身带着冷意。

惊蛰低着头，不知道怎么安慰他，语言有时候很苍白。他其实很用功，但基础真的太弱了，早先懵懵懂懂往前冲的时候反而容易冲上去，现在就是基础还没完全夯实，那种似懂非懂的时候，做题反而没以前正确率高了。

所以他这次成绩接着降，惊蛰是有一点点预料的，想安慰他坚持下去就好了，可也知道努力没有回报是件很痛苦的事。

她有点怕他一蹶不振。

如果是那样，就太可惜了。

4 班也只去了十几个人，三十多个人挤在一张长桌上，烤串都几百串几百串地拿。

一群十几岁的学生，扫荡能力惊人，烤串烤完端上来，一会儿就没了。

林骁给惊蛰拿了一瓶可乐，说："喝点可乐。"

他努力在故作轻松。

惊蛰侧头看了他一眼，懒得跟他争辩："哦。"

1 班的人真是够变态，4 班的人本来还说他们挺随和，一点也没有学霸的架子，然后他们就开始脑筋急转弯，内容都是鸡兔同笼这种 4 班人脑子转不过弯的东西。

周寻月觉得好玩，跟惊蛰玩成语接龙，两个人几乎没停顿地说了上百个成语的时候，林骁突然起身走了。

惊蛰停下来，看着林骁走的方向，对周寻月说了句："你先找别人玩，我出去一下。"

周寻月也忍不住问了她一句："你哥怎么了？"

惊蛰摇摇头："我去看看。"

烧烤店外面就是各种小店，隔壁是个小巷子，林骁站在巷子里靠在墙上吹了会儿风。

雨丝飘过来，打湿了他的发梢，他侧头，看到追过来的惊蛰。

惊蛰迟疑地走近，扯住他，刚想说什么，他一侧身，忽然张开怀抱："很难过，抱我一下吧！"

惊蛰张了张嘴，最后抬手抱了他一下："你怎么跟个小孩似的，还要哄呢？"

林骁回抱住她，低声笑了下："嗯。"

惊蛰一抬头，周寻月正呆呆地看着她，还有 4 班的两个要提前走的男生。

很浅的一个拥抱，一触即离，林骁不想趁她毫无察觉占她便宜，只是一个安慰的拥抱就够了。

很奇怪，只是一个拥抱，真的被治愈了似的，那些憋闷的无处发泄的心情，似乎得到了缓解。

她身上总有一种温和的抚慰人心的力量，像雨后的青草地、清风，或者明月。

他的视线被阻挡，察觉到惊蛰的目光才侧头看了一眼，有些意外地挑了一下眉，然后一脸淡定地看着三个人，问了句："有事？"

周寻月忙摇头："没、没事。"说着她直接原地转身回了院子。

她一脚踏进门槛才拍了拍胸口。

妈呀！

两个男生也挠了一下头，大概有些尴尬，说："我俩有……点事，得先走，班长再见。"

林骁颔首，惊蛰也冲他们挥了挥手。

两个男生还没走远，就开始在群里号叫。

说班长和1班的那位抱上了。

之前大家都说俩人是一对儿，虽然不少人已经默认了，但还是有不少较真的觉得这俩肯定没确定关系，没想到是真的。

不过俩人都低调，平时在学校里虽然常见面，但几乎没有任何越矩的举动。大概是不想别人知道议论。

他们都懂的。

等人都走完了，惊蛰后退半步看着他："哥，你已经很优秀了，不要有太大压力，即使进不了1班，你也很棒了，不用苛求自己。"

林骁看她一副温和鼓励的模样，却觉得不爽，沉默地看着她："可我就想进1班。"

惊蛰注视他，他的眼神很执着，带着蓬勃的野心。没有一个人可以一口吃成胖子，他在短时间里能进步这么明显，一是因为进了高中他就开始有意识无意识地努力了，并没有落下课程；二是他身上本来就有一股韧劲儿，带着几分不达目的不罢休的魄力。

但野心有时候是好事，有时候也掣肘。

没有人比惊蛰更明白事与愿违的遗恨。

她也很希望他能进1班，但她更不希望他因此变得偏执、不开心。

他本来是个很容易开心的人，她已经很久没见他眉眼舒展过了。

学习很苦，上升的路总是难的，她不是在给他打退堂鼓，只是……

只是她也说不上来，就是觉得看他不开心，她也不开心。

可在林骁眼里，却只看到了"无关紧要"，或许她压根儿就没想过他能进1班，或许她也觉得，他进1班有点天方夜谭，又或许，是她觉得无所谓。

他陡然想起今天舒莺跟他说的话，“人总要接受自己并不是最聪明的”。

总要正视自己和一些人之间是有不可弥合的差距的，总要接受在不合适的时间遇到不合适的人是很痛苦的，总要明白情投意合是建立在势均力敌上的……而他和她从来不是一个维度的人，他的世界和她的世界也天差地别。

她对他只有关切，没有其他任何多余的心思。

她看他的眼神就是妹妹看哥哥的眼神，她真切地希望他努力，祝福他考得好，也接受他无法前进。

但她的关爱不是他想要的。

他想要她苛求他，想要她不甘心，想要她诘问：“你能不能再跑快一点儿？”

林骁忽然很想表白，告诉她：我对1班并没有多渴望，我对优秀也并不是很执着，我只是想靠近你一点儿，我只是害怕跑得慢被你甩在后面，没办法和你并肩。

我只是……喜欢你。

但他不能。

他见过她给奶奶打电话，面带微笑地告诉奶奶，她成绩又上升了。奶奶叮嘱她要不骄不躁，她点点头，说“会的”。无论谁问她，她都会说想考临大。

林骁的母亲问她是因为她母亲是临大毕业的吗？

她说是，而且临大本身也很优秀。

是一种证明，也是一种怀念，她希望等到那天，可以带奶奶去临大看一看，走一走女儿曾经走过的路，望一望没能有机会一起看的风景。

她也告诉奶奶：看，我现在已经长大了，也站在了想要站的地方，你不用再时时刻刻担心我，可以换我照顾你了。

这是奶奶的遗憾，也是惊蛰的遗憾，她想把这个遗憾，稍微弥补一下。

她有很清晰的目标，很清晰的规划路线，她对未来很明确，对自己的要求也很明确。

他跟她本来就不是一路人。

“喜欢沈惊蛰太累了，我不想喜欢她了。”林骁躺在陈沐阳卧室的沙发上，闭着眼睛说。

陈沐阳轻轻叹了口气，看林骁被折磨得死去活来，忍不住也有点可怜他了。

“喜欢一个人，也不用非得在成绩上追上她吧！我觉得你现在已经够好了。”

期中考试你进步太多了，虽然比起上学期，这学期她确实弱了很多。

“而且你这次只是语文作文跑题了，要是语文再多考二十分，理综再多考几分，你都可以进年级前一百名了。”陈沐阳掰着指头算着，觉得挺可惜的，林骁这一个月真的很拼了，他头发都长了，一直没来得及去剪。

以前林骁的娱乐项目很多，但从去年他就很少出去玩了，游戏账号也很久没登了，仔细想一想，就连打球都很少去了，每次陈沐阳和江扬喊他，他都说没空，以至于后来俩人都不叫他了。

结合林骁刚刚的话，陈沐阳竟然觉察出了一丝辛酸。

惊蛰似乎还很单纯，好像对一切毫无察觉，虽然对林骁也很好，但很明显能看出来是妹妹对哥哥那种好。

——带着点亲情的味道。

以前他还幸灾乐祸，这会儿都忍不住心疼起林骁来了。

林骁扯了扯嘴角，哪有那么多的如果，没考好就是没考好，失误就是失误。

惊蛰知道他成绩的时候，松了一口气，虽然并不是他理想中的成绩，但至少是在进步，且成绩好几次落在这个区间，证明他的水平是一直在提升的。

她很怕他一而再，再而三地退步，那样他很容易自我怀疑，有时候拼的不仅仅是努力程度，更多的是心态。

你觉得你不行了，你就真的会慢慢不行的。

反之亦然。

因为开学早，期中考试正好连着清明小长假。

陈沐阳看林骁这么不开心，说："走吧，带你消遣去，不喜欢就不喜欢了呗！走，玩去，你多久没去玩了，别太压抑自己了。"

林骁不忍心把她拉下来，只能朝着她努力。结果呢！身累心累。

似乎要竹篮打水一场空了。

他本来也不是思想多坚定的一个人，没有多么迫切的执念，为什么要折磨自己？

林骁在沙发上一个鲤鱼打挺："走。"

陈沐阳不仅叫上了江扬，还叫了夏之野，另外还有几个老朋友。

他还记得沈惊蛰刚来的时候，他们商量着要去阿夏家的酒店——就是夏之野家的酒店。夏之野在私立学校上学，成绩也是一塌糊涂，他爸已经给他量身定制了出国镀金这种高端路线，但夏之野觉得仿佛是给草包镀金身一样，并不打算走这条路。

好在他长了一张漂亮脸蛋，已经打算艺考学表演了，下学期就要去集训了。

最近他甚至有些无所事事，主要是文化课他也搞不懂。

但那时因为沈惊蛰的到来，搞了个小小的乌龙，所以最后他们没有去酒店，去了游乐场。

他们现在才有机会重新商量着去那边。

好像一切从沈惊蛰来之后，就慢慢朝着一个不可控的方向飞速驶进了。

夏之野看到林骁的第一眼就愣了："林骁你这日渐憔悴啊！"

他甚至上手摸了一下林骁的脸，不无遗憾地说道："可惜了，不然还能跟我一起出道。”

林骁拂开他的手，冷笑一声：“出道后全世界都知道你小学数学考过零蛋了。”

陈沐阳补充说：“幼儿园还被小姑娘打得嗷嗷哭。”

江扬忍不住也笑了声，开始起哄：“结果打完你就赖在人家家里不走，还非要跟人家一起睡。”

陈沐阳：“你要是谈恋爱，出道即塌房。”

江扬：“小可怜，你只能走实力派了。”

陈沐阳：“所以，脸蛋有什么用呢？”

两个人一唱一和跟说相声似的，惹得夏之野耸着肩膀笑起来。

林骁脑海里闪过沈惊蛰的脸，他出门时她还在自己房间，孙姨说她去送过一次吃的，惊蛰一大早就在写作业。孙姨还说这孩子踏实，刚考完试也不骄不躁的。

她这次考了九百多分，比上次退步了一点，但在正常波动范围内，她自己也说前两次只是运气好。

她每天要做的事很多，即便是埋头苦读，也依旧会腾出来时间去做些别的，如帮孙姨做些厨房的活儿。春天过后她又接管了花园，在花园里试探地种了几株草莓，还说如果能种蔬菜和花生该有多好。

她从乡下来，从小到大的经历让她觉得，土地似乎就是天生为农作物而生的，每一块沃土都让她眼馋。

尽管花也很漂亮，但她更喜欢收获的感觉。

她依旧会带朵朵去散步遛弯，会帮他整理错题、圈重点。

她永远不慌不忙，按部就班。

于是他那点心思，仿佛是亵渎。

他们刷卡进了房间……开黑打游戏。

他们玩的是林骁最擅长的枪击游戏，夏之野说他现在简直是个菜鸟。

陈沐阳替林骁辩解道：“太久不玩，手生了吧。”

林骁都已经忘记自己上次玩是什么时候了，不过没多会儿他就找到了手感，全场他最秀。

打完扔掉鼠标，夏之野仍旧佩服地说：“厉害啊！”

林骁回敬他：“过奖了。”

陈沐阳和江扬嘲笑他们两个好像傻子。

他们又去游泳池游泳，去拳击馆发泄，最后去体育馆打网球，挥汗如雨。

他们站在春夏之交的风里勾肩搭背，哈哈大笑。

最后他们站在酒店的天台上拿天文望远镜看星星，林骁背靠着护栏，手肘撑在上面，仰头看天空。

陈沐阳凑过去，把手搭在他的肩上："爽吗？"

林骁"嗯"了声，偏头散漫一笑："爽透了。"

太久没这么爽过了。

宛如重生。

他们晚上就窝在酒店睡了一夜，第二天去逛商场扫荡，然后继续昏天黑地地玩。

假期最后一天的晚上，秦雪生日，邀请他们去吃饭。

高一 26 班的班群还在，秦雪本来怕大家不去，说话都小心翼翼的。

林骁率先回了句：几点？

一群人这才彻底活了过来，想起来曾经去班长家里的场面，那热闹仿佛还在昨天。几个学期过去，没想到大家都已经散落在各班了。

有人揶揄道：班长，学霸来不来啊？

秦雪丝毫没听出来揶揄：来啊，我生日她当然会来，我第一个通知她的。

一群人在刷"你不懂事"的表情包，秦雪后知后觉，连发了几个"讨饶"的表情包。

林骁恍惚了一下，忍不住抿了一下唇。

惊蛰是阿龙送来的，她来的时候，林骁刻意没理会她。不过她似乎毫无察觉，她人缘太好，身边人都热络地凑过去。

以往都是他们两个人坐在一起，这似乎已经是约定俗成的事了，今天他坐在这头，她隔着无数人坐在另一头。

吃了蛋糕就很难吃得下去饭了，一群人提议玩游戏。在聚会上老掉牙的《真心话大冒险》，好像让人永远不会腻似的。

大家问的问题也无外乎一些平常不会提起的隐秘。

轮到林骁的时候，所有人都在起哄，问他突然这么努力是不是有什么原因。

林骁看向惊蛰："嗯。"

即便心知肚明，大家还是被震惊到了，一群人起哄起来，甚至还听见了拍桌子声。

惊蛰有些意外地看了他一眼。

又有女生问："所以那个人在现场吧？"

林骁扯了一下嘴角："不是一次只问一个问题？"

大家失望地"啊"了声。

轮到惊蛰，大家也在起哄，两眼亮晶晶地看着她。这次是秦雪发问，她不忍心刁难惊蛰，只问了句不痛不痒的："有有好感的人吗？"

一阵失望的嘘声，指责秦雪放水：完全没有搞事的乐趣。

惊蛰想了片刻，却摇了摇头。

场面顿时尴尬起来，因为惊蛰的表情太诚恳，一群人面面相觑，都不太懂这是什么状况。

林骁陡然觉得索然无味，站起来说去卫生间。

因为有点尴尬，游戏也随即结束了，大家三三两两散开玩别的。

陈沐阳察觉到林骁不对劲，说："寿星，差不多了，我们就先撤了吧。"

秦雪"啊"了声："那好吧，你们路上注意安全啊！"

其余人听到，也纷纷告辞。明天就要开学，不能回去太晚。

江扬看陈沐阳追过去，倒是没忘记叫上惊蛰："妹妹，走了。"

惊蛰跟上去，总觉得心里不舒服，不知道为什么，总有种自己做错了什么的感觉。

直到坐上车，她才又看到林骁。陈沐阳特意把她和林骁分开了，自己坐在惊蛰旁边，让林骁和江扬坐另一辆车。但林骁却自己找虐，站在车门旁，对陈沐阳说："你去那边坐。"

惊蛰原本以为他有话说，可车子开动后好一会儿他也没吭声，甚至抿着唇，不太高兴的样子。

不知道是不是还是因为成绩的事。

他说他是因为一个人才开始努力的。

竟然是这样。

她侧头看了他好几眼，终于忍不住问了句："哥，你……谈恋爱了？"

林骁只是侧头看了她一眼，她眼神诚恳，似乎只是询问一下。她好像永远都是这副样子，真诚得有些残忍。

他喜欢买东西，哪个贵买哪个，踩在潮流前沿，什么夸张的东西都敢往身上套；而她中规中矩，朴实到有点呆板。

他最爱挥霍了，就喜欢那种花钱如流水的感觉；可她节俭到有点抠门。

两人之间的区别不胜枚举，总之哪里都不合适。

林骁眉眼忍不住又压低了些，摇头："没有。"

惊蛰："哦。"

那应该是暗恋吧！他竟然也会默默喜欢人。

林骁侧头看她："你呢？有喜欢的人吗？"

惊蛰缓慢摇了摇头。

林骁冷淡地扯了下嘴角："我还以为你喜欢我呢！"

惊蛰微微张嘴看着他。

林骁觉得自己有点自取其辱，于是偏过头去："开玩笑，别喜欢我，咱俩也不合适。"

惊蛰觉得今天的林骁怪怪的，但她也不知道怪在哪里，可能是心情不好？

于是惊蛰没再多说，只是轻轻地“哦”了声。

林骁头扭得更狠了，目光落在车窗外，霓虹灯璀璨，玻璃上还有一点她的倒影。他嘴角耷拉下来，烦躁地闭上了眼。

第四卷

冬风

母亲说，人与人之间的缘分，就像天气一样变幻莫测。

上一秒还是晴空，下一秒就倾盆大雨。

不知道林骁怎么了，他最近总是不开心。

我也不开心，同样不知道为什么。

或许是夏天太过于漫长，或许是学习太累了，或许是蝉鸣聒噪……又或许，是我太贪心了，我想要林骁一直做我的好朋友。

可是，缘分总有尽头。

也不是每件事都有答案。

——《惊蛰日记》

周寻月说，他哥哥快考试了，她很紧张。

惊蛰笑问：“你紧张什么？而且他不是学习很好吗？”

周寻月撇撇嘴：“我才不怕他考得好，我就是怕他考太好。明年我高考的时候，他就是我翻不过去的大山，我爸妈、我伯父伯母、我爷爷奶奶都会数落我的，明明小时候我比他聪明啊什么的，我都能想象得到。”

后排的女生正在写题，顿时号了句：“苍天啊，你都这样说，让我们怎么活。”

周寻月成绩一直非常稳定，不过她哥更厉害一点，高三已经进行到三模了，马上就是高考。他三模成绩非常亮眼，属于那种稳定型选手，一直稳扎稳打，心态也好。老师们私底下讨论过，虽然他没有争取到保送名额，但他只要发挥正常，可以锁定清北。

周寻月当然也是为他高兴的，这么说只是因为离高三越来越近，她有些紧张了，怕自己考不好。

惊蛰还好，她从小就不是个急躁的人，只是难免也忍不住感慨一下。

时间过得好快。

林骁第三次月考考得很好，眼看着离 1 班的差距还很大，他好像也没之前那么迫切了，不过好在也没放弃，只是最近不大接受她的辅导了。

惊蛰给他送过几次笔记，他都只说了句：“谢谢。”

不知道是不是错觉，她觉得他最近都很冷淡。但又不是对她有意见，只是变得礼貌疏离很多。

总之……惊蛰也说不上来，就是觉得有点别扭。

她也不是个会刨根问底的人，本来他也没有必要对她很热情，想不通，她也就不想了。成绩像是悬在头顶的一把剑，她丝毫不敢放松，无暇他顾。

附中是高考考点，高一、高二要把考场腾出来，所以他们有了三天的假期。

今天家里一个人都没有，阿龙带女儿去看病了，请了一天假，孙姨家里老人生病了，也请假了。

林叔叔去出差了，邢曼阿姨说中午回不来，让他们出去吃点儿，或者叫外卖。

惊蛰早上吃饭的时候就没看见林骁，她看到玄关处没有他的拖鞋，大概是在房间里赖着睡觉。

她回去写了会儿卷子，有些心不在焉，索性拿起手机看了一眼。

明天第一场考语文，1 班人在押作文题做消遣。

26 班的群里在爆料，说这次暑假只有八天假。

群里炸开了锅，问：真的假的？

这未免也太变态了点儿，简直就是一整个晴天霹雳。

有人说去年高三就只有十二天假，还说他们寒假就放了五天。

总之大家都不太高兴，喊着“没必要”的同时，也渐渐意识到，等明后天的高考之后，他们就已经提前步入高三了。附中实行二加一模式，两年学完全部课程，一整年腾出来复习，一共三轮复习，且复习模式实行以考代练。

字面意思，考试代替训练。

总之不太有人情味。

像进度快的前几个班，所有必修课、选修课都已结束了。

1 班已经结束几天了。

就连 4 班也只剩下物理还差一点进度就补齐了。

惊蛰放下手机，掐了掐脸继续做题。她刷题速度很快，作业写完的时候还不到中午。

她刚想去问问林骁中午怎么吃，要不要她去做点什么的时候，门被敲响了。

她起身开门，林骁就在外面站着。他低着头看她，表情淡淡的，只是把手机递给她：“吃什么自己点。”

显然他也懒得出去吃。

惊蛰接过手机看了一眼，但看了半天不知道选什么，她没叫过外卖，看不懂。

林骁倏忽又把手机拿过去：“算了，我帮你点。”

惊蛰没有意见地“嗯”了声。

他又说：“待会儿陈沐阳和江扬都来。”

惊蛰继续“嗯”了声。

然后他们就没话说了，林骁原地站了一会儿，陡然觉得没劲，丢下一句“到了我叫你”，然后就走了。

他下了楼，头有点疼，大概是一直在做题，没抬头的缘故。

盯着卷子太久，眼睛有些涩，他从抽屉里翻出一支人工泪液挤进去的时候，陈沐阳按了门铃。他走过去把门打开，对方自顾自地换着鞋，时不时抬头看他一眼：“你这梨花带雨的，哭啦？”

林骁翻他一个白眼：“带你个头。”

陈沐阳装傻：“我没有妹妹，我只有姐姐，我那废物姐姐最近跟我姐夫闹别扭呢！”

这句话林骁从小听到大，毫无感情波动地说：“真不明白他俩跟仇人一样，还谁也离不开谁。”

陈沐阳嘿嘿一笑：“这个事就是这样琢磨不透。”

林骁抿了一下唇，把自己摔在沙发上，一下一下掐着眉心。

朵朵出来蹭陈沐阳，陈沐阳一边摸它的头一边压低了声音对林骁说：“我都说我吃过饭了，你非叫我来干吗？”

林骁看了他一眼，没吭声。

陈沐阳自己猜：“不会没办法跟妹妹单独吃饭吧？尴尬？”

林骁依旧没说话。

陈沐阳知道自己猜对了，突然拍着腿哈哈大笑：“没想到你也有这么别扭的一天。”

林骁黑沉着一张脸，有点后悔叫他来了。

陈沐阳撇撇嘴：“你不是说你不喜欢她了？”

林骁“嗯”了声：“所以不想单独待一起。”

想避开所有和她有交集的场合，避不开也不想和她单独处在一个空间里。

他早上故意没出门，不想看见她，但待在房间里，好像也没有那么好受，很郁闷的时候就在想：凭什么？这是我家。

心里有怨气，但撒不出去，因为她不喜欢他好像也不是什么错，她只是平静地干着自己的事，是他庸人自扰。

可他明明都打算不喜欢她了，可还是会忍不住在意。

陈沐阳乐得看笑话，但有那么一瞬间，竟然觉得林骁有点可怜，倏忽挪过去，挨着林骁坐，手揽上他脖子的时候，摸到他的骨头，猛然发现他好像瘦了很多，于是忍不住调侃了句：“刻苦学习，日渐憔悴，你这是不在意了？”

林骁拂开他的手，蹙眉道：“我只是觉得反正也没事可做，跟她没关系。”

就好像你好好地走在自己的路上，突然有个岔道吸引住你了，你跟着走了很长的路，已经忘了怎么回到当初的路了。

他那天玩得的确很爽，有那么一瞬间也想过昏天黑地地玩，要自由，要放纵，要快乐。

但他第二天回了学校，坐在教室里的时候，还是习惯性拿起了笔，上课不听课会开始恐慌，想约陈沐阳或者江扬去打球，看到满教室都是趴着做题的人，连起身出去都会觉得羞耻愧疚。

不知不觉，他已经有了羞耻心这种早些时候绝对不会在他身上出现的东西。

每当想放纵的时候，他脑海里都是沈惊蛰神色平静地说："可是学生不学习能干什么呢？"

他像是被久困在牢笼的野兽，已经渐渐失去了野性。

更可恨的时候，当初他是自愿被囚，如今他也是自愿不出来。

以至于他都有点恨她了。

陈沐阳懒得拆穿他，但还是替他保留了最后一分尊严，拍了拍他的肩："挺好的，努力本身就是一件好事。你成熟了，你现在是我的偶像。"

林骁轻嗤了一声。

外面突然下起了雨，江扬来的时候没带伞，淋湿了，一进来就要毛巾，胡乱给自己擦着，然后戳林骁的脸："哎，干吗突然叫我来吃饭？我家离你家多远你心里没点数？"

林骁还没回答，陈沐阳先抬头挤眉弄眼了一下，然后说："今天他家一个大人都没有。"

整栋别墅里只有沈惊蛰和林骁两个人。

江扬恍然大悟道："你图谋不轨，所以心虚。"

林骁："……"

严格来说，确实是。

他忍不住想起来那次暑假跟着惊蛰去落阴山，那时候他接近她没觉得有啥。

现在想想，虽然当时他跟个傻子似的，但还很快乐。

哪像现在，他都害怕单独跟她吃饭。

好像自己那点心思会突然飞出来在她面前爆炸一下。

外卖来的时候，惊蛰才下楼。

她看到陈沐阳，忍不住笑了一下，说："你的头发，好丑。"

陈沐阳给自己染了个时尚挂耳绿，被他妈发现了，一剪子给咔嚓了。因为太丑他就又去了一趟理发店，理发师完全无视他"稍微给我修一下"的要求，直接给他剪成了毛刺。

他嫌弃毛刺太土，干脆推成了贴皮寸头，陈小红已经第八百次笑他像个流氓了。

陈沐阳“哎”了声：“我的好妹妹，怎么还人身攻击呢？像我这种纯种大帅哥，就是秃了也不丑。”

惊蛰睁了睁眼，那眼神明明白白写着：还是丑的。

江扬笑得前俯后仰，指了指自己的寸发：“我呢？”

惊蛰冲他笑了笑：“好看。”

江扬气质本就偏冷硬，寸发显得他气质更是逼人，帅得很有攻击性。

陈沐阳突然指了指林骁：“他呢？”

惊蛰又笑了一下：“也好看。”

陈沐阳不满意地撇嘴：“合着就我丑是吧？”

惊蛰扯他去坐，委婉地安慰他：“其实也还好，你长得好看，头发丑，但是你不丑。”

陈沐阳哼笑了声：“这还差不多。”

林骁猝然起身去厨房拿盘子，然后靠在那里好一会儿没有动，眉头皱得死死的，表情很难看。那种突如其来的难受一下子席卷了他，他甚至没法在外面待着。

她很正常，她什么也不知道，她很开心地和她的朋友们说笑，甚至可能还会为了她的“哥哥”突然对她冷淡而感到困惑。

但她总体还是快乐的。

不快乐的只有他，难过的只有他，悲伤、痛苦、纠结、挣扎的只有他。

但他还不能说。

耽误她学习，他就是千古罪人，别说他爸会抽他，他自己都没法原谅自己，这感情显得如此不合时宜。可他平时还压得住，今天这种场合，他无论如何也压制不住，需要很努力才能克制住自己的破坏欲。

惊蛰突然走进来：“哥……”

林骁猝然回神：“嗯？”

他嗓子发紧，带着几分沙哑。

惊蛰有些被他的表情吓到了，迷茫地问了句：“你怎么了……”

林骁抽出一个盘子，清了一下嗓子，抿直唇角：“没事，没睡好，困。”

惊蛰最近经常去图书馆，附中的图书馆藏书丰富，可惜除了教辅和资料，其他诸如社科文学类的书籍，也就只有高一刚入学、时间相对充裕的学弟学妹和老师们借阅了。

进来的，大多是来自习的。

惊蛰常常坐在公共自习区第一排的位置。

高三的人走了，这里迅速被高一和高二占领。

高一的学弟学妹们还很有玩乐的热情，捧着搜罗来的言情小说夹在课本里偷看。

学校不允许青春读物入库，但总有漏网之鱼，且经典的爱情小说也不少，于是只能规定不能外借。所以他们想看的时候，就只好躲在图书馆里看。

这个年纪，好像对明令禁止的东西有一种天然的好奇。

高二的课业全部结束了，已经进入复习阶段，备战期末考试。

老师说，这次期末考试，这学期学的内容会占百分之七十，前面几个学期的内容占百分之三十。

平时上课，老师也会刻意帮大家巩固一下旧知识，这次显然又是一次摸底，看看大家的知识体系搭建到哪一步了。

历届都是如此，大家也都有所耳闻，但听说和真的走到这一步，感觉还是不一样的。

尽管早有心理准备，但没复习的还是没复习，该慌乱的照旧慌乱。

上高中就是个兵荒马乱的过程，在你取得成绩的时候，给你当头棒喝，在你沾沾自喜的时候，兜头一盆冷水就浇下来，永远都在攀爬，永远看不到尽头，在踌躇满志和心灰意冷间不停地摇摆。

林叔叔和邢曼阿姨对惊蛰都很好，也很体贴。

她自从来到南临，就没太感受到孤独。

但好像她最近一下子被孤独缠绕住了，但具体说哪里不高兴，也没有不高兴，就是觉得情绪像蜘蛛网，一点点把她裹紧了。

1 班的教室里太安静了，安静得让她很难过，于是她就有事没事来图书馆学习。

这里也并不热闹，但窸窸窣窣的声音很多，偶尔还有交谈声。

周寻月最近学习很卖力，她的堂哥考完了，她特意去问考得怎么样。不知道周不言是安慰她，还是真的考得不错，他告诉她：“正常发挥，估分六百七十四。”周寻月还调侃他：“你一个文科生，估分还有零有整啊！”他只笑笑：“当然估不了这么准，但这样显得我很厉害。”

但周寻月太了解他了，他本质是个很保守的人，嘴上谦虚的时候，其实内心基本有百分之八十的把握了。

南临去年北大文科第一批录取，最低分数线是六百四十六分，今年的分数线要等排名下来，但如果估分相差不大，这个成绩已经很有希望了。

周寻月有些羡慕，也有些着急。

他们家的人学历都很高，她不想做垫底的。

学习就是这样，像是戴了紧箍咒，时不时就会被突然“念咒”。

尽管在惊蛰看来，她已经优秀得令人发指了。

惊蛰深深地吐了一口气的时候，对面坐下来一个人。

“惊蛰。”周不言笑问，“怎么一个人？”

很温和的声音，带着一点笑意。

由于周寻月，惊蛰对他印象很好，只是抬头看到他，还是不免惊讶了一下：“学长？你怎么……”

高三已经考完了，听说大多数人都在狂欢，漫长的三个月假期，各有安排。

高二的都很羡慕，期盼着自己有一天也能熬出头。

只是无论学习再好的人，都很难对这座“监狱”产生浓厚的感情，大多数人考完的短期内都不会再想踏进来。

所以惊蛰看到他，有些意外。

周不言晃了晃自己手里的借书证和学生证：“趁着信息还没注销，来看点书。”

他笑着说：“以前要顾及考试，很难心无旁骛地读点杂书。”

那倒也是，惊蛰点点头。

他没穿校服，身穿简单的牛仔裤和白T恤，看起来干净俊朗。惊蛰想起来周寻月曾说：“你别看周不言是个书呆子，在高三还有很多迷妹呢！据说他们班有一半女生都对他有好感。”

大概是因为气质，他很有读书人的儒雅和随和。

那时候惊蛰笑说：“只有你觉得他是书呆子。”

其实周不言在高二也有点名气，大家提起来都会夸一句“才子”。

周寻月思索片刻道：“大概离得太近了，太了解了，我完全没法把他和男神联系在一起，你知道吧！就像你哥一样。别人夸林骁，你不会觉得不屑吗？——好吧，你这不一样，毕竟不是你亲哥。”

惊蛰确实不会。

但惊蛰没说，她想起来陈沐阳天天吐槽他姐，想起来江扬天天吐槽他妹，但她从没想过吐槽林骁。

或许是因为，她的确不是亲妹妹。

但她隐约又觉得，不是因为这个。

只是她说不上来。

他最近不大理她，她感觉像是无缘无故失去了一个朋友，每天都很想多和他说两句话，想问一句“我们之间是不是出什么问题了”，但又不知道从何说起。

惊蛰低头写作业，周不言叫了她好几声，她才回过神。

“惊蛰……”周不言似乎有些因为她的专注而觉得好笑，“你做题也太认真了。”

惊蛰不好意思地笑了一下：“抱歉。”

周不言摇头：“没事，是我打扰你了，我是想问，你以后都会来这儿吗？我最近每天都会在，你要是经常来，我陪你一起读书。我语数英都不错，可以帮你点儿。之前寻月说你苦恼英语很久了，反正我闲着也是闲着。”

惊蛰冲他笑了笑：“那谢谢你了。”

“哎，不是我说，妹妹的人缘真是好啊，跟谁都能聊到一起去。”陈沐阳说。

陈沐阳和江扬一块儿去吃饭了，这会儿又一块儿来图书馆帮老师还书，自助机就在门口，离惊蛰不远。

江扬没注意，这会儿才偏头看了一眼：“那男的怎么那么熟悉？”

陈沐阳：“你傻啊，这不是她那个同桌的堂哥吗？高三文科大才子，有点怪。”

周不言初中就开始写诗写文章了，有很多发表在报纸和杂志上，有一篇在他们高一的时候还拿来做过阅读理解。当时老师提了一下，一群人起哄，甚至有些人还特意跑去高二教学楼认脸，闹哄了好几天。

江扬撇撇嘴：“干吗啊？高考完还来学校骚扰学生，这不是影响人家心态吗？”

“你以为都跟你似的，这么容易被影响。”不过陈沐阳还是叹了口气，“林骁好惨，他在避嫌，人家在谈笑风生。”

江扬嗤笑一声：“那还不是怪他演技不好。要我说，他就多余，先当妹妹也好，近水楼台，徐徐图之。”

陈沐以一种过来人的语气说：“你不懂，这种心思是藏不住的。”

江扬被酸得整张脸都要抽搐了。

林骁是一周后才知道的，他心如止水地学习，觉得自己有一种超然物外的平静，在无数次痛苦和迷惘过后，突然有一刻拨云见日了一般。他以前每次信心满满做完习题，对答案的时候都会因为错误百出而感到烦躁，大约是不再纠结于此了，突然在某个瞬间就开始做题顺手起来了。

脑子里那些似是而非的东西也似乎变得清晰了很多。

他突然有点喜欢上学习了。

然后他就听说，最近沈惊蛰天天去图书馆，每天陪她一起读书的，是高三已经毕业了的周不言。

陈沐阳找他一起吃饭，顺便问一下，暑假要不要带惊蛰回落阴山，不想带不如让陈小红去。陈小红在家都要闲出屁来了。

虽然暑假只有十天，但惊蛰寒假就没回去，应该很挂念奶奶。

林骁突然觉得自己的平静很虚假，他皱了皱眉，但还是觉得现在自己似乎不太合适再跟她一块儿去了。

思索片刻，他说：“让阿龙带她回去吧。”

应该也待不了几天，阿龙已经去过了，这次负责送去再接回来，应该也没问题。

陈沐阳张了张嘴，虽然早有预料，但最后还是骂了一声：“不争气。”

林骁懒得理他。

陈沐阳添油加醋地说："反正你不理人家，人家也有很多人理，最近天天在图书馆见学长呢。说不定人家一见如故，你就自己在这儿伤春悲秋吧！"

林骁抬起眼皮问："谁？"

那一句"谁？"吓了陈沐阳一跳，他拍了拍胸口："你这眼神，不知道的还以为你要去砍人。"

林骁轻嗤了声，仍旧看着他，挑了一下眉：少废话。

陈沐阳给他比画："就那个啊，运动会给妹妹送书的那个啊。高高帅帅的，学习也好，也特别有文化。"他仿佛在形容一件艺术品，眼神里甚至都带了几分赞叹，"一看就是文化人，听说还会写诗写文章呢。"

林骁忍不住斜了他一眼："比我高？比我帅？"

陈沐阳摇头："那倒没有，但比你学习好。"

林骁起身就走。

陈沐阳在身后喊："你真不管啊！"

林骁沉默片刻，道："关我屁事，我还能管她交朋友？"

陈沐阳竖起大拇指："大气。"

惊蛰去图书馆的时候，周寻月忽然叫住她，有些犹豫地问了句："最近都没见你哥来找你欸，你俩闹别扭了？"

惊蛰摇头："没，可能他学习忙。"

周寻月叹了口气，莫非悲剧了？

也是，少年人的喜欢和讨厌总是来去匆匆，怪不得惊蛰最近都不太开心。

周寻月拽住她："你帮我把这本书带给我哥，我不想跑图书馆一趟了。"

惊蛰点点头。

周寻月又扯了她一下："最近周不言天天找你啊？他没影响你学习吧？"

她其实有点看出来周不言对惊蛰有意思，但又不好意思跟惊蛰提。她试探着问过周不言一次，周不言否认了，如果她提醒了惊蛰，万一是她多心了，岂不是给惊蛰徒增烦恼。

惊蛰摇头："没，他还帮我画重点呢。"

他英语和语文是真的很好。

周寻月最后还是什么都没说就放她走了。

惊蛰下楼的时候碰到林骁，他走在她身后，她一直没发现，拐弯的时候余光里突然觉得不对劲，回头才看到他。她其实听到了脚步声，只是没想到会是他，于是愕然片刻："哥……"

他“嗯”了声，挑了一下眉：“去吃饭？”

惊蛰摇头：“去图书馆。”

于是他轻皱了一下眉头：“不吃饭？”

惊蛰从书包侧袋里掏出一个饭团，冲他举了一下：“到图书馆，正好能吃完。”

一边走路一边吃东西这事对于准高三生来说并不陌生，也并不奇怪。

但林骁还是有些生气：“就吃这个？”

带着点质问和不满。

无论是老师还是家长，都不希望任何学生以损害健康为代价去学习。

甚至老师看到学生为了节约吃饭的时间在教室吃泡面或者啃面包，还会批评。

所以惊蛰有一瞬间的心虚：“我……今天不饿。”

意思是，我只是今天如此，平时还是有好好吃饭的。

但林骁知道她在撒谎，已经不止一次有人告诉他看见他妹饭也不吃就去图书馆看书了。

林骁盯着她，像是想从她眼里看到些什么。

惊蛰反客为主地问了句：“你去吃饭？”

林骁垂下眼，他什么也看不出来，看不出她的态度，也看不透她的心思。

他淡声“嗯”了一句，显得有些冷淡和疏离。他想努力对她温和一下，但又怕稍微亲近一点儿，就不想止步于此了。

他从来就不是个意志坚定的人。

那天陈沐阳嘲笑他太挫了。

只是他也没有想到，自己有一天会因为一个人而生出类似于畏怯的情绪。

知道不可为，但管不住心，于是望而生畏。

他不想折磨自己，于是决定放下。

他都决定不喜欢她了，可听到她的名字还是会忍不住凝神细听，知道她交了新朋友而感到酸涩，看到她没了他也依旧过得很好，而生出些难过来。

他甚至都想不起来，自己是如何开始学习的，就好像她是个猎人，撒了张网，他自己一步一步往她的网里跳。

惊蛰迟疑了一下，把饭团塞回去，抬头看他：“那我跟你一块儿？”

林骁沉默片刻，然后抬了抬下巴：“……好。”

……也没那么糟糕。

两个人肩并肩，半天没说话。

最后林骁问了句：“暑假要不要我陪你回去？”

惊蛰其实也摸不准他到底对她是不是有意见，偶尔觉得他似乎在刻意疏远她，偶尔又觉得他似乎很近，像一个若即若离的朋友。

于是惊蛰抬头看了他一眼，发现他似乎不知不觉又长高了点儿，她这样看他，需要仰着脸。从这个角度能看到他的下颌线，他瘦了点，下颌线异常清晰，抿着唇，显得气质冷冽。以前总听人说他冷着脸的时候吓人，她一直没觉得，只觉得他很幼稚。这一刻她突然感受到了，一瞬间觉得他离她很远。

人大概都是贪心的。

惊蛰没来之前，脑子里无数次设想，如果林叔叔的儿子和自己无法相处，自己尽力而为就好，实在不行也可以躲远点儿。那时候她觉得，他冷淡或者厌恶，都是正常的，可大约他之前对她太好，而现在他仅仅只是不太理她，她都有些难过了。

但她无论高兴还是不高兴，都是那个样子，只是比平时显得沉默一点儿。

她听完他说的，反问："那你想陪我回去吗？"

林骁扯了一下嘴角："我问你呢。"

惊蛰："你想我就想，你不想我就不想。"

林骁忽然看她一眼，似乎从这句话里延伸到了别处。他为自己这突如其来的想法而感到可笑。

他学她说："你想我就去，你不想我就不去。"

两个人像是说了一连串的废话，最后惊蛰郁闷地问他："你吃什么？"

林骁还是回她："你吃什么我吃什么。"

这次惊蛰看了他一会儿，没再跟他废话接龙。

她点点头，扯着他的袖子把他带到了二楼小食堂，点了四个他不吃的菜。

食堂的菜一份分量很小，她端过去放在他面前，想着他不吃她就自己吃掉，但她就是要气他。

林骁坐下来，拆了筷子，突然觉得有点好笑："报复我呢？"

惊蛰也坐下来，坦然地点点头："嗯。"

林骁笑出了声："报复心还挺强。"

惊蛰看他笑了，似乎也觉得开心点儿了，弯着眼睛看他："那你吃不吃？"

林骁歪了一下头："吃呗。"

吃完饭，惊蛰还是要去图书馆，林骁从短暂的愉悦当中抽离，迅速陷入烦躁当中。

他在她跟他挥手说再见的几秒钟后就跟了上去。

惊蛰有些惊讶地看他："你也要去？"

林骁仍旧表情寡淡，言简意赅："借书。"

似乎怕多说一个字就能显出心虚似的。

惊蛰去图书馆先看了一圈，发现周不言在，径直朝着他走了过去。

林骁蹙了一下眉，但戏还是演了个全套的，沿着书架去教辅区，找了本英语习题册。

学校会把市面上所有的辅导书和习题册都买回来给大家辅助学习用。

林骁其实对习题册没什么概念，随手抽了一本，回去的时候，看到惊蛰正倾身跟周不言说些什么。

大概是要说的话很长，怕吵到别人，所以惊蛰靠他很近。

周不言侧耳倾听，眉眼温柔专注。

他其实没怎么听惊蛰在说什么，从他的角度正好能看到她的眉眼，她思考的时候会惯性地敛着眉，显出几分严谨与可爱来。

他记得第一次见她的时候，她正坐在那里算数学题，他去找周寻月，正好看到她愁眉不展。于是他低头看了一眼，是一道几何题，他抬手，手指在题目上画了一下，她瞬间意会，笔尖快速画了道辅助线，然后抬头冲他笑："谢谢。"

说完她似乎才意识到不认识对方，茫然看了他一会儿："你……"

她笑起来很温和纯良，于是他也忍不住笑了一下，指了指她旁边的位子："我来找周寻月，我是她哥。"

惊蛰恍然大悟，说："她去卫生间了，很快就回来。"

他"嗯"了声。他原本只是来送个东西，可硬生生地靠在那里五分钟，看她的后脑勺，等周寻月回来才离开。

周不言轻声喊了句："惊蛰？"

惊蛰正跟他说周寻月最近有些焦虑的事，惊蛰成绩还没她那么好，也没她那种压力，所以无从开解。她觉得周不言作为周寻月堂哥，且成绩优异，也许能帮忙宽慰一些。

这会儿听到他叫她，她才止住声音："嗯？"

周不言安静片刻，有些话他其实一直很想说，但又怕太唐突，可不说又怕没机会了。

接触这么久，他觉得惊蛰至少是不排斥他的。

"我其实……"

林骁骤然扯开惊蛰旁边的椅子，挨着她坐下来，敲了敲她的桌子："给支笔。"他抬起眼皮看了周不言一眼，又有些不耐烦地垂下眼睑。

惊蛰有些意外，但还是递了支笔过去，甚至都没注意到周不言突然缄默了。

注意力被林骁拉过去，她侧头看了他好几眼。

林骁也偏头，笑了一下："你看我干吗，我脸上有花？"

嘴上嫌弃，他心里却可耻地觉得满足。

惊蛰摇头，然后又把自己的本子递了过去，叮嘱："你别在书上画，被发现了是要挨骂的。"

林骁扯了两张纸，递回去，故意凑近她耳朵说：“我知道，我又不傻。”

惊蛰躲了一下，敲了敲他那边的桌子，示意他专心点儿。

她揉了好几下耳朵，总觉得痒。

周不言一直没再说话，似乎想起来一些传闻，唇抿得很紧，低着头看书，却一直有些心不在焉，想说的话也被打断了，再也没有开口的契机。

午休是不可以待在图书馆的，所以惊蛰卡着时间起了身，跟周不言说了一句话，顺便叫林骁：“哥，走了。”

林骁“嗯”了声，慢吞吞起了身，把笔揣进自己兜里，顺便侧头看了一眼周不言，眼神里带着几分警告。

或许是直觉，也或许是他忌妒作祟，他总觉得对方不安好心。

周不言也回视他，似乎在询问：有事？

眉眼里同样敌对意识明显。

林骁没理他，绕过凳子，跟着惊蛰走了。

回了教室，已经快要午休了，教室里已经坐满了人，交谈声逐渐低了下来。

林骁把笔掏出来盯着看了会儿，一支普通的中性笔，只是惊蛰给它做了个小熊的毛线小帽子，那么细的线，也不知道是怎么做的。他似乎从来没看过她做这些东西，但她总有层出不穷的小玩意儿冒出来，或许是她在房间里的消遣。

他从没进过她房间。

同桌要去抄前排的答案，快上课了，他有些着急，但桌面上竟然一支笔都没有，于是去拿林骁手里那支笔：“班长救命，笔借我一用。”

林骁在他触碰到笔的那一刻，眼疾手快地闪了过去，顺便拍了一下他的手，然后从书架旁边的笔筒里另抽了一支递给他。

对方狐疑地看了他一眼，慌忙去抄了，赶在预备铃之前抄完，闪身回来第一句就是：“班长，你好像个怀春的少……少男。”

林骁冷笑着看他一眼。

对方立马缩头趴在桌子上，给嘴巴做了个拉拉链的动作：“我懂，我什么都不说。”

林骁趴在桌子上午休的时候还忍不住唾弃了一下自己：还暗戳戳顺人家的笔。

——丢人。

林骁好几天都没关注惊蛰，每天一起回家，也不会多问什么。

惊蛰不是个喜欢分享的人，往往你问她，她会喋喋不休，但你不开头，她很少主动去说什么。

大约是寄人篱下的一种本能反应。

林骁以前有时会没事问一句，然后听她碎碎念。

现在他也不是不想，只是突然觉得开口变得很刻意。

于是两个人默契地沉默着。

那天母亲还特意去问他是不是跟妹妹闹矛盾了，他摇摇头："没有。"

邢曼指着他鼻子警告他："不许欺负妹妹。"

他好笑地看对方一眼："我要说她欺负我呢？"

邢曼一言难尽地看了他一眼，满脸都写着：你在说什么屁话？

林骁兴致索然地撇撇嘴："我感觉我不会快乐了。"

邢曼拍拍他的头，然后抱了他一下，他还没开始感动，就听到母亲叹了口气："妈以为你的中二期已经过了，没想到才刚开始。"

林骁觉得自己不自由了，灵魂像是被人牵了线，他有时候发呆的时候会忍不住想起沈惊蛰，好像她也没什么好的。

看着人畜无害，其实伶牙俐齿，像个毒蘑菇。

她长得是挺好看，但他从小到大又不是没见过漂亮小姑娘，她也并不是最惊艳的那个。

她性格挺好，但他其实更喜欢活泼外向的人。

最最关键的是，她并不喜欢他。他堂堂七尺男儿，为何要在一棵树上吊死？

暑假林骁没有陪她回落阴山，因为沈奶奶来了。

她自己搭乘长途汽车转火车来的，来的时候还背了个大大的袋子，里面都是些土特产。

来的那天只有孙姨在家，孙姨不认得老太太，询问清楚后，忙把人请了进去。邢曼和林正泽得到消息都很惊讶，立马就赶了回去。

林正泽见到人，眉头紧皱："您来怎么不提前说一声？"

老太太坐在沙发上，揉着膝盖，笑吟吟地说："你们都忙，我闲着也是闲着，就不麻烦你们了。"

若是提前说了，他们一定不同意，或者要去接她。

邢曼坐下来，有些感叹地握住老太太的手："那有什么麻烦的。"

老太太一生太要强了，即便到了这时候，也在尽量不给别人添麻烦。

老太太大约是看两个人表情太过于严肃和担忧，忍不住笑了几声："我还没老到走不动路的程度。"

她拍拍自己的胳膊和腿："好使着呢！"

她一脸轻松地同二人分享自己来的经历。她先是搭乘了邻居的小货车到了镇上，然后搭乘长途汽车到了省城，又买了火车票，一直到南临火车站。她一辈子没有坐过火车，进站是被好心人领进去的，出站也是被一个小年轻儿领出来的。

她身上带着许多纸片，怕丢了，每一张都标注着具体的地址，她每走一段路，就问一问别人，一路找到了家门口。

老太太眉宇间带着骄傲：“鼻子底下一张嘴，到哪儿都不会丢！”

林正泽依稀觉得老太太还是年轻时候的模样，干劲十足，永远乐观。

只是他不免还是叮嘱一句：“下次还是不要独自出行了。”

林骁和惊蛰是放学才回去的，林骁走在前头，惊蛰跟在身后。

进了门，还来不及换鞋，林骁面对客厅站着，有些惊讶地叫了句：“奶奶？”

惊蛰一时没有反应过来。林骁没有奶奶，只有姥姥，姥姥几乎没有来过家里。

家里每次来客人惊蛰都有些不自在，于是她往他身后躲了躲，余光里看到熟悉的身影，整个人才震了一下。

脑子里一瞬间闪过很多很多，太多的情绪来不及表达，只有眼眶一下子就泛了酸，她抬脚就要跑去奶奶那里。她走了两步才想起来没换鞋，回过身着急忙慌地脱鞋，鞋带却越扯越紧。林骁突然单膝跪地，握了一下她的脚腕，让她别动，然后伸手快速解掉了她的鞋带，又把拖鞋塞到她脚下。

惊蛰说了声：“谢谢。”

她声音里带着些颤抖。

她跑去奶奶那里，却只是克制地坐在奶奶身边，手指绞着奶奶的手，哽咽着说：“您是怎么来的？”

奶奶抬手抚她的脑袋，严肃地说：“不哭。”

意思是，外人在，不礼貌。

从小到大，她都知道什么场合做什么事，这也是奶奶教她的。这一次，她只是有点忍不住。

林正泽吩咐孙姨准备晚饭，两家人坐在一起闲聊，林骁的目光都在祖孙两个人身上。

奶奶见他，依旧亲切，笑着说他又长高了。

他也笑：“妹妹也长高了。”

奶奶看了一眼惊蛰：“也变好看了，城里养人。多谢你们照顾了。”

惊蛰有些不好意思，垂着眼睑低声叫了句：“奶奶！”

奶奶哈哈大笑，冲林骁笑：“小姑娘家，不好意思了。”

林骁看了一眼惊蛰，扯着唇角笑了一下：“确实好看。”

惊蛰抬头看他，两个人对视片刻，林骁眼里的情绪浓得化不开，他觉得自己仿佛是在宣告什么，紧张到心跳如擂。

可大约惊蛰只是觉得他有些奇怪，垂下头，又去看奶奶。

他有些失望地别过眼，又想笑自己不知道在期待什么。

晚饭围坐在一起吃，奶奶同林叔叔和邢曼阿姨说着话，尽管惊蛰很想和奶奶亲近，也不得不克制。

她脑子里胡思乱想着，高二的寒假没有回去，她就不开心，暑假更是直接约等于无了，之前说只有八天假期，学生们集体抗议，才又加了两天。

惊蛰已经决定，无论如何都要回去看一眼奶奶，她原本还怕奶奶不同意，所以没有提前跟奶奶说。她想，等自己回去了，奶奶就算不乐意，顶多也就数落她几句。

可奶奶应该是太了解她了，在她还没回去的时候，主动来了。

奶奶一辈子没离开过落阴山，年轻时不能，后来是不想，再后来还是不能。

人上了年纪，很多事都会变得力不从心，出远门不仅是对身体的考验，更是对心理的考验。

但奶奶还是来了。

奶奶为了她，这些年做了太多太多。

惊蛰一瞬间觉得有点难过，难过时间为什么不能过得快一点儿。

但转瞬间她又觉得自己不该祈祷时间过得快。

她只希望自己快一点长大，奶奶慢一点老去。

奶奶晚上跟惊蛰睡在一起，她已经很久没和奶奶一起睡了。她钻进被窝里，伏靠在奶奶胸前，一下子变得安心起来。

她记得自己小时候，奶奶也是这样搂住她睡的，那时候爸妈相继去世，她还不能接受这个事实，睡得迷迷糊糊，常常要找妈妈。奶奶就搂着她，拍拍她的背，用笨拙的语调给她唱儿歌。

奶奶和母亲有着一脉相承的残忍，她说："妈妈去世了，去世就是，再也不会回来了。"

惊蛰憋住眼泪："妈妈去看星星了。"

奶奶会温柔地抱住她，告诉她："但你还有奶奶，奶奶会一直陪着你。"

奶奶絮絮叨叨地问她学习累不累，有没有交到朋友，有没有遇到不开心的事。

惊蛰一五一十地回答。

奶奶叮嘱她："不要太累了，要照顾好自己。"

惊蛰哽咽着，不敢说话，怕哭声从喉咙里溢出来，只能拼命点头。

奶奶就只待了一天就走了，林叔叔和邢曼阿姨执意挽留，她依旧还是挥了挥手："我就来瞧瞧妹妹，瞧完了就行了，待着也耽误两个孩子学习。"

其实她只是害怕打扰别人。

她来的这一天，尽管她说不需要顾及她，可林叔叔和邢曼阿姨还是推掉了工作在家陪着。

奶奶一向信奉别人客气的时候你千万不能不客气。她来的目的已经达到了，她知道惊蛰一定会回去看她，小孩子总是憋不住想念，也会胡思乱想地担心，她一个老太婆自己待在山里，惊蛰总是不放心。

她来叫惊蛰看一眼，看看她身子骨还硬朗着，就够了。

林叔叔拗不过她，只好开车去送。

惊蛰坐在车后座握着奶奶的手，眼眶一直红红的。

送奶奶进了高铁站的检票口，看着奶奶的身影彻底消失不见，林骁才扯了一下惊蛰："走了。"

惊蛰扯住林骁的胳膊挡住自己的脸，怕林叔叔和邢曼阿姨看到她满眼的泪。

惊蛰觉得自己很不争气，从小到大，她都很少哭，但每次见奶奶，总觉得自己难受得快要背过气了。

林骁顺势抱了她一下，拍她的背："再坚持一年，很快就过去了。"

很浅的拥抱，依旧一触即离，快到惊蛰都来不及别扭，她只是擦了擦眼泪，点头："嗯。"

林正泽让阿龙也买了票陪老太太回去，让他务必把老太太安全送回家。

公司还有很多事，林正泽的司机甚至专程来高铁站等着，等他一忙完就把他接走。

邢曼过去嘱托跟着司机来的助理，记得提醒林正泽吃晚饭，一回头就看到自己儿子在趁人家心情低落的时候暗戳戳抱人家。

她一瞬间喊也不是，不喊也不是，最后只好装作什么也不知道，低头看手机。

她对着手机跟蒋洁说：要是你儿子有早恋的苗头，你会不会揍他？

蒋洁一下子就抓到了重点：你儿子看上谁了？

邢曼：就……不该看上的。

蒋洁：我懂了。那这就不是你揍不揍的问题了，你家老林不拿皮带抽他啊？

邢曼：我警告过他了，但显然他有点上头。所以我犹豫要不要给他来点狠的。

蒋洁：陈小红我可是揍过的，越揍越觉得情比金坚。邻居啊，防不胜防，你家这个都住在一个屋檐下，更没辙了。

邢曼：我一把年纪了，为什么要让我受这种良心的谴责？要是不管，我都觉得对不起老太太，你不知道昨天老太太一个人从山里找到家门口，还带了好多东西，我当时看到，眼泪都快流下来了。老太太一辈子呕心沥血受过太多苦，你说林骁这倒霉儿子把人家姑娘带偏了，我这当妈的岂不是万死难辞其咎？

蒋洁干脆回了个电话过来，在电话里嘲笑她竟然还有良心这种东西。邢曼年轻的时候爱玩爱闹，人生信条就是，遵纪守法，此外自由至上。在蒋洁眼里，邢曼不怂恿儿子勇敢追求爱就不错了。

邢曼忍不住也笑了，大约是被林正泽影响了。她年轻的时候，思想在那个年代是偏向西式的，加上留学，受到国外的影响挺大。那时候谁也没想过，有一天她会找林正泽这种人当男朋友。

林正泽规矩严谨到有些呆板，当初蒋洁还极不乐意，说她就是没见过这种类型的，将来话都说不到一起去，铁定要后悔。

没想到他们最后竟也走了这么久，他被她影响得沾了些浪漫，会因为她喜欢仪式感而主动配合，而她的自由至上，也不知不觉没那么至上了。

有些事情并不觉得有什么，她却会因为他在意而不去做。

喜欢是一件很神奇的东西，它会让你放肆，也会让你收敛。

喜欢的过程，仿佛是另一种自我塑造的过程，很奇妙。

邢曼："我觉得自从惊蛰来了之后，林骁也变了挺多的，我其实应该感谢妹妹。"

蒋洁也沉默片刻，道："我突然有点后悔对她母亲的偏见。"

惊蛰身上其实有沈寒栖的影子，蒋洁一直觉得惊蛰是改良版的沈寒栖，但其实沈寒栖是沈寒栖，惊蛰就是惊蛰，没有谁是谁的影子。而她之所以对沈寒栖抱着偏见，其实是一种微妙的忌妒。

有些人什么都不干，都会让别人自惭形秽。

于是蒋洁扯了一下唇角："你还是看着点儿吧！人家是你儿子的缘，你别成人家的劫了。"

邢曼忍不住叹口气道："其实我觉得他俩挺好的，但我不能说，我要绷住。不好好学习，我家那个小废物就只能靠脸了。"

蒋洁也想起自己的女儿，忍不住笑了一下："当妈真难当。"

邢曼撇撇嘴："可不是，纠结死我了。"

林骁带着妹妹过来，邢曼才挂了电话，摸了摸惊蛰的头："别伤心了，阿龙会送奶奶安全到家的。"

惊蛰点点头："谢谢阿姨。"

邢曼越看越喜欢，眯着眼笑着再次摸她的头："真乖。"

林骁一上车就要往惊蛰旁边坐，被邢曼薅到前头去了，眼神警告他：少暗戳戳的。

林骁轻哼一声，坐上副驾驶位，闭上眼假寐。想起惊蛰身上是浅淡的橙花香，大概是因为最近换了新的沐浴露和洗发水。

她哭起来眼睛、鼻头都很红，但很少哭得没形象，顶多就是有点哽咽，反而看起来更可怜。

他陡然睁开眼，唾弃地翻了自己一个白眼。

什么出息。

原来感情真的是藏不住，压在心里都快要爆炸了。

他都计划离她更远点了。

陈沐阳突然发消息给他。

耳东陈：劲爆消息，才子坦白了。

耳东陈：就昨天中午，据说聊完俩人还有说有笑地从图书馆出来了。

耳东陈：不会成了吧?

林骁眉头紧皱，不知道为什么，觉得心中一股无名火。

不是因为被人捷足先登，只是觉得事情因为外力而突然超出控制了。

前天期末考试就已经完了，昨天在学校里留了一天，各科老师给大家讲了一下接下来一年的复习安排，为了他们放假的十天也不至于无事可做，有想法的同学，可以先做准备了，即便没想法，也提前有个心理准备。

高三一年是个硬仗，对于基础薄弱的同学，第一轮复习还有翻身的机会，对于基础不错的同学，能不能稳中求进、精益求精，尚是未知数。

周不言选刚考完的这个时候坦白，想来是刻意的。但林骁仍旧觉得有些愤怒，就好像自己小心翼翼守着一株花，碰也不敢碰，可有人上来拿手薅了一下，毫不怜惜。

甚至很可能对方还觉得够小心了。

但本质在于，他就不该上手。

可林骁恼怒完，忍不住又想：惊蛰是什么反应？答应了？还是没有答应?

他陡然惊觉，他以为回避就好，但这压根儿不是他和她两个人之间的事。

林骁不会表白，但或许“周骁”会，就算没有“周骁”也可能会有“李骁”“张骁”。

她身边总会有朋友、同学、老师……各种各样的人，包括可能出现的追随者。

而他也不过是其中一个。

他的退让，简直是在把她拱手让与他人。

陈沐阳也不知道具体情况如何，他这情报是从朋友的朋友那里知道的，不是谣传。已经有好几个人看见、听见了，但都没听到具体的，甚至看到两个人从图书馆出来的时候还在谈笑风生。

陈沐阳说：“真的，林骁，我觉得就算拒绝，应该也是那种‘等我高考完再说’的拒绝，不然不可能如此和谐。”

陈沐阳以他有限的感情知识来说。

心理再强大的人，表白被拒绝也很难心平气和地跟对方谈笑风生吧?

林骁不想听他瞎猜，扣上手机，闭着眼，脑子里乱七八糟的。

从后视镜里看惊蛰，她低着头一直在出神，表情看不出来什么。

他努力回忆了一下昨天放学的时候两个人的对话，好像也没有什么。

这些天他很少关注她，以至于听到周不言坦白，他甚至有点恍惚，觉得是不是搞错了。

他确切来说就近距离见过周不言两次。

一次是运动会的时候，他从对方面前把惊蛰拉走了——有些时候，直觉真是够灵敏。

一次就是图书馆，四目相对的时候各自敌意明显，但他却没放心上，因为直觉惊蛰对周不言很礼貌客气，并不像有什么。

而且惊蛰还要备战高考，周不言马上就上大学了，成功的概率似乎很低。

但他对周不言并不了解，并不知道他到底会干出什么事。

林骁有些后悔，后悔当初没有直接把这个麻烦解决了，明明都已经看到苗头了，哪怕多问惊蛰几句，也不至于如今两眼茫然。

他给陈沐阳连发了十个红包：去问。

耳东陈：我试试，说实话，我能问的都问了，真没人知道。

耳东陈：还有……

耳东陈：你这个口是心非的狗男人！！！

耳东陈：呸。

下了车，邢曼降下车窗冲两个人挥了挥手，然后直接掉头走人了，她还忙着呢。就算不忙，她也很少会在家里。

林骁从小到大，邢曼就没有“多陪陪孩子”的这种想法，林骁也没有这个需求。小时候他偶尔也会觉得不开心，但人生总是有这样那样的缺憾，没有人可以做到事事顺心，大体还算顺心就已经是极难得的了——这句话，还是母亲告诉他的。

她每天都有很多“歪理邪说”“人生箴言”，这是她的快乐哲学。

每个人都有自己的一套生存哲学，他的生存哲学原本包括不要太在意别人，会显得不酷。

但就像是邢曼也会因为没能多陪陪他而愧疚一样，他也会有不想在意却没办法不在意的人，没有任何一套哲学可以一以贯之。

总有人和事会打破你的坚持和习惯，人生来就是破碎的，你一片一片把自己拼凑完整，然后被打碎，循环往复。

现在，沈惊蛰把他打碎了。

惊蛰拿手在他面前晃了晃：“哥？”

林骁回过神，看她一眼：“干吗？”

她本来很伤心，但很快就好了，她说：“我问你，期末考得怎么样？”

他记得自己高二上学期承诺她进1班，结果期末名次直线下滑。这一次，他依旧不能保证，于是蹙起眉头：“不知道，感觉不太好。”

惊蛰点点头，似乎并不意外，成绩起起伏伏很正常，他这学期的成绩已经算是很不错了。

“尽力就好。”惊蛰说。

林骁“嗯”了声。

他有点想听她埋怨他不争气，说不定他能打个鸡血。

两个人一同靠在玄关换鞋，惊蛰不由得想起来昨天放学回来，自己因为着急解不开鞋带，林骁蹲下身帮她解鞋带的事。

她迟来地有点不好意思。

她稍微长大一点儿后，奶奶都不会帮她系鞋带了，在惊蛰眼里，这个动作太过亲昵了。

亲昵到……有点越界。

惊蛰忍不住想起学长来，他昨天，给了她一封信，笑着说："打开来看看。"

那时候她并未料到里面是什么，如果早知道，她是不会看的。

任何关系的越界，都会让人苦恼。

惊蛰害怕是自己太敏感了，于是狠狠抿了一下唇。

林骁换好了鞋，站在那里等磨磨蹭蹭的她。

惊蛰倏忽抬头看他一眼，意思是，有事吗？

林骁才意识到，自己没必要等她，于是临时着补一句："要写作业吗？"

惊蛰点点头，站得近，能闻到他身上的味道，淡淡的橙花香，和她的沐浴露、洗发水一个味道，但又不太一样。她觉得有些焦躁，甚至于呼吸不畅。于是她忍不住后退了半步。

过了今天，假期就剩九天了，九天很快就过去了。

他们发了二十六张卷子，平均一天要做近三张。

"一起吧。"林骁说。

所有班级的卷子都是一样的，待在家里很难调动起写作业的情绪。即便只有十天假，还是会有人去学校的图书馆学习，就是为了敦促自己别偷懒。

她想，林骁可能是希望两个人能互相监督，或者互相商量一下，于是她点了一下头："好。"

他们坐在二楼的休息室里，百叶窗半开着，夕阳渐渐沉入地平线，橘红的霞光慢慢变成灰紫色，继而变成深沉的蓝。

外面的路灯亮了，天上的星星缀在路灯头上。

夜晚寂静无声。

就连笔尖摩擦纸面的声音，都"震耳欲聋"。

或许是太闷热了，林骁扯了好几下领口。

孙姨进来几次，给他们添水，或者放些水果和点心。

两个人各自低头做题，原本以为会商量，可到最后谁也没说一句话。

惊蛰做完了一张理综卷子和一张数学卷子，林骁写了一张英语卷子和一张数学卷子。

两个人做的数学卷子也不是同一张。

林骁熟练地在不会的题目上做上记号之后，抬头看到惊蛰低头在草稿上验算，忽然意识到，自己已经从那个恨不得一道题一问她，问了也不一定能听懂，听懂了也不一定下次还能做对的问题学生，进化到可以脱离她的帮助也能顺利完成作业的人了。

学习是痛苦的，因为痛苦而不想开始，也常常想放弃，但因为痛苦，在取得进展的时候，成就感也是加倍的。

那种满足感并不单纯来自成绩。

就算现在没有惊蛰，他也不会放弃努力了。

他有点享受这种感觉，不是为了追赶她，而是为了不断超越自己，使自己变得更有底气。

“惊蛰。”他叫了声。

她抬头看他：“怎么了？”

林骁拿笔敲了敲桌面，抬了一下下巴：“歇会儿，出去走走？”

惊蛰抬头看外面，透过窗子看到深黑色的夜幕，这么晚了。她掐了一下眉心，点点头：“好啊。”

他们带上了朵朵。朵朵很久没有和惊蛰还有林骁一起散步了，它快乐地撒着欢。林骁挺喜欢宠物的，但没有跟它们玩乐的乐趣。朵朵倒是很喜欢他，每次都很气愤他不理它，这会儿甚至拿脑袋撞他。林骁踉跄了一下，差点儿跌倒，惊蛰抬手扶了他一下。他原本是可以稳住的，但他没有，只是在撞到她的时候，低声说了句：“抱歉。”

他任由惊蛰的手扶在他腰上，夏天的衣服薄薄的一层，她甚至能摸到他的脊椎骨。于是她仓促地收回手，去揪朵朵的项圈，拍着它脑袋说：“别闹。”

林骁看她明显不好意思地欲盖弥彰，低声笑了一下。

他想问一问她和周不言是怎么回事，可两个人走了半个小时，也没找到开口的契机。

回去又做了半张卷子，各自就去睡了。

剩下的九天过得很快，醒来就是背书、做题，闲下来就去散散步。惊蛰给花园里的玫瑰做修剪，用偶尔剪下来的花朵做装饰。林骁经常会问她要一枝，假装是送给他的。

那种暗戳戳的小心思，多到藏不住。

后来她甚至会主动递给他一枝，他会故意拖延几秒，等着她不解地把花往他面前递一下，然后专注地听自己的心跳。

周不言离他的生活很远，意味着离惊蛰应该也很远，但那件事就像是埋进来一根刺，刺没刺到她不知道，倒是扎得他很疼。

他一会儿想把周不言找来揍一顿，一会儿又想把惊蛰抢过来。一会儿觉得肯定没什么，一会儿又觉得不可能没什么。

他偶尔相信自己了解惊蛰不会早恋，偶尔又诘问自己，说不定她心里有他，告诉周不言等毕业呢？

他并不想纠结这些，只是脑海里的念头来回闪烁，不太受控制。毕竟想这些问题不像想数学题一样有一定门槛，随便脑子转一下就可以转出来一百八十个弯。

他第一次觉得自己脑容量这么足。

他在开学前一天生病了。

发烧，浑身疼。

之所以病了，一半是空调吹多了，一半是装的。

毕竟发烧 37.6 摄氏度，并不足以让他要死要活的。

他下楼去找药吃，惊蛰在楼下跟孙姨商量明天的早饭，看见他，探头问了句："哥，你脸色怎么这么差？"

他一瞬间变得脆弱起来，扶着额头，轻轻摇头："我没事。"

惊蛰便走了过来，伸手在他头上一探："发烧了。"她表情一下子有些紧张，"要不要去医院啊？"

他虚弱地摇头："没事，吃两片退烧药就行了。"

于是看她去翻医药箱，他就势蜷缩在沙发上。

她拿了药，又去帮他倒热水，半蹲在沙发前拍他的胳膊，轻声说："把药吃了。"

他装模作样地闷哼一声，耷拉着眼皮看她："会不会太麻烦你了？"

孙姨也说："要不我来照顾，妹妹去学习吧。"

林骁的眼神饱含脆弱和希冀地看着惊蛰。

惊蛰摇摇头："我作业已经写完了。"然后扬声对孙姨说，"没事，我来就行。"

林骁扯了一下嘴角，把手递给她："拉我起来一下，我没力气。"

惊蛰握住他手的时候，他悄悄握紧了些，然后起身把药喝了。

他觉得自己有点卑鄙。

他甚至想喊周不言过来看看。

就算你暂时占了位置，我迟早也得把这墙脚给挖穿。

第二天去学校，班主任为了鼓励他们，引用了一句历年来的爆款励志语："乾坤未定，你我皆是黑马。"

林骁感冒还没好利索，意识混混沌沌的，听到这话抬了下头，然后挑了下眉，缓慢地点点头。

是的，乾坤未定，你我皆是黑马。

是吧？学长。

他们算是提前返校，并不算正式开始上课，学校总归还有点人性，正式开课前，早晚自习并不强制。

而且正式开课后，他们就要全部住校了。

期末考试的成绩返校一周后才出来。

林骁突然有点紧张，虽然明知道希望不大，可还是抱着一点希望。

万一去了 1 班呢？

人总有一种错觉：虽然我没有把握，但我就是那个万分之一的幸运儿。

成绩单贴出来了，他故意没去看，磨磨蹭蹭到别人都看完了，他才去。

人果然不能抱着侥幸心理，他看到自己年级排名的时候，苦笑了一下。失望谈不上，预料之中，可还是会怅然一下。

每个班级五十个人。

他考了年级第六十四名，在 2 班。

已经算是超常发挥了，他安慰自己。

但他仍不免觉得有些可惜，如果再尽力一点点……或许就进了。

他兴致索然地做题，然后听到有人来传消息："哎，班长，你妹妹好可惜啊，掉到五十一名，这也太太太搞心态了吧！"

一名之差，一步之遥。

偏偏是分班考。

林骁愣了会儿，那就是说，两个人在一个班？

可他并不觉得开心，惊蛰这学期差不多能稳定在前三十名，以至于他刚刚甚至都没想过去打听她的成绩。突然掉到第五十一名，她肯定很难过。

更可惜的是，就差一个名次。

前几个班的教学水平并不会差什么，但很容易影响心态，他太知道那种突如其来的下跌有多打击人，更何况惊蛰是那种稳扎稳打的人，她对期末考试尚算有把握，似乎就是一场发挥正常的普通考试。

当有把握的时候，名次却下跌，很容易自我怀疑。

他狠狠皱了一下眉，虽然明知道跟周不言关系应该不大，但还是忍不住骂了他一句。

自己考完了，倒是去祸害别人。

大概学习好到一定程度的人都自负且没有同理心，以为自己不会被外物影响，别人也不会。

他胡思乱想着，俨然已经开始乱开炮了。

成绩下来的当天就分了班，整个教学楼乱成一锅粥，有悲有喜。

林骁搬着自己的桌子往前挪了两个班，从 4 班出来，不少人欢送他。

从后门进 2 班的时候，惊蛰正好从前门进来。

他往那边看了一眼，隔着太多人，屋里乱七八糟的，看不清楚，更看不到她的表情。

不知道她到底怎么样了。

经过这么多次分班，大家都练就了一身分班时应对陌生同学的本事，而且分班次数多了，认识的人就更多了。林骁碰到上上学期 4 班的老同学梁泽，梁泽笑着恭喜他："班长牛啊。"

林骁虽然心不在焉，但还是回了一个矜持的笑容："还行吧！"

梁泽手撑在桌子上笑："班长，你这话好臭屁啊。"

林骁扯了一下唇角，没顾得上理他，然后放下自己的东西，拨开人群，朝着正在找空位的惊蛰走去。惊蛰看到他有些意外，她同样没顾得上打听他的成绩，于是笑了一下："哥？"

林骁心里一片乱，开口却是一句镇定的"嗯"。

他接过她的桌子，示意她把书包拿好，然后拎起来朝着后排走去。

一群人看到两个人，满眼八卦地盯着俩人的背影，互相使眼色：真有缘分。

同样有缘分的还有舒莺，她这次如愿回了 2 班，知道林骁和她一个班的时候，沉寂许久的心又有些复苏，甚至在某一刻恍惚觉得两个人是命定的缘分。直到这一刻看到林骁殷勤地帮沈惊蛰搬桌子，她陡然苦笑了一下——有缘无分罢了。

她在漫长的被排挤、被讨厌的中学生涯里，似乎这一刻才看清自己。太想得到就会失去，太看重得失就会被得失左右。她一直给努力赋予错了意义，以为努力就是为了得到别人的掌声和称赞，得不到的时候就垂头丧气，告诉自己努力没有意义，要认清现实。

就好像现在，所有人的目光都在林骁和沈惊蛰身上，她依旧是黯淡的那一个，但那又怎样呢？

到了这时候，老师都不大排座位了，2 班的班主任毛姐又一向是个非常讨厌仪式感和麻烦的人，所以座位大概率是自己坐在那儿就不太会调整了。

前排的位置被占得差不多了，林骁直接往后排走，顺便侧头问她："先跟我坐？"

惊蛰点点头。

他把惊蛰的桌子放在他桌子旁边。

满足了。

整个教室里只有他们两个是男女混坐。教室里这会儿正乱，恍惚回到高一 26 班的时候。那时候教室里常常像现在这样乱，他和惊蛰坐在后排，她总是在安安静静地做题，他却时常发呆走神开小差，常常强迫自己看黑板或者写作业，学习五分钟，头疼两小时。

他浮躁到待不住，只想往教室外跑，偶尔看到她不急不缓地读书，似乎才会心平气和一会儿。

他好奇她究竟是怎么做到的。

如今两个人再次同桌，倒像是一种轮回。

他始终觉得，他和她是有缘分的。

林骁问她："期末遇到什么事了？"

惊蛰一边收拾着桌子，一边耷拉了一下眉眼，旋即又打起精神，笑了笑："没事，是我太着急了。我想多拿点分，复习的时候就把面铺得特别开，高估自己了。"

考试范围是高二下学期的内容占百分之七十，其他的占百分之三十。她复习的时候总是忍不住去瞄准那百分之三十，结果百分之七十的储备比别人差，百分之三十的也没比别人好。

惊蛰心情挺平静的，即便哪怕再多零点五分，她就不用掉出 1 班了，刚刚班主任特意安慰她时说的话她还是认同的。

总比高考的时候差零点五分没有进心仪的学校要好。

在高考前，只要不气馁，任何的弯路都可以是经验。

惊蛰还没恭喜他，于是开口说了句："你进步很快，我们下学期一起回 1 班。"

这次林骁说："好。"

惊蛰歪着头，就着嘈杂的背景音给他分析自己这次失利的原因。这世上天才总是少数，大部分人的精力都是有限的，学习是没有尽头的，但考试有。

就像一张数学卷子，各大类型的题目分数占比一目了然，学习如何才能最大化地去拿分，比埋头深耕要重要得多。

惊蛰趴在桌子上休息了会儿，脸朝着他的方向，最后还是忍不住说了一句："哥，好累啊。"

这还是他第一次看她露出类似于脆弱的情绪，她眼神里并没有沮丧，更多的是一种放空，像是累了休息的时候，忍不住跟亲近的人抱怨一下。

虽然抱怨完还是要往前走。

林骁因为她的亲昵而感到满足，剥了一颗巧克力塞进她嘴里，轻声说："妹妹最棒了。"

妹妹虽然是小名，可他这样说，惊蛰还是忍不住笑了一下，他像是在哄小朋友。

她眯着眼看了他一会儿，然后骤然直起身，咧着嘴角笑了一下："你也最棒了。"

两个人像是被戳中了笑穴，耸着肩膀各自笑了很久，然后低头继续刷卷子。

很累，但也会因为一句话而放松。

头顶，空调风呼呼吹着，外面骄阳正盛，蝉鸣声聒噪着夏天，热浪被开开合合的门窗时不时送进来。

卷子像雪片一样，夏日飞雪，宛如怨气丛生。

时间仿佛冗长枯燥，可一转眼，却发现竟然过去那么久了。

九月一日正式开课，新的高一学弟学妹已经来校军训了，吃饭的时候偶尔远远看见操场上的迷彩绿，他们都会感叹一下时间过得好快。

周不言很早就走了，据说提前被北大接走了，林骁慢慢就把他忘记了。

这学期过得太快也太累，谁也没心思去琢磨这些有的没的，三天一小考，五天一大考，写完卷子讲卷子，讲完卷子写卷子，错题天天有，天天不重样。

因为一次满分而骄傲自满，又因为一次错漏百出而沮丧痛苦。

班主任毛姐时而要敲打他们，时而又要加油打气，每个人身上都像是拧了一个发条，谁也不敢松懈下来。

因为班主任对调座位的忽略，林骁得以和惊蛰做了一学期的同桌，一起上课下课，一起吃饭，一起对错题，互相加油打气。他有时候庆幸她就住在他家，沾了一层兄妹的外皮，以至于走得再近，老师都不会抓他，顶多上课敲着黑板警告他：“林骁你话少一点儿，别影响你同桌。你这当哥哥的，就不能做点好榜样？”

他噙着笑：“哦。”

班上偶尔会忍不住哄笑一阵，在一片高压中短暂地放松片刻。

久而久之，大家都知道，惊蛰值日的时候擦黑板的事都不用叫她，直接叫林骁就行。

林骁上课不安分，叫惊蛰管管，比直接让他闭嘴更有用。

……

林骁很享受这种侵占她领地的感觉，也乐意把自己的领地分享出去。

但这些于年少心思来说，始终是隔靴搔痒。

这学期到最后的时候，已经是深冬了，高一、高二已经放假了，他们还苦哈哈待在学校，大年三十前一天才能回去，吃个年夜饭，大年初三就返校。

惊蛰今年的生日依旧没有过，只有林骁送了她一个玩偶，比陈沐阳送的大，比陈沐阳送的胖。因为他发现惊蛰把陈沐阳送的那个玩偶放床上抱着睡，他不开心了。

期末分班考试的成绩还没有出来，他们已经开始下学期的课程了。第二轮复习已经开始了，共三轮复习，第一轮会久一些，第二轮速度会加快，等到第三轮，就更快了。

学校为了给他们打一打鸡血，特意请了上一届的优秀毕业生开讲座。

整个年级的人挤在偌大的礼堂里，礼堂里满满当当都是人，比演唱会还壮观。

周不言上台的时候，林骁狠狠皱了一下眉头，嘀咕了一句：“阴魂不散。”

林骁怎么也没想到，他还能因为这种方式回来。

他扭头去找惊蛰，可到处都是人头，目光巡视几遍也没看到。台上说了什么他压根儿没听，无外乎是讲自己曾经高三的心路历程，像所有励志故事一样，也曾踌躇满志，也曾失意，最后还是咬牙不放弃，最终守得云开见月明。

他始终没看到惊蛰在哪儿，其实也不知道为什么要找她。

大概是出于某种直觉。

最后终于找到她的时候，她正猫着腰起身。

——周不言站在礼堂的后门处，传话给她："出来一下。"

他们出去了，聊了很久，分享会结束，还不见她人。林骁回了教室，孤独地坐在自己的座位上，感觉自己像个小可怜虫。

分享会是下午第一课和第二节课，第三节上课，惊蛰才踩着上课铃回来，手上拎着一袋零食，大多是粉粉绿绿的糖果。

他瞥了一眼，心想：不齁嗓子吗？

难道我给你的还不够多？

为什么要接别人的东西……

惊蛰看他一直看，忍不住递了过来："吃吗？"

林骁别过头，硬邦邦地说了句："不吃。"

过了会儿他又觉得自己这赌气的行为简直是令亲者痛，仇者快，于是从桌洞里狠狠搜刮一遍，把所有的糖和巧克力拿出来，放到她桌子上，端着哥哥架子说："别乱拿别人东西，想吃什么我去买。"

惊蛰愣了愣，有点莫名其妙，但零食确实不是她想拿的，于是点点头："哦。"

过了会儿，林骁忍不住又问："他找你干吗？"

惊蛰含糊地说了句："不干吗……就是说几句话。"

林骁抬手看了一下手表，抿着唇说："真行，几句话说了三十七分钟。"

老师们去批改卷子了，听讲座回来也没老师在，各班回到教室里都是上自习。

大家以前还会因为没老师而兴奋，但到了高三，大家都自觉了起来，课代表发了一张理综卷子，然后说："放学收啊！"

教室里的声音渐渐弱下来，大家虽然嘴上抱怨着，但还是老老实实坐下来做题。

惊蛰不喜欢戴手表，她每次都只看教室里的挂钟，但最近卷子太多，视力有些下降，每每抬头都看不清表针。于是她直接拉住林骁的手腕，看了一眼时间，然后说："九十分钟搞定，谁后写完谁去看成绩表。"

写卷子太枯燥，大家都很能苦中作乐，惊蛰会和林骁比赛谁刷题速度快、正确率高。

老师说，分班考试的成绩晚上就能出来了，最迟明天上午。但按照以往的效率，今晚就能出表格，不能出表格，老师那里也会有电子档。

成绩出来，意味着又要分班了。

林骁觉得自己仿佛屋漏偏逢连夜雨，没有一件事顺心的。

因为他对分班并没有把握。

上学期的考试非常多，每天一睁眼面对的就是各种小考大考，数不清的考试多到麻木。他自认为进步非常大，但和惊蛰比还是差太多，于是只能比她更努力、更用心、更拼一点儿，他不敢有丝毫懈怠，但到头来，还是没有十足的把握。

本来很多事，就不是努力便能圆满的。

因为惊蛰这句话，他写题都不太专心了，脑子里反反复复在回放自己的期末考试。每一科他都估过分，英语应该不差，至少能考一百四十分；语文是他的弱项，但一百二十分总是有的；数学大题做得不错，但选择题和填空题错了三道，就算后面全对，他已经丢十五分了，这个致命失误一直梗着他，以至于心虚到不敢和她聊成绩。他理综做得浑浑噩噩，考完甚至记不清自己答了什么，回忆的时候，一会儿觉得自己考得特别好，一会儿又觉得自己考得特别差。

复习到第二轮，大家对自己的水平已经有了比较充分的认识，可大概是太过紧张，他完全无法客观看待这次考试。

惊蛰其实也没有把握，从小到大每天都有人夸她聪明，但每次自己也觉得自己聪明的时候，就会碰到更聪明的人。她慢慢发现，大多数人都只是普通人，但每个普通平凡的人也会有属于自己的闪光时刻，不必自负，也不必妄自菲薄。

所以她心态一向算好的，可最近却有些不踏实。余光里能看到林骁在做题，他现在成绩已经很好了，可依旧保留了很多坏习惯，他为了要帅练了一手不规范的行草，平时写字还好，就是写作业赶时间时，会越写越飞，每次惊蛰都会提醒他一下，要是提醒不及，他上课准挨骂。

尤其语文老师，对他是又爱又恨。

他语文成绩不好，有时候发挥超常，单科能考一百二十多分，发挥不好的时候，单科也能考一百来分。他背书特别快，脑子灵活，语文课堂死气沉沉的，他又很能活跃气氛，语文老师对他既爱又恨。

班主任毛姐也喜欢他，他虽不是班级成绩最好的，但绝对是存在感最强的，2班原来的班长由于性格原因被气辞职了，毛姐就让他当班长了。他当班长当习惯了，往讲台上一站，自带气场，处理事情也是游刃有余，毛姐特别信任他。

他和同学们也处得很好，他并不是一个和谁都能走得近的人，但不妨碍大家都会真情实感地叫一声“班长”。

邢曼阿姨和林叔叔都特别特别高兴，他的改变是肉眼可见的。百日誓师那天顺便开了家长会，那天叔叔阿姨都来了，叔叔替他开会，阿姨替惊蛰，害得一群不明真相的人还以为这两个人真的是亲兄妹。

——虽然不少人知道惊蛰暂住在班长家里，但还有一部分人不知道，且家长会这种事，大家总想着无论父母再忙都应该会来的。只是很少有人知道，惊蛰早就没有父母了。

惊蛰那天很想爸爸妈妈，可其实回忆起来，爸妈的面目都模糊了，她已经快要记不起来他们的样子了。

有时候照镜子，她会仔细端详一下自己的脸，奶奶说，她长得和爸爸小时候很像，性格也像。母亲还在世的时候，有时看着她也会笑，笑她还没有她爸爸小时候好看，奶奶会骂母亲："当妈的，说的什么话。"

惊蛰并不生气，因为每次妈妈说完这个，都会沉默很久。

妈妈很想爸爸，她知道。

或许是父母带给她的印象太深刻，很长一段时间里，她都很害怕"来不及"，会在半夜突然惊醒的时候对奶奶说："奶奶我很爱你。"

她会对每一分善意说谢谢；会跋山涉水去很远的地方给爸爸的恩师送年货，因为师公年纪已经很大了，和父母有关的人和事都在慢慢消逝，等他们都走了，父母留下的痕迹也会越来越少；会在春天的第一颗芽发了之后就去祭拜父母，告诉他们，春天来了……

她的生活很规律，很少拖延。

奶奶说，尽力做好每一件事，那么厄运来的时候，就会少一点遗憾。

暑假那天学长给她写了信，说是信，更像是一篇日记或者散文，记录了他对她印象深刻的几次画面。

第一次见面是在她们班的教室。

第二次是他借书给她。

第三次是跟着周寻月在便利店偶遇交谈。

……

两个人见面的次数并不多，在惊蛰看来，似乎也没有什么特别的，但文字大约能传递情绪，惊蛰能模糊地感受到他的意图。

在他眼里，这些短暂的会面，似乎都很特别。

她抬头的时候，他正在笑着看她，嘴角带了几分苦笑："抱歉，想着写封信给你，但一下笔就容易卖弄，见笑了。"

他的信和他整个人一样，带着几分含蓄和克制。惊蛰还是看明白了，把信合上，很缓慢地推了回去，眼神真诚地看着他："对不起学长，我没有早恋的想法。"

周不言似乎有些意外她的直白，扯着唇角笑了一下："没关系，学习最重要，我只是想告诉你，你很特别。"

惊蛰说："谢谢。"

然后两个人都没说话，气氛有些尴尬。

在那短暂的沉默里，惊蛰还出神地想到了林骁。她和他很少会尴尬，即便尴尬，她更多的是觉得不好意思，很少有这样如坐针毡的时候。

她甚至希望林骁能突然出现，解救她于水深火热。

周不言看了她好一会儿，突然笑了："你这么坦然，我突然觉得我很矫情且面目可憎。"

惊蛰摇了一下头。

周不言又说："我有点后悔了。"

这次惊蛰没说话，因为她也不知道该怎么办。

周不言似乎不死心，又问了句："是不早恋，还是不喜欢？"

惊蛰抬头："可以说实话吗？"

周不言笑着点头："没关系，我心理承受能力很好，只是想听听你的想法。"

惊蛰仍旧放低了声音，语气却很干脆："不早恋，也没有那种喜欢。"

周不言点点头："好，那我就知道了。"

他手边放了一个袋子，里面是厚厚一沓笔记，这会儿拿出来递给她："十一中张洛宁的笔记，只有数学和理综，我正好有朋友认识，借来抄了一份。她的笔记有些随性，我问了一些同学，让他们帮忙整理修改了一下，希望对你能有点帮助。"

张洛宁是周不言他们这一届的黑马，无论几校联考，都能拿最高分。

但惊蛰刚拒绝了他，并不太合适拿这个，于是摇了摇头。

周不言笑了一下："虽然被拒绝了，但不至于连朋友也没的做吧？"

惊蛰摇头："……不是。"

周不言推给她："收下吧！其实我不该说。算是补偿了，不然我更过意不去。"

惊蛰最后还是收了下来。

他们像往常一样走出图书馆，三十三级台阶走下来，他站在最后一级台阶下回头看她："惊蛰，我能冒昧问一句，你和那个林骁是什么关系？"

她觉得关系很简单，可开口的时候却发现一时说不清，简单一句"兄妹"也奇怪。

停顿了几秒钟，她也没想好一个合适的概括，才发现是他问的问题很奇怪。

于是她看了他几秒钟，然后蹙眉摇头："这个我不想回答。"

周不言再次说："抱歉。"

这不是第一次有人暗示她，她起初并不太懂，可有些东西只要稍微露出一点芽，就能在不知不觉间长成参天大树。

惊蛰先做完了卷子，她做完的时候，林骁还有两道物理大题没有写。她抬手敲了敲他的桌子，意思是，你今天很慢。

林骁歪着头看了她一眼，小声叹气："知道了。"

惊蛰便笑了一下，顺便提醒他："你上道题做错了。"

林骁定睛看了一眼，蹙眉摇头："不可能。"

惊蛰点头，笑着夸他："不错，你经受住了考验。"

林骁这才反应过来她在诈他，顿时把卷子扯离她的视线，半侧着身子做题，留给她半个背影，嘀咕道："沈老师，你做个人吧。"

惊蛰抿唇笑起来，然后轻声说："哥，我好想和你一直做同桌。"

林骁写字的笔顿了一下，心蓦地跳得欢快，喉咙里挤出一句："嗯？"

惊蛰一只手支着下巴："然后就可以天天气你。"

林骁："……我谢谢你啊。"

第一节晚自习下课，有人喊了一句"成绩单出来了"。

教室里顿时一阵混乱。

虽然考试考到麻木，可成绩出来的时候还是会在意。

惊蛰戳了戳林骁："你去看。"

林骁不情不愿地蹙着眉："怎么这么残忍。"

惊蛰说："没关系，名次都是次要的，就算进不了1班，也没什么大不了的。"

林骁挑眉："那你去？"

惊蛰摇头："那不行。"

林骁："……"

成绩单还躺在办公室里，班主任们还在里面开小会，各班的学委都聚在门口，也不敢贸然进去，你推我我推你，试图第一时间拿到成绩单。

一边害怕，一边想看。

虽然明知道早知道几分钟并不会改变什么，但依旧仿佛一秒也等不了。

终于，4班的学委猫着腰进去了，成功"偷"出了那沓新鲜打印的成绩单，别班的班委都上前认领自己班的。只有林骁靠在人群外的栏杆上，眼睛望着那边，身子却迟迟不愿意动一下。

心情跟个等待宣判的犯人没两样，心如死灰，又妄想死灰复燃。

终于，4班学委分完了成绩单，最后只剩下2班的了，他扭头一看，正好看到林骁。上学期他俩一个班，自然认识，于是他笑道："班长，你们班的。"

林骁伸手："谢了。"

对方在递之前，忍不住凑过去看了两眼，然后挑了一下眉："哇哦。"惹得林骁手指都蜷了一下，他甚至能感受到自己的心重重地跳了一拍，下意识觉得自己成绩很离谱。

他怀着视死如归的心情拿了成绩单，然后上楼往教室去，梁泽带着几个2班的人过来凑热闹，正好碰上，探头问道："怎么样怎么样，班长？"

身边人拿手肘戳了梁泽一下，意思是，没看班长脸色这么差？估计考得不怎么样。

梁泽挠了挠头，一时不知道说什么。

成绩这种事，安慰都无从安慰。

林骁把成绩单递了过去，表情严肃地说了句："我还没看。"

梁泽接过去，有点没听明白："啊？"

林骁扯了一下唇角："不敢看。"

梁泽先是觉得自己听错了，半晌才觉察出一点好笑来，最后几个人哧哧笑起来："不是吧，班长，你这种考神附体的，还怕看成绩啊？"

他算哪门子考神，运气确实有几次都不错，但越是运气成分大，越是心虚。

梁泽忙展开成绩单看了一眼，顿时骂了声。

几个人都凑过去看，然后齐齐骂了声。

林骁眉头越皱越紧，"哎"了声："能不能别吓人？"

梁泽抬头，突然一拳砸在林骁胸口上："班长过分了啊！"

其余几个憋不住说："好牛，你和你妹妹，年级第三十九名和年级第四十名。"

他这次数学失误特别大，但理综总分年级第四名。

他的语文不止一百二十二分，而是一百三十三分，语文一向是他的弱项，因为极度不稳定，也就导致语文很容易拖后腿。但这次语文单科成绩很好，靠着语文和理综直接把他的总成绩救了上去。

他长长吐出一口气，回教室坐下来的时候，发现自己出了一身冷汗。

他表情很严肃，神色因为过分紧张又心有余悸，丝毫愉悦感都没有，带着百分之二百的深沉。

惊蛰原本在写题，但是心不在焉的，时不时就要侧头看向后门，看了几次也没看到林骁回来。2班去打听成绩的人都没回来，她甚至能听到外班人路过时在议论成绩，却没听到一句关于2班的。

然后她后悔为什么自己没有去，等待凌迟比被凌迟还要煎熬。

可最后等来的，似乎不是好消息。

惊蛰没有立马问，只是低着头在写刚刚验算了好几遍都没算明白的数学题。她唇抿了又抿，终于才鼓起勇气问他："没考好吗？"

林骁似乎终于回过神，看她一眼，忽而好奇地问："如果我没进1班，你会不会不高兴？"

惊蛰点点头。

应该会……非常不高兴。

她点头点得太快，他甚至都分不清她是为了安慰他，还是真的舍不得。

他沉默片刻，决定不庸人自扰了："逗你的，1 班，三十九、四十。"

他说的是名次，惊蛰听懂了，但又觉得没听懂。

她凝视他好一会儿，然后才笑了一下："真的吗？"

林骁笑着看她一眼："我骗你干吗？等着挨打啊？"

惊蛰轻轻吐出一口气，幸好。

这次第二天才分班，依旧是搬桌子。

到了高三，卷子多到没有一个人的桌子是整洁的，全都堆得满满当当乱七八糟，就算整理好了，一会儿也乱了。有时候只是去上个厕所，回来都能收获一桌面的卷子。课代表都没办法说明白自己发了什么卷子，每次都说"这次十六张""二十张"……让大家自己核对。

所以虽然老师要求挪人挪东西，但大家基本都默契地直接拖着桌子来回跑。

惊蛰和林骁拖着桌子去 1 班的时候，周寻月大声喊了句："惊蛰宝贝，欢迎你回来。"

惊蛰笑了笑："谢谢。"

她在 1 班很受喜爱，其他人听见，接连给她鼓掌："呱唧呱唧，就知道你可以。"

班主任说过，从 1 班掉出去的，能重新回来的寥寥无几，历年都是如此。

这非常考验心态，有时候只是一点点迟疑，你就可能和 1 班再也没有缘分了。

能不受心态影响重新回来，已经很了不起了。

周寻月说完，目光挪到她身边的林骁身上，夸道："你哥哥也很厉害哦！"

惊蛰笑意更深，仿佛夸的是自己："谢谢。"

林骁尾巴都要翘上天了，但还要绷着脸，谦虚道："运气好，多亏我全世界最好的……妹妹。"

他刻意咬了最后两个字，把"妹妹"两个字叫得百转千回。

不少人起哄似的笑起来，还有拍桌子的。

有人调侃："你俩也太有缘分了吧，分班考名次都能挨着。"

同样从 2 班升进来的梁泽忍不住凑过去说了句："我要是也有这么好的同桌就好了，耳提面命、呕心沥血啊！"

周寻月愣了一下，继而啧啧感叹："那他以后就要自食其力了，因为老邓头是绝对不可能让男女生混坐的。来来来，宝贝，快来投入我的怀抱。"

林骁搭在桌子上的手顿了一下，瞬间几乎可以称得上面如土色了。

惊蛰笑了一下，指了指周寻月："那我……过去了。"

这个笑容轻松愉快的少女昨天还在说："哥，我想一直和你做同桌。"

果然女人都是善变的。

林骁咬着后槽牙，一看到周寻月就想到周不言，一想到周不言他就头疼不爽，浑身不舒服。

他幽怨地看着惊蛰："你走吧，不用管我的死活。"

梁泽把桌子挪过来："我跟你坐吧，班长，你别一副被抛弃的样子了，哈哈哈。"

高三连周六都没有了，周末单休。

每次回家都像是刑期定时放风，不知道何时才能刑满出狱。

一模时林骁的成绩又打回了原形，直接掉到七十名。波动这么大，他甚至都怀疑自己能不能考上临大。

人好像永远都不会满足，不及格的时候觉得自己有一天能全部及格都很厉害了，一次成绩突飞猛进突然又觉得自己是隐藏的天才，短暂的学习热情并不足以支撑"天才"的野心，各种内因、外因推着他走上了学习的不归路，一路到现在。他已经是这一届的传奇了，很多人提起来甚至都想不起当初他摸底考试有好几科不及格。

他在初中并不算太差，属于半听半不听，考试突击一下也能考个过得去的成绩，中考甚至能擦边进附中，摸底考的时候，却考得史无前例地差。他还在自我调侃，说运气被透支干净了，现原形了。他很坦然接受自己是个废物点心的事实，并不觉得羞耻。

如果没有惊蛰，或许他会很安然地接受自己是个普通人，一个别人眼里有钱无脑的大少爷。

但他偏偏有了目标，于是一步一步走到现在。

甚至于他自己回忆起来，都觉得不可思议。

如果重新回到高一刚开学，有人告诉他"你努力努力，以后一定能进 1 班的"，他肯定会觉得对方疯了。

如果回到高二，有人告诉他"你努力努力，以后肯定能进 1 班的"，他都觉得是痴人说梦。

名次越靠前，越会发现，进步起来非常非常难，不退步已经是极大的进步。可他还是忍不住常常自我怀疑，是不是努力根本就没用。

他如愿在最后一个学期进了 1 班，高兴的时间连一个月都没持续够，就发现离目标还是有着不小的距离。

一模划分了一本线、二本线，一本线五百七十分，他考了六百一十四分，如果按照去年临大的录取分数线，他基本无缘了。

他在一模之后突然陷进了倦怠期，每天拿起笔，脑子一片空，错误率直线上升，甚至偶尔拿到卷子，他觉得自己什么都不会了。

惊蛰考得很好，分班考试似乎给了她信心，她一模直接考了年级第十四名。

这是她第二次进前十五名。

她知道他没考好，拿了他的一模卷子，仔仔细细帮他看了一遍，然后上课的时候把重难点分析写在纸上递给他，他瞥了一眼，却放下了。

下课她过来问："哥，你看完了吗？"

他将头埋在臂弯里睡觉，闻言半抬起头，看到她的脸时，顿时生出巨大的沮丧来，闷声说了句："没看。"

"哦，那你看完我再跟你说。"惊蛰坐在他旁边，想安慰他，又不知道如何安慰。她这次考得太好，而他下滑得太严重，她的安慰对他来说可能是更大的压力。

惊蛰只能坐在这儿陪他一会儿。

她总是这样，乖巧得让人想抬手揉一下。

人确实是不满足的。起初只想和她做同桌，后来想在一个班级，现在又想一个大学。

但他已经不觉得这次也会那么幸运了。

幸运不会总是眷顾他。

于是他说："你去学习吧，不用管我，你还能管我一辈子？"

他偶尔会怀疑，可能自己本身就很差劲，如果不是惊蛰耳提面命，或许他压根儿进不了1班。他觉得自己并没有偷懒，可这次考试突然让他有了两眼一抹黑的感觉。考试的时候，很多题目他都没有思路，是真的一点思路都没有，他甚至怀疑出题人有毛病。可下了考场，听见大家讨论热烈，又恍惚觉得只有他没看懂。

他在1班格格不入。

烂泥扶不上墙就不必硬扶了。

惊蛰深深看了他一眼，俯身靠在那里看他："哥，你最棒了。"

这次他没有回她"妹妹你也最棒了"。

以前他再不开心，都会附和她一句的。

他抿着唇，只是冷淡地看她一眼，然后苦笑了一下，别过头，继续趴着睡觉，留给她一个后脑勺。

他的同桌梁泽回来了，惊蛰起身让开，站了一会儿，最终还是什么也没说就离开了。

今年一模时间早，三月月初，春天还没来，冷风瑟瑟。

惊蛰把去年织的一条驼色围巾给周寻月，说："帮我转交给你哥吧，替我说声'谢谢'。"

周寻月展开看了看："你也太偏心了吧！他有，我都没有。"

惊蛰苦笑："去年织的，今年没有空闲了，等毕业我给你织。"

周寻月笑了笑："逗你玩的，学习要紧，你这次超厉害。我周末给他寄学校去，他肯定高兴坏了。”

惊蛰笔尖悬空发了会儿呆，发现虽然考了年级第十四，可一点都不开心。

学校广播突然通知高三开大会，年级所有人都搬着凳子去了操场。露天的场地，冷风吹着，一个个冻得牙齿打战，教务主任老傅对着喇叭训话。

起初还有人哄闹，渐渐地四下沉寂，全都低着头。

一模的成绩，附中在市区所有重点高中里垫底。

原本不少人还在为自己的成绩沾沾自喜，选择理科的总共才一千人左右，这次考到五百分以上的达到七百多人，分差很小，甚至出现了一个分数十几个人并列的情况。

往届一模的成绩，哪怕是扩招后，本科上线率也是百分百，重本率百分之二到百分之六,一本上线率最低百分之六十。

这次一模虽然考五百五十分以上的人很多，但全校达到五百七十分的不足四百人。

上次考试就说他们这一届浮躁，很多人还不服气，没想到这次真的阴沟里翻船。

昨天甚至有班主任在说，都是扩招惹的祸，这两年扩招后，校风明显变差了。

林骁、陈沐阳、江扬他们这些后几个班的，就是扩招后的产物，于是昨天 26 班的班主任老胡还在拿林骁举例子据理力争。

他甚至谈到教育公平、分班合理与否这些话题。

成绩下来那天，班主任开会就是在说这件事。

有学生听见了，也在小范围地讨论，但大家都不是复习班也不是实验班的学生，对省排名还不够敏感。虽然大家模糊地察觉到事情的严重性，但远不及老傅拿着大喇叭站在这里无差别攻击这一届学生就是差劲来得震撼。

“你们是我见过最差劲的一届。”

大家一个个仿佛霜打的茄子。

考得好的顿时没了优越感，考得差的反而得到了一种另类的心理安慰——反正大家都差劲。但旋即又被另一种情绪淹没——真的很差劲吗？那高考的时候怎么办？

林骁什么感觉？

他没有什么感觉，得知这次考试成绩本就离谱，反而坦然了，只是仍旧提不起来劲儿，每天麻木地做着题，麻木地复习。别人都绷着神经等着一雪前耻，他突然变得得过且过起来，就等着最后一根稻草压过来，他就可以心安理得地放弃了。

他并没有自暴自弃，只是突然感觉自己没有努力的方向了，好像越用力越适得其反。

你看，各个班主任都在反思自己，却都不知道问题出在了哪里。

他也没什么大不了的。

所有人头上都罩了一层乌云。

1 班的班主任老邓每天板着一张棺材脸，唇角都快耷拉到地上了，时不时就要在教室外晃悠一次。以往都说 1 班、2 班和 3 班是最自觉的，如今 1 班、2 班和 3 班被训斥得最严重。总结会那天，老邓站在讲台上，气到拍桌子："都觉得了不起了是不是？你们自己看看你们考得是个什么东西！"

这次整个年级分数集中在五百分到六百分，六百分以上的都不多，六百五十分以上的更是寥寥无几，更别说七百分以上的了，这次一个都没有，也就是说高分段非常差劲。

1 班每天的气氛比上坟还凝重。

林骁那股子丧气似乎也显得并不是那么特殊了。

只是他有点没法面对惊蛰，很少跟她说话，好几次她主动来找他，他也恹恹的，不想吭声。

清明放假回家，他稍微松了一口气，再在学校待下去，他可能要疯了。

孙姨得知他们回来，特意去买了菜，做了一大桌好吃的。他兴致索然，惊蛰看了他好几眼，他察觉到了，但是没理会。

惊蛰大概也生气了，一句话都没有跟他说，吃完直接上楼了。

昨天刚下过雨，今天天气仍旧阴沉，冷空气来袭，春天似乎被谁偷走了，俨然还是冬日模样。

惊蛰不理会他，他反倒舒心了些。

陈沐阳打了电话问他在不在，然后直接推门而入，一进门换鞋，先喊了句："林骁，你快递。"

林骁扭头道："我没快递。"

陈沐阳穿着拖鞋快速走过来："不知道，在门口正好碰到，顺手拿进来了。"

他接过来看，发现信息填的确实是他的名字，电话是家里的有线电话。

于是他顺手拆开了外皮，盒子外有卡片，上面写着：

给惊蛰。

——周不言

林骁轻缓地挑了一下眉，脑子里重重地飘过八个大字：怎么还是阴魂不散！

陈沐阳一把拍上去："这位仁兄非常明目张胆啊！"

林骁扭头看了陈沐阳一眼："写着我的名字，我看一眼不过分吧？"

陈沐阳摇头："不过分。"

但是你这表情，我怕你扔人家东西。

林骁的手指在快递盒上敲了两下，最后只是冷哼一声，没动，扬着声音叫了句：“妹妹。”

惊蛰在卧室里听到他声音，一瞬间还以为自己听错了，房子大，喊话并不是很方便，家里有好几台内线电话，孙姨叫他们都不会扯着嗓子喊。

她出来扒在栏杆上往下看，林骁靠在沙发上指了指桌子上的盒子：“有人给你寄了东西。”

他语气酸得可以直接去腌黄瓜了。

惊蛰一时也没想起来谁会给她寄东西：“寄的什么？”

林骁觉得自己的语气根本克制不了，硬邦邦地说：“我怎么知道。”

惊蛰看他怪里怪气的，也就没再多问，直接下了楼，拆开了盒子，里头是一支钢笔。

林骁心想：粉红色，什么破审美。

惊蛰却笑了一下，林骁脸色更黑了。

陈沐阳明知故问地问了一句：“谁寄的啊，惊蛰？”

惊蛰把卡片拿起来朝他展示了一下：“寻月的堂哥。”

她那么坦然，倒是陈沐阳和林骁一时没话接。她上了楼。

陈沐阳拍了林骁一下：“你放心，我一定给你打听清楚。”

“不用。”林骁冷声说。

他嘴硬道：“关我屁事。”

惊蛰和周不言什么关系，林骁一点都不知道，她从来没说起过。

她一向都是这样，你不问，她永远不会主动开口。

她从来没发现，他不高兴，非常不高兴。

他小心翼翼地顾念着她，她倒是和人家聊得热火朝天，还互通礼物。

晚上的时候陈沐阳还是发来消息，说前两天惊蛰送了一条围巾给周不言，周寻月给她哥寄到学校去了。

他突然又想起来寒假的时候，她和周不言聊了半个小时，还从他那里拿了零食。两个人聊了什么，他也不知道。他原本觉得不必过问，可如今又觉得百爪挠心。

所以钢笔大约是回礼。

他并不觉得惊蛰会早恋，可即便他们只是好朋友，也让他心生妒忌。

他不是唯一，不是特例。

他因为“妒忌”这个词突然冒出来而感到愤怒，从来没想过有一天自己会跟这个词沾上边。

如果一段感情让自己负面情绪缠身，那就没有继续的必要了。

他想，他现在已经从里到外都糟糕透了。

他坐在那里写卷子，在草稿纸上写沈惊蛰的名字，写完在名字后面一笔一画地写：恨。

他写完觉得自己像个傻子，于是把“恨”字抹了。

那行为不比幼儿园和小朋友闹掰的大班生更成熟。

写了会儿卷子，他揉着僵硬的脖子，侧头猝不及防又看到那几个名字，顿时觉得那名字都心思迢迢。

于是他把“沈惊蛰”也抹了。

或许是写得太用力，抹掉了还有痕迹。

是的，有些痕迹是轻易抹不掉的。

林骁给陈沐阳和江扬发消息，说：我完蛋了。

双木林：我被沈惊蛰困得死死的。

双木林：凭什么？

林骁属实是有点恼羞成怒了，陈沐阳和江扬毫不吝啬自己的嘲笑，全都发语音，发来长达十秒钟的爆笑声。

林骁把语音译成文字看，除了“哈哈哈”一点内容都没有，他气得扔了手机。

他听到对面门响了，于是霍然起身跟了出去。

两个人在门口四目相对，他问：“你干吗？”

惊蛰才觉得莫名其妙呢。她反问他：“你干吗？”

林骁低着头看她，抿着唇不说话，一脸委屈，仿佛控诉她似的。

惊蛰最近都不知道他在发什么神经，轻叹了口气：“我去寄东西。”

刚刚收到礼物就迫不及待回寄，真行。他脸色很差地看着她，却什么也没说：“哦。”

说完他转身回了房间，房门没关，指望她能跟过来问他一句“怎么了”。

这种想法简直可笑，可他当时真的是那么想的。

可惜她直接走了。

惊蛰下了楼，他仰面在床上躺了会儿，觉得自己快要疯了。

仿佛天时、地利、人和占尽，可其实什么也没有。

他什么也没有。

他起身站在窗户前往下看了一眼，她叫了上门取件，快递员站在门口收件，她把一个不小的盒子递过去。

不知道里面装了什么，或许是围巾，也或许是手套。

她都没有给过他什么东西。

至今只有一个小兔子挂在他的书包上，他一个衣服过季都不会再穿的人，一个小挂件挂了快三年，还有一个小熊帽子的笔，还是顺来的。

他掰着指头算了很久，发现她从没主动给他送过一次礼物。

他不过生日，他生日是七月一日，因为他出生那天，小舅送母亲去医院，回去的时候意外出车祸去世了。

那是姥姥姥爷最疼爱的儿子，可惜白发人送黑发人。后来每年七月一日父母都会去祭拜小舅，并且从不允许他过生日，他也没有过生日的欲望。

所以他连生日礼物都没收过。

他突然觉得自己很可怜，他觉得沈惊蛰没有心。

他只对她好，她却对谁都很好，甚至对别人比对自己都好。

林骁兀自生着闷气，惊蛰在外面敲他的门，站在门口，轻声说了句：“哥，你出来一下。”

林骁很想知道她要干吗，但还是磨磨蹭蹭了半分钟才出去，仿佛自己一点也不在意似的，跟着她去了露台。

两个人坐在椅子上，惊蛰从口袋里拿出一块木牌给他。

是一块无事牌，寓意平平安安，无事烦扰。惊蛰塞进他手里：“我不知道你为什么不开心，但我希望你能快乐一点儿。成绩很重要，但你更重要。”

她以为他是因为成绩不开心，但又隐约觉得不是。

她猜不出来，也不想猜了。

这是她第一次主动送他东西，于是他在一瞬间就原谅她了，然后又觉得自己没有出息。

林骁问她：“这东西是只送给我的，还是也送给别人了？”

他喜欢独一无二的，惊蛰知道，但她还是忍不住沉默片刻，叹气道：“只给你的，只有你有。”

林骁一半满足一半酸涩，憋不住问了句：“那围巾呢？周不言专有的？”

惊蛰张了张嘴，最后说：“……我给很多人织过。”

林骁撇撇嘴：“哦，所以就我没有啊。”

惊蛰：“……”

林骁拐弯抹角地试探着：“你对周不言倒是挺好，你觉得他不错？”

惊蛰摇摇头，又点点头：“他人挺好的。”

林骁恨不得捂住耳朵，心想：我不听！

但他还是抬头问了句：“好在哪儿？”

惊蛰想了想：“就……长得好看，人也好，还喜欢我送的东西。”

她很少送自己做的东西出去，因为都不是很贵重，也不是很精致漂亮，有的只是心意罢了，而心意最怕被轻视。

林骁轻哼一句：“我也喜欢，也没见你送我。”

惊蛰指了指他手里的无事牌：“嗯？”

林骁：“反正你对我不好。”

惊蛰甚至都没觉得生气，只是觉得他像个无理取闹的小朋友，于是起身拍了一下他脑袋，像哄小孩一样：“哥，好好睡一觉吧。养足精神，休息不好容易精神失常。”

他听出来了，她在说他精神失常。

夸别人就是一条一条的，到他这儿就成了精神失常。

林骁回了房间，站在镜子前端详了一下自己，用手机问陈沐阳：我好看吗？

耳东陈：林骁天下第一帅，宇宙第一英俊。

耳东陈：但是，大半夜的，你问这话好恐怖。

双木林：比周不言呢？

耳东陈：原来是因为这个，你迟早魔怔。

林骁就是觉得不服气，凭什么周不言步步紧逼，他却只能退避三舍。

他一晚上都在做梦，梦里都在跟周不言吵架。

而且他觉得难道自己比周不言难看吗？不，是沈惊蛰审美有问题，她就喜欢那种淳朴的东西吧？

然后一大早林骁就换上自己看起来最勤俭节约、朴实无华的衣服出去了，在花园里看到惊蛰在一边除草一边听英语广播。

于是他站在那里看了她一会儿，直到惊蛰看见他，才理了理领口，满脸都写着赌气以及不服气。

惊蛰确实目不转睛地看了他好一会儿，看得林骁都觉得不好意思了，挑着眉问她：“看什么？”

惊蛰摇摇头，诚实地说：“你穿这身……有点傻。”

林骁撇撇嘴：“我每天穿得不傻你都没夸过我，我还以为你喜欢这种土的。”

惊蛰一言难尽地看了他一眼，觉得他还是神经兮兮的。

过了会儿，林骁突然说了句：“我不比周不言好看？”

惊蛰终于忍不住说了一句：“你到底怎么了？最近怪怪的。”

林骁看着那并不太健康的玫瑰。今年天气冷，花园里的植物长势都不好。

惊蛰每天都试图给这里种菜种作物，于是林骁鬼使神差地说了句：“我想把这儿的玫瑰拔了，给你种花生。”

惊蛰愣了一下，其实知道不可能，但还是忍不住问了句：“真的可以吗？”

她不是想种花生，只是想知道这里真的可以种花生吗？

她从来没见过有人在城里种花生。

林骁看着她：“当然可以，但是你知道，城里地很贵的，我这块地是给我未来的老婆留的。”

惊蛰：“……那你逗我干吗。”

林骁凝视她一会儿，最后泄气道：“榆木疙瘩。”

他被冻得牙齿打战，似乎终于清醒了，那句“给你留的”最终也没说出口。

无论周不言再得寸进尺，他也做不到在这个时候去扰乱她。

他进了房间，给陈沐阳汇报战绩：我现在觉得我站在道德的制高点上，我升华了。

惊蛰进屋之前，听到有人叫她：“妹妹。”

她找了半天，最后发现是院子里的摄像头在跟她对话。

她叫了声：“叔叔？”

林正泽“嗯”了声：“别忙活了，去学习吧！林骁说话办事没个谱，你别理他，回去我收拾他。”

惊蛰张了张嘴：“没，叔叔，他没……”

惊蛰抿了抿唇，他自己说话不着调，她都没法替他解释，只能让他自求多福了。

惊蛰并没有提醒林骁，因为并不觉得是什么大事。

但第二天早上醒来，她就发现林骁已经不见了。

邢曼阿姨坐在餐桌前，笑着说了句：“妹妹早，待会儿阿龙送你去学校。”

往常阿姨都说“送你们”，于是惊蛰抬头困惑地看了她片刻。

邢曼似乎猜到了她的想法，轻笑道：“尧尧去他姥姥家了，姥姥姥爷想他了，他最近不回这边，姥爷家的司机接送他。”

林正泽从来不会看监控，但偏偏昨天想看一眼花园，打算找个花匠修整一下，没想到正好听到他儿子在无法无天。

邢曼得知的时候，已经晚了。林正泽把林骁叫去了公司，秘书说，俩人起初都客客气气的，林正泽迂回试探林骁，谁想到他还没问什么，林骁自己就招认了：“我对惊蛰有意思。”

林正泽再也没法迂回了，因为林骁的理直气壮，气得他一巴掌朝着林骁后颈拍过去。林骁侧了一下，林正泽拍在左下颌，留下一个清晰的巴掌印。

林骁跟他吵了起来，可吵到最后林骁才陡然醒悟：可是我什么也没干呢！

于是他差点儿气哭，倒是林正泽险些进行不下去了，回来还跟邢曼说，这智商怕是配不上惊蛰。

邢曼又心疼又觉得好笑，由着林骁的性子肯定不行，正是高三关键时刻，谁也不能分心。于是她也不敢心软，任凭林正泽给林骁送到姥姥那儿去了。

邢曼这会儿心里一阵唏嘘，做父母要是也可以考职称、有标准就好了，有时候自己都不知道自己做的是对是错。

但目前学习为重，总是对的。

她不想儿子刚挨骂完，又让惊蛰分心，笑得尽量自然了些。

惊蛰不解，但也没多问，轻轻点头，坐下吃饭。

从来南临到现在，这还是他们第一次不一起去上学。

有点……奇怪的感觉。

坐上车的时候，她甚至还下意识地把书包挪了一下位置，因为他总是喜欢揪她书包上的小挂坠。可突然才想起来，他今天在姥姥家。

她记得昨天下午还见了他，不知道为什么晚上他突然去了姥姥家。

她一点动静都没听到。

到学校的时候，她发现林骁已经到了，他似乎困极了，趴在桌子上，脑袋整个儿埋在臂弯里。陈沐阳和江扬都在，两个人像左右护法一样，坐在他旁边，轻轻拍着他的肩膀。

像是……安慰？

江扬最先看到惊蛰，看到她要过来，挥了挥手，意思是，你别来了。

惊蛰前进的脚步顿下来，迟疑地走回自己的位子，频频回头，却什么也没看出来。

到了快上课的时间，江扬和陈沐阳才走，陈沐阳走后门，江扬绕到前排来，俯身在惊蛰的桌子上，说："没什么事，他最近脾气差，你也别理他了，他没考好他爸训他了，说要好好学习。"

没考好已经是上个月的事了，而且成绩也不算不好，林叔叔和邢曼阿姨一向对他要求并不苛刻，甚至很满意，多是鼓励为主，为什么会突然训他？而且他挨训了要好好学习，为什么要她别理他？

她打扰他学习了吗？

所以才把他送到姥姥家？

惊蛰什么也不知道，什么也想不明白，她一向不是个刨根问底的人，也不会去深究人际交往中一些不符合常理的细节。在某些事情上，过于较真是很容易受到伤害的，保持快乐的秘诀就是留出应有的分寸，然后保持适当的糊涂。

可现在林骁在她脑袋里反复出现，像电影里的画面被无限放慢并重复，一帧一帧在她脑海里过，她企图从中找到一点蛛丝马迹来解释这一切。

但她什么也没有想明白。

她只知道，她并不想不理他。

林骁脖子和嘴角受伤了，有人说他打架了，有人说他被打了，还有人说他走夜路不小心摔倒了，但具体为何，谁也不知道。他以前总跟惊蛰一起去吃饭，现在每天只跟梁泽一块儿。有人偷偷问梁泽，班长是不是跟惊蛰闹矛盾了？

——他来 1 班依旧是班长，因为老班长是个内向的男生，对班长这个职位厌烦疲倦，已经屡次试图卸任，其他人也短暂地当过班长，但当 1 班的班长是一件最简单也最困难的事。

林骁作为万年班长，顺利接收了这个烫手山芋。

惊蛰坐在第一排中间离讲台最近的地方，每次林骁开班会，都会站在讲台上。

以前惊蛰很少看他，因为他很烦人，越理他他越拿粉笔头弹在她桌面上，惊蛰索性无视他。

但今天她靠在后排的桌子上，一直看着他，他目光却自始至终没落在她身上片刻。

她想和他说句话，哪怕只是对视一眼，可因为他的无视，她一点机会都没寻到。

看着他走下讲台的时候，她觉得心脏像是被谁重重捏了一下，然后失落感顿时涌上来。

惊蛰传字条问他怎么了。

林骁倒是没有不理她，回：没事。疼，烦，不想说话。学习呢！别打扰我，考不上清华北大你负责啊？

他说话还是那个样子，可惊蛰觉得更难过了。

他好像在极力表演无事发生，可明明就是有事，只是她不知道。

再次周末的时候他还是没回家，阿龙只把她接回去了。她问孙姨，林骁姥姥那里是不是有什么事，孙姨看了她一眼，也并不知道，也是猜测，轻轻叹口气道："没有吧，没听太太说，估摸着就是先生骂他了，他不高兴就去姥姥家住了。"

他本来就是在姥姥家长大的，后来回了这边，偶尔不顺心还是会回那边。惊蛰没来之前，虽然那边气氛也不好，但总比家里有人气儿。

惊蛰不理解："为什么骂他？"

孙姨摇头："那我就不知道了，好像是说摄像头什么的。"

她作为保姆是不大会乱说话的，只是觉得他们都是小孩子罢了，随口一提。

惊蛰便想起林叔叔和她对话那天。家里的摄像头很多，但除非必要，很少会有人想起来去看。

可是惊蛰想来想去，也没想明白那天有什么值得叔叔生气的。

虽然林骁说话一向没谱，但也不至于挨打吧。

二模的成绩出来了，惊蛰下滑了几个名次，林骁也接着退步。

二模一本线五百一十三分，林骁考了五百六十九分，惊蛰考了六百一十二分。这次题目要难很多，甚至于排名大洗牌，出现了很多不可思议的成绩，看起来甚至比一模还不靠谱。但事实确实如此，这次附中的总体成绩倒是排在前五。上次老傅痛斥，这次反而是学生紧张。

每一分每一秒都变得焦灼起来，天气渐渐热了，倒计时的数字越来越小。

老师却突然给他们放了两节课的假，带着他们看电影。

晚自习，整个年级的灯光都暗下来，投影仪的幕布降下来，窗帘拉上，里头黑漆漆一片，只有投影仪发出亮光。

选的片子是《建党伟业》，"建国三部曲"，从初中到高中，每年都能放一遍，但依旧不妨碍大家的热情。

兴奋的不是电影，是灯光暗下来，所有人头挨着头坐在黑影里的时候，这是为数不多可以称得上集体美好记忆的时刻。电影的声音开得很大，为了盖过隔壁的响声，于是说话声也被掩盖了下来，不少人一边看一边讨论着。

大家看到揪心的地方会一起哀号，看到好笑的地方会一起哈哈大笑。

尽管很多人都看过，但依旧会觉得很开心。

大家在最紧张的时候得到了片刻舒缓，于是这须臾偷闲显得弥足珍贵，比坐在电影院还能获得精神上的愉悦。

不少人偷偷换位子去找自己的好朋友，教室里歪七扭八地坐着人，朋友们互相凑在一起，谁也没老老实实坐在自己位子上。

惊蛰也猫着腰，从前排挪到后排去找林骁，想问问他明天周末回不回家，也想问他退步是不是很难过……

又或者这些都是借口，她只是想跟他说句话。

江扬不知道什么时候溜了进来，梁泽去找自己的朋友坐了，他就坐在梁泽的位子上，搂着林骁，两个人头挨着头一边仰着脸看电影，一边小声说话。

惊蛰轻手轻脚地走过去，越靠近越觉得自己的借口很苍白，于是浑身不自在起来。她在原地踯躅，不敢上前，就听到江扬说："你高考前真的都不回去了啊？"

林骁哼笑一声："我倒想回去，我回得去吗？我脖子到现在还在疼。"

挨打这种事，他小时候都没经历过，长大了倒是被提上了日程。

江扬耸着肩膀笑起来："你可真的太惨了，暗恋得要死要活也不敢表白，早恋八字还没一撇，先挨了打，结果人家还什么也不知道呢，说不定还和学长私定终身了。"

林骁："少刺激我，我到现在都不知道那天她寄了什么。"

江扬："你管她寄什么，就算确定关系了还可以抢。"

林骁拍了拍江扬的肩膀："你可真是个人才。"

江扬笑了会儿，不贫了："你就打算一直不理她？"

林骁："怎么理？你告诉我怎么理？她拿我当哥，可我心虚啊！她考不上大学，我去奶奶那里磕头都弥补不了，我爸就不会只打我一巴掌了，到那时我的腿真的就保不住了好吗？"

江扬笑得身子都快倒下去了，然后以一个诡异的角度看到身后的人，顿时僵在那里："妹妹？"

林骁给了他一巴掌："你有病？"然后他回头看了一眼，差点儿从桌子上摔下去。

电影正放到："开慧妹妹！"

教室里一阵哄笑，两个人就在哄笑声里对视，各自脑子里都转了八百个弯。

等笑声淡了，林骁才问："你站后面偷听我们说话啊？"

惊蛰看了他一会儿，然后摇摇头："我……刚来。"

林骁"哦"了声，强装镇定："有事？"

有事，可突然之间一件事都想不起来了，于是惊蛰只能再次摇头。

有人小声说"老邓回来了，在前门站着"，于是惊蛰顺理成章地猫着腰回去了。

江扬也缩了缩脑袋，小声问林骁："你说她听见没有？"

电影声音巨大，交谈声嗡嗡嗡的，听不真切，于是林骁说了句："没吧。听到也没什么，她那榆木脑袋，估计听到也想不歪。"

江扬突然就笑了："这更心酸了。"

惊蛰什么也没有想，她趴在那里认真看着电影，电影结束了，晚自习差不多也结束了。既然放松了，老邓干脆放他们提前回了宿舍。

周寻月拉着惊蛰往宿舍楼跑，晚上十一点准时熄灯，时间被占得满满当当。

所有人都一心扑在学习上，每天睁眼闭眼都是卷子、知识点。

就连睡前的脑内活动，都换成了回顾一天在学习上的得与失，加强记忆。

可今天惊蛰没有回顾，她突然想起来林骁穿得很傻站在院子里跟她说："我这块地是给我未来的老婆留的。"

她想着想着就睡着了，做了个梦，梦里依旧是花园。花生到了收获的季节，她双手拔出来一棵，颗颗饱满的花生在半空摇摇晃晃。她笑着招呼他："哥，你快来尝尝，这时候的花生最好吃，很甜。"

林骁手插在口袋里，慢吞吞朝她走过来。

惊蛰看着他一步一步靠近，心跳也逐渐变得很快，快得如同擂鼓，呼吸几欲暂停。

然后她猝然惊醒，醒来的一瞬间，心脏抽了一下，心跳无论在梦境还是现实都很剧烈，她有些虚脱地捂住自己的胸口。

然后她的大脑里莫名跳出来一个词：聘礼。

她忽然觉得，自己好像知道他为什么挨打了。

最后的时间，林骁觉得自己什么也没有想，一心扑在学习上。他很少有这样心无旁骛的时候，大约挨了一顿打，反而坦然了。那股浮躁的感觉彻底退去，他很少去想未来，只专注于手上的题。

整个人的生活变得异常简单，教室、餐厅、宿舍，三点一线，每天早上看一眼倒计时牌，期望时间再快一点儿，早点结束这种非人的生活；又祈祷时间再慢一点儿，好让自己能有更充足的准备。

他没有刻意疏远惊蛰，但确实很少再主动和她搭话，只是他坐在后排，以往会从后门进，后来常常从前门进，然后从她座位上路过，看她一眼，有时候去买了东西，就丢给她一些。大多数时间她都在埋头做题，而他只是路过。

有时候他也不明白自己特意看这一眼是为什么。

或许是一种精神支撑。

每周都有模拟考试，每周都有新的排名，他的名次依旧忽上忽下。惊蛰会看他的卷子，但每次拿卷子的时候，他都不在座位上，后来发觉，是她在故意避着他。

她可能是觉察到了他的冷淡。

她是那种你进一步她进一步，你退一步她退十步的人。

唯一值得庆幸的是，她虽然很少跟他交流，但他们有一个留言本，她会把他的错题和遗漏的知识点记在上面，偶尔还有几句鼓励的话。

每次他从教室外回来，如果看到桌面上的本子，都会先翻开看一眼。

后来那个本子写满了，他没扔，一直留着。

她不再写本子，开始留字条，他也都收着，感觉有点幼稚，但就是舍不得扔。

日子就这么到了六月份，高考那两天下了雨，毛毛细雨一直飘着。南临的街道新绿一片，被雨水洗得干净，天气竟意外清爽，不像夏日，倒像是春天。

他依旧从姥姥家里出发，他在十九中考试，惊蛰留在本校考场。即便是高考，两个人都碰不上面，他知道的时候叹了口气，大约是真的没缘分。

但他似乎也顾不上在意。

老邓去了十九中领考，站在学校门口，穿着一身鲜艳的红色给他们加油打气。一群人偷偷笑他，第一次见老邓头笑得这么慈眉善目。

他一遍一遍不厌其烦地叮嘱大家再检查一遍准考证和考试用具，不要紧张，拿到卷子不要着急动笔，一定要仔细审题，有问题及时跟监考官打报告……

谁也没嫌烦，老老实实听着。

终于老邓一挥手："快排队进去吧！"

邢曼来送林骁考试，她和蒋洁阿姨一块儿。两个人不知道是从哪里听来的，各自穿着旗袍，要祝他们旗开得胜。

陈沐阳非常不怕死地隔着老远的距离对她妈说："妈，小肚子收一收，快，吸气。"

邢曼愣了一下，继而捂住嘴偏过头笑。蒋洁举起自己的手包，咬牙切齿道："要不是看你考试，我今儿个非打死你。"

陈沐阳拉着林骁就跑，两个人过了大门的安检，林骁才忍不住笑着抽了一下他的后脑勺："你可真是活腻了。"

陈沐阳拽了拽自己的衣领，一脸得意："趁着有免死金牌，我得找回我男人的尊严。"

林骁翻了个白眼。

陈沐阳扯了他一下："林骁，加油，美好的明天等着你。"

惊蛰的身影在他脑海一晃而过，他笑了一下："用你说？"

虽然很自信，但考试的两天依旧紧张到浑浑噩噩。考完最后一场出来的时候，他望着外面放晴后碧蓝的天空，恍惚有一瞬间分不清梦境和现实。高三像是一场梦，又或者现在才是梦。

结束了吗？

好像是的。

自由了吗？

好像是的。

然后呢？

不知道。以前无数次挑灯夜读的时候，都在幻想这一刻，可真到了这时候，他反而不知道想干什么了。

见到母亲的时候，他忽然张开双臂过去抱了抱她。

邢曼有些迟疑地拍了拍他的背，觉得又好笑又心疼："辛苦了儿子。"

林骁有些难过，低垂着眉眼："妈，你摸摸，我腹肌都瘦没了。"

邢曼都没来得及伤感，瞬间捕捉到了他的意图，扯了扯嘴角："干吗，遗憾不能出卖色相？"

林骁抓了一下头发："卖相还行吧？"

邢曼幸灾乐祸道："行是行，但恐怕你没处可卖了。"

林骁一时没懂："嗯？"

"妹妹今晚就要走了。"邢曼抬腕看了看表，"八点的飞机。"

林骁眉头一下子就皱了起来，连声音也冷了下来："为什么？"

"奶奶生病住院，不让说，你爸刚刚才告诉她，她说要立马回去。"邢曼看了儿子一眼，"尧尧，不是妈埋汰你，你太不成熟了，我觉得你正好冷静冷静好好想想。"

惊蛰最担心的事还是发生了，她有点愤怒，又有些后怕，刚刚考完试的轻松荡然无存，残留下来的只有难过。

林叔叔说，手术很成功，只是奶奶年纪大了，术后恢复比较麻烦，还需要住院观察一阵。

股骨头置换手术。

她疼痛很多年了，从没在惊蛰面前提过。

后来难以忍受的时候，她背着惊蛰去看过医生，医生说，发展到晚期必须进行手术。

只是她年纪大了，手术的风险自然更大一些。

她一直拖啊拖，拖到忍受不了的时候，把惊蛰送走了。

奶奶一是希望惊蛰能接受更好的教育，二是不希望自己突然倒在她面前。

惊蛰走的时候，奶奶就去住院了，最终还是没有下定决心，于是再次决定保守治疗，一保守就又是三年。

奶奶终于在惊蛰高考前几个月开始准备，在高考前半个月进行了全髋关节置换手术。

高中这三年没手术，是害怕手术有风险，万一出现不测，惊蛰会分心。

赶在高考前手术，是不想惊蛰参与这个过程。

所以惊蛰觉得既愤怒又后怕。

她竟然什么都不知道。

她每天傻兮兮地待在这里，甚至都不知道奶奶已经被病痛折磨这么久了。

她回林叔叔家的时候只简单收拾了几件衣服和日用品，塞在行李箱里。林叔叔亲自开车去送她，他前几天刚去过，负责照顾老太太的是万老太太和一个年轻女孩，似乎是老太太以前的学生。老太太脾气倔，不喜欢被人过多关心，他待了一天就被撵走了。

这会儿看到惊蛰紧张到小脸煞白，林正泽安慰道："你也不用太担心，我那天在的时候，奶奶精神头挺好的，也没有什么并发症，养一段时间就可以出院了。"

惊蛰点点头："谢谢叔叔。"

"回家不要哭，也不要埋怨奶奶，她不是不知道你会生气会难过，只是比起这些，她更在乎你有没有一个光明的未来。"林正泽点到为止，他知道惊蛰是个聪明小孩，听得懂他的意思。

惊蛰确实听懂了，奶奶是怕走得早，而她不能好好长大。

所以奶奶把她的未来看得比自己的健康更重要。

她垂下头，轻点下颌，声音闷在喉咙里："嗯。"

车子到机场的时候，一进站就看到站在门口的林骁。他站在那里，敛着眉看着林正泽和惊蛰，神色淡到有些冷。

他冲着林正泽叫了声："爸！"

林正泽有些意外："来送妹妹？"

林骁"嗯"了声，然后目光落在惊蛰身上，说："都没人告诉我吗？"

惊蛰抬头看他，喉咙里像是塞了什么东西，难过得眼泪都快要出来了。她很想说些什么，最后只是轻声说了句："哥，我要回家了。"

林骁说不上来是什么感觉，大约是失落，但又不单单是失落。母亲让他冷静下来好好想想，他什么都不想想，只是直奔到这儿来，赶着见她一面，好像这一别，所有的牵绊都会消失，或许他们永远也不会再有这么深的交集了。他突然觉得很酸涩，酸得都要发苦了。

他明明很努力了，可到头来好像什么也没得到。

他得到的只有一句："哥，我要回家了。"

邢曼突然叫了声“林正泽”，把他叫走了，于是这边只剩下林骁和惊蛰。

林骁低着头看她：“还回来吗？”

惊蛰迟疑着摇头：“应该……不回来了。”

林骁：“那连走都不跟我说？”

惊蛰垂头：“对不起。”

林骁看她无措，又不忍心起来，深深吐出一口气，最后只是说了句：“路上注意安全。”

惊蛰一瞬间眼眶有些热，点点头，眨了几下眼睛怕眼泪掉下来。

林骁喉结上下滚动，从口袋里摸出一颗糖，剥开塞进她嘴里：“待会儿进去找个餐厅吃点东西，不要舍不得花钱，飞机要飞很久，这趟没有飞机餐。”

惊蛰咬着糖抵在舌尖，继续点头，柠檬的甜苦在口腔里化开，她忍不住轻轻皱眉。

林骁还想说什么，可最后什么也没说，曾经想过考上大学就表白，被拒绝就死缠滥打，可她如今这状态，他根本不想给她添堵。

为什么总是顾虑重重呢？

为什么喜欢会这么让人难过？

惊蛰知道他不开心了，自从那天看电影的时候听到他和江扬的对话，她就一直在反复思考一个问题。

她其实想不太明白，也没有空去琢磨，她只知道，林骁于她来说很特别。

她想着，等她考完了，要好好想一想。

她不敢分心，也不敢乱想，她不能辜负奶奶的期待，不能辜负林叔叔和邢曼阿姨的照顾，甚至她觉得自己也不能辜负林骁挨的打。

可考完了，她仍旧没有空去想。

可她现在很不开心，因为他看起来很难过。

惊蛰把糖咬碎了，眼睛一直低垂着不敢看他。

她在想很多事，可又感觉什么都想不明白。

林骁终于再次开口：“要不要抱一下？”

惊蛰也终于抬起头，四目相对，各怀心事。

他没有等她回应，轻轻抱了她一下，依旧是浅浅的拥抱，一触即离。

干净而纯粹，不带丝毫杂念。

惊蛰忽然更难过了，好像有什么冲动一直在驱使着她。

于是她终于说了句：“哥，你要不要……跟我一起回家？”

惊蛰说完才觉得自己很唐突，于是挠了一下下巴，有些尴尬地舔了一下嘴角：“那个，还是算了，我也没空陪你玩，你在家好好休……”

林骁有那么一瞬间觉得自己听错了，眨了一下眼睛，凝视她，丢下一句“等我”，然后霍然转身，走到母亲面前，强压下内心的震动，镇定地说：“帮我买张机票，我陪惊蛰回去。”

林正泽瞬间皱眉：“你跟去干吗？”

邢曼也看了儿子一眼：“尧尧，妹妹回去照顾奶奶，你去了什么也干不了，说不定还要她分心照顾你。”

上次暑假去，他干的那些事她都知道，去了恐怕只会添乱。

林骁表情淡着，思考了片刻：“妈，求你了。”

林正泽想起自己那会儿打他，其实有些后悔，倒不是后悔阻止他，只是觉得自己应该处理得更温和些。他作为父亲一直以来都不太称职，以前是因为忙，后来是无从下手，每次相处遇到困境，都会想等以后再说吧。

然后不知不觉，他就长这么大了，有些遗憾就再也没法弥补了，那些来得及也变成了错过。

但林正泽还是了解林骁的，他很少表达喜欢，无论是对家人还是朋友，抑或是异性，除非是真的很在意。

小孩子的感情很纯粹，没有那么多复杂的东西掺和在里面。仔细想想，他和邢曼无非是害怕他因为感情的事分心，害怕他幼稚不成熟，给他自己和惊蛰都带来不可挽回的伤害，害怕在最应该专心学习的时候扰乱心神，害怕在不恰当的时候做了不恰当的事，连好事也酿成苦果……

可后来他了解过，邢曼也告诉他，她很早就发现了，也警告过林骁，知道林骁处理得很好，甚至为了这份感情付出了极大的努力去学习。

他觉得林骁成熟了很多，他似乎不应该再打压他。

但他还是忍不住说了句：“你什么也没带，等明天吧。”

也让他冷静一下，总觉得他现在掺杂着冲动和不计后果的热切。

邢曼也抬头看他：“不差这一天两天的，你那么着急干什么，妹妹还能跑了？”

林骁回看了母亲一眼，苦笑片刻：“妈，就现在行不行？她第一次主动问我要不要一起。”

邢曼和林正泽对视一眼，眼神里都带着几分复杂的情绪，林骁在两个人眼里还是小孩呢。可小孩子总归是要长大的。他们一向觉得无论是亲情，还是友情，抑或是爱情，都是需要积极追求和维护的，都成年了，热烈地去爱去感受，也没什么不好的。

林正泽终于松了口：“去了记得看看奶奶，在医院不要添乱，能帮就多帮帮妹妹。你大了，别当自己还是小孩子，需要别人照顾你。”

林骁点点头：“知道。”

邢曼也叮嘱：“不许欺负妹妹。”

林骁无奈一笑：“我什么时候欺负过她啊！明明都是她折磨我。”

邢曼瞪了他一眼。

林骁笑了一下："好吧，我情愿的，我哪里舍得欺负她。"

林正泽轻咳了声，然后从钱包里抽出一张卡给他："拿着，去了自己安排自己，不然处处添乱。我和你妈不说你，奶奶也不待见你，你看你有没有戏。"

林骁接过去，敬了个礼："谢谢老林同志和邢曼女士，我代表组织感谢你们的栽培，我一定好好表现。"

邢曼忍不住笑了一下，拍了他一巴掌："注意分寸，不然我连夜坐飞机去抽你。"

林骁都无奈了："我有那么坏吗？"

有。

一上飞机，林骁就安慰惊蛰："别担心，奶奶会没事的。"

他问空姐要了毛毯，搭在她身上的时候，倾身靠得很近，鼻尖险些要蹭到她的额头。

他伏在她耳边轻声问："要不要睡一会儿？"

惊蛰很疲惫，考完试又听说奶奶的事，神经一直绷着，这会儿才短暂地放松了一下。她心慌意乱地点点头，然后闭上眼，本来只是掩盖心慌，可一会儿就睡着了。

短暂的一会儿她还做了个梦，梦见很多年前那个卫生院一楼的病房。只是躺在病床上的不是母亲，是奶奶。

然后她又梦见林叔叔和邢曼阿姨，梦见很多人。

最后梦到林骁，他们坐在高三1班的教室里，空调呼呼地吹着，外面骄阳似火，握着笔奋笔疾书的手，手心里都是汗。她一扭头看到他趴着在睡觉，于是拿笔敲了敲他扣在后颈上的指头。他没有动，她便凑近了叫他："哥。"

他倏忽转头，两个人四目相对，她呼吸紧促了片刻，然后醒了。他就坐在她旁边，正看她："做噩梦了？"

惊蛰摇头："不是噩梦。"

她忍不住抬着眼皮又看了他一眼，确认这是现实，不是梦。于是她恍然觉得梦太清晰，像是某一天真切发生过似的，可是在1班的时候，他们从来没做过同桌。

原来还是梦。

飞机在凌晨降落，林叔叔安排了车接他们，所幸奶奶就在省立医院，司机问他们要不要先去酒店，等明儿一早再去医院。惊蛰摇头："我想先去医院看一眼。"

她扭头看林骁："哥，要不你先去酒店吧！"

林骁摇头："我陪你。"

似乎这时他才彻底意识到自己这次来的目的。

至少在所有事情面前，感情如今只能排在最末。但哪怕排在最末，他也觉得满足了。

住院部的楼已经锁了，费了一番劲，护士姐姐才放他们进去。走廊里很安静，只能偶尔听到一声咳嗽。他们一路走到最里面的病房。惊蛰趴在玻璃上往里看，万奶奶不在，陪伴床上躺的是意欢姐。奶奶睡着了，大约是觉得热，半边被子都掀在外面，模样还是上次见的样子。那时奶奶独自跑了几百公里去见她，惊蛰怎么都没想到，再见面竟然是在病房。

惊蛰有些哽咽地吞咽了口唾沫，然后用手背轻轻擦了一下眼泪，最终却没有推门，只是坐在外面的长椅上。林骁陪着她坐在那里，最后惊蛰靠在他肩上短暂地休息了一下。

一直到天蒙蒙亮，意欢姐出来去卫生间才看到他们。她惊讶地叫了句“妹妹”，惊蛰才得以进去看奶奶。一看到奶奶她眼泪就止不住，奶奶便又笑话她：“小时候还坚强些，越大越娇气了。”

说着奶奶看到林骁，夸道：“这娃娃越长越俊了。”

林骁乖巧地欠身，乖巧地叫着奶奶。

惊蛰撇撇嘴，想控诉奶奶什么都不告诉她，最后却只是过去抱了抱奶奶，在床边陪她坐了会儿，问她：“疼不疼？”

“早不疼咯，都可以出院了。”

方意欢也说：“奶奶恢复得很好，放心吧妹妹。”

惊蛰感激地看了她一眼：“辛苦你了意欢姐。”

方意欢不满地看了她一眼：“跟我还客气，我生气了啊！”

当初如果不是沈老师，她可能早就失学了。那时候家里穷，母亲跟别人跑了，父亲不让她上学，她一周没去学校之后，沈老师去了她家里。她到现在都记得沈老师站在门口跟父亲吵架的样子，声音不急不缓，一句一嘲讽，父亲从激动，到语无伦次，到被气得说不出话来。那是她第一次知道读书的重要性。

那时父亲不管她，没地方住，都是在沈老师家吃饭，偶尔还趴在沈老师腿上睡觉，醒来恍惚觉得自己有母亲了。

童年很苦，但有些记忆，足以带给她慰藉，并原谅命运的捉弄。

惊蛰笑了笑，她知道，奶奶和母亲做了很多好事，所以她才能去南临上学，所以每次遇到困境，都会有人伸出援手。

“你敬一哥也回来了，估计中午的时候会过来。”

敬一是意欢姐的弟弟，比惊蛰大一岁，去年考上了大学，在医学院。

惊蛰眼神一亮：“我好久没有见他了。”

方意欢说：“他也好久没见你了，见了面你们好好聊一聊。”

确认奶奶没事，惊蛰紧绷的神经才终于松懈下来。得知她连夜过来，一晚上没休息，奶奶心疼坏了，撵他们去睡觉。

意欢姐本来说让他们去小孟哥哥那里住。惊蛰说不用了，指了指林骁：“哥他订了酒店，就在附近。”

酒店是昨晚林叔叔订的，惊蛰的行李已经被拿过去了。本来说他们看完奶奶就去找地方休息，但惊蛰不想走，林骁为了陪她也不愿意回去。

方意欢点点头，送他们出去，叮嘱他们快点去洗漱，吃个早点就睡。

林骁叫了辆出租车，去酒店的路上，一直当背景板的他似乎才终于找到一点存在感。他歪着头看惊蛰，她似乎很疲惫，眉眼低垂着，神色倦怠。

刚刚才考完试，昨晚各个群聊里都在吐槽高考的变态题目，抑或考完彻底放飞，去聚会，去唱歌，去狂欢……

可她似乎从来没有真正放松过，头上像是永远悬了一把剑。

而他之所以一直小心翼翼，不过是因为太了解她身上背负的责任感，如果自己真的影响到她，她不会恨他，但她会恨自己。

他不想这样。

林骁看了她好久，最后只是说了句：“你哥哥可真多。”

惊蛰确实很困倦，抬头看了他一眼，思考片刻似乎才想明白他在说什么，有些哭笑不得：“你也是啊。”

林骁别过头：“可我只有你一个妹妹，你却有那么多哥哥，不公平。”

惊蛰蹙了一下眉：“你有点……无理取闹。”

都比她年纪大，不叫“哥哥”叫什么？

林骁冷哼一声：“你到底懂不懂啊沈惊蛰！”

这是他很久以来第一次叫她全名，带着点气急败坏。

惊蛰沉默了好一会儿，她知道这世界上没有无缘无故的好，知道这世上没有不求回报的爱，知道缘分浅薄、命运爱作弄人，更知道那些当初看不明白的细节都有缘由。她的人生被很多东西充斥，奶奶排在第一位，且将永远排在第一位，其余的，如果顾不上她就不会去顾。她没有早恋的打算，如今高考结束了也没有恋爱的打算，她只想留出很多很多的时间陪奶奶。

但是人生总是被一个又一个意外所撞击。

于是惊蛰抬头看了他一眼：“我不懂啊，可我在试着去懂。你能不能不要不开心啊，林骁？”

这也是她第一次连名带姓地叫他，带着几分严肃，几分因为他叫了她全名而跟他赌气的可爱。

于是他又是很轻易地原谅了她的迟钝：“哦，那我等着呗！”

第五卷

再春

你是春天，我是你的信徒。

——《惊蛰日记》上不知名人士添笔

惊蛰只在酒店待了一天，然后就留在医院里照看奶奶，她让意欢姐回去休息了，自己留在医院陪床。病房里每天都有来探望的人，花篮永远摆得满满的，主治医生是奶奶当年的学生。

林骁每天也都在病房，陪着奶奶说话，或者替惊蛰看一会儿，让她休息片刻。

惊蛰常常感觉到愧疚，好像是自己主动叫他来的，可带给他的都是麻烦。

然后敬一哥哥来过，小孟哥哥也来了。

他们都要比惊蛰大，方敬一今年大一，眉眼深邃，五官如刀削斧刻，长得很有侵略性，脾气却很好，对着惊蛰说话时甚至有一种轻声细语的感觉，仿佛怕吓到她。

小孟哥哥大名叫孟航，他父亲白手起家开饭店，赚了点钱，如今在省城开连锁餐厅。他在一家分餐厅当老板，在城里买了房，前段时间一直在相亲。

孟航是和父亲一块儿来的，他父亲开玩笑地同奶奶说，娃娃亲要是还算数，就不催他相亲了，让他等惊蛰几年。

惊蛰害臊得都快拿手挡脸了，孟航轻笑着责备他爸："爸你瞎说什么呢！妹妹才多大。"

孟父说："不小了，十八岁了呢。"

奶奶突然叫了句："尧尧，你带妹妹先去吃饭吧，她中午都没吃什么。"

惊蛰皱皱眉："奶奶，我不饿。"

奶奶嗔怪她："不饿也得好好吃饭。"

林骁早就看孟航不顺眼了，默默高兴地抓住惊蛰的手臂："走了，听奶奶的话。"

两个人出了病房，孟父才问了句："这是？"

奶奶笑了笑："她林叔叔家的儿子。"

惊蛰去南临上学的事，不少人都知道，早先还有人劝诫奶奶，要留个心眼。他们能想到的，奶奶自然能想到，如果不是斟酌再三，她也不会放心把惊蛰送去。

林正泽是个真正意义上的好人，很重情义，也很能体贴她老人家的心情，亲自去接惊蛰，替惊蛰跑前跑后处理学籍的事，隔三岔五会给她汇报一下惊蛰的近况——尽管惊蛰也都会告诉她。

孟父笑了笑："是个好孩子，挺勤快的。"

奶奶摇头轻笑："还小呢。正是贪玩的年纪，平日里也是野，关键时候倒是也靠得住。"

高二暑假那会儿，林骁在家里住的那一个月，她可是太了解这孩子了。如今林骁耐着性子在这儿陪她这个老太婆，她也不是看不懂。

早两天，林正泽怕她误会，还特意在电话里跟她提了这件事，语气里全是愧疚，仿佛带妹妹去家里的目的一下子不纯粹起来了。

奶奶只是说了句："孩子大了，让他们自己去解决吧。"

又说："照你这么说，我是不是还要担心是妹妹高攀了？"

林正泽忙说不是，小孩子喜欢不喜欢总是不会想那么多，他便有些自责以成年人的眼光去审视这件事了，于是也说："让他们自己解决吧！"

孟父听奶奶这样说，似乎恍然大悟了一下："这俩小孩不会……"

孟航也挑了一下眉，半晌才调侃了一句："呀，这我不就没机会了！"

奶奶和孟父哈哈大笑起来。

"小孩子的事，我才不管呢！老太婆不能讨人嫌。"奶奶说。

孟父笑着："您这是心里中意吧，不然换个不靠谱的，怕是早把人撵走了。"

诚然，惊蛰也是个省心孩子，不会做没分寸的事。

这一点，他倒是喜欢得很。

他叹气："小七净爱捉弄人，我可是当真了的，我们阿航哪里不好？"

孟航哭笑不得："爸！"

奶奶呵呵笑着："哪里都好，但我又不能替妹妹做主。"

孟父拍了儿子一巴掌："听见没有，自己争取。"

孟航眯着眼笑了笑："好，我争取，把那小子撵回南临去。"

惊蛰和林骁出了住院部的大楼，外面阳光正盛。离城要比南临热，一出门，热浪就裹上来。林骁叫的车就在门口，他拉着她跑过去，开了车门让她先上，自己挨着惊蛰坐下来，才对司机说："去最近的商场。"

他对离城不熟悉，索性直接去商场找个连锁餐厅吃饭。惊蛰小声说："咱们随便吃点不行吗？"

林骁侧头轻声回应："行，但我不想随便，你就当行行好，陪我吃点行不行？"

他吃饭是个顶挑剔的，大约本身家里条件就好，从小养尊处优，对物质便苛刻了些。

惊蛰点点头，但还是忍不住叹气：“你好难养。”

那天说试着去懂，惊蛰真的有认真思考过。

尽管那天她困极了，可还是没有睡踏实，半梦半醒间都是他，从第一次见面到现在，她仔仔细细数了每个细节。

她分不大清爱或者不爱，以前是没空细想，也无暇他顾，现在是迷惘。

只是对她来说，林骁确实是特别的，甚至是独一无二的。

她会因为他不高兴而不高兴，会因为他一点点进步而欣喜，会不自觉地观察他的一举一动，耳朵会随时为他保留一分灵敏，在人群里捕捉到他的名字都会多留意几分，看到他开心，心情也会变得好起来。

那天群里消息刷得飞快，她想不通的时候，就去看他们聊天。

很多人在展示自己玩乐的项目，也有很多人在八卦，毕业了，那些暗藏的心思都慢慢浮出水面了。暗恋的终于表白或者死心了，互相喜欢却囿于现实的，就各奔东西了。

悲欢离合，好不热闹。

惊蛰点进朋友圈的时候，看到沐晴姐在晒和秦深哥的合照，合照显然是沐晴姐强迫老公拍的，对方正在工作，扶了一下眼镜，一脸无奈。

陈沐阳在下面回复：姐夫，你被绑架了就眨眨眼。我到现在都觉得是不是我姐捏住了你什么把柄，你才不得不娶她啊？

陈小红回复了个笑脸：要你管？话这么多是找不到女朋友的。

惊蛰犹豫了会儿，点进沐晴姐的头像，打开聊天框。

惊蛰：姐，你和秦深哥是怎么在一起的啊？

陈沐晴隔了一会儿才看到消息，回道：其实不瞒你说，是他追的我。你别看他冷冷淡淡的，可没了我他会哭的。

说完她好像自己也觉得好笑，发了个“爆笑”的表情包，然后又说：虽然很好笑，但是是真的。

惊蛰也忍不住笑了一下：那他追你你就答应了吗？

陈沐晴：嗯呢，我心软啊，我怕他哭嘛！但我后来怀疑他用苦肉计。

心软是喜欢吗？或许是因为喜欢才心软。

下了车，林骁突然拉着她去了负一层，两个人在一家狭小的店面里点一份十几块钱的面。

对林骁来说，这确确实实是很朴素了，他拆着一次性筷子的塑料膜，郁闷地嘀咕：“我明明挺好养活。”

明明知道她只是随口一说，可他就是想要证明他们哪里都合适。

惊蛰觉得有点好笑，埋头吃面，一时想不起来林骁为什么会喜欢她。

那天他和江扬的对话后来常常在她脑海里绕，她总疑心自己会错了意，可无论从哪个角度想，都是她想的那个意思。

惊蛰吃到一半，忽然抬头看了林骁一眼，然后说："那天我寄快递，是寄给奶奶的。"

只是恰好刚刚收了周不言的快递，寄的时候就好像是回给周不言似的。

这话说得没头没尾，但林骁还是一下子就明白了，因为记忆太深刻。

他松了一口气的同时，忍不住嘲笑了一下自己，到底默默喝了多少醋？

只是她这个语气好像是在解释，林骁愣了会儿脑子里才陡然冒出来一个荒唐的念头："那天你就是在那儿偷听吧？"

惊蛰摇摇头："没有，我光明正大地听。你的声音，那么大。"

林骁："……"

两个人安静吃饭，快吃完了，林骁才又惊觉："怕我误会？"

惊蛰摇摇头："怕你想太多睡不着，你心事……还挺多。"

林骁"我"了一声，被噎得半天说不出话，出了店铺，才闷声说了句："沈惊蛰，我怕你没听清，我再说一遍，我喜欢你喜欢得要命呢！"

沈惊蛰沉默片刻，说："林骁，我听清了。"

林骁嘴角抽搐："这就是你的回复？"

心里泛酸，酸得发苦。

惊蛰吞咽了口唾沫，忽而叹气："哥，你待会儿回酒店吧。不用一直陪我在医院，等奶奶出院，我再陪你转转。"

林骁神色淡下来，说不上是什么滋味，只是冷着声音说："我来也不是为了玩。"

惊蛰便沉默下来，很久才说了句："谢谢你。"

林骁赌气说："不想听这个。"

惊蛰继续叹气："我要照顾奶奶。考上了大学，也会一直跟奶奶住。奶奶有事，我会第一时间陪奶奶，其他都要靠边。"

林骁看了她一眼："我知道。"

惊蛰继续说："我和奶奶没有什么积蓄，有了积蓄也不喜欢大手大脚，咱们两个差别还是挺大的。"

林骁已经隐隐有了不太好的预感，神色便更冷了。

惊蛰想了想，一时也想不到更多的了，可心里却知道，两个人的差距，不只这一点点。

林骁仔细地辨别她的意图，但无论怎么想，她都是在婉拒。于是他看着她的眼神里都带着悲伤："你能不能别净说我不爱听的？别说了。"

他别过了头。

惊蛰看到他神色里的哀伤，脑海里忍不住想起沐晴姐说的话：“嗯呢，我心软啊，我怕他哭嘛！”

惊蛰忽然扯了他一下，抿了一下唇，有些紧张地看着他：“我的情况就是这些，你要还是觉得不介意，我们可以试试。”

林骁看着她，很久没有反应，她说的每个字他都听懂了，合起来却让他疑心自己听错了。于是他从喉咙里挤出一句：“嗯？”

惊蛰以为他嫌弃她说得含糊，于是又说了句：“我也喜欢你，想和你试试，如果你能接受我的情况的话。”

林骁听到“喜欢”的时候嘴角便忍不住翘起来，然后骤然抱住她：“听到了，记住了，出尔反尔的是小狗。”

周围人来人往，也不知道他脸皮怎么能这么厚，竟然可以如此旁若无人。

惊蛰推了他一下，眉毛轻轻皱起来，满脸都写着纠结，好像还不太能把握恋人相处的分寸。有点忐忑，也有点奇怪。不适应身份的转变。

林骁只是低着头看她，眼神略微凝滞，仿佛害怕她下一秒就是反悔的话。

到现在，他还没有真实感，整个人像是悬在半空。

惊蛰迟疑了两秒，轻轻扯住他的手腕道：“走了。”

她轻声说：“不会出尔反尔的。”

每一件事，都会有无数种的结果。每一个人从生命中路过，都会有各种各样的走向。

每一个决定，或许都是遥远的将来会庆幸或者懊悔的转折点。

她还并不是太懂感情，但她隐约知道，自己不想错过和他发生可能的契机。

林骁跟在她身后，看着她乖巧但是淡然的侧脸。在扶梯快要到达顶端的时候，终于忍不住笑了一下，然后指尖微动，往上挪了下，握住她的手。

心跳颤动了一下，他第一次觉得牵手都可以让人获得这么大的精神满足。

惊蛰觉得不太习惯，但没有第一时间抽开，只是出了商场忍不住说了句：“哥，咱俩商量个事呗？”

林骁的灵魂仿佛还飘荡在半空中，声音上浮着：“嗯？”

惊蛰动了动被他握住的手：“有点热，能不能先不牵手？”

林骁和她对视了好一会儿，她的眼神真诚又迟疑。他终于忍俊不禁，挑了一下眉，松开手的时候顺便把手搭在她肩膀上：“行，我听你的。”

他们坐上出租车的时候，林骁问她：“你那个小孟哥哥，走了没呢？”

惊蛰晃了晃手机，刚刚才问过：“没呢。”

林骁这下光明正大地吃起醋来：“能不能等他走了再回去？我看见他就难受。”

惊蛰不解："你不喜欢他？"

林骁反问："你喜欢他？"

他脑中绷着一根弦，看到惊蛰点头的时候，警铃大作，半晌忍无可忍地问："沈惊蛰，你到底知不知道什么是喜欢？"

他在气急败坏，怀疑她说的"喜欢"不是他理解的"喜欢"。

惊蛰慢慢笑起来，戳了一下他的胳膊，警告他有外人，别乱说话，然后才附耳轻声说了句："知道，你不一样。"

她喜欢很多人，但他是不一样的。

林骁喉结滚动了一下，暴躁的情绪被一句话轻易安抚，他撇撇嘴："你最好是真知道。"

耳朵痒，心也痒，他歪着头看她，半晌没有挪动眼神。

真漂亮呢！

他的，女朋友。

林骁陪惊蛰在医院待到晚上，她很忙，要陪奶奶做康复训练，要去洗衣服，要答复所有的关怀和好意，不怎么有时间理他，有时间也不能做些什么，长辈在呢。

可是他期望做些什么呢？

好像也没有，就只是想和她单独待一会儿，但可惜不能。

他只能帮她分担一点微末的东西，大多数时间无事可做，只是陪奶奶说话。

晚上，奶奶吃的是医院食堂送的餐，惊蛰随便吃了点儿，然后撵他回酒店吃。

惊蛰知道他挑剔，食堂的饭味道不怎么好。

林骁回酒店的时候，却没什么胃口，随便让人送了份牛排。发消息给惊蛰之前，他给微信换了昵称。

拥抱春天：到酒店了。

春天：早点睡，明天可以不用过来。

拥抱春天：可是我想见你。

惊蛰盯着手机看了会儿，有些无奈地掐了一下眉心。

春天：哥，跟我谈恋爱会很没意思的。

她其实不太懂恋爱怎么谈，没谈过，更没想过。如果不是林骁，大概未来四五年内她都不会主动去想。

恍惚一瞬间，她又觉得自己不该答应他。

她可能并没有做好准备。

拥抱春天：出尔反尔是小狗！！

拥抱春天：吓唬谁呢！

拥抱春天：你说没意思就没意思？

拥抱春天：我觉得特别有意思。

惊蛰指尖摩挲着手机后壳，半晌才笑了一下，那些别扭的心思又一瞬间消散。

才刚开始，不能打退堂鼓。

春天：晚安，今天很喜欢你。

拥抱春天：只有今天？

春天：明天的明天再说。

拥抱春天：那我祈祷明天快点来。

惊蛰放下手机的时候，奶奶笑着问她：“跟谁聊天呢？这么开心。”

惊蛰拖着凳子坐在奶奶床头旁，拿了个苹果削着，低头坦诚地说：“林骁。”

奶奶拖着长音“哦——”了声。

“我喜欢他，奶奶。”惊蛰抬头，冲着奶奶小声说，“想和他试试。”

奶奶从她手里接过苹果，牙口尚好，咬了一口，缓慢咀嚼着：“猜出来了，这孩子黏你黏得紧。”

惊蛰有些不好意思地摸了一下下巴：“奶奶，你别取笑我。”

奶奶笑眯眯地说：“明天你意欢姐还要来，你去陪尧尧转一转吧。你这几天也累了，放松一下。”

惊蛰摇头：“我不累，不要麻烦意欢姐了。”

奶奶嗔怪：“你不麻烦你意欢姐，她心里才不好受呢。奶奶也想和她多说说话，你明儿个自己去玩吧。”

惊蛰没再坚持，点点头，但没和林骁说，怕万一生变故，又让他失望。

林骁躺在酒店里看了会儿电影，一部黏腻的爱情片。大约是爱意正浓无处宣泄，他对这类片子难得没觉得无聊，看得津津有味。

手机不停地响着，陈沐阳和江扬俩人控诉他八百遍见色忘义。本来说好毕业后一起打三天三夜游戏，再疯玩一星期，然后一起去毕业旅行的，可是刚出考场，一晚上还没过，就听说林骁已经远在离城了。

俩人嘲笑他好多天，他懒得理会，这会儿看到两个人又在一唱一和说相声似的调侃他追求之路漫漫，他抬手打了一行字：交往第一天，谢谢。

耳东陈：这么早就开始做梦了吗？

云飞扬：这人嘚瑟的语气。你不会强迫惊蛰了吧？狗东西。

耳东陈：不要脸。

云飞扬：做人要讲良心，做狗也要讲良心。

拥抱春天：滚吧！

陈沐阳突然发现林骁的QQ昵称换了，微信昵称也换了，刚想骂一句“这是什么破名字”，一划动列表，就看到惊蛰的昵称，顿时一声“唠”。

身边的江扬在打游戏，顿时问了一句：“怀了？几个月了？能认我当干爸不？”

陈沐阳把手机递给他看，感叹一句：“天要下雨，林骁要嫁人。”

江扬抱着鼠标笑了大半天，然后发了条朋友圈，把俩人的昵称并排截了图，附赠一个笑脸：我吐了，某人还能再骚一点吗？

林骁电影看到一半的时候，突然觉得有些索然无味，歪着身子靠在床头刷手机，打电话骚扰邢曼女士说：“妈，妹妹答应跟我交往了。”

邢曼第一反应也是不信：“你没强迫人家吧？”

林骁一阵无语：“你儿子是什么不法分子吗？是妹妹主动说的。”

他的骄傲还没表达完，邢曼已经嗤笑了声，不满道：“还要女生主动，丢人。”

林骁：“再见，惊蛰才是你亲闺女吧！”

邢曼没想到会这么顺利，更没想到会这么快，其实她嘴上说般配，心里一直还是不太看好。自己的儿子自己了解，林骁这小废物不坏，但性格实在不算好，从小养尊处优惯了，一身小毛病。虽然他大体上是个好孩子，但惊蛰的经历太特殊了，做事应该会更谨慎一些。

她一时不知道担心更多还是高兴更多，她是真的很喜欢妹妹，之前跟林正泽和蒋洁都提过很多次，说自己要是有这么个女儿就好了。

如今倒是真的有希望了。

邢曼畅想了一下，忍不住眯着眼笑：“是啊，对我女儿好一点儿。”

林骁挑眉：“行，岳母大人。”

邢曼笑了好一会儿。

林骁总觉得林正泽太严肃，尽管已经得到了支持，但大约是挨打的心理阴影太重，对老爸总抱着几分恐惧。可他还是忍不住去炫耀，于是发了条短信：爸，我和惊蛰在交往了。

林正泽大约还在忙，母亲说他今晚还没回家。隔了好一会儿林正泽才回他：知道了，好好对妹妹，注意分寸。

林骁觉得不够，刷朋友圈的时候，看到江扬在嘲讽他的情侣名，冷笑一声，回他：要你管？

他想宣告一下恋情给朋友圈除除草，然后想起来，自己和惊蛰连个合照都没有。相册翻了又翻，最近的一张合影还是去年夏天惊蛰趴在朵朵的脑袋上在露台睡觉的照片，隔得远，拍得模糊，照片晃动的幅度似乎也昭示着他的心虚。

现在应该可以光明正大拍她了。

或许也可以牵手、拥抱。

他忍不住挑了一下眉，对脑子里突然冒出来的念头而感觉到心惊，半晌才平复心跳。

可以做的事还很多，他一晚上都在琢磨这个，于是梦里都是惊蛰。

门铃响的时候，他抬腕看了一下表，心想客房服务也太早了点儿。

打开门却看见是惊蛰。

她背着手站在那里，看到他，轻轻笑了一下，挥手："早啊，哥。"

她今天穿着裙子，头发扎了起来，露出的脖颈纤长白皙。他手痒，很想摸一下，总觉得那不是皮肤，是绸缎。

"早，妹妹。"他声音都有点哑。

"要进来吗？"

"可以进吗？"

两个人几乎异口同声，说完都愣住了。林骁是怕她介意，惊蛰是害怕自己贸然进去侵犯他领地。

酒店这地方，有些微的别扭。

林骁先侧了身："进来吧！我叫了早点，你吃过了吗？"

惊蛰摇摇头，酒店过来要经过市中心，怕碰上早高峰，她提早出来了，没顾得上吃。

林骁一边问她吃什么，一边拨了餐饮部电话让加送一份早餐。

好在他住套房，空间宽敞，减少了局促。惊蛰盘腿坐在长毛地毯上，拿着遥控器打开投影仪，不会用，眉眼专注地研究了好一会儿。

林骁捞了遥控去开智能窗帘，开到一半又合上，扭头问："看电影？"

惊蛰只是觉得呆坐着有点傻，胡乱地点了一下头。林骁走过去挨着她坐下来，没有去拿她手里的遥控器，偏头轻声说着："点中间那个。"

声音落在她耳畔，耳朵都有点痒。

有提示，并不复杂，只是惊蛰第一次用，有些谨慎。她终于点开的时候，从历史记录里翻出了一部电影，问了句："你看的？"

林骁"嗯"了声，声音很轻："随便看看。"

于是惊蛰点了播放，接着昨晚的开始续播。

林骁说去洗漱，惊蛰就坐在那里没动，看着没头没尾的电影，前情一概不知。

早餐很快送过来，他正好从卧室出来，已经换了衣服。

两个人相隔很远坐着，各吃各的。

不是林骁不想主动靠近，只是这地方太敏感了点儿，他怕这恋爱还没谈，把人先吓跑了。

惊蛰也有些后悔，早知道提前告知他一声，两个人约在外面吃饭了。

两个人的别扭一直持续到电影后三分之一，惊蛰看得面红耳赤，这会儿故作镇定地低头喝粥。

今日难得是个阴天。林骁知道她今天没事，便异常愉快地拉着她出了门。

这独处，他盼了太久了。

“我们去哪儿？”惊蛰问。

奶奶说让她带林骁出去转转，可其实她对离城也不熟悉，她从小到大几乎没有出过落阴山，市区对她来说都陌生，更别提省城了。

出门两眼一抹黑。

林骁歪着头看她：“去约会啊！”

他拖着调子，散漫地对她说，把“约会”两个字咬得很重，然后看着她，似乎很期盼她的反应。

惊蛰点了一下头，思考片刻：“那我们……去看电影？”

电视里都是这样演的，约会都逃不了看电影，而且她能想到的，也只有这个了。

林骁对电影都快形成条件反射了，梦里是，一早上又看了个黏黏糊糊到顶的片段。这会儿听到她说电影，他忍不住心头一跳，恍惚着说：“好。”

工作日，又是上午，电影院里人迹寥寥。他们两个人选了个小厅，进去的时候，直到电影开场都没有第三个人进来。

惊蛰抱着爆米花，突然才想起来问：“这个是什么类型的电影？”

林骁心思压根儿不在电影上，摇头：“我没看，不是你挑的吗？”

惊蛰也摇头：“我也没看，我就是觉得它开场最早。”

电影名字很文艺，是今天排得最满的片子，应该还是可以的。

电影开场，演了十分钟，惊蛰才发现：“是个悬疑片。”

挺不错的片子，就是不太像约会。

林骁握了一下她的手，丝毫没有暧昧气氛，反而是她偏头问他：“你是害怕吗？”

他沉默片刻，只好说：“有点儿。”

于是惊蛰反握住他的手，她的手很小，指节纤细，皮肤柔软得像绸缎。他拇指轻轻动了一下，扣得更紧了。

电影他都没仔细看，后半段都在走神，然后他们去吃饭，之后环着商场一层一层闲逛，去了一个 3D 体验馆，玩了一个情侣版的双人密室逃脱。林骁想带她去别处，但惊蛰掏了掏口袋：“没有预算了。”示意他可以歇歇了。

林骁歪着头，并没有说“我有钱”，只是点了点头。

共享单车不能载人，最后他租了辆自行车，带她沿着市中心的镜湖兜风。

环湖路的自行车道上并没有什么人，夜晚显得很安静。晚风裹着湿润的空气，像是要下雨，夜空黑得没有半点星星，月亮半隐没在云层里，只有城市的霓虹灯星星点点，璀璨夺目。惊蛰起初抓住他的衣角，后来他骑得快，她干脆揽住了他的腰，她能感觉到他瞬间紧绷的肌肉、故作镇定的呼吸。

她在身后眯着眼轻笑，抬头望着他的背影，叫了声：“哥。”

林骁微微偏头：“嗯？”

惊蛰说：“今天也很喜欢你。”

林骁喉咙里溢出一丝笑意：“那我比你的喜欢再多一点吧。”

他语气镇定，内心却惊涛骇浪。

他们路过一个桥，桥两边有小摊，林骁把自行车停放在一旁，牵着她的手去吃东西。

惊蛰要了一串棉花糖，他不爱吃这个，但还是就着她的手咬了一口，目光凝视着她的脸，轻笑了声：“甜。”

他的手一直没松开，两个人保持着一种别扭的姿势。惊蛰晃了晃手，轻声说：“一有人路过，我就害怕。”

林骁：“怕什么？”

惊蛰歪头想了想：“怕被教导主任抓。”

恍惚还是在学校，周围都是老师和学生，害臊，也怕被发现，仿佛恋爱依旧是件见不得人的事。

林骁笑起来：“他已经知道我们在交往了，昨晚还在问我是不是早恋，我说不是，他还不信。”

因为俩人在学校就谣言不断，各种版本的故事传了个遍，也就惊蛰对八卦不关心。大家也都默契地不在人前和公共社交平台带大名议论，提起来都是用“某某”代替。

比如林骁是“蓝颜祸水”，有人叫他“水哥”，惊蛰是“那谁”。

到现在校园的论坛里还有帖子问“水哥和那谁是真的吗”。

暗语说得一个比一个隐晦，但大家都知道是谁。

现在回忆起来，三年好像弹指一挥间，充斥着各种作业和压力，两个人之间的交集好像并不深。可一千多个日夜，可以回忆的东西，却也足够多了。

两个人走到隐蔽处，惊蛰倏忽侧身张开手臂抱了他一下。

她踮了下脚，把下巴搁在他肩膀上，带着几分埋怨说：“你怎么长得这么高。”

林骁微微弯着腰去迁就她，手臂僵直了片刻，然后抬起来虚扶在她腰上。

他轻声说：“虽然我很高兴，但你这么主动，我总有不好的预感。”仿佛是分手拥抱之类的东西。

惊蛰低声笑起来，笑得浑身发颤，喉咙抵在他的肩膀上，他甚至能感受到她声带的振动。

她说："你这么没有安全感呢？"

林骁挑眉："是啊，怎么办？"

"别怕，我喜欢你。"她说完转过身朝着车子走过去。林骁从身后跟上，呆呆地跟着她走。

他骑车送她回医院，站在医院门口跟她挥手。惊蛰冲他笑着，倒退着走进去："晚安，做个好梦。"

林骁"嗯"了声，目光粘在她身上，很久舍不得动一下，直到她整个人都看不见了，他似乎才缓过神来。

他打了电话，让租车行的人来取自行车。他把车子停进车位里，站在那里接了个电话。

他接的是诈骗电话，他时不时"嗯"一声，对方反复问他知不知道自己犯罪了，他才回过神来，意识到自己压根儿没注意到接了个什么电话，觉得又好笑又无语，最后回了句："我知道，对不起，我罪无可恕，我现在就去自首。"

骗子结巴了一会儿，大概是在骂他精神病。

惊蛰回病房的时候，意欢姐刚走，她和奶奶说了两句话，把今天换下来的衣服和毯子拿去洗。

她一出门就看见了林骁，有些意外地挑了一下眉："你怎么又回来了？"

她其实也不淡定，这会儿无人的时候，心跳才迟缓地剧烈起来，于是猛地看到他，心险些从嗓子眼儿飞出去，声音都带着颤。

但不可否认的是，尽管刚刚才分别，再见他，还是很开心。

林骁从口袋里摸出一个盒子，把一条项链拎出来，勾了勾手示意她过来点儿，然后绕到她身后，给她戴上了。

他给她戴上后顺手把盒子也塞进她口袋里，伏在她耳朵说："交往礼物，晚安。太晚了，我不去看奶奶了，她知道了估计得骂我黏人黏得紧。"

他的声音带着笑意，惊蛰混沌地"嗯"了声。

惊蛰晚上睡觉的时候，一直在摸自己的项链，项链是个小蘑菇。

她想起来自己刚去南临那会儿，他说她像采蘑菇的小姑娘。

那会儿她还有点生气。

林骁生病了，大约是因为水土不服，又或者因为高考完放松后身体在迟来地反馈之前的苛待，他一直断断续续地低烧。后来他吹了点冷风，彻底病倒了。那天他都没有去医院，林叔叔直接派人把他接走了。

下了飞机邢曼阿姨才告诉惊蛰。

夜里，病房里有些闷，惊蛰走出去站在走廊上，奶奶住在单人间，出来就是走廊尽头，一扇铁窗半开着。惊蛰过去把生锈的窗子推开，外面潮湿的风卷进来，她闻到泥土混杂着青草的味道，探头去看，下雨了。

听到他病了，她蓦然心里一紧，动作僵在那里："要紧吗？"

邢曼替儿子解释着："没事，单纯发烧而已，他身体一向不错，生点病要死要活的。他刚下飞机，非要我跟你交代一声，他走得着急，没跟你讲，等他病好了，我让他自己跟你说，别担心。"

小破孩还要脸面，大约刚恋爱，不想叫人看见一丁点自己不体面的地方。

邢曼说完又想起来："对了，妹妹，你可能还是得回来，成绩出来还有一大堆事呢。我和你叔叔商量着，要不把奶奶接过来住，砚山那边的房子空着，我叫人给你腾出来。"

惊蛰沉默片刻，并没有客气，应了声："谢谢阿姨，那我跟奶奶说一下，麻烦您了。"

邢曼笑了笑："跟阿姨客气什么，等阿姨老了，那小废物是指望不上了，到时候还盼着你来多看看我呢。"

惊蛰知道阿姨只是在宽慰她，但还是笑了笑："好，您要是不嫌烦，我天天去看您。"

邢曼没再说什么，她其实想说都是一家人，说什么麻烦不麻烦的。

将来俩小孩结婚，那奶奶也就是林骁的奶奶，合该要照顾的。

可到底他们都还是小孩，将来未必真的会走到最后，她不想给惊蛰徒增压力。简单谈恋爱就好，哪天不在一起了，林家人也是她的亲人。

惊蛰商量完这个，想要问问林骁到底怎么回事，可大约换了身份，突然有些局促起来，于是干脆闭了嘴。

挂了电话，她转而去问陈沐阳知不知道林骁怎么样了。

陈沐阳并不清楚，问了母亲之后才确认林骁生病住院了，说了句"等我去给你刺探军情"，然后就没声响了——应该是去医院了。

昨天医生说，奶奶拆了线就可以办理出院了，可今天情况又有些变化。奶奶年纪大了，身体变得很脆弱。惊蛰紧张到不行，怕有什么后遗症。

最后排查出来奶奶没有问题，惊蛰还是决定要多观察一晚。她今天没顾得上联系林骁，连他生病了都不知道，瞬间觉得有些愧疚。

她扭头回病房，这会儿奶奶已经睡了，呼吸轻到听不见，脖子歪在枕头上。惊蛰忍不住过去摸了一下奶奶的手，感受到温度才眨了一下眼，眼睛有些酸。

奶奶醒了，轻声问："尧尧打来的电话？"

惊蛰坐在床头，趴在奶奶胳膊上："嗯，他生病了，阿姨把他接回家了。"

"好好的，怎么病了？"奶奶担忧地说。

惊蛰也不知道，昨天见他还好好的，以至于刚刚阿姨给她电话，她第一反应是他谎称有病去干别的了，然后又觉得他是不是突然腻了。

跟她在一起，好像确实没什么意思。

这会儿安静下来，她才觉得荒唐，不由得苦笑了下。

“不知道，明天我问问他。”

奶奶含混地“嗯”了声，闭上眼又睡着了。

惊蛰盯着奶奶看了会儿，有些不知道自己的决定是对是错。

林骁打了退烧针，又挂了吊瓶，眉眼看起来很疲倦，但他没有睡，单手握着手机在玩《贪吃蛇》。

他的“巨蟒”已经占据了全屏，他仍不急不缓地操纵着它往前走。

邢曼阿姨不在，门口有个男护工坐在那里等差遣。

陈沐阳挨着他坐在床头，偏头看着他的手机屏幕，露出百思不得其解的表情：“你这不好好的，为什么不跟惊蛰说？她跑来问我你怎么个情况，我还以为你生命垂危、不省人事了，出门连衣服都没有换。”

林骁闻言皱了一下眉头，稍微一错神，他的蛇死了，游戏结束。

他按灭了手机，身子靠在床头，半仰着头看病房的天花板：“昨晚做了个不好的梦，晦气。”

陈沐阳看看他的脸：“所以跟你联系惊蛰有什么关系吗？”

他梦到成绩下来了，她如愿进了临大，他差两分没考上，只能退而求其次去了她附近的学校。可临开学告诉他，学校改建，他们要去别的校区，于是他坐上大巴去新校区。车子开了八个小时还没到，他不停看表，等终于到的时候，发现新校区就在落阴山。他打电话给惊蛰，发现没有信号，好不容易等到假期去找她，却没有车。

他步行走在狭窄的盘山路上找车的时候，还下了雨……

他一脸生无可恋地跟陈沐阳平静转述，然后丧气地总结道：“你不知道，比唐僧取经还艰难。”

陈沐阳原本还在心疼他，他成绩一直不太稳定，好的时候特别好，不好的时候就特别不好，考临大确实需要一点运气。

但听着听着，陈沐阳实在憋不住了，最开始肩膀耸动，紧接着笑声从喉咙里挤出来，最后干脆拍着床板哈哈大笑起来，笑得满眼泪：“林骁，你完蛋了你。”

林骁愣了一下，继而捶了他一拳：“我乐意，笑屁啊！”

病来如山倒，他觉得难受得要死，不想在离城看医生，怕惊蛰知道了去看他，见他一脸丧气样儿，影响他颜值。

可他回来就后悔了，一下飞机就开始不愉快。

想她，又不想这会儿跟她联系，坐在那里翻两个人的聊天记录，翻到顶的时候，他唾骂了自己一句，然后去玩《贪吃蛇》，脑子里却都是惊蛰的声音。

上次他在她面前玩的时候，她很认真地看了会儿，然后说："你的手好漂亮。"

于是他余光里不停地看自己的手，琢磨怎么发挥一下自己的优点。

早就完蛋了。

林骁最后认命地遵从了内心，发消息给惊蛰。

拥抱春天：妹妹啊，一日不见如隔三秋。

拥抱春天：我后悔了，我就应该待在离城，骗你来陪我。

拥抱春天：一天没见，我就开始想你了。

春天：……

春天：还不睡觉吗？

春天：快睡觉。

林骁趁着后半夜吐露一下心声，看到她的回复，吓得一愣，半晌才"哦"了声。

拥抱春天：你怎么也没睡？

那边没说话，半晌才回了一句。

春天：也在想你。

春天：失眠了。

林骁低骂了一声，这下彻底睡不着了。

他在医院待了好几天，每天做得最多的事就是抱着手机聊天。惊蛰很少回他，他就去别的群里。

他顶着一个骚里骚气的昵称，还有一个蘑菇头像。

出院这天，司机还没来接他，他盘腿坐在床上打手游，跟人组队，开着语音说自己去对方野区偷猪。

他刚猫进草丛，有人敲病房门，他头也没回，道："进。"

听到脚步声，他又说了句："等我会儿。"

身后没有动静，他也没在意，跳过去收了野怪，然后又跳回草丛，等着蹲人。

陈沐阳玩射手的角色，一个激情对线，闪现进对方的塔里送人头。

林骁冷笑了一声："人才啊人才，千里送人头，礼轻情意重，"

陈沐阳嘿嘿一笑："手滑。你那边有人啊？"

林骁回了声："要出院，司机来接我。我真是个可怜虫，生病了都没有人来陪我。"

邢曼女士和林正泽同志都不是腾不出来时间，只是觉得待在这儿跟他大眼瞪小眼没必要，让他自己找点乐子。

陈沐阳“啧”了声：“谁要去陪你，三句不离妹妹，生怕别人不知道你热恋期啊！”

林骁顾及病房有人，没说什么，只是冷哼一句：“怎么，女朋友不能提啊？你不应该反思反思你自己怎么这么敏感？”

他话还没说完，身后传来一声笑意：“你俩也太幼稚了。”

林骁先是愣了一下，然后蓦然转头。惊蛰站在病床前，拎着一个很小的包，歪着头冲他笑了一下。

手机中传来怒吼：“林骁，你站那儿干吗！该死，打它打它，开大招啊！！啊啊啊啊，死了死了。”

手机那头，陈沐阳刚骂完人，然后才反应过来，问了句：“我刚刚好像听见妹妹的声音了？”

江扬也在游戏里，他嫌两个人吵，关了麦克风，这会儿打开，说了句：“没看见某人已经挂机了吗？”

陈沐阳刚刚结束一拨团战，忍不住咬牙切齿地说：“狗情侣，干吗呢！能不能把游戏打完，有什么事这么迫不及待！有没有点游戏操守？”

江扬忍不住笑了一下：“大人的事小孩少打听。”然后说，“待会儿举报他。”

林骁丢了手机朝她走过来的时候，惊蛰抬了一下手：“你玩你的，不用管我。”

他没听她的话，这会儿还玩游戏，他又不傻。他过去牵住她的手，拉着她往客厅去，两个人窝在沙发里。林骁把玩着她的手，然后才低声问了句：“你怎么来了？”

因为过于高兴和震惊，他反而显得平静，只是目光锁在她身上，盯着她看。

她和奶奶商量直接过来南临住，落阴山的房子先闲置着，等过几天，惊蛰回去处理一下。

她在这边还有很多事要做，而她无论如何也无法再放心把奶奶一个人留在那边。

问了医生奶奶可以挪动，她就直接过来了。

这几天她忙得焦头烂额，有条不紊地把该处理的事先处理好，安排妥当一切，然后带奶奶来南临。

邢曼阿姨已经把房子收拾出来了，并告诉她这房子闲着也是闲着，住一住人还能积攒点人气儿。

惊蛰没有推拒，能让奶奶住得舒服点儿，她愿意欠人情，并且十分感激邢曼阿姨和林叔叔的帮助。

安置好奶奶，她才能过来看他。

她是坐公交来的，车子停靠在北门，她下车起初是走着的，进了医院门突然跑起来。

她才发现，自己真的很想见他。

可才几天没见，她甚至觉得有点生疏，挨着他坐都有些局促，心跳异常，况且他还一直在玩她的手。

她简单把这件事跟他说了，然后才忍不住问了句："你玩我的手干吗？"

林骁看了她一眼，笑道："分散注意力。"

惊蛰不解，反问："你笑什么？"

林骁指尖摩挲着她的手背："看见你笑我就笑了。"

门口有脚步声，惊蛰慌张地推了他一下，他退开坐在对面，脚步声又慢慢走远了。他抬头看她："胆子真小。我妈跟你说我在这儿的？"

惊蛰点点头，情绪平复下来，一下子觉得有些手脚不知道往哪儿放，干巴巴应着："我问了阿龙师傅，他说还没来接你。"

其实阿龙应该快要到了，但阿龙多嘴问了她一句"是不是要来"，惊蛰说"是"，他就说："那你们要走的时候再给我打电话。"

林骁的手机就在沙发缝隙里，她抠出来看了一眼，下午四点钟，提示栏里都是消息提醒，陈沐阳和江扬在轮番讨伐他。她把手机递给他，说："阿龙说你要走时再给他打电话。"

林骁轻笑了一声："还挺懂。"

他还纳闷，这么半天了，阿龙怎么还没来？

点开手机就是游戏页面，他打开战绩栏看了一眼，赢了。

他切出去顺手在群里说：好兄弟们，四挑五干得不错。

一群人对他表示不满。

惊蛰余光看见了，问了句："你这样没关系吗？"

她其实不太喜欢因为恋爱把别的都排在后面，她一向信奉，一段关系想要长久，是需要良性的外部环境的。

她希望他们都有自己的伙伴和生活，就好像两条溪流交汇，彼此存在，彼此相容，而不是切割掉对方的一切变成自己的独有物。

热恋是有时效的，但她希望他们是长久的。

是命运的奇迹，而不是短暂的飞蛾扑火、热情燃烧。

十八岁的年纪，"长久"好像是个荒谬的词汇，但也容易相信天长地久。

林骁"嗯？"了声，半晌才反应过来她问的是他中途跑路会不会伤害友情。他笑了一下："没事，平常四个人坑我一个，我挂机都比陈小狗闪现进对方塔下送人头要强。下次还是要求着我带他们上分。"

惊蛰"哦"了声，虽然听不懂，但还是忍不住笑了一下，坐在那里晃着脚，一时不知道干什么。

林骁给阿龙发了条消息，又跟陈沐阳他们贫了几句，然后直接按灭了手机。

他还想靠过去，可最后克制住了，怕阿龙随时过来。他倒是无所谓，惊蛰估计会不好意思。

毕竟在家里住了三年，在她心里，她一直拿林家人当亲人，面对他倒还好，但大约和父母以及孙姨、阿龙太熟了，一时之间没法接受这样的转变。他能明显感觉到惊蛰在他父母面前比以前局促了。

不过也能理解，连他自己都觉得有点别扭。尽管他对着邢曼女士毫不吝啬地表达自己对惊蛰的喜爱，可真让他当着母亲的面跟惊蛰牵个手，他也觉得放不开。

他想，多接触就好了。

有个词叫什么？

脱敏。

车子停在院子里，惊蛰下车的时候，林骁抓了一下她的手，惊蛰挣脱开了，警告似的看了他一眼，意思是，别闹。

林骁轻笑了一下："牵手也不行啊！"

惊蛰比了个抹脖子的手势，轻声说："在家里不行。"

林骁跟上她，附耳低声问："那在外面行？"

他显然不是在问，就是故意逗她。惊蛰懒得理他，快走两步进了客厅。

她熟练地换鞋，然后赶在他之前进了客厅。

她对这里太熟悉了，熟悉得像在自己的家，她对邢曼阿姨和林叔叔的感情就像是至亲，但因为突然变成了林骁女朋友而变得惶惑起来。

邢曼知道惊蛰要来，下午没去上班，这会儿就在客厅坐着看电视。看到惊蛰的时候，她回头招了招手："妹妹过来叫我看看，阿姨想死你了。"

惊蛰一笑，抬步走过去。

林骁换完鞋进客厅的时候，就看到母亲正在揉惊蛰的脸。他忍不住挑了一下眉，说："妈，你就不能对我女朋友温柔点？"

邢曼听到"女朋友"三个字，表情就一言难尽起来，扭过头看他一眼，嘲笑："你敢不敢再刻意一点儿？"

林骁笑得胸腔震动："那有什么不敢的，这是我日思夜想的女朋友，你未来的儿媳妇。"

惊蛰刚刚做好的心理建设瞬间崩塌，一脸苦闷地看着他，恨不得找个地缝钻进去。

从主动提出来交往的时候，她就已经清楚地考虑过这个问题了，阿姨和叔叔都对她很好很好，而她和林骁交往，如果将来走到走不下去的时候，势必是更痛苦的一件事。

所以面对阿姨和叔叔，她总有一种莫名的愧疚。

她害怕自己的选择给大家都带来不愉快。

阿姨和叔叔没有反对，她已经很意外了，偏偏林骁还这么高调。

邢曼握着惊蛰的手，气着气着就笑了，骂了句："滚一边去。我要是惊蛰，我都想打你了。以后你挨打我肯定不管，还要拍手称快，打得好。"

林骁撇撇嘴："挨打我也高兴。"

两个人拌嘴到要吃晚饭，惊蛰主动起身告辞："奶奶还在家里等我。"

邢曼阿姨帮忙找了个护工，说是朋友的亲戚，很靠谱。惊蛰没有拒绝阿姨的好意，但还是希望自己能多陪陪奶奶。

邢曼没有挽留，指了指林骁。林骁非常乐意地道："我送妹妹回去。"

惊蛰摇头："不用，我自己回去就好，也不远。"

现在是白天，而且她也没有娇气到这种程度。

林骁"啧"了声："想跟你多待会儿不行啊？"

惊蛰张了张嘴，要不是阿姨在边上，她都想去捂他的嘴了，不知道他脸皮怎么这么厚。

邢曼笑着拍了林骁一巴掌："你够了。"

林骁推着惊蛰往外走，没让阿龙送，叫了辆车。

两个人踏进砚山的房子里的时候，惊蛰扭头小声跟他吐槽："我们两个这样是不是不太好？"

林骁笑着："哪里不好？"

惊蛰也说不上来："可能是……太黏着了？"

林骁笑意更深："那怎么办，一会儿看不见你我就难受。"

惊蛰瞥了他一眼："那是病，得治。"

林骁拖长音调"哦"了声："相思病吗？"

惊蛰："……"

林骁："那不还得你给我治。"

奶奶窝在躺椅上看书，戴着老花镜，手里还得拿个放大镜，不然看不清。她听见动静回头说："妹妹回来啦？"

惊蛰应了声："奶奶，我回来了。"

林骁扬声也说了句："奶奶，我也来看你。"

奶奶笑呵呵道："好，好。"

林骁陡然拍了一下自己的腿，小声跟惊蛰说："完了，空着手来了。"

惊蛰忍不住笑了声："没那么多讲究。"

砚山这边的房子是个小洋房，面积不大，不过有个小院子和地下室。

这里原本是邢曼买来做工作室的，但后来规划出了变动，就一直闲置了。

林骁刚刚还情话一大堆，见了奶奶倒是老老实实的，动都不敢乱动，一副刻意扮乖的样子。

惊蛰送他走的时候，他拍着胸口问：“奶奶会不会不喜欢我？”

她“嗯？”了声：“为什么这么想？”

林骁摇头：“不知道，反正就觉得如果奶奶不喜欢我，你肯定会跟我分手。”

两个人站在路灯下，绿化植物隔绝着视线，周围安静得没有一点声音。

或许喜欢就是这样，情到浓时觉得彼此仿佛融为一体，又偶尔觉得随时会失去，有时确信彼此相爱，又忍不住怀疑是假的，想要一遍一遍去确认。

年轻而躁动的灵魂，还不足以抵抗任何的冲击。

在某一刻，惊蛰觉得自己仿佛看到他的热切，也看到他的不安。于是她抬手抱了他一下：“哥，我很喜欢你。”

不用确认，我就是喜欢你，或许比我知道得更早、更深刻。

林骁喉结上下滚动，他觉得拥抱比亲吻更有力量，仿佛整个人在一瞬间被温柔填满，被需要、被爱着。

他睫毛微颤，借着夜色和路灯看她的脸。她皮肤白得像是透明一样，唇形很漂亮，像是花瓣。她整个人就像是春天，温柔、清甜、生机勃勃。

“我也喜欢你，很喜欢。”他说。

成绩出来的前一天，公布了省分数线。

理科一本线五百一十七分。

比去年低了十二分。今年题目也比去年难，渐渐沉寂的各个班群又活跃起来，大家奔走相告。

半个多月的狂欢过后，终于还是要面对最后的结果了。

像是在等待审判，无论表面上装得多不在意，大家心里都在忐忑不安。

一千多个日夜的磨砺，真的要彻底画上句号了。

大家都希望是个圆满的句号。

那会儿惊蛰正在晒被单，奶奶不习惯住在城里，在院子里踱来踱去。惊蛰知道奶奶无聊了，歪着头说：“奶奶，等我弄完，我们一块儿去散散步。”

奶奶摆摆手：“你该干吗干吗去，我不要你陪，我待会儿找隔壁王老太太去。”

人年纪大了，就不爱当别人的负担。她最不耐烦惊蛰腻在她身边，她就喜欢看着惊蛰每天打扮得漂漂亮亮，高高兴兴地跟朋友一块儿去玩。

她希望惊蛰生机勃勃地生活，比陪在她身边更让自己觉得高兴。

从青年丧夫到后来丧子丧女，命运给她一记又一记的重锤，每每觉得活不下去的时候，惊蛰都是她的支撑。

从前她盼着惊蛰长大，等雏鸟羽翼渐丰，她就可以安心老去了。

可真到了这时候，她又希望惊蛰长大得慢一点儿，自己活得再久一点。

但她只是想自己还能照顾照顾惊蛰，并不想绊着惊蛰的脚。

惊蛰晒完了被子，先接了个电话，小区外咖啡店的老板要她明天去上班。

前几天惊蛰看到他们在招人，就去面试了，那天老板不在，店员记了她的联系方式，两天没联系，惊蛰以为对方并不打算用她呢。

她应了下来，转头跟奶奶说：“奶奶，我明天去做兼职，就在小区外面。”

奶奶沉默片刻，转瞬“哦”了声，问她：“上不上夜班啊？”

惊蛰说：“那天问了，应该是晚上十点前下班，早的话，九点就可以回来了。”

奶奶担忧地说：“好晚哦。”

惊蛰安慰道：“可是很近呀！”

前几天林叔叔来过，奶奶在落阴山给他的存折，他又如数返回了。

林叔叔说：“我哪能拿您的钱啊，以后下去见了沈老师，我都没脸跟她说话。妹妹懂事，要不是妹妹，林骁这孩子也不会这么上进，说起来我还要感谢她呢。”

奶奶自然不愿意，麻烦别人到这程度，没道理还叫人家费心又贴钱的。

两个人你来我往地推拒着，最后还是林叔叔妥协了一半：“那我也不能拿您的钱。等妹妹长大了，多来看看我就成，我就一个儿子，也没女儿，惊蛰就算我半个女儿了。”

邢曼阿姨也在一旁，看两个人气氛紧绷，忙说了句：“以后指不定是一家人呢，咱们一家人还客气什么。”

林叔叔轻轻碰了一下邢曼阿姨，阿姨顿时不说话了，林叔叔也把话题扯到了别处。

等人走了，奶奶才说，邢曼阿姨是好心，但林叔叔是怕奶奶心里不舒服。

惊蛰和林骁将来越是有可能在一起，奶奶越是不想欠林家太多。

奶奶说：“妹妹，两个人再爱护彼此，也总会磕磕绊绊，以后奶奶护不住你了，你要是受了委屈，可怎么办呢！”

惊蛰低着头，好久不说话，最后抬头冲奶奶笑了笑：“怎么护不住了？林骁要是欺负我，您拿拐杖敲他。”

奶奶便仰着头笑起来：“好，奶奶拿拐杖敲他。”说完又笑了，“尧尧是个好孩子。”

可惊蛰还是觉得，自己需要做点什么。奶奶渐渐年纪大了，动完手术后，身体更是虚弱了很多。万奶奶说，人上了年纪是不大喜欢医院的，尤其是动手术，害怕下不了手术台。

奶奶做了很久的心理建设，她如今并不算很严重，还没到必须动手术的时候。她说过，再拖几年，等年纪再大些，将就着凑合完一辈子，也就不用受这一遭苦了。

可是若是年纪再大些，手术风险只会更大。

"你奶奶啊，想多陪你两年。"万奶奶说。

以前都是奶奶照顾惊蛰，替她打点好一切，如今她长大了，也该试着站在奶奶前面了。

漫长的暑假，她总不能一直待在家里，她自小跟着奶奶养出的性子，闲下来，总觉得时间都荒废了。

她像仓鼠一样，喜欢把东西一点点攒下来存着，像是在给自己构筑堡垒，很有安全感。

所以惊蛰很喜欢存东西，练就了一身变废为宝的"本事"，也养成了钟爱劳动的习惯。

惊蛰挂了电话，才看到省线出来了，然后想起来，凌晨就要出成绩了。

考完后她就一直被奶奶的事还有林骁绊着，都没有估算过自己的分数。她也不是个对一切掌控欲很强的人，对她来说，只要尽力了，结果怎么样都能接受。

但她还是很希望自己能考上临大。

也不知道林骁考得怎么样，他也没有主动提过。

然后她又忍不住想，他们会不会在一个学校？

胡思乱想的时候，大概是因为成绩快要出来了，她精神一直紧绷着。

手不停地在各个群聊之间切换，看着大家议论纷纷，思绪却不知道跑哪儿去了。

直到点进一个帖子，是在叙说异地恋的痛苦。

惊蛰忍不住点进去看了一眼，然后皱着眉出来，发了好一会儿呆。

奶奶恰好问："最近没和尧尧一块儿出去啊？"

惊蛰"嗯"了声："他家里长辈多，毕业了总要走动。"

怎么说他都是跟着姥姥姥爷长大的，高考完半个月不见踪影，回来了也不去拜望，总归不合适。

林骁最讨厌家庭聚会了，今天去姥姥家，明天去舅舅家的，大家对母亲和父亲一直不满意，连带着对他都不是很亲近。但他们家又有个要命的传统，就是背地里无论多讨厌对方，一家人见了面也要客客气气的，逢年过节该有的礼数一样都不能少。

各家的孩子到了这场合，都只有沉默的份儿，礼貌地问了好就算交差，并不多联络感情。

林骁自小跟着姥姥姥爷住过一段时间，倒是比别人要自如一点儿。

他没事就给惊蛰发消息，各种亲昵的表情包。

惊蛰不是很外放的性格，学不来他这不要脸的劲头，很少附和他，偶尔才回复一次。

不过奶奶提了之后，她忍不住打开手机，发现今天一整天林骁都没联系她。

惊蛰沉默片刻，然后主动说了话。

春天：哥，我明天就去做兼职了。

春天：今天出成绩，有点紧张。

春天：你熬夜等，还是明早再看？

林骁没有回她，可能在忙别的，惊蛰便搁下手机去干别的事了。

阳光暴烈地炙烤着整座城市，林骁站在太阳底下给玫瑰剪枝。邢曼在上班，中途回来拿东西，一歪头就看见院子里有东西在晃动，扭头一看，原来是她家傻儿子。

于是她脚步一转，去了院子，推开虚掩的门，沉默地看了他很久："哎，你脑子受什么刺激了？要是晒成煤球，你连最后一点优势都没了，儿子。"

林骁扭头，手里拿着花艺剪，满脸幽怨地看着她："妈，他们都说题目很难。"

邢曼对林骁的成绩向来不抱太大希望，对于她来说，如今他这成绩已经让她烧高香了，所以她一直没太关注他的高考成绩。这会儿他猛一提，她甚至都没反应过来："什么？"

林骁抿了一下唇，太阳晒得他睁不开眼。他蹲在那里，脚下是土地蒸腾出来的热气，他有些紧绷地说："可我没觉得，我甚至觉得挺简单的。上次我这么觉得的时候，成绩一落千丈。"

仿佛噩梦重演，那会儿顶多是不能和她一个班，顶多是伤心一阵，可这次……他竟有些不知道怎么面对。

邢曼终于听懂了，沉默片刻说："因为不确定的事情很多，所以我们才需要努力，去争取更多的选择权。"

林骁用手背擦了一下汗，有些难受。

邢曼走过去，蹲在他面前，抬手轻轻抱了他一下："你已经很棒了，不要苛责自己。"

林骁点了点头。

邢曼拍了他一下："去洗个澡啦，傻子一样。今天出成绩，你要不去跟妹妹一块儿等？"

夜里零点查询系统开放，明早去看当然可以，但今晚谁能睡得着？

林骁摇头："考得很差，岂不是很丢人？"

邢曼挑眉："是很丢人，但是考得差你就不打算和妹妹交往了吗？如果不打算，那你就不去。如果打算，你不觉得你需要更努力去维系感情吗？不然妹妹凭什么喜欢你？凭你是个傻子？凭你会晒太阳？"

林骁深深觉得自己被嘲讽了，扭过头，皱着眉看母亲："妈！"

邢曼忍俊不禁，忍不住摇头："也不知道妹妹看上你哪儿了。"

林骁顿时来劲了："哎，我就是讨妹妹喜欢，我也挺好的。"

他突然起身去洗澡，换了衣服问惊蛰，能不能来他家，或者他能不能去她家？

惊蛰一时没明白，半晌才回。

春天：那你过来吧。

春天：你是要住这儿吗？

拥抱春天：可以吗？总不能让我深夜再跑回家吧？

拥抱春天：不过奶奶会不会不乐意啊？

春天：不会，那你过来吧。我跟奶奶说。

春天：但是你得睡客房。

拥抱春天：不然呢？不睡客房我睡……

拥抱春天：我倒是想，但是吧，妹妹，我还想在奶奶和我爸妈那里多活几年呢！

惊蛰完全没有那个意思，也就是下意识的话罢了，所以闻言顿时沉默，看他还在顺杆子爬，终于忍无可忍。

春天：你……闭嘴。

林骁不到二十分钟就到了，两处房子离得不远，林骁熟门熟路地过来按门铃。

惊蛰去开门，看到他穿了一身新衣服，很悠闲的打扮，白衣黑裤，脖子上叠挂了两条链子。惊蛰见过这两条链子，以前上头只有一个吊坠，现在多了一个……小蘑菇。

林骁抬手捏她脸："妹妹，一日不见如隔三秋啊！"

他压着声音，故意逗她。

惊蛰拍了他一巴掌，也抬手掐他的脸，叹气："你的脸皮越来越厚了。"

林骁坦然点头："是呢。"

然后他看奶奶不在客厅，张开手臂狠狠抱了她一下，眯着眼冲她笑。

惊蛰原本很平静的心情，三两下就被他破坏掉了，进去的时候心脏乱跳，脸红到耳朵尖。

他去跟奶奶打招呼，她跟在他身后，越想越气。

她抬起两只手，在身后揪他的两只耳朵。他耳朵尖尖的，揪起来更像精灵耳，揪完她自己笑了，骂声都显得绵软："烦人。"

书房里有台电脑，惊蛰没有碰过。

林骁去开机的时候，才发现主机都没装上，只是在上面摆着，于是坐在那儿鼓捣着。

惊蛰靠在旁边，轻声问了句："可以用吗？"

林骁咬着说明书，含混道："不知道，试试。"

时间缓慢流淌着，奶奶在自己卧室打电话，大约是谁又在慰问。她人一走，许多人都在关心她。

人到暮年离开故土，并不是一件很容易就能接受的事。

惊蛰还要回去一趟，处理一些尚未来得及处理的事，顺便好好和帮助过自己的长辈们正式告别。

这一走，恐怕轻易很难回去了。

奶奶耳朵已经有些背了，说话便显得大声。惊蛰时不时还会儿凝神细听，从语气里，大约就能判断出是谁的电话。

林骁的手机也一直在响，消息提示音接连不断。

他起初没理会，过了会儿才示意惊蛰："拿出来帮我看看是谁。"

惊蛰便把手伸到他裤子口袋里拎出了他的手机。

"密码是你的生日。"他随口说。

惊蛰张了张嘴："怎么设置成我的生日？"

她问完觉得有点傻，但就是很好奇他为什么会设成自己的生日。

林骁撇撇嘴："你这不是废话吗？而且设成我的生日我也不喜欢。"

惊蛰知道他从不过生日，于是抿了抿唇，脑海里思绪乱飞。快七月一日了。

他其实并不是不喜欢过生日，只是因为幼年长辈的影响，好像连在生日那一天快乐都变成了心理负担。

后来林叔叔和阿姨也会鼓励他去和朋友一起过生日，但他都兴致索然。

惊蛰想，他可能是不愿意被问及为什么一直不过生日。

又或者，有些影响是很难从心底抹除的，负罪感不是很容易就能卸下的。尽管并不是他的错。

点开手机，是陈沐阳在群里发消息。他哈哈大笑着，说群里一群人因为非常傻的问题吵起来了。

还跟林骁和惊蛰有关系。

是年级大群，一千多个人的大群。大约毕业了，大家有些肆无忌惮，尽管群里还有年级主任，但都毫不避讳地在聊感情八卦。

今天因为省线出来，大家的聊天热情都很高涨。

提起来学校的告白墙，有人说，看到有人在表白沈惊蛰。

附中的表白墙真的是一面墙，在学校便利店的西墙上，便利店老板是个年轻人，做了很多很有仪式感的小设计。

这面墙最初是意见墙，便利店业务非常广泛，以求尽可能给学生提供便利，也希望得到学生们的及时反馈。

后来不知道谁开始在上面聊天，很多人在便利店逛一圈，都会过去那边看一眼反馈。

再后来老板干脆把那边装饰成了留言墙，提供了各式各样的便笺，让大家写完可以贴在墙上，积累到一定程度，就收集下来做成册子。

有些人在上面倾诉心事，自然也有人在上面表白。

后来甚至形成风尚，不知道谁在传，说留言墙上对他（她）说的话，他（她）一定能看到，冥冥之中自有天意。

很傻，但好像在这个年纪总爱干傻事。

于是留言墙几乎变成了表白墙。

今天有人去学校办事，路过那里的时候因为怀念，特意去拍照，拍完照就站在那里看，觉得很有意思。看着看着就看到沈惊蛰。

看到沈惊蛰也不稀奇，但最近隐隐听说水哥和他“妹妹”真的在一起了，而且水哥千里追妻都跑到人家老家去了。

这言辞挺像陈沐阳和江扬出去添油加醋的版本，效果是绝对拉满的。

附中颜值担当，为爱奔走。

那位热心群众在群里说：我看到水哥家那位的表白贴了。

巴掌大的便笺，上面提名带姓：沈惊蛰，我喜欢你。

热心群众：别说，比起一水的名字缩写，这位是真的高调啊！

年少的喜欢，即便在无人倾听、无人观看的角落，也羞于露骨表达，好像书写心上人的名字是一种禁忌咒语似的，恨不得加上无数道密。能写个名字首字母缩写都够英勇了，有段时间大家很热衷从名字缩写里玩解密游戏。

热心群众：一看就是自信的哥们儿。

热心群众 2：字也挺好看，张牙舞爪的，人肯定很跩。

热心群众 3：不会是 ljh 吧？他就挺跩的。我觉得他肯定喜欢水嫂，有段时间一看到人家就跟大马猴一样兴奋爱搞怪。

热心群众 4：哈哈哈哈，你小心 ljh 揍你啊！或许是上届那位？听说他前段时间还回学校了，才子的字据说就很好看。

热心群众 5：啊，这么一说，我们水嫂还真是人见人爱。

热心群众 6：水嫂多可爱啊！水哥，决斗吧！我觉得你给不了她幸福，你这张渣男脸太招桃花了，这谁受得了啊。

热心群众 7：我们水哥哪儿渣了？明明很专情。

热心群众 8：还很纯情，哈哈哈。

热心群众 9：真的很渣男脸吧！你看看谁看了不说一句蓝颜祸水？娶回家一堆麻烦，妹妹擦亮眼睛。那位隐藏的勇士，快表白吧！看字都觉得你有前途。

热心群众 10：别了吧，真勇士就不会只敢暗戳戳写表白墙了，别想了。

……

惊蛰翻了一会儿，满脸都是无奈，大概是等成绩太焦虑了，大家似乎格外兴奋、暴躁。

不知道为什么八卦着八卦着就吵起来了。

一些人还在怂恿那位隐藏的勇士去表白，去撬校草的墙脚，这可是整个青春里的高光时刻了。

明目张胆，甚至完全不在意会被林骁看到。

林骁看她半天不说话，侧头问了句："是什么？"

惊蛰抿了一下唇，组织了好几次语言都没法说出口，最后只好含糊道："没什么，群里在闲聊。"

他把群消息都设置了屏蔽，被提到了才会响，于是他狐疑地看了她一眼："干吗啊，看了什么见不得人的东西不敢告诉我？"

惊蛰忍不住笑了一下："什么啊。"

她只好递给他："你自己看吧，跟我没关系，我什么也不知道。"

高中三年她过得很简单也很纯粹，没什么心思去想别的，每天只是埋头读书，干点自己喜欢干的事。

她唯一接触比较多的，就是林骁。

所以被表白这件事，她是真的一概不知。

林骁看了一圈，撇撇嘴，撂陈沐阳这个搬运工：你是真的闲，觉得自己考得很好？小心乐极生悲。

陈沐阳发了个"垂头丧气的表情包"，回道：及时行乐啊。我怕我过了今晚就再也没有快乐了。

林骁的爸妈是对他太没有要求，稍微进步一点儿都是和风细雨似的温柔；陈沐阳的父母是对他抱有太多不切实际的幻想，他怕自己的死期就在今晚。

耳东陈：我哪像你，你六百分肯定没问题，我能摸到一本线都是烧高香了。

耳东陈：呜呜呜，你怎么这么好命。

拥抱春天：好好说话，再"呜呜呜"我抽你啊！

好命吗？

确实挺好命的。但人都是贪心的，得到了一点点，就想要更多，占据了一点点，就想要全部。

他其实做了两套方案，如果成绩可以，就报临大，不然就报临大附近的临医大。但他这个脑子，学医恐怕是对生命的亵渎，他也并不喜欢。

或者就报师大，离临大也不远，但师大就算最热门的专业录取分数线都不高，他分数可能就浪费了，并不值当。

而且如果这样选择，惊蛰肯定会很生气，他也不会太甘心。

年少的奔赴固然带着点飞蛾扑火的壮烈，但无谓的“牺牲”应该并不能感动谁，全力以赴奔向更好的自己，对惊蛰来说可能才是尊重和爱。

但他又是真的害怕分别。

他第一次觉得，未来那么遥远，一辈子好长，一点点变故很可能就会让两个人从此分道扬镳。

如果可以，真想和她牵一牵手，就到老了。

也不知道为什么，就觉得这么喜欢。

甚至像他这种极度讨厌学校的人也想过，如果真的不行，复读一年。

时间一点一点逼近，心情渐渐因为沉重和忐忑而诡异地变得平静，两个人坐在两张并排的凳子上凑近了看网页信息，各种预测和分析。

林骁突然问了句：“你真的喜欢我吗？”

惊蛰正在专心看网页，闻言愣了一下，然后才转过头。他脸色平静，但眉眼里能看出来一点忧虑和惆怅。

她没有第一时间开口，像是在思考。

林骁自嘲笑了一下：“遇见你之前，我从没觉得自己哪里不好。可是现在觉得自己哪里都不行。”

惊蛰看着他，指尖动了一下，突然觉得心口胀得很难受。她以前还觉得他跩跩的，不礼貌，可现在她突然又觉得，他还是跩一点好，她喜欢他意气风发的样子。

他应该迎着风奔跑，无所畏惧地昂着头，一往无前。

其实他大多时候都挺意气风发的，年少人的张狂是骨子里带的，可极偶尔的时候，比如现在，他还是无法自控地觉察到自己的无力和渺小。

暗恋成真的最初，就像是夜里看星星，星星还是那个星星，只是从一个仰望的人，变成了触摸到星星的人，脚下悬空着，好像随时都能摔下来。

喜悦和恐惧，各自掺半。

以至于拼命想要握紧，好证明自己是真的得到了。

林骁眨了眨眼，固执地问：“喜欢吗？”

他明明知道无意义，还是想听。

惊蛰侧头，突然凑过去轻声说：“我要说不喜欢呢？”

林骁愣了一下，似乎没想过这个答案，又或者根本不是在问，只是想反复确定她是真的喜欢他。

他抿了一下唇，垂下眼睑沉默了会儿，肉眼可见地消沉。

惊蛰忽然有些慌，觉得自己好像伤到他了。

林骁倏忽抬头，扯了一下唇角，挤出一个笑，然后掐了下她的脸：“那我就继续追呗！追不上……追不上就祝福你。”

他看起来很脆弱，也很勉强，很努力地在强颜欢笑。

他甚至还安慰她："你这么优秀，一定能找到很好的另一半。"

惊蛰听到这里，不知道为什么，总觉得很气闷，于是憋在喉咙的话又咽了下去，别过脸沉默着不说话。

停顿片刻，林骁又搂住惊蛰的脖子，胳膊收紧把她拥进怀里，咬牙切齿道："不行，你先招惹我的，你不能不喜欢。你始乱终弃，我就去奶奶那里告状，我哭给奶奶看。这亲非结不可。"说着说着他显然已经是在赌气了。

惊蛰听着听着却笑了，笑得肩膀耸动，整个人靠在他胸前，也没挣扎，最后脑袋往上拱了拱，靠在他锁骨上，轻声说："盖章，成交。"

在后面一个小时里，林骁盯着惊蛰看了八百零一次。

这期间他们一起去吃了晚饭，惊蛰安置试图陪她看成绩的奶奶去睡觉，给客卧铺了床，然后继续回来坐着等。

两个人各自拿着手机，用聊天来缓解等待的焦虑。

零点查询系统开放的时候，谁也没有先动，过了好一会儿，有人在群里讨论成绩的时候，林骁才说了句："先看你的吧！"

惊蛰点点头，她最后一学期的考试成绩都不错，但还是有点忐忑。

输入准考证号，点下"确认"按钮的时候，惊蛰闭了一下眼，深呼吸了一下才又睁开。

六百五十四分。

省排名也不错，临大基本稳了。惊蛰松了一口气，林骁捏了捏她的脸："妹妹真棒呢！"

惊蛰拍了一下他的手，然后拿他的准考证去输号码。林骁突然别过了头，心虚到了极点，甚至有点自暴自弃："要不我去复读算了，你再等我一年，我也没觉得自己非得考得怎么样怎么样，但没和你一个学校，总觉得不甘心……"

毕竟想了那么久，快要成执念了。

惊蛰听他碎碎念听得发笑，捏着他的下巴把他脸掰回来："哥，六百一十七分。"

去年临大最低录取分数线是六百二十三分，今年一本线比去年低了十几分，而省排名好像比去年那个最低线高很多，这个成绩还是很有希望的。

仿佛劫后余生，又仿佛站在悬崖边快要一脚踩空了，忽然又被人拽了回来。

林骁甚至都觉得眼眶发酸，他突然把惊蛰抱了起来。惊蛰被吓了一跳，搂住他脖子。他在书房里晃了两下，然后把她搁在飘窗上，手撑在台上，眉眼带笑地凝望她，然后挑眉："我可是要赖上你了。"

惊蛰也忍不住笑，笑着笑着两个人都安静下来，彼此看着，呼吸都变得轻下来，暧昧却更浓了些。或许是窗外夜色太浓郁，带着几分蛊惑人心的味道。

惊蛰恰好抬眸，撞进他略显专注的眼眸里。心跳蓦地停了半拍。

惊蛰如梦初醒，猛地推了他一下，有些尴尬地说："你……你快跟叔叔阿姨汇报一下啊！"

林骁似是有些意犹未尽，深深看了她一眼，然后才拖长了尾音"哦"了声。

电话几秒钟就被接了起来，邢曼阿姨喊"尧尧"的时候，林骁偏头对着电话叫了声："妈……"

这一刻，觉得世界都变得温柔可亲了起来。

他从没有一刻如此感恩命运的眷顾。

林骁最近很郁闷，因为惊蛰突然一点时间都没有了，她做了两份兼职，除了在咖啡店，还有一个家教的兼职。她仅剩的一点时间自然要留给奶奶，还要操心报考的事，几乎没有时间留给他。

他一颗悬着的心放下来之后，以为迎接自己的是大把培养感情的时候，甚至想过和惊蛰一块儿去毕业旅行。因为奶奶身体刚好，惊蛰肯定不放心走得太远，所以他的计划是志愿确认书填好后在省内玩几天，到时候求一下父母，让他们每日去探望一下奶奶。

本以为自己考虑得还算周到，就差跟她商量了，没想到自己还是把事情想得太过简单了。

成绩出来的第二天，他睡过头了，起来的时候惊蛰已经走了，留个字条给他，说早饭在桌子上，让他自己把粥热一下。

她说去咖啡店兼职了，他记得那里，在小区外的拐角，很小的门脸，进去是两层的空间。

林骁吃饭的时候，一直皱着眉头，发了几条消息问她怎么都没跟他说过。

她应该在忙，过了会儿才发了语音，压低声音匆匆说了句："之前面试以为没希望，就没告诉你，昨天突然接到通知去上班，昨晚有事就忘记跟你说了。"

那会儿她脑子里被成绩塞满，哪里想得起来这些。

他吃过饭跟奶奶告别，叮嘱护工多留心，顺便留了自己的电话号，让护工如果找不到惊蛰，就找他。

他没叫司机来接，也没叫车。原本因为成绩的喜悦被冲淡了一些，他兴致索然地回复着亲戚朋友的问候和祝福。

陈沐阳考了五百二十一分，刚好卡到一本线上，深夜就在狂笑，到处嘚瑟。

江扬比陈沐阳还好一点儿，五百四十六分，不过他模考成绩都不错，原本他预估至少能考到五百五十分的，结果比预估的底线还低，他已经打算放弃原本设想的第一志愿了。

儿家欢喜儿家愁。

老师们也很高兴，年级主任老傅在大群里疯狂发红包，恭喜大家圆满结束高三，踏上新的征程。

老邓头很欣慰，1班全员六百分以上。

第一名甚至卡在七百分，差一点儿就是状元。

远在二区的实验班和复习班更是成绩优异。

总之到处喜气洋洋的。

据说这次附中的整体水平是扩招以来最好的。

班群里全在号叫，宣泄自己高三的委屈、痛苦、挣扎。

说着说着，大家好像又觉得没什么大不了了，转而开始谈论起一些有趣的细节，气氛重归轻松。

林骁到了咖啡店，将手机关上塞进口袋，推开推拉门的时候，门口风铃响了一下，里面有人在说："欢迎光临。"

他落座在窗前，随便点了一杯拿铁，目光巡视着，没看到惊蛰。

窗外阳光透进来，在桌面洒下一片金色。

悬着的心落下来之后，仿佛整个世界都变得柔和缓慢起来。

咖啡店不大，也不算小，一楼有七八个座位，二楼应该有猫，楼梯口贴着猫咪的指示牌。

他盯着看了会儿，想惊蛰可能在楼上。

过了会儿，果然看到她从楼上下来。她换了服务生统一的制服，衣服很修身，勾勒出她的身形，好像毕业之后，每个人都有了微妙的变化。

有一瞬间，他觉得她有些陌生。

她拿着一个小本子，认真地记录着经理说的话。

似乎是有感应似的，她忽然望过来，隔着不远的距离，有些错愕地看了他一眼，然后冲他笑了一下，歪头敲了敲自己手里的本子，意思是，在忙。

陌生感又顷刻消散。

她做什么都很认真，看着单纯懵懂，其实很清楚自己想要什么。

她也并不是一个很拼命的人，但一直在朝着既定目标走。

林骁抬了一下手，轻轻挥了一下，意思是，你忙你的，不用管我。

他不是很开心，但似乎觉得这样才是正常的。

如果她什么也不干跟他待在一起，好像才是不可思议。

只是他被热恋蒙蔽住了眼睛，忘记两个人本来就相差巨大。

从性格到习惯，从处事原则到未来规划，可以称得上是天差地别。

他没来由地想起她说的那句："我要照顾奶奶。考上了大学，也会一直跟奶奶住。奶奶有事，我会第一时间陪奶奶，其他都要靠边。我和奶奶没有什么积蓄，有了积蓄也不喜欢大手大脚，咱们两个差别还是挺大的。我的情况就是这些，你要还是觉得不介意，我们可以试试。”

那时他并非没有听进去，只是喜悦占了上风，觉得没什么是克服不了的。

现在想想，惊蛰一直比他要理性得多。

他到现在也没觉得后悔，只是突然有点难过，他觉得自己早就没了理智，而她却始终清醒着。

他忍不住又开始恨她，恨她为什么要出现。

明明昨晚他还觉得自己是全世界最幸运的人，今天又觉得自己是最卑微的沙砾。

他以为恋爱了是这场暗恋美好的结局，没想到是再次被她左右情绪的开始。

两个人短暂地打了个照面，之后他就没再和她对上目光了。他坐在那儿玩了会儿手机，直到父母反复催他回去，责备他太黏人，说再这样下去，奶奶要对他有意见了。

他笑了一下，抬眼又去看惊蛰，她第一天上班，似乎一直有人在带她熟悉工作，看起来很忙碌。

过了很久，惊蛰大概是拣了去卫生间的空隙，回了他一个“哭脸”的表情包：好复杂。

然后她催他回家：哥，别在这儿待着了，怪无聊的。

她发了个“亲亲”的表情包。

林骁瞬间就又原谅她了。

这边人流量并不少，惊蛰根本没有太多空闲，就算有也不可能上班偷懒。

所以其实他待在这里只是徒给自己心里添堵罢了。

林骁深呼吸了一下，认命地回了句：“好。”

头三天是熟悉工作，勉强算作岗前培训，她后来固定上下午班，上午时间空出来了。可是她又接了个家教的工作，还要陪奶奶，闲了又要琢磨志愿。好在她目标一直很清晰，也早了解过，直接填报了。

五个平行志愿，她只填了两个。

以防万分之一的概率，最后一个志愿拿来保底。

林骁把五个志愿全填了临大，没敢报第二个，害怕滑档，怕好不容易得到的机会又丢失。

他报的是不同的专业，接受了调剂。

惊蛰埋怨了句：“你要不填满吧。”

他的分数实在是有些危险。

林骁拒绝：“不然就去复读。”

等待录取的过程漫长又折磨人，他几乎每天都要去看一眼自己的录取情况，拟定录取的时候，他甚至一时反应不过来，过了好久才按着胸口长长吐出一口气。

圆满了。

惊蛰一直在做兼职，她其实也没有很缺钱，就是觉得如果不做点什么，就要开始坐吃山空了。奶奶身体大不如前，她不尽早站起来，以她对奶奶的了解，奶奶肯定会不安的。

赚钱没有想象中那么容易，两份兼职已经让她心力交瘁，每天回家的时候，她就只想着躺下来休息，有时候挣扎着爬起来给林骁发消息，也只是一句“晚安”。

偶尔也会觉得愧疚，感觉他跟自己谈恋爱，好像并不能带给他什么快乐，反而是他一直在迁就她的步伐。

七月底的时候，惊蛰第一次拿到工资，是咖啡店的，整整四千块。

很高兴，这是她赚的第一笔钱，她想和林骁分享的时候，打开聊天框却发现，他们已经好几天没有说一句“早安”“晚安”之外的话了。

甚至惊蛰都不知道他最近在干什么。

她休了两天假，闲下来却有点不敢去找他。

大约因为发现他好久没跟自己说话，突然之间有点陌生。

甚至怀疑自己是否在谈恋爱。

她没有直接去问，反而拐弯抹角去翻他的朋友圈，发现最近三天他没有动态，于是又去翻陈沐阳和江扬的朋友圈。陈沐阳跟爸妈去了佛罗里达，江扬带妹妹去了迪士尼，各自都不在南临。

那他最近在干什么呢？

惊蛰手指摩挲了会儿手机，给林叔叔打了个电话，感谢林叔叔昨天来看奶奶。

昨天她在上班，回去之后才知道。

林叔叔还给她买了点吃的，理应感谢。

她寒暄了几句，却没能听到丁点林骁的消息，依旧不知道他在干什么。

然后她忍不住又跟邢曼阿姨打了个电话，却听到他去参加同学聚会了。

他很少去这种场合，更何况陈沐阳和江扬都不在。

惊蛰一个一个群聊翻过去，没发现一个班有同学聚会，最后只能猜测是他之前4班的。

她记得加过4班的胡晓晓，翻到对方动态里时，果然看到了聚会的照片。

她把照片放大看的时候，没有看到林骁，却看到了舒莺。她都快把舒莺忘记了，舒莺今年考得也很不错，成绩和林骁很接近。

她忍不住酸了一下，鬼使神差地去群里搜索自己知道的所有可能在聚会上的人，然后看到一个评论：水哥不会移情别恋了吧？别说，那位今天好漂亮。

惊蛰脑子里突然飘出一个荒谬的念头，他会不会突然醒悟，自己其实乏善可陈?

她想点进那人的动态里看有没有其他东西的时候，突然愣了会儿，不明白自己到底在干什么。

——曲折迂回到了别扭的程度。

她闭了会儿眼，呼吸放轻了，很安静地思考了会儿。

她终于发觉，自己是在害怕。

害怕他已经后悔了。

大群里又提到了表白墙，她麻木地刷着，有人发现写给惊蛰表白的那张便笺已经没有了，不知道被谁撕走了。

或许是假期太长太无聊，连这种话题都讨论得津津有味。

同学甲：写的人呗！留个纪念，或者销毁“罪证”。

同学乙：怕被水哥暗杀吗？哈哈哈。

同学丙：也可能是水哥水嫂的CP粉。

……

其实也可能是被误撕的。

惊蛰对这个不感兴趣，甚至那天群里猜测的人，惊蛰都不太认识，连名字都猜不出来。

她刚想退出去，就看到一个熟悉的昵称。

拥抱春天：我撕的。

同学甲：?

同学乙：??

……

同学N：!!

一连串的问号和感叹号，似乎大家有些不太相信这是林骁出来说的话，也不相信林骁能干出来这种事。

不知道谁问了句：不会吧班长，占有欲这么强？一张字条而已。

同学甲：强烈谴责你这一不道德行为。

同学乙：你这是在践踏一个少男的心。

同学丙：过分了啊!

惊蛰眉毛轻轻动了一下，突然有一种奇怪的感觉。

然后就看到——

拥抱春天：……我写的。

拥抱春天：我撕的。

拥抱春天：我准备留给我女朋友做纪念。

群里短暂地安静了几秒，然后消息快速地往上刷着，“潜水的”都过来“冒泡”以示敬意。

同学丁：感觉发现了什么不得了的事。

同学戊：信息量巨大。

同学戊：这是我免费就能听的？

……

惊蛰心跳骤然加速，蓦然关了群。

林骁在聚会上有些无聊，有个不太认识的女生一直在调侃他和舒莺。

那女生没对他说，小声跟旁边的女生议论着，恰好他能听见而已。她分寸把握得刚刚好，并不会太直白，却能句句暗示到位。

她惋惜他和舒莺门当户对，为什么插进去一个沈惊蛰？

她甚至举例王子和公主之间插进去了一个灰姑娘。

她没觉得冒犯，反而觉得好笑。

如果人能简单地用金钱或者家世衡量，或许他就不会这么患得患失了。

有人问他“女朋友怎么没来”，他回了句“有事”。聚会上大多形单影只，偶尔有一两对儿挨着坐。

他本不应该觉得失落的，可竟然还是觉得兴味索然。

人多，很热闹，那女生微弱的声音却一直往他耳朵里钻，他也懒得理会。在这场合跟人闹起来，显得没品，惊蛰知道估计也不会太开心。

他索性换了个位子，耳不听为静。

打开手机群，他就看到那条表白墙的消息，然后就回复了。

看着群里的消息一直在刷，他却意外地很平静，只是突然意识到，自己比想象中更喜欢她。

聚会上有人突然骂了一声，抬头问林骁：“班长，真是你写的啊？”

林骁“嗯”了声。

那人冲他竖大拇指：“班长你栽了。”

他短促地笑了声。

包厢门被推开的时候，他是最后一个扭头的，意外地一挑眉，然后看着惊蛰一步一步朝他走来。

她先是冲大家抱歉地鞠躬：“不好意思，我找他有点事。”

在一片注目中，她轻轻扯了他一下：“可以提前走吗？”

或许应该打电话让他出去，但她恶劣地想要证明一下身份。

林骁心头一跳，起身跟大家告辞，下楼的时候提前结了账，然后被她牵着手走了出去。

外面霓虹灯闪烁，南临的夜色璀璨夺目。

他歪着头问她："去哪儿啊？"

惊蛰不知道，只是突然很想见他，很想和他单独待一会儿。

餐厅位置有点偏，她本来想打车，却七拐八拐拉着他走上了跨江大桥。这是南临最长的桥，走到中间的时候，在夜色中甚至看不清两端在哪里。

世界显得很大，人很渺小。

感情也很渺小。

但两个微弱的火星相遇，也能足够点亮彼此。

在寂静无人的夜里，惊蛰踮着脚没有章法地亲他。

林骁背抵在护栏上，突然很轻地笑了一下。

惊蛰停下来，凝视他："笑什么？"

林骁摇摇头，还是在笑："你刚刚很像……"

惊蛰："嗯？"

林骁已经做了逃跑的准备，后退一步说："像小猪啃白菜。"

惊蛰气得揍他，最后闷声说："我再也不亲你了。"

林骁愣了一下，低骂了声自己，然后拉住她："对不起，我错了，别这么对我啊，妹妹，我是小猪，我啃你。"

他扣着她的脖子，真的去啃咬她的嘴巴。

惊蛰气着气着就笑了，抬腿踢他："你很烦。"

她说的话却有气无力的，绵软着。

林骁额头抵着她的额头猜测她突然来的原因："你看到群消息了？"

惊蛰点点头。

林骁"啧"了声，故作可怜地夸大其词说："怎么办，我爱你爱得好没有尊严。"

惊蛰双手捧着他的脸，很认真地亲了一下。

"我今天想知道你最近在干什么，翻遍了所有可能和你有联系的人的动态。"

林骁错愕："干吗不直接来问我？"

惊蛰睫毛颤动了一下："你好几天没和我说话，我也没和你聊天，我突然害怕，你是不是后悔了。因为好像我没有能给你什么，我还听到别人说你是因为舒莺才去的。"

林骁觉得有些荒谬："我这不是看你太累了，不想骚扰你，想让你多休息吗？你就这么乱想？天地良心，我跟舒莺连话都没说一句，我也不知道她会来。"

惊蛰抬头看了他一眼，眉毛拧着："你可能是个笨蛋。"

林骁："？"

惊蛰掐着他的脸，郁闷道："我是说，我很喜欢你，不想失去你。我可能做得不够好，但我会试着去调整改进，不要对我失望。”

林骁错愕片刻，忽然笑起来，一把把人抱进怀里，按在自己胸口上。

“妹妹，我真的，好爱你。”

会因为你的冷落觉得失落，但你再次朝我走来，还是会觉得世界被点亮。只要你说爱我，我就能原谅所有的心酸和不安。

“哎，小猪，该回家了。”惊蛰戳了戳他。

他顿时有些不高兴：“可以跟你回家吗？”

惊蛰摇头：“不可以哦。”

叔叔阿姨知道了肯定会觉得他们没有分寸。

林骁撇嘴：“什么时候才可以结婚啊！”

惊蛰忍不住笑：“你未免想得也太早了。”

林骁轻哼：“我连孩子叫什么名字都想好了。”

惊蛰脸红了片刻，掐他。

风穿过胸膛，那里有着年轻而炽热的心。

他们相信，哪怕一刹那的相爱，也是永恒。

——正文完——

「番外」

番外一：时间的答案

惊蛰拿到通知书的时候，拿去给奶奶看。

母亲曾经是临大的学生。

这么多年，录取通知书已经不是原来的样子了，但仍旧透出几分物是人非的伤感来。

奶奶摩挲着红色的封皮，沉默许久，然后才笑了：“以后我们妹妹就是大学生了。”

惊蛰眼眶酸酸的，趴在奶奶的肩膀上安静地待了会儿。

如果思念有声音，大概是心跳的声音，悄无声息，却如影随形。当你觉得时间抹平一切的时候，心又会在某个时候剧烈地颤动。

奶奶大约想母亲了，惊蛰也想。

如果母亲还活着，应该在临大做教授了，不过惊蛰应该不能和她常碰面，因为她学的是建筑，母亲学的是天文学。在那个年代，大家都学师范，母亲选了个大家听了都会摇头的专业，只有奶奶支持她。

哦……还有爸爸。

妈妈做什么，爸爸都觉得是对的，他对母亲有一种盲目而执拗的信任。

奶奶和惊蛰一块儿去散步，奶奶提着一个布袋子，挎在手肘处，像挎个菜篮子。里头零零碎碎好多东西。

惊蛰说：“里头是什么啊？我提着吧。”

奶奶侧过身子，表示拒绝：“奶奶力气大着呢，你别看我走路不利索，可我还可以背你爬山呢！”

惊蛰笑着说：“哇，这么厉害。”

奶奶昂着下巴，一副“那是自然”的表情。

奶奶这样说，惊蛰是信的，只是她不会再让这种事发生了。她记得还小的时候，有一次她生病，夜里发高烧，烧得说胡话，退烧药吃了也无济于事，温度不降反增。外面下着瓢泼大雨，奶奶心急如焚，无计可施，最后只能背着她去镇上看医生。

那一年她虽然瘦小些，可毕竟已经七岁了。

奶奶穿着雨衣，把她护在背上，拿不住手电筒，只能把手电筒插在口袋里，看不清楚前路，一脚深一脚浅地往前走。

她中途醒过来一次，要下去自己走，奶奶怕她滑倒，硬是背着她走了全程。

后来每次雨里走山路，惊蛰都在想，徒步都困难，奶奶究竟是如何背着她走了那么久的。

她欠奶奶的，这辈子都还不清。

公园里人很多，傍晚都是老头老太太在锻炼，或者带着小孙子孙女来玩耍。

奶奶熟练地找到了自己的伙伴，几个人坐在亭廊上寒暄着，好像已经很熟稔了。

一个奶奶问："这是你孙女啊？长得真俊。"

奶奶笑着抚摸惊蛰的胳膊："是吧，随她爸妈。"

惊蛰最近在做兼职，都不大跟奶奶一块儿出来，今天还是第一次见这些奶奶。她有些拘谨地笑了笑，挨着奶奶坐下来。

奶奶的布袋子里都是些毛线，要给惊蛰织围巾和手套，南临的冬天一样冷。奶奶说，她眼越来越不好了，要早些织，等入冬了，就能戴了。

惊蛰说："我自己也会。"

奶奶便埋怨道："你好好学习就成，闲了就出去玩，这些奶奶能做。再说，你统共就学会那几个针法，织出来的不好看。"

惊蛰辩解："哪有。"

奶奶一辈子都没闲过一天，惊蛰知道奶奶希望自己还是个能创造价值的人，于是便没再多说，只说："那我要红色的围巾，白色的手套。"

奶奶笑着把老花镜架在鼻梁上："知道了。"

林骁发来消息的时候，惊蛰拍了一张和奶奶坐在一起的合照。

春天：陪奶奶在公园呢，你要来吗？

拥抱春天：奶奶在干吗呢？织围巾？

春天：嗯，奶奶急性子，非要现在织，我看着都热。

"我也想要。"林骁来的时候，两个人挪到一边坐着说话。他偏过头，似乎带着点埋怨地跟她咬耳朵。

一看到围巾，某些不愉快的画面就往脑袋里钻，以至于看到就忍不住发酸，尽管现在两个人在谈恋爱，都不能消解半分。

他至今都没问过，她为什么送围巾给周不言。这种太过亲密的举动让他不想自取其辱。

那天惊蛰说她收到周不言礼物后去寄的东西是给奶奶的，不是回寄给周不言的。那会儿他都没有敢多问一句"那他为什么给你寄钢笔"。

或许是不敢，也或许是不想。

他怕自己不是她最喜欢的人，更怕自己只是退而求其次的选择。

有些事不如不问。

惊蛰看了看奶奶，又扭头去看林骁："你不是不喜欢吗？"

林骁的思绪从回忆中抽离，有些困惑地问："我什么时候说不喜欢了？"

惊蛰歪着头思考了会儿："你说很傻。"

林骁完全不记得，他说过的话很多，大多时候说过就忘。他本身就不是一个细致的人，可陡然有些懊悔自己竟然不记得。

"有吗？"他忍不住确认。

惊蛰点点头："我给你织过一个，后来送给别人了。"

林骁眉头一跳："那个驼色的？"

给周不言那个？

惊蛰点头，有些惊讶："你知道？"

她都没来得及给他，从来南临就开始织了，高二才断断续续织完，本来是想当作礼物送给他的，可还没来得及送，就听见他和陈沐阳闲聊说戴围巾很傻，尤其手织的粗毛线围巾，更傻了。

于是惊蛰还没送出去的围巾就夭折了，但她后来还是织好了，就一直搁在那里了。

再后来周不言圆了她一个心愿，惊蛰说要回礼，问他喜欢什么，他说喜欢她手工做的东西。惊蛰其实每次都很心虚，因为周不言总是很夸张地夸她的手工，但被喜欢还是很高兴的一件事，于是就问他，一条送人没送出去所以闲置的围巾可以吗？

他说当然可以，然后惊蛰就寄送给他了。

林骁听完，冷笑一声："我当然知道。"

提起这个林骁瞬间就来精神了，恨不得好好跟她掰扯掰扯："送男生围巾，你觉得合适吗？"

惊蛰："那不然留着，多浪费？"

她最见不得浪费了。

林骁气闷，好半天才闷声再次说了句："我也要。"

惊蛰又看了一眼奶奶，然后扭过头，附耳小声说："别跟奶奶说，不然她肯定要给你织，她眼睛不好，等等我给你织。"

林骁受用地"嗯"了声，看了一眼奶奶手里的毛线，说："我也要大红色。"

惊蛰张了张嘴，看了他一眼，想象不出来他戴个红围巾是什么样子，于是迟疑地问了句："不然黑色吧？"

林骁摇头，坚持："红色。"

"行吧。"惊蛰点头。

林骁还是忍不住暗戳戳暗示她："不要随便送男生贴身用的东西。"说完还不忘强调，"除了我。"

惊蛰终于后知后觉："你说我送学长围巾？"

林骁闷声"嗯"了声。

惊蛰突然就笑了，侧头问他："你不会吃醋了吧？"

林骁扯了扯唇角，口是心非道："没有。"

惊蛰笑意更深，低头去翻手机，翻啊翻，终于翻到，幸好记录还在，于是直接贴在他脸前让他看。

惊蛰也没到随便就给人送东西的地步，只是跟他说了是送人没送出去的，周不言说可以，她就给了。因为被表白过也拒绝过，知道不应该再表现得亲近，于是为免误会，她特意提了句："之前给我哥织的，他不喜欢戴围巾，丢了也挺可惜，你看看能不能用，不能用就帮我送给有需要的人吧。谢谢学长。"

林骁看完，整个人一下子就舒服了，甚至有点心疼周不言。

"他知道原本是送我的？"林骁确认。

惊蛰点头："嗯。"

林骁觉得很不厚道，但还是忍不住笑了："他真的知道？"

惊蛰抬手捂他的嘴："你怎么还没完没了了。"

这一天，林骁不仅知道惊蛰拒绝了周不言，也知道周不言和惊蛰很有缘分。她刚来南临的时候，在路上看到一个人拿着印着母亲名字的书，于是追了半条街，后来彻底消失不见，那个人就是周不言。那是一本天文学科普著作，是他从姑妈那里借来看的，沈寒栖并不是主笔，是跟导师的合著本，发行量很少，现在大约已经买不到了。

对惊蛰来说那是母亲留下来为数不多的东西，如果不是周不言，她甚至都不知道这本书的存在。

后来周不言回附中演讲，要见惊蛰，就是给惊蛰带那本书。他要送给她，她拒绝了。因为那并不是他的书，是他姑妈收藏的，上面有母亲导师的签名，她并不想据为己有。时隔这么多年，有这么个邂逅已经算是命运的馈赠了。

"哎，妹妹，你那会儿不会就喜欢我吧？"

惊蛰摇头："没有。"

林骁狐疑地看她一眼："我不信。"

惊蛰笑了："那就有吧。"

林骁郁闷地说："到底有没有啊？"

惊蛰手指插进他的指缝，握住他的手说："反正只有你，没有别人。"

她语气一如既往地诚恳认真，他突然觉得什么时候喜欢已经不重要了。

番外二：大学

九月月初，临大在军训，太阳炙烤着每一寸土地和土地上每一个被教官折磨得死去活来的大一新生。

惊蛰安安静静地站着，听到一声“原地休息”，才熟练地盘腿坐下来。

所有人席地而坐。

惊蛰身旁的女生已经观察她好几天了，终于忍不住问了句：“哎，亲爱的，你不热吗？”

她都没见过惊蛰的表情变化过，每天都安安静静的，情绪四平八稳，简直是神人。

太阳晒得人发昏，也迟钝，惊蛰停顿了几秒钟，才意识到她是在跟自己说话，从口袋里拿出手帕擦了擦自己额角的汗，然后又重新塞进上衣口袋，认真地点了点头：“热。”

但也没有办法。

或许是她的表情太认真了，显得有些呆，女生忍不住笑了一下：“你好可爱哦！”

一句客套话。但她真觉得惊蛰挺有意思的，这年头还有人用手帕。

“我叫梁冰。”

惊蛰冲她笑了一下：“沈惊蛰。”

两个人就算认识了。除了宿舍的三个，这是惊蛰记住的第四个名字。

教官站在一棵小树的树荫下，抱着水壶一边喝水一边跟隔壁班的教官闲聊。大家都静悄悄的，生怕惊动了教官让他们继续站军姿，全都希望教官最后聊得忘乎所以，把他们全抛在脑后才好。

梁冰掏出一块迷你化妆镜，看了看自己无论怎么防晒都日渐见黑的脸庞，愁苦地叹了口气：“这破日子什么时候是个头啊！简直在摧残我的美貌。”

她的语气让惊蛰想起来秦雪，于是忍不住笑了一下。

秦雪是26班那个励志当女明星的同学，后来她真的走艺考进了影视学院，临别的时候还给惊蛰签了名，嘱咐惊蛰好好保管，说以后她火了，这都是财富，语气郑重得仿佛她已经拿了奥斯卡金像奖一样。

梁冰说完，补喷了防晒霜，她一喷，其余人如梦惊醒，纷纷掏出自己的防晒喷雾对着自己一通乱喷。

身后一个女生问梁冰：“女施主，可否借贫尼一喷？”

梁冰被她逗得一笑，回身冲对方抬手示意脸伸过来，对方仰脸闭眼，梁冰朝她上上下下喷了个遍，露出来的每一寸皮肤都没放过。

对方一拱手：“施主真是好人。”

梁冰直乐：“怎么都这么逗。”

她扭过头又看到惊蛰，阳光下，惊蛰皮肤白得能看到淡淡的血管和绒毛，绒毛细得仿佛是透明色的。

梁冰戳了戳惊蛰：“亲，要不要喷一喷？”

邢曼阿姨也给惊蛰准备了，但是她总是忘记用。

她今天甚至都没有带。

惊蛰点点头，学着后面的女生闭上眼。

她一闭眼，梁冰看到她长而浓密的睫毛，五官精致秀气，显得很乖巧讨喜。

梁冰下手的动作都轻了，勾着唇角忍不住笑：“惊……蛰，你有对象吗？不瞒你说我有个弟弟……”

她虽然问着，但潜意识里是觉得没有的——大约是高中时候的刻板印象，她总觉得乖巧可爱的女生开窍都不会太早。

她话说到一半，惊蛰就点了点头。

梁冰张着嘴巴愣了两秒钟，表达震惊，忍不住确认了一下：“不会是哪个学长吧？防火防盗防学长啊。”

惊蛰笑着摇了摇头：“不是，认识很久了。”

梁冰恍然：“高中同学啊？也考了临大吗？”

惊蛰点点头：“在管理系。”

梁冰还挺好奇的，她这个人就是话痨加八卦，但还没多问两句，一句“全体集合”震得她耳朵发麻。

一群人又一脸丧气地站起来，哀怨地看着教官。

又过了半个小时，终于给了十分钟的休息时间。

不少人跑着去超市买水，争分夺秒吹个空调。

惊蛰坐在花坛的边沿上乘凉，旁边坐了一群人，操场被占满了，他们就在东区宿舍南门进门的马路上，人来人往，军训的时候被回宿舍的学姐学长们围观，休息的时候就轮到他们一字排开围观路过的所有人了。

来了一个帅哥，当然是醒目的。

女生们都很矜持，顶多跟周围人使个眼色：“好帅啊！”

帅哥穿着不合身的军训服都帅气逼人。

几个男生齐齐吹了个口哨。吹口哨就算了，有个男生还对隔壁一个认识的女生说：“你都不起哄，害得我一个男的很尴尬啊！”

他一说，一群人就哄笑起来。

林骁挑了一下眉，好在他向来不怵这种场面，脸皮修炼得百毒不侵，面色淡然地走过去，在惊蛰身前半蹲下来，伸手：“给五块钱。”

梁冰就在惊蛰旁边坐着，作为一个颜控晚期患者，眼睁睁看着一个帅哥朝自己走过来，正在狠狠地心动。但帅哥这么严肃认真地要五块钱的架势，属实把她逗乐了，她捂住嘴，没忍住，笑出了声。

林骁侧过头，挑着眉看了她一眼，依旧非常坦然地扭回了头，看着惊蛰，有些埋怨地说："我从中午就给你发消息。"

——要钱。

惊蛰吞咽了口唾沫，感受到四面八方的目光和小声议论。他脸皮厚，她倒是有些心虚，小声说："我没看手机。"

她没有手机依赖症，如果没必要，一天不看一眼都行。

平常她会开振动，或者按时查看消息，但军训时手机揣在兜里影响动作，所以她给手机塞在包里了，中午吃过饭后都没再看过。

林骁已经习惯了，又伸了一下手："我想喝可乐。"

惊蛰轻轻叹了口气，终于从口袋里摸出来三个硬币，塞到他手上："三块就够了。"

林骁张了张嘴，实在没想到要五块钱还能打个折扣。从小养尊处优、花钱如流水的他，第一次觉得钱来之不易。

他叹口气道："行吧！"

他轻轻皱着眉，显得有些严肃和深沉，少年逐渐退去青涩。惊蛰忽然觉得他肩膀宽阔了些，这样半蹲着都带着几分压迫感。

梁冰没忍住，又笑了声。

惊蛰戳了一下他的胳膊："你还不回去呀？小心挨罚。"

林骁慢吞吞站起了身，抬手在她脑袋上按了一下，微微弯腰说了一句："晚上一起吃饭。"

惊蛰点点头，又推了他一下："快走了。"

林骁"啧"了声，有些不满地拿食指勾了一下她的下巴，然后说了句："走了。"

他走了半步又回头，掌心摊开看着她："真就给三块啊？"

他表情太过于震惊，仿佛不相信惊蛰这么绝情似的，眉头敛着，一副"这不可能"的表情。

一字排开的2连同学，大约被帅哥的反差戳中了笑点，哄然大笑起来。

有个男生手圈成喇叭状喊了句："兄弟，你这家庭地位堪忧啊！"

林骁摊了一下手，戏很足地叹了口气："是时候藏点私房钱了。"

说着，他把三块钱郑重地揣进了口袋里。

他人走远了，一群人还在笑着议论他。

有个女生感叹道："这就是帅哥吗？长了一张逆子脸，我竟然都想给他五块钱了，怪可怜的。”

一群人哈哈笑起来。

梁冰戳了一下惊蛰：“那个就是你男朋友啊？”

惊蛰不好意思地点了一下头，替他解释：“他钱在我这儿。”

梁冰有些震撼地冲着惊蛰竖了竖拇指：“强啊姐妹，这么早就已经手握经济大权了。有前途。”

帅哥那样子，显然还是自愿的。

惊蛰失笑，停顿片刻，却也没有解释什么。

说起来有点复杂……

暑假惊蛰做了两份兼职，拿到钱的时候，三分之一给了奶奶保管，留了一些生活费，剩下的想来想去，开了一个账户，然后存起来，把卡给了林骁：“你帮我给叔叔阿姨吧，我以后有多余的钱就会存在上面。不要拒绝，我会优先照顾好自己，但是该还的还是要还。”

林骁愣了好一会儿，他太知道她兼职赚了多少钱了，母亲吃顿饭可能都不只这个数。爸妈自始至终都没想过要什么回报，对惊蛰，他们一半出自她父母的原因，一半是真的喜欢她，也心疼她和奶奶。

她的花销对林家来说，简直可以忽略不计，她在林家这么久，不会不知道，但她还是很认真地在考虑回报这件事。于是林骁好半天不知道说什么，总觉得拒绝反而是在伤害她。

他想了会儿，才说：“别吧，妹妹，你这也太懂事了，你这不逼着我挨骂吗？我刚送了一圈毕业礼，刷爆了我爸一张信用卡，他离揍我就差你这一张卡了。”

惊蛰忍不住笑了一下：“那你听话一点啊！”

林骁撇撇嘴：“没有带这个基因，我觉得我基因里就带着‘败家子’三个字。”

惊蛰扯了扯他叠穿的短袖，十分认同地说：“你这个月的衣服，没有一天重样的。”

林骁捂她的嘴：“你知道得太多了。”

惊蛰眯着眼笑：“你要暗杀我吗？”

林骁凑近她：“没有，我要以身相许，祸害你一辈子。”

惊蛰故作嫌弃地摆摆手：“不要不要，养不起。”

都忘记两个人在扯些什么，最后林骁稀里糊涂就把财政大权交了，甚至得到了邢曼女士的鼎力支持。生活费被直接打在惊蛰的卡上，说花超了让他去要饭，省下来多少就在毕业的时候乘以十返还给他。

林骁无法抗拒这种诱惑，心甘情愿让惊蛰管他的钱，并表示要和她五五分。

惊蛰没想分他的钱，但是管钱她倒是很有兴趣。

林骁本来还怕她心软，谁知道她这么绝情。

林骁在自助贩卖机上投了三个币，捞出来一罐冰可乐，然后发消息给陈沐阳：大狗，你觉得我以后藏私房钱的可能性大吗？

耳东陈：以你的智商，可能性不大呢！

拥抱春天：谢谢，我就喜欢你这种实诚的人。

耳东陈：出来决斗吧！

临大的门口有两座石狮子，巍峨高大。奶奶抚摸着石狮子的脚，仰着头看了它一眼，脸上露出几分怅然若失的笑容。那笑容很淡，甚至带着点苦。

奶奶对临大印象最深刻的，大概就是母亲在这座石狮子前穿着学士服拍的照片。

照片里母亲尚且年轻，脸上挂着浅淡的笑容，眉眼间的傲气清晰透骨。她有着一头浓密的长发，带着一点卷，皮肤和惊蛰一样白。她的背后是湛蓝的天空和这座高大的石狮子。母亲的背就靠在石狮子的脚上。后来那张照片奶奶经常看，每看一次都会呢喃一句："你妈妈说，大学跟个镇子那么大，真有那么大吗？"

大学有多大，奶奶并不关心，她只是关心说这句话的母亲罢了。

"奶奶，咱们进去看看。"惊蛰搂住奶奶的胳膊。

阳光炽烈，惊蛰撑着一把小花伞罩在奶奶头顶。她们沿着林荫道走进主干道，然后坐上了校内公交小绿车。小绿车是观览车，奶奶一直往两侧看，说不上来是好奇，还是因为想从这陌生的地方找到一点熟悉的影子。

她们路过各个学院，路过各种教学楼、宿舍楼，还有其他大楼……路过人工湖，还有横跨湖面的长拱桥，路过雕塑广场和植物园……惊蛰耐心地跟奶奶讲解着。开学之前她们本打算来一次，只是那几天奶奶身体不太舒服，最后作罢。入学的时候匆忙，惊蛰自己还没摸清楚，于是到现在竟然都没带奶奶好好看过这所学校。

所以国庆这会儿带奶奶来看了。

奶奶很高兴，精神抖擞的，还换了一身新衣服，戴了自己最新的老花镜，镜链都是精挑细选的。

早上走的时候，林骁在视频通话里把奶奶夸得直笑。

不过他今天回姥姥家有事，不能一起来。

中午吃饭的时候，她们去了四区食堂，这里离物理与天文学院最近，母亲大概也在这里吃过饭。

惊蛰去打饭的时候，奶奶坐在位子上等着，等她回来的时候，奶奶眯着眼在打盹。或许是累了。

惊蛰小心翼翼地把餐盘放在桌面上，盯着奶奶看了会儿。

今天奶奶叫错了她两次名字。

奶奶叫她“小七”。

奶奶年纪大了，偶尔也会叫错她名字，可没有一次让她觉得这么难过。

没有等惊蛰叫，奶奶自己醒过来了，她努力睁了一下眼，笑着说：“这学校啊，就是大。”

惊蛰回过神，也笑了：“这才哪儿到哪儿啊，我们才逛了一半都不到。”

奶奶惊讶地张大嘴巴：“那这可比镇子大呢！”

惊蛰便笑起来。

她们下午没有继续逛，回家去了。

惊蛰在学校对面租了一间房子，离学校只有十分钟的路程，惊蛰买了一辆二手电动车，每天往返两者之间。

尽管不富裕，但惊蛰还是请了一个阿姨。秦阿姨四十多岁，胖胖的，很爱笑，她也是附近儿童福利中心的义工，现在每天都会带着奶奶去福利中心给特殊小朋友做点心。

奶奶是以社会爱心人士的名义过去的，秦阿姨做担保和介绍人。

奶奶甚至在福利中心后院的空地种上了菜，她十分喜欢这个工作。

惊蛰也去过。大学城在郊外，临大更是在远郊，福利院离临大不远，其实就在村子边上。

下午她们回去，惊蛰想让奶奶睡一会儿，可奶奶一定要去给自己的菜浇水，并且把惊蛰撵走了：“你忙你的，我忙我的，哎，咱们互不干涉。”

惊蛰摇头轻笑，嘱咐秦阿姨帮忙照看着些。

秦阿姨满口应下：“你放心吧！”

沈奶奶精神头很好，年纪虽然不小了，可头脑还很清楚，手脚也还灵活，其实不需要她费心。

但惊蛰不放心自己在学校的时候奶奶一个人在家或者出门。

以往在落阴山，周围都是熟人，现在奶奶跟着她来南临，除了林叔叔一家，其他人一个也不认识。

惊蛰晚上有家教的兼职，但这会儿还早，她思考片刻，决定去别墅。

砚山的房子惊蛰还给叔叔阿姨了，高中的时候他们住的别墅也快要空置下来了。

邢曼阿姨更喜欢繁华热闹的地方，儿子考上了大学，也就不需要住在离学校近的地方了。她和蒋洁阿姨在市中心物色了一处中式庭院，准备一起搬过去。

这套别墅本来要卖了，但林骁投了反对票，指着花园说：“这块地我可是许给惊蛰了，而且这边离临大近，我还可以住。”

邢曼想起监控里他对着惊蛰大言不惭地说：“我这块地是给我未来的老婆留的。”

听他这么说，邢曼顿时“啧”了两声，不可置信地捏捏他的厚脸皮：“这么早就开始下聘礼了？你脸皮挺厚啊！”

林骁点点头：“我认定她了。”

邢曼以一个成年人的姿态冷笑一声：“话别说太满，无论做什么，都要留几分余地。不是妈打击你，也不是对你、对妹妹有任何意见，只是我必须跟你说，多做，少给人家画大饼，现在说认定，还太早。”

林骁眉梢微挑，邢曼顿时觉察出他动了什么歪心眼，也不知道想到哪里去了，顿时柳眉倒竖，指着他说：“你给我矜持点儿，妹妹还太小了。”

林骁还没从无语中缓过劲来，邢曼又说了句：“房子可以留给你，但不许留妹妹过夜，不许，你听见没有！”

林骁静静看了母亲一眼：“……我没往那上面想，但你好像在竭力提醒我。”

邢曼便抽了他一巴掌：“我给你说正经的。”

林骁笑了一下，脑子里忍不住闪过抱着妹妹睡的画面。

惊蛰来别墅是想等林骁回来的，其实也没有什么事，可还是想趁机和他待一会儿。

除了奶奶，他是唯一一个让她一看到就从心底感觉到愉快的人。

孙姨还在这边，只是她如今的工作从做一日三餐变成了喂狗遛狗——不仅有朵朵，还有邢曼阿姨那条约克夏二毛。

二毛的毛很长，孙姨每天在它脑袋上扎小辫子。

惊蛰回别墅的时候，二毛从屋内狂奔出来，惊蛰蹲在地上逗它，然后抱它回屋。

她进门时听到有人从客厅往这边走的声音，以为是孙姨，刚想说今天二毛的辫子扎得好奇怪，结果一抬头，就看到林骁赤着上半身，穿着灰色运动裤走过来，手里拿着毛巾在擦头发。他看见她，有些意外地一挑眉：“我这是在做梦吗，我亲爱的妹妹？我刚想给你打个电话问问你在干吗，你就出现了。”

惊蛰嘴角抽搐了一下，把二毛放下来，指了指它的辫子：“你扎的？”

林骁一边走近她，一边“嗯”了声，然后抬起脚，用脚尖钩了钩它的辫子。二毛冲他龇牙咧嘴，他便用脚把它挑开，直接挪了个地儿，腾开了地方，过去牵惊蛰的手。

惊蛰一扭头，又看到他的上身，忍不住别过头说：“你怎么衣服都不穿。”

他刚洗完澡，正准备穿呢，但他就是很喜欢她这副明明害羞了还是一脸淡然的模样，于是也一脸淡定地说：“我这不是穿着裤子吗？”

潜台词仿佛是，我把裤子脱了才叫衣服都不穿。惊蛰有点别扭，于是一偏头，正好看到二毛。二毛跳来跳去，气得原地转圈圈。

她忍不住说了句：“我终于知道以前二毛为什么只咬你的拖鞋了。”

这人比狗还欠。

孙姨今天不在，偌大的家里只有两人两狗。

惊蛰原本很习惯这里，即便和他单独待着也并不会觉得不好意思，但今天因为他赤着上身，顿时变得别扭起来。

她的目光看狗、看家具、看窗外，就是不看他。

林骁还不知道因为什么，就是觉得自己被冷落了，于是衣服也不着急穿了，坐在那儿静静观察她，最后没忍住，挪过去她身边找存在感。

惊蛰在走神，突然觉得身旁有呼吸，扭头的瞬间条件反射地往后躲，被林骁一把捞回来。他有些哀怨地扣着她的脖子："你今天怎么了？我哪里惹你生气了？因为我踢了二毛？还是我给它辫子扎得太丑了？"

惊蛰吞咽了口唾沫，终于从他的语气里想起来，他们是正在交往的男女朋友，于是抬手碰了碰他心口的位置，诚恳地说："你把衣服穿上吧！我总有种我们在干不正经事的错觉。"

大概是他身材还挺好，宽肩窄腰，肌肉恰到好处，甚至有胸肌和腹肌，看起来有点……

林骁愣了一下，忽然额头抵着她的额头笑起来。原以为她就害羞一下，结果这么久了，她还在别扭这个。笑了会儿，两个人无意间对视了片刻，又都诡异地安静下来。

气氛沉寂了会儿，林骁歪头亲上去。

时钟嘀嗒嘀嗒响着，心跳声鼓噪着耳膜。

惊蛰有点喘不过气，抬手抓他衣服，却只碰到他裸着的肩背，于是睫毛颤着，半是控诉地看着他。

林骁最后啄了一下她的嘴唇，满眼含笑地看着她："这种不正经事？还是……"他抬手扣紧她的腰，凝视她的眼睛，眼神直白得让惊蛰有点招架不住。

惊蛰突然抬手捂他的嘴，拧着眉毛有点着急地凶他："不许说。"

林骁挑眉，也觉得自己有点得意忘形，于是举手投降："我不说了，再亲会儿。"

惊蛰不吭声，他便把手放下来掐掐她脸："嗯？嗯嗯？"

惊蛰被他烦了会儿，忍不住笑了："你好烦啊！"

下雨了，惊蛰和林骁被困在咖啡店。

临近期末，所有的课程都结束了，图书馆和教室里人满为患。

每天除了去图书馆和教室里占座，人们就只能各自寻找复习宝地。

有些人捧着书在湖边，有些人干脆坐在广场上，甚至有些人哪儿热闹去哪儿，大约是要追寻一种大隐隐于市的境界。

惊蛰怕闹，但又不想回家复习，容易分神，于是就留在小岛咖啡馆，林骁常常过来陪她一起。

那是校园里的一家咖啡店，坐落在湖中心，由两条窄窄的栈桥连接到岸边。

夏日接连的暴雨让湖水涨得快与岸平齐了，今天勉强晴了半日，这会儿又暴雨漫天。

咖啡店是学校里一个师姐的创业项目，学校有扶持，所以分了场地。店里最近在歇业整顿，门窗紧闭，但惊蛰有钥匙，师姐告诉她可以来这边复习。

林骁便也跟来了，两个人坐在靠湖的露台上，面朝着湖面复习。一步之遥就是雨幕，雨水不停地溅进来一些，惊蛰只是把书往里挪了挪，也不管会不会被淋湿。

林骁读书时几次走神，偏过头去看沈惊蛰的时候，她都在安静认真地看书，于是不由得轻轻叹了口气，强迫自己专心一些。

原以为高考完就万事大吉了，可到了这会儿他又忍不住感慨：喜欢上一个学霸，可能永远也不能停下脚步，稍微落后一些，可能就跟不上她的步伐了。

这是大二的第一学期，惊蛰已经决定继续读研究生了。

林骁没继续的打算，他可能趁着暑假回老林同志的公司实习一下，然后毕业后直接入职林氏。

他没什么叛逆精神，也并不想脱离父母的庇荫，他还是挺喜欢背靠大树乘凉的。

有时候别人也问他会不会有压力，他说："当然会啊，但没办法。"

他就是喜欢她。

从小到大他都不是吃苦耐劳的人，信奉世上无难事，只要肯放弃。但她这座高山，他还真想爬一爬。

咖啡店里空无一人，湖面被砸起一圈又一圈的涟漪。咖啡店是圆形建筑，两个人的面前是一片湖，还有湖岸的树木，不论从里还是从外看，都是视角盲区。

下午时分，林骁一扭头，发现不知道什么时候，门被锁上了，于是戳了戳惊蛰："你把门锁了？"

因为他记得没有，所以这句话只是确认一下罢了。

惊蛰摇摇头："没有。"

没歇业之前，惊蛰原本在这里兼职，她在校外的兼职只有一个家教，主要是周末去，平日里在校外并没有其他兼职。咖啡店是学校的勤工助学岗位，一个月只有几百块钱，但工作时间不长，很轻松。对她来说，几百块都够吃饭了。

她待得久了，就跟师姐熟悉了。师姐很喜欢她，有时候晚上剩下的甜品，都会让她打包一些和室友分。

惊蛰因为要照顾奶奶，不常和室友们待在一起，但很多事情又需要室友帮忙，所以师姐是在教她和室友处好关系。

她还是老样子，走到哪里都讨人喜欢。

林骁捂了一下额头："完了，大爷不会认为是忘记关门，随手给锁上了吧！"

大爷是负责打扫卫生的，并不负责咖啡店，但外面的栈桥是他负责的。大爷很热心，经常帮咖啡店收垃圾，店里也经常送卖不完的甜品和蛋糕给他。

惊蛰挑了一下眉："我去看看。"

真的被锁了，外面是链条锁，从里面根本打不开。

若是平常还可以翻窗户，但现在涨水了，一脚踩空估计就掉湖里了。

惊蛰说："要不等一会儿吧，等大爷来了或者有其他同学路过，让他们帮忙开一下门。"

林骁点点头："好。"

外面暴雨一直没歇，惊蛰也不好意思叫人过来帮忙，正是复习的时候。

林骁倒是知道自己室友就在附近，但他不想叫。

他觉得就这么待着还挺好的。

外面是晦暗的天，暴雨声声入耳，店里头只开了一盏灯，笼在两个人头顶。林骁睡着的时候还做了个梦，梦到两个人待在无人的岛上，他们席地而卧，相拥而眠。

醒过来的时候，他发现自己斜躺在沙发上，惊蛰挪过来在他身边坐着，把他的脑袋搁在她腿上，手里捧着书，心无旁骛地看着。

林骁仰着头看了她片刻，忍不住挑了一下眉，没有立马起来，只是静默地看着她。想起很久之前上高中那会儿，他陪她回落阴山，两个人在车上，那次他也是无意间躺在她腿上睡着了，好像也做了梦。

他恍惚觉得两个人像是纠缠了半辈子那么久。

明明是不同的场景，却仿佛记忆重叠了一样。

林骁突然抬手抱她的腰，把脸埋在她的肚子上。

她身上是淡淡的橙花香，和以前一样。

惊蛰早就觉察到他醒了，只是没理会他，被突如其来的动作搅和得浑身僵硬，手抵在他脑袋上，低头问："你干吗呢？"

林骁这才缓慢起了身，蹭过去啄吻她的唇角："妹妹，商量个事呗？"

惊蛰："嗯？"

林骁清了清嗓子："我觉得你照顾奶奶太累了。"

惊蛰不明所以，摇头："不累，还有秦阿姨帮我呢。"

林骁轻轻皱眉，觉得她这人怪煞风景的："你累，所以让我搬过去帮你照顾奶奶吧。我这个人没别的优点，就是尊老爱幼。"

他表情严肃，观察着她的反应。

惊蛰："……"

她本来想皱眉，可最后没忍住，笑了，于是戳了一下他："两室一厅，你搬过去怎么住啊？"

林骁撇撇嘴："难道我还是没有资格和你睡吗？"

他住不惯宿舍，很久之前就想搬出去住，之所以迟迟没有搬，大概就是在等这一天。

惊蛰再次沉默，过了很久才说："老房子，房间不隔音。"

林骁愣了会儿，然后才像是抓住了她什么把柄似的，挑着眉凑近看她，戏谑道："你在想什么？奶奶在家呢，我能干什么？你这同志，思想很不纯洁。"

惊蛰："……"

她终于忍无可忍，捂住了他的嘴，脑子里不知道想起什么，耳朵尖烧红着。

"那你睡沙发吧。"惊蛰没好气地说。

林骁倒是很高兴："所以我是能搬了？"

到了傍晚雨才停，大爷一直没再来，也没有人路过这里，林骁终于喊了自己的室友过来把放他们出去。

林骁的三个室友一起来的，他们不常见惊蛰，大一就嚷着让林骁带着女朋友一块儿聚个餐，可惜因为惊蛰忙，总是对不上时间。于是今天择日不如撞日了。

考试月，他们权当忙里偷闲了。

几个人时不时看一眼惊蛰，挺新奇的样子。

请客自然不能在食堂，几个人去了校外，折腾到结束的时候，已经晚上十点多了。

谁也没注意到已经这么晚了。

晚上十一点宵禁，但又下了雨，这么短短一会儿，肯定赶不回去了。

临近期末考，惊蛰最近原本都是回宿舍住，但今天显然是不行了。

林骁的几个室友最后决定去开房复习。

于是林骁侧头问了句："要不我们也……"

惊蛰点点头，只能这样了。

他们就近进了一家看起来勉强可以的快捷酒店，开了一间双床房。还是惊蛰提议的，因为开两间房实在是很浪费，她大约对他也有一种奇怪的信任。

躺在床上的时候，林骁心猿意马。惊蛰先去洗了澡，出来的时候已经穿戴整齐。等他洗澡的时候，他却故意只裹了件睡衣就出去了。

可惜无人欣赏他的荷尔蒙，某人趴在床上，专心致志在看书。

就连林骁爬到她床上她都不知道。他从后面抱住她，侧头贴在她耳边亲了一下："在这地方你也学得进去？"

惊蛰早习惯了他爱动手动脚，可仍旧被他这突如其来的一下吓了一个激灵。但她还是平静地转过身，平静地看着他："哥，我想把所有奖学金都拿到手。"

意思是，不要在这个时候打扰我。

林骁顺势躺倒在她面前，表情怅然地仰面看她："哦，知道了。"

虽然知道她说得对，可他还是觉得有点挫败。

惊蛰突然觉得自己有些过分似的，抿了抿唇，思索片刻，俯身过去亲了他一下：“等考完吧。考完后暑假长着呢，干什么都行。”

林骁撩着眼看她，觉得有些好笑：“我怎么觉得你在给我画大饼？”

惊蛰趴在他胸口看着他，突然笑了：“长大了，不好骗了。”

林骁点点头，捏着她手放在唇边亲了一下，表情甚至带着点智商被肯定的骄傲：“是呢，近墨者黑。是吧……沈老师。”

他抬眼直视她。

惊蛰觉得他每次叫“沈老师”都透着一股逆徒的感觉。

而且他眼神总是太容易让人多想。

惊蛰捂住他的眼睛，然后才亲了一下他的喉结。

“别看我了，我定力也不好。”

林骁还没来得及挑眉，便听惊蛰又说：“这个叫，欲擒故纵。”

林骁撇嘴：“再信你，我是狗。”

他爬起来回了自己床。

惊蛰终于可以趴着继续看书了，等林骁无聊得快睡着的时候，惊蛰终于合上了课本。她按灭大灯的时候说：“其实这招叫欲纵故擒。”

林骁翻了个身，背对她，闷哼了声：“再理你，我是狗。”

惊蛰忍不住笑了笑，然后翻身下床穿着酒店的一次性拖鞋跳到他床上，掀开被子钻进他的被窝。她摸到他的手，握着，道：“真不理我了吗？”

林骁瞬间转过身抱住她：“行，我是小狗。”

林骁拖着个行李箱去惊蛰那里，跟奶奶说自己宿舍空调坏了，来这儿暂住两天。

他也没想能和惊蛰住在一块儿，只是想着睡沙发也行，或者书房。这房子隔出来一个小书房，只是空间很小，里面有个行军床，但连个窗户都没有。

况且他也不确定自己在这儿能不能适应。

或许住几天就住不下去了呢。

他只是想试一试，想努力找到两个人之间相处的平衡点。

不知道往哪里走的时候，就先走着，无非就是走对了或者走错了，不走就永远是个僵局。

“凡事不要强求，顺其自然就好”，邢曼女士常常挂在嘴边。

可惜人很多时间都喜欢跟自己较劲。

林骁长这么大都没受过这种“苦”，他有时候也疑惑自己到底怎么就走到这一步了。

其实他并没有多少怨怼，人要为自己的选择负责。

他大可以选择另外的人，选择另外轻松的方式，但可惜他做不到。

想要得到一些东西，就必须失去一些东西。

他清楚地知道，他想要得到沈惊蛰的欲望，比想要得到失去的那些更强烈。

所以也没有什么可抱怨的。

林骁把行李搬进房间的时候，奶奶正走出来，笑眯眯地拉他的手，问他饿不饿，渴不渴。

他原本还觉得自己唐突，怕奶奶不高兴，这会儿看到奶奶这样子，才松了口气，搂住奶奶的肩膀，亲昵地说：“奶奶，我不饿，但我想吃您包的饺子。”

奶奶拍着他胳膊：“那还不简单啊！”

对于老人家，喜欢他们做的吃的，最能让他们获得满足感。

林骁看着不大靠谱，其实做什么都很细心。

奶奶是个急性子，还没中午呢，就先去忙了。惊蛰帮他把行李拖到次卧——她的房间去，林骁跟过去，进了卧室门才从后面抱了一下惊蛰，脑袋搁在她肩上，小声说：“你给我拖进来，还真让我跟你睡啊？”

惊蛰扭头看他，一副疑惑的表情：“不然呢？奶奶可不乐意跟别人睡。”

这里就两间卧室。

她没想过让他睡沙发，不然也不会让他过来了。

他长这么大，都是娇惯着长大的，她并不想让他因为她一再将就。

惊蛰甚至因为他新买了床垫，又买了一个加湿器，还换了遮光窗帘，总觉得还不够，把衣柜也腾出来更多的地方留给他。

他这个人，挑剔得很。

林骁笑了一下：“不是……我是说，奶奶不会生气吧？”

奶奶宝贝惊蛰，谁都知道。

惊蛰摇摇头：“不会，我跟奶奶说了。”

林骁觉得有些不可置信：“真的？”

惊蛰觉得他很傻，忍不住戳了他一下：“那我骗你干什么？”

“那我是不是……”

惊蛰捂住他的嘴：“再闹你去睡厕所。”

林骁低声笑起来。

惊蛰跟奶奶说的时候，是晚上，她坐在奶奶床边，搓着手，小声试探着问：“奶奶，林骁要是来家里住，你会不会觉得吵？”

奶奶半梦半醒，声音含混着：“尧尧要来这里住啊？”

惊蛰“嗯”了声，迟疑说：“他住不惯宿舍，想过来一起住。”

林骁其实也不大住宿舍，经常出去住，这只是个托词罢了。

奶奶迷迷糊糊地“嗯”了声，不知道是不是睡着了，惊蛰抿了抿唇，有些自言自语地说：“奶奶，我觉得我对他不好。”

奶奶睁了一下眼：“为什么这么说呢？”

惊蛰低头，手指无意识地搓着：“不知道，反正就觉得不好。”

奶奶沉默了好一会儿，忽然捉住她的手拍了拍：“因为奶奶，奶奶知道。”

她年纪大了，惊蛰总是不放心她，两个人几乎是相依为命，谁也无法割舍谁。

把重心放在她这里，必然会忽略尧尧。可若将重心放在他那里，以惊蛰这样的性子，是会愧疚不安的。她还小，并不能妥帖地处理好这些错综复杂的关系，她只会怪自己。

惊蛰刚和林骁谈恋爱那会儿就犹疑过，觉得她没什么时间和空闲，对他来说不公平。

还是她说的试一试，不试一试怎么知道呢。

奶奶这辈子遇见过太多的世事无常，深知人与人之间的缘分有时浅薄得转身就再也遇不到。她早就看得很开，人都是要分别的，但能在一起的时候，就要好好珍惜。她并不是觉得惊蛰和尧尧的感情很好才鼓励两个人，只是希望惊蛰能勇敢地去爱、去接触这个世界的好与不好。

奶奶总会老去，总会离开，而今后漫长的余生，惊蛰都需要自己去面对。

她或许会走错路，或许会有遗憾，但谁能一帆风顺呢？学着去面对、去解决那些生活里有可能的风险和困境，比一味逃避要有用。

惊蛰狠狠摇头：“不是。”

奶奶再次拍她的手：“这没什么不可以说的，妹妹，奶奶一把年纪了，黄土埋半截了，但奶奶不糊涂。你这么大了，什么事都可以自己决定了。你们年轻人感情的事，奶奶不懂，但我知道尧尧是个好孩子。”

惊蛰趴在奶奶胸口默默流了好一会儿眼泪。

她觉得奶奶什么都知道，可正是因为如此她才格外难过。

惊蛰铺好了床，然后林骁就在这里住下了。

两个人都不大自在，各睡各的。林骁也怕失了分寸不好，毕竟奶奶还在呢，所以都还算规矩。

有一回梁冰问惊蛰：“你俩住一块儿了？”

梁冰是惊蛰军训时认识的那个女孩子，同专业不同班级，但她们后来也经常联系。

惊蛰点点头：“嗯。”

梁冰迟疑地说：“太早了吧。我说句话你别生气，我觉得同居太早，贻害无穷。”

惊蛰张了张嘴，也不好说两个人就是单纯的室友关系，反正住在一块儿了，可能在别人眼里俩人就是……那什么了。

于是她也觉得没有解释的必要了，只是笑了笑："没事，这个事我也想过，但感觉还好。"

她说话一向温和而坚定，就好像没有什么事在掌控之外似的。梁冰便觉得自己多虑也多管闲事了，笑了一下："那就好，这也分人嘛。感觉你男朋友人还挺好的。"

惊蛰点点头。

他确实很好，好到惊蛰不想错过他。

她有时候觉得自己很自私，明明给不了他同等回报的爱，却还是忍不住把他圈在身边。

想紧紧抓住他，不想松手。

她知道他为什么想跟她一起住，并不是因为想发生些什么，只是两个人总是很难碰到一起。他总是一有时间就去找她，但这样单方面的奔赴，又能维持多久？

惊蛰也意识到了，但她总是很忙，常常顾此失彼，偶尔会想：会分手吧？

他会累的，会厌烦的，会发现高中很小，世界很大，会发现有更多更好的人。

而她渺小又普通，只是恰巧在一个适当的时机出现在他面前，并没有多特别多耀眼。

她随时可以被取代。

但他没有，他还在努力想解决办法，他还是很喜欢她，所以惊蛰也愿意努力多靠近他一些。

她做得还不够多，她知道。

住在一起也没什么，她已经和他住很久了，知道他是什么样的人。

她愿意让他进入到她的世界里，到她的未来去，他们一起努力。

会越来越好的。

只要他不放弃，她也不会。

秦雪问过她，跟林骁在一起会不会有压力，她点点头：当然会。

但她向来不是个会因为这个而打退堂鼓的人。

一辈子漫长又短暂，不妨大胆一点，勇敢一点。

只要林骁觉得她是良配，她就会努力去做得更好来校正两个人的步伐。

她不希望他们像母亲和父亲那样一再错过，最终变成永远也无法弥补的遗憾。

她觉得她很幸运了，至少贫穷、自卑等一切在自己身上的负面因素都是可以克服的。

比起生死，这些都不算什么，而她还很年轻，未来有无限种可能，不是吗？

这房子没有统一供暖，天气很冷的时候，暖气显得很单薄。惊蛰怕冷，晚上蜷缩在被子里，两个人各盖了一条被子。她扭过头的时候看到他胳膊还露在外面，于是抬手给他盖了盖被子，刚盖上，他又伸出来。于是惊蛰就想，他是有多热啊！

然后惊蛰伸出一只脚，悄悄伸进他被子里。

林骁刚睡着，睡得迷迷糊糊，蓦然被冰得一激灵，然后睁开了眼，看着她，好一会儿眼神才聚焦。他似乎终于知道发生了什么，好笑地挑了一下眉，然后掀开被子拍了拍自己身边的位置，意思是，你可以过来睡。

惊蛰大约迟疑了两秒钟，就钻了过去。

林骁把她裹在被子里，搓着她的手，低声笑着说："你这不是羊入虎口吗？"

好像都是两只眼睛一个鼻子，可她就是不一样，漂亮，干净，柔软，让人心生喜欢。

惊蛰声音闷在他怀里说："你别闹，不隔音。"

林骁撇撇嘴："那你这让我怎么睡？"

惊蛰想了会儿，拿着手机给他播放了一段《大悲咒》。

林骁点点头，顿时觉得自己灵魂都得到了净化："你真是我的好妹妹。"

惊蛰笑得浑身发颤，她把手脚都贴在他身上，暖了会儿，四肢的血液似乎才开始流动。她借着那一点暖意去亲他下巴。

林骁觉得惊蛰很过分，她每次都主动，但只主动一点点，等他忍不住回头去索取更多。

但每次他都会上钩。

谁让他喜欢她。

林骁呼吸紊乱地抵着她额头喘息的时候，忍不住问了句："你是姜太公转世吗？"

这么会钓鱼。

惊蛰思考片刻才明白他说的什么，眯着眼笑了一下："愿者上钩啊，哥。只能说你是一条傻鱼。"

"别叫我'哥'了。"

"嗯？"

"我有负罪感。"

"……习惯了。"

"那叫'哥哥'吧！"林骁挠着她的手心，笑得有点不正经。

惊蛰叫不出来，并且狠狠踢了他一下。林骁还在笑，抱着她翻了个身，压着她让她不能动。

两个人闹到后半夜才睡，可惜她睡着了，林骁却失眠了。

他常常这样失眠，比如搬过来的第一天，他原本以为就是跟人合住，那有什么？但就是有什么。

就是折磨人。

他每次都要安慰自己：正常的，林骁是正常的，你是个正常人。

过年的时候，林骁才终于回了家住，顺便把惊蛰和奶奶都请去了。奶奶本来不愿意，过年就是要合家团聚，外人在算什么呢。把惊蛰送去林正泽那里都是迫不得已，已经打扰人家那么久了，不能再这样打搅人家。

况且她一个老太婆，还要人束手束脚的，不自在。

林骁哄了奶奶好久，说他们家本来过年也不热闹，父亲这边早就没有亲人了，母亲和姥姥家关系一直不太好，和姥姥那边的亲戚也不大亲近，每逢过年能聚在一起吃顿饭就算不错了。

况且奶奶也不是外人，林骁跟邢曼说"早晚都是一家人"。

最后林骁说，家里有一批山里的干货，阿姨不会处理，做出来也不好吃，奶奶才有了点精神头，唉声叹气地说他们糟蹋东西，最后决定自己过去帮忙。

邢曼觉得林骁的脸皮是越来越厚了，他去跟妹妹一起住的事，她是后来才知道的。她算是比较开明的母亲了，可依旧瞬间头皮发麻，大半夜睡不着跟出差在外的林正泽打电话："你说你儿子不会干什么出格的事吧？"

她的理智告诉自己：孩子大了，应该学会自己拿捏分寸处理事情了。

可她在感情上又接受不了，大概是知道他们还太年轻，未来充满了变动，太早交付全部，容易受伤害。

而惊蛰一家对于林正泽来说，又是很特别的存在。

林正泽就差拿皮带抽林骁了，小小年纪不学好，这么早就开始动歪心思。

邢曼只能极力拦着："孩子大了，大了，你消消气，我觉得尧尧不是没分寸的人，就是……就是……嗯，到时候我说说他，你别乱来啊。他哪天要是对不起惊蛰，我替你打死他。"

于是过年的时候，邢曼把林骁拉到一边去，板着脸教训他："你都二十岁了，我可不想管你，但是……做好保护措施，不要到时候等出事了你再来认错，晚了！你的腿就不保了。"

林骁觉得冤得慌，他可什么都没做。

但他也没有解释，毕竟今天没有，不一定明天还没有。于是他提前认下了："知道了。"

他甚至有点高兴。

惊蛰住在林骁的隔壁，奶奶自己住一间屋子，她睡眠浅，不大喜欢睡觉的时候身边有人。

夜里林骁去敲惊蛰的门，惊蛰一开门，林骁闪身进去，一秒关门。

本来惊蛰正正经经，被他闹得顿时心虚，仰着头看他："你……你干吗！"

本来好好的，这么着急关门跟做了坏事一样。

林骁装模作样扮可怜，低着头，哀怨道："习惯跟你睡了，自己睡睡不着。"

惊蛰想到家里林叔叔和邢曼阿姨都在，奶奶也在，还有孙姨和另外一个家政……

虽然林骁之前在她家也住很久了，但惊蛰还是觉得这样不太合适。

她无情地摇头："睡不着看星星。"

林骁拉着她的手："这么残忍呢？"

惊蛰点头。

林骁笑了一下，不卖惨了，改变攻势，推着她往房间里头去，嘴巴贴在她耳边，轻声说："求你了，我明早一大早就走，神不知鬼不觉，谁也不知道。"

惊蛰还没开口，他又亲她嘴角："哥哥给你暖被窝。"

惊蛰被恶心到了，知道他是故意的，一边搓着胳膊上的鸡皮疙瘩，一边笑着踢他："你真是烦人死了。"

林骁看她这态度就知道不会被赶走了，抱着她滚到床上，蹭她的脖子，又故意闹她："你说气话，我不信。"

闹着闹着，两个人都安静下来，大眼瞪小眼，气氛突然诡异起来。

惊蛰故作镇定地背过身："睡吧。"

过了会儿，林骁几不可闻地叹了口气，然后也背过身，努力让自己平复下来。

他闭上眼开始数星星："一颗星，两颗星……一百个沈惊蛰……"

惊蛰睁着眼，眨了好几下，好像被什么情绪击中，心里酸胀着难受。她忽然翻过身抱住他，在他愕然的表情里捂住他的嘴，附在他耳边说："你动静小点儿。"

林骁的尾巴几乎在一瞬间翘到了天上，他把这几个字翻来覆去咀嚼了好几遍才确认自己没理解错。他握住她手腕，把她手拿开一点儿，轻声调侃："可是我家挺隔音的。"

惊蛰面无表情看着他："……我后悔了。"

林骁才不吃她这套，揽着腰把她搂进怀里："晚了。我这个人最擅长得寸进尺了。"

惊蛰撇嘴。

不知道过了多久，惊蛰觉得很久，久到分不清是梦境还是现实，是这辈子还是下辈子。

"哥……"

"嗯？"

"……没事。"就是想叫你一声。

第二天他俩谁也没能起来，醒过来的时候已经快九点了。惊蛰第一次觉得有些慌张，林骁还搂着她的脖子，按着她不让她起来。

惊蛰最后踹了他好几脚。

他还笑，握住她的脚腕：“你那么紧张干什么？大过年的还不能睡个懒觉了？”

从小到大他都是半放养状态，爸妈对他的作息都是不大管的。

他以前天天赖床，孙姨叫他好几遍他都不起来。

他就算睡在这儿也不会有人注意的，就算注意了也不会说什么，顶多私下里被邢曼女士教训一顿。

嗯……老爸别撞见就行。

惊蛰也不觉得赖床有什么，可是总不能两个人一起赖。

总之她就是心虚。

林骁慢吞吞穿好了睡衣，毕竟是在自己家；对于惊蛰来说，怕爸妈知道是正常的。

他也怕老妈真气极了，还是回了自己的房间。

惊蛰躺在床上又安静地待了一会儿，迟钝地有些不好意思起来，她把被子拉过头顶，安静了好一会儿，闷得快要透不过气来了，才又把脸露出来。

她的皮肤白，脸红的时候显得异常惹人怜爱。

林骁换衣服的时候，手撑在衣柜门上发了好一会儿呆。

两个人下去吃早饭的时候，惊蛰因为心虚，埋头苦吃，一句话也不说。

林骁的哈欠一个接一个。

别人都吃过饭了，林正泽甚至都和老太太一块儿去散步了，林骁也因此逃过一劫。邢曼过来陪他们又吃了点儿，这会儿侧头看了他好几眼：“昨晚没睡好？”

林骁下意识回道：“嗯，她老翻身……”

估计是不舒服，他替她揉了好一会儿大腿。

她难为情，不让。

惊蛰差点儿被粥呛到。

邢曼更是恨不得一脚踹死这个小兔崽子。

林骁终于反应过来，义正词严地说：“隔着一道墙我都能听到，严重扰乱我的睡眠。”

说完他自己都笑了，夹了根油条给邢曼：“放假了，我打会儿游戏还不行吗？”

邢曼早已经看透了，狠狠斜了他一眼，岔开话题：“你什么时候去实习？”

林骁想了想：“暑假吧。”

他实在没想到，邢曼问这个是要给他准备订婚典礼。

他还不到法定婚龄，等到毕业邢曼都觉得漫长。不知道怎么，她总觉得心里不踏实。

或许是惊蛰太单纯了，或许是林骁看起来没有定性，也或许是奶奶年纪大了，经不起任何有可能的变故……

总之她觉得这件事需要有一个合适的递进。

她思来想去，也只能想出这个办法。

她最开始跟林正泽商量时，林正泽思忖片刻，觉得合适。先把婚订下来，至少给老太太一个交代。他们做爸妈的，也表个态。

林正泽从一开始就告诫过林骁，惊蛰比较特殊，但他还是很热切，无论是深思熟虑还是冲动使然，他都必须担负起责任。

邢曼是后来才去跟奶奶商量的，老太太并不注重这个，但没有拒绝。

惊蛰能被喜爱和重视，她心里也是高兴的。

而且她觉得，她年纪大了，今天脱了鞋，明天不一定还能不能再穿上，也不知道自己能不能看见惊蛰结婚，能看着她订婚，也是好的。

林骁和惊蛰是最后知道的。

那会儿春节还没过，到处的年味儿已经很浓厚了。

南临禁烟火，但今年流行灯光秀，各种高科技产物，看起来倒也热热闹闹、五彩缤纷。

邢曼想要下下周办订婚典礼。

赶在年初，也算讨个好彩头。

林骁虽然有些惊讶，但还是欣然接受了。

只是惊蛰有些犹豫，跟林骁说："没必要吧。"

怪浪费的。她其实知道邢曼阿姨的意思。林叔叔一直以来都很尊敬奶奶，也很照顾自己，把她带来南临，没想到自己儿子会和她有关系。

这两年林叔叔一直担心林骁会做什么伤害她的事，时不时就要敲打他一下。

可在惊蛰看来，感情的事本来就很需要天时地利人和，甚至于将来有一天林骁不喜欢她，喜欢别人了，她可能会伤心，但应该也不会怪他。

能一直从校园走到白头，是一件多可遇不可求的事。

邢曼阿姨准备这个，无非就是要将这段恋情宣告给所有的亲戚朋友。

她希望靠这个能让奶奶和惊蛰安心一些，也给林骁一个约束。

惊蛰不希望给他这么大的心理负担。

感情应该是轻松愉快的，如果两个人在一起负累重重，也不快乐，勉强在一起也不会幸福的。

她觉得没有必要。

林骁听完她的想法，反而撇了一下嘴："你不爱我。"

惊蛰觉得他跟个小学生似的，叹了口气，摇头道："我没有。"

林骁搂住她的腰：“我乐意被你套牢不行吗？还是你嘴上是为我着想，其实想偷偷移情别恋……”他熟练地转嫁矛盾。

惊蛰掐了他一下：“我没有。”

林骁：“那你就不能对我强硬点儿？”

爱我，占有我，非我不可。

惊蛰最后捧住他的脸，意味深长地说：“还没有见过有人有这种要求。”

他还挺骄傲：“我这人比较与众不同。”

惊蛰便笑了，拉住他的手，认真地说：“这是你自己选的，我这个人其实很小心眼，你以后要是不喜欢我了，我就……”

林骁低头看她：“你就什么？”

惊蛰从果盘里捞过来一个苹果，一用力，徒手掰成两半，两半又掰成四瓣，然后把籽去掉，塞进他嘴里一块：“那就变成这个苹果吧。”

林骁弯着腰笑了好半天：“好。”

番外三：上上签

订婚典礼在别墅举办，提前近两周布置，有些仓促。但邢曼最擅长举办典礼了，还有蒋洁阿姨帮忙，所以依旧非常圆满。

那天去了很多很多人。

惊蛰和林骁提前去到楼上，邢曼阿姨给惊蛰选了礼服，粉色的纱裙，镶嵌着碎钻，款式不复杂，免得过于隆重反而显得刻意。

惊蛰第一次穿这种衣服，抹胸的设计让她时不时都要捂住胸口，脖子上的项链是沐晴姐送的订婚礼物，是她珍藏的粉钻，设计成了一个小蘑菇的挂坠。

沐晴姐大约是看她经常戴一个蘑菇的项链。又或者陈沐阳跟她说什么了。

惊蛰觉得自己像个偷穿大人衣服的小孩，浑身上下没有一处不别扭的。

林骁倒不是第一次穿正装，从小到大，他出席过各种场合，对这种场面也丝毫不觉得有什么可紧张的。

只是他料到惊蛰会不自在，换了衣服就去找她。化妆师给她化完妆，坐在那儿左右端详，一句一句赞叹着惊蛰底子真好。

惊蛰有些木讷地坐在那里，搭不上话。

手机里消息频频闪动，不仅有林叔叔和邢曼阿姨的亲戚朋友，她和林骁的高中和大学的同学都被邀请了。

陈沐阳和江扬是肯定要来的，但惊蛰没想到秦雪和陶晶晶也来了，还有周寻月和周不言。

4 班的人也来了一些，惊蛰和他们没太说过话，但也都认识。

大学的室友和一些熟识的朋友也都被邀请了。

梁冰也来了，跟着她室友一块儿，这会儿发消息给她说“到了”，然后夸了一句“订婚典礼好隆重”。

南临没这个风俗，订婚都是双方亲戚朋友在场，很少这样大肆举办。

这排场都快赶得上婚礼了。

二月份，天冷得几乎要飘雪花，别墅里却鲜花盛放着。

每一处都布置得精巧妥帖，看起来就很用心。

惊蛰陡然觉得有些紧张，似乎在某一刻深刻地意识到两个人之间的物质差距是无比巨大的。

她不知道自己待会儿出现在楼下的时候，别人会不会替林骁感到不值。

林骁走进来的时候端着一盘吃的，冲着化妆师和他的助理挥了挥手，让他们休息了。

等他们出去带上了门，他才走过去，靠在桌子上把吃的先放下，倾身过去打量她：“我们妹妹这么漂亮呢！”

惊蛰依旧下意识捂了一下胸口。其实胸口贴了胶带，裙子不会掉下来，可她还是习惯性地扶了一下。

林骁把她手拿开：“你冲我捂什么捂。”

他凑过去亲了一下她锁骨下的位置，像是故意挑衅似的。

惊蛰张了张嘴巴，最后泄气说：“林骁，我好不自在。”

林骁停顿片刻，然后张开手臂：“来，抱抱。”

惊蛰搂住他的腰，趴在他胸口缓了会儿：“我总觉得我待会儿会出糗。”

林骁能感受到她的紧张，拍了拍她的背：“不会的，出糗也没事，有我呢！还有爸妈、蒋阿姨和陈沐阳他们，放松点儿，就当是来玩的。”

惊蛰耳朵贴在他的胸口，能听到他的心跳声。她觉得有些安心，把耳朵贴得更近些，小声说：“我觉得我会给你丢人。”

林骁叹了口气：“你在胡思乱想些什么？”

惊蛰终于说得直白一点了：“我觉得我跟不上你的步子。”

他从小养尊处优惯了，遇上她之前就是个妥妥的大少爷，很多事不是他说不在乎就可以不在乎的。

感情里一点点小瑕疵在生活里都会被无限放大，她不确定两个人能走到哪一步，更不确定这么早订婚是对还是错。

林骁抱起她，把她从这边抱到那边，无所谓道：“有什么跟不上的？你可以跑两步，我也可以站着等等你，实在不行我就抱着你呗！”

他抬了一下下巴，挑着眉说：“那我腿长也不能怪我啊！”

他故意装傻。

惊蛰被他逗笑，推了他一下：“你怎么这么烦人。”

林骁用鼻尖蹭着她的鼻尖，歪着头要亲她，惊蛰把他推过去了：“不要，你把口红吃掉了还要补。”

林骁撇撇嘴，又亲了一下她的锁骨，轻轻咬了一下泄愤，四指并拢捏着她的腰肢：“今晚住这儿吧，洞房花烛夜。”

惊蛰摇头：“不要。”

楼上还是旧时的样子，她的房间还保留着原样，他的房间也保留了原样。

林骁屡次试图睡到她房间去，惊蛰不让。也不是有什么，就是觉得难为情。他这个人不害臊，这么热衷于睡她房间无非就是想感受一下侵占她领地的感觉。

林骁继续把她抱起来，从这边又抱到那边，把她放在刚刚的椅子上，从盘子里捏了块点心塞进她嘴里。惊蛰很生气地扯他的衣领：“你干吗把我扛来扛去的，就你力气大吗？”

林骁“嗯”了声：“我想扛就扛，你打我啊！”

惊蛰气得没脾气，最后倒是笑了，一拳砸在他胸口，满足他。

林骁装模作样地捂住胸口，一副吃痛的样子：“不行，你把我打出内伤了，没有一百个亲亲，这事没完。”

惊蛰在他脸上亲了一下，把口红印在他脸上，觉得还挺好玩，连着亲了好几下，在他脸上印出花来，最后才亲他嘴巴。

邢曼带着蒋洁进来的时候，只敲了一下门提示，就直接推门而入了。

林骁故作淡定地看着门口，那只紧拽着惊蛰裙子的手出卖了他的紧张和尴尬。

陈沐阳和秦深都来了，俩人好久没回来，也就不常见林骁和惊蛰，礼物还是邢曼阿姨代送的，这会儿他们过来，就迫不及待上来看看。

陈沐晴很喜欢这个妹妹，得知她很快就要成为林骁老婆的时候，比自己要结婚了都高兴。

她连夜设计了项链，还把自己珍藏的一块稀有粉钻用了。

她这会儿总要来看看效果。

陈沐阳考到了南方去上学，平日里都不大回南临，这回回来晚了，家里又一直有事，他都好久没见林骁了。他看见他妈和陈小红都来了，于是也跟着上来了。

他一上来，江扬也跟着上来了。

江扬上来，他爸妈也说要上来见见准新娘。

总之就是呼啦一下进来了一群人，这会儿都目瞪口呆看着林骁满脸“开花”。

陈沐阳先笑起来，他实在憋不住了，林骁也太好笑了。

这是什么诡异的场面，他都替林骁害臊了。

真是又尴尬又好笑。

“哈哈哈！”陈沐阳扭头趴在江扬肩膀上，笑得越来越大声，“哈哈哈！！”

江扬一向是个笑点高的人，但陈沐阳的笑声太魔性了，他也忍不住耸着肩膀笑起来。

连几个长辈都有点忍俊不禁。

邢曼抬了好几下手，也不知道自己要说什么，好半天才组织好语言：“那个……咱们先出去吧。我怕我们再待下去，我儿子跳楼的心都有了。”

陈沐晴转身前冲惊蛰竖了一下拇指：“别说，妹妹，还挺艺术。”

陈沐阳也趁机指了一下林骁：“你的出场总是这么让人瞩目。”

林骁冲他眯了眯眼：“滚。”

陈沐阳和江扬再次哈哈笑着出去了。

蒋洁阿姨很贴心地把门给两个人带上了。

等人都走完了，惊蛰才一头扎进他怀里，苦着一张脸说：“我就知道我会出糗，好丢人啊，我不想下楼了。”

她一脸生无可恋。

林骁已经缓过来了，那点微薄的尴尬也消失了，扭头看了眼镜子里的自己，故意气她似的，啧啧感叹两句：“要不这边也亲了得了？”

他把另一边脸凑过去。

这次换来的是惊蛰的巴掌。她没用力，但还是“啪”的一声响。

林骁浑不在意似的，偏过头拦住她的手掌，把她的手放在唇边亲了一下。

他笑着说：“这下没人觉得我欺负你了，明明是你欺负我，我就是个手无缚鸡之力、任人宰割的小绵羊。”

惊蛰被他打了会儿岔，似乎也没有那么难受了，这会儿戳了戳他的脸：“你脸皮真厚。”

林骁“嗯”了声：“还可以更厚。”

他上下看她一眼，暗示：“你要是愿意的话……”

惊蛰捂住他的嘴，近乎咬牙切齿地说：“我不愿意。”

林骁低声笑起来。

订婚仪式开始的时候，林骁牵着她的手下去。

她紧张到脑袋发木，只记得有很多很多人，多到她分不清谁是谁，只好一直微笑，每一步都走得很慢，怕摔倒。

惊蛰和林骁切了订婚蛋糕，不少人上前祝福他们，然后恭喜林叔叔和邢曼阿姨，还有奶奶。

奶奶今天精神头格外好，只是年纪大了容易累，刚一结束就被领着去休息了。

邢曼阿姨带着惊蛰游走在客厅里，时不时介绍一下林家的亲戚给她认识。

邢曼阿姨待惊蛰几乎体贴到了无微不至，以至于旁人待她似乎也格外热情。

林骁拉着她去和高中同学叙旧的时候，中途歪着头跟她咬耳朵：“不用紧张，也不要妄自菲薄。说到底，他们都是旁人，跟你订婚的是我，以后会跟你频繁打交道的也是我的父母，只要我和我爸妈态度明确，旁人见了你也只会客客气气。至于他们心里怎么想，跟你没有关系，也不用在意。”

惊蛰点点头，握紧了他的手。她其实不是个容易纠结的人，可大约是有些订婚焦虑，这会儿结束了，突然放松下来，于是笑了一下：“哥，你真好。”

以前她说这句话纯粹是发自内心，现在她说这句话纯粹是揶揄他。

林骁撇撇嘴：“你学得越来越坏了。”

惊蛰轻声笑了一下，小声说：“我有礼物要送给你。”

林骁挑眉，来了兴致：“什么？”

惊蛰摇头：“先不告诉你。”

林骁“啧”了声：“这么会吊人胃口，真过分。”

于是一整个订婚现场，叙旧的叙旧，恭喜的恭喜，林骁的心思全不在这儿，只想知道惊蛰送他什么。

订婚礼物？

不会是她自己吧。

那倒是挺好。

但她应该不会。那是什么？

以她节俭的程度，礼物应该也不会太名贵，但她送的肯定很特别。

所以到底是什么？

惊蛰站在那里和秦雪、陶晶晶说话，两个人好久没见她，拉着她激动地打量着，时不时扭头看一眼林骁。他穿着西装，宽肩窄腰，衣架子一样，从青春期到现在，脸一点都没崩，退去了青涩，帅得更直观了些。

“郎才女貌，简直天生一对儿啊！”秦雪捂着胸口，夸张地感叹。

陶晶晶时不时把惊蛰往林骁那边推，欣赏两个人站在一起的样子，然后和秦雪不知道交换着什么眼神，各自都显得很激动。

秦雪看惊蛰困惑，粲然一笑：“你不懂，这世界上再也没有一件事比我嗑的情侣是真的更让人上头了。”

惊蛰确实不懂。她看到林骁心不在焉，扯了他一下，小声问：“你累了？”

林骁顺手拉住她的手，摇头：“没有，我就是在想你要送我什么。”他把耳朵凑过去，“求你了，别折磨我了，悄悄告诉我。”

惊蛰觉得好笑，推了他一下，示意，这么多人呢！然后她小声跟他说：“你什么礼物没收过？至于这样吗？”

林骁：“你送的不一样。”

但惊蛰还是没有告诉他。高中的几个同学说起高三下学期惊蛰和林骁的关系冷淡下来，其实很多人都不适应。

大家也不是特别关注他俩，这俩关系好到什么程度，高一、高二的都有耳闻，更别提其他班级了。1班的人更是默认俩人关系非比寻常。所以这俩突然谁也不理谁了，就显得格外诡异。以至于大家就算不八卦，也忍不住多留意了两眼。

俩人也并非老死不相往来，但就是感情变得若隐若现，让人琢磨不透。

周寻月笑着说：“你是不知道，后来发展到你俩说句话，大家都能吵起来，相互争论你俩感情到底破裂没有。”

当时大家恨不得连他们的微表情都分析一下，谈论的架势快赶得上学术研究了。

也可能大家学习压力太大，就很容易关注一些无关的小事，当作消遣。

惊蛰有些愕然地听着，这件事她是真的不知道。

周寻月看她一脸惊讶，忍不住笑了：“还有一件事你估计都忘了，你俩好几天谁也没理谁的时候，咱们有个广播站的同学去值班，放了一首《风居住的街道》，那个版本是你和班长在晚会上合奏的那个，很多人都在起哄。”

这个惊蛰也不记得了，但有印象自己听到过，却没想到是因为她和林骁。

回忆完毕，林骁握住惊蛰的手，终于解答了大家一直以来的疑问，自曝了自己在自己家里阴沟翻船，也是够可怜的，一群人实在没想到，哈哈笑起来。

气氛格外欢乐。

等宴会结束，人群散尽，林骁借口太累，非拉着惊蛰去楼上睡觉的时候，才关上了门抱住惊蛰。他肩膀垮下来，时隔多年控诉她：“我那时候好惨的，你不知道你多折磨我。”

他低垂着眉眼，似乎真的感觉到难过似的。他之前其实已经忘得差不多了，这会儿被你一句我一句的回忆又勾起来。

那时的心境仿佛又被带出来，他胸口闷胀得厉害。

惊蛰捧着他的脸亲了亲他的嘴巴，轻声说：“那换我喜欢你。”

林骁却摇摇头：“那不行，我要是能收放自如就不痛苦了。”

惊蛰“啊”了声，慢吞吞地说：“那怎么办呢？”

林骁还没吭声，惊蛰先把一个东西递到他手上：“这个补偿你，行不行？”

手心里躺着一枚签牌。

上上签：是谓凤凰于飞，和鸣锵锵。

求的姻缘，上上大吉，寓意白头偕老。

番外四：新婚快乐

惊蛰后来遇见过一次舒莺，她剪了短发，比高中时候更漂亮，也更明媚了些，脸上的笑容都变多了，整个人自信飞扬。

她高考成绩不错，运气也很好，擦边进了一所名校相对冷门的专业。

她的母亲对她要求很高，一直有个名校梦，虽然她专业不太理想，但大约学校说出去很有面子，对她也就没有那么苛刻了，加上她人在省外，跟家里聚少离多，关系反而融洽亲昵了。

她人本身聪明，所以也就很容易找到自信。

那时惊蛰在给一起兼职的同事买咖啡，十几杯，要等很久。于是她坐着看手机，然后舒莺就走了过来，坐在她对面，说了句："好巧，沈惊蛰。"

惊蛰抬头，辨认了一下才认出来，大约是对舒莺一直以来印象不好，惊蛰眉眼带着几分警惕，没有回答。

舒莺有些尴尬地笑了一下："我在附近逛街，进来买咖啡正好看到你，就来打个招呼，没别的意思。"

惊蛰点点头："好巧。"

舒莺的同伴去卫生间了，她也在等，虽然看起来沈惊蛰不大想理她，但她还是多问了两句。

"听说你跟林骁订婚了？"

母亲为这事絮叨过好几次，甚至有些埋怨她为什么不早早把握住林骁。那天很多同学都被邀请了，订婚现场的图片在各个群里乱飞，她怎么可能不知道。只是她大约还有一点隐隐的不甘心，那不甘心并不在于林骁，而是她觉得自己不比沈惊蛰差，却没有沈惊蛰的好运气。

她后来渐渐意识到自己痛苦的根源就来源于此，她并不是个争强好胜、这山望着那山高的人，但母亲却一直这样期待着她。无论她取得多大的成绩，母亲都会告诉她"别人能做得更好，你为什么不能"，以至于她无法妥善处理"人总有求而不得的东西"这种情绪。

她现在依旧会有很多的负面情绪，但已经学会和它们和解了，人对没有得到的东西有不甘心的情绪是正常的，但不值得沉溺于此，更不值得钻牛角尖。

惊蛰点了点头，这事确实很多人都知道，毕竟邢曼阿姨的目的就在于此。

舒莺笑了一下："那是打算毕业就结婚了？"

惊蛰歪头思考片刻："还没考虑那么早。"

但看邢曼阿姨那架势，怕是恨不得他们到了年纪马上就结婚。

舒莺没头没尾地说了句："真好。"

被父母爱护真好，被偏爱真好，都很好……

她都没有。

舒莺的同伴来了，她起身告辞，两个人挽着手离开。

两个人有说有笑的。

上学那会儿，好像就没见过舒莺有什么太亲近的朋友，也不是完全没有，只是很少有人和她走得特别近，就连高一时候给惊蛰传字条那个跟舒莺很要好的女生，在字条事件没多久后也跟舒莺断了联系。

那时惊蛰就知道，自己被外校的两个女生堵着，是舒莺安排的，但惊蛰不是个有仇必报的人，没追究，因为不想再给林叔叔和邢曼阿姨添麻烦。

后来舒莺也算自食恶果，到了高二、高三，她身边经常一个朋友都没有。

过了这么久，惊蛰也没有多难过了，大概是人过得幸福，就会容易原谅那些不好的事。

她的幸福是林骁给的。

惊蛰和秦雪提了这件事，秦雪八卦得很，什么犄角旮旯的隐秘消息她都知道，闻言就把舒莺的状况说了个七七八八，然后忍不住感慨了句："变化好大，真的，大家的变化都很大，上次同学聚会你和班长都没来，才两年没见，很多人都大变样了。"

有些人模样变了，高中时候埋头学习，朴素到有些土气，可到了大学很快就精致明丽起来。

有些人性格变了，高中时候沉默寡言，毫无存在感，到了大学很快就自信健谈起来。

有些形影不离的好朋友很快就不再联系了，曾经非彼此不可的情侣毕业就各奔东西然后各有新恋情了，有星辰陨落，也有寂寂无名者绽放。

……

高中像是一个分水岭，这端是青春，那端是成年人的人生百态。

什么都会变，爱会消逝，恨也会被抹平，所有的热烈终将归于平淡甚至乏味。

惊蛰在梦里梦到林骁结婚了，但新娘并不是自己。

半夜醒来的时候，她盯着天花板看了会儿，忽然有些恍惚。

心里挺难过的，她一直觉得如果真的有那天，自己会祝福他。可梦里她心里酸涩得快要喘不过气来，她记得自己僵立在婚礼现场，四肢百骸都渗着疼痛。

她难过得觉得世界仿佛都崩塌了。

林骁最近在实习，累得不想多说一句话，每天晚上都睡得特别沉。

但今天跟有心电感应似的，惊蛰醒来没多久，他突然也惊醒了。两个人睡在一张床上，他还搂着她。

“睡不着？”他用鼻尖蹭了蹭她的脸。

惊蛰摇头：“刚醒。”

他又问：“做噩梦了？”

惊蛰还是摇头，沉默片刻，侧身回抱他：“梦到你结婚了，跟别人。”语气带着埋怨。

林骁“啊？”了声，霎时清醒了几分：“你不会自己瞎胡梦，还要怪我头上吧！我多冤。”

他语气里充满了不可置信和匪夷所思，甚至带着点儿委屈。

惊蛰终于从梦里那种怅然若失的状态里抽离，轻声笑了一下：“那你说实话，跟我在一起这几年，有没有遇见有好感的女生？你的同学或者同事啊什么的。”

林骁觉得她怪怪的，低着头勾她下巴：“你怎么了？”

惊蛰摇头：“我就问问，你说，我不怪你。”

她的手搭在他腰上，无意识地摩挲着。

林骁想了想：“其实……我最近经常见一个女生，很漂亮，长得很乖巧，皮肤白得会发光。我一看见她就忍不住高兴。”

惊蛰搭在他腰上的手蓦然收紧，林骁下意识握住她的手，然后笑说：“很高兴认识你沈惊蛰，做我女朋友好吗？我跟我未婚妻解除婚约，咱俩订婚。”

惊蛰搭在他腰上的手抽了出来，然后重重地掐了一下他的腰。

他故意呢！

林骁“哎哟”了声，然后撇撇嘴：“恐怕我刚刚要是真说出来个女生，你得把我肋骨掐断。”

但他又忍不住笑起来，心想：哦，妹妹会吃醋啊！

惊蛰忍不住笑了一声：“那我不能答应你，我爱我未婚夫爱得要命，我不能失去他。”

……

两个幼稚鬼演了会儿戏，终于抱着又睡了。

惊蛰竟然又接着刚才的梦做，梦到婚礼现场自己去抢婚，拉着林骁就跑。他们奔跑在烈日下，树影婆娑，斑驳的光影在两个人身上流转。他们在一棵银杏树下停下脚步，扶着膝盖，弯腰大笑起来。

一抬头，还是附中那栋教学楼。

下课铃响了，无数人涌出来，却都是成年人的装扮，走向了各处。

每个人都在往前走，这世界瞬息万变。

而你是我可以反复爱上、永无休止的人。

林骁都睡着了，惊蛰又把他晃起来：“哥，今天也很喜欢你。”

好久没说了，以后要记得。

新的一天，新的世界，新的你，和新的我们。

要新的相爱。

林骁愣了好一会儿，半晌才反应过来："哦，哥也是。"突然听到这个，他竟然还有点怀念和心潮澎湃。

惊蛰被他欠欠的语气气笑了："我每天都要默念三遍《清心咒》才能忍住不打你。你还是别喜欢别人了，祸害我一个就够了。"

林骁抱紧她，蹭着挨着，心情很好："好的，遵命，老婆。"

惊蛰觉得他很烦，忍不住推他。

可林骁被她来来回回搅和，无论如何也睡不着了，在他第三次翻身无眠的时候，抱着她在床上滚来滚去泄愤，幽怨地看着她："你睡着了吗？我睡不着。"

惊蛰拉着他坐起来："那要不……咱俩做会儿高数题？"

林骁瞬间躺平："谢谢，我突然睡得着了。"

毕业典礼那天，是阴天，微风。

典礼上午十一点举行，惊蛰早上还在，不知道什么时候就不见了，快十点四十了还没来。

班长找了她好几次，室友给打她电话，她匆匆忙忙说了句："马上，抱歉。"

她来的时候，很着急地躲在活动板后面换学士服，队伍已经排整齐了，室友过来帮忙。

梁冰也来了，替她正了正学士帽，把帽穗捋到一边，小声问："是遇到什么麻烦了吗？"

她知道惊蛰的家庭背景，所以潜意识里有点不好的预感，怕是奶奶出什么事了。

惊蛰着急忙慌的，好半天才轻叹了口气："没事，就是去领了个证。"

都怪林骁，想一出是一出。

如果真出事了，恐怕惊蛰直接就不来了。梁冰觉得也是关心则乱了，只是困惑着："啊？什么证啊？工作的？"

又有人在喊，几个人忙归了队。校长的毕业致辞很简短，掌声雷动，拨穗礼很快开始了。他们系排在前面，惊蛰刚坐下没多久，就有人招呼他们过去主席台右侧排队。

尽管天气并不太好，但大家似乎热情高涨，过了今天，人生的又一个阶段就要宣告结束了。

惊蛰恍惚觉得，自己昨天还在高中的校园里，但竟然已经要大学毕业了。

她被保送了本校的研究生，所以毕业并不算慌张，其他人也已经在找或者找到工作了。梁冰去了一家设计院工作，拿到毕业证就要办入职了。

大约被工作搞得焦头烂额，听到“领证”，梁冰下意识以为与工作相关。拨穗礼还没开始，她忽然想起来惊蛰不用工作，那毕业了又领什么证？

她扭头去看，惊蛰正在侧头跟室友说话，不知道说到了什么，有些哭笑不得。于是梁冰手圈成喇叭状，小声喊道：“哎，惊蛰，你去领什么证了？”

惊蛰的室友“啧”一声，似乎在嫌弃她的迟钝，也压着声音喊了句：“结婚证，不然还能领什么证？”

梁冰表情震惊，然后若有所思，最后竖了一下大拇指。

因为两个人喊得声音有些大，维持秩序的老师指了指她们，几个人立马不作声了，笑着对老师比了个“抱歉”的手势。

附近的人也在震惊，用余光不住地看惊蛰。

大学的情侣多到根本不会有人注意。

但林骁和沈惊蛰各大系都有所耳闻——

大一军训休息的间隙，教官拉人表演才艺，林骁跳了段舞。他这个人一贯会耍帅，自然俘获了不少新生的芳心。

“那帅哥是谁啊？”

“叫什么啊？”

“哪个系的？”

甚至有人试图去新生群里大海捞针。

可惜还没来得及问出点什么，他们先得知帅哥是有女朋友的，这棵大白菜早就被摘走了。

他似乎还挺痴情。

没多久就是社团纳新日，林骁是和惊蛰一块儿去的。街舞社的人认出了林骁，力邀他进街舞社，他摇了摇头。他对社团不感兴趣，只是陪惊蛰来看看。

但盛情难却，他最后脱了外套，在摊位前临时搭建的舞台上跟人跳了一段，帮他们拉拉人。惊蛰抱着他的外套站在一边等着。

载歌载舞的地方总是容易引人围观，有人冲林骁吹口哨，起哄：“学弟，好腰。”

林骁动作一僵，幅度小了些，其他人起哄声更大了，大约是觉得他会不好意思还挺稀奇的。不少人是后来去的，不知道他是带着女朋友一起来的，还在问学弟的联系方式。

林骁绷不住，提前下来，走到惊蛰身边拿过外套，顺便扭头冲各位作了个揖：“放过我吧！我女朋友要揍我了。”

他自然地牵起惊蛰的手，半搂着她往外走。

惊蛰偏瘦，被他按在怀里显得格外乖巧，怎么看都不像是会揍人的人。

一群人哈哈笑起来。

有人在说，这怎么那么像情场浪子和他的小乖妹啊。

然后有人突然才想起来："啊，这不是军训那会儿跟女朋友要钱买可乐的帅哥吗？"

"想起来了，要五块还只给了三块。"

"哈哈哈，好惨。"

他哪里是情场浪子，分明是个小可怜。

说着说着，不少人笑声更放肆了，林骁扭头比了个求饶的手势。

他这个人求生欲很强。

惊蛰是个不大会吃醋的人，而且理性大过感性，他是真怕别人调侃得太狠了，她就不要他了。

她干得出来。

林骁经常陪惊蛰去上课，以至于她们系的很多老师都认识他了。

有次办晚会，林骁去帮忙，那老师想不起来他叫什么，拿着话筒喊了句："沈惊蛰那位，那个，你来来来。"

林骁很自然地走过去，导致不少人哈哈大笑。

那是给新一届的新生办迎新晚会，各个系的人都在。人都有好奇心，看到别人都在笑，有人忍不住问了句："笑什么啊？"

然后有人解释，这帅哥是管理系的，天天跑去建筑系找自己女朋友，女朋友呢，学习又好，经常拿系前五名的，老师们大多都认得，连带着也认识他了。老师们记不得他的名字，天天叫他"沈惊蛰的男朋友"，导致他室友天天也叫他"沈惊蛰那位"。有一次还闹过笑话，他在那儿站着，别人喊了四五遍"林骁"他都没听见，于是那人脑子一转，叫了声"沈惊蛰"，他立马回了头。

他还自我调侃过，说听见"沈惊蛰"三个字比听见自己名字都灵敏。

有一回惊蛰在体育课上被人撞了一下崴到了脚，林骁赶过去的时候，那人还在不依不饶，说是惊蛰先撞他的。对方是篮球社的副社长，长得人高马大的，是出了名地小肚鸡肠。他以前问惊蛰要过联系方式，惊蛰没给，他似乎有些没面子，后来经常明里暗里暗示沈惊蛰这个人不行。

林骁揪着那人的衣领，把那人拖出去，先给了他一拳。

两个人打起来，林骁看他不爽很久了，要不是惊蛰拦着他，他早就揍人了。这种人就是欠揍。

几个医务室的老师过去把人拉开了。

林骁也挨了一拳，医务室的老师一边给他涂药，一边叹气："年轻人啊！"

那天是林骁背着沈惊蛰走出医务室的。

她趴在他背上，有点蔫儿，因为很快就要考试了，崴了脚可能会耽误复习。

她搂着他的脖子，有些心疼地碰了碰他的嘴角，然后恶狠狠地说："下次我帮你揍他。"

那会儿边上有人，他顿时扑哧一声笑了，大概是看她这身板说大话挺稀奇的。

第二天林骁不知道从哪里弄来一辆非常高科技的轮椅给她，平时他推她，没空的时候，惊蛰就自己开着轮椅去吃饭、去图书馆自习。

那几天惊蛰走到哪儿都会引人多看两眼，因为那轮椅做得实在太别致了。

大四的时候，课已经很少了，大家都不常在学校，林骁已经开始帮着老爸处理公司的事了，但惊蛰因为要继续读研，还是留在学校的时候多。那会儿保送名额还没下来，惊蛰只能先准备着。

那段时间，林骁很久都没和惊蛰见面，某天惊蛰跟着室友一块儿去吃饭，结果一进餐厅就看见林骁带着一个女生也在吃饭，两个人有说有笑，旁若无人，都没看到惊蛰她们。

室友迟疑："要不我们换一家？"

惊蛰摇头："没事，就这儿吧。"

另一个室友暗示："惊蛰，你不去跟你男朋友打个招呼？"

惊蛰扯了一下嘴角："不了，他可能在忙。"

空位不多，她们坐在了角落，以至于林骁到走都没看到惊蛰。

惊蛰始终也没说什么，她这个人表情一向淡淡的，遇到什么事都不大有剧烈的情绪波动，大家也看不出来她是伤心还是愤怒，只能看出来比平时情绪要差一点。

店里招牌的米酒很好喝，她们点了不少，惊蛰一口一口抿着，自己喝了两小壶。

这米酒后劲大，惊蛰酒量浅，到最后，室友拿手在呆愣在原地很久的惊蛰面前晃了晃，才发现她喝醉了。

她很认真地说："我要……给林骁……打个……打个电话。"

她握着手机，却到处在找手机，嘴里碎碎念着。

室友第一次看到她这样，有些忍俊不禁，哄着她坐在那儿别动，然后她们联系了林骁。

林骁没走远，很快就回来了，他推开餐厅门的时候，目光巡视片刻，才看到角落里的她们。

惊蛰正对着他，很安静地在看他，丝毫看不出来喝醉了。

他压根儿不知道她也在这儿吃饭，有些心虚地走过去，跟三个室友打了招呼，然后看惊蛰。

惊蛰也看他，眼睛睁得滚圆，带着点气愤似的，然后拍了拍她身边的位子："你……坐这儿。"

一开口，林骁才发现她是真的喝醉了。

林骁也是第一次见她这样，忍不住笑出了声，拉她的手：“不坐了，该回家了，行不行？”

惊蛰摇头，别过头不看他。

林骁晃了晃她胳膊：“听话。”

惊蛰很凶地瞪他一眼：“不听。”

林骁笑得更欢快了，直接把她架起来，跟几个室友告了别，顺便买了单，然后带着她往外走。

醉鬼力气都大，她挣扎着不愿意走，说要去采蘑菇。

林骁哭笑不得，但实在弄不住她，只好连声哄着，让她趴到他背上，他背着她上了车。

他早就拿了驾照，这会儿开一辆路虎。后座宽敞，他把人塞进去的时候，顺便绑上了安全带。可下一秒她就解开安全带，把他拉上去，顺便关上了车门。

她跨坐在他腿上，很严肃地看他，很严肃地掐他的脸，然后揪他的耳朵……

他喉结滚动，忍不住笑说：“妹妹，这不合适吧？”

惊蛰却忽然生起气来，趴在他脖子上狠狠咬了一口。她用了好大的力，他起初忍着，想着随她去，可忍着忍着“嘶”了声，抬手把她薅下来，无奈地看她：“谋杀亲夫啊？”

惊蛰拿手指头戳他的胸口，戳了好一会儿才说：“你跟别的女生吃饭。”

林骁：“？”

惊蛰又揪他耳朵，两只手把他耳朵拎起来，大概觉得他是只兔子。

她很生气，眉眼拧着，似乎想骂他，但又不会骂，憋了好一会儿才说：“我讨厌你。”

林骁愣了会儿才反应过来，耸着肩膀不可抑制地趴在她肩上笑起来。

“你吃醋还挺可爱。”林骁咬着她耳朵，“但那个是我小姨。”

惊蛰才不管，就咬他，咬着咬着亲起来，他们窝在车后座接吻。

室友吃完饭，看到林骁的车还没走，于是过来敲车窗。林骁还没反应，惊蛰先探身过去降下车窗。他来不及反应，把她从身上拽下去的时候，正好对上外面室友错愕的表情。

林骁苦笑，掐了一下眉心：“喝醉了，不讲理，不让走。”

室友紧张地说不出来一句完整的话，“啊啊”“哦哦”了一会儿，马上就溜了。

这对儿情侣挺养眼的，最初遇到的人也只是会这样说一句。学校太大了，漂亮的、优秀的人都很多，两个人就是一对普普通通的情侣罢了。

但他们普普通通地在一起四年，感情还是很好，就变得不那么普通了。

这会儿听说他们真的领证了，大家觉得不可思议，但又觉得顺理成章。

典礼结束，大家三三两两都在拍照留念，邢曼阿姨和林叔叔也来了，送了花给惊蛰，祝福他们顺利大学毕业，拿着相机非要给俩人拍照。

他们从人群中穿过，时不时就会有人恭喜一句“新婚快乐”。

惊蛰不好意思，忍不住低下头。

林骁倒是很嘚瑟，到处跟人发喜糖。

惊蛰都不知道他是什么时候准备的，看大家都在吃，也从他口袋里摸糖。林叔叔和邢曼阿姨还没过来，两个人站在那儿等。

他剥了一颗塞进她嘴里，小声说：“我妈包了个大红包，给你的改口费，你要是不习惯，不叫也行，不急。”

惊蛰一下子紧张起来：“现在就给吗？”

她以为会婚礼给。

林骁也咬着一颗糖，含混不清地说：“嗯，她着急。”

后来邢曼阿姨过来的时候，惊蛰紧张得脑袋嗡嗡的。

她盯着邢曼看，反复思考该怎么叫。

她想着想着，脱口而出：“妈。”

邢曼愣在原地，手里还捏着红包，好半天才应了一声：“哎。”然后她扭头困惑地看林正泽：这怎么不按套路出牌啊！

她似乎一下子不知道该干什么了似的，抢过林正泽的红包，然后一股脑儿全塞给惊蛰：“拿着，妈给你的，别给那个傻子。”

惊蛰：“谢谢……妈。”

邢曼眯着眼笑起来，满脑子都是“我儿媳妇真好看、真乖、真可爱”。

惊蛰因为不好意思，把脸整个贴在林骁胸口。

林骁还故意逗她：“那我呢？不改口？”

他知道她叫不出来，可他就喜欢逗她，像个幼稚的小学生，越是喜爱越忍不住欺负。

惊蛰狠狠掐他：“你不要得寸进尺。”

林骁咧嘴笑起来：“那我改口行不行？老婆老婆老婆。”

惊蛰捂住他的嘴，觉得他这个人脸皮厚得旁若无人，丝毫不觉得害臊。

只是捂着捂着，她忍不住自己也笑了。

林骁把她的手拉下来，扶着她的腰，低头亲她。

邢曼咔嚓按了快门。

画面定格在这一秒，一切才刚刚开始，年轻的生命充满变数，但在这一刻仿佛能从他们脸上看到永恒。

番外五：一毛

五年后。

奶奶想回落阴山看看。

这些年他们都没正儿八经回去过。奶奶腿脚不便，也不耐折腾，年纪大了，更是惧怕长途跋涉。

于是每年只有惊蛰回去给父母扫墓，其余时间也不大回了，甚至每次除了万奶奶，都尽量不惊动别人。

从奶奶离开落阴山到现在，竟阔别小十年了。

于是惊蛰提前联系了万奶奶一家，然后特意在暑假腾出一周的时间备了厚礼带奶奶回去拜访。

下飞机照旧有人来接，只是这次林骁自己开车，让司机回去了。

他开了一辆 SUV。本来他提议开房车，奶奶坐着会舒服些，但惊蛰白了他一眼，路修通才多少年，狭窄的地方遇上对头车，会很麻烦。

林骁撇撇嘴："哦。"

说这话的时候，他的助理就在旁边，没忍住，笑了。

助理大概不明白小林总面对老婆为什么经常吃瘪。

惊蛰坐在副驾驶位上，奶奶和一毛坐在后座。

一毛是惊蛰和林骁的女儿，之所以叫一毛，得从家里那只叫二毛的狗说起。

二毛最开始是个被遗弃的小可怜，邢曼阿姨想捡回去，但又怕脏，就花了两毛钱买了个袋子，提着它去宠物医院做体检，然后就给它起名叫二毛了。那会儿医生说它状况堪忧，就起了个贱名，好养活。

一毛小时候身体也不好，三天两头跑儿童医院。

有一次林骁在路上遇到个老太太，拦着他要吃的。林骁本来不想理会，但那段时间一毛经常生病，于是林骁觉得自己应该多做好事，便带着老太太去吃了饭。吃饭的时候他说起来自己待会儿要去医院看女儿。老太太从怀里掏出来三个铜板，在他面前一撒，然后掐着指头算了算，最后说："你担心的事不会发生，但切记孩子出生后的第一个名字不能用。"

老太太说完，还问林骁要了钱，说是行规，煞有其事的。但她为了证明自己不是骗子，只收了一毛钱。

林骁向来不信这个，但大约太担心女儿，还是宁可信其有了。那时候一毛还没起大名，他们起了几个小名都不满意，最后想起来二毛的来历，又想起来二毛如今活泼健康，于是决定给女儿起名叫一毛。

希望一毛也能像二毛一样健康活泼。

一毛睡着了，都没来得及看自己心心念念的山景，没有看到漫山遍野的树木、鲜红的果子，也没有看到一闪而过的小动物。

等一毛醒来的时候，他们已经到了。

她睁开惺忪双眼的时候，爸爸正把她从车里抱出来。她抱住爸爸的脖子，轻声问："我们到了吗？"

爸爸很严肃地看了她一眼："没有，你还在做梦。"

一毛困惑地看了爸爸一眼，林骁耸着肩膀笑起来："真笨，跟你妈妈一样。"

一毛都不忍心反驳他。

爸爸把她递给妈妈，自己去搬东西了。

万奶奶还住在山里，山里现在比以前更方便了，房子也重新翻盖过，门口新铺了石板路。

到处焕然一新。

万奶奶耳朵背了很多，说话很大声。她跨过两道门槛，颤颤巍巍地迎过来，在爬藤植物爬满的篱笆墙围成的院子里一把抱住奶奶，笑着："九啊，你可回来了啊！"

奶奶也握住万奶奶的胳膊。她已经很久没有听到有人叫自己的名字了，人年纪越大就越感受不到自己本身的存在感。她嗫动了几下嘴唇，似乎才找到自己的声音，扯着嗓子喊道："回来看看你啊！"

万奶奶瘪着嘴，露出几分孩子气来："你再不回来，怕是都见不到喽。"

她比画了一下脖子的位置："土都埋到这儿了。"

奶奶听了，倒是笑呵呵的，像是起了攀比心似的，比了比自己的鼻子："我都埋到这儿了。"

最近几年，奶奶常常提起"死亡"这个话题。惊蛰起初还很伤心，奶奶便笑话她，说人到了一定年纪，便也不避讳这个了，还说要是搁以前，这年纪，该给自己打棺材、缝制新衣服了。人活到这个年纪，后事能早做打算，是好事。

可惊蛰还是听不了，她希望永远没有那一天。

这会儿看着两个老小孩寒暄，她抱着一毛去院子外头看小鸭子。

她突然要接电话，然后招呼林骁过来看会儿一毛。

林骁走过去的时候顺便掐了掐惊蛰的脸，惊蛰瞪了他一眼，他才笑着把三岁的一毛驮在肩膀上。一毛抱着爸爸的脑袋，有些忧愁地说："爸爸，妈妈让我看好你，你不会做坏事的对吗？"

林骁扣着一毛的腿下了个缓坡往外走："当然不会，爸是那种不稳重的人吗？"

他们出门就遇到了万堃。

万堃当年成绩也不好，跟着爸妈做起了生意，但运气倒还不错，赚了些钱。今天听说沈奶奶回来，他特意回来见一面，结果先看到林骁。

当年俩人还睡过一张床呢，闹得极其不愉快，互相恨不得把对方揍一顿，现在想想还有点好笑。

林骁冲对方点了一下头，然后晃了晃一毛的腿："叫万叔叔。"

一毛揪着爸爸的头发，有点不好意思地叫了声："万叔叔好。"

一毛扎了两个小丸子鬏，小丸子上还绑了红绳，看起来软糯可爱。

万堃愣了愣，恍惚觉得看到了惊蛰小时候，于是笑着伸手拍了拍一毛的胳膊："跟你妈小时候一模一样。"

性格像，样貌也像。

林骁挑了一下眉。

万堃招呼他们进屋，林骁摇了一下头："让奶奶她们说会儿话吧，我带这小鬼出去看看。"

一毛很配合地点点头，她从小到大都没来过山里，看到什么都很新奇。

万堃没强求，余光看到在一旁打电话的惊蛰，点点头，独自进屋了。

惊蛰接的是设计院的电话，不知不觉聊了半个小时，等回头的时候，林骁和一毛已经不知道去哪儿了。

这地方变得很陌生了，就连从小在这里长大的惊蛰都快不认识了。

但她偶尔还是能找到旧时的影子，远处的山峰，近处的溪流，还有那棵后来被挂了牌子、树龄五百年的树。

门前门后仍旧种着蔬菜和果树。

大鹅依旧迈着趾高气扬的步子。

惊蛰走了一圈，没找到两个人，于是打了电话："人呢？"

林骁沉默片刻："一会儿就回。"

说着，一毛的声音插进来："妈妈，救命。"

惊蛰："……你爸又干吗了？"

一毛有些郁闷地说："他对大鹅吹口哨，然后大鹅……呜。"

有人捂住了她的嘴，气急败坏道："你怎么还告状呢！"

不用猜，惊蛰就已经知道发生了什么。

其实林骁是想起自己当年被鹅追的经历，觉得既可怜又好笑，过了这么久，他看鹅都觉得亲切了，于是冲它友好地吹了个口哨。

但大鹅似乎不领情，头一低，身子一压，微微张开翅膀，直奔他而来。

林骁一句骂声噎在喉咙，然后抱着一毛就跑。

大鹅的主人是个阿姨，阿姨追上大鹅，一把薅住鹅头。她认出了林骁，知道他是沈奶奶家的孙女婿，十分热情，非要把这鹅炖了给他们吃。

林骁依稀记得当年的鹅最后也是被他吃了。

林骁和一毛虽然都吃鸡鸭鱼肉，但从没见过活生生的大鹅被制裁，两个人一脸惊恐地摆手。

尤其是一毛，她心软又温善，狠狠地拽着爸爸的胳膊，眼泪都快溅出来了。

结果阿姨把鹅送给他们了，现在老父亲牵着女儿，女儿拿阿姨给的绳子牵着鹅，鹅爱走不走地在后面晃悠，甚至直接偏离路线去了后山溪水边吃草。

两个人在商量怎么才能不惊动任何人把鹅悄悄绑架回去。

惊蛰找到林骁和一毛的时候，俩人正坐在大石头上吃水果软糖。

主要是林骁吃，一毛喂他。

惊蛰过去把糖从一毛手里接过来，塞在自己口袋里，朝着林骁弹了个脑瓜崩："你牵人家的鹅干什么？"

林骁有些幽怨地抱着惊蛰的胳膊："老婆，我跟鹅八字犯冲，我本来都要走了，它非跟着我。"

一毛点点头："然后那个奶奶就拿了绳子把鹅绑上，让我们牵走了。"

其实他们抓鹅从不牵绳的，但阿姨大概是看两个人太斯文，就想着给他们玩会儿，谁想到俩人连牵都牵不走。

惊蛰扶额，过去把绳子解了，然后学着鹅叫了几声，鹅就跟着她走了。

林骁照旧驮着一毛，两个人频频回头。

林骁："哇。"

一毛："哇。"

他们觉得惊蛰简直会魔法。

而惊蛰对于两个城里人已经见怪不怪了，面无表情。

回了万奶奶家，奶奶们叙完旧了，便关心起小辈来了。

万堃到这个年纪还没结婚，但相过几次亲，最近跟一个姑娘在接触。万奶奶说："那姑娘长得俊呢，大概跟惊蛰那么高，皮肤也白嫩，性格也跟惊蛰一样好。"

一句一句像惊蛰。林骁敛着眉头捏女儿的脸："叫爸爸。"

一毛狐疑地看了一眼爸爸："……爸爸。"

林骁："大点声。"

一毛："爸爸！"

林骁侧着耳朵，意思是，再大声点儿。

一毛叹了口气，终于揪住爸爸的耳朵，冲着他耳朵喊了句："爸爸！！"

林骁被震得脑瓜子嗡嗡的，惊蛰忍不住拍了他一巴掌："你干吗！"

林骁笑着揉一毛的丸子头："你看你妈，天天欺负我。"

一毛："……"

她觉得爸爸很幼稚。

万奶奶看了一眼两人。尽管刚刚就问过一遍，可年纪大了记性不好，这会儿看到了，她难免笑着又问了一句："这娃娃多大了？"

奶奶笑着说："不到四岁。"

万奶奶冲一毛招手："来，过来让太姥姥看看。"

一毛从爸爸身上爬下去，然后走到万奶奶那儿，瞧着别人对万奶奶说话都扬着声音，也扯着嗓子："太姥姥好。"

引得一群人笑起来。

万奶奶也呵呵地笑着："好，好，长得跟她妈妈小时候真像啊！"说着，她仔细端详起来，又说，"眼睛随她爸。"

奶奶说："眉眼都随尧尧，但看着呢，就是像她妈。"

万堃在给小孩剥栗子，闻言也笑了笑："随谁都漂亮。"

几个人再次哄笑起来。林骁捏着惊蛰的手把玩，好像极享受这种和妹妹不分彼此的感觉。

他侧头，剥了一颗软糖塞到惊蛰嘴里，小声说："老婆，你说把一毛……"

惊蛰听个开头就知道他又憋了什么坏水，打断他："气哭了你哄。"

林骁咧嘴一笑："她哭我也哭，谁不会哭似的。"

惊蛰："……"

林骁把一毛的裤腿卷到大腿根，拉着她去河里摸鱼的时候，万堃还说："林骁带孩子还挺有模有样的。"

惊蛰只是笑了笑。

奶奶夸道："妹妹工作要忙一些，一毛自小都是尧尧带大的。"

万堃表情更惊讶了。

他大概是觉得林骁这种看起来就不大靠谱的人，不像是会带孩子的。

没过多久，他跟着惊蛰去溪水旁找林骁的时候，看见林骁坐在礁石上啃山楂。

林骁的右手腕系着防丢绳，防丢绳另一头连着一毛的腰。

一毛在专心致志地在捉鱼，林骁在专心致志地吃山楂。

溪水里有很多石头，石头和礁石之间形成了比较平缓的水域，鱼儿会在这里栖息。但即便鱼很多，对一毛来说也很难抓，她拿着小网兜抓了很久，只网到两条很小的鱼。她起初还兴致勃勃的，但这会儿有点累了，跑到爸爸身边，趴在他胳膊上："爸爸，我抓不到。"

林骁塞了一颗山楂给她，表情故作轻松，骗一毛吃下去，看她酸得整张脸拧在一块儿，哈哈大笑起来。

笑完了，他才揉了一下她的脑袋："我们换个地儿，去前面，那边水面宽一点。"

然后林骁把一毛抱起来，蹚着水往前走了几步。

然后他重新坐下来吃山楂，一毛继续摸鱼。

摸了会儿，一毛似乎终于觉得不太对劲，扭头拧着眉问林骁：“爸爸，你为什么不抓？”

林骁表情认真地道：“大人要抓大鱼，小朋友抓小鱼，但现在这里没有大鱼，所以只能你抓了。”

一毛转了转眼珠子，觉得哪里不对，又觉得好像对，最后点点头：“哦。”

万堃侧头问惊蛰：“他这是……”

好像也没有什么问题，但万堃就是觉得跟想象中的带孩子不一样，没见过这么带小孩的。

大概是一毛太乖巧听话了，倒显得林骁有点不正经。

惊蛰笑了一下：“没事，他怕她待会儿不睡觉，消耗她精力呢。”

其实林骁是想吃炸小鱼，骗一毛去抓鱼。他这个人向来幼稚，套路起一毛来毫不手软。

万堃没带过小孩，也就没再说什么，就是觉得挺稀奇。

一毛一直警惕着爸爸，总觉得他又在铆足了劲儿打算捉弄她。但直到她提着小桶回家的时候，爸爸都没干什么，她觉得自己今天可能误会爸爸了。

于是爸爸再抱她的时候，她趴在爸爸脸上亲了一口。

小鱼被万伯母炸了，一毛吃完晚饭很快就困了，睁着一双睡眼趴在妈妈怀里的时候，还在说：“妈妈，我想和你睡。”

因为她觉得爸爸又会偷偷把她放在小床上。

惊蛰是个说话算话的妈妈，所有答应她的都会做到，她就一直盯着妈妈，看到妈妈点头才放心地闭上眼。

可惜这里本来就没有小床，妈妈当然也不放心让她自己睡。

惊蛰晚上是和一毛睡的，林骁自己睡在折叠床上。

第二天，一毛从妈妈被窝里钻出来的时候，又觉得自己错怪爸爸了。

她想出去找爸爸，结果一出门就被绊了一跤。她趴在地上的时候本来没有哭，可抬头正好看到爸爸进院子。爸爸夸张地“呀”了声，然后蹲在地上：“乖，磕掉门牙了，你以后说话会漏风的。”

并没有，一毛并没有觉得很痛。但还是被爸爸气哭了。

她从地上爬起来，想要一头扎在爸爸怀里，然后被林骁伸出一根手指抵住脑袋，嫌弃地说：“你都不拍拍土就往我身上蹭。”

一毛向来是个好脾气，可偶尔也会奓毛，她气呼呼地大力拍着自己身上的土，一边拍一边凶：“爸爸，坏。坏爸爸！”

林骁一边笑一边单手把她拎起来去水井旁洗漱，他给女儿洗脸倒是很细致温柔，洗完还抱去屋子里擦了香香。

一毛终于不气了，她又忍不住抱住爸爸的脖子，说想去看小鸭子。

林骁捏了捏她鼻子：“好，带小笨蛋去看小鸭子。”

一毛撇着嘴：“爸爸才笨。”

林骁：“你笨。”

一毛呼吸都急促起来：“爸爸笨！”

林骁偏头笑起来，依旧不妥协：“就是一毛笨。”

一毛刚咽下去的眼泪差点儿又出来，气呼呼地趴在爸爸脖子上，呼哧呼哧喘着气，好半天没有想起来可以压制爸爸的话，郁闷地敛着眉。

万伯母在和惊蛰说话，看到这架势，忍不住问了句：“不用管啊？”

旁人都怕小孩闹，林骁这是生怕小孩不闹的样子。

惊蛰笑了笑：“不用，这俩人就这样。”

林骁就喜欢欺负一毛，一毛每次都被欺负得直跺脚，可转头还是要去找爸爸。

屡战屡败，屡败屡战。

万伯母摇头轻笑：“林骁跟个小孩似的。”

惊蛰点头，深以为然。

不过一毛还挺喜欢爸爸，看不到爸爸会念叨，生气了会不理他，但每次他快到下班时间，一毛都会趴在窗户上往楼下看，看到爸爸的车，眼睛就会亮起来，然后站在门口等爸爸抱她。

她喜欢跟爸爸一起玩玩具，虽然经常被林骁捣乱。她每次都说“下次再也不要跟爸爸一起玩了”，但下次还是忍不住去找他。

她喜欢跟爸爸说话，每次都可以喋喋不休说很久。

一毛是个乖巧的小孩，很讨长辈喜欢，跟谁都很亲，喜欢爸爸妈妈，喜欢爷爷奶奶，喜欢太姥姥。

但惊蛰总觉得，她跟林骁最亲。

大概是因为虽然林骁总欺负她，却也是陪她玩耍最多、关心她最多的人。

一毛会说话很早，开口第一句叫“妈妈”，林骁便逗她叫“爸爸”。但她学会叫妈妈之后又学会了叫奶奶，学会叫奶奶之后又学会了叫爷爷，然后会叫妈妈的小名“妹妹”，最后才学会了叫爸爸。

林骁一度觉得一毛是故意的，有次大半夜睡不着，趴在一毛床头让她叫“爸爸”。

一毛睁着惺忪的双眼，冲他打了个大大的哈欠，然后翻个身留给他一个背影。他就又把她扒拉过来，嘟囔着说：“不许睡，你这会儿睡了，待会儿又闹。”

惊蛰是个睡眠很浅的人，被小孩折腾几下就很难睡着了。所以林骁很心疼，每次一有动静自己先起来。

一毛似乎听懂了似的，抬着手在虚空中抓他。

林骁把手指塞进她的小手掌里，她紧紧抓住，“咿咿呀呀”地冲他叫，不知道在说什么。他一句一句答着，两个人“跨服”聊天十分愉快。

惊蛰在设计院工作，常常很忙，一毛都是阿姨带，爸妈闲了爸妈带。她和林骁带得很少，他们周末带孩子，也都是林骁带得多。

他很喜欢小孩，每天精力比一毛还旺盛，有时候反而把一毛折腾得不想动。

有一回林骁带她在外面玩，公司有急事，他就把一毛带过去了。惊蛰去接，结果被堵在路上走不了，绕路耽搁了不少时间，到的时候就看到一毛坐在垃圾桶里，垃圾桶放在办公桌下，她窝在里面撕纸片。

惊蛰眉头狠狠皱起来。

他的助理忙解释：“垃圾桶是新的，干净的。她一直想玩小林总的笔，但林总不让她玩，她就要闹，林总就给了她一沓废弃文件让她撕，但她撕了到处扔，林总凶了她两句……”

林骁又看不得女儿难过，最后冲助理招手，问他有玩具没。助理哪里去找玩具，就请示：“要不我现在去买？”

林骁思考片刻，说：“去后勤领个新垃圾桶过来。”

然后林骁把一毛往垃圾桶里一放，笑着比了个“请”的手势：“随便撕，把自己埋起来我也不管。”

惊蛰哭笑不得。

林骁很少正儿八经抱一毛，不是驮着她，就是单手提着她，甚至把她装在环保袋里拎着，怎么随便怎么来。别人带得小心翼翼她还要闹，林骁把她折腾得够呛她还挺高兴。

他还在下雨天带着一毛踩水坑，气得惊蛰让两个人自己去搓衣服。父女俩蹲在洗衣间洗衣服刷鞋子都能玩起来，拿洗衣液兑水吹泡泡，互相扎对方的泡泡。扎着扎着俩人差点儿急眼，一毛脚底一滑摔个屁股墩。林骁笑得楼下都能听见，把一毛气得直哭，一边哭一边拿拳头打他。

一毛去奶奶家就喜欢跟朵朵和二毛玩，玩着玩着睡着了林骁也不抱她去床上，拿个毯子把狗和一毛盖在一起。

出门买东西，重的他拎着，但肯定也要让一毛拎一个，说让她找点事做，她就不会捣乱了。

一毛几乎不捣乱，倒是林骁天天逗她奓毛。

两个人在家里鸡飞狗跳。

惊蛰起初还试图管一管，最后干脆由着两个人去了。

由于林骁“一毛能干的事儿都丢给一毛”的理念，导致一毛再大一点儿时已经非常自觉地自己穿衣服吃饭了，甚至能帮爸爸妈妈收拾桌子、整理衣服了。

她半夜醒过来还会帮爸爸妈妈盖被子。

东西掉了她会记得捡起来收好，看到爸爸乱踢的拖鞋，她摆正了之后还要教训爸爸。

她嫌弃林骁这也不会那也不会，早上甚至要给爸爸打领带。她够不着，还得站在凳子上让爸爸弯腰低头。每次林骁都要拆了重新系，但每次都会耐心地低头给一毛玩。

过了这个夏天，一毛就要去上幼儿园了，早几天惊蛰带她去参观过幼儿园。

她很喜欢那里，但突然很忧愁地对惊蛰说：“妈妈，我上幼儿园了，是不是就没人陪爸爸玩了？他会孤单的。”

惊蛰张了张嘴巴，最后不忍心破坏女儿的好心：“那你放学多和爸爸说说话。”

一毛重重地点头。

惊蛰要和幼儿园签确认书。签字的时候，老师在一旁同一毛说话，问她：“小朋友，你叫什么名字啊？”

一毛歪头思考片刻，抬头求助妈妈。

很少有人叫她的大名，她甚至都不大记得。惊蛰没有马上回答，期望她自己想起来，可一毛想了一会儿，然后说：“早上好。”

这下换幼儿园的老师求助似的看惊蛰了。

惊蛰失笑，抱歉地看了一眼老师，回答：“林以宁。”

番外六：我永远爱你

惊蛰做了一个梦，梦到了父亲和母亲。母亲坐在院子里的躺椅上看书，不知道什么时候睡着了，父亲从外面回来，带着春日的晨露和潮湿气。

惊蛰还是小小的一团，和一毛那么大的年纪，蹲在门口看蚂蚁搬家。父亲走到她面前她才发觉，抬起头来，顺着爸爸的裤腿往上看。

爸爸很高，身姿挺拔，眉眼也坚毅严肃。

惊蛰眨了眨眼，轻声叫了一句：“爸爸！”

父亲把她抱起来，他单手就能托起她，惊蛰觉得爸爸的臂膀像是大山一样稳固可靠。她笑起来，搂住爸爸的脖子，小声说：“妈妈睡着了。”

父亲点点头，把她抱到院子里，然后才放下来，拍了拍她的脑袋：“自己去玩。”

父亲从母亲怀里抽出书，轻轻搁在一边，然后弯腰把母亲抱起来。

母亲醒了，半是惊喜半是惊讶：“怎么突然回来了？”

父亲说话一向简洁："想你。"

他们一同进了卧室，好久没有出来。

惊蛰想，他们可能是睡了。

她过去敲门，却没有人理她，奶奶招招手把她叫走了，她有些郁闷地坐在屋檐下。

下雨了，雨水啪嗒啪嗒地响着，青蛙开始鸣叫，世界变得吵闹，吵闹中又透着一丝静寂。惊蛰无聊地托着脸坐在那儿翻看母亲看的书。

一位荷兰作家的长篇小说，书名的四个字里有两个字惊蛰都认不清，但她还是胡乱读着，好像这样就可以快快长大，就能像妈妈一样认识很多字，知道很多知识。

奶奶煮了花生给她吃。

盐水煮花生，带着壳，刚刚从水里捞出来，用个小筐盛着。惊蛰把书珍重地放在一边，然后垫了一块毛巾在膝盖上，把筐子放在腿上，小手一下一下剥着花生壳。花生仁剥出来，一颗自己吃，一颗放在白瓷碗里，一颗放在圆肚杯里，一颗放在白陶罐子里，然后循环往复。

碗里的给妈妈，杯子里的给爸爸，罐子里的给奶奶。

如果他们陪自己吃，就更好了。

惊蛰有些无聊，很快就把花生剥完了。

奶奶又煮了苹果汤给她。

苹果汤里放了花生碎、核桃仁，还有冰糖。

煮过的苹果酸酸的，被冰糖的甜中和掉。

惊蛰觉得不好喝，但她还是喝完了。

奶奶又要给她做栗子糕的时候，爸爸妈妈终于起来了。她一下子跳起来，穿过院子跑过去，雨水滴在脸上、脑袋上。她把手搭在头顶挡着，跑得特别快，脚下溅起巨大的水花。

她因为惯性一下子撞到妈妈腿上，妈妈弯腰笑话她像头小牛。爸爸把她抱起来，他很少笑，脸上总是显得严肃，可惊蛰不怕他。

惊蛰抱住爸爸的脖子，咧嘴笑起来。

雨水啪嗒啪嗒，蛙声绵延不绝。

天空是灰色的，阴沉得仿佛傍晚。

隔壁家的收音机在响，因为下雨信号不太好，刺啦刺啦发出刺耳的声响。

惊蛰惦记着要把剥好的花生给爸妈，手指指着那边让他们跟自己走。

穿过院子不过是半分钟的路，可他们一直走，却怎么也走不到尽头。

惊蛰走啊走，走了很久扭头去看，发现身边空无一人，只有自己。

突然巨大的难过笼罩了她，就像母亲说的，"你准备好的东西可能永远也送不出去"。

深爱的人也许并不能陪你走到最后。

生活不是电影，很多伏笔都没有后续，甚至没有结局。

惊蛰从梦里挣醒，拥着被子坐在床头，发了很久的呆，不明白自己为什么会做这样的梦。

梦里的场景平淡得乏味，大概是记忆里早已模糊遗忘的某一天，并没有什么深刻的地方，就是一个普普通通的场景。

或许是因为回了落阴山，有些触景生情了。

又或许，是因为外面下雨了。

惊蛰给一毛盖了盖被子，然后下了床。

林骁的行军床就在她脚边，她一下来，他就醒了，伸手握住她的腿，轻声问："睡不着？"

惊蛰点点头，抬手指了指外面，意思是，我出去透透气。

林骁轻"嗯"了一声，等惊蛰出去后，也披了外套出门了。

惊蛰坐在屋檐下的木凳上，没有多余的凳子，林骁把她抱起来，自己坐上去，然后让她坐在自己腿上。

惊蛰有些难为情，手抵在他胸口，敛着眉说："一会儿有人起夜了。"被看到了不好。

林骁低笑了声，女孩子总归脸皮薄，她到现在都害怕在人前亲热被看到。

可他还是喜欢欺负她，看她面红耳赤，心跳如擂鼓，反复确定她爱他。

合法夫妻，人之常情，看到了也没人会说什么。

不过林骁还是照顾她的情绪，轻声说："那我们去车里？"

车子停靠在院子外的空地上。

惊蛰犹豫片刻，点点头。

她睡不着，想和林骁说会儿话，可显然在别人家里并不合适。

林骁回了一趟屋，给一毛盖好被子，把手机放在她枕边，然后拿了车钥匙和雨伞。

惊蛰以为只是坐进去待一会儿，没想到林骁直接进了驾驶座，启动了车子。

惊蛰趴在他座椅的靠背上，轻声问："你干吗啊？"

林骁咬了一根柠檬味儿棒棒糖提神，然后歪头回了句："带你去看看爸妈。"

"你怎么……"知道。

惊蛰最后也没问，她有时候觉得自己和林骁有一种奇怪的缘分。

她只是有些担心地叮嘱了句："下雨，你开慢点儿。"

林骁比了个"OK"的手势："放心，我可不想年纪轻轻就殉情。"

惊蛰有些埋怨地"哎"了声，示意他不要说些不吉利的。

林骁笑起来。

车子停靠在水泥路的尽头，再往上，就是石阶，很陡峭，不习惯走山路的恐怕很难克服心理障碍。于是惊蛰叮嘱：“你在这儿等我，我自己上去。”

林骁握住她的手，撇撇嘴：“怎么，我把你当老婆，你把我当司机啊？”

惊蛰叹了口气，抓住他的手，嘟囔道：“也不知道是谁，当年爬台阶爬得抱着我的腿不让走。”

那一年暑假，去寺庙的时候。

林骁忍不住笑了一声，把惊蛰拉在手边，两个人并肩往上走。

“你感受不到吗？我只是喜欢你。”

因为喜欢，所以想住进你的眼睛里、心里、脑袋里，想你时时刻刻看见我、记得我、想我。

雨停了，乌云顷刻散去。

潮湿的水汽还挂在每一片树叶上，被夜色反射出冷白的光。

惊蛰从路边采了一束雏菊，放在墓碑前。她蹲下身，看了一眼照片上的人，抬手把污渍擦干净。

太过久远了，照片都褪色到快要看不清了，惊蛰也快忘记母亲长什么样了。

连梦里，面容都是模糊的。

要下山的时候，惊蛰抱住了林骁，声音有些闷地说：“我也很喜欢你。”

听她说喜欢，是件很难得的事，她不是个喜欢说的人，她会把爱倾注在很多细节里，唯独不会经常说出口。

他知道她喜欢他，但还是喜欢亲耳听到她说。

于是他笑了下：“真的吗？有多喜欢？”

惊蛰很少理会他的得寸进尺，但她这次很认真地说：“其实我怀一毛的时候，情绪不稳定，有段时间疑神疑鬼……”

大概是激素变化导致情绪波动剧烈，她这个人又不太会表露情绪，所以压抑着。

他那段时间为了腾出来大块儿的时间陪她，加班加点处理公司的事，想直接休个长假，休到她生产完。

但因为不确定能不能休，他就没告诉她，怕空欢喜，只是说忙一阵，把年假腾出来。

他有好几天都住在公司，惊蛰常常睡不着，因为身体原因已经休产假了，每天在家里无所事事。可能太无聊也容易想东想西，那段时间她每天都在脑补他移情别恋了，脑袋里像在播放连续剧。她的心情也随着剧情而跌宕起伏，甚至想到有一天自己挺着大肚子出门逛商场，碰到他和情人约会这样狗血的戏码。

她每每在网上看到类似的案例都要心惊一下。

她终于忍无可忍去公司找他的时候，借口给他送午饭。

他的助理小宋早早就迎了下来，一路带着她从停车场到十九楼。她穿过办公区域，推开他办公室门的时候，他从一沓文件中抬起头来，脸上本来还带着“小林总”的严肃和稳重，看到她却突然垮了脸。等小宋很有眼色地退出去并关上门，他一下子跳起来，抓着她的手腕，扶住她的腰，鼻尖蹭在她脸上，郁闷道：“天天一堆破事，这破日子我是一天都过不下去了。你怎么乱跑啊，不都说了让你好好休息，你送什么饭啊，不能让阿姨来？再不济我随便对付点儿就行，你要是磕到碰到，还不如让我吃树皮去呢！”

他一连串的话，惊蛰都插不上嘴，她那会儿肚子不算太明显，也不算很笨重，但他那样子，仿佛她是什么易碎玻璃娃娃。

她不想解释那么多，于是扯着他的胳膊，轻声说了句：“我就是想你了。”

她看到他逐渐亮起来的眼睛，唇角克制的笑意，还有眉眼里清晰的愉悦，忍不住也笑了，那些莫须有的疑虑顷刻消散。

他凑过去亲她的脸颊、嘴巴，还有眼睛，咧着嘴笑：“你再说一遍？”

惊蛰捂住他的嘴：“你不要得寸进尺。”

送去的饭林骁反而喂她吃了，他送她回家，给她切了水果，放了张碟片，然后又急匆匆赶回公司。

那天看的什么电影惊蛰不记得了，只记得自己看到一半就靠在靠椅上睡着了，林骁回来的时候抱她去了床上。

她躺下来的时候醒了，睁着眼问他晚上还走不走。他掐着眉心，脸色疲惫，却还是笑着说：“不走，最近都不走了，在家陪你。”

他说是因为看她状态不好，担心她。

惊蛰拉着他的衣领把他往下扯，扯到很近的距离，微微抬起头亲吻他。

他咬着她的嘴唇，侧着头，下颌线绷出一条锋利的直线。

惊蛰勾着他的脖子，指腹轻轻摩挲他的耳后，来缓解焦灼的情绪。

他还郁闷着，睡觉的时候一定要背对着她，可快睡着了，还是忍不住转过来抱她。

林骁都记得，但他真的不知道惊蛰还有过那种想法，于是时隔多年还是忍不住气闷：“我就差把心挖出来给你看了。”

惊蛰捂住他的嘴：“我知道。”

林骁声音闷在掌心里：“你知道个屁。”

惊蛰拧着眉瞪他：“你不要说话。”

林骁眨了眨眼，气势瞬间弱下来：“哦。”

惊蛰这才继续说道：“我以前总觉得，人生很长，在一起的时候就好好相爱。如果你走了，我也祝福你。但其实我一点都不大方，我那时每时每刻都在想，你要是走了，我就把你腿打断，我要狠狠地骂你、揍你，我不要祝福你，我要你天天不开心，因为我很不开心。”

林骁眉眼里溢出笑意来："哟，这么凶呢？"

惊蛰低着头，脚尖踢他的脚尖，轻声问："你会不会永远爱我？承诺是没有意义的，一辈子是虚妄的，我知道人心会变，也知道世事无常。但我还是渴望和你一生一世。"

林骁愣了片刻，倏忽笑了："你亲我一下我再告诉你。"

惊蛰从情绪里挣扎出来，忽然觉得矫情，于是一撇嘴，转过身："你爱说不说。"

她抬头，看到天空疏朗的星星。

不知道妈妈是不是也在看星星，或许爸爸也在陪着她。

林骁从身后抱过来，侧头亲吻她耳垂："我永远爱你。"

蜿蜒陡峭的石阶，下比上要难得多，他们一步一停地往下走，到了车上，两个人都舒了一口气。

紧绷的精神松懈下来，困意顷刻席卷上来。

惊蛰还没来得及困顿，睁眼就看到林骁笼罩过来的脸，他像只小狗一样嗅她的脖子，然后牙齿轻咬她的下颌，一寸一寸往上吻着，最后停在她的嘴巴上。他大手越过衣服的边缘去抚她的腰，问她："要不要坐过来？"

惊蛰目测了一下，小心地爬过去。

车窗玻璃上蒙了一层雾气，惊蛰抹开之后，看到天边泛了一点鱼肚白。

惊蛰说："天亮了。"

林骁懒懒地"嗯"了声，指尖摩挲着她的腰肢："你来开车吧！"

惊蛰疑惑地看他："嗯？"

林骁偏头叹了口气："腿抽筋了，妹妹。"

惊蛰："啊？"

她还在他身上，闻言立马爬下去，隔着座位倾身看他："那你怎么不吭声！"

回去的时候，一毛刚醒，睁着惺忪的双眼幽怨地问林骁："爸爸，你和妈妈去哪儿了？"

惊蛰摸了摸女儿的头，林骁却直接把一毛推倒，盖上被子，捏着她的鼻子晃了晃："大人的事小孩少插嘴。"

一毛"哼"了一声："臭爸爸。"

林骁："臭一毛。"

两个人斗嘴了五分钟，惊蛰靠在那里睡着了。

她入睡的时候还噙着笑意。

她模糊感受到一毛给她盖了被子，林骁把她的胳膊塞了进去。

独家番外

时光会记得

-1-

一毛偶然从柜子里翻出来一个相册，拿来给惊蛰看。

是母亲邢曼保留的。

惊蛰现在已经能很自然叫出来“妈妈”和“爸爸”这两个词了。她很小就没有了父母，如今却重新获得了父爱和母爱。

缘分有时显得如此奇妙。

相册是关于她和林骁的，翻开第一页，惊蛰就会心一笑。那是爸第一次带她从落阴山出来的时候。

他们在车上，林正泽说要拍一张照给妻子和儿子看。

照片里，惊蛰有些拘谨地看着镜头，懵懂而单纯，皮肤白得发光。那时林正泽也还年轻，眉目端正硬朗。

时间一晃，竟过去许多年了，林正泽从一个工作狂，渐渐退出一把手的位置，腾出些时间陪妻子和孙女，享受一下生活。邢曼还是经常有新的想法，过得热烈而闹腾。林骁逐渐从小林总变成了林总，他在公司里已经可以独当一面了。有时候惊蛰看他工作的样子，很难想象这是当时坐在她面前，吐槽人为什么要学习的人。

一毛趴在那里，很好奇地看着：“这个是妈妈吗？”

惊蛰点点头：“妈妈年轻的时候。”

那时候，她才十六岁，正是青涩稚嫩的年纪。

一毛继续往下翻，想要看爸爸年轻时候的照片。惊蛰帮她翻了两页，找到一张在客厅的。林骁那会儿傲娇，不喜欢被母亲拿着相机拍。那时邢曼偶尔会拍些惊蛰的照片寄给奶奶，拍完惊蛰，镜头总会对准他，他惯常不配合。这张也是，他偏着头，表情带着点不耐烦，惊蛰仿佛能透过照片听到他那时的语气：拍我干吗！

一毛趴在那里看，突然说了句：“爸爸有镯子。”

细细的银镯子，带着几分古拙，不仔细看都看不出来，惊蛰忍不住再次笑了一声。

是她从山里带出来的镯子，去游乐场的时候被他收了。

惊蛰继续翻，一页一页，往事历历在目，像是重回那些年，每个细节竟都清晰如昨。

两个人逐渐退去青涩，慢慢从少男少女，变成大人。他们从相识到相守，一路跌跌撞撞走到现在。

-2-

惊蛰大学时就订了婚，毕业的时候领了证，毕业典礼的时候，邢曼阿姨去给两个人送花，然后拍照，他们并肩站在那里，笑容灿烂无忧。

他们在惊蛰读研究生之前举办了婚礼，婚礼上，奶奶把她的手塞进林骁手里。林骁紧紧攥着，好几次偏头看她，目光仿佛粘在她脸上，就连司仪都忍不住提醒："新郎可以不用一直盯着新娘。这么多人看着呢，跑不了。"

台下全是笑声，陈沐阳和江扬他们起哄得欢快。

母亲拍了他们婚礼结束后在后台的照片，惊蛰觉得很累，靠在他肩上休息，他一伸手，把她揽进怀里。旁边时不时过人，惊蛰有些不好意思地挣扎了一下，林骁笑着在她耳边调侃她："我们是合法的。"

惊蛰被逗笑，推了他一下，却被他抱得更紧了。

她闭上眼浅眠，不小心睡着了，做了个梦，梦里自己躺在摇椅上晒太阳，太阳暖融融的；梦到自己躺在沙滩上，细软的沙子包裹着她，海浪在远处温柔地掀起波澜，风穿过发丝，从皮肤上流淌而过；梦到自己陷进云朵里；梦到自己在落阴山她最常待的山峰上；梦到很多温柔美好的场景……

梦醒来，她还在林骁怀里，她忍不住抬手抱了他一下，轻声撒娇："哥，我好喜欢你。"

林骁特别臭屁地摸摸她的脸："哥知道。"

然后两个人就笑，他亲她的嘴巴，他们在随时可能有人过来的休息间接吻。外面宾客喧闹，这里是只有两个人的世界。

他们还是被发现了，还被拍了照，惊蛰一瞬间的慌乱和脸红被定格在那里。

-3-

婚房是邢曼阿姨新置办的，她买了郊区的独栋别墅，有大大的院子，前院还有后院都很宽敞。奶奶终于可以坦然接受林叔叔一家的帮助了，她住在了家里，日常和新去的保姆白姨相伴。白姨是个个子小小的阿姨，年纪已经近六十了，也是乡下来的，和奶奶很聊得来。

那时惊蛰还在读研究生，不需要担心奶奶，她为了方便上课，平常就住在宿舍，有空了就回家看奶奶。

林骁那会儿在公司上班，每天早九晚五定时定点，偶尔下班早，就去学校找她一起吃饭。他们在每一条路上都走过，见证过临大的四季更迭，他们也曾恋恋不舍地在宿舍楼下拥抱。

他偶尔还会幽怨地看着她，说感觉自己结婚了，又似乎没结，害得惊蛰总是愧疚。

周末两个人腻在一起，他又是另外一副面孔。

有张照片是她周日临时要参加一个活动，一大早起床就走了，林骁起来找不到她，满脸不高兴，站在院子里看着门口发呆。母亲那天也在，拍了照片发给惊蛰，和她一起笑话他。

-4-

刚结婚那会儿，惊蛰其实是有些不自在的，大约心里一直把林叔叔和邢曼阿姨当亲戚和长辈，可他们突然变成了爸爸妈妈，别别扭扭的。就连和林骁也别别扭扭的，她有时觉得结了婚就不一样了，可常常又告诉自己没什么不同，一切如常就好。

偶尔她又会因为很小的事生出古怪感来。

比如她常常对着林正泽喊“叔叔”，对着邢曼喊“阿姨”，喊完再改口叫“爸妈”。

林骁当着爸妈的面亲她、牵她的手，她会下意识推开。

她会因为奶奶麻烦了叔叔阿姨还有林骁，而把事情都揽在自己身上。

她会因为自己还在上学，没法赚钱，爸妈变着法给她钱而觉得格外不好意思。

但林叔叔和邢曼阿姨会在她改口的时候说：“好女儿。”他们叫林骁“女婿”，每天亲亲热热地叫她“妹妹”和“宝贝”。

林骁会在她推开他手的时候，变本加厉地去亲近她，会揽着她的腰和她头挨着头，贱兮兮地问邢曼：“妈，我和妹妹看起来是不是特别般配？”

邢曼常常会翻他白眼：“你对我闺女温柔一点。”

有张照片就是林骁当着好多人的面偷亲她，她不好意思地拿手掐他的腰，他亲了一下，又亲第二下，特别无赖地说：“不然我觉得白被掐了。”然后警告她，“你再掐我我还亲你。”

照片上林骁眼底的笑意藏都藏不住，惊蛰捂着脸，耳朵烧红。

后来不知道什么时候，她就习以为常了，然后慢慢觉得，好像他们一直就是一家人。

其实是因为她一直都被喜爱和照顾着。

-5-

惊蛰在设计院工作。她刚毕业的时候被导师介绍过去，懵懂地跟着前辈学习。

有一天惊蛰很倒霉，早上因为急事被叫走，资料忘在家里，让司机送去设计院的时候刚好慢了一步。她站在那里挨训，然后着急忙慌去开会，中午没来得及吃饭，下午饿到头眼发昏，被邻座的师姐塞了糖和零食。她一个人加班到深夜，一出门就看到林骁的车子停靠在路边。他靠在那里等她，看到她皱着一张脸，张开手臂示意她抱抱。她有些闷闷地扑进他怀里，他就低着头蹭她耳鬓，笑话她像棵霜打的小白菜。惊蛰便问："你见过霜打的白菜吗？"

林骁郑重地说："这不在我怀里吗？"

惊蛰坐在副驾驶位的时候，还腰酸背痛，可却忍不住笑了。她歪着头看他，在深夜稀疏的车流里，他的轮廓是她眼里最美好的存在。

万家灯火，有一盏是属于他们的。

那感觉很奇妙。

回家的时候母亲从餐厅带了饭给她。

照片里惊蛰在吃饭，林骁坐在那里给她盛汤。他吃过饭了，却忍不住捏着她碗里的勺子喝一口。她抬头错愕地看他："你饿啦？"然后便要把自己的碗给他。

林骁摇摇头："我就是总觉得你碗里的更好吃。"

因为惊蛰吃东西总是很认真，仿佛摆在面前的是珍馐美味。

惊蛰最后还是分了半碗给他，他吃多了，拉着她去散步。深夜无人的街道，他攥着她的手，觉得不够似的，又揽住她的肩。最后他停下来，抱着她，下巴蹭蹭她肩膀："妹妹，我喜欢你。"

惊蛰逗他："我不喜欢你。"

他猝然皱眉，手掌卡着她的下巴："不可以，你重新说。"

惊蛰便笑起来："我不喜欢你，又喜欢谁呢？"

-6-

惊蛰怀孕，林骁比她还紧张，每天闲着时就是看各种孕期的书还有视频。惊蛰喜欢抱着他睡觉，后来她肚子大了，他不敢抱她。他们分床睡，那时她睡不踏实，半梦半醒间，总看见他过来看她。

好在生一毛时是顺产，各方面都很顺利。那会儿她其实很害怕，怕自己照顾不好一个小生命。林骁也不大会，一对新手爸妈手忙脚乱的，他们的父母帮忙请了阿姨，自己偶尔也会来帮忙，一个小豆芽就那么慢慢慢慢长大了。

照片里有林骁在产房外的照片。还没生产的时候，医生的预估其实并不好，早些天产检的时候，是有些微的出血迹象的。

惊蛰被推进产房的时候，他就在外面站着，少有地安静。他眉目敛着，双手不自觉地合十抵在下巴处，就好像第一次去见惊蛰的槐树干妈，明明上一秒还在说不要封建迷信，下一秒就弯腰虔诚俯首。

他在病房里抱一毛，像玩玩具一样将她揽在怀里捏捏碰碰，然后说："真像我。"

邢曼白他一眼："像妹妹，哪里像你。"

他撇嘴，显然不认同。

最后他咧嘴笑了："像我们。"他重复了几遍，似乎很喜欢"我们"这个词。

惊蛰也很喜欢，我和你，变成了"我们"，仿佛平行线相交又纠缠在一起。

惊蛰的情况还好，生产也顺利，但一毛的情况很不好，后来经常住在医院里。经常陪着一毛的也是林骁，因为他觉得惊蛰怀孕太辛苦了，不想让她再劳累，害怕她因此对生小孩产生恐惧。

其实她哪里有那么脆弱，倒是时常觉得他可能会承受不住。印象里他仿佛永远是那个不着调的哥哥、陈沐阳和江扬口中挑剔的大少爷，但他在遇到事情的时候，也会很坚决地想要为这个家遮风挡雨。

一毛情况渐渐好转，他和一毛像是两个小朋友，常常吵吵闹闹。

惊蛰有一次出差一周，写了满满一面墙的便笺，涉及吃穿用度各个方面，主要是给阿姨看的。但回来的时候她才发现，这俩人压根儿不听话，林骁甚至带着一毛胡作非为。

惊蛰就罚两个人出去扫院子，林骁拿着大扫帚，一毛拿着小扫帚。他们互相朝对方撒树叶子，把院子弄得乱七八糟，然后再一点点收拾干净。

一毛累得瘫倒在草坪上，林骁也陪她瘫着，两个人看着天空唉声叹气。一毛抬着头看云朵，问爸爸，云朵像不像一个仙女？爸爸摇摇头："不像，像小熊。"

然后两个人又争吵起来。

照片里两个人扭打在一起，一毛明显占下风，看到拿着相机的奶奶，顿时瘪着嘴，一副要哭的架势。

-7-

一毛和爸爸有斗不完的嘴、吵不完的架，但一毛其实和爸爸最亲近，爸爸就好像她的大朋友，他们站在一个高度，一起玩耍，互相争执，却又密不可分。

惊蛰有时候会觉得好笑，但更多的是敬佩，她觉得林骁是个很合格的爸爸，甚至比她这个妈妈付出得更多。

她也很满足，因为林骁在热烈地爱着她和这个家。

被爱是件很幸福的事。

有一年她回落阴山祭拜父母，因为别人都没空，她一个人回去了。她带了很多东西，提着大大的帆布包一路爬行上去，然后在墓碑前驻足。那天有风，风打着呼哨，惊蛰便想起母亲说过的话。

母亲还活着的时候，每次起风都会站在那里聆听。惊蛰问她在听什么，她就说："在听你爸爸有没有说想我。"

惊蛰也在想，不知道妈妈有没有想她。或许没有吧。妈妈是个很特别的人，活得很洒脱，她极致地爱着父亲，或许他们已经相遇了，在另一个世界幸福地厮守。

她下山的时候，身边跟了一只小松鼠，小松鼠一直跟在她身后不远的距离。她一扭头，它就跑了；她回过头，它又跟上来。一直到山下，它才离开。

或许只是巧合，但在某一刻，惊蛰觉得像是母亲的暗示。

暗示：我在想你，我在看着你，我在陪着你。

因为没有人陪她，她祭拜完父母就匆匆回去了，到家的时候天黑着，林骁在门廊下迎接她。

她下车，或许是他站在那里沐着灯光的样子显得温暖，她忍不住过去抱住他。

林骁有些意外，把她紧紧箍在怀里，轻轻地抚着她的背："小朋友哭鼻子了？"

他永远知道她在想什么，永远知道怎么哄她。

照片上只能看到她的背影，他低着头，同样也看不到他的表情。但惊蛰似乎还能感受到当时两个人的情绪。

每次祭拜父母她都会情绪低落，每次他都会给她拥抱和陪伴。

-8-

最近的照片，是一家人去露营。林正泽很少参加这种活动，他穿着一身蓝色休闲装，站在那里有些手忙脚乱地翻弄炉子。邢曼嫌弃他碍手碍脚，指挥他去扎帐篷。

一毛跟着爷爷去扎帐篷，两个人大眼瞪小眼，胡乱操作。

林骁看不过去，走过去帮忙，好不容易才弄好，一毛闹着要爸爸抱，林骁把她驮起来去捡柴火。

奶奶坐在躺椅上晒太阳，惊蛰去给奶奶盖了毯子，蹲在那里跟奶奶说话。奶奶近些年肉眼可见地老了，也服老了，不再逞强去干任何事，总是笑眯眯地看着小辈们闹。

惊蛰握住奶奶的手，小声问："冷不冷啊？"

奶奶双手扣握住她的手，摇头：“不冷，好着呢！”

惊蛰歪着头，靠在奶奶怀里，奶奶身上有温暖的皂香，是太阳晒过衣服后暖融融的味道。她觉得自己像是回到了小时候，有奶奶在，她就格外安心。

一毛和爸爸回来了，把柴火堆在那里。林骁笑话她像个小花猫，两个人蹲在不远处的溪水边洗手也不消停，像小学生一样斗嘴闹着。

一毛洗干净擦干净，开开心心跑过来，看到妈妈靠在太姥姥怀里，她也伸直手臂抱住太姥姥，扬起笑脸：“太姥儿，我去捡柴火了，我捡了好多。爸爸笨，都不会捡。”

奶奶摸着一毛的脑袋：“一毛这么厉害呢？”

一毛重重点点头，身子往上蹭了蹭，一老一小娓娓不倦地聊起来，翻来覆去都是那几句话，却彼此舍不得分开。

惊蛰忍不住笑了笑。照片是她拍的，她把相机架在一处平坦的地方，透过取景框看到每一个人，然后设置倒计时，自己再绕到前面去。

她离镜头最近，侧着身子比了个“V”，脸上的笑容巨大而灿烂，身后的奶奶抱着一毛在聊天，林骁蹲在那里生火，被狠狠呛了一口，一张脸都皱着。

邢曼叉着腰在指挥林正泽搬东西。

他们的帐篷搭在不远处，再往后是春光明媚。

时光会记得，他们是如此幸福。